北京市文史研究馆
馆　员　文　库

紫竹斋诗话

北京市文史研究馆◎编

林岫◎著

中国文史出版社

本书编委会

主　　编：戴　逸
副 主 编：李　昕　　陶水龙
执行编辑：刘卫东　平晓东
　　　　　赵　宇　　徐小蕙
　　　　　汪玉国

林岫，字苹中，书室名紫竹斋。1945 年生，浙江绍兴人。原新华社中国新闻学院古典文学教授。现任国务院参事室中华诗词研究院顾问、中央文史研究馆书画院院委研究员、中国国家画院院委研究员、中国书法家协会顾问、中国楹联学会顾问、中国兰亭书会顾问、北京文史研究馆馆员、京派书法研究会会长、《中华诗词》编委、《中华辞赋》顾问评委、"诗词中国"全国大赛特邀顾问等。

主要著作有《古文体知识及诗词创作》（高教出版社，1989 年）、《文学概论》（高教出版社，1989 年）、《古代散文百科辞典》之《古文写作》（学苑出版社，1991 年）、《诗文散论》（兵器工业出版社，1997 年）、《中国书法发展走向》（中韩双语，1995 年韩国《国际书学研究讨论会文集》）、《日本现代短歌印象》（中日双语，1995 年日本《现代短歌》）、《蓬勃发展的中国现代新短诗》（中日双语，1996 年日本国际研修交流协会 ACT《短诗文学国际研讨会论文集》）、《中国新短诗发展现状》（中日双语，2012 年东京《世界岁时记比较文学研究》）、《紫竹斋艺话》（上海书画出版社，2020 年）等。

主编有《中外文化辞典》（副主编、主要撰稿人，南海出版社，1991年）、《当代中日著名女书家作品精选》（中日双语，青岛出版社，1991 年）、《汉俳首选集》（青岛出版社，1997 年）、《全球汉诗三百家》（线装书局，2008 年）、《中国汉俳百家诗选》（中日双语，线装书局，2013 年）等。

▲ 林岫自作诗书画《蟹菊图》扇面

茰囊佩服福堪夸，餐可东篱小菊花。
对饮荐杯青竹叶，蟹肥添兴醉诗家。

▲ 林岫自作诗书画《墨叶枇杷图》扇面

大隐清材蒙善养，居然山果得昂藏。
山前剪此窗前写，一任啁啾噪画堂。

化雨無私

化雨無私國士風采夏二字古今
同揆肝瀝血清勤事政績民生
第一功重讀焦裕禄子諒威味林岫書

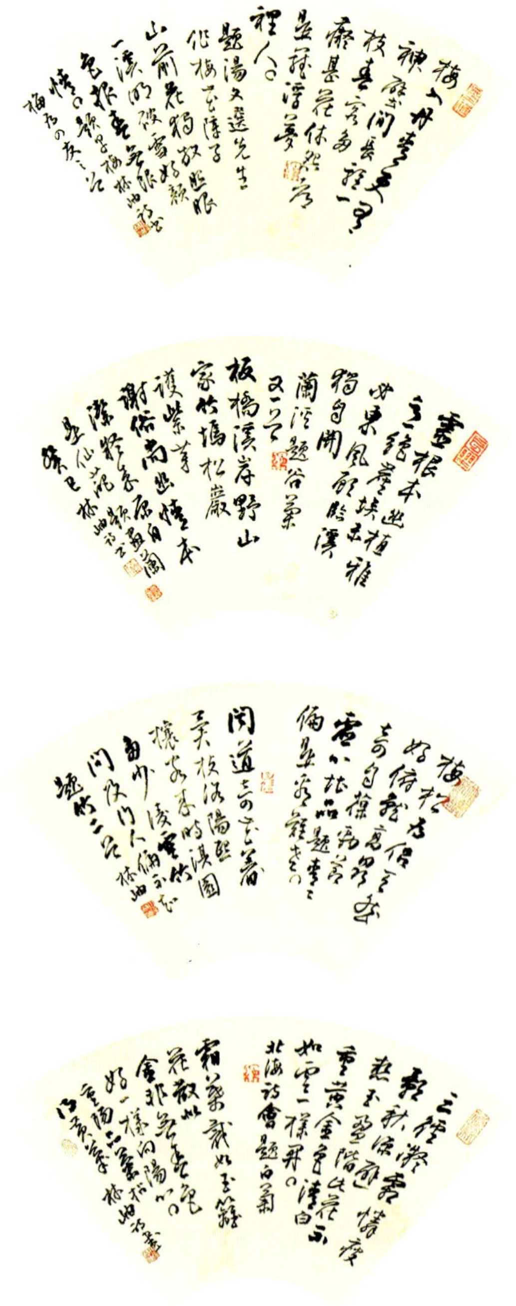

▲ 林岫行草书自作梅兰竹菊八绝

四扇合幅

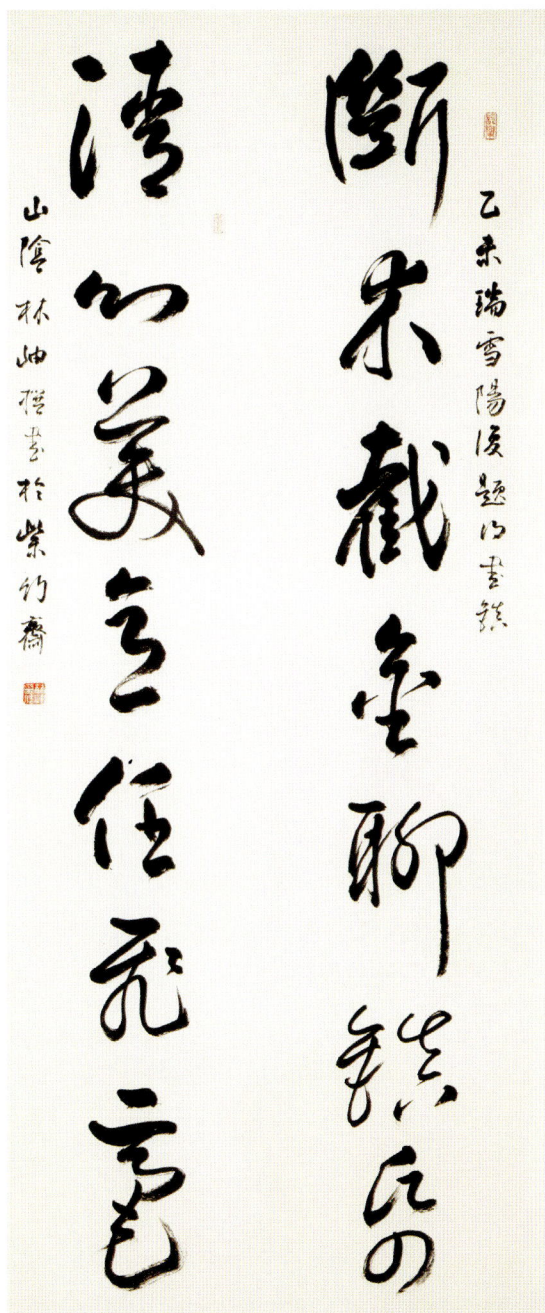

▲ 林岫草书自撰七言联

断木截金聊镇纸；清心美意任飞毫。

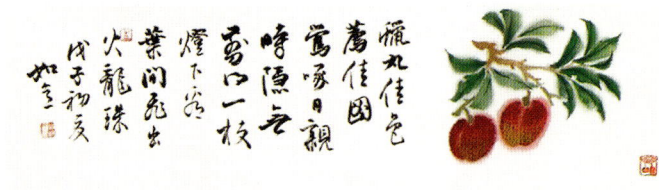

▲ 林岫自作诗书画《双荔图》

蜡丸佳色荐佳图，莺啄日亲时隐无。
剪得一枝灯下看，叶间飞出火龙珠。

▲ 戏题陈济谋双鹌图

未闻争食信，岂必心相印？
无碍舞双鸣，百和知一忍。

总　序

北京市文史研究馆成立于 1952 年，是北京市人民政府领导下的具有统战性、荣誉性的文史研究机构。馆长及馆员由市长聘任，已先后聘任馆员 262 人。首任馆长邢赞亭，著名无党派爱国民主人士。继任馆长张国基，著名爱国侨领，曾任中华全国归国华侨联合会主席。现任馆长戴逸，著名历史学家，国家清史编纂委员会主任，中国史学会原会长。半个多世纪以来，北京市文史研究馆聚集了一大批德、才、望兼备的文史专家和书画家，他们多是精通传统文化的饱学之士、艺术造诣深湛的丹青高手。他们或修史编志，或著书立说，或吟诗作赋，或创作书画作品，在传承中华民族优秀传统文化方面发挥了积极作用。

改革开放以来，北京市文史研究馆弘扬中华优秀传统文化，组织和支持馆员出版文史著述、书画作品，创办了《北京文史》杂志，陆续出版了馆员文史笔记《京华风物》《耆年话沧桑》，馆员论文集《翊运集》和回忆北京历史掌故的《京都忆往》，还有馆员绘画专集《北京市文史研究馆山水画选》《北京市文史研究馆传统花鸟画选》《北京市文史研究馆书法篆刻选集》《北京市文史研究馆书画作品选集》《后素蕴发集》等，受到社会各界的关注。

近年来，北京市文史研究馆拓展了文化精品建设项目，"北京市文史研究馆馆员文库"的出版便是其中的重要内容。文库收录的馆员著述，涉及历史、社会、文学、艺术等领城，深入探讨了北京的历史、文化、风俗及文物鉴赏、文学源流、传统医学、格律诗词等。或以学术见长，或以文笔入胜，风格虽异，然读来令人难于释手。馆员长期生活在北京，他们研究的专题领域、学术成果，甚至学术风格、艺术手法，都体现出了北京特色。

　　"北京市文史研究馆馆员文库"的出版，展示了馆员研究北京历史文化的丰硕成果，以此为促进中华文化的发展和繁荣，为"人文北京"的建设贡献力量。

北京市文史研究馆

2009 年 8 月

读书问道的务实之乐（代序）

林　岫

自幼喜欢读书，因记忆良好，但逢有兴趣的，读后多半难忘。及至初中，被推举当"读书委员"，负责同学借还书工作，自以为荣幸，过手书籍皆翻检阅读，颇为认真；偶有自家体会，津津乐道于师长，时得勉励，遂更加以堆书及肩，终日埋头耕读其间为乐。

读书问道，不过"学问"二字。学问，学与问而已。学，即师授与自学。问者，即问道求知。逢着疑惑，查检请教，刨根问底，究源加上思索，由是日积月累，止于进，进于止，"于不疑处有疑，方是进矣"（宋张载《经学理窟》语）。读书的道理，不难理解，然而真有心灵感动，由浅入深，披沙拣金，能悟得真知，却的非易事。至于读前是此等人，读后还是此等人，等于白读的，古今都大有人在。

本人素以读书为乐，碰巧又以教授中国古典文学为业，古稀后犹"秉烛之明"而未敢懈怠，缘于对读书教学并存敬意。明代流寓东瀛的教育家朱之瑜《朱舜水集》曾经矫然一问："为学之道，舍敬何适哉（除了认真投入，还有其他合适的方法吗）？"问语中的"敬"，即重视、认真。此语之真蕴，可以上溯自《礼记·学记》"师严然后道尊，道尊然后民知敬学"，传统教育皆列"敬学"为立身立业之至上规范；仅此"敬学"二字，不知千秋警醒和激励过多少学子。所以，晋葛洪曾经一言点穴，说"不学而求知，犹愿鱼而无网焉"（见《抱朴子·勖学》），后来清初黄宗羲说"大凡学问，闻之知之皆不为得，得者，须默识心通"（实本宋理学家程颢所言，见《宋元学案·伊川学案》），更加点醒精警。同理阐述可以角度不同，但这些读书的成功者有一点极其相似，他们都是在读书历练中"嚼过菜根"且敬学立身立业的务实者。我等后学对读书问道持之以敬，亦是对务实勖学的诸多前贤持之以敬。

其实，读书问道本有务实与务虚二途。

务实者究实知法，知其然亦知其所以然，学以致用；务虚者，昧其言辞，迷溺表面而不知其所以然。未及持"敬"（认真），如何得其真学？务实的学习，即是最简单的持敬。唐诗"白日依山尽，黄河入海流"，务虚者可以大谈登高望远之气势，终究不能真切理解此诗；如此惯性推广，纵然熟读唐诗三百，仍然不会作诗。务实者，讲"白日依山尽"乃"点"（白日）之运动，由上而下；讲"黄河入海流"乃"线"（黄河）之运动，由西而东。登楼者登高望远，临境壮怀，必然又生拟想，"欲穷千里目，更上一层楼"。目光由"点线平面"所见，开始向"纵深立面"延展，登得越高，看得越远。再加之，"白""黄"用设色法，"千里""一层"用数字法。如此解读，诗之动静虚实相生，让读者恍如身临其境，自然入目铭心。晬面学习一诗，如果幸得美法启智，日后又经得多年实践，读写何难？旧时蒙学的"声律启蒙"，就是汉文字和文学启蒙的"第一脚功夫"。诗师讲法，无非务实。虚言万千，不如一法适用。苟逢诗师随意拈出杜甫《绝句》的"两个黄鹂鸣翠柳，一行白鹭上青天"考问学童，经过"白日依山尽，黄河入海流"学习的，大抵知晓"两个黄鹂""一行白鹭"用"点线""用数"二法，又"黄鹂""翠柳""白鹭""青天"用设色法，会通领悟不难。否则，拍案虚赞"好诗好诗"而一法不擅，如同抽鞘虚叹"好剑好剑"而一功不练，"舍敬何适哉"？所以，读诗不易，"休言披检多辛苦，更有惊心悟觉难"，读法悟道更难。难怪清乾隆年间桐城派大作家刘海峰对此大发感慨，曰"天下可告人者唯法耳"，确实很有道理。今之读者喜尚"快乐阅读"，漂浮于表面归纳，翻检笔录又经常取便他人，殊不知读书问道的务实之乐，正正在于平素的艰苦爬梳和苦思熟虑之间。

　　读者于书，孰能无情？古今书籍汗牛充栋，即使面对经典，毕竟匆匆过眼者多，而专注情深且细心研究者少。专业范围的书籍，读者本应情有独钟，但初见略有印象，一旦就此别过，再见亦难。近年常听年轻人说"好想读书，但缺少时间"，实是借口，还是深情专注不够。果真倾注深情，注之三分，得益三分；注之五分，得益五分。所谓书不欺人，实则人不自欺也。果真"缺少时间"，更须谢绝花拳绣腿，以务实悟道，历练成事于勉，日久或可遂"事半功倍"之望。

　　此次承蒙中国文史出版社器重，选辑拙文五十二篇，名曰"诗话"，实属本人读书问道之心得拙见，又闻即将裒辑于"北京市文史研究馆馆员文库"精饰出版，承此勉励感遇，不胜鼓舞。重新观省旧文时，思及读书问道，不妨借机陈述读书务实之慨慨，一则表白素志，恭领赐教，一则期待读者在读书问道方面增强自觉性，减少盲目性，亦能分享"一味之甘"。老妇絮谈，果能有助读者，亦幸甚至哉。

辛丑岁冬大雪后三日于紫竹斋灯下

目　录

诗　话

诗　　评

诗　　论

诗　话

虚实相生题画中

题画诗，通常指可以题咏于绘画艺术作品上的诗词歌赋等文学作品。其历史悠久，是中国传统诗歌文学宝库中不可缺少的一部分。至现代，某些有关艺术文学的书籍，将题写书法及印章等艺术作品的论书题印诗也收纳其间，意欲扩大门户，整合"论书诗""题画诗""论印诗"三位一体为"题画诗新族"，但未被学术界认可。究其原因，估计还是因为门类间的个性（同中有异）与共性（异中有同）无法协调的问题。扩收广纳固然方便，但类别毕竟有异，门类的划分本有其不可取代的特性，而特性是与生俱来的特质，统用"题画诗"归类，突出了"异中有同"，很容易牵扯出"书画印"的"同中有异"。如此，当然难服众议。依拙见，与其扩而大之，不如复杂问题简单化，专以其文学创作共同的方式及功能划类，将"论书诗""题画诗""论印诗"统统归属为"品题类"。这样，既不违捩过往，也方便把握"书画印"三者文学属性的个性与共性。

品题，即品鉴性的题写诗文，古代谈诗论艺常见。

《宋元诗会》记苟宗道诗名句"二王一品题，价重双南金"，言名家品题后往往会带来价值陡升的社会效应。"二王"指东晋书法家王羲之、王献之。南金，南地产铜，古代常以铜为金而视之贵重。又明文徵明《余画金蕉落照图吴水郡德徵先生寄诗二首题谢长句》有"自愧区区何足齿，由来品题系名声"（见明代曹学佺《石仓历代诗选》），又宋周必大《题山谷与韩子仓帖》有"士大夫少负轶才，其诗章故已超绝，然须前辈品题乃自信不疑"（见《文忠集·题跋》），又宋文天祥《琴棋书画四首·书》的"蔡邕去后右军死，谁是风流入品题？只少蛟龙大师字，至今风流在浯溪"等，不一一举。

类属搞清楚，研究其创作方法的共性，无论独标特例还是举一反三，都比较容易。既然都是诗歌文学，例如其辞格、章法、篇法等传统创作技巧方法的借鉴以及化用，都可以减免门域障碍而直接通达地表述和评鉴。即是说，诸如论书、题画和论印诗的辞格（比喻、夸张、问答、对比、用数、设色、借代、虚实、奇正等）、章法、篇法等，在作法学和鉴赏学等层面上的讨论都可以无障碍进行，而这一点，即使是在历史上长期受过汉语言文化影响的日韩等国的汉语言诗歌文学领域，涉及论书诗、题画诗、论印诗等，也可以跟中国汉诗无障碍进行论评。

虚实，在传统诗歌创作（包括构思创意法、字法、句法、章法等）中随处可及。因其方法众多，又可以随机交叉矫变，故使用灵活，般般奇趣生焉。如果避繁取简，借佛家一句喝断的说法，不妨以"眼见为实，想见为虚"概括，简单明了，无论学习研究还是创作，都比较方便。想见，可以是设想、猜想、拟想，也可以是估想、评议、遐想等，皆存在作者思想或感觉的故意。这种介入，古今品题诗都比较常见。例如清汪中《题友人寒山晓发图》，"苦雾初披万木丹，严霜欲下四山寒。天清野旷无人识，输与征夫彻晓看"。前半首，"苦雾初披"（深秋晨景），"严霜欲下"（秋晨严寒），写时间；"万木丹"与"四山寒"，写空间。二句皆写眼见画面的实景，用实笔。后半，评议征夫寒山晓发之艰辛，述说看画观感，想见为虚，虚笔。金代诗人庞铸《题隔溪烟雨图》，首二句写景，"一溪流水玉涓涓，溪上修篁接暮烟"，流水与修篁，分笔实写空间；"暮烟"，点醒时间。后半，拟想放飞，明知故问，"谁倩能诗文与可"（是谁请来会写诗的北宋大画家文与可），"笔端移得小江天"（让他动笔将小江天移入画卷的）？借宋代诗画家文与可的画艺评价画者，借轿抬人，虚笔矫奇。必须细心读法的是，"一溪流水"，眼见为实；"玉涓涓"，以"玉"之晶莹碧润形画流溪，实中有虚。类同者，例如金代书画家吴激（宋米芾女婿）《题潇湘图》的"江南春水碧如烟"，元代梅花道人吴镇《题山水》的"古藤阴阴抱寒玉"，明代唐寅《题画山水》的"白板黄扉隐者居""采芹归去担头香"等，皆前实后虚。

以眼见写景为实，以想见（拟想、猜想、寄望及议论之见）为虚。试以日本三首汉诗为例：

> 为蝶无庄周，为周无蝴蝶。画中两俱存，是非终喋喋。
>
> 〔日〕梁田邦美《题庄子像》

> 安国忠臣倾国色，片帆俱趁五湖风。
> 人间倚伏君知否？吴越存亡一舸中。
>
> 〔日〕朝川鼎《范蠡载西施图》

> 驰马腰弓箭，军行无少留。只须身许国，不敢计封侯。
> 寒雨黄沙暮，西风自草秋。何人图画里，一一写边愁？
>
> 〔日〕绝海中津《出塞图》

上举三首日本汉诗，都成功使用了虚实手法。梁田邦美《题庄子像》前半辗转说"庄周"与"蝶"等关系，存一不存二，有此无彼；如果俱存，则"是非终喋喋"，猜想在现实中也会纠缠不清。全诗假拟，说理用虚。先分述（庄周与蝶），交互辗转；后半合述，言二者俱存的结果。朝川鼎的《范蠡载西施图》，首句以忠臣范蠡、美女西施并举，次句合写去处。后半首议论为虚，说"吴越存亡"乃"人间忧患倚伏"，从一开始就全部系于范蠡、西施的"一舸中"（越亡吴的谋划之中），述论流贯，虚笔精警。绝海中津是日本五山时期著名的汉诗诗人，明代洪武元年（1368）来华，旅次八年之久，有《蕉坚稿》诗集。其题画诗《出塞图》，两句实两句虚，虚实相间，作法堪味。先以"驰马腰弓箭，军行无少留""寒雨黄沙暮，西风自草秋"画景写实，随后续以"只须身许国，不敢计封侯"议论间之；尾联一问，"何人图画里，一一写边愁"，顺笔携出画者，实中虚之。著名诗学研究家程千帆先生昔日读见绝海中津《多景楼》的"英雄一去江山在，白发残僧立晚风"句，评曰"感慨沉雄，怀古正格"。若果借以评论《出塞图》，亦堪的评。

下面选择几首有代表性的题画诗，试分析其虚实作法。

> 白云如练绕南山，遥听樵歌紫翠间。
> 落日云头秋色晚，望中应见鹤飞还。
>
> 〔明〕解缙《归云图》

> 屏间雪练空中落，天外云峰阙处明。
> 时听朗吟林谷应，苍崖疑有卧游人。
>
> 〔明〕陆治《云峰林谷图》

> 君画苍苍带雨松，我图冉冉出云峰。
> 他时相忆还开看，云树平添几万重。
>
> 〔明〕李流芳《题与宋比玉合作山水》

> 一簇青山水几湾，秋云卷雨出层峦。
> 偶来偃息林亭下，远见岩阴瀑影寒。
>
> 〔清〕项圣谟《清山秋云图轴》

> 峰头黛色晴犹湿，笔底春云暗不开。
> 墨花淋漓翠微断，隐几忽闻山雨来。
>
> 〔清〕恽寿平《山雨图》

明解缙《归云图》，开端写画面空间，"白云如练绕南山"，眼见为实；"遥听樵歌紫翠间"，设色对举，又幻听深山有樵歌传来，虚声入画。第三句"落日云头秋色晚"，写落日、秋色已暮，补出时间。结句"望中应见鹤飞还"，希望画面远景会看见白鹤飞还，想见为虚。或许画面远景太过空旷，所以结句可以看作是"救场"。

明陆治《云峰林谷图》，首二句"屏间雪练空中落，天外云峰阙处明"，对仗屏立，眼见为实，实笔。后半，"时听朗吟林谷应"转柁，引声入场，假听想象为虚；结句"苍崖疑有卧游人"，猜想生情，也牵人缱绻。

明李流芳《题与宋比玉合作山水》，作法堪范，合作画的题诗常见。开端分写，"君画苍苍带雨松，我图冉冉出云峰"，各自停当，稳笔写实，平淡无奇。后半"他时相忆还开看"，假设时间转换；"云树平添几万重"，拟想未来画面空间的变化，虚笔生奇。

清项圣谟《清山秋云图轴》用设身入画法。"一簇青山水几湾，秋云卷雨出层峦"，将画中所见的山水、云雨、层峦一一道来，写实。第三句转笔的"偶来""远见"，须得细心读法。"偶来""远见"的主体是谁？是代画中"人物"言，还是"观者入境"，拟想"偶来偃息林亭下，远见岩阴瀑影寒"，虚说。无中生有，引发观画者或题画者，跟画面景物人物产生一种欣赏活动的"互动"，由画外观景，进而入画自话或评述画中人物，皆善虚的文学手法。

清恽寿平《山雨图》也是题画虚实相生例，假言"忽闻忽见"，道"画中无"为"画中有"。"峰头黛色晴犹湿，笔底春云暗不开"，题画者眼见为实。后半"墨花淋漓翠微断，隐几忽闻山雨来"，引声入画。

研究题画诗的虚实手法，作为学习诗歌创作虚实技巧的门径，确有方便之处。诗有全用虚笔者，写得精彩，矫矫生奇，诗评家亦以"奇正"视之。

唐代景云在《画松》上题诗一首："画松一似真松树，且待寻思记得无？曾在天台山上见，石桥南畔第三株。"画松未必真的就是天台山石桥南畔的第三株，但题画诗给出的审美幻觉产生的文学魅力却能深深地感染读者。读者可能从未见过那棵松树，但虚境实写的题画诗激活了他的想象力。想象使无法观感的石桥南畔那个空间，接续到画面有限的空间中来，审美幻觉令假成真，文学的愉悦和画面的感知，给出了更多。如果再删去景云题诗，此时文学缺位所造成的"空洞现象"，正好说明文学（题画诗）介入的重要。书画加文学，是二加一等于五，不是三。

清代雍正年间诗书画家戴瀚也有一首《自题画松》，发端二句出手不凡，"画松哪似真松树？多恐真松似画松"，喝问而起，针对景云反向立意（俗称抬杠法），说画松怎么能似真松树呢？多半是真松树跑到画中去了；忽悠一圈，否定之否定，还是肯定画艺的高超。可惜后二句"若问松身本来样，一场春梦大夫封"，以松树被封大夫荣枯事言"世间真假过眼一如春梦"，堕入窠臼熟套。

如果有兴趣，再去读读金代赵秉文的《题李平父画黄山蹇驴诗图》，将三诗比较一下，料会有新的收获。赵秉文诗曰："三十年前济水东，诗中曾识蹇驴翁。而今画出推敲势，却恐相逢在梦中。"景云诗先说画松，然后指假为真，先今后昔。与之相反，赵秉文先说三十年前在诗中曾认识骑蹇驴的诗翁，今天在画里又见其骑驴推敲吟诗的姿态，因画得精彩，故辨识无误（指假为真），但难得老友晤面，惊喜之余却恐相逢是在梦中（指真为假）。同是二十八字的七绝，增加了蕴涵，更加耐人寻味。

文心机巧，实写不好写、不便写或者不想直接写的，常以虚写代之。例如白居易《长恨歌》写杨贵妃伤心落泪之态不好写，遂以"梨花一枝春带雨"虚写出之，这就是诗家常说的"以画代之"，借重画笔。明代陈道复画梅，题诗说画中折花人就是自己，而且还"折取一枝悬竹杖，归来随路有清香"，愣把观画者不可能感受得到的清香，无中生有地点醒出来。新加坡诗人、书法家潘受曾为南洋大学涂公遂先生所作墨梅题过"故应点点圈圈遍，大有文章在此花"，故意把画梅花的圈点法与阅读文章常用的评议圈点混为一谈，巧妙地借"大有文章"

赞誉了画家高超的画艺。

　　虚笔出彩，大抵题诗者须有大家手笔。好构想，好诗法，果能布局到位，虚妙可衬得实妙；细味实妙，原来也是虚妙。宋程俱《戏题画卷》，"五载京尘白鬓须，丹青遐想寄衡巫。如今扫迹长林下，却对真山看画图"。写昔日看图画想象能到巫山、衡山等名山一游，写"看图憧憬真山"，以虚为实；如今理想实现，面对名山后，又因陶醉真实美景，觉着"却对真山看画图"，以实为虚。如此虚实一番，"看图似山"又"看山似图"，营构出虚虚实实的一片模糊美，远比直白给予读者的印象要生动得多。

　　金代诗人党怀英《题渔村诗话图》，也颇堪一读。先说"江村清境皆诗本"，所以清境如画，"画里更传诗话工"；又借画中"渔父自醒还自醉"，说醉后恍惚，居然"不知身在画图中"。虚实相生，实则江村清境如诗如画正是诗人题诗的主意。

　　明代王世贞的《题溪山深隐图》，前半写"古木寒流一两家，柴门昼掩待归鸦"，分写空间与时间；下半，索性与画中人（虚拟人物）对话，虚拟设问："何如不向人间住，与客携壶踏落花。"问为何不到人间来与客同乐，饮酒携壶，足踏落花，虚境实写，恰好暗传出诗人对溪山恍如仙境和画笔栩栩如生的评价。题画褒扬不媚，留住诗家清骨，常借力虚写。古今虚实相生的精彩诗例甚多，选录八例如下：

　　　　一竿潇洒玉玲珑，湘圃淇园在眼中。
　　　　过客莫嫌枝叶少，才多枝叶便多风。
　　　　　　　　　　　〔明〕金湜《题延庆寺画竹》

　　　　五载京尘白鬓须，丹青遐想寄衡巫。
　　　　如今扫迹长林下，欲对真山看画图。
　　　　　　　　　　　〔宋〕程俱《戏题画卷》

水驿山桥四五里，枫林茅屋两三家。
何人踏雪寻僧去，潮退春船阁暮沙。
〔明〕郑昂《小景》

徒羡芙蕖与牡丹，繁华瞬息易凋残。
何如竹石常清淡，冬雪春风一样看。
〔元〕陈孔彦《题赵子昂竹石》

碧柳丝丝拂钓舟，溶溶水面一群鸥。
不知谁在茅堂住，坐看青山到白头。
〔明〕僧德祥《题画》

手培兰蕙两三栽，日暖风微次第开。
坐久不知香在室，推窗时有蝶飞来。
〔明〕文徵明《题兰画》

孤峰远插白云间，秀竹长松相对闲。
听得菱歌人欲近，不知犹隔法华山。
〔明〕王世贞《题文待诏画》

芳菲过眼已成空，寂寞篱边见几丛。
颜色只从霜后好，不知人世有春风。
〔清〕许子逊《题画菊》

　　书法与绘画的结合，大都是通过题画诗文这个中国传统文学的形式合三为一的。当代书画大家潘天寿先生说"画本体并非（诗书画）都三绝，但要四全。四全者，诗书画印是也"，一语道出诗书画的有机联系。在中国绘画作品上题写诗文（包括诗词、题跋等），应该是中国书法家、画家立身立业的一种基本功。如果画作完成后，自己不能题诗著文，援笔濡墨，寻思半时，目瞪口呆字不来，还要转身另外恭请诗人作诗、文家著文，方才能照单抄写，肯定让艺界小看几分；况腹无酝酿，犹思矗立书画高峰，如何积淀自己的"青藏高原"？

"民生各有所乐兮"（屈原《离骚》句），学什么不学什么，谁也勉强不了谁。虽是仁智各见，但古今中国书画与诗歌文学既然能结下如此绵绵不尽的历史情缘，必然有其道理。道理述说着那些情缘，那些情缘述说着中国艺术的历史见证，也就形成了中国艺术与生俱来的血缘与文脉。中国书画与诗歌是否绝缘，要看未来的发展。古代中国画和日本画大都有题画诗；当然，不题诗的画过去现在都有，日本江户时期浮世绘的很多作品就只落名款，也没评论家以"穷款"批评之。过去说西画不题诗，现在走出国门一看，视野开阔了，发现有的西画也题诗，多见不怪，也不敢怪了。拒绝书法题写诗文，至少现在还不是时候。因为提笔写字，非诗即文，故案牍必备，缺此不可；不定哪天咬咬牙，誓与诗词文章绝缘，低头伏案也会犯难，真不知道还能写些什么。

1991 年 7 月

品尝无妨豆腐诗

"浓甘逾饮乳，细腻比凝肤"的豆腐，虽然没有山珍海味的身价，却是中国老百姓菜桌上必不可少的美食。旅美四十几年后归来的游子说，在那边"纵绿酒红灯，犹思韭菜油豆干"。瞿秋白别世前说"中国的豆腐也是很好吃的东西，世界第一"。看来，豆腐对于中国人，除了价廉物美的那份实惠外，更重要的是，它还牵动着炎黄子孙对故土深沉的文化情感。

豆腐产自中国，正宗地道，不容置疑。按明代李时珍《本草纲目》的说法，做豆腐是汉代淮南王刘安的专利。此说四百年后，1960 年在河南密县打虎亭发掘一号汉墓时，发现了刻有豆腐作坊的石刻，愈信豆腐至少已有两千多年的历史。豆腐，清淡可口，或做主味，或做配菜，俱嘉宜主客。据说用豆腐制作的各地风味菜肴，古今已积有近五百种，的确堪称"食淡风偏古，调盐术可求"。因豆腐与人事风情而生的佳诗、佳话，也颇为流传。

譬如绍兴菜"东坡腐"（又称"东坡豆腐"），在油豆腐内嵌入一些肉糜，配以粉丝、笋片，汤煮后食，味美非常。据说王安石当年巡视绍兴，苏东坡曾亲自操厨，做了这道菜。王安石食后叹道："肉，不惜粉身碎骨以荐众人，却被小小豆腐无声夺去名姓，可叹，可叹！"东坡闻之，笑而答道："恩师曾教诲子瞻：'贤臣亦分三等，畏法度者为下，爱名节者为次，但知国计民生，不知祸福，不计毁誉者为上。'为人为官尚且如此，何惜肉糜哉！"王安石顿悟其妙，高兴地说："此其东坡乎（这不就是东坡吗）？"因为"东坡乎"在绍兴话中与"东坡腐"读音相近，后人便以"东坡腐"名此菜。笔者昔有一首《题东坡腐》的诗，曰："生死临危义不辞，重名岂作冻龟姿。最难民似东坡腐，捐命甘成腐肉糜。"意思是说，大丈夫临危不计生死固然不易，而那些为国为民牺牲之后声名不闻的普通战士更令人肃然起敬。小小的豆腐嵌点肉糜，也能引发爱国爱民、重节励志之思，此唯东坡乎？此唯诗人乎？

豆腐，古时又称"菽乳""黎祁""软玉"等，名异实一。历代写豆腐的诗，均不多见。最早以豆腐入诗的诗人是谁呢？

依《清诗选》（湖南人民出版社 1985 年版）的"前言"说，写豆腐诗"从清人沙张白始"。沙张白，是清初江阴的布衣，写过一首《白豆腐》，诗前小序也自称"意古今作豆腐诗者，自予与孔（蓼园，沙的好友）翁始"。

孔蓼园写的豆腐诗，未曾拜读，沙张白的《白豆腐》确实是一首过目难忘的好诗。录《白豆腐》诗如下，供读者欣赏。

　　古诗人无作豆腐诗者，鄙其物之贱欤？抑恶其有儒者气味欤？夫方州所产，易地或亡。是物也，无远近中外僧俗贵贱贫富之殊，莫不厌饫其味。物足以厌饫天下，亦可忘其贱矣。摈不入诗，岂人情也哉！蓼园孔翁久客予家，时时出豆腐饷之，翁喜，作长歌纪其事，予从而和之。意古今作豆腐诗者，自予与孔翁始。

　　白豆腐，愧素餐，
　　讥鳆鱼，笑熊蹯。
　　淡如君子交，蔼若仁人言。
　　庙廊谁复识此味？只应野叟侑清樽。

　　白豆腐，味太玄，
　　腐儒与腐臭味连。粗吞细嚼腹便便。

食尔不尤人，食尔不愧天。

君不见，五侯七贵陈广筵，一盘珍馐费万钱！

疮痍四海谁解怜？惟有食腐之人心怆然！

心怆然，口咄咄，手援天下力空竭。

还携豆腐佐螺觞，与翁共醉今宵月。

诗一开始盛赞豆腐："淡如君子交，蔼若仁人言。"再点其身份："庙廊（指上层权贵）谁复识此味？只应野叟侑清樽。"次写贫富悬殊的两种人："君不见，五侯七贵陈广筵，一盘珍馐费万钱！疮痍四海谁解怜？惟有食腐之人心怆然（忧患意识）！"最后"心怆然，口咄咄（嗟叹不已），手援天下力空竭……"，苦于世道腐败而无法"手援天下"，只好徒唤奈何。小题材，大文章，借豆腐作点儿发挥，抨击社会弊端和不良风气，足见诗人的忧国之心。

但是，此诗真的是中国最早的豆腐诗吗？

当然不是。依笔者所见，在清初沙张白之前，至少前有北宋苏东坡的"铛中软玉香""煮豆作乳脂为酥"，南宋陆游的"拭盘堆连展（连展即麦饼），洗釜煮黎祁（黎祁即豆腐）""新春罢亚滑如珠，旋压黎祁软胜酥"等散句。苏陆之后，又有明代初期"景泰十才子"之一的苏平的专咏。苏平诗曰：

传得淮南术最佳，皮肤褪尽见精华。

一轮磨上流琼液，百沸汤中滚雪花。

瓦缶浸来蟾有影，金刀剖破玉无瑕。

个中滋味谁知得？多在僧家与道家。

此诗形象地描述了大豆经浸泡、磨浆、煮浆、点卤、切块等程序制成豆腐的全过程，十分精彩。全诗专咏豆腐，其深情远出诗外，似不亚于清代袁枚为豆腐的"折腰三拜"。

前几日翻检旧报，偶然得见《豆腐得味胜燕窝》一文（刊载于1991年5月9日《人民日报·海外版》）。此文仅引录此诗中间四句，即称"苏平吟咏的一首豆腐诗"，实误。七律八句，截四句，只可称"半首"。由此，顺藤摸瓜，小有收获，便草成此文。

1992年2月

忧乐细吟渔钓诗

眼下北京人最时髦的话是"换个活法儿"。心太累了不是？那好，去打球、去钓鱼，反正别照老样子窝着。打球，有输赢之争，还是钓鱼舒心。一人一竿，往那林泉花溪边上一坐，鱼儿咬钩也好，不咬钩也罢，钓者怡然，顺便捧读几页闲书，还可以坐收身心之益。四川人说"想得宽，耍渔竿"，算得上大彻大悟。

古代的文人诗人"耍渔竿"吗？幽默作家林语堂先生说，中国的"文人并不钓鱼，只是观鱼、观钓而已"。此话未必尽然。文人改行去当钓鱼郎的当然不会多，但不多不等于没有。或因愤俗避世，或因以适疗疾，去换个活法儿的，恐怕也不在少数。周代的姜太公和唐代的张志和都是历史上有名的烟波钓徒。据宋代《夷坚志》载，卓彦恭夜过洞庭湖，忽有小渔舟驶来，卓彦恭问有鱼否，答曰"无鱼有诗"，问何诗，渔翁鼓枻（桨）高吟："八十沧洲一老翁，芦花江上水连空。世间多少乘除事，良夜明月收钓筒。"诗很精彩；就诗论人，这老翁至少也是个类同张志和的"以渔为隐"之士。

渔钓诗中最有情趣的是写渔家生活的诗。

唐代柳宗元的"烟销日出不见人，欸乃一声山水绿"、韩偓的"渔翁睡着无人唤，过午醒来雪满船"、胡令能的"路人借问遥招手，恐畏鱼惊不应人"等诗句，皆清雅可诵，充满生活气息。清代乾隆年间郑板桥的《道情十首》，第一首写的就是老渔翁。词曰：

老渔翁，一钓竿，靠山崖，傍水湾，扁舟来往无牵绊。

沙鸥点点清波远，荻港萧萧白昼寒，高歌一曲斜阳晚。

一霎时，波摇金影；蓦抬头，月上东山。

后来为老渔翁写照生情者，形画人物之快乐神态和悠闲气度，俱莫过于板桥此词。北宋文豪苏轼倾羡渔家之乐，也亲自实践过渔钓，作有四言诗《江郊》纪实："先生悦之，布席闲燕。初日下照，潜鳞俯见。意钓忘鱼，乐此竿线。优哉悠哉，玩物之变。"燕，通宴。布席闲燕，犹今之席地野餐。"意钓忘鱼，乐此竿线"，也似庄子观鱼忘鱼的怡然自得。金完颜璹的《渔父》词素为诗评家看好，开篇以"杨柳风前白板扉，荷花雨里绿蓑衣"又"红稻美，锦鳞肥"，屏对双举；以"白板、绿蓑、红稻、锦鳞"，对仗设色极妙。结尾以月下渔笛声起划破湖景静谧，动静相生，渔家享受自然山水之乐浑然如见。元代诗人于立（号虚白子），博学通古，诗作用语明快，最宜诵读，《渔庄》是其杂言诗代表作，后半的"船头濯足歌沧浪，兰杜吹作春风香"，生活气息浓郁，特别是"得鱼归来三尺强，有酒在壶琴在床"一出，烹调鲜鱼佐酒，又弹琴助歌，此乐何极？随后以长安喧腾淆乱，人聚如蚁，竟然"十丈红尘埋马耳"，夸张有理，与前半所写渔家和乐恰好做出对比。最后，以"渔庄之人百不理，醉歌长在渔庄里"，结出渔家得意。

渔翁夜傍西岩宿，晓汲清湘燃楚竹。

烟销日出不见人，欸乃一声山水绿。

回看天际下中流，岩上无心云相逐。

〔唐〕柳宗元《渔翁》

杨柳风前白板扉，荷花雨里绿蓑衣。

红稻美，锦鳞肥。渔笛闲拈月下吹。

〔金〕完颜璹《渔父》

船头濯足歌沧浪，兰杜吹作春风香。

得鱼归来三尺强，有酒在壶琴在床。

长安市上人如蚁，十丈红尘埋马耳。

渔庄之人百不理，醉歌长在渔庄里。

〔元〕于立《渔庄》

钓得鲈鱼不卖钱，船头吹火趁新鲜。

樽有酒，月将圆，落得今宵一醉眠。

〔明〕文彭《笠泽渔父词》

　　渔钓诗中有一类借渔家生活自道隐居之乐的渔歌，别有意趣，值得一读。诗中的"渔翁"大都是换个活法儿的文人，唐代张志和可为代表。《新唐诗》本传说他"每垂钓，不设饵，志不在鱼也"。他那首"西塞山前白鹭飞，桃花流水鳜鱼肥。青箬笠，绿蓑衣，斜风细雨不须归"（原调出自渔歌，后定于词），传到日本，令嵯峨天皇（786—842）五体投地，率朝臣群起而效之，恨不得立刻置办蓑衣小舟，也作江湖之行。嵯峨天皇擅汉诗，所作"寒江春晓片云晴，两岸花飞夜更明。鲈鱼脍，莼菜羹，餐罢酣歌带月行"等五首渔歌，后又传到长安，观者皆以为"有玄真子（张志和号）风神"。天皇位居至尊，未必真舍得去当钓鱼郎，换个活法儿也只是寻个乐趣而已。

　　与鱼同乐、以渔为隐的，可称"渔隐"。渔隐诗中比较有代表性的是唐代李颀《渔父歌》和岑参的《渔父》。诗曰：

白首何老人？蓑笠蔽其身。避世长不仕，钓鱼清江滨。

浦沙明濯足，山月静垂纶。窎宿湍与濑，行歌秋复春。

持竿湘岸竹，爇火芦洲薪。绿水饭香稻，青荷包紫鳞。

于中还自乐，所欲全吾真。而笑独醒者，临流多苦辛。

〔唐〕李颀《渔父歌》

扁舟沧海叟，心与沧海清。不自道乡里，无人知姓名。

朝从滩上饭，暮向芦中宿。歌竟还复歌，手持一竿竹。

竿头钓丝长丈余，鼓枻乘流无定居。世人那得识深意，此翁取适非取鱼。

〔唐〕岑参《渔父》

　　岑参诗写的那位神秘的"扁舟沧海叟"，心胸阔大，清心可共沧海，但规避市朝，不知是何方人氏，也无人知其姓名，朝饭暮宿，寄身滩芦，鼓枻乘流亦无定居，最后"世人那得识深意"，转柁矫起一问，以"此翁取适非取鱼"点醒作结，"渔翁"原来是"渔隐之渔"，志在自适而不在取鱼，画龙点睛，惊醒全篇，深意可味。此与王建所写的"闭门留野鹿，分食与山鸡"的"山隐"，似非而是，皆远离俗世。

　　明代宋濂写过一篇《逸民传》。逸民，即避世不仕之士。此传，说有位"逸民"对友人谈他将"渔于山，樵于水"（在山捕鱼，在水砍柴）的人生计划，友人以为很荒诞，"逸民"解释道："樵于水，志岂在薪？渔于山，志岂在鱼？是无所利也。（因为）无所利，（所以）乐矣。"对渔隐者来说，能否获得大鱼还是小鱼，无所谓。诚如唐代赵蕤《长短经》所言，"夫唯不私，故能成其私；不利而利之，乃利之大者也"。"唯不私"的超脱，是一种境界，反倒能愉悦身心，有欣悦享自由的幸福感。因为获鱼并非所乐的真正目的，"是无所利"（不求牟利）；目的是远离俗尘闹市，不受杂屑羁绊，以渔为隐，故而渔乐山水，一生"乐矣"。此语妙出机锋，含不尽之意，见于言外，可作"以渔为隐"者一偈。

　　逸民避世渔钓的想法，如果归根溯源的话，应该来自于中国哲学史上那段著名的"庄惠对话"。历代有隐逸想法的文家墨客，写诗著文，挥毫书画，首选渔钓题材或援作诗书画题的"濠梁观鱼""濠梁间想""人鱼同乐""濠上之风""濠梁鱼趣"等，皆本于此。《庄子·秋水》

说"庄子与惠子（惠施）游于濠梁之上"，庄子看见小白鱼游得很欢，断定"是鱼之乐"，"惠子曰：'子非鱼，安知鱼之乐耶?'"庄子回答："尔非我，安知我不知鱼之乐耶?"惠子随即反驳："我非子，固不知子矣；子固非鱼也，子之不知鱼之乐，全矣。"此为逻辑学讲述换位思考辩驳的名例，貌似"非我、非鱼、我知、子知"的反复纠缠，其实"庄惠对话"之所以千秋传诵议论不绝，一则贵有清心卓识，一则由卓识容易生发高论，于是见识到哪里，字句随到哪里，振笔直遂，也不难得一等好诗。透彻言之，渔钓话题能成为千秋不衰的创作题材，究其实际，或许正是当事人立身处世，有话不便明言，遂借"渔钓"作为选择仕进隐退的审持衡鉴。诗例如下：

> 鹭听独寂寞，鱼惊昧来往。
> 尽水无所逃，川中有钓党。（〔唐〕皮日休）
> 长畏不得闲，几度避游畋。
> 当笑钓台上，逃名名却传！（〔唐〕苏拯）
> 大晋一丈阔，小舟一叶轻。
> 相传子与孙，终古无人争。（〔元〕萨都拉）
> 世间尘网密，江上钓丝轻。
> 不羡鱼虾利，惟寻鸥鹭盟。（〔元〕黄庚）
> 朱衣鲋足和蓑睡，谁信人间有利名！（〔唐〕皮日休）
> 得失任渠但取乐，不曾生箇是非心。（〔唐〕陆龟蒙）
> 只将波上鸥为侣，不把人间事系心。（〔唐〕杜荀鹤）
> 自说孤舟寒水畔，不曾逢著独醒人。（〔唐〕杜牧）
> 灵均说尽孤高事，全与逍遥意不同！（〔唐〕汪遵）
> 羊裘老作桐江叟，点检初心幸未违。（〔宋〕陆游）
> 牵回江上烟波梦，掣断人间富贵情。（〔元〕谢宗可）
> 更祝小鱼知我意，稳向深潭莫贪饵。（〔明〕刘基）

　　梁陈间德教殿学士大诗人阮卓，高才廉洁，不随时俗。隋主素闻其名，曾经派遣河东薛道衡、琅玡颜之推等大才子，向（阮）卓讨教谈诗。阮卓有首著名的《游鱼》诗，曰："相忘自有乐，庄惠岂能知？"此诗用典即出于庄子与惠子的那段对话。阮卓认为，既然"相忘自有乐"，庄惠岂能知道鱼乐人乐呢？翻案尤妙。

　　另有一些借渔钓事讽刺名利之徒（或假隐士）的诗，也值得深味。"名危利害君知否？贪饵江鱼自上钩"，鱼儿贪饵忘钩，与贪利试法者似；"俗世可欺名可盗，沽来道貌岸然人"，钓者投饵得鱼，又与沽名钓利者似。如此情景相符，自然是天成诗料。所以，南朝张正见的"空嗟芳饵下，独见有贪心"、唐代沈佺期的"钓玉君徒尚，征金我未贤。为看芳饵下，贪得会无筌"等皆自恃清高，显足风雅君子不随庸流恶俗的骨气。例诗如下：

　　　　结字长江侧，垂钓广川浮。竹竿横翡翠，桂髓掷黄金。
　　　　人来水鸟没，楫渡岸花沉。莲摇见鱼近，纶尽觉潭深。
　　　　渭水终须卜，沧浪徒自吟。空嗟芳饵下，独见有贪心。
　　　　　　　　　　　　　　　　　　　　〔唐〕张正见《钓竿篇》

　　　　泽鱼多鸣水，溪鱼好上流。渔梁不得意，下渚潜垂钩。
　　　　乱荇时碍楫，新芦复隐舟。静言念终始，安坐看沉浮。
　　　　素发随风扬，远心与云游。逆浪还极浦，信潮下沧洲。
　　　　非为徇形役，所乐在行休。
　　　　　　　　　　　　　　　　　　　　〔唐〕储光羲《渔父词》

　　　　朝日敛红烟，垂竿向绿川。人疑天上坐，鱼似镜中悬。
　　　　避楫时惊透，猜钩每误牵。湍危不理辖，潭静欲留船。
　　　　钓玉君徒尚，征金我未贤。为看芳饵下，贪得会无筌。
　　　　　　　　　　　　　　　　　　　　〔唐〕沈佺期《钓竿篇》

民间清高逸士远离仕途世俗，隐于苇塘蒲江，虽有经历风雨行舟和浪袭涛没之艰险，但活得无拘无束，大有"苟自在，宁受苦"的豪侠气概。《宋书》有一段写"王弘之性好钓"的故事，说王弘之"常垂纶于上虞江石头北。过者不识，因问'渔师得鱼卖否？'"王弘之回答"亦自不得，得亦不卖"。显然，其乐趣在于垂钓的过程，享受山水自然给予的闲适自在，而不汲汲于获鱼谋利，奔营于市。日夕收网，果有数鱼，王弘之还会"入上虞郭经亲故门（前），以一两头（鱼）置门内而去"，与友好亲故分享渔乐之得。

皇宫帝苑的渔钓，显然跟这种民间清高逸士的渔钓情趣不同。据《宋书》载，文帝常携群臣幸临天井池钓鱼，文帝垂纶良久不获。随臣王景文立即越席，敬言道："以为垂纶者清，故不获贪饵。"这话恭维到位，入耳悦心，文帝当然爱听；众臣也立即附和称善，于是君臣和睦，皆大欢喜。由此例，不难知当时借钓鱼为乐，逗帝王开心的皇苑风尚。

晋武帝太康间，浔阳太守孙缅，落日逍遥渚际，轻舟凌波，见一渔父神韵潇洒，在垂纶长歌。孙缅问："有鱼卖乎？"渔父笑答："其钓非钓，宁卖鱼者耶"（似钓非钓，像卖鱼者吗），又高歌曰："竹竿籊籊，河水悠悠。相忘为乐，贪饵忘钩。非夷非惠，聊以忘忧。"于是悠然鼓棹而去。竹竿籊籊，即划船的竹竿尖而细长。《诗经·竹竿》有"籊籊竹竿，以钓于淇"。应该说，孙缅太守是幸运的。他不但在江上晤面了"渔隐者"，听了渔歌，还对"其钓非钓"的相忘为乐和聊以忘忧有了一些真实的感知，这是深居宫廷殿宇的王公权臣们无法理解，也难以领教的。

涉及渔钓话题，绕不开"渔者之渔"和"渔隐者之渔"。前者是为了谋求衣食儿女而渔钓，后者是清高逸士的"非渔而渔"。后者大都是熟读诗书且冷眼观世的文化人，本不在意登朝入仕，甚至不屑招摇于市，只图隐逸江湖，苦乐自适。明代万历间彭大翼所辑的《山堂肆考》，写到过一位唐时的"楚江渔者"，不言姓氏，捕鱼换酒，"饮醉后辄自歌舞为乐"，就是这样的"渔隐者"。当时江陵守崔铉见而问之："君之渔隐者之渔耶，渔者之渔耶？"渔者回答："昔姜子牙、严子陵皆以为隐者之渔也。殊不知不钓其鱼，钓其名耳。"牵扯出姜太公、严子陵，表示传承有序；所言"不钓其鱼，钓其名耳"，即不骛俗利、不买仕途，唯求清名而已，也卓有见地。

姜太公直钩钓鱼，是吾国千秋传诵至今的话题。

清孔尚任《桃花扇》第十五出有"金鳌上钩，好似太公一钓，享国千秋"，至第二四出，又有"太公钓鱼，愿者上钩"。清褚人获《隋唐演义》第二十回有"朕闻磻溪叟，一钓而与周公八百之基，贤卿之功，何异于此"，民间皆耳熟能详。太公即姜太公吕尚，字子牙。传说在渭水磻溪用直钩垂钓，周文王外出打猎，跟他相遇，因为谈话投机，即拜吕尚为师。后来吕尚助佐武王伐纣灭殷，建立了周朝。古籍言及太公，称名繁多，诸如"太公钓""子牙垂钓""磻溪钓""磻溪叟""渭滨垂钓""垂钓磻溪""大钓无钩""直钩钓国""磻溪直钩""磻溪未遇"等，虽然故事时有翻新，但都离不开"直钩垂钓"这个主题。西汉刘向《说苑》曰，吕望年七十时钓于渭渚，三日三夜鱼无食者，去请教农人。农人者，古之贤老。对吕望说："子将复钓必细其纶，芳其饵，徐徐而投之。无令鱼骇。"吕照此办理，细纶芳饵，初下得鲋（鲫鱼），次得鲤，"书文曰：吕望封于齐。（吕）望知当贵。"此古代文章小说附会神圣、故弄玄虚的惯用手法。总在无奈了结之际，炫出一番神奇，譬如仙人书壁、老树发声、云篆奇字、刳鱼得书之类，所谓"吕望封于齐。（吕）望知当贵"，当是后人所加。此不稀罕，与其说是成全太公，不如说是成全故事，读者切莫当真。

历代诗文写渔钓，写清士隐居避政或贤能执政、助推君王大业至盛隆威武等，动辄以"太公钓鱼愿者上钩""直钩无妨"等表示心甘情愿，都沿袭老调，缺乏创意新撰。写得比较蕴藉的诗例如下：

岸草青青渭水流，子牙曾此独垂钩。（〔唐〕胡曾）

不作渭滨垂钓臣，羞为洛阳拜尘友。（〔唐〕刘禹锡）

但得忘筌心自乐，肯羡前贤钓清渭。（〔唐〕贯休）

吕望当年展庙谟，直钩钓国更谁知？（〔唐〕罗隐）

所嗟白首磻溪叟，一下渔舟更不归。（〔唐〕温庭筠）

闻道磻溪石，犹存渭水头。

苍崖虽有迹，大钓本无钩。（〔宋〕苏轼）

　　古今写渔钓，轻车熟路地，提笔就会拉扯姜太公进场。太多的君臣相遇，太多的臣襄霸业，总在周王明眼识才上盘旋，仿模构思的结果，繁复生厌，最容易导致创作僵化。日本江户时代中期，汉儒学家伊藤长胤（1670—1736）有一首《题太公钓渭图》，思路稍作开拓，即有新颖脱俗之妙。首句"一片苔矶绿水滨"，就着画面写空间环境景色。次句"长竿手熟"，说人事；"手熟"，道太公直钩垂钓五溪久矣；"五溪春"，补足空间时间；皆唐诗惯用笔法。后半"谁知异日鹰扬者，即是当年鹄发人"，说当时很难预料"鹄发老人"竟能成为"异日鹰扬"者，感慨有理，结出意外。鹰扬，一如雄鹰奋勇，《三国志·魏书》有"（袁）绍鹰扬河朔"。"谁知"，诗文常用句法语，拟言"谁能预料"。宋陈子高《题董瑞明渔父图》的"谁知凤昔风云会，只似寻常江海人"，元陆文奎《昭君卷》的"谁知塞外风尘貌，不似昭阳殿里人"，明俞泰《梅妃吹笛图》的"谁知吹出无双曲，究为嵬坡诉断肠"等皆是，作法可参。

　　东瀛汉诗诗人此诗能运法如丸，生发感慨后还有奇句在后的意外，足堪品味。此诗立意显然借题发挥，意在旁敲侧击那些以为老迈即无用者。当时伊藤长胤年老失遇，自我怜惜，觉得周文王明眼识才且不介意太公出山已八秩衰翁，而太公幸遇明主知己，纵八秩奔赴也在所不辞，如此老而有为，值得褒赞，更况两相情愿的携手，成就了稳定江山的一番大业。好思路，好诗法，不难得好诗。

帝王皇族亦不乏渔钓之兴。清初康熙帝幸海子捕鱼赐予群臣时忽来雅兴，命赋诗御览。诗人查慎行（1650—1727，初名嗣琏），赋得"笠檐蓑袂平生梦，臣本烟波一钓徒"，以为美适，遂以"烟波钓徒"自命，后来"随驾木兰，褒衣襜服，行山谷间。帝望之，笑曰'行者，必慎行也'"，查嗣琏机灵，来了个"意承圣旨"，从此改名查慎行。其《题自怡园钓鱼台》五言小诗，曰"璜溪坐姜叟，濠上游庄周。早若知鱼乐，不妨施直钩"，奉迎也甚乖巧。首二句将姜太公（直钩渔钓）和庄周（逍遥玩钓）对举，转捩后以"不妨施直钩"作结。此诗诗意简洁，但深意不可不知。查慎行借诗向皇上至少表明两点，一是亮明对两种渔钓的看法：姜太公渔钓，直钩不牟私利，只为恪勤襄助帝业；庄周的逍遥玩钓，应非效命帝业的臣工所取。一是表白忠诚：自己选择姜太公的"直钩钓鱼"，敬希皇上放心。康熙闻之，当然心领神会。

其实，说渔钓人事，查慎行小诗所举两种，仍有不全之憾。依拙见，在庄周和姜太公之间，不该忽略的，还有严光。跟庄周逍遥玩钓和太公渔隐入世（即使是特色的直钩直钓）相较，更接近"渔隐之渔"本色本分的是严光。

据《后汉书·严光传》，"严光，字子陵，一名遵，会稽余姚人也。少有高名，与光武（刘秀）同游学"。后来光武即位，严光不想沾光上位，"乃变名姓，隐身不见"，确实真有高风，但光武帝想念严光，"思其贤，乃令以物色访之"。后来齐国报告说，"有一男子，披羊裘钓泽中"。光武帝觉得这位"钓泽羊裘"者，非常符合严光的为人和形象，"乃备安车玄纁（聘请贤士的贽礼），遣使聘之。三反（返）"。后来，"严陵钓""子陵钓""羊裘钓""子陵心""严子情"等，成了诗文家表示不慕官爵、隐居不仕的代语；用"严光钓濑""严子濑""严濑""严滩"等称严光隐居垂钓地七里滩，或他人渔钓地亦借"严滩"等高标自诩；"雨蓑""羊裘"也成了渔隐者标志性的名牌服装。

平素披涉，关于严光"渔隐之渔"，印象比较深的两首诗是宋罗大经《鹤林玉露》赞赏的《题严子陵钓台》，《娱书堂诗话》评为"新奇可喜"的《钓台》。宋章才邵《题严子陵钓台》七绝，诗曰"短棹夷犹七里滩，人亡依旧水光寒。汉家名节君知否？尽在先生一钓竿"。人亡，即人去，说严光随舟远去，不见踪影。夷犹，今言犹豫不前。登钓台，记感怀，评严光避世远遁能清风自葆，持重"汉家名节"，与姜太公的"渔隐入世"相比，其功正在始终把持那根"钓竿"，其志不移。后半以明知故问陡起，虚问实答；下一"尽"字，足见用心。

宋戴复古《钓台》七绝，诗曰"万事无心一钓竿，三公不换此江山！平生误识刘文叔，惹起虚名满世间"。开端述笔评论，说"万事无心"全因乐在"钓竿"，严光追求的就是这种无羁无绊的自由自在，亮明理想意趣。次句补意，说即使用"三公"这样的高爵荣宠也休想换走严子滩生涯的自由自在。其志不移，显露了严光傲立千秋的骨气。后半以"虚名满世"为忧，说因为"平生误识刘文叔（刘秀）"，所以才导致传闻多多，造成"虚名满世间"的误会；诗人虚拟因果只为正话反说，善虚弄巧，亦是诗家一法。

全诗通借严光口气吐述，理直气壮，信戴公是真正理解严光者。三公，是最高军政长官，所谓"一人（天子）之下，万万人之上"者，历代称名不一，权位差似。东汉以太尉、司徒、司空为三公；唐宋虽然沿用其名，但已经名不副实了。

上举二诗评鉴中肯，见识深邃。据此，读懂严光不难。历代诗例择选如下：

> 何必濯沧浪，不能钓严滩。（〔唐〕岑参）
>
> 永愿坐此石，长垂严陵钓。（〔唐〕李白）
>
> 不起严陵钓，空怀范蠡船。（〔元〕马臻）
>
> 荣华暂时事，谁识子陵心？（〔唐〕许浑）
>
> 人谁包马革？子独取羊裘。（〔宋〕汪元量）
>
> 鸟尽弓藏良可哀，谁知归钓子陵台？（〔唐〕谭用之）
>
> 严光钓濑虽亡恙，除却江山万事新。（〔宋〕陆游）

冠剑云台大县侯，富春渔钓一羊裘。（〔元〕元好问）

陶公门前犹存菊，严子滩前不解蓑。（〔元〕吴当）

就这样，不走仕途，纵有皇权抬举都不动心去附势攀缘的严光，终以"富春渔钓一羊裘"远逝而去，留下真正的"渔隐之渔"让千秋清心志士叩念不已。

历史风云瞬变，世态纷杂，渔钓之议不会仅仅是钓鱼怡乐或渔隐自在那么简单的两个话题。明末方以智《释诂·吊诡》曰："吊诡，即钓诡；今之钓誉，非诡而何？"批亢捣虚，一针见血。雍正元年（1723），清世宗《谕总督》，公开谈到嗜利污吏的"贪禄躁进之病"，曰"今之居官者钓誉以为名，肥家以为实，而云名实兼收以为'钓道'"，以及更加不易解读的枉尺直寻的"钓术"之类，应该至今未为已矣。

秦末儒生孔鲋（托名）辑编的《孔丛子》（疑为三国魏王肃伪制）中有一段关于渔钓的见解，非常精辟。说"卫人钓于河得鳏鱼（鲩鱼，即草鱼），其大盈车"，智者子思见状，便上前请教，卫子说，先下一小鲂（今之武昌鱼），鳏鱼过而弗视；后下一半豚（小猪肉），鳏鱼则吞之。于是，"子思曰：鳏虽难得，贪以死饵（能置之于死地的饵）；士虽怀道，贪以死禄（能置之于死地的利禄）"。小文精短，但"贪以死饵"和"贪以死禄"的高论骇世，能振聋发聩，必有惊醒之人。

正欲搁笔，忽然想起那学古高标、"读书不作儒生酸"的北宋文人谢逸（字无逸），在其《寄隐居士》诗中以"处士骨相不封侯，卜居但得林塘幽"开篇，料也说的是"渔隐者之渔"。谢逸，一生直钩处世，不钓名利，留下"贪夫蚁旋磨，冷官鱼上竹"等诗篇，老死布衣。

此类渔钓诗文，小题大义，读之醒目震心，足可为世人鉴。

1993 年 7 月

春风赋笔写桃花

近读清人林昌彝的《海天琴思续录》，内引有蒋和宁赋白桃花句："亡息肯矜红粉艳，避秦只觉白衣尊。"前句用桃花夫人（既息夫人，其事详见《息妫诗话》）事，后句显然是用《桃花源记》事。诗写得不错，但是有个问题：《桃花源记》里的桃花是白色的吗？只是由此想起一段"故事"来。

少年时读陶渊明的《桃花源记》，匆匆一过，只觉虚幻有趣，不解深意。教我读诗的刘思祖先生在一旁问："可看出文中桃花的颜色？"于是，又读两遍，依然不知桃花源的桃花是红是白。请教先生，先生笑道："匆匆过眼即称佳者，最要小心。陶公写桃花仅用二十余字，无一字一句言色，必有道理。何日悟出此理，即读通此文矣。"后来上南开大学时重读此文，知道了陶公其人其事，又逐渐了解其虚托言志的深意，方知其妙。既是写虚幻之境，必如梦中游历，所见都有一种似是而非的神秘，不写花红花白，也在情理之中。就武陵渔人而言来去竟然不知花红花白，合该"不复得路"。由此看来，蒋和宁用白桃花言桃花源事，就有些"好读书，不求甚解"了。

桃花，是"四大春花"之一。诗人咏春，多写桃花，笔者昔有"东风吹遍鹅黄柳，不见桃花不是春"句，说的就是这个意思。写桃花的方法很多，最常见的是一种在设色上落想，再结合借喻、拟人、夸张、映衬、用事等变化而出的写法。

桃花有红白二色，诗人大都爱写红桃花。如老杜的"红入桃花嫩，青归柳叶新""影遭碧水潜勾引，风妒红花却倒吹""不分桃花红胜锦，生憎柳絮白于绵”“桃花一簇开无主，可爱深红爱浅红”等俱是。特别是“红入桃花嫩，青归柳叶新”，将表述颜色的字冠于句首，醒目在前，犹如诗人先远望而后近观一般，写景生动，最为历代诗论家看好。于是，偏爱之余，又生偏激之论，以为首字设色乃老杜家法，好像非如此皆不可得盛大光景。宋代范晞文《对床夜语》评此法曰“不如此，则语既弱而气亦馁”等。其实，此法在老杜之前并不少见。仅写桃花，南朝谢惠连乐府诗中就有“红桃含夭，绿柳舒荑”的名句。唐本朝封敖的“红萼开萧阁，黄丝拂御楼”、鱼玄机的“红桃处处春色，碧柳家家月明”等，皆写红桃花，也色字冠首，只是远不及杜甫罢了。首字用色，未必句句见好，而元稹的“腻粉梨园白，胭脂桃径红”和杨维桢的“柳条千树僧眼碧，桃花一株人面红”，色字缀后，又未必逊色。可见诗论工拙，当不必拘于色字置前缀后。置前，法也；置后，亦法也。当前者前，须后者后，一任作手结构。老杜此句，得力于炼字着色，以动写静。“红”“青”二字纵妙，若无“入”“嫩”“归”“新”帮衬，亦语弱气馁，一如染坊例行公事，又何以“色彩得见精神”？由此又可知，学诗须学诗法，如对佳肴，只会叹绝（如今之“鉴赏”，皆虚说番番“意境”之类），而不悟作法，终归难于自立。然而学法，又须融会旁通，巧生变化。譬如都写红桃花，又都用设色，王维有“雨中草色绿堪染，水上桃花红欲燃”，明色，夸张；杜甫有“不分桃花红胜锦，生憎柳絮白于绵”，明色，比较；又有“颠狂柳絮随风去，轻薄桃花逐水流”，暗色，拟人，用欧美诗人所谓的“主观写法”；陆游有“花径三月桃花发，霞照波心锦裹山”，暗色，借代；谢枋得有“寻得桃源好避秦，桃红又见一年春”，明色，用事等，皆即目成绘，运法自如，真不苟作。

　　写红桃花，古诗中多用“红粉”“红雨”代之。比较好的诗句，如唐代王建的“桃花红粉醉，柳絮白云狂”，孟郊的“红雨花上滴，绿烟柳际垂”，元代赵孟頫的“野店桃花红粉姿，陌头杨柳绿烟丝”，清代张篯仙的“糁径白毡铺柳絮，漫溪红雨落桃花”（前句用老杜的“糁径杨花铺白毡"，后句用李贺的"桃花乱落如红雨"）等，又兼用拟人、比喻、翻借之法，也巧致可咏，只是写桃花，一定要拉出柳来作衬，未免有点模式化。

写白桃花的诗相对少些，像元代杨载的"一枝如玉照芳春，几度凭阑欲殢人""不是梨花飘雪树，望中清绝更无伦"，清代温松云的"缟衣仙子下瑶池，化作花身玉一枝"，潘曾莹的"粉痕飘镜槛，月色上窗纱"之类，好是好，但算不得上品。在笔者印象中，最精彩的恐怕应该是清人刘霞裳的《咏白桃花》。据《随园诗话》载，白桃花盛开时诗客云集，佳作翩翩，至刘霞裳诗出，众皆大服。刘霞裳诗的最后两句是"刘郎去后情怀减，不肯红妆直到今"，相物下语，曲尽形容之致。难怪大才子袁枚见此诗后，也不敢将自作的《白桃花诗》示人了。此诗妙在何处？见仁见智，可以列出许多，但笔者以为最妙的是此诗专在设色上构意，用了"脱色法"。譬如欲写白梅花，不妨先写红梅花，然后附会一个妙想，再"脱"去红色。明代解缙写《白鸡冠花》，即巧用此法。诗曰："鸡冠本是胭脂染（落笔先写红色），洗却胭脂似雪妆（脱色）。只为五更贪报晓，至今犹带一头霜（收笔已成白色）。"此法，也有人称作"善解"，先离后合，虚实相生，往往能收意外之妙。

刘霞裳诗中的"刘郎"，当然是指唐代诗人刘禹锡。刘禹锡被贬官后写过两首很有名的桃花诗，历代盛传不衰，"刘郎桃花"几成典故，所以刘霞裳借此诗典，善解了红桃花变成白桃花的原因。"脱色"在外，不过是个形式，关键还在于诗心结撰。"脱色"，是立足于设色和曲笔的需要而生的创造性思维结果。有"脱色"，就有"染色"。譬如欲写红桃花，也可以先写白桃花，然后"染色"，同样是反向思维（创造性思维的一种）构意的结果。陈去非写《墨梅》即用此法，其诗曰："粲粲江南万玉妃，别来几度见春归？相逢京洛浑依旧，只是缁尘染素衣。"缁，黑也；素，白也。素衣染缁尘，形之纸上墨梅，自然丰采。笔者写《紫玉兰》，曾有"休道此花心冷淡，人前也著晕红妆"句，正是辗转"白玉兰"而来。

　　衬色，也是桃花诗中常见的设色法。除上述的以绿柳相衬之外，还可以用青草、翠竹、白柳絮、清泉、梅花、桃叶、李花、杏花、紫燕、黄鹂、人面、梨花、白芷、兰蕙、纸墨等。例如王维的"雨中草色绿堪染，水上桃花红欲燃"、梅尧臣的"桃花夭红竹净绿，春风相间连溪谷"、杜甫的"桃花细逐杨花落，黄鸟时兼白鸟飞"、元稹的"山泉散漫绕阶流，万树桃花映小楼"、孟郊的"南浦桃花亚水红，水边柳絮由春风"、段继昌的"竹外寒梅看欲尽，清香移入小桃花"、晋《桃叶歌》的"桃叶映红花，无风自婀娜"、宋无的"陂塘几曲深浅水，桃李一溪红白花"等，无论明暗虚实，总以主客相洽，情景生动为好。除上述诗例外，再录若干诗句如下。如果注意其设色上的明暗虚实、宾主陪衬，披览一遍，必有可采。

江水带冰绿，桃花随雨飞。（储光羲）

腻粉梨园白，胭脂桃径红。（元稹）

桃红柳絮白，照日复随风。（庾肩吾）

桃花红粉醉，柳絮白云狂。（王建）

桃花飞绿水，三月下瞿塘。（李白）

野水碧于草，桃花红照人。（张耒）

坐看红树不知远，行尽清溪忽见人。（王维）

红染桃花雪压梨，玲珑鸡子斗赢时。（元稹）

玉沙瑶草连溪碧，流水桃花满涧香。（曹唐）

细草拥坛人迹绝，落花沈涧水流香。（皎然）

兰蕙有恨枝尤绿，桃李无言花自红。（欧阳修）

杨柳青青宛地垂，桃红李白花参差。（苏颋）

雪消新水鸭头绿，沙暖小桃腥血红。（李孝光）

野桃含笑竹篱短，溪柳自摇沙水清。（苏轼）

春风过柳如丝绿，晴日蒸桃出小红。（王安石）

瑞锦已残犹有梦，明霞初散可无诗？（陆游）

　　　随着闲云入洞来，桃花红欲滴青苔。（敬安）

　　设色法，不过诗家小技，读者果能细心品读有悟，既不难增添愉悦感、提高鉴赏力，亦不难在创作中巧进拙成。若学一法则咬定一法，不知融会旁通，终难免东施效颦之病。宋代赵师秀写过"有约不来过夜半，闲敲棋子落灯花"等不乏情趣的诗句，但毕竟才思有限，因怯于作律，曾有过"一篇幸止有四十字，更增一字，吾未知之何矣"之叹（见刘克庄《野谷集序》）。赵师秀写桃花，有"一观桃花红似锦，两堤杨柳绿于云"句。以作法观之，二句显然是偷老杜"不分桃花红胜锦，生憎柳絮白于绵"而来，只是下语生硬，如泥水行舟，陷入了预设法式。学法能用，又不为法所拘，自然造化在手。例如李白写《白胡桃（即白核桃）》有"红罗袖里分明见，白玉盘中看却无"句，同样是在设色上落想，也如"脱色法"般先自对比色（红色）写来，却交用衬色法，一衬再衬，故得平中生奇。若以小说作法比较之，先以红罗袖写白胡桃之白，如"写鲁肃老实以衬孔明之乖巧，是反衬也"，后以白玉盘写白胡桃之愈白，如"写周瑜乖巧以衬孔明之加倍乖巧，是正衬也"（见毛宗岗点评《三国演义》），真运法如意，不愧大家手笔。

　　诗写桃花，除设色法外，因作手心境、见解不同，作法亦各呈特色。学诗者若肯下点儿功夫，在比较中品鉴一番，必有所得。

　　譬如同写桃花，可从褒从贬。桃花花期极短，说她"娇弱无人赏，尽随流水东""东风作势争先放，烂漫花开三日红""轻薄桃花逐水流"，俱是贬抑，但未免有些白露，终不及唐代孔绍安《应诏咏夭桃》含蓄。其诗曰：

　　　结叶还临影，飞香欲遍空。
　　　不意余花落，翻沉露井中。

此诗写桃花之轻浮虚妄，最后难免"余花""翻沉露井中"的可悲命运，皆不从句上作贬，而妙在句外远出深意。

又诗写桃花源，多涉桃花，但桃花一般只作背景物来写，唯宋代蔡襄《建溪桃花》偏以怨桃花写寻桃花源事，见异独出。诗曰：

> 何物山桃不自羞，欲乘风力占溪流。
>
> 仙源明有重来路，莫下横枝碍客舟。

武陵渔翁不复得路，本与桃花无关，诗人反借桃花作解，也是一种构意巧妙的"无理写法"。

赞美桃花的诗，应不在少数。比较有名的，如唐代白敏中的《桃花》、唐代吴融的《桃花》等。其他由赞美转而怜惜，转而写美人或自家命运（借景物自况），甚至写爱情的失落感，都可以看作是这类桃花诗的发展或者变化写法。诗例如下：

> 千朵秾芳倚树斜，一枝枝缀乱云霞。
>
> 凭君莫厌临风看，占断春光是此花。
>
> 　　　　　　　　白敏中《桃花》

> 满树如娇烂漫红，万枝丹彩灼春融。
>
> 何当结作千年实，将示人间造化工。
>
> 　　　　　　　　吴融《桃花》

> 桃花春色暖先开，明媚谁人不看来？
>
> 可惜狂风吹落后，殷红片片点莓苔。
>
> 　　　　　　　　周朴《桃花》

> 花径二月桃花发，霞照波心锦裹山。

说与东风直须惜，莫吹一片落人间。

陆游《泛舟观桃花》

四月深涧底，桃花方欲燃。宁知地势下，遂使东风偏。
此意颇堪惜，无言谁为传。过时君未赏，空媚幽林前。

刘长卿《晚桃》

敷水小桥东，娟娟照霞丛。所嗟非胜地，堪恨是春风。
二月艳阳节，一枝惆怅红。定知留不住，吹落路尘中。

温庭筠《敷水小桃盛开》

食桃种其核，一年核生芽。二年长枝叶，三年桃有花。
忆昨五六岁，灼灼盛芬华。迨兹八九载，有减而无加。
去春已稀少，今春渐无多。明年后年后，芳意当如何？
命酒树下饮，停杯拾余葩。因桃忽自感，悲吒成狂歌。

白居易《种桃歌》

桃花开东园，含笑夸白日。偶蒙东风荣，生此艳阳质。
岂无佳人色，但恐花不实。宛转龙火飞，零落早相失。
讵知南山松，独立自萧瑟。

李白《古风》

一树红桃亚拂池，竹遮松阴晚开时。
非因斜日无由见，不是闲人岂得知。
寒地生材遗较易，贫家养女嫁常迟。
春深欲落谁怜惜，白侍郎来折一枝。

白居易《晚桃花》

茫茫天意为谁留，深染夭桃备胜游。

未醉已知醒后忆，欲开先为落时愁。

凝蛾乱扑灯难灭，跃鲤傍惊电不收。

何事梨花空似雪，也称春色是悠悠。

　　　　　　　　　李咸用《绯桃花》

温情腻质可怜生，氾氾轻韶入粉匀。

新暖透肌红沁玉，晓风吹酒淡生春。

窥墙有态如含笑，对面无言故恼人。

莫作寻常轻薄看，杨家姐妹是前身。

　　　　　　　　胡师闵《粉红桃花》

去年今日此门中，人面桃花相映红。

人面不知何处去，桃花依旧笑春风。

　　　　　　　　崔护《题都城南庄》

施朱施粉色俱好，倾国倾城艳不同。

疑是蕊宫双姐妹，一时携手嫁东风。

　　　　　　　　　邵雍《二色桃》

十年相别复相逢，墙外千枝依旧红。

只有苍颜日憔悴，奈缘多感泣春风。

　　　　　蔡襄《过南剑州芋阳铺见桃花》

忆昨东园桃李红碧枝，与君此时初别离。

金瓶落井无消息，令人行叹复坐思。

坐思行叹成楚越，春风玉颜畏销歇。

碧窗纷纷下落花，青楼寂寂空明月。

两不见，但相思。

空留锦字表心素，至今缄愁不忍窥。

李白《寄远》

小桃甚小能芬芳，乃在主人厅柱旁。

忽然见此婉清扬，使我废书典衣裳。

去年柔弱风中狂，樊姬痴小未解妆。

绿罗衫袂红锦裆，一笑伴我窗风凉。

一春寂窦卧桁杨，花气扑帘闻昼香。

水飘竹格小匡床，主人乃是江左王。

小桃小桃弗尔伤，坐看明年厅柱长。

王弼《戏题窗前小桃》

　　褒贬桃花诗中，有不少作品可耐百读。从作法上看，上列十六首诗各有所长，但李白的两首诗最堪揣摩。《寄远》一诗先从彼时间彼空间的"初别离"说起，写同一空间而不同时间变化中诗人的愁思，又以对仗句"碧窗纷纷下落花，青楼寂寂空明月"，作天地景并写（地上落花纷纷，天上明月寂寂），衬出别离后的惨淡孤寂。花落人去，"春风玉颜畏销歇"，加倍愁思，故"两不见，但相思"，如此而已。最后，牵出"锦字"（锦书），说"空留锦字表心素，至今缄愁不忍窥"，返转呼应前面的"忆""行叹复坐思""坐思行叹"和"但相思"，意圆。有锦书而不忍窥，只是一味"忆"和"思"。眼前不见不写所思之人，只有桃花、明月，又只写桃花、明月，眼看"东园桃李红碧枝"转瞬已成"碧窗纷纷下落花"，人何以堪？如此写相思之情，比直白道来，弥觉深沉有致。此诗用韵在古风诗中亦是一格。前四句用"枝""离""思"（平声，支韵），中四句用"越""歇""月"（入声，月韵），后四句又复用前平声韵，且不避同字，有"思""窥"（平声、支韵）相押。这是四句一转的古风用韵法，又首尾同韵以示呼应圆转。

　　李白另一首《古风》对桃花也作贬抑，但写法不同于一般。诗先写桃花，最后带出山松。看上去，先抑桃花后扬山松，很容易误会是以桃衬松。如果从作法上分析，此诗应是桃花为主，山松为宾，虽然褒贬各是，但结二句一出，以宾衬主，愈见抑桃（喻小人）之意。所以，李白用"讵（岂）知南山松，独立自萧瑟"的婉转语气道出了自己的态度。

　　崔护的《题都城南庄》也很值得一读。历代评论此诗的都不乏其人，但皆不谈此诗的作法。依笔者拙见，此诗至少有三法可取。其一，双写法，全诗以桃花、女子（人面）相映照，双写始终。其二，合分法，即"人面桃花相映红"总说（合写），以下又"人面不知何处去""桃花依旧笑东风"，作分述（分写）。一如句法中苏轼的"春色三分，二分尘土，一分流水"，又如章法中杜甫的《房兵曹胡马》五律，总说在前，后分写马之骨相、双耳、四蹄、能力与德性。其三，时空法。首句以"去年今日此门中"写彼时间彼空间，诗的下半写不同的时间（今年今日）的同一空间的人事变化。这种"桃花依旧""人面何处"（假定空间未变，时间变化）所带来的惆怅失落，跟"春日寻常有，居家便不同"（假定时间未变，空间变化）所流露出的喜悦，以及"何当共剪西窗烛，却话巴山夜雨时"（在现实时间与空间中写未来的时间与空间）所蕴含着的希望，都是诗人借助时空法来表述其空间体验和时间感悟的结果。由作法观照之，崔护此诗给读者和研究者的启发应该远在一般爱情诗之上。

　　另外，再结合前述的设色法，读一读邵雍的《二色桃》，也很有趣味。首句"施朱施粉色俱好"写二色桃花虽然红白不同，但"色俱好"（都很美），异中见同；次句"倾国倾城艳不同"说二色桃花虽然一样美丽，但其"艳不同"（红艳白素），同中见异。下半两句以喻作转结，说二色桃花"疑是蕊宫双姐妹，一时携手嫁东风"，相形洽好，爱花之情溢于言外。宋代杨万里写《红白莲》的方法，与此诗相同。其诗首句"红白莲花开共塘"（虽花色不一，却一塘共用），次句"两般颜色

一般香"（虽花色不一，却一般清香），都是异中见同。转结二句"恰
如汉殿三千女，半是浓妆半淡妆"（说红白二莲美如汉殿宫人，是同；
说一半浓艳一半素雅，是异），显然是同中见异。若以前述作法再对比
元代陈鸿的《咏红白桃花》，料不难更有新得。陈鸿诗曰：

> 双艳如从露井看，妆分浓淡映雕栏。
>
> 玉肤中酒冰绡薄，粉面窥人锦帐寒。
>
> 杏雨并随窗外度，梨云同入帐中残。
>
> 胆瓶不是余香在，定讶珊瑚间木难。

首句"双艳"明点题，述起；次句承述作评，又写红白二色桃花的同
中见异。第二联分写白桃花和红桃花，也可以看作是同中见异法之继
续。第三联以"杏雨""梨云"作陪，衬写，也是紧扣红白二色。最后
以反说法作结，留下余韵。

学诗，须悟作法，非如此，不会真正读深读透。不过，知法者未见
得皆善作诗。明代杨基也作过一首《壶中二色桃花》，其"素颊映红
腮，西园共折来"，也并非无法，但不见情性，不见意趣，终算不得
好诗。

总之，学法，似是而非则已；用法，亦似是而非则已。只要能悟
法、得法，"内取心肝"，外善变化，自有万千开阔手段。如此，又岂
止桃花诗乎？

1993 年 5 月初稿

1994 年 10 月增改

千秋公案海棠诗

　　《百花谱》称海棠为"花中神仙"，足见美之盛。海棠，为四大春花之一。其株翛然出尘，着花繁艳，点点簇簇，色如胭脂，俯视众芳，大有超群绝类之势。《草木记》说"凡花木以海名者，悉从海外来，如海棠之类是也"。这么说，海棠还是一位前来九州落俗的"海外仙子"。那么，九州方圆，哪儿的海棠最美、最有名呢？传说："龙眼生南岭，海棠开四川"，看来，是在天府之国。

　　宋代诗人陆游的"成都二月海棠开，锦绣裹城迷巷陌"，就是写当时西蜀海棠盛开的迷人景象。海棠在蜀，土质气候相宜，美艳异于他土，故又称蜀客、蜀棠、川红。据说，赏过川红的人，再见他土生物，都有"黄山归来不看山"之叹。陆游离蜀之后，一见海棠必思川红。他回忆当年游张园（成都名苑）观海棠之盛况，曾写过"尚想锦官城，花时乐事稠。金鞭过南市，红烛宴西楼。千林夸盛丽，一枝赏纤柔。狂吟恨未工，酩酊醉不休"。在这之前，唐代郑谷入蜀见到海棠，大呼"相见恨晚"，也留下过"一枝低带流莺睡，数片狂和舞蝶飞。堪恨路长移不得，可无人与画将归"的名句，弄得九州四野的爱花人同心向往蜀棠，至今不息。

　　其实，秦中海棠、两湖海棠和会稽海棠也是名物。只是诗人多半有"先入眼者为胜"的毛病，所以一旦看中蜀棠、川红，便慢怠了其他。于是，不能往蜀或离蜀的外乡诗人，见爱之余又难免怨天怨地，借诗句来平衡心态。例如宋代杨万里的"垂丝别得一风光，谁道全输蜀海棠"、吴中复的"却恨韶华偏蜀土，更无颜色似川红"、郭稹的"博得东君深意态，染成西蜀好风光"等，见出诗人性情，读者读之一笑，也很有意思。

写海棠花的名句很多，有代表性的是宋代眉山大才子苏轼写的《海棠》。诗曰：

> 东风袅袅泛崇光，香雾空蒙月转廊。
> 只恐夜深花睡去，故烧高烛照红妆。

"崇光"，在诗中指春光。苏轼怕夜深海棠睡去，便点烛陪伴海棠。其痴爱之情，着实动人。传在苏轼之前，唐明皇登沉香亭召杨贵妃（太真），杨当时宿酒未醒，遂命高力士及侍儿扶掖而至，其醉颜残妆，钗横鬓乱，不能再拜，明皇曰"海棠春睡未足耶"（见《太真外传》），将杨贵妃比作海棠。苏轼诗意似从《太真外传》借来，但光景一新，最得后人传赏。之后，诗人写海棠，专以此诗为一路，或写海棠睡态，或写烧烛伴花，熟路未得生新，大都堕入小家格局。例如元代杨维桢的"金屋银钉照宿妆，一枝分得锦云乡"、马臻的"底事诗人吟不稳，直须烧烛夜深看"、明代高启的"寂寥银烛与金盘，睡足帘前怯晓寒"、黄少玉的"睡起不堪重秉烛，春来愁煞海棠花"等，皆未跳出"如来手心"，留下遗憾。作诗，非不可翻借，但境界要新。武人对打，如果拳拳相似，则易被他人破招而缧绁为囚也。

诗人爱海棠，连诗僧也不例外。宋代惠洪的"酒入香腮笑未知，小妆初罢醉儿痴。一枝柳外墙头见，胜却千丛著雨时"，元代至仁的"月里精神今更好，雨中颜色向来新"，都是咏海棠的名句。特别是惠洪诗的前两句，忘情已失佛门身份。若道"四大皆空最难"，此诗应是无意流露了真情。二诗在作法上，都本唐代郑谷的《海棠》。郑谷诗有"艳丽最宜新著雨，妖娆全在欲开时"，说着雨的海棠最艳丽。僧至仁以为然，说"雨中颜色向来新"，而惠洪以为不然，说"一枝柳外墙头见，胜却千丛著雨时"。一翻一借，各得其妙。

　　词中写海棠的佳作不太多，必须提到的是李清照的《如梦令》。
词曰：

　　　　　昨夜雨疏风骤，浓睡不消残酒。试问卷帘人，

　　　　却道海棠依旧。知否？知否？应是绿肥红瘦。

此词淡淡道来，轻轻点拨，最后以"绿肥红瘦"叫醒，最妙。笔者昔
有"闲抛四字压须眉"句吟李清照词，其中"四字"即指"绿肥红
瘦"。"绿肥红瘦"仅以色字代物，形之以"肥瘦"，作拟人，语极精简
且画相生动，几成今古写落花之最佳写照。

　　凡物，难得十全之美。海棠花美，却无香。金代梁持胜有"只缘
造物偏留意，任使无香亦可人"句，正言海棠纵无香亦无碍名花之意。
尽管如此，爱海棠的诗人大都接受不了"海棠无香"这个事实，表现
最激动的是陆游。其诗曰：

　　　　　蜀地名花擅古今，一枝气可压千林。

　　　　讥弹更到无香处，常恨人言太刻深。

硬把那一腔怨气尽朝"人言"泄来，读者读之一笑，也见得诗人真
性情。

　　普天下的海棠真的都无香吗？

　　据《墨客挥犀》说"海棠无香，独昌州独香"，《阅耕余录》也说
"昌州海棠独香……号海棠香国"，又说"蜀嘉定州海棠有香，独异他
处"。元代刘诜《赋欧园海棠和罗起初》起二句是"蜀州海棠锦成畦，
昌州海棠芳气霏"，意思也与前说相同。明人孔迩《云蕉馆纪谈》记
云："（明）昇在重庆，取涪江青？石为茶磨，令宫人以武隆雪锦茶碾
之，焙以大足县香菲亭海棠花，味倍于常。海棠无香，独此地有香，焙
茶尤妙。"

那么，真的只有昌州或嘉定州的海棠才有香吗？

今古爱海棠者难计其数，知其无香者，大都人云亦云，未去做过实际调查。为爱花之心所驱使，多处做过认真调查的是宋代诗人薛季宣。其作《香海棠诗并序》曰："旧说海棠无香，唯昌州海棠有香，验之蜀道，信然，以为不易之论。药圃有棠三本，其花亦香，乃知非蜀棠独香，香棠自有种耳。"薛的结论是"香棠自有种"，并非花香因地而异。其说纠正了"海棠无香"和"独昌州独香"之说，但可能是"人微言轻"之故，其说却鲜为人知。所以，为此事薛也深感遗憾。其诗曰："世间原有无穷恨，海外棠花宫锦烂。……卷袖胭脂红入腕，喷入兰芷芳都贯。……裹取缃巾永传玩，他年留得重公案。"

1992 年笔者在北京西山开会，曾去植物园请教过"海棠无香"之事，园艺师答曰："自古以为海棠无香，后来获知海外海棠也有有香与无香两种，遂作考察，果然。非水土尽然，固有种耳。"笔者又将薛诗大致意思告知，园艺师叹曰"诗可信，然而'公案'毕竟已逾千年"。既写海棠诗话，此诗此事不可不提。由此可知，花诗题材虽小，亦不可轻视。

诗人爱花，咏物诗以花木诗最多。什么花的诗最多呢？明代李东阳《麓堂诗话》认为"花木唯梅诗最多"。梅诗写得最多的，据清人俞樾《茶香室丛钞》引《扬州画舫录》说"焦继轼……有梅花百韵诗"。又周必大《二老堂诗话》说宋还有唱和、次韵的梅诗达八百上千者。从数量上看，海棠当然不及梅花。

那么，写海棠诗最多的诗人是谁呢？没人统计过。依笔者寡闻之见，这位诗人应推宋人沈立，他写过《海棠百咏》，可惜诗名不显，后人选集多不见录。从未写过，或者写了而佚篇的诗人，应不在少数，但因海棠惹出一段千古公案来的，是诗人杜甫。

杜甫晚年居蜀，海棠又是蜀中名物，杜诗中找不见一首写海棠的诗，难免大家奇怪。唐本朝及唐之后的文人学者对此都很感兴趣，或云杜甫生母名海棠，诗人当然不愿赋予母亲同名的花诗（见宋人王禹偁诗话）；或云老杜当时衣食难保，无有心思赋闲花闲草等，众说纷纭，至今未有定论。当然，更多的诗人是出于对海棠的偏爱，对老杜由不理解进而大生埋怨起来。例如：

> 许昌奇此遇，子美欠先扬。（杨谔）
>
> 但得常如妃子醉，何妨独欠少陵诗。（范成大）
>
> 吟笔偶遗工部意，赋辞今职翰林权。（范镇）
>
> 诗老无心为题拂，至今惆怅似含情。（刘子翚）
>
> 子美诗才犹搁笔，只今寂寞锦城中。（吴中复）
>
> 子美无诗到海棠，酒边游戏略平章。（徐俯）
>
> 少陵例有诗沾丐，只枉无言到海棠。（王世昌）
>
> 杜陵应恨未曾识，空向成都结草堂。（王十朋）

唐朝诗人郑谷的《蜀中赏海棠》大概是先发难的："浓淡芳春满蜀乡，半随风雨断人肠。浣花溪上堪惆怅，子美无心为发扬。"说浣花溪上的海棠因老杜的麻木而倍感惆怅。后来宋代王安石出来解围，说老杜酷爱梅花，爱得很专一，"少陵为尔（梅花）牵诗兴，可是无心赋海棠"，所以没有心思写海棠了。到南宋，陆放翁也为老杜说话，认为老杜不写海棠并非不为佳色所动，或许写了，遗失无存；或许写得不满意，未容流传；或许"正自一时偶尔，俗人平地生疑"。放翁那两句有名的诗是"拾遗旧咏悲零落，瘦损腰围拟未工"，说的就是前两种可能。后来各家又有新树旌旄的，也有支持前说的，至今这段"公案"也没有终判。

为老杜解脱的有代表性的诗文有：

> 倚风莫怨唐工部，后裔谁知不解诗。（杜默）
>
> 自是晦明天不定，非干工部欠渠诗。（方岳）
>
> 夜雨偏宜著，春风一任狂。当时杜子美，吟遍独相忘。
>
> （梅尧臣）

杜子美居蜀，累年吟咏殆遍。海棠奇艳，而诗章独不及，何耶？郑谷诗云"浣花溪上空惆怅，子美无心为发扬"是也，本朝名士赋海棠甚多，往往皆用此为实事。如石延年云："杜甫句怍略，薛能诗未工。"钱易诗云："子美无情甚，都官著意频。"李定诗云："不需工部风骚力，犹占勾芒造化权。"独王荆公用此作梅花诗，最为有意。所谓"少陵为尔牵诗兴，可是无心赋海棠"也。（见《韵语阳秋》）

众说纷纭之中，笔者最欣赏的是苏轼的说法。

据《诗话总龟》言，东坡被贬齐安（湖北黄州），当地有位色艺俱佳的乐籍女子叫李宜，与他多有交往。她虽然"色艺不下他妓，他妓因宴席中往往得到（东坡）诗，（李）宜独以语讷不能请"。后来东坡调任临汝，饯行时，李宜捧觞再拜，问"苏学士为何无有一诗一字一画与我李宜？"东坡是诗书画大家，李宜问得好，又料东坡此次不会拒绝，遂取领巾乞书。

东坡"顾视久之，令李宜磨砚墨浓，取笔大书'东坡五载黄州住，何事无言及李宜？'方书两句即掷笔，袖手与客人笑谈。坐客相谓'（诗）语似凡易，又不终篇，何也'。至将撤具，（李）宜复拜请，东坡大笑曰'几忘出场（差点忘记了）'"，然后"继书云：'恰似西川杜工部，海棠虽好不留诗。'一座击节，尽欢而散"。此书所记之事非常生动，东坡的诗更为精彩。全诗曰：

> 东坡五载黄州住，何事无言及李宜？
> 恰似西川杜工部，海棠虽好不留诗。

此诗先以问发端，自问作诗缘由。然后借喻自答，说五年间未有诗画赠予李宜，恰似在西川居住多年的杜甫没有写海棠诗，是因为海棠实在太美了。所答似非而是，既化解了李宜的嗔怨，也为自己的疏略作了巧妙的解脱。显然，个中的借喻也表达了东坡的审美观念：世间美妙无比的事物都比较难写，写得过分或不及都是遗憾，而恰到好处又太难，不如不写，留下尽可能多的想象空间让人们自去玩味。如果当时东坡真给李宜写了字画，至今未必能够传世，而这段佳话却借诗长存了。李宜大幸。

一段海棠诗案虽然没有终判，但东坡此诗一出，纷纭的诗坛争论忽然消停了许多。东坡这首诗好就好在构想高妙，它既没有郑谷的火气、王安石的牵强，也没有后来南宋陆游的那份较真，好轻松，好浪漫，好像什么也没说出来，却让人实实在在地感到了某种完美。林肯曾说过，阐述道理有三个结果，即面包、鞭子和诗。东坡的说法显然是一首诗。

行文至此，本应打住，忽地想起清代浙江钱塘才子厉鹗（樊榭）的一首绝句来。其诗曰：

> 花中戚里此称奇，淑态秾姿想见之。
> 莫笑杜陵穷相眼，《丽人行》即海棠诗。
>
> （注：丘濬《牡丹荣辱志》以海棠花为花戚里。）

厉鹗此诗突发奇想，诗意表达非常清楚，认为杜甫虽然没有写海棠，但他作于天宝十二载（753）春天的《丽人行》实际上就是一首海棠诗。即是说，千年来已渐平息的海棠诗案在清代又掀起一阵涟漪，故拙笔也不得绕此而行。

《丽人行》，是杜甫首创的一个乐府诗新题。因此诗写曲江春游的贵族妇女，故名。要理解厉鹗这首绝句，必须先弄清楚什么是"戚里"。戚里，即汉以来长安城中皇亲外戚的居住地。《长安志》注曰："（汉）高祖娶石奋姊为美人，移家于长安城中，号之曰戚里，帝王之姻戚也。"戚里，也可转代皇亲外戚。杜甫诗写三月三日（上巳节）长安贵妇春游曲江事，贵妇人中尊显之首是杨家姐妹（杨贵妃之姊韩、虢、秦诸夫人）。因为这些贵妇算得上是戚里之花，而海棠花又可称"花戚里"，所以厉鹗据此调侃"《丽人行》即海棠诗"。《丽人行》诗曰：

> 三月三日天气新，长安水边多丽人。
>
> 态浓意远淑且真，肌理细腻骨肉匀。
>
> 绣罗衣裳照暮春，蹙金孔雀银麒麟。
>
> 头上何所有？翠微匐叶垂鬓唇。
>
> 背后何所见？珠压腰衱稳称身。
>
> 足下何所著？红渠罗袜穿镫银（据明杨慎云古本有此二句，今本不见）。
>
> 就中云幕椒房亲，赐名大国虢与秦。
>
> ……
>
> 杨花雪落覆白蘋，青鸟飞去衔红巾。
>
> 炙手可热势绝伦，慎莫近前丞相嗔！

那么，此诗能否算杜甫的海棠诗呢？

笔者认为，虽然诗中的"态浓意远淑且真，肌理细腻骨肉匀""珠压腰衱稳称身""红渠罗袜穿镫银"等句描写贵妇之美，与形容海棠之美相仿佛，但毕竟杜甫写的是人与事，而非海棠花。花戚里，既可代贵妇，又可称海棠，被厉鹗借喻，不过是一种巧合。其实，厉鹗之见也非严肃的判断，说《丽人行》就是杜甫的咏海棠诗，只是善解（作诗的一种方法）而已。有人读了厉鹗诗，以为真的发现了杜甫的海棠诗，实是误会。纵厉鹗返世，也未必认可。诗人意想高妙，偶作狡狯，可以平添情趣，读者岂可当真？

（部分内容载 1994 年 6 月《光明日报》。后全文刊载于 2011 年 12 月中华诗词研究院编撰、中国书籍出版社出版的丛书《诗人说诗》。）

诗怜息妫情可嗟

　　息妫，是春秋时期息国（在今河南省息县）国君的夫人，妫姓，故名息妫，又称息夫人。因为貌美，楚文王曾因为她灭了息国，强占她为妻。《左传·庄公十四年》记有这段故事，说"蔡哀侯绳（赞美）息妫以语楚子（文王），楚子遂灭息，以息妫归，生堵敖及成王焉。未言。楚子问之，对曰：吾一妇人，而事二夫，纵弗能死，其又奚言！""未言"，就是息妫不跟楚文王讲话，虽然为他生有二子，但始终以无声反抗之。

　　后来，汉刘向《烈女传》说楚文王灭息国时，虏获息君夫妇，息妫不从，二人皆自杀。此说虽与《左传》所记有出入，但写楚文王依恃权势也难得息妫之心这一点上，还是一致的。

　　《史记·李将军传赞》记有"谚曰：桃李不言，下自成蹊"。《艺文类聚》（卷四十五）引晋代潘岳《太宰鲁武公诔》，也有"桃李不言，下自成行"句。不知起于何时，民间以息妫不言，而称之为"桃花夫人"，因同情她的不幸，甚至还立了庙宇纪念她。清代俞樾《茶香室丛钞》特意引陈锡路《黄嬭余话》说息夫人称桃花夫人，"或云桃李无言，即息夫人也，似涉廋词（隐语）"，认为桃花夫人是以桃花洞得名。又据《汉阳府志》，说汉阳府城北桃花洞上有息夫人庙，当地人因此称息夫人为桃花夫人。其实，今古语有巧合者甚多。桃李无言，息妫也无言，故以桃花形容之，也是天作巧合。因桃花洞得名也好，因桃李无言得名也好，终究是后人同情息妫事的一番美意。由此看来，唐代施肩吾的《经桃花夫人庙》七绝正好写出了这种借花形人的怜惜之情。其诗曰：

谁能枉驾入荒榛？随例形相土木身。

不及连山种桃树，花开犹得识夫人。

对于息妫的评价，自《左传》和《烈女传》后历时二千余年而褒贬不定，历代诗家都不乏诗评。这些诗评，大致可依据《左传》和《烈女传》的观点分作两类，即同情息妫，理解其"无言有恨"的一类，和谴责息妫未能"死节"，终未能成为"烈女"的一类。笔者认为，读者如果将一些有代表性的咏息妫诗拈出来比较一下，无论从历史，还是从论诗的角度看，都应该是很有意义的事情。

最早写息夫人怨情的诗人，可能是唐代的王维。据孟棨《本事诗》载云：

> 宁王宅左，有卖饼者妻，纤白明媚。王一见属意，厚遗其夫，取之，宠惜逾等。岁余，因问曰："汝复忆饼师否？"使见之。其妻注视，双泪垂颊，若不胜情。王座客十余人，皆当时文士，无不凄异。王命赋诗，（王）维诗先成，座客无敢继者。王乃归饼师，以终其志。

此短文说宁王府左边有一卖饼师傅，其妻纤白明媚。宁王依仗权势与金钱，强行娶了那个女子，虽然宠爱非常，卖饼人妻依然念其前夫。后来，文人在宁王府聚会，王维也在场，宁王让宾客赋诗。王维大拂宁王面子，当场作了《息夫人怨》。诗一出，宾客皆大服，不敢继作。宁王闻此，还算清醒，将女子归还了卖饼师傅。此事真伪，已无从核查，但以《本事诗》出，基本可信。据《全唐诗》所录，王维所作之诗以息夫人事喻饼师妻，曲折地表达了柔弱女子在权势压力之下内心深处的幽怨。王维诗曰：

　　　　　莫以今时宠，宁忘旧日恩。

　　　　　看花满眼泪，不共楚王言。

前二句以对比今昔发端，评述在先。第三句说"看花"，写今日得宠，
生活优裕；说"满眼泪"，写心犹念旧，痛苦难耐。五字饮承前二句，
以实代虚。结句"不共楚王言"，牵合春秋息夫人事，用典自然切当，
而且沉痛有力。息妫作为亡国妇，以亡国丧夫之痛，其身虽屈从于楚文
王的强大权势之下，但其心始终不服。"不共楚王言"，固然出于无奈，
毕竟也是一种反抗形式。王维当时年方二十，就能比较客观地说出本
情，并且点出这是一种无声的反抗，当属难得。

　　同情息妫，类同王维、施肩吾二诗观点的诗人，历代都不少。仅唐
一代，比较有代表性的诗例如下：

　　　　　寂寞应千岁，桃花想一枝。

　　　　　路人看古木，江月向空祠。

　　　　　云雨飞何处？山川是旧时。

　　　　　独怜春草色，犹似忆佳期。

　　　　　　　　　　刘长卿《过桃花夫人庙》

　　　　　势异丝萝，徒新婚而非偶；

　　　　　华如桃李，虽结子而无言。

　　　　　　　　　　白敏中《息夫人不言赋》句

　　　　　曾向桃源烂漫游，也同渔父泛仙舟。

　　　　　皆言洞里千株好，未胜庭前一树幽。

　　　　　带露似垂湘女泪，无言如伴息妫愁。

　　　　　五陵公子饶春恨，莫引香风上酒楼。

　　　　　　　　　　　韦庄《咏庭前桃》

这些诗，或专咏，或写花及人，皆如怜似惜，郁勃情深。唯晚唐杜牧的《题桃花夫人庙》，首开恶例，对息妫未能"死节"作了露骨的谴责和讥讽。诗曰：

> 细腰宫里露桃新，脉脉无言度几春？
> 至竟息亡缘底事？可怜金谷坠楼人！

此诗以西晋巨富石崇爱妾绿珠与息妫相比，杜牧认为，当司马伦（赵王）嬖臣孙秀向石崇索求绿珠不遂，后又以甲士逮捕石崇时，绿珠为了尽节跳楼身亡。而息国因息妫而亡国丧君，息妫却在楚国"细腰宫"里苟且偷生，尽管息妫对楚王无言，却没有勇气像绿珠那样为石崇而死。所以杜牧说"可怜金谷（晋太康中石崇筑园于此）坠楼人"，同情的是歌伎绿珠。后来，清人赵翼在《瓯北诗话》中评杜牧此诗时，说诗"以绿珠之死形息夫人之不死，高下自见，而词语蕴藉，不显露讥讪，尤得风人之旨"，也公开表明他贬抑息妫的态度。主盟清代诗坛一时的王世禛（渔洋山人）也在《渔洋诗话》中支持杜牧，以为此诗是"正言以大义责之"，并引录了孙廷铨《咏息夫人》的"无言空有恨，儿女粲成行"。他们所谓的"大义"，不外乎是封建社会的"节妇"之道。在杜牧、赵翼等人看来，息妫未随夫死，就是"下"，虽然不跟楚文王（仇人）说话，却为他生了堵敖和成王两个儿子，这就是大逆不道，就应该受到"正言"的谴责。赞同之评尚多，不妨录下几例：

> 仆尝谓此诗（指杜牧诗）为二十八字史论。
>
> 　　　　　　　　　　　　许顗《彦周诗话》
>
> 　真文忠公曰：杜牧之、王介甫赋息妫、留侯等作，足以订千古是非。
>
> 　　　　　　　　　　　　王应麟《困学纪闻》

牧之诗实高于摩诘（王维）。然摩诘作诗时本事如此，虽牧之当此，亦只能作此语。

赵敬襄《困学纪闻参注》

此以议论为诗，订千古是非，却与宋人声调自别。

敖英《唐诗绝句类选》

摩诘诗"看花满眼泪，不共楚王言"，是言其情。此首更责其义。东阳先生曰："讥其不能自裁也。盖以诸侯夫人不如一舞伎，不知耻甚矣。"

拙堂《绝句类选评本》

持论正大，笔有斧钺。

李锳《诗法易简录》

咏桃花夫人者，多讽刺之语。诗谓息之亡国，端为何人，乃仅以不语表其哀怨，有愧于绿珠风节矣。

俞陛云《诗境浅说续编》

不言而生子，此何意耶？绿珠之坠楼，不可及矣。

沈德潜《唐诗别裁集》

这些议论很容易让人想起鲁迅先生说过的一段话来：

一个弱者（现在的情形，女子还是弱者），突然遇着男性的暴徒，父兄丈夫力不能救，左邻右舍也不帮忙，于是她就死了；或者竟受了辱，仍然死了；或者终于没有死。久而久之，父兄丈夫邻舍，夹着文人学士及道德家，便渐渐聚集，既不羞自己怯弱无能，也不提暴徒如何惩办，只是七口八嘴，议论她死了没有？受污没有？死了如何好，活着如何不好。

《坟·我之节烈观》

杜牧、赵翼等人无疑是那种对已经备遭凌辱和损害的弱女子又横加伤害的"文人学士及道德家"。不谴责造成伤害的楚文王之流，反磨刀霍霍向羔羊，言辞又如此尖酸刻薄，也未免有失"风人之旨"。以如此不公之允，焉可乱"订千古是非"？

敢于与杜牧等人针锋相对、为息妫讨个公道的，是清代诗人邓汉仪和史承谦。邓汉仪步杜牧诗韵写了《题息夫人庙》，道出了息妫心底深处的声声哀怨。诗曰：

楚宫慵扫黛眉新，只自无言对暮春。
千古艰难唯一死，伤心岂独息夫人！

他认为，"一死"固然潇洒漂亮，但艰难于"一死"，也不是任何人都能做到的。息妫在楚宫虽然未死，但心灵上的痛苦远胜于一死，千古以来多少标榜"大义"的"重臣人杰"都未必能以死全节，为何偏偏去刻薄地讥讽一个弱女子呢？此诗语似平淡，却深意可味，力能撼山。

史承谦是宜兴词人，他作过一首《一萼红·桃花夫人庙》。这首词，似乎是他在读了邓汉仪的诗后表示赞同而为息妫发出的呐喊。词曰：

楚江边，旧苔痕玉座，灵迹是何年？香冷虚坛，尘生宝屐，千秋难释烦冤。指芳丛，飘残红泪，为一生，颜色误婵娟。恩怨前期，兴亡闲梦，回首凄然。

似此伤心能几？叹诗人一例，轻薄流传。风飒云昏，无言

有恨，凭栏罢鼓神弦。更休提，章台何处，伴湘波，花木暗啼

鹃。怊怅珰翠羽，断础荒烟。

词中"似此伤心能几？"显然是应邓汉仪的"伤心岂独息夫人"而来；
"叹诗人一例，轻薄流传"，是为千年来如杜牧、孙廷铨等人中伤息妫
而作的不平之鸣。息妫的悲剧只在于"颜色误婵娟"，楚文王灭息杀
君，罪岂在息妫？她"无言有恨"，正是一位弱女子的反抗，又罪岂在
默默？还息妫以公道，就足以慰其亡灵了。

　　诗评息妫，跟评述其他历史人物一样，是属于咏史类。清代《竹
林答问》认为"咏史诗起于晋"，大概是依据前人对晋代左思《咏史》
（八首）诗诸评而来。其实，在晋之前，班固、王粲、曹植等都写过咏
史诗。咏史，向为诗之一体。只写一人一事者，为专咏，如三国魏曹植
的《三良诗》、南朝宋谢宣远的《张子房》、唐代李白的《昭君怨》等。
非专咏一人一事，泛写史事者，为泛咏，如晋左思的《咏史》、唐代张
祜的《咏史》、陈子昂的《白帝怀古》等。上举王维、杜牧、邓汉仪的
诸诗，与李白的《昭君怨》同，都属于专咏一类。

　　咏史诗，是以诗歌形式评史、论史、述史，也是诗人言志抒情的一
种重要表现方式。它需要错综史实不得有误，连类引喻又必须语精意
洽，最不易作好。南宋费衮《梁溪漫志》云："诗人咏史最难，须要在
作史者不到处别生眼目，正如断案不为胥吏所欺，一两语中能说出本
情，使后人看之便是一篇史赞，此非具眼者不能。"当然，诗毕竟是
诗，写得类同作史，不如读史，写得虚妄无由，满篇议论，又算不得咏
史。所谓"咏古人而己之性情俱见"（清代沈德潜《古诗源》），又能
见学问、明识见，所以洵非易事。

　　写咏史诗，大致有四种方法："或先述己意，而以史事证之；或先
述史事，而以己意断之；或止述己意，而史实暗合；或止述史事，而己
意寓之"（见张玉谷《古诗赏析》）。上举息妫诗，大都是"先述史事，
而以己意断之"（即叙述在前，论断在后）的写法。用此法，若己意与

前人观点不同，即是翻案。诗有异议，若非凭空凿虚，缀茸敷衍，就得允许翻案。咏史已难，若在咏史中劈断陈说，独出新见，就更不容易了。像李商隐咏贾生，王安石咏范增、张良、扬雄，苏轼题醉眠亭、雪溪乘兴、四明狂客、荆轲等，俱见处高远，小诗发大议论，故能盛传千古。息妫之评，虽指一人一事而发，但是是非之别，邓汉仪一翻千古对息妫的不公之论，"非学业高人，超越寻常拘挛之见，不规规然蹈袭前人陈迹者，何以臻也"（借北宋严有翼《艺苑雌黄》评李商隐等语）。其价值，似不让上举之李商隐、王安石、苏轼诸诗。

"闻声知鸟"。诗中的褒贬非同小可，常常是在含蓄蕴藉或闲谈的抒情中埋下"太史公曰"的笔墨。看来读一读古今评息妫诗，既可以帮助我们了解历史（摒弃那些"文人学士及道德家"胡乱点纂的历史），启发我们做出新的反思，还可以帮助我们进一步比较全面地认识历史诗人。

　　　　　　　　　　　　　　　　　　　　1994 年 9 月

偶遇罕题诗亦妙

　　罕题，即罕见之题，又称冷题、偏题和僻题。譬如春花秋月之诗，开卷处处可见，而蚊军蠹鱼之诗，百卷未必得一，这就是罕题之诗。罕题诗最不易写好，犹如行旅偶至冷山僻水之处，旧忆空白，全新感受。此际，不赶时髦，写点他人所未写、不便写或不敢写的东西，赤手空拳，全仗自己大胆创辟，诗家先得有些勇气。如果真有实力，忽地才情迸发，能写得十分精彩，一诗足可敌千，那就更让人恭敬了。

　　乾隆年间的大才子高鹗虽然在追求爱情上有点"阿Q"，说什么"拼作无情，不为多情恼"，终未能与心上人畹君地久天长，但敢续《红楼梦》，文学上的勇气还是可嘉可仰。他有一首题扑满（存钱罐）的罕题诗，诗曰："成毁固无常，盈亏理则彰。物情观扑满，天道忌多藏。痴念逾囊括，粗才隘斗量。势穷归裂瓦，时迫甚倾筐。只此参招损，何须论厚亡。……岂徒封殖戒，名义慎推详。"封殖，即聚敛。扑满，不起眼的小物件，存钱者多，但文学关注者极少。高鹗能借扑满言成毁盈亏之理，以小见大，落笔新颖，足可为贪赃暴敛者戒，就有了文学价值。

　　宋代有位风流布衣朱贞白，最善嘲咏，专拈罕题，出奇制胜。朱有一首《题刺猬》很有意思，诗曰："行似针毡动，卧若栗球圆。莫欺如此大，谁敢便行拳？"说刺猬虽小，但浑身针刺，不受欺负，又谁都不敢欺负。小诗语言幽默，为刺猬画像恰好，尤其是"行似针毡动"和"卧若栗球圆"形画刺猬，绝无二选，很快就广为传诵。

　　人鸟各异，但在选择安全佳处居住方面却是一致的。历来诗人写住

宅时，多选吉祥之题。唐代白居易偏去写《凶宅》，可谓罕题。其
诗曰：

> 长安多大宅，列在街西东。往往朱门内，房廊相对空。
> 枭鸣松桂树，狐藏兰菊丛。苍苔黄叶地，日暮多旋风。
> 前主为将相，得罪窜巴庸。后主为公卿，寝疾殁其中。
> 连延四五主，殃祸相继踵……权重持难久，位高势易穷。
> 骄者物之盈，老者数之终……因小以明大，借家可喻邦。
> 周秦宅崤函，其宅非不同。一兴八百年，一死望夷宫。
> 寄语家与国，人凶非宅凶。

此诗较长，先写宅之凶象，次写"权重、位高、骄横、终老"乃衰败
之因，结尾以家宅喻邦国社稷，又用周、秦两代的盛衰做出对比，最后
说"人凶非宅凶"点题，振醒全篇。若以熟悉的题材出之，去论述是
"人凶（祸）"而非"宅凶"，纵辗转费事，也未必能有如此深刻精警。

精警，通常是评价诗歌文学作品思想价值的一个要件。与白居易大
致同时代的诗人卢仝写过一首《直钩吟》，也很耐人寻味。诗曰："初
岁学钓鱼，自谓鱼易得。三十持钓竿，一鱼钓不得。人钩曲，我钩直。
哀哉我钩又无食。文王（周文王）已没不复生，直钩之道何时行？"全
诗纯用吐述口气，以钓鱼说功名，以钩直说自家秉性，闲言道出深意。
志士怀才不遇，感叹时局，是千古写熟写滥的题材。卢仝避熟就生，偏
拣"直钩"下笔，自然与众不同，先胜一着。

卢仝善于写问答体。他中年时所作的《虾蟆请客》与《客请虾蟆》
也可以算作是寓言体的罕题诗。《虾蟆请客》诗曰："丸有水竹处，我
曹长先行。愿君借我一勺水，与君昼夜歌德声。"模拟虾蟆口气，为小
人卑颜乞赐画像。《客请虾蟆》诗曰："虾蟆蟆，叩头莫语人闻声。扬
州虾蚬（小虾蟆）忽得便，腥臊臭秽逐我行。我身化作青泥坑。"客，
即主子。小人溜须拍马，歌功颂德，本图富贵权势，主子却伪装正经，

假意推卸，又担心更多的小人"腥臊臭秽逐我行"，最终事败同亡。讽刺隐然，气骨棱棱，又不免令人捧腹。

熟题，专拣罕见之意写出，谓之"熟路生新"，或可矫手翻奇者，罕意亦属罕题。清代康熙与雍正年间江苏宜兴女诗人倪瑞璿写过一首《闻蛙》。此题虽不罕见，但写得很有深味，也不妨拈出一读。诗曰："草绿清池水面宽，终朝阁阁叫平安。无人能脱征徭累，只有青蛙不属官。"说只有不属官的青蛙例外，"终朝阁阁（蛙鸣声）叫平安"，却无有官吏前来征收"平安税"。讥讽世道并不太平，征徭重税到巧立名目，已经"无人能脱"，又是一番《诗经·唐风·鸨羽》（民苦官役）之叹。此诗与上举卢仝诗大同小异，均是借物形人，罕意在外。

傀儡，即木偶，古代又称郭公、郭郎，《北齐书》有"后主（北齐后主高纬）雅好傀儡，谓之郭公"。傀儡是民间出售的常见玩具，但入诗罕见，作好更加不易。

宋杨亿（字大年）写过《傀儡诗》，诗曰"鲍老当筵笑郭郎，笑他舞袖太郎当。若教鲍老当筵舞，转更郎当舞袖长"，对比郭郎与鲍老（宋代戏剧角色），说玩木偶的技艺和乐趣。宋刘克庄《后村集》有《观傀儡》七绝，曰"酒阑有感牵丝戏，也伴儿童看到明"，黄庭坚《傀儡诗》的"万般尽被鬼神戏，看取人间傀儡棚。烦恼自无安脚处，从他鼓笛弄浮生"，认为看傀儡逗笑，比"万般尽被鬼神戏（言被社会鬼神愚弄欺骗）"要有趣多多。古今罕题都比较难作，成诗极少，参比借鉴不易，写傀儡滑稽热闹者多，而跳脱框框，写出罕意最难。

印象中，乾隆十五年（1750）进士，无锡诗人顾奎光，博学多识，其诗曾获袁枚赞赏。其罕题诗《咏傀儡》的"闲来惟挂壁，用我也登场"二句，识略非凡，偏偏以随便语出之，绳趋尺步者莫及。其诗所言之傀儡，看似玩具傀儡，又似使唤的奴才，挥之去也，招之来哉。挂壁与登场，聊备驱使；相较上举诸诗，赏其异同，弥觉顾奎光此诗殊有深味。

蠹鱼，又称蠹虫、蛀书虫，干些蛀食书物的勾当；比起被历代诗家多多眷顾的螳螂、蟋蟀、蜘蛛、蝉等昆虫来，貌不起眼，最易忽视，如明代书画大家徐渭的题画诗《阅书者倚老树》，"尔自作蠹鱼，我不阅一字。逢着好树根，抱着枕头睡"，说画中倚树阅书者像蠹鱼啃噬老树，但"我"已经放弃读书，不阅一字；借物喻人，非专咏蠹鱼。又元代马祖常《跋扇头郝隆晒书图》的"腹笥便便贮五经，天边夜半失文星。蠹鱼不觉芸香苦，肯信肠中有汗青"，为讽刺"天边夜半失文星"（文风颓靡），说因为蠹鱼啃噬书籍，故而当今"肠中有汗青"的应推蠹鱼，戏谑讽世，亦非专咏。

专写蠹鱼，诗极少，佳作难得。以前读过宋杨万里《谢福建茶使吴德华送东坡新集》，有"此外更有一床书，不甚自饱饱蠹鱼"，又黄庭坚《谢送宣城笔》，有"漫投墨客摹蝌蚪，胜于朱门饱蠹鱼"，元陈天锡《偶题》的"春风架上吹残简，时复晴窗落蠹鱼"，明代周莹《城南书屋》的"梅花送暖飞鳞片，芸草吹香落蠹鱼"等，皆是借山说水的佳句，亦非专咏蠹鱼。

日本江户时代著名汉诗诗人摩岛长弘（1791—1839，有《晚翠堂集》），写过一首《咏蠹鱼》。诗曰：

> 图书堆里托微躯，长与幽人臭味同。
>
> 消受风霜文字气，一生不学叩头虫。

此诗作法，精彩堪范。前半写蠹鱼与幽人（读书学子）的"异中见同"，蠹鱼异于人，然而爱书的"臭味相同"；下半写蠹鱼与叩头虫的"同中见异"，二虫同属小害虫，然而叩头虫啃噬庄稼，蠹鱼却似读书人，为了"文气熏陶"，甘愿经受风霜磨砺，反而招人可怜。本应贬抑的"蠹鱼"，因为沾上"文气"，意外得诗人怜惜，故意褒贬错位。若能细味文心深处，与其说是诗人见怜蠹鱼，不如说是诗人在自悲自怜。读至此，很容易想起南宋赵师秀的《秋夜偶书》的"此生谩与蠹鱼同，白发难收纸上功"。二人时隔五百余年，托意皆以蠹鱼相比，读书人之苦心苦语，哀怨尽在其中。

　　清著名戏曲作家和文学家蒋士铨（1725—1784，字心馀，一字苕生），乾隆时进士，曾任翰林院编修，写过一首罕题《响屧廊》。诗曰：

> 不重雄封重艳情，遗踪犹自慕倾城。
> 怜伊几两平生屧，踏碎山河是此声！

　　屧，木制便鞋。相传吴王夫差为了奉迎美女西施，在苏州灵岩山为西施筑造馆娃宫，宫中专设一条"响屧廊"，廊下放置大瓮，瓮上铺板，让西施穿木鞋在板上行走，铮铮回响，入耳欣然；吴王不思治国图强而沉湎女色如此，的是亡国之兆。《响屧廊》首句用两"重"字，复言。"不重雄封"与"重艳情"，说吴王无天下国民之志而整日沉湎艳情，用"有无反对法"对比，赫然醒目。次句补笔，言遗迹乃吴王沉湎艳情的铁证，为首句补意，或以为首二句"因果倒座"，"遗踪犹自慕倾城"正是"不重雄封重艳情"导致吴国灭亡的原因。第三句"怜伊几两平生屧"，说喜好响屧事似轻却重，而最终"踏碎山河"正是此声，结局警醒震耳骇心。

　　罕题诗，本不易作，若果能善取诗法，得立意精彩又形画声色俱上，则愈加难得。罕题，题材罕见，历来问津者少，试笔者更少，可借鉴、可生发之处自然也少。偶得一题，前人未曾有，自己呕心磨淬，苦累双兼，当然不会是一拳头就能打出娘子关来的容易事。然而，辟得新题，纵横捭阖，果能写出新意，也是一段赏心乐事。罕题，只要善于发现，好题材并不难得，但要在构意和作法上见出功夫，写得深沉有致，洵非易事。譬如诗人皆爱写花，春花秋花，百千种种，俱不在少数。写棉花，属于罕题。清代安徽桐城诗人马苏臣有一首《棉花》诗。诗曰："五月棉花秀，八月棉花干。花开天下暖，花落天下寒。"此诗过于简单，只写五月、八月如何，花开、花落如何，如此而已。句外无余味，没有给读者留下一点想象和品味的余地。清人金埴在《不下带编》中曾录一宋人咏棉花的诗，就十分精彩。诗曰：

> 采得西风雪一篮，御寒功在倍春蚕。
>
> 世间多少闲花草，无补其人亦自惭！

此诗先以"雪一篮"喻棉花秋收，次句作评，论其御寒之功超过春蚕。下二句如果承前二句说下，当然可以分述写"蚕丝多显富家贵，棉与穷人温履襁"，这样虽然能加重"倍春蚕"，又可以兼写贫富之别，但诗意俱在句中见出，终无深味。此宋人诗却在第三句陡转，横以其他"闲花草"（譬如牡丹之类）作比，然后结句感慨，对"闲花草"作评，自然就有了新意。因为蚕丝与棉花，毕竟都是可御寒之物，其功之比，不过高下而已，但棉花与闲花草，若以"有利人否"相比的话，则是"有和无"的断论了。况且，花草为一物，闲花草又别为一物，下字先有褒贬，"无补于人"的闲花草多为富家见赏，说"世间多少闲花草，无补其人亦自惭"，也兼写了贫富迥别的态度，作了暗讽。对此诗，金埴评曰："任他魏紫姚黄，天香国色，空枝无补，终自惭棉，亦只为一闲花草耳。噫，若人之为闲花草者，岂不更自惭乎！"所思弥远，正是褒赏之意。看来写诗明意，贵在开拓，应不完全关乎熟题罕题，若诗也成为"闲花草"者，亦更自惭矣。

赋罕题，纵有好构意而所作未佳，即出奇而不制胜者，也不在少数。例如蚕吐丝，蜘蛛也吐丝，咏蜘蛛者少见。唐代孟郊写过《蜘蛛咏》，将蛛丝与蚕丝做了比较。其诗曰：

> 万类皆有性，各各禀天和。
>
> 蚕身与汝身，汝身何太讹。
>
> 蚕身不为己，汝身不为佗。
>
> 蚕丝为衣裳，汝丝为网罗。
>
> 济物几无功，害物日已多。

　　　　　　百虫虽切恨，其将奈尔何。

此诗全作对写，由蜘蛛言"太讹""网罗"，又"济物几无功，害物日已多……"，由近及远，也欲作开拓，惜未曲婉，结果了无余味。究其原因，大约是司空图在《诗品》中所说的"取语甚直，计思匪深"之故。孟郊还写过一首《蚊》诗，比《咏蜘蛛》远胜。诗曰："五月中夜息，饥蚊尚营营。但将膏血求，岂觉性命轻？顾己宁自愧，饮人以偷生。愿为天下蠋，一使夜景清。"孟郊逝后大约千年，日本江户诗人斋藤正谦也拣此罕题，写过一首《蚊军》诗。诗曰：

　　　　　檐间啸集阵初成，利嘴纷纷夜斫营。
　　　　　四面沸歌围楚帐，满天飞矢下秦兵。
　　　　　负山无力犹夸勇，歃血如忘岂顾盟！
　　　　　只识火攻非下策，艾烟一扫廓然清。

此诗工致熨帖，"利嘴"（用吴融《平望蚊子》中"利嘴入人肉，微形红且濡"）、"四面沸歌"（用《史记·项羽本纪》中"夜闻汉军四面皆楚歌"）、"负山"（用《庄子·应帝王》中"其于治天下也，犹涉海凿河，而使蚊负山也"）、"火攻非下策"（用《世说新语·雅量》中周仲智醉举火掷伯仁，"伯仁笑曰：阿奴火攻，固出下策耳"）等借用事典稍多，倒也入化，欲使"夜景清"，跟"廓然清"并无二致，不同之处是孟郊诗主议论，斋藤诗重描绘，故学者孙望先生评二诗曰："就蚊本身刻划，（斋藤诗）写来有声有势。孟东野《咏蚊》诗有云'顾己宁自愧，饮人以偷生'，则直以讽人，涵义自深一层。"不偏不倚，可以算作公允之论。

　　反常情、常理之题，出奇异于常题不见，也可以看作是罕题。

　　人生虽然不易，但愿祈长寿应是人之常情。宋代有个安贫守道的吕南公偏偏写了一首《勿愿寿》诗，出其常人之不意，诗曰：

> 勿愿寿！寿不利贫只利富。
>
> 君不见生平偓促南邻翁，绮纨合杂歌鼓雄。
>
> 子孙奢华百事便，死后祭葬如王公。
>
> 西家老人晓稼穑，白发空多缺衣食。
>
> 儿屦妻病盆甑干，静卧藜床冷无席！

偓促，即咨啬。以贫富两翁生前死后的对比，写底层民不聊生的社会黑暗，妙在借"勿愿寿"罕题说熟事，反语出击。西家老人，虽然通晓稼穑，勤苦劳作，但白发衰老之时还缺衣少食，"儿屦妻病盆甑干，静卧藜床冷无席"，如此凄苦难堪，又天地不应，挣扎无望，俨如《庄子·天地篇》所言"寿则多辱"，真不如弃生了之。诗人反语出击，声声如泣，料也是悲痛无奈。

社会复杂，人皆以精明为智，以"少算"（即今人谓之"缺心眼儿"）为愚，宋代"负奇尚气，慷慨不羁"的戴石屏偏偏去赞叹"少算"。其《少算》诗曰：

> 吾生落落果何为？世事纷纷无了期。
>
> 少算人皆嘲我拙，多求我却笑人痴。
>
> 庭花密密疏疏蕊，溪柳长长短短枝。
>
> 万事欲齐齐不得，天机正在不齐时。

此诗首联说"事"，结联也说"事"，前后叫应，篇圆。颔联对写，言少算若为拙，多求即为痴，否定少算为病。颈联用喻法，说世事不齐有如庭花溪柳，疏密长短，还是任其自然的好。第七句关锁中二联。第八句放开一步，意深一层。若以"万事欲齐齐不得，奈何花柳不齐时"一贯说下，语便无味。戴石屏结句略作开拓，反说"天机正在不齐时"（好就好在不齐），意味转深，真把缆放船，自辟开阔手段。

　　大千世界，无奇不有，选一些奇闻、新事，或者稀罕新鲜之物入诗，避开熟路，专拣罕题，在开拓新主题、新思路、新意境方面图谋作为，应有诸多不易。譬如今人写《下海叹》《红包叹》《卡拉 OK 吟》等，拓展一下题材范围，不啻许多诗家乐意为之的一种探索。例如宋初诗人王禹偁谪居商山（今陕西商县东）时曾目睹乌鸦啄驴疮事，后以白居易新乐府《秦吉了》的古风体式，借题发挥，写了《乌啄疮驴》诗。诗曰：

> 商山老乌何残酷，喙长于钉利于镞。
> 拾虫啄卵从尔为，安得残我负疮畜。
> 我从去岁谪商於，行李惟存一寒驴。
> 来登秦岭又巉巇，为我驮背百卷书。
> 穿皮露脊痕连腹，半年治疗将平复。
> 老乌昨日忽下来，啄破旧疮取新肉。
> 驴号仆叫乌已飞，劀嘴振毛坐吾屋。
> 我驴我仆奈尔何，悔不挟弹更张罗。
> 赖是商山多鸷鸟，便问邻家借秋鹖。
> 铁尔拳兮钩尔爪，折乌颈兮食乌脑。
> 岂唯取尔饥肠饱，亦与疮驴复仇了。

　　白居易《秦吉了》原注谓"哀冤民也"，即有感于"乌啄母鸡双眼枯"，希望会说话的秦吉了（即鹦哥）能为"鸡雏"申冤，去"凤皇"（君王）面前诉说民间的疾苦，惩治恶鸟。王禹偁此诗实录乌啄疮驴奇闻奇事，也是诉苦在前，期望在后，与白居易诗作法相同。因是奇闻奇事，写出来本有新鲜感，加之疮驴为恶鸟所伤，也极似诗人被小人所谗，所以诗人借罕题抒发自己期望有正义志士出来为之雪冤的急迫心情，内容生动，所以很富有感染力。

　　以稀罕之物入诗，等同写他人所未写，没有预先的模式可仿可范，诗人全凭自家胆魄识见，锐新构意，虽有较大难度，但不受羁绊，或许更有利于发挥自己的创造才能。宋代江湖派诗人许棐善咏奇物，并且每有寄寓。其《泥孩儿》五古，就是罕题诗。

泥孩儿，即一种特制的泥偶，宋代称"磨喝乐"。孟元老的《东京梦华录》（卷八）记有宋代民间七夕供案泥偶的习俗。供泥偶，或祈富贵，或乞生子，故泥偶装饰甚讲究，"有一对直（值）数千者"。吴自牧《梦粱录》（卷四）说这种泥偶多由内廷与豪门塑卖，售价十分昂贵。《泥孩儿》诗曰：

> 牧渎一块泥，装塑恣华侈。所恨肌体微，金珠载不起。
> 双罩红纱橱，娇立瓶花底。少妇初尝酸，一玩一心喜。
> 潜乞大士灵，生子愿如尔。岂知贫家儿，呱呱瘦于鬼。
> 弃卧桥巷间，谁或顾生死？人贱不如泥，三叹而已矣。

诗写贵妇人供泥孩儿"一玩一心喜"，"潜乞大士（送子观音）灵，生子愿如尔"，哪里知道贫家儿的生死。富家对泥孩儿尚且如此"装塑（同塑）恣华侈"，更况一朝生得贵子，必然会更加娇惯纵养。贫富对比，醒目有力，深刻揭露了人贱不如泥的丑恶社会现象。倘若以常见的题材，诸如写乞儿叹、卖子叹之类，终不如此诗题新意新更能给读者留下深刻的印象。

在笔者所见之罕题诗中，最值得揣摩和欣赏的，恐怕应该是清代岭南顺德诗人陈恭尹写的《尘》诗了。历代写车马、城柳、路亭、驿站者计有千万，少见有人写尘。尘乃细物，虽然随处可见，但要写出深意，所谓"微物见大义"者，当然洵非易事。《尘》诗曰：

> 似空如色未分明，脉脉冥冥类有情。
> 钻隙入来知态巧，步虚遥上极身轻。
> 稍经宿雨销沉尽，又倚西风澹荡行。

最是贵人车马路，一回过去一层生。

诗发端二句照题，先写尘之形、性。三四句接写尘之钻营、腾达。五六句继写尘在风云突变后的沉落和逐势复出的张狂。最后二句"最是贵人车马路，一回过去一层生"，转发议论，点醒全篇。精彩在以小见大，深意远出句外。古今讽刺小人倚仗豪族权势作伥的诗作甚多，应推举此诗形容画像最为成功。究其原因，当信乎其善择罕题之精妙也。

南宋武将词豪辛弃疾代表作《永遇乐·京口北固亭怀古》，曾被明代杨慎《词品》评语曰"辛（弃疾）词当以'京口北固亭怀古'《永遇乐》为第一"，确实允洽。此词前片有"千古江山，英雄无觅孙仲谋处。舞榭歌台，风流总被雨打风吹去。斜阳草树，寻常巷陌，人道寄奴曾住。想当年，金戈铁马，气吞万里如虎"，其中"金戈铁马"代言军旅戎马生涯。此"铁马"，指披护着铁衣（铁甲）的战马，军旅战争诗词中常见。宋王安中《菩萨蛮》的"铁马去追风，弓声惊塞鸿"、陆游《书愤》的"楼船夜雪瓜洲渡，铁马秋风大散关"等皆是，并非罕题。

然而，若以明戚继光《铁马》的"一簌敲风百炼成，中宵惊起玉关情。总然用尽檐前力，应是无心为利名"（见《止止堂集》），此"铁马"又称檐马、檐铃，绝非那"气吞万里如虎"的"铁马"。戚继光，威武虎帅擅作诗文，上诗所写的"铁马"通常悬挂于兵旗杆上或营房檐下，风过铃响，警策官兵。因"铁马"非稀罕物，随军常备，戚继光能拣其罕题赋诗，教育官兵，倥偬战事间不仅需要闻声警觉，还须具有"无心为利名"的奉献精神，应属难得。总然，通"纵然"，唐刘禹锡《伤愚溪》有"总然邻人能吹笛，山阳旧侣更难过"，明《和紫阳先生韵》有"总然不计生和死，触目纷纷也惨神"。

遗憾的是，某些注释者至"铁马"处，只道"铁马：配有铁甲的战马；有时亦指雄师劲旅"，并引李善注"铁马，铁甲之马"，又南宋陆游《书愤》的"楼船夜雪瓜洲渡，铁马秋风大散关"佐证，唯独没有注释到"铁马"，在戚继光此诗中，乃军营檐马、檐铃（见中华书局

《戚继光研究丛书》之《止止堂集》）。究其原因，应是对"铁马"（披护铁甲战马）或有罕题（檐马、檐铃）的忽略。

唐代韩愈在《答刘正天书》中谈创新时说："夫为物朝夕所见者，人皆不注视也；及睹其异者，则共观而言之。夫文岂异于是乎？"又说："足下（指刘正天）家中万物皆赖而用也，然其所珍爱者，必非常物。夫君子之于文，岂异于是乎？"此语对理解诗人作罕题诗很有帮助。常见之题，有如家中寻常器物，朝夕相见，反而"人皆不注视"了。罕见之题，有如"非常物"，必有奇异于寻常器物之处，能抓住其非同寻常的特征，并将它成功地表现出来，也是诗人焕发创作生机的一个途径。"意未经人说过则新，书未经人用过则新"（见《瓯北诗话》）。诗贵新意，但新意绝非闭门苦思冥想而来，必须在丰富多彩的生活中寻觅、发现和认识。如果随人俯仰，腐毫操觚，尽以陈词滥句写常见之题，结果只能是"坐浇糖鸳鸯，个个看相似"。今天的生活更是五光十色、气象万千。时代和生活需要今天的诗人去寻觅、发现和认识，阐幽发微，揭示事物的内蕴，捕捉更多能表现时代的灵感。要做到这一点，善于从生活中发现和认识那些还没有被发现和认识的新事物、新题材，跟善于挖掘和锤炼那些人所未言、人所未发的新意，都同样重要。

看来，诗文原本没有罕题，罕题缘于望而却步和粗心忽略。如果有心者得一题则澄心坐禅，未必不能破除熟俗二障，笔灿莲花，造化生新。冷庙的蒲团打坐，或许更宜悟定修行。

1995 年 6 月初稿

2003 年 5 月增定稿

福瑞迎祥话鼠诗

　　鼠，长相不敢奉承，却冠十二生肖之首。属相冠首，福瑞迎祥，眼看小老鼠称老大，谁也不敢道个不字。

　　每逢鼠岁，人心也善，说起鼠来，没了往年"喊打"的狠劲，反多了几分温馨。除夕之夜，亥猪子鼠两岁平分之时，大家围炉团坐，揖贺"吉鼠"（与"吉黍"音同），免不了说说老鼠的好话。旧时的江南民家，按旧俗，除夕要散食饲鼠。《蕉轩随录》就载有清代除夕备酒果置空室中饲鼠的习俗。又民间传说，除夕为鼠嫁吉日，各家儿女皆用馒头插上花草，放置墙角门后，谓之"送嫁"。曾有人咏鼠嫁诗曰："迨吉宛同人有礼，于归谁谓汝无家？"吟诵也甚风雅。年夜散食饲鼠，人称"敬鼠"。其实，鼠于人，危害极多。人于鼠，敬是谈不上的，怕大年之夜饥鼠咬坏年货和衣物，春节开门祈瑞时令人不快倒是真的。

　　《神仙传》里记有鸡犬偷吃淮南王刘安的仙药得以升天的故事。笔者儿时初闻此事，以为"升天"是桩美事。后来听外婆说，"偷嘴终不落好，逢年过节挨刀的都是鸡犬"，方知人的厉害，只要犯了错，升天的，也要拉下来受罚，概莫能外。稍后，读汉王充《论衡》《水经传》，又看到一则类似的故事，说老鼠未曾偷吃，落在人间。想那惯做偷窃之事的老鼠，难得行为端正一回，就被载入书册，风光无比；逢年过节，"升天的"都去挨宰，老鼠反而因人畏其窃、惧其害，竟可以堂而皇之地饱餐供奉。人心也偏，可叹，可叹。

　　不过话说回来，人心毕竟仁善，明知贼眉贼眼的小家伙如此这般，每逢岁时交替、送旧迎新之时，图个吉利，也唱个虚喏。文人们写点诗文、联语，好歹给老鼠添点"典故"，大家传说一番，快乐一番，又何尝不可？记得有一副很顺惬的口语联是鼠年的吉联。联曰："鸡叫寻槽银槽满，亥猪祥福；猫游出洞金洞宽，子鼠平安。"因为"祥福"与"降腹"谐音，饱食自然猪岁得福，又猫游、洞宽，小老鼠大摇大摆，平安无事，鼠年必然阖府大吉。此联语言不俗不雅，吟味一番，也很有意思。

鼠类，品种繁多。详熟的黑鼠、灰鼠、松鼠和仓鼠等自不必说，见过那硕大的袋鼠和灵巧的小白鼠，料也过目难忘。晋代诗人郭璞写过《五鼠赞》，诗中飞鼠、鼫鼠、鼯鼠、鼷鼠和鼸鼠，皆各有特技，各有利弊。

说老鼠好话的，故事都十分生动。例如《孔帖》中说唐玄宗时口蜜腹剑出了名的奸臣李林甫，某日取书，书囊忽然不动自开，跳出一只大鼠，化为苍犬，怒目张牙，仰视李林甫。李虽然以物击毙了此鼠，但是受了惊吓，月余而卒。大鼠，也是细物，居然视奸臣李林甫而毫无畏惧，并且报仇锄奸，足令民心一快。又《许迈别传》中载晋代许迈发现有鼠撕咬其衣，乃作一符，召集群鼠毕至中庭，训话："啮衣者留，不啮衣者去。"于是群鼠皆去，唯有一鼠独伏于中庭不动。鼠辈能讲诚实，当是文笔美化，但是闭目一想，那只敢于认错的老鼠也有几分可爱。如果像鼠一般的丑物都能因诚实而变得可爱起来，何况人呢？美德可以美"物"，善哉，善哉！

还有三段说鼠的故事也十分有趣。北宋《葆光录》中说陈太仁善，家贫好施，一日见白鼠缘树上下，挥之不去，遂掘地得白金五十锭，天道还报善良，当然是仁心向往。唐代《宣室志》说洛阳李氏三代不养猫，于鼠有恩。某日大宴，门外有数百只鼠做人立状，并以前足相鼓捣，亲友宾客闻声，倾堂而出，观此奇象，此际忽然屋倒墙塌（料是地震），幸无一人受伤。老鼠会受恩还报，纯属虚构。"未必畜猫无好报，也难黠鼠戒人危"，不过是人心向善的另类表述罢了。

又《闻奇录》中记进士李昭龂不第时，主司（阅卷主管）昼寝，见一轴文卷忽在枕边，上题"昭屺"之名，"令迁于架上"（让人放回架上），"复寝，暗视有一大鼠取其卷，衔其轴，复还枕前，再三如此"。来年春天，李昭屺果然及第，主司问其家世，方知李家三世不养猫，应是"鼠报"。鼠辈能沐恩还报，当属文人撰构，不过劝人行善和知恩还报，总比让人过河拆桥、翻脸不认账要好。如此想来，这些老鼠也有几分可爱。

故事毕竟是故事，诗文及鼠，还是贬抑的多。仅以诗文中常见的"鼠窃狗盗""鼠目寸光""贼头鼠脑"等词语，就不难知文人于鼠的一般态度。

咏鼠的诗句中，有两类诗值得一读。

一类是写鼠害、鼠闹的，例如韦庄的"蚊吟频到耳，鼠斗竞缘台"、皮日休的"书阁鼠穿厨簏破"、李俊民的"欺人鼠辈欲出头，夜行如市争不休"、黄山谷的"夜来鼠辈欺猫死，窥壁翻盆损夜眠"等，皆老鼠入诗，来一番小打小闹，竟然也能增添不少生气。这类诗中，有一些借鼠写权奸祸国殃民或者小人张狂得势的，因为骂的是"城狐社鼠"，往往深意远出诗外。

《诗经·魏风·硕鼠》将盘剥百姓的君主比作肥头大耳的田鼠，可以称得上"情貌略似"。连《诗序》都说："硕鼠，刺重敛也。国人刺其君重敛，蚕食于民，不修其政，贪而畏人，若大鼠也。"唐朝曹邺的《官仓鼠》与此诗类同："官仓老鼠大如牛，见人开仓亦不走。健儿（士兵）无粮百姓饥，谁遣朝朝入君口？"每诵此类诗，必有百姓哀怨长号之声灌耳。当权者闻此，若无警觉，当腐败无疑。

此类诗的名句颇多，例如李白的"君失臣兮龙为鱼，权归臣兮鼠变虎"、陈高的"近人跳鼠獭，当道舞豺狼"、元好问的"虎头食肉无不可，鼠目求官空自忙"以及陆游《灯下阅吏牍有感》的"正苦雁行须束缚，不言鼠辈合诛鉏（反语，言鼠辈该杀）"等，都语切时弊，字句担得斤两。

厌鼠诗当然以写鼠害、鼠闹为主。宋代梅尧臣苦于夜鼠翻天，曾作过一首《闻鼠》诗。诗曰："灯青人已眠，饥鼠稍出穴。掀翻盘盂响，惊聒梦寐辍。唯愁几砚扑，又恐案书啮。痴儿效猫鸣，此计诚亦拙。"老鼠翻盘惊梦，的确可恶，让小儿学猫叫意欲吓退老鼠，偏偏鼠有黠智，逐之不去，更加可气可恨。这些诗，无亲身经历者写它不出。读者偶有不快，翻书解闷，读到范成大的"翻缸鼠自忙"、李商隐的"蝙拂帘旌终展转，鼠翻窗网小惊猜"等颇见生活气息的小诗，想象一下小老鼠打闹逗趣的笨样儿，释然一笑，肯定会宽怀许多。

另一类是抒发文人逸兴的鼠趣诗。

例如宋赵庚夫的"鼠舔墨中胶"和范成大的"旁若无人鼠饮砚"，写鼠的馋相；陆游的"避人飞鼠触经幢"和马戴的"鼠惊樵客缘苍壁"，写鼠的慌张逃跑样，诗中鼠皆鬼祟机灵，淘气可爱。又黄山谷的"独夜不眠听鼠啮，非关春茗搅枯肠"、苏东坡的"梦断酒醒山雨绝，笑看饥鼠上灯檠"等，眼看老鼠上灯台偷油，或者听老鼠啮咬食物器具的声音，在寂寞难耐的苦旅孤馆，苟能为诗人解除郁闷和烦扰，忽添乐趣，未尝不是慰藉。特别有戏剧性的是宋代韩驹的《猫头竹作枕》，写以猫头竹作枕头，本意在夜间驱鼠，结果"更长月黑试拊卧，鼠目尚尔惊睢盱"，诗人伏枕偷窥老鼠的动静，反而入夜难寐。以"鼠目睢盱（张目仰视）"写老鼠看见形同猫头的竹枕后的慌张和盘算，诗人偷着一乐，好不得意。抓住细节，人鼠双写，意态生动，自然有趣。

清代有人拈"裤、鼠"二字作"分咏诗钟（即每字限作一句）"，得"藏彼孤儿存赵国，化为天子送隋家"二句，极妙，评家皆拍案叫绝。前句说"赵氏孤儿"藏于裤袴（通"胯"）得救事，后句说老鼠变成隋炀帝，为非作歹，断送了隋朝。老鼠"化为天子"，典出自《隋书》，说有人掘古墓，见一洞幽深，内有石室，柱上锁着一只巨鼠，被武士用大棒殴打其头；此时正好隋炀帝梦醒，说刚才有人击头，头痛难忍，月余方止。昏君是老鼠所变，并且为武士痛打，自然是百姓的想象，与"梦中的报仇是醒后的安慰"（巴尔扎克语）并无差异。

这类诗中最精彩的，恐怕要算是黄山谷的"书案鼠篆尘，衔蔬满床头"和苏东坡的"田翁俚妇那肯顾，时有野鼠衔其髭"了。山谷笔下的老鼠不但大模大样地在大书法家面前留下了一串篆字般的足印，还胆大包天地抱着蔬菜在床头散步，张狂之极，也淘气之极。东坡那诗写的是野鼠闹寺。一群野鼠竟敢爬上唐代著名雕塑家杨惠之塑的维摩像并衔走其胡须，野鼠顽皮情态毕现，天柱寺香火冷落的惨状也随之而出。读后，都不由人不叫绝。

　　人心也怪，本来是厌恶的东西，有时喜欢起来，也十分动情，难怪《镜花缘》里徐敬业的儿子要慨叹"人心难测"了。

　　　　　　　　　　　　　　　　（载 1995 年 8 月《光明日报》）

月点诗心景象殊

　　月亮，乃广寒清虚之府，圆缺盈亏，可望而不可即，本来就有几分神秘，加之嫦娥奔月、吴刚斫桂等民间传说的渲染，越发妙不可言。明清时有一副对联，气魄很大。联曰：

　　　　烟云是天地间一轴大画；
　　　　日月为乾坤内两颗明珠。

　　此联用二十个字囊括宇宙，非有大胸襟、大眼力者不能道出。月与日，恰为阴阳之兆，说"月"是银丸、冰轮、水镜，说"日"则必有朱丸、金轮、红镜之称，一凉一热，总是清清楚楚。月与日，俱是莽莽乾坤中万古长存的明珠，虽然在诗人笔下时时并举，但人们常常偏爱于月。古往今来，咏月之诗不可计数，佳作已逾万千，却偏如写月之文、赏月之赋、绘月之画一样，似乎更容易也更广泛地受到欣赏者的青睐。

　　夏夜乘凉赏月，几乎是人所共有的一种美好生活体验。笔者儿时望月，常常默诵清人许遂的《山月》诗句："不知谁抱镜？挂在白云岭。万壑照成雪，梅花寒一林。"无论是初月纤纤，还是圆魄盈盈，那种"卷帘还照客，倚杖更随人"的感觉，总能让人相信那上边必是一个美妙无比的清凉世界。后来，读到李商隐的"嫦娥应悔偷灵药，碧海青天夜夜心"，方知一旦置身于既没有了恨也没有了爱的境地，去领略日久的孤寂，也是一件痛苦的事情。难怪东坡要说"我欲乘风归去，又恐琼楼玉宇，高处不胜寒。起舞弄清影，何似在人间"了。

月有初月、满月。写初月的诗，多写希望和理想，纵有喻钩、喻眉之写，也必在寄托理想或怀念远人上落想。初月诗中，比较有特色的，有两首很值得一读。一首是初唐骆宾王（一作沈佺期）的《玩初月》：

> 忌满光先缺，乘昏影暂流。
> 既能明似镜，何用曲如钩？

全诗俱用对仗，句中又皆有深意。特别是后二句，全同问月，又以明镜喻满月、曲钩喻初月，引申入远，转柁贯下，妙在不见穿凿之迹。从作法上看，此诗拙出巧成，似骆宾王也似沈佺期。从内容上看，曲写哀怨，更似骆宾王。另一首是明代王世贞《艺苑卮言》中所引神童苏福八岁时作的《初月》：

> 气朔盈虚又一初，嫦娥底事半分无？
> 却于无处分明有，恰似先天太极图。

此诗以小儿天真之心写初月，清新可喜。首句照题起，次句置疑，似转实承（写初月不盈），第三句说"无处分明有"，接次句"无"说下，暗转，结句将初月喻太极图，得前人未曾道语。王世贞认为苏福此诗"令陈白沙、庄定山白首操觚，未必能胜"，评价甚高。惜乎苏福十四岁而夭，也是仲永之憾。

在苏福之前，传唐代有一缪姓童子，年七岁时也作过一首《初月》，诗曰：

> 初月如弓未上弦，分明挂在碧霄边。
> 时人莫道蛾眉小，三五团圆照满天。

起以弓未上弦喻初月，又承以"分明挂在碧霄边"，极妙。第三句转说时人语，忽然换喻，又以"蛾眉小"出，有"乱主"之病，因是七岁小儿作的诗，亦大不易。

诗写初月，佳句不少。比较著名的，有以下诗句：

> 野火初烟细，新月半轮空。（江总）
>
> 始见东南楼，纤纤如玉钩。（鲍照）
>
> 晴云如擘絮，新月似磨镰。（韩愈）
>
> 幽岩画屏倚，新月玉钩吐。（柳宗元）
>
> 风林纤月落，夜露静琴张。（杜甫）
>
> 云间龙爪落，帘上玉钩明。（李群玉）
>
> 指点南楼玩新月，玉钩素手两纤纤。（白居易）
>
> 初生欲缺虚惆怅，未必圆时即有情。（李商隐）
>
> 寻章摘句老雕虫，晓月当帘挂玉弓。（李贺）
>
> 蟾蜍碾玉挂明弓，捍拨装金打仙凤。（李贺）

大概是"人心皆尚圆满"之故，写满月的佳篇佳句更多一些。短诗中，声情动人的算是苏东坡的《中秋月》。诗曰：

> 暮云收尽溢清寒，银汉无声转玉盘。
>
> 此生此夜不长好，明月明年何处看？

此诗妙在笔吐心声如对面话语。起二句在句法上皆用倒法，"暮云收尽"即"收尽暮云"，"无声转玉盘"即"玉盘无声转"。首句写题之"秋"（暗伏"夜"），次句写题之"月"（暗伏"中秋满月"）。第三句转柁说"此生此夜不长好"，折反归正。结句承转而下，说"明月明年何处看"，时空俱换，怜月及人的淡淡哀思随之而出，真不愧是千古吟月名篇。

诗中以"玉盘"喻满月者，除上举《中秋月》外，还有李白的

"小时不识月，呼作白玉盘"、杨万里的"八荒万里一青天，碧潭浮出白玉盘"等。称"冰轮"者，有陆游的"炯炯冰轮升"、徐夤的"碾出冰轮迭浪间"、东坡的"云峰缺处涌冰轮"等，皆清襟雪浣话寻常月色，一旦入诗，便觉新颖可喜。

　　写满月，长篇精彩的，当然要首推初唐张若虚的《春江花月夜》。诗曰：

> 春江潮水连海平，海上明月共潮生。
> 滟滟随波千万里，何处春江无月明。
> 江流宛转绕芳甸，月照花林皆似霰。
> 空里流霜不觉飞，汀上白沙看不见。
> 江天一色无纤尘，皎皎空中孤月轮。
> 江畔何人初见月？江月何年初照人？
> 人生代代无穷已，江月年年只相似。
> 不知江月待何人，但见长江送流水。
> 白云一片去悠悠，青枫浦上不胜愁。
> 谁家今夜扁舟子？何处相思明月楼？
> 可怜楼上月徘徊，应照离人妆镜台。
> 玉户帘中卷不去，捣衣砧上拂还来。
> 此时相望不相闻，愿逐月华流照君。
> 鸿雁长飞光不度，鱼龙潜跃水成文。
> 昨夜闲潭梦落花，可怜春半不还家。
> 江水流春去欲尽，江潭落月复西斜。
> 斜月沉沉藏海雾，碣石潇湘无限路。
> 不知乘月几人归，落月摇情满江树。

此诗历代皆视作咏月绝唱，评家说法甚多。从作法上看，依笔者之见，主要还是吞吐之法。起八句，将春、江、花、月逐一吐出，结八句又将

春、江、花、月逐一吐纳，悠然而出，渺然而逝，最后江可往、月可
落、春可去、花可谢、夜可尽，唯情长留也，故以"落月摇情满江树"
结束。全篇每四句一转韵，总以夜色、夜思贯脉，又得虚实相生之妙。
其辞采清拔，音韵流美，似乐声此起彼伏，不高声诵读不得知其声情之
美。宋代姜白石在《白石道人诗说》中评"诗有四种高妙：一曰理高
妙，二曰意高妙，三曰想高妙，四曰自然高妙"，此诗当属自然高妙。

　　写满月的佳句，比较精彩的例子如下：

　　　　团团三五月，皎皎濯清晖。（傅玄）

　　　　云披玉绳净，月满镜轮圆。（骆宾王）

　　　　三五端正月，今夜出东溟。（韩愈）

　　　　素丸东溟来，飞上玻璃盆。（王中立）

　　　　凉霄烟霭外，三五玉蟾秋。（方干）

　　　　一年逢好夜，万里见明时。（张祜）

　　　　暑退九霄净，秋澄万景新。（刘禹锡）

　　　　山明桂花发，池满夜珠归。（蒋防）

　　　　万里此情同皎洁，一年今日最分明。（戎昱）

　　　　玉轮轧露湿团光，鸾珮相逢桂香陌。（李贺）

　　　　松排山面千重翠，月点波心一颗珠。（白居易）

　　　　三五夜中新月色，二千里外故人心。（白居易）

　　　　轮彩渐移金殿色，镜光端挂玉楼前。（许浑）

　　　　清风扫云去无迹，碧空高挂银蟾光。（马位）

　　　　佳山梦好经三宿，看月光圆到九分。（余京）

　　　　月光射水水射天，一派空明互回荡。（查慎行）

　　中国文人自古以来就有赏月、玩月的雅好。说赏月，当然是雅观，
尽尽清兴而已。玩，也有品赏之意，但说玩月，则多潇洒，或持杯邀
客，或舒歌起舞，通宵达旦，恍如人在冰壶，神骨俱清，一任发足清狂

方得尽兴。如此看来，南朝梁萧绎的"澄江涵浩月，水影若浮天"、庾肩吾的"月皎疑非夜，林疏似更秋"、何逊的"露湿寒塘草，月映清淮流"、唐代骆宾王的"云披玉绳净，月满镜轮圆"、祖咏的"细烟生水上，圆盘在舟中"，甚至徐凝的"天下三分明月夜，二分无赖是扬州"等，都是赏月的诗句。李白的"青天有月来几时？我今停杯一问之……所愿当歌对酒时，月光长照金樽里""昨玩西城月，青天垂玉钩……草裹乌纱巾，倒被紫绮裘"，苏东坡《水调歌头》词的"起舞弄清影，何似在人间"等，当是玩月。

　　赏也好，玩也好，终归是爱月所致。《三水小牍》说唐懿宗庚寅（870）中秋阴雨不绝，众人皆叹"堪惜良宵，而值苦雨"，善施法术的赵知微闻之，便命侍童去备酒果，说愿携众人登天柱峰玩月。众人当然不信，但出得大门，忽然"长天朗净，皓月如昼"，众人扪萝援筱，居然登上高峰，畅怀吟饮。后来，各自归山舍就寝，又闻凄风飞雨。此事奇怪之极，大概是赵知微施展了幻术。但是，"凡术之灵，必人心感应之"，如果众人无有爱月之心，幻术又奈之何也？

　　古今诗人中最爱月的，应该是李白。《全唐诗》录其诗二十五卷，约一千零三十首，其中二百八十五首诗中有月。李白得意写月，失意也写月；送别写月，念远、相约也写月。他一生思月、卧月、留月、携月、赊月、吟月、玩月、醉月、揽月、呼月、泛月、赏月、问月……最后过采石矶，见月落江心，以手捉月，失水而死。此说流传甚广，连日本人都深信李白之死必然如此。尽管事出虚构，"云锁青山荒冢在，浪中捉月是虚传"（明代刘琼诗句），但传者肯定是深知深爱李白者。闻者呢，宁可信其有而不愿知其无，也是成其美善。让李白捉月而逝，比两唐书一本正经地说李白病殁当涂更像李白。这跟传说嫦娥奔月而去并无二致，都足见传闻者的爱人、爱月之心。

　　李白何以如此爱月？清代吴扬辉曾撰联曰："胡为邀月问天，想见平生知己少；只管以诗下酒，懒开醉眼看人忙。"二十六字道出李白肝肠，深知李白如此，正可作异代知己。"想见平生知己少"，的确是李白后半生感到孤寂痛苦的一个十分重要的原因。一个有理想、有抱负的文人，面对"大道如青天，我独不得出"的现实，由"仰天大笑出门去，我辈岂是蓬蒿人"到"欲邀击筑悲歌饮，正值倾家无酒钱"，追求的失落，理想的破灭，加之世态险恶，"一朝谢病游江海，畴昔相知几人在"，他必有难耐的孤寂。于是，他仰天对月，以为唯有天外孤轮可以抚平他心上的伤痕。所以，在他的诗中，月是挚友，月是人性化了的有情灵物。他可以欢时"举杯邀明月，对影成三人"，忧时"孤灯不明思欲绝，卷帷望月空长叹"，唯月可以一吐心曲。他对月寄托了全部美好的理想，月又是黑暗中光明的象征。他担忧"日月终销毁，天地同枯槁"，而祈愿"月色不可扫，客愁不可道"。台湾诗人余光中先生评价李白有几句诗写得极好："酒入豪肠，七分酿成了月光。余下三分啸成剑气，秀口一吐，就半个盛唐。"也是真知李白者。"闻声知鸟，读诗知人"固然不错，但能够"知鸟晓声，知人解诗"，恐怕也是欣赏活动中欣赏者的一种能动性表现。看来，只有真正了解李白，才有可能读懂他的月诗，也只有读懂他的月诗，才有可能真正了解李白。

李白的月诗，无论短章长篇，都具有非同常诗的艺术魅力。"床前明月光，疑是地上霜。举头望明月，低头思故乡"，写游子静夜所思，万千乡思以望月时俯仰之间流出，天生好语，自然清绝。古往今来，牵动了多少游子的思乡之情。此诗早在 8 世纪末 9 世纪初就传到东瀛，并在民间广为传诵，至今日本稍有文化的人说起思乡之情，都会动情地吟诵此诗。李白月诗精彩之处，除《静夜思》外，《月下独酌》《把酒问月》《望月有怀》《金陵城西楼月下吟》《关山月》《峨眉山月歌送蜀僧晏入中京》等，也都是情怀潇洒、辞采粹美的绝唱。其中，"花间一壶酒，独酌无相亲。举杯邀明月，对影成三人""今人不见古时月，今月曾经照古人。古人今人若流水，共看明月皆如此""清泉映疏松，不知几千古。寒月摇清波，流光入窗户""金陵夜寂凉风发，独上高楼望吴越。白云映水摇空城，白露垂珠滴秋月。月下沈吟久不归，古来相接眼中稀。解道澄江净如练，令人长忆谢玄晖""明月出天山，苍茫云海间。长风几万里，吹度玉门关”“月出峨眉照沧海，与人万里长相随”等，皆是千古脍炙人口的佳句。

　　古诗中的月诗，可读者甚多。拣出一些同写望月、待月、思月、玩月、问月、山月、边月、春月、秋月、残月、初月、江南月、天涯月、团圆月的诗，做一些构思或作法方面的比较，必有助于提高欣赏和创作能力。例如待月，可拈出李白、罗隐、东坡三人的待月诗试做比较。

　　　　待月月未出，望江江自流。
　　　　倏忽城西郭，青天悬玉钩。
　　　　素华虽可揽，清景不可游。
　　　　耿耿金波里，空瞻鸤鹊楼。
　　　　　　　　　　李白《挂席江上待月有怀》

　　　　阴云薄暮上空虚，此夕清光已破除。
　　　　只恐异时开霁后，玉轮依旧养蟾蜍。
　　　　　　　　　　罗隐《中秋不见月》

　　　　月与高人本有期，挂檐低户映蛾眉。
　　　　只从昨夜十分满，渐觉冰轮出海迟。
　　　　　　　　　　苏轼《待月台》

三诗虽然同写待月，却各出机杼。李白诗（五言古风）一开始“待月月未出”意思与下二诗同（待月而不见月），次句又说“望江江自流”（加倍法），真有情人遇无情月、无情水也。第二联陡转写意外惊喜。既是“城西郭”看见“青天悬玉钩”，必是云散月出，入夜已深。前四句写景，后四句说待月者所思所想。言“素华虽可揽”，承上；又言“清景不可游”，启下。何以“清景不可游”呢？因为“有怀”（点题），故说“耿耿金波里，空瞻鸤鹊楼”，意连句圆，钩连甚紧。此诗构意，先写月由无至有，然后说"素华虽可揽"但"清景不可游"，因为想念亲友而"空瞻"之故，月色纵佳，无人共赏，有等于无，诗情也随之由忧转喜，继而喜又复忧，起伏变化，有随意生机之妙。罗隐的诗也写待月，与东坡诗相同，都是写不见月时所思所想，间接写月，但作法不同。先说东坡诗。首二句叙述起，缓缓道来（宋人常用此法），说月与高士（指文与可，与东坡为从表兄弟）有约，今夜必至（暗点题之"待月"），将"挂檐低户映蛾眉"。前见巴蜀书社出版之《宋诗精华录》（卷二）此诗注谓"蛾眉"在此喻月，似非。因为"蛾眉"喻月只喻"纤纤初月"，不会喻满月，故此处还应该是借代指人。第三、四句转写待月者心情。若直言急迫，则浅露，东坡巧从"渐觉冰轮出海迟"写出（怨月出海迟，正是望月心切之意）；又以"只从昨夜十分满"善解，挽转时空，反觉"昨夜十分满"的冰轮将跃然于今日晴空之上，自然愈见急切。诗中月虽然始终未见，但诗人待月、盼月之情毕现。再看罗隐诗。先以景起，说"阴云薄暮上空虚"，次句承景作评，议论断定"此夕清光已破除"，赏月无望。第三句转柁，写未来时空的变化，暗暗流出待月者失望后的忧思（担心霁后之月已无团团之美）。苏诗在此时空写过去时空的"昨夜十分满"，罗诗在此时空写未来时空的"玉轮依旧养蟾蜍"（谓月之不盈），都是"绕树一周，选择一个最佳角度"（王朝闻先生论艺术观察语），故构意新巧，作法足供揣摩。

从上举待月三诗之比较可见，诗乃摹写情景之工具，情融乎内而深且长，景耀乎外而远且大，情主内，景见外，意味自然隽永。大家作诗，精心结撰如此，纵小诗也不轻易放过，三诗正好佐证。

唐代写月的小诗中，顾非熊的五绝《关山月》也很值得一读。诗曰：

海上清光发，边营照转凄。
深闺此宵梦，带月过辽西。

说"海上清光发"，当指海上生明月，第二句说边营，同是一月，在边营之上则"照转凄"，皆从空间落笔写同一时间之不同。第三句又回头说深闺，以梦联系同一时间的两个空间。末句复说边营在辽西，又说梦带月，既呼应首句之"清光"，又写出深闺之人的千里之思。联系同一时间的两个空间，有梦又有月。月在前两句已经点明，可以生于海上，照至边营，所以后两句才写愿以梦带月去往辽西。此诗一气相生，痴情自然，较之金昌绪的"打起黄莺儿，莫教枝上啼。啼时惊妾梦，不得到辽西"，似不多让。

　　"秋后无花人冷淡，诗中有月字清新。"不必专咏何种月，只要诗中有月，好像都容易见好。古往今来，泛写月色的佳句不在少数，应该说这也是咏月诗歌宝库中一个不可缺少的部分，比较著名的佳句举例如下：

野旷沙岸净，天高秋月明。（谢灵运）

明月照高楼，流光正徘徊。（曹植）

明月松间照，清泉石上流。（王维）

露从今夜白，月是故乡明。（杜甫）

明月净松林，千峰同一色。（欧阳修）

月到千家静，林昏一鸟归。（陈师道）

人如舟不系，秋与月同清。（张问陶）

蝴蝶梦中家万里，杜鹃枝上月三更。（崔涂）

江月去人只数尺，风灯照夜欲三更。（杜甫）

落木千山天远大，澄江一道月分明。（黄庭坚）

残霞卷尽出东溟，万古难消一片冰。（章碣）

谢家楼上清秋月，分作关山几处明。（皇甫汸）

枝头有恨梅千点，溪上无人月一痕。（吴可）

花随流水春无迹，月到空山夜有痕。（谢三秀）

专咏月，月是主；泛写月，月是客。后者以月色为背景，除作一般景色出现外，有时还能被巧妙地营构出一种特殊的环境氛围，起到以客衬主、以客形主的作用。如同宋代诗人陈与义所说的那样，"洞庭镜面平千里，却要君山相发挥"。例如以不同时间的月色写人与事："楼头新月色，不见故人归""春风又绿江南岸，明月何时照我还""欲问吴江别来意，青山明月梦中看"等，月色成了表现不同时间的空间变化（包括人与事的变化）不可或缺的关系物。若非经意体味，也很难知其妙之所在。例如白居易的《琵琶行》，读者大都注意故事情节，稍有细心，也不过是在琵琶技艺、诗人伤感上落想，很少有人去留心月色，更不解其诗味无尽藏了。笔者中学时初读此诗，曾感动得落泪，但并未真正读深读透。后来在南开园偶然于月夜背诵此诗，忽觉有悟，方知乐天闻商妇弹琵琶事特以月夜为背景的良苦用心。此诗长篇叙事，除结六句（似尾声）外，前四段五转，每转必写景，写景必写月，每写月都必是感慨而出，激情所致。起四句交代时间、地点、事由，说"浔阳江头夜送客，枫叶荻花秋瑟瑟。主人下马客在船，举酒欲饮无管弦"，如此冷落清秋，又主客别离在即，故有"醉不成欢惨将别，别时茫茫江浸月"。这是在"忽闻水上琵琶声，主人忘归客不发"之前写月。此为一。下写"移船相近邀相见""千呼万唤始出来""低眉信手续续弹，说尽心中无限事"至"曲终收拨当心画，四弦一声如裂帛"，三十句皆说弹琵琶事，然后有"东舟西舫悄无言，唯见江心秋月白"。这是在商妇"沉吟放拨插弦中，整顿衣裳起敛容"自道身世之前写月。此为二。下写商妇自述，忆昔、怅今，皆写"月"。前十四句说"名属教坊第一部"时的歌妓生涯，以"今年欢笑复明年，秋月春风等闲度"关锁。此为三。后十句说"老大嫁作商人妇"事，因"去来江口守空船"，常与孤月为伴，故又有"绕船月明江水寒"。此为四。下二十句诗人言闻弹琵琶后的感慨先说："我从去年辞帝京，谪居病卧浔阳城。浔阳地僻无音乐，终岁不闻丝竹声……其间旦暮闻何物？杜鹃啼血猿哀鸣。"故有"春江花朝秋月夜，往往取酒还独倾"，又言月。此为五。后写"今夜闻君琵琶语，如听仙乐耳暂明。莫辞更坐弹一曲，为君翻作《琵琶行》"，以及结六句，皆是收拾。全诗六百一十六字，月字五见。或示承转，或兼关锁，或做对比，或伏呼应，都将被贬谪的诗人与色衰遭弃的商妇在浔阳江头的邂逅，始终置于冷幽的月色之下，使得"同是天涯沦落人"的相怜相惜之情愈见凄清。今见评《琵琶行》，多连篇皆言乐天描摹琵琶技艺之工，而不解月字五见之用心，也是一憾。

　　上举唐诗较多，读者休得误会，以为唐以后月诗不足以观。近代章炳麟在《国故论衡·辨诗》中说"唐以后诗，但以参考史事存之可也，其语则不足诵"，后来鲁迅先生也有"我以为一切好诗，到唐已被作完，此后倘非能翻出如来佛掌心之齐天大圣，大可不必动手"之论。笔者实在不敢苟同。就清一代诗而言，且不说前清诗坛上的众星争辉，出现过王世禛、袁枚、黄景仁、张问陶等大家，纵后清驰骋诗坛的姚燮、郑珍、黄遵宪、龚自珍等，取材弘富，开阖变化，自异流尚，也足与前代大家相媲美。清代咏月诗甚多，不能细览，又名家诗的评论纷杂，也不必赘言。仅以丙子（1876，光绪二年）广东乡闱，主司以唐人张九龄咏月名句"海上生明月"命题，诸子所作之诗联为例，虽不睹全豹，也可见清诗于一斑。现选录如下：

扶桑新浴出，斫桂早修成。（彭君谷）

涛头来一线，月魄浴三更。（李青培）

一轮扶水出，万里照潮平。（蔡逢恩）

怀人良夜月，作客异乡情。

水云联一色，风露复双清。（长乐初）

月近人偏远，空明到处生。

曲江添别绪，沧海寄吟清。（张友山）

浴波双镜射，出水一珠擎。

三山高不夜，万顷渺无声。（吴子实）

浪添千顷白，潮涌一轮清。

镜自磨云母，盘如漾水晶。（果杏岑）

朗照三山峙，光凝万派平。

紫澜回皎洁，碧汉共澄清。（孙驾航）

天容涵鉴影，夜气激涛声。

初魄芒犹敛，前身骨本清。（楼次园）

因命题"海上生明月"，作诗就必须紧扣"海""生""明月"而出，又限用庚韵，殊大不易。上选十五联，皆涵咏老成，能吸题之神髓，非同一般小巧。若以唐代朱华所作的那首著名的《海上生明月》诗相比，清人何遽不及唐人耶？朱华诗与清诸子诗俱同题同韵。诗曰："皎皎秋中月，团团海上生。影开金镜满，轮抱玉壶清。渐出三山岊，将离一汉横。素娥尝药去，乌鹊绕枝惊。照水光偏白，浮云色最明。此时尧砌下，蓂荚正敷荣。"此诗前二句以对仗起，明点题，应该说是不错的，但"海上生"直接以题字入诗，终少含蓄。第二联比较工致，但以"金镜""玉壶"同喻团团月，又同联中复出，未免叠床架屋。清代《蕉轩随录》评此诗说"六十字中，唯'金镜''玉壶'一联尚称出色，而究嫌合掌。若'将离一汉横'句，意为词掩。（又）素娥窃药，凡涉明月皆可通用；绕枝乌鹊，亦衰飒无味。第九、第十句近于油腔滑调，收句尤觉宽泛。（朱）华平生著作，仅此一诗，竟流传千余年，而莫之敢议者，奇矣"，剖析最切要害。论诗以工拙，当不拘唐宋明清。日本江户时代广岛有位著名的汉诗人坂井（1798—1850），曾写过一首论诗诗（见《虎山诗稿》）。诗中有"君言宋诗新，岂可腐可斥？又言明诗丑，或有美如璧。区区论世代，不若论巧拙"，颇有见地。上举清代月诗似可为之一证。

晚清诗人中，敬安（八指头陀）诗僧的诗也颇为世人称道。敬安一生爱月、爱梅，自命以月、梅为伴。浙江天童山上有敬安自筑的冷香塔，其塔铭曰："佛寿本无量，吾生讵有涯？传心一明月，埋骨万梅花。丹嶂栖灵窟，青山过客家。未来留此塔，长与伴烟霞。"足以见明月、梅花是其"绝难斩除之葛藤"。敬安诗多赋明月、梅花，读其"禅心爱秋月，久坐为清光""定四山月白，寒入夜灯青""道心寒皎月，书味淡秋灯""定中孤月自常明，身外浮云屡变更""诗中静养云千嶂，禅意清余月一溪""击钵吟残千嶂月，采芝缠满一身云"等吟月名句，当不难知其清高和孤寂。其月诗多清意自是，开卷能觉清风徐来，令人耳聪目明。录其佳句十二例如下：

> 破窗风灭烛，窥隙月寻人。
> 坐瘦一潭月，吟残五夜霜。
> 皎月光初满，浮云变岂知？
> 苦吟常对月，冷抱欲生云。
> 月向高枝隐，香从冷处清。
> 诗成明月上，花发绮窗前。
> 倘许共吟千嶂月，相随直如万松关。
> 夜半溪声疑是雨，起看明月过梅花。
> 万松不语风铃歇，清磬一声山月寒。
> 长啸一声寒月白，忽惊身在水云间。
> 举头却揖青天月，照我还登黄鹤楼。
> 自拭一双清净眼，笑看孤月出浮云。

同李白一样，天外孤月是敬安的挚友，有时甚至月人合一，可以作为他的化身。他送人借月（"借取祝融峰上月，送君直下洞庭西"），远游携月（"独携一片关山月，绕尽长城万里回"），思友望月（"唯有青天一轮月，与君千里总同看"），化缘载月（"一瓶一钵暮山过，载月孤身入烟萝"），以己比月（"莫向君王乞鉴湖，青天一月不妨孤"），甚至晚年在越中夜泛舟时还祈祷苍天，"痴情共祝青天月，还照同游到白头"。厌恶人世冷漠而入佛门的上人，偏偏一生依恋那片冷漠的孤月，是怜月，还是怜己？如果说，"皈依，是为那些柔弱的或者被伤害的心灵寻找一方安宁之地"（美国佛洛姆语），那么安宁之后，相依相慰的又将是什么呢？"不有花间月，谁知悟后心？"（敬安诗句）于是，上人找到了月。

如此说来，月诗又是什么呢？

月诗，是人与月交流情感的一种美妙的传递。

1994 年 12 月初稿

1995 年 4 月增改

立意尚新诗见异

"一样春花一样山，几人喜欢几人烦"，对事物的看法不一致，就像五指三长两短一样自然。诗人有见解，写出来，有人不以为然，就难免另外有人要"逆风吹"。有人说"诗酒可销忧"，就有写了诗、喝了酒的"过来人"，哭丧着脸说"从来诗酒不销愁"。这就是诗家抬杠，仁智各见，天经地义。

唐太宗爱桃花，写过一首咏桃诗："禁苑春晖丽，花蹊绮树装。缀条深浅色，点露参差光。向日分千笑，迎风共一香。如何仙岭侧，独秀隐遥芳。"没想到，"两天红、三天谢"的桃花居然把这个"稍逊风骚"的李世民倾倒如此。更没想到当朝的大诗人杜甫偏偏说"轻薄桃花逐水流"，把桃花贬得一钱不值，用诗向本朝天子抬了一杠。后来唐明皇见太液池白莲盛开而左右皆赞叹白莲娇美，说了"争如我解语花（指杨贵妃）"，从此诗人多以"解语花"称赞美人，或者盛赞貌似美人的娇花。北宋苏东坡的《江行见桃花诗》偏不以为然，说"我观解语花，粉色如黄土"，也敢跟前朝的"皇帝老儿"抬上一杠。

诗家抬杠，就像吃菜，青菜萝卜，任其喜欢，本可以不管。但是，如果拈些出来，读一读，竟然可以长见识，增学问，明眼清心，也很有意思。

六朝诗人王籍到山里去，听见山林里一两声蝉吟鸟叫，山林反而更显幽静，写了"蝉噪林逾静，鸟鸣山更幽"两句诗。喜欢的，说是"以动衬静，妙不可言"。不喜欢的，说"意复，两句直如一句"。只是发表看法，还没有用诗去抬杠。后来，宋代王安石也到山里去，写了

"茅檐相对坐终日，一鸟不鸣山更幽"，跟王籍唱了反调。清人顾嗣立在《寒厅诗话》中说王安石乱改王籍的诗句，点金成铁，"直是死句"，有不少诗评家都附和这个观点，愣不给逝去数百年的王安石一点面子，也很无奈。

其实，王安石很冤枉。他只是想写自己罢相后的孤寂，未必要独树旌旄，存心跟王籍作对。"茅檐相对"已经难耐，还要"坐终日"，如果再写鸟飞鸟叫，诗的气氛就会被破坏。孤单如此，竟然连只飞鸟都没有，那独坐幽山、沉闷抑郁的气氛就写足了。平心而论，此情非抑郁无奈如王安石者写不出，此诗非设身处地作王安石想者，也读它不懂，所以忧乐相搜时，勿需抬杠，先去各自品尝便是。

诗家观察事物的角度不一，心境、学养和遭遇，甚至审美感知能力不一，对同一事物、同一题材的见解也不可能一致。譬如写牡丹花，绝大多数的诗人都写其娇艳，甚至称牡丹为"帝王花""富贵花"。这类诗中，晚唐皮日休的《牡丹》就很有代表性，说"落尽残红始吐芳，佳名唤作百花王。竞夸天下无双艳，独占人间第一香"，真是好话说尽，大有过情之誉。后来，明代有位没名气的诗人朱文康出来抬杠，写了一首很有识见的诗。诗曰：

> 枣花至小能成实，桑叶虽微可作丝。
> 堪笑牡丹如斗大，不成一事竟空枝！

朱文康说牡丹只供富贵人家欣赏，还不如关系百姓生计的春桑秋枣。这个杠抬得好。立意尚新见异，还进退有理，不落俗套。

抬杠诗中，最发人深思的是那些评价历史人物和重大事件的诗。

譬如对古代美女西施的功过之评。封建卫道者多认为君主好色是亡国之因，江山不稳，都唯女人是问，说女人是罪孽祸水。这不仅涉及对这些女人的评价问题，还反映出在分析亡国教训上的非科学性。唐代罗隐就站出来为西施鸣过不平，说"西施若道亡吴国，越国亡来又是

谁?"问得极好。用今天的话说,就是善于反思。后来宋代王安石也很
赞同罗隐的说法,写了"但愿君王诛宰嚭,不愁宫里有西施",说吴王
身边的重臣伯嚭,只顾谋私,不惜出卖国家和人民利益,该杀无赦,跟
宫里有西施则没有关系。此为咏史有见,不盲从他人。

　　评论西施诗中,比较公道的,还有言西施之苦的。清代毛先舒的
"别有深恩酬不得,向君歌舞背君啼",道出西施的委屈难处;二句得
渔洋山人(王士禛)肯定,谓此意前人从未道过,评价不低。不以西
施为祸水,反认为西施有功的,有宋代郑獬(毅夫)的"千重越甲夜
成围,战罢君王醉不知。若论破吴功第一,黄金只合铸西施",说应该
论功奖赏西施,为她铸立一尊金像。唐代著名女诗人鱼玄机的评论最为
点穴到位。诗曰:

> 吴越相谋计策多,浣纱神女已相和。
> 一双笑靥才回面,十万精兵尽倒戈。
> 范蠡功成隐身遁,伍胥谏死国消磨。
> 只今诸暨长江畔,空有青山号苎萝。

苎萝,在今浙江诸暨县南,传说是西施的出生地。首联一言政治谋事,
一言浣纱神女西施,人事纠葛。中二联挑梁,以西施回眸"一笑"竟
让吴国"十万精兵尽倒戈",又范蠡功成与伍胥谏死,全做人事成败对
比,令全诗陡起,叫醒古今。最后只结到诸暨青山,感叹西施功成却空
无所有,其哀思绵绵不尽,愤慨寓中。女诗人鱼玄机能读懂吴越政治的
阴阳双谋,绝好眼力。全诗深入浅出,女子高论虽非泥磬瓦鼓,但千秋
未得惊世震俗,也不意外。《越中名胜楹联选》(1990 年浙江文艺出版
社出版)录有诸暨西子庙联"一双笑靥才回面,十万精兵尽倒戈",称
"佚名联",其实是鱼玄机此诗的颔联。

　　其他为西施解脱和鸣不平的还有唐代陆龟蒙的"吴王事事堪亡国,
未必西施胜六宫"、崔道融的"一笑不能忘敌国,五湖何处有功臣"、

宋代张镃的"宰嚭若能容国士，西施那解误君王"、周密的"堪笑吴伧太痴绝，不仇宰嚭恨西施"等，这些诗所表述的观点，纵与今日诗坛和史坛上犹存的"西施是封建统治者争权夺势的牺牲品"之论相比，似乎更符合当时的历史实际。当然，因为这类怜惜西施的诗针对传播日久且流行广泛的观点，提出了比较肃正的新见解，所以也有人称之为翻案诗。

说诗的"翻案法"，元人方回《名僧诗话序》举过一个极好的例子。他说："北宗以树以镜譬（喻）心，而曰'时时勤拂拭，不使惹尘埃'，南宗谓'本来无一物，自不惹尘埃'，高矣。后之善为诗者，皆祖此意，谓之翻案法。"（见《桐江集》卷一）北宗神秀禅师题廊壁一偈，诗曰"身是菩提树，心如明镜台。时时勤拂拭，勿使惹尘埃（经常勤勉擦拭，不要惹上尘埃）"。六祖慧能禅诗题和一偈，曰"菩提本无树，明镜亦非台。本来无一物，自不惹尘埃（既然本无牵挂，自然不会惹尘埃，又何必怕惹尘埃）"，二偈禅理，持论屏立，妙在对立同一，犹如天地各居上下，却是浑然同一。所以，方回认为诗之"翻案"，与松门论禅的持论屏立，也大约一致。

下面列出三组诗家抬杠（或翻案）的诗例，或咏物，或论事，皆各自构意，务须细心体味，反向比较后不难知各家的识见情趣。

> 只言花是雪，不悟有香来。（苏子卿）
> 遥知不是雪，为有暗香来。（王安石）

> 树头树底觅残红，一片西飞一片东。
> 自是桃花爱结子，错教人恨五更风。（王建）
> 刘郎底事去匆匆，花有深情只暂红。
> 弱质未应贪结子，细思须恨五更风。（韩子苍）

> 诗书何苦遭焚劫，刘项都非识字人。（朱排山）

坑灰未冷山东起，刘项原来不读书。（章碣）

筑了连云万里城，春风弦管醉中听。
凄凉六籍寒灰里，宿得咸阳火一星。（萧泛之）
燔经初意欲民愚，民果俱愚国未墟。
无奈有人愚不得，夜思黄石读兵书。（萧立之）

枉把六经灰火底，桥边犹有未烧书。（袁宏道）
夜半桥边呼孺子，人间犹有未烧书。（陈元孝）

抬杠诗也好，翻案诗也好，不仅仅是诗歌创作的形式技巧问题，在客观上还提供了从不同角度去观察和评价事物的方法，可以帮助读者拓开视野、克服片面性。读诗之乐，或许正在其中。

反向立意，是诗歌创作中常见的构意方法。正反有相对性，如果习惯性的思路为正的话，那么一反寻常思路的矫矫出新，就是反向立意。譬如通常都写桃杏示春，不妨有人去写柳树，说"游客生怜桃杏好，不知春在柳梢头"；一般都写小燕知春返里，东坡偏偏去写"春江水暖鸭先知"；都感叹"英雄逢骂忧长夜，鹃鸟怯寒啼苦声"，便有胆魄非凡的清代诗人张问陶去写"直使天惊真快事，能招人骂是奇才"。这类作法，俗称"诗家抬杠"，说东或者道西，仁智各见，都得拿出自树旗帜的理由来。苟能拂去俗套老路的黯淡，反向思维引出的新意，果能透出几许微曦，令人眼前一亮，读者也会买账。

据《不下带编》载，清代剧作家汤显祖一日在玉茗堂宴客，邀友题画。此画依晋时陶渊明《五柳先生传》的文意绘出，因为原文有自命清高的意思，所以赋诗者会先入为主地受到原文命意的限制，即受到画中主要的人物（先生）或事物（柳树）的限制。这时，大部分诗人顺势写出的诗歌，都类似读后感，了无新意。唯有敢于抛弃俗套老路的善诗者，选择一个新的切入点，或有可能"跳脱如来手心，立地成佛"，这就聪明过人且诗笔不凡了。当时立意新颖的是诗人李至清。
诗曰：

　　　　　春日江城柳万条，淡烟疏雨夜萧萧。
　　　　　轻柔不似先生节，逢着东风便折腰。

　　《题五柳图》虽然首端二句"春日江城柳万条，淡烟疏雨夜萧萧"
直接写柳，出语平平，但奇句在后，着实意外。他将柳树柔媚随风当作
正直清高的"五柳先生"的对立面来写，正话反说，遂得"轻柔不似
先生节，逢着东风便折腰"。因为不为五斗米折腰的五柳先生重节，而
门前柳枝受风得势容易轻狂，所以明贬柳树，实则借宾陪主，暗褒五柳
先生高节，反向立意，不难出脱精彩。此诗能让戏剧作家汤显祖拍案叫
绝，大约就是抑此扬彼的"反手出击"之法。

　　当然，直接从正面去写"五柳先生"的正直清高未尝不可，就像
电影小说每逢英雄牺牲，背景必定出现松树高山、江河澎湃一样；熟俗
多了，难免眼倦心烦，不如看那李至清写柳贬柳，反倒托出正面，来得
新颖，更显矫矫有力。

　　如果习惯写法或者说法一旦浇铸成了模式，也很顽固，就像影剧中
英雄牺牲后，观众看不见惯常应该出现的那些松树高山了，颇感意外，
也会奇怪"编剧导演啥意思"。有识见的诗人不走熟路，于冷处落想，
已经胆魄可嘉，如果又善作反思，往往趁势就会捕捉到一个立意创新的
突破口，有望出得好诗。例如唐韩愈写过"送穷文"，张文潜则以"不
用为文送穷鬼，直须图事祝钱神"，唱个反调，说根本没必要去写什么
送穷文，只须拍好钱神爷的马屁就可以了，讽意深邃可味，倒也新颖可
喜。如果写穷，笔下冒出一大堆"葛衣""篷户""地无立锥""室如悬
磬"之类，熟语多多，百篇如一，那也太为难读者了。

　　有心研究诗法学的读者，不妨拣来正反两方置得一处，从比较中读
出反向立意之妙，对欣赏和创作或许都更有收获。明代王端有"多情

最是梁间燕，泥软花香去复留"，锺梁有"多情唯有春来燕，又逐东风入草堂"，随声同调，都认可燕子多情。当朝林克贤却以"无情最是新巢燕，犹自双双语画梁"，说双燕太不懂事，只顾画梁小巢独自温馨呢喃，有点怨嗔生怜的意思，也很耐寻味。又唐代温庭筠的名句"旧臣头鬓霜华早，可惜雄心醉中老"，伤感霜华染鬓，雄心不再；宋代陆游则认为饮酒只是暂时忘却烦劳，人老无碍雄心，遂有"万事唯凭酒暂忘，寸心未与年俱老"诗志，壮心不已，也令人肃然起敬。

朗月当空，喜怨由人。说冷月无情的，可以唐代薛逢的"微波有恨终归海，明月无情却上天"为代表；说明月多情的，有明代龚诩"多情最是波心月，一路相随伴我归"，清代袁枚"明月有情还约我，夜来相见杏花梢"等，皆物我相接，下笔生情，清健可诵。其实，月亮干人何事？不过是诗人找个由头，借物（月）做一番舒啸抒情而已。

有一种正反出击（即对局双方俱在同诗中出现）的写法，虽然例不多见，但理应归属此类。宋代杨万里的"袈裟未著愁多事，著了袈裟事更多"，说原以为佛门清静，应该烦心困扰事少，结果意外；正反并说，择一而快。明代徐熥的"十年别泪知多少，不道相逢泪更多"，说一旦相逢，倾泪一快，喜泪反而胜过别泪。无论事多事少，泪少泪多，无论《咏月》的"谁道无情属明月，春秋相与十回圆"的先抑后扬，还是《题燕》的"春来花好绕檐飞，一着秋凉去不归"的先扬后抑，皆自话自解，冤家对头一并出场，让读者心地透亮，正好自己选择判断，倒也省事。

　　　　　　　　　　　　　　　　　　　　1995 年 8 月

诗怜芳草韵堪吟

　　草，遍布天下，《说苑》说："十步之内，必有芳草。"草是世间凡物细物，比起花来，专写草的诗历来不多。人们谈诗及草，也不过"池塘生春草""野火烧不尽，春风吹又生"之类。那么，草诗值不值得一读呢？

　　草诗虽少，却值得一读。

　　首先，丰草绿缛，既可以饲养牛羊，又可以美化环境，其功当不可没，诗人本应该大写特写，可偏偏重花轻草的多，也是一憾。为草代鸣不平的是宋代曾巩，其《城南》诗曰："雨过横塘水满堤，乱山高下路东西。一番桃李花开尽，唯有青青草色齐。"说桃李花虽然浓艳芳菲，繁华一时，但转瞬纷落而逝，只有青青草无声地染遍了大地。诗人怜草爱草之情亦由此而出，很有感染力。草诗中，明代杨基有一首七律写得不错。诗曰：

> 嫩绿柔香远更浓，春来无处不茸茸。
> 六朝旧恨斜阳里，南浦新愁细雨中。
> 近水欲迷歌扇绿，隔花偏衬舞裙红。
> 平川十里人归晚，无数牛羊一笛风。

这首诗的首联和尾联尤佳，故笔者认为去中间四句，首尾合成一首绝句最好。青草白羊，一向被视作原上佳色。据《穷幽记》载，"午桥上小儿坡茂草盈里，晋公每使数群白羊散于坡上，曰'芳草多情，赖此妆点'"。晋公以白羊妆点碧草，随心设计景观，是绝好的雅兴。这段话可为杨基诗添注。读杨基诗时，很容易让人想起那首北齐时的《敕勒歌》来。其中的"天苍苍，野茫茫，风吹草低见牛羊"，可以算是今古写草原壮观最好的诗句了。

写庭园草的诗，唐代曹邺的《庭草》很有代表性。诗曰："庭草根自浅，造化无遗功。低回一寸心，不敢怨春风。"此诗明明是一首古风体小诗，不知宋人洪迈何以当作绝句，收入他编的《万首唐人绝句》之中（似为凑数，未及精审之故）。庭园草比原上草虽然纤弱一些，但绿茵翠坪能将花木、亭台、楼阁浑然一体，起到陪衬和连缀景观的作用，也必不可少。笔者1994年在新加坡公园草坪上见一木牌，上书英文，译成汉语就是"爱护草坪，它与你的生存息息相关"。此言极是，但缺乏一点诗情和幽默，还不如唐代郑谷春游时写的那首《春草》诗含蓄优美：

> 花落江堤簇晓烟，雨余草色远相连。
> 香轮莫碾青青破，留与游人一醉眠。

此诗造语亲切，诵之欣然。诗人祈求游人的香轮不要把青青的小草碾破，其怜草爱草之情溢于诗外。

晴日眠草，闻着草香，望着白云蓝天，分享大自然的赐予，应是最惬意不过的事情。所以，读了唐僧皎然的"芳草白云留我住，世人何事得相关"（《题湖上草堂》），宋代王安石的"眠分黄犊草，坐占白鸥沙"（《题舫子》）和明代李东阳的"津吏河上来，坐看青草短"（《响闸》）后，恨不得抛却俗事，去诗中一游，也不足为怪。

再者，草虽凡物细物，却有许多令人敬仰之处。例如小草春绿秋黄，枯荣自在，何曾有名利之累？不知名的小草漫山遍野，构成了环境学家所谓的"地球生命之色"，故而也赢得了诗人的青睐。杜甫有"春草不知名，蒙茸被远汀"，韦应物有"微雨夜来过，不知春草生"，李东阳有"过烟披雨见蒙茸，平野高原望不穷。同是一般春色里，年年各自领东风"等诗句，都是赞扬小草点缀春色而又无所企求的潇洒。

宋代刘敞（刘原父）有首小草诗，构意很有特色。诗曰：

> 春草绵绵不可名，水边原上乱抽荣。
> 似嫌车马繁华处，才入城门便不生。

说原上草热爱大自然，不恋俗尘闹市，写出了小草的清骨，颇为小草扬眉吐气，读之，足以令人刮目。唐代罗邺另有一首《芳草》诗与上诗相似，诗曰："曲江岸上天街里（指皇城内的街道），两地纵生车马多。不似萋萋南浦见，晚来烟雨半相和。"罗诗只偏重客观比较，虽然生嫌皇城草，儒雅不失分寸，总不如刘诗含蓄深刻。罗邺还有一首《赏春》，是明说春风，实写春草，又转叹世态炎凉的。诗曰："芳草和烟暖更青，闭门要路一时生。年年点检人间事，唯有春风不世情。"说芳草不拘穷家僻巷的门庭冷落和皇苑贵府的要道显赫，一概"和烟暖更青"；明说"春风不世情"，实则赞扬芳草的"不世情"，顺便也旁敲侧击了"人间事"的势利。与杜牧说"公道世间唯白发，贵人头上不曾饶"一样抑人扬物，正慨叹人事之不然也。

诗人咏草，最爱用"草色"一词，除前举郑谷诗外，佳句颇多。例如唐代王维的"雨中草色绿堪染，水上桃花红欲燃"、韩愈的"天街小雨润如酥，草色遥看近却无（小草初生，遥望一片蒙蒙，近观却又似无，以此写早春最妙）"等，皆写得摇曳生情，诗味无穷。

草，四季皆有。唐代司空图的"草嫩浸沙短，冰轻着雨消"，宋代林逋的"草长团粉蝶，林暖坠青虫"，王安石的"草长流翠碧，花远没黄鹂"，是写春草；唐代许浑的"露重萤依草，风高蝶委兰"，朱庆余的"草色寒犹在，虫声晚渐多"，宋代陆游的"风林一叶下，露草百虫鸣"，当然是写秋草。写夏草，多用茂草、深草、碧草；写冬草，则多用黄草、白草、枯草，在诗中总是非常清楚。不过，诗家依据每季的不同时令，譬如晓、午、暮，或者初（春）、仲（春）、晚（春），又各有生机变化。欣赏者细作吟味，都不难心领神会。例如，"暖风庭院草生香，晴日帘栊燕子忙"（文徵明句），必写初夏之草；"草白霭繁霜，木衰澄清月"（王维句），当咏孟冬之草；"绿树荫青苔，柴门临水开"（许浑句），自言孟夏之草；"露湿寒塘草，月映清淮流"（何逊句），恰见仲秋之草。善作暗示，又得自然，也无妨诗人偶然弄巧。若以春草写秋景，或以时令交错而出，即成诗病。例如宋代徐崇文的《毅斋即事》，先有"苔色上侵闲坐处，鸟声来和独吟时"，读者皆以为春暮之景，后又见"十分秋色重阳近，一味新凉老者宜"，必定莫名其妙。因为以重阳论，已是深秋季节，说"十分秋色"还可以，说"苔色上侵""鸟声来和"就有些牛头难对马嘴了。写景不真实，会影响作品的艺术感染力，历代大家于此都不敢掉以轻心。小草，若非专咏，在诗中多作陪衬，虽然算不得什么，但读者留心于草，领会一下诗人的用心，也很有意义。诗例如下：

雨淋三春叶，风传十步香。
映袍怜色重，临书喜带长。
　　　　　　　〔陈〕刘删《咏青草》

泽国多芳草，年年长自春。
应从屈平后，更苦不归人。
　　　　　　　〔唐〕黄滔《芳草》

寒草才变枯，陈根已含绿。
始知天地仁，谁道风霜酷。
　　　　　　　〔宋〕梅尧臣《寒草》

芳草知谁种，缘阶已数丛。

　　无心与时竞，何苦绿葱葱。

〔宋〕王安石《芳草》

　　芳草和烟暖更青，闲门要路一时生。
　　年年点检人间事，惟有春风不世情。

〔唐〕罗邺《赏春》

　　楚甸秦原万里平，谁教根向路旁生。
　　轻蹄绣毂长相蹋，合是荣时不得荣。

〔唐〕徐夤《路旁草》

　　带雨和烟未可名，春风处处不胜情。
　　于今南浦知多少，都向王孙去后生。

〔明〕王韦《春草》

　　写四季草，常见的是春草和秋草。大概是草之枯荣与人事盛衰颇为相近的缘故，诗人在感慨流年易驰、命运坎坷或念远伤别之际，总喜欢借无时不生、无处不有的小草来诉说款款心曲。宋代词人张先说"离情尽寄芳草"（《熙州慢》句）就是这个意思。唐代顾况写过《春草谣》，诗曰："春草不解行，年年上东城。正月二月色绵绵，千里万里伤人情。"说"年年上东城"，指草绿回黄的枯荣变化能给人以时间感悟；说"千里万里伤人情"，则指"更行更远还生"的小草能暗示出空间张敛的人生体验。由此，诗人惜春草、悲秋草，而惜人生、悲得失，遂使草诗具有了较高的审美价值。从这一点去观照汉代《古诗十九首》的"回风动地起，秋草萋以绿。四时更变化，岁暮一何速""回顾何茫茫，东风摇百草。所遇无故物，焉得不速老"，以及汉代《饮马长城窟行》的"青青河畔草，绵绵思远道"，唐代温庭筠的"万古春归梦不归，邺城风雨连天草"，都不难体会诗人的空间意识和世间感悟的审美意蕴。因为诗人心灵与自然景物（草）的融合，给无情之物注入了有情的生命。所以，草可以借代为时间、故乡、被思念者、离情别绪等，从而成为诗人表情达意的一种媒体。这个媒体最能启发欣赏者的联想力。词有"堪惜流年谢芳草"（寇准《甘草子》句），诗有"春草明年绿，王孙归不归"（王维《山中送客》句）；词有"萋萋芳草忆王孙"（李重元《好事近》句），诗也有"又送王孙去，萋萋满别情"（白居易《赋得古原草送别》句）。总是芳草年年绿，情思年年难尽。

以芳草言美人，喻政治抱负，或君臣不遇或高才不仕的骚情楚声，自屈原以来已成中国文人文学的一个传统。笔者曾为湖南屈原碑林撰一联曰："一介孤标，千秋正气，而今忠义，仍称清怀高节铮臣胆；香以沅芷，洁本澧兰，自此风流，长道芳草美人君子心。"下联正是言此。大概也只能从这一点去观照唐代高适的"暮天摇落伤怀抱，抚剑悲歌对秋草"，清代宋思仁的"汀洲香草情难尽，岸浦丹枫怨未除"，近代谭嗣同的"汀洲芳草歇，何处寄离忧"等，才能真正读出诗中深层的意味。

前时翻阅一篇诗词鉴赏文章，内举宋代朱熹的一首诗，诗曰：

> 春到寒汀百草生，马蹄香动楚江声。
>
> 不甘强借三峰面，且为灵均作杜蘅。
>
> （《戏答杨庭秀问讯〈离骚〉之句二首》其二）

鉴赏文作者对诗的第二句望字生义，说"凭吊屈原的人络绎不绝，马蹄声动楚江"，又引宋代画院曾以"踏花归去马蹄香"为题试天下画手事做证，实误。误就误在不知芳草上。此"马蹄香"却非彼"马蹄香"也。《集注》曰："杜蘅，似葵而香，叶似马蹄，故俗云马蹄香也。"朱熹此诗，首句先作总说（"春到寒汀百草生"），次句拈出"马蹄香"单说，一是见怜于芳草，一是见爱于屈原（灵均），所以结句归题"且为灵均作杜蘅"，才能顺理成章。草虽凡物细物，一旦写入诗中，即是声色生情之物，读者岂可忽略。看来，宋代陆九渊《语录》说"为学患无疑，疑则有进"，确实很有道理。

草，有芳草、恶草之分。人有喜恶之好，为草赋名，自然也有区别。如断肠草、鬼臼、恶藻等，必恶草、毒草；合欢草、相思草、芝兰、香蒲、吉祥草等，必芳草、灵草。古人识草，比今人认真，大概是自黄帝始就有"识草，可知岁苦乐善恶"的缘故。据说，黄帝曾请教师旷，问"吾欲知岁苦乐善恶，可知否"，师旷"对曰：岁欲丰，甘草先生，甘草，荠也；岁欲苦，苦草先生，苦草，葶苈也；岁欲恶，恶草先生，恶草，水藻也；岁欲旱，旱草先生，旱草，蒺藜也；岁欲疫，疫草先生，疫草，艾草也"。此番话，纵以今天科学的眼光看，也绝非信口雌黄。倒是东晋《拾遗记》载"宣帝时，背明国贡宵明草，夜视明如列烛，昼则无光；（贡）黄渠草，映日如火，坚韧若金，食者焚身不热；（贡）闻遐草，服者耳聪"，说宵明草可以照明，黄渠草"食者焚身不热"等，有点"天方夜谭"，令人难以置信。

咏草诗中还有几首写得颇有深意，不读必留遗憾。

其一是唐代白居易和郑谷的咏苔诗。苔，又名垢草、圆薛、苔钱，地湿则生，斑斑点点，渐青成晕。久积渐厚，微有根叶。不择砖瓦石阶木土，随处而安。王维有"返景入深林，复照青苔上"和"座看苍苔色，欲上人衣来"等诗句，皆风趣澹逸。白居易的《石上苔》诗曰：

> 漠漠斑斑石上苔，幽芳静绿绝纤埃。
> 路旁凡草荣遭遇，曾得七香车碾来。

郑谷的《苔钱》诗曰：

> 春红秋紫绕池台，个个圆如济世财。
> 雨后无端满穷巷，买花不得买愁来。

白居易诗，首二句照题写石上苔，后二句写路边凡草，以客衬主（石上苔），褒贬自现。若以二者形容"处江湖之远"的达士与"居庙堂之高"的权贵，再作进一步体味的话，"石上苔"的拔俗超脱与"凡草"无德而坐享殊荣又恰成比照。郑谷诗，则从苔圆似钱上落想。首二句写苔钱在富贵人家"个个圆如济世财"。黄周星《唐诗快》评"济世财，乃祸世殃"，点出其贬义。后二句说穷巷阴暗潮湿，雨后无端长了许多苔钱，可惜穷人用它不能买物，只能平添许多愁绪。二诗咏草，贵有开拓，见出深意，真是"有此景方得有此句"。南宋张戒《岁寒堂诗话》评白居易诗说"道得人心中事"（原元稹语）和"状难写之景，如在目前"（原梅圣俞语），"此固白乐天长处。然情意失于太详，景物失于太露……此其所短处"。如果一定要对上举二诗论个高下的话，白居易的《石上苔》正好见其长处，而郑谷诗恰有"情意失于太详"之憾。

　　其二是宋代诗人杨杰作的《勿去草》。中唐诗人孟郊曾有"昧者理芳草，蒿兰同一锄。狂飙怒秋林，曲直同一枯"之叹。说不明事理的"昧者"，奸贤不分，善恶不辨，结果只能是"蒿兰同锄，曲直同枯"。杨杰此诗借"主人"（即"昧者"）"一日还旧居"就不问青红皂白地"门前草先除"事大发议论，并以此讽刺世俗小人，赞美了芳草的真情。诗曰：

> 勿去草，草无恶，若比世俗俗浮薄。
> 君不见，长安公卿家，公卿盛时客如麻。
> 公卿去，后门无车，唯有芳草年年加。
> 又不见，千里万里江湖滨，触目凄凄无故人。
> 唯有芳草随车轮。
> 一日还旧居，门前草先除。
> 草于主人实无负，主人于草宜何如？
> 勿去草，草无恶，若比世俗俗浮薄。

此诗古风，首尾复句，作法类同李白《蜀道难》首尾都用"蜀道之难难于上青天"呼应，谓之"连环体"。诗中十一句三换韵，换韵即换意，典型的古风作法。"君不见"四句与"又不见"三句说了两个事实。一是长安豪门兴盛时趋炎附势的小人多如乱麻，待"公卿去后门无车"时，唯有芳草年年如故，而且还越长越多；二是无论足行千里万里，纵然"触目凄凄无故人"时，也有芳草伴随左右。七句诗以两个事实写出了芳草的真情（不世情）。"一日还旧居"四句为芳草鸣屈，说芳草不负主人，而主人归来却要"门前草先除"，无异于"昧者"之举。诗人明为芳草鸣屈，实际上提出了一个耐人寻思的严肃问题，那就是"草勿恶"，真正需要抨击和摒除的是世俗中更多的丑恶现象。全诗音韵铿锵，郁勃情深，非高声诵读不悟其慷慨之妙。

以笔者读书的经验，读诗读文都有粗心和细心两种读法。当粗心处，不妨粗心。例如唐代刘禹锡《陋室铭》有"苔痕上阶绿，草色入帘青"句。苔，本也是草，句中"苔""草"同用，但不碍文意，而且以"上阶"和"入帘"写出了苔绿草青的动态，读者自不必计较苔、草是否"梨和水果"的关系了。不过，当细心处还得细心。例如杜甫写王昭君的名句"一去紫台连朔漠，独留青冢向黄昏"。粗心人读此，匆匆一瞥，皆不知"青冢"之妙。如果参照《归州图经》说"胡中多白草，王昭君冢独青，号曰青冢"则易生遐想。此说真假难考，但读者皆宁可信其有而不愿信其无，不妨静心一想：对王昭君，青草尚且多情见怜如此，何况人呢？这时方才解得老杜下字的用心。

李东阳《麓堂诗话》举荐过一首云阳先生七言古风《明妃》，似可与杜甫上诗连读。其诗曰：

> 汉家恩深恨不早，此身空向胡中老。
> 妾身倘负汉宫恩，杀尽青青原上草。

前二句皆言恨事，后二句正笔反击，即言冢草青青，可证"妾身未负汉宫恩"。读诗明义,如果又能善解作法和构意的妙道,诚如《荀子》所谓的"不动乎众人之非誉,不治观者之耳目"(不因众人的褒贬而动摇,不因取悦观者的耳目而迎合),独自静静地品味比较,岂止阅读一乐?

清代诗人陈恭尹写过一首《边草》,也说到昭君墓草。诗曰:

> 何心荣与悴?今古恨无穷。雪散烧痕上,青归战血中。
> 天长垂大漠,地远后东风。独有明妃冢,年年似汉宫。

此诗作法足供揣摩,必须细心读之。首句一喝而起,转评论为问句,奇笔。如果直接评论说边草"不思荣与悴",则堕入俗道。次句以转为承,断语在前,又一奇笔。二句的意思是,虽然边草不思荣悴,但今古遗恨却绵绵不尽。若以散文句写来,料会平淡无味;以诗矫矫曲折而出,抖起多少精神!中二联全承"恨无穷"出,三四句分写人事战事之恨,五六句分写自然地理之恨,得合分(法)之妙。最后两句特地拈出"明妃冢"说,只点到"年年似汉宫"五字,未道明妃冢草而"草"字已出,未道冢草青青而颜色已见,觉着字面上在说冢草青色"年年似汉宫",实则字后仍然呼应着汉宫"今古恨无穷"。"恨"字立骨,篇圆如此,文字极省又意味不乏,非老手不能为。

天涯何处无芳草?人间不可无诗,诗中也不可无草。读点草诗,陶冶一下情操,好像还能学到点什么。

(1995年3月,后刊载于2011年12月中华诗词研究院编撰中国书籍出版社出版的丛书《诗人说诗》。)

明目清心读雪诗

"开卷清凉意，吟来涤俗襟"，读过雪诗的人大都有这种美好的感觉。自古以来，文人皆以赏雪、吟雪、听雪等为风雅之事。不堪烦耐之时，几片雪花扑面而来，悦目清心，胸襟也为之一豁，自然快活许多。

雪，洁白清莹，护麦萌春，乃天赐奇物。雪呈丰收瑞象，又下雪时纷纷扬扬，霁后银装玉簌，景甚可观，所以中国向有"赏雪占瑞"之说。人善想象、联想，但未必都成诗人。诗人自去写诗，不成诗人的便编故事。雪的故事不少，有的还非常生动。例如《汉书·苏武传》说单于幽禁苏武于大窖中，不与饮食。逢天雨雪，苏武吃雪与旃毛，并咽之，居然"数日不死，匈奴以为神"。又《旧唐书》记，开元时王晙将军率并州兵西征，夜于山中忽遇暴风雪，王晙恐怕贻误战机，"仰天誓曰：晙若事君不忠，不讨有罪，明灵所极，固自当之，而士众何辜，令其艰苦？若诚心忠烈，天鉴孔明，当止雪回风以济戎事（估计是指开元二年与薛讷征西事）"，言毕大雪即止。雪，不仅呈瑞，还能显灵，愈见人们对雪的喜爱和希望了。

诗人爱写雪诗。雪前，写候雪、忆雪、祈雪；雪时，写赏雪、谢雪、庆雪；雪霁后，又写玩雪、拜雪、残雪等。南宋陆游六十二岁冬时（1187）喜逢大雪，曾作过一首《谢雪方拜天庆庭中雪复作》诗。诗曰："珮玉珊珊谒众真，竟烦一雪慰疲民。未看舞鹤随风盖，先喜飘花集拜茵。耕垄土膏千耦出，市楼酒贱万家春。使君老去悲才尽，诗句难追节物新。"中四句以诗人赏雪、农家出耕、市楼酒贱多方位地写瑞雪喜庆，诗笔清洒，尤妙。陆游是诗人，有此"手之舞之足之蹈之"不足为怪。就连做过相国的郑綮也说"诗思在灞桥风雪中、驴子背上",可见诗与雪的缘分很深。

宋代孙光宪的《北梦琐言》说,有人问郑綮"相国近有新诗否?对曰:诗思在灞桥风雪中、驴子背上,此处何以得之?"此事自古传为佳话,甚至远播海外。日本古代汉诗人咏雪诗中,常见"灞桥风雪诗""难吟驴背情"之类,也是言此事。日本明治时期汉诗人永井温(1851—1913)居华时写过一首七绝《雪晓骑驴过秦淮》诗。诗曰:

> 满江飞絮不胜寒,绣阁无人起倚栏。
>
> 只有风流驴背客,秦淮晓色雪中看。

诗写得不错。前二句用谢道韫"未若柳絮因风起"喻雪的典故(事见《世说新语·言语》)。后二句就是借郑綮诗思事写自己。全诗化典如同己出,爽健可诵,纵比唐宋诗人也似不多让。清代写过《说诗晬语》,又编过"三裁集"(《唐诗别裁》《明诗别裁》和《清诗别裁》)的沈德潜,晚年有一首《风雪途中口号》诗。诗曰:"漫天飞絮送归程,邮吏相逢问姓名。九十老翁何所事?三千里路雪中行。"若比永井温诗,当愧叹不如。

诗人爱写雪诗,雪诗自然就多,但以数量较之,据说雪诗还在梅后。明初李东阳《麓堂诗话》曰:"天文唯雪诗最多,花木唯梅诗最多。雪诗自唐人佳者已传不可偻数,梅诗尤多于雪诗。"诗多,佳句也不会少。写雪景的名句很多,常见论者摘引的,有如下诗句:

> 雪花鹰背上,冰片马蹄中。(张祜)
>
> 雪岭无人迹,冰河足雁声。(卢纶)
>
> 烟蓑春钓静,雪屋夜棋深。(郑谷)
>
> 金甲犹雪冻,朱旗尘不翻。(杜甫)
>
> 乱云低薄暮,急雪舞回风。(杜甫)

雪霁山疑近，天高思若浮。（皎然）
庭霜封石棱，池雪印鹤迹。（白居易）
随车翻缟带，逐马散银杯。（韩愈）
楼上酒阑梅坼后，马前山好雪晴初。（罗隐）
战退玉龙三百万，败鳞残甲满天飞。（张元昊）
忽如一夜春风来，千树万树梨花开。（岑参）
玉阶一夜留明月，金殿三春满落花。（李白）
两岸严风吹玉树，一滩明月晒银砂。（李白）
三千世界银成色，十二楼台玉作层。（刘师道）
五更晓色来书幌，半夜寒声落画檐。（苏轼）
不应琪树犹含冻，翻笑杨花许耐寒。（朱熹）
江山不夜月千里，天地无私玉万家。（黄庚）
最爱东山晴后雪，软红光里涌银山。（杨万里）

上举五言诗中张祜、皎然、卢纶句，七言诗中张元昊、岑参、黄庚、杨万里句，皆有手到擒来之妙。虽然作诗不易，非日积力久和呕心沥血不得成，但是落纸为诗，却有貌似至易与貌似至难之分。至易者，如上举岑参、皎然诸句，又如王维《鹿柴》、李白《静夜思》等，貌似至易，天工化成，其实都从极难中来，非情性机巧不成。至难者，如上述杜甫“金甲”、乐天“庭雪”诸句，又如秦观《春日》（中有“有情芍药含春泪，无力蔷薇卧晓枝”）、李贺《宫娃歌》（中有“象口吹香毾㲪暖，七星挂城闻漏板。寒入罘罳影殿昏，彩鸾帘额著霜魂”）等，貌似至难，妆点沉重，却自易便中来，非功夫技巧不成。譬如杜甫的“金甲犹雪冻，朱旗尘不翻”，因为先有岑参的“都护铁衣冷难著”和“风掣红旗冻不翻”及薛奇童的“霜甲卧不暖，夜半闻边风”三句，只要有翻借工夫，到手并不难。读者明眼，若知何处必须留意，留意之处，又何处必须细心学得，是谓善学。由此看来，雪诗中明宣宗（朱瞻基）的“斯须漫漫撒玉屑，千树万树梅花开”是不善学，刘师道的“三千世界银成色，十二楼台玉作层"（白居易有写雪句"冰铺湖水银为浪，风卷河沙玉作堆"），是善学。

雪诗中语精意炼、全篇精彩的是唐代柳宗元的《江雪》。诗前二句说"千山鸟飞绝，万径人踪灭"，以"千山""万径"给出背景空间，展开一个面。后二句说"孤舟蓑笠翁，独钓寒江雪"，以前面"鸟飞绝"和"人踪灭"作衬，写面上的点，"孤"与"独"之清寂、苦衷，俱不言自喻。清代朱庭珍在《筱园诗话》中说"咏雪诗最难出色"，同时又推崇《江雪》，正可见此诗之妙。其他佳构甚多，不妨分类拈出。

写雪，有苦雪、喜雪两类。若赏雪中作他想的，又有雪中写人或物二类，或者有写景中情或情中景二类。因不便一一，故略举数例。

写苦雪的，大致写贫家屋破衾薄、灶冷腹饥之叹，或者先写喜雪，最后转写苦忧。清人黄景仁的《晓雪》很有代表性。诗以"岁晏苦听风声愁"起写夜闻风声，次以"晓来重衾足不热，却怪纸窗明太彻"承写晓寒（不知雪霁，反怨"纸窗明太彻"），接着忽地一转，写"小童狂喜排闼来，报道空庭已堆雪"，喜出望外。先离后合，用离合法。既有喜庆，必思饮酒，这时发现家中倾囊无钱。于是，回到冷酷的现实，感叹一番。最后，以"雪不止，随风飘扬低复起，散入千村万村里。山僧执帚仰看天，昨夜厨空已无米"作结。稍作开宕，避开自家去写山僧，最见诗心之妙。"山僧执帚仰看天"，形可入画；"昨夜厨空已无米"，写山僧所想，实则写天下穷人同一苦声。写穷苦，不作酸俭呻吟语，既见骨气，又见诗风，此诗可为佳例。

另外，清代诗人申涵光有一首写苦雪的《春雪歌》也不错。诗曰：

> 北风昨夜吹林莽，雪片朝飞大如掌。
> 南园老梅冻不开，饥鸟啄落青苔上。
> 破屋寒多午未餐，拥衾对雪空长叹。
> 去岁雨频禾烂死，冰消委巷生波澜。
> 吴楚井干江底坼，北方翻作蛟龙宅。

> 豪客椎牛昼杀人，弯弓笑入长安陌。
>
> 长安画阁压氍毹，猎罢高悬金仆姑。
>
> 歌声入夜华灯暖，不信人间有饿夫。

全诗十六句，四句一转意，转意必换韵，典型的古风作法。前四句写破屋外雪景；次四句写破屋内，并回忆去岁雨害，一用细节（午未餐，拥衾对雪），一用倒卷（反写去岁雨害），雪中穷人之困苦可知。继四句又转写社会，由点（破屋）及面，引入长安。结前三句写长安豪门雪猎归来"歌声入夜华灯暖"的生活，与前半穷家做对比。结句说"不信人间有饿夫"，不平之怨势欲迸发，偏以"不信"自豪门说出，掷地有声。

又近代诗僧敬安（八指头陀）的"雪行"诗，也很值得一读，借此录下：

> 不历冰霜苦，焉知行路难？
>
> 碧天孤鸟没，白雪一僧寒。
>
> 病骨欺梅瘦，闲身吊影单。
>
> 犹怜苦巷士，多半似袁安！

雪兆年丰，写喜雪自然比写苦雪多。他书多举唐诗，今举宋人尤延之的《正月二十八日夜大雪》。此诗作于淳熙八年（辛丑，1181），当时冬旱，忽地飞雪，天呈瑞兆，冻饥之民以为有望于秋收，皆大喜。诗人写道："一冬无雪润田畴，渴井泉源冻不流。昨夜忽飞三尺雪，今年须兆十分秋。占时父老应先喜，忍冻饥民莫漫愁。晴色已回春气候，晚风摇绿看来眸。"此诗作法没有特别之处，唯简朴可喜。首二句叙起，述出旱情。次二句转写喜雪，对仗自然工整，口气依然承首二句说下。宋代方虚谷评"三四轻快"，甚洽。纪晓岚评"病在轻快"，似欠公允，殊不知此等句貌似至易，实从极难中来。后四句虽然稍平，然而欢欣与希望交织而出，也绰有深情。

　　雪诗中写雪中人或物的，可以做情中景或景中情处理，或役物生情，或联想及远，都是以雪景为空间背景来表现人情或物态。例如唐代刘长卿的《逢雪宿芙蓉山》，该诗以景起，"日暮苍山远，天寒白屋贫"，雪色如画，冷况凄清。一言远行之难，一言居家之萧条。后二句"柴门闻犬吠，风雪夜归人"，说犬吠来迎，已先得安慰，纵柴门贫家，还幸有白屋（白茅草房）可宿。真景真情，故能感人至深。写对雪思友的，例如王维的《冬晚对雪忆胡居士家》。诗曰：

> 寒更传晓箭，清镜览衰颜。
> 隔牖风惊竹，开门雪满山。
> 洒空深巷静，积素广庭闲。
> 借问袁安舍，翛然尚闭关。

此诗也用叙法发端，由寒更耳闻雪声起，述说清晓起来览镜、观窗、开门之所见，最后由此及远，以想念清贫的友人作结，既写了赏雪之闻见，又忆了友人（兼作评价），一举兼得。

　　赏雪中写物的，写冻雀、寒山、雪江之类最多。写得有情趣的，例如清代郑板桥的《雪晴》。诗曰：

> 檐雪才消日上迟，古铜瓶晒腊梅枝。
> 触窗无力痴蝇软，切莫欺他失意时。

写雪晴，却注目冻蝇，什么写法？清人贺裳有句名言，说"蟋蟀无可言，而言听蟋蟀者"，意思是正面不好写，以侧面救之；实写不好写，以虚写救之。这就是避实击虚之法。诗人如果只抓住雪晴之景来写，没有独到的表现力，往往易于一般化。如果避开实写（正面写），就冻蝇无力事，抒写一些感触（"切莫欺他失意时"），既以冻蝇触窗（说明气候回暖）侧面写出雪晴，又借莫欺冻蝇写了世情之慨。郑板桥有一首写潇湘景的词《浪淘沙·江天暮雪》，也写得情趣盎然，不妨顺便拈出。词曰：

> 雪意满潇湘，天淡云黄。梅花冻折老松僵。唯有酒家偏得意，帘旗飘扬。
> 不待揭帘香，引动渔郎。蓑衣燎湿暖锅旁。踏碎琼瑶归路远，醉指银塘。

上片写雪景，"天淡云黄"四字形容冬日暮时雪天最恰当。说"梅花冻折老松僵"是为了垫出第四句（诗词家常用垫笔），又起到承上启下的作用。四五句出，一则伏下"酒"，二则为雪景添了一笔生机。非如此，上片通体不得灵动。下片以"帘香"呼应上片"酒家"，过片自然，而且顺顺当当地以酒香牵出人物来。然后，"蓑衣"句写渔郎进酒家，"踏碎"二句写渔郎出酒家，分写。又"醉指银塘"，一写渔郎醉态，一作点题（"江"），如此意圆。诗法可通词法。笔者常以诗法分析词法，整散虽有不同，但大体通洽。

雪诗中最常见也最多佳构的是写雪与花和雪与人生两类。

雪似花，花似雪，这本身就是极好的诗料。唐代卢照邻的"雪处疑花满，花边似雪回"、东方虬的"春雪满空来，触处似花开。不知园里树，若个是真梅"、何逊的"昔去雪如花，今来花似雪"等，都是写二者之间的模糊性。雪诗中写"不知是看花还是赏雪"的那种幻觉，就是基于这种模糊性。

类同的诗句，还有以下的例句：

雪似花

素色可能妆粉似，真香直到齿牙知。（毛泽民）

风吹雪片似花落，月照冰文如镜破。（吕温）

杨花（指雪）扑扑白漫地，蛱蝶纷纷飞满天。（梅圣俞）

花似雪

冲寒有客寻春去，移得晴窗雪影（指梅花）来。（陈旅）

雪采冰姿（指白菊）号女华，寄身多是地仙家。（张贲）

红花初绽雪花（指杏花）繁，重叠高低满小园。（温庭筠）

雪诗写花，最精彩的当然是写梅花。梅花与雪，天然搭档。无论写雪中梅，还是写雪似梅，都是清心悦目，易见诗人气骨品格。陆游的"高标逸韵君知否？正在层冰积雪时"、刘禹锡的"梅蕊覆阶铃阁暖，雪峰当户戟枝寒"和王安石的"风亭对竹酬孤艳，雪径回舆认暗香"等，皆雪与梅双写，很有代表性。诗人爱梅还是爱雪，谁也说不清。如果硬要将雪与梅做一番比较的话，最公平的还得算宋代卢梅坡。其诗曰："梅雪争春未肯降，骚人搁笔费评章。梅须逊雪三分白，雪却输梅一段香。"虽然和了点"稀泥"，却让天下爱梅和爱雪之心都得到了平衡。

写雪，跟花和诗都有关系的是北宋《青琐高议》中的"种花拥诗"。说唐代韩愈的侄孙韩湘有仙术，种顷刻花，花中拥出一副诗联："云横秦岭家何在？雪拥蓝关马不前。"不久，韩愈被贬潮州，途中遇雪，忽见韩湘赶来，问他"忆花上之句乎"，韩愈即刻打听此处地名，果然是蓝关，于是仰天长叹。故事本属虚构，但是这一诗联的确十分精彩，"云横""雪拥"已经写尽人生行路之难，更何况举目四顾，家山不在，坐骑不前！写倍乎寻常的无泪酸辛，当莫过于此。

雪，关系国计民生，自然写"雪与人生"的诗也要多一些。除"瑞雪兆丰年"外，苏武餐雪、程门立雪等，都是常见的题材。《晏子春秋》中说景公时有一年雨雪三日，景公披狐白裘对晏子说："怪哉！雨雪三日不寒。"晏子回答："古之贤君饱而知人饥，温而知人寒。"于是，景公"出裘发粟以与饥寒者"。做官的能在雪冬时念及穷苦百姓的饥寒，当然是再好不过的事。又《异人录》载有耿某，善道术，曾取雪削成银锭，投入炭火中，再取出即为白银。如果说"披裘暖酒围炉坐，应念岁饥啼雪人"是诗人善良希望的表达，那么"投炭纵铸银千万，能救几多寒雪人"，则是提出了一个清醒的社会现实问题。唐代诗人高骈赏雪时写过一首七绝，说"六出飞花入户时，坐看青竹变琼枝。如今好上高楼望，盖尽人间恶路岐"。皑皑白雪，当然掩盖不了当时人间的种种丑恶。所以，当你读到"愁人正在书窗下，一片飞来一片寒"（戴复古）、"泥巷有人寻杜甫，雪庐无吏问袁安"（陆游）、"上盖堕瓦下冰垫，中有血肉无人怜"（沈兰）等诗句时，必会对那些在赏雪的雅兴之外还有忧国忧民之思的诗人肃然起敬。

　　雪，的确很美。下雪、雪霁、残雪，甚至留挂在树枝上的雪珠儿，都很美。读一读雪诗，再念及人生、社会，或许真能使人醒目清心。

1995 年 1 月

百衲衣衫岂作诗

　　初学诗者急于求成，常常挦扯前贤现成诗句，拼拼凑凑，侥幸不为人知，殊不知久成习惯，也会害了自己。如果提笔便要去寻前贤，抄来抄去，何时才能自立门户？古人讽刺专以集故句为能事的诗，因其句句皆能见"鬼"（古贤），称之"点鬼簿"；如果以古贤佳诗为套格规摹步履，又似拼扯百家布勉为衣衫，称之"百衲衣"。二称名，名不好听，却于历代诗话中常见，大约意在告诫学子慎之勿为。

　　据清代《不下带编》，曾有某学子执诗请教黄宗羲（1610—1695，字太冲，号梨洲），黄公初阅，曰："杜诗。"再阅，又道："杜诗，杜诗。"见某以为褒扬，喜形于色，乃徐徐训之曰："诗则杜矣，但不知子（阁下）之诗安在？岂非诗中无人耶！"黄公最后一句说"诗中无人"，即言"诗中尽鬼（尽是古人）"，很严厉地批评了这种凑句拼诗的作法。后来，这位学子"退而逊心苦志以求"，发愤学习，终于诗艺大进。待再次谒见黄公时，黄公阅其诗稿后首肯道："是则子之诗矣（这才是你自个儿的诗）！"

　　清代袁枚有位弟子名韩廷秀（字绍真，金陵人，庚戌进士），其《题刘霞裳两粤游草》有"读到君诗忽惊绝，每逢佳处见先生"二句。这诗本意是赞美师兄弟刘霞裳诗写得好，然而说每逢佳处就如同拜读袁枚先生大作似的，当须脱帽恭敬，倒觉得褒语似贬，个中暗传讽意了。

　　上举二事料非杜撰。初学诗者闻之，先作警惕，必对日后创作有益。初学诗，类同入门学习书法，需要临习模仿，但进入创作阶段后，则须自立门户，不可傍人壁立；也如幼年初始学步，总需搀扶，待到自立，当须健步独行。看来，万事之成皆须历练在前，方得自由在后。

诚然，由临习模仿到健步独行无疑是一个惨淡经营的过程，需要历练，但结合诗法，适当增强练习，这个过程未必十分漫长。如果以拼凑陈句规摹步履为作诗捷径，长此以往，必成软脚书橱，待到醒悟，十数年过去，恐悔恨晚矣。

盛唐李白写过"桃花潭水深千尺，不及汪伦送我情"，直叫天下重情守义的人感动不已。前句竭力夸张潭水之深，铺垫在前，实为后句言汪伦友情而备（主意在后），二物之较，前者不及，愈见后者情深。

读李白这首诗，很容易联想起北宋欧阳修《画眉鸟》的"始知锁向金笼听，不及林间自在啼"，二句是否偷法李白此诗而来，话不好说，但二物之较，前者不及，愈见后者自在，其间的似是而非，应是异曲同工之妙。待读到明代僧来俊的"纵令渭水深千尺，不似阳关别泪多"，徐琪的"也曾锁向雕笼听，不及林间恣意啼"，方觉得模仿唐宋痕迹太过者，弄巧成拙，处处见"鬼"，利反生弊。

再看明代史鉴的"谁知三万六千顷，不及侬愁一半多"，与李白上诗几同印模，了无情致，也很扫兴。又读宋代周弼《家书》的"可怜一纸平安信，不及衡阳雁字多"，言衡阳雁字多于家书之字，似作埋怨，实则怜惜家书，灯下百读意犹未尽的思亲之情已经溢于言表。虽然与后来明代的史鉴诗同是二物之较，又同用李白"主意在后"的方法，但细味作品，总道周弼诗秀语天成，不见牵强缝合之迹。

高手并非天造，皆须学而得之，但小聪明取其字句，大聪明取其精髓；偷句，还是偷意、偷势，作手不同，应有天壤之异。

儿时背诵过"不知细叶谁裁出？二月春风似剪刀"，却不会玩味。后来知道作者明知细叶乃春风拂枝之故，故作发问，自生奇崛；读诗至此，已解得一层意趣。知道"春风似剪刀"并非贬抑春风，实为"裁叶"而来；"裁叶"呢，又只为形画柳叶的精致可爱而来，如此正与"碧玉妆成一树高，万条垂下绿丝绦"贯意，见出文心之巧，于是又解得一层意趣。看来，不从作法上披文入情，真不敢说读懂读透了这首小诗。

　　待读到宋代李纲的"不知船外风多少？但听满江波浪声"，明代张升的"不知玉笛来何处，吹起乡心逐雁飞"，清代姜实节的"不知小鸟缘何事，也向花前白了头"，郑板桥的"不知多少秋滋味？卷起湘帘问夕阳"，又知不但诗人能明知故问，还可以答非所问，问而不答，答在句外，甚至本不需要回答，突发奇想，无妨去问问夕阳；或者未必真傻傻地去问夕阳，不过忽悠一下，借物说事，"虚实相间，奇趣生焉"。至此，自觉眼界开阔，胸襟亦为之一振。直到拜读明代高青丘的一首题画诗，说画上的三只小鸟叽叽喳喳搅醒了他的好梦，便起床去质问小鸟，究竟是哪只鸟最先啼叫的："月落山窗秋梦断，不知若个（你们哪个）最先啼。"（虚境实写），弥觉天外有天，高境无碍，我等只有五体投地了。

　　明代弘治正德年间诗人孙一元（1484—1520，字太初），他的诗，奇崛激荡，时出偏锋，王世贞《艺苑卮言》卷五，称为"雪夜偏师，间道入蔡"，可谓巧譬善喻。《四库全书总目提要》评云："然当秦声竞响之日，而能矫然拔俗如此，亦可谓独行其志者矣。"钱锺书《谈艺录》四百七十页云："弘正时染指江西诗派者，所睹无过孙太初一元。"下举孙诗用语，多本黄庭坚、陈师道、陈与义，如《秋日孤山楼对酒》的"四野秋声酣晚日，半空云影抱晴楼"，陈与义《巴丘书事》的"晚木声酣洞庭野，晴天影抱岳阳楼"，《江南大水歌》的"飞阁横梁通海气，鸣鸥浴鹭失汀州"，陈与义《观江涨》的"鼋鼍杂怒争新穴，鸥鹭惊飞失故洲"。并云："太初之偏嗜简斋，过于白沙之笃好后山。亦自来论简斋及明诗者所未及也。"一元绝句亦颇多妙构，如《山中》云："来往不逢人，家在山深处。独鹤忽飞来，风动月中树。"《醉吟》云："瓦瓶倒尽醉难醒，独抱渔竿卧晚汀。风露满身呼不起，一江流水梦中醒。"

　　笔者否定拼凑陈句规摹步履以为作诗捷径的说法，并不排斥诗法、诗意（题材）等方面的学习和借鉴。"须教自我胸中出，切忌随人脚后行"（见戴复古《诗论十绝》），确是为诗之道。倘若误把抄录印模当作创作，表情达意——皆须借来古句，尽从故纸堆里脱稿，料也面目可憎。

　　横向参比，是一种有效的学习方法。诗人的机巧用心或者失手成病等，俱是作诗门道，学诗者不可不知，但学习须是创造性思维积极活动的历程，步踵跟风，肯定出不了李杜苏黄；如果百衲陈句，经常让人审美疲劳，也会招惹意想不到的麻烦。难怪那年神经脆弱的，看见满街都是红裙子，就风风火火地要去跳河了。

1997 年 7 月初稿

难能伯乐大胸怀

古时学子欲获知遇，殊多不易，有时运智弄巧，也是为了惊人眼目，以求声应气投。运智可以弄巧，但不能弄巧成拙。有人见白居易得顾况赏拔，也希望奇迹再现，于是改名为"黄居易，字乐地。欲自比白居易字乐天也"，结果处处碰壁，落下千古笑柄。

求人赏拔，自家也须竖得脊梁，现出骨气，傍人壁立，终是软脚书橱。诗人李白曾以"海上钓鳌客李白"署名刺（古之名片）板求荐，宰相看到如此名刺，很是奇怪，遂唤李白问话。先问"先生临沧海、钓巨鳌，以何物为钩缗"，李白答曰"以风浪逸其情，乾坤纵其志，以虹霓为丝，明月为钩"，尽拣宇宙间庞大的说，一句话镇住了宰相。宰相又问"以何物为饵"，李白答"以天下无义气丈夫为饵"，一句话如霹雳贯耳，吓得宰相毛骨悚然，就此记住了李白。

李白何以要"钓鳌"呢？因为唐宋时期皇帝正殿陛阶上都镌刻巨鳌，翰林学士等朝见皇帝时又正好立于陛阶正中，故朝官称翰林学士列廷为"上鳌头"。此后，小说戏剧及民间俗称状元及第，也叫"独占鳌头"。李白说"钓鳌"，就是"要做官"，再明白不过。李白第一个回答避实就虚，虚说风浪、乾坤、虹霓、明月，确实夸张，自是诗人情怀，也怪罪不得。义气，即刚正尊严之气。《礼记》说得清楚，"此天地尊严之气，此天地之义气也"。李白说"以天下无义气丈夫为饵"，是讥笑、攫利奸小，即非君子。第二个回答说要借助非君子的能耐去"钓鳌"（买个鬼推磨），很尖锐，剑戟直入，讽意明显，间接揭露了当时官场举荐人才中权钱交易的腐败现实，非大胆魄者不敢出此言。此事究竟有多少真实性，已无法考核，但根据李白后来藐视戏弄权贵的种种行为看，敢递上"海上钓鳌客李白"名刺的大胆魄者，又敢一针见血揭露举荐腐败的刚正之士，宁无信李白乎？

宋代吕蒙正年轻时非常贫窘，访谒又屡遭冷遇，曾作过《访谒不遇》。诗曰："十谒朱门九不开，满头风雪却回来。归家羞睹妻儿面，拨尽寒炉一夜灰。"诗很伤感，但写得确实精彩。首句用数，十谒九不遇，惨境已出，次句说正值风雪寒天，空手失望而回，后半写归来无法面对妻儿，家中又断粮缺柴，更加困苦难言。结句最需细味："寒炉"，一难堪；拨尽炉灰，已经了无暖意，二难堪；应是一夜不寐，苦无良策，三难堪；奈何奈何。全诗俱用加倍法，层层推进，又后半苦情皆是首句十谒九不遇（原因）造成的结果，呼应甚紧；读书人诗中言困苦无奈，大抵莫过于此。

后来吕蒙正于太平兴国二年中头名进士，苦尽甘来，在宋太宗、宋真宗朝三任宰相，荣耀之极，但因饱受过不遇之苦，故多提携寒门才子。《湘山野录》就记载过才子王曾以布衣身份呈诗稿谒吕公事。吕公看诗后很赞赏王的才华，并指其《早梅》诗的"雪中未论和羹事，且向百花头上开"二句，预见"此生次第已安排作状元、作宰相矣"。此后王曾果然由乡贡试礼部及廷对，三场第一，累官至集贤殿大学士。

乾隆丙子（1756）年，大才子纪晓岚出古北口时偶然看见旅壁上剥落过半的题诗，对其中诗联"一水涨喧人语外，万山青到马蹄前"二句，极为赞赏，常常思及。五年后，顺天府乡试，纪晓岚任考官，恰逢寒士朱孝纯"投诗作贽"（以诗为礼），发现当年赞叹不已的诗联正在其间，因而感叹"针芥之契（性情极为契合），果有凤因（果能凤结善缘）"，遂擢拔了朱孝纯。

后来纪晓岚去福建督学，取道浙东，尝于富春江舟中赋诗云："山色空蒙淡似烟，参差绿到大江边。斜阳流水推篷望，处处随人欲上船。"众人以为出色，特别是第二句"参差绿到大江边"，形画江岸景色生动如绘，推作奇句。纪晓岚并不据此以为自家得意，曾坦然对朱孝纯说明此句实从"万山青到马蹄前"脱胎而来。君子必以挚诚正直为则。众人闻之，当然不会因为此句善偷而小看纪公，反倒更加敬重纪公，评曰"人言青出于蓝，今日乃蓝出于青矣"，一时传为佳话。

能得慧眼赏拔，是幸运，然而寒门子弟获此幸运的机遇毕竟不多。

少年时代即有善济思想的范仲淹，曾以"先天下之忧而忧，后天下之乐而乐"铭志座右，后来还将"忧乐"二句写进了《岳阳楼记》，激励了千秋多少志士。范公在睢阳（今河南商丘南）掌学时，有位孙秀才上谒范公，范公赠钱一千，赞助其学。第二年孙秀才复谒范公，又获赠一千。问孙何以如此"汲汲于道路（急切入仕）"，孙秀才"戚然动色曰：母老无以养，若日得百钱，则甘旨足矣"。范公知其苦境后，补孙秀才为学馆助理，月薪三千，以便孙供养其母，安心学习。孙得范公相助，寒窗发愤，终有大成。十年后，因学者孙明复先生道德高迈，授业功高，召至朝廷，范公方知孙明复即昔日相助过的孙秀才。

璞中有玉，慧眼识得，但逢机会，自然能"剖石呈清琪（美玉）"（陆龟蒙句）。只是天下人才济济，像吕蒙正、范仲淹、纪晓岚那样的慧眼太少，故唐代韩愈夫子早有伯乐之叹，一说"千里马常有，而伯乐不常有"，一说分明人才多多，"执策而临之曰天下无马"，实睁眼不见，反令天下真正人才仰叹奈何。

能得赏拔与否，固然与本人才华和努力有关，但缺乏机会，也很不幸。如果选拔上进只系于上层提携，而且独此一家，别无分店，则难免发生买饵钓鳌的权钱交易，以至贤才困顿，钻营者腾达，而世乏栋梁。当然，选拔人才的，真是慧眼伯乐，还须有吕蒙正、范仲淹、纪晓岚那样的大气度、大胸怀，才会尽心竭力举荐贤才充作国家栋梁。否则，遇上个见才必欺、逢贤必妒的攫利奸小，结局也很惨。

难得粗心读好诗

两年前，香港女诗人秋野翻笔者的旧作，读到"何妨细字酬清客，难得粗心读好诗"二句，好生奇怪，问：东坡说"旧书不厌百回读，熟读深思子自如"，你何以要"粗心读好诗"呢？其实，这并不奇怪。读诗也好，读书也好，善读者，各家有各家的读法。方法种种，各家各时不同，纵同一读家在同一时期，对不同的诗或书也有不同读法的，只要读懂就好。譬如吃饭，用刀叉、筷子，还是干脆用手抓，只要受用舒服就行，绝对民主。

说"粗心读好诗"，自有一番道理。好诗有万万千千，当粗心时不妨粗心，当细心处也必须细心。例如唐代刘禹锡《陋室铭》有"苔痕上阶绿，草色入帘青"二句。苔，也是草。此处"苔""草"同用，但不碍文意，而且以"上阶"和"入帘"写出了苔绿草青的动态，读者自不必去计较苔、草是否"梨和水果"的关系了。但是，读杜甫写王昭君的名句"一去紫台连朔漠，独留青冢向黄昏"则不同，就必须细心。粗心人读此，匆匆一瞥，皆不知"青冢"之妙。如果参照《归州图经》说"胡中多白草，王昭君冢独青（此说真假难考，但读者宁可信其有而不愿信其无）"，再静心一想：对昭君，青草尚且多情见怜如此，何况人呢？这时方才解得老杜下字的用心。

"粗心读好诗"，首先须是好诗。换句话说，就是先解其妙，然后再高抬一手，权且饶过。唐代王维写过一首小诗《山中》，诗曰：

荆溪白石出，天寒红叶稀。

山路元无雨，空翠湿人衣。

《东坡题跋》评此诗时说过一句很有影响的话，即"味摩诘（王维）之诗，诗中有画；观摩诘之画，画中有诗"。的确好诗，毋庸置疑。但是，"天寒红叶稀"应是秋深，"空翠湿人衣"却是孟夏。若以为春寒料峭时也可能"天寒红叶稀"的话，那么，此时的春山小路上又哪来的"空翠湿人衣"呢？这样的好诗，不妨粗心去读。唯其写景如画，唯其见情见趣，读来又清新爽口，读者宁可陶醉其中而不去计较其余。这就是粗心读法。细心在前，粗心放过的假糊涂真潇洒，终归快意在我，不愁没有知音。成人之美和成诗之美，不过风雅裁断的一念之间，没隔着千山万水。

据《西清诗话》，吴越王时期宰相皮光业写诗，得一联曰"行人折柳和轻絮，飞燕衔泥带落花"，志在"警策"，感觉良好，"以示同僚，众争叹誉"，独裴光约出来扫兴，认为"二句偏枯"，对仗不工，说"柳当有絮，泥或无花"（柳确实有絮，燕子衔的泥未必有花）。裴光约读诗犯呆，病在过分挑剔而不能宽容好诗。后来，也有抬杠者以其人之道还治其人之身，讥讽道"衔泥未必无花"，裴应该无语。

诗文警策，方便传世。因为警策最不易得，故佳句偶有小憾，毕竟"莺声乱调胜鸦啼"，不妨轻松放过。何况读者有时读诗不精，"莺声未必乱调"，即妄评妄杀，误导学子，也好残忍。老杜《雨诗》有"紫崖奔处黑，白鸟去边明"，设色如画，明目净心。今有评论以"老杜笔拙，那乌云奔紫崖就黑，奔黑崖就白吗"，"老杜另有'江碧鸟逾白，山青花欲燃'，二诗简直是印模作诗……"，苛刻如此，不知掠眼过去，摽倒一片，千秋还有几多诗人？

读诗，或先粗心随后细味，或先细味随后粗心放过，因人因诗而异，没有定规。清初写过"一片长安秋月明，谁吹玉笛夜多情"，差点儿夺席李白的诗人陈廷敬，白发垂暮时还翻检平生未读深透的诗文，曰"残年饱饭细吟诗，一笑生涯老自知"，不怕从头再来。其爱诗读诗的那份细心执着和痴醉，实在令人叹服。

　　读诗，最好有一等学养和胸襟，再有一双通情识法的明眼精睛。如果学养胸襟不足，又眼光不精，难免忽略或挑剔好诗，留下擦身错过好诗的遗憾。近代《习静斋诗话》举荐过罗里庵的《舟中即景》，诗曰"十里湖光一镜磨，扁舟摇过绿生波。四边多少捕鱼客，细雨斜风不用蓑"。初读，以为诗写舟客即景所见，平淡无奇。沉吟细思，那"斜风不用蓑"尚可理解，为何雨中捕鱼竟不用蓑呢？于是，读懂诗中的隐意，方解前半首所见只为后半首所思所想而来。首句"十里""一镜"写湖面之大，次句"扁舟摇过"，一点一线破开湖面，形象生动。"捕鱼客"，显然不是唐代那位"斜风细雨不须归"的烟波钓徒张志和，因为名利场沽名钓誉的"捕鱼客"只玩手段，是"细雨斜风不用蓑"的。"四边多少"，言其泛泛热衷如此；"不用蓑"，言其巧佞取便，诡谲如此。读懂此诗的潜台词，还能知其讽意可法，则不难知《舟中即景》实际是一首感叹世风日下的慨世诗。研究诗学，若非以细心读法磨砺岁月，料也会错失一些相貌平平却真正精彩的好诗。

　　诗歌史上乱钻牛角尖，琢磨过头的事太多，弄得像东坡那样的大手笔也须小心从事。元丰八年（1085）五月初，年近五十的东坡前往扬州游竹西寺，"见百姓父老十数人相与道旁，语笑其间"，遂题诗寺壁，"此生已觉都无事，今岁仍逢大有年。山寺归来闻好语，野花啼鸟亦欣然"。没承想，此诗被御史贾易等歪读，竟然弹劾东坡在庆贺"帝（神宗）崩"，"益加放傲"等，欲复加其罪，东坡只得自辩，谓"闻好语"是丰岁"喜闻百姓讴歌"，又辩白"先帝（指神宗）上仙在二月。题诗在五月"，"若稍有他意，岂敢复书壁上以示人乎"，据实坦陈，结果有惊无险，逃过一劫。其实，惹祸的"山寺归来闻好语"，不过是东坡将唐代李贺的名句"沙路归来闻好语"借来一用而已。东坡性格豪放，仕途坎坷，元丰二年（1079）因"乌台诗案"入狱谪外，方过六年，出游扬州诗兴大发，作得上诗，又险遭加罪。

看来，别有用心者欲加之罪，可以故意粗心，但作诗则务必细心，岂止受累，有时也会受罪。

找碴儿跟善意指正瑕疵，应该是两回事。唐代白居易《琵琶行》巧妙融合浔阳江头琵琶女的不幸与自身遭遇贬谪的失意，哀叹“同是天涯沦落人，相逢何必曾相识”，已将民间与官场的“天涯沦落”赋予了社会意义，历代评价甚高。至清，跳出来自称“佟法海”的诗人凭吊琵琶亭时，题诗讥讽白居易道“司马青衫何必湿，留将泪眼哭苍生”，埋怨白居易只哭琵琶女而无视社会苍生。苍生，即平民百姓。琵琶女不也是“苍生”吗？既然要求“哭苍生”，又讥讽“青衫何必湿”，见解自捩，几近无理。当朝袁枚闻之，出于义愤，随即在《随园诗话》训斥“佟法海”攻击《琵琶行》为“煞风景语”。读诗应该细心时，放任粗心到吹毛求疵，确实是大煞风景。

若依拙见，值得细心研读应该是“青衫”一语。

唐朝服制颜色视阶官品级别类，九品服青。白居易被贬谪为江州司马，本应从五品下，但阶官却是“将仕郎”（从九品下），所以令他服青衫，真正欺人太甚。弄懂这一点，由“青衫”切入，方能理解已遭迁降外放又遭“青衫”闲置的白居易，为何加重抑郁的原因。所以，也顺便读懂，为何白居易偏偏在“枫叶荻花秋瑟瑟”的秋夜去那“浔阳江头夜送客”，又碰巧遇着那“相逢何必曾相识”的商妇人。热血肝胆的正直文人有泪，哭哭苍生，再伤感一下仕途颠蹶难堪的自己，有何不可？细心读诗，放过琵琶女，看清世道不公，便可成全一首“情致曲尽，入人肝肺”（金代《滹南集》评语）的七言古风，也是文学阅读的浮屠超度。

晚唐风流才子杜牧的七绝《江南春》，也是一首脍炙人口的好诗。诗曰：

千里莺啼绿映红，水村山郭酒旗风。
南朝四百八十寺，多少楼台烟雨中。

诗写江南春色，道出国势盛衰易代的伤感，活脱脱一篇欧阳文公的《五代史伶官传序》，当然是一首好诗，非晚唐非杜牧，写它不出。明代杨慎偏说"千里莺啼，谁人听得？千里绿映红，谁人见得？若作十里，则莺啼绿红之景、村郭楼台、僧寺酒旗，皆在其中矣"（见《升庵诗话》）。杨慎没有"粗心读好诗"，成了书呆子找碴儿，琢磨过分，惹翻了天下偏爱杜牧这首好诗的读者，身前身后都挨了不少骂。

当然，该细心处还得细心，否则未识得那深处妙处，囫囵吞了人参果，竟不知味，也是遗憾的事。例如以前读过一首《喜雨诗》，有"风从东南来"一句，按雨候，应该东北来风才有雨。一查原著，果然刊误，原本是"风从东北来"。细心吟味诗意，愈见诗人苦心，自己也增一见识。

清代"扬州八怪"之一的金农有"夕阳返照桃花渡，柳絮飞来片片红"两句好诗。把在夕阳映照下的柳絮看成"片片红"，这是审美幻觉，诗人成功地表现了天地浑然一色的奇特景象，正是其高妙之处。导读者不解其妙，在鉴赏文中释为"被风吹过来的白色柳絮与片片红桃花交汇一起，构成一幅春日黄昏的美妙图画"，有负原创诗心的美意，就算白读。

看来，文学艺术作品的识读，必须适度，当粗心时太细心，会抹杀好诗；当细心时太粗心，又会错过好诗，埋没了雅趣。纵晋唐宋元顶级书画墨宝，也非纤毫无憾，要求全美尽善，实在太难。想想那些愣要跟李白、张继较真，说桃花潭水没有千尺、寒山寺半夜三更也非撞钟之时的书呆子们，"粗心读好诗"难道还不"难得"吗？

不妨选择经典先读，读必审清，持之以恒，总有收效。仅清一代，诸如查慎行《官柳》的"可怜一路青青色，直到淮南总属官"、蒋士铨《响屧廊》的"怜伊几两平生屐，踏碎山河是此声"、袁枚的《马嵬驿》的"石壕村里夫妻别，泪比长生殿上多"、黄景仁《除夕偶成》的"悄立市桥人不识，一星如月看多时"、龚自珍《己亥杂诗》的"我劝天公重抖擞，不拘一格降人材"等，皆宜长年诵读，不仅有助于解读，增长识见，亦人生一乐也。

好诗不费长年读，明眼须知识在心。

1999 年 3 月 12 日

清阴留与后人看

斗柄指东，天下皆春。《礼记》曰"孟春之月，盛德在木"。春和物萌，最易种树。古代没有种树节，但官衙、学府、城野人家逢春都鼓励种树。《隋书》记载过配发桑榆树苗的事。《南史》称"沈瑀为建德令，教人一丁种十五株桑、四株柿及梨栗；女、半丁之人（即少儿）咸欢悦，顷之成林"。谈不上前人有多高的环保意识，毕竟人心向善，岁岁为故里种树，做点儿公益事，能千秋永葆那功德福惠子孙的习俗，也不简单。

诗人爱种树，种后又赋诗留念，史不少见。读宋苏轼的"去年东坡拾瓦砾，自种黄桑三百尺"、韩琦的"得地最宜儒馆种，结根须作栋梁看"、欧阳修的"为怜碧砌宜嘉树，自劚苍苔选绿丛"、刘克庄的"借居未定先栽竹，为爱疏声与薄阴"等诗，都直觉清气扑来，雅兴不浅。

清代曾晖春写过一首《艾城官舍公余手植桐竹松梅》，诗曰："梅花高洁竹檀栾，松子桐孙次第安。莫道衙斋如传舍，清阴留与后人看。"檀栾，形容嫩竹秀美。首二句分写题中"桐""竹""松""梅"四字，论作法，这叫"分点题面"。传舍，即旅店。诗的主意在劝导，说不要把衙门当作仕途过路的歇脚旅店，多种些树，办些实事，也是功惠德范的大事。借种树，说说做父母官的感想，如果真的发自肺腑，百姓自然有幸。

种树，能想到"清阴留与后人看"，先有了奉献的精神。所谓"前人种树，后人乘凉"，就是这个意思。后人呢？想想前人的功惠，也岁岁种树，大概就不会有今天这么多山荒河枯、草原沙化的麻烦了。其实，算计算计，林木清阴在功惠后人之前，也给种树人留下不少实惠。种树成材，先不说那减缓水土流失和为栋为梁的大实惠，单凭好树如画，富氧净化环境，就让人益不胜收。春天能回黄转绿，林木葱茏，现出勃勃锦绣生机。入夏的流碧环翠，还能在供赏之外拂炎遮雨，清烦祛暑。《闽志》载有北宋蔡君谟在闽南为官时，因暑潦瘴害，"令夹道种松，以避歊毒"事。志曰"至今赖之"，可见种树避瘴确实有效。金秋之硕果丰盛，几可与稻黍同功，那"拂袖金丸落，横枝玉颗垂""一年好景君须记，最是橙黄橘绿时"（苏轼）等诗句，足证秋色之可爱可贵。待到寒冬腊月，树以铜干铁枝蔽风御雪，又有雾凇冰挂供人清心悦目。此际若能展读"凌寒翠不夺，迎暄绿更浓"（魏收），又"凌风知劲节，负雪见贞心"（范云）等诗句，精警极似座右立铭。由此观树，四季成岁，岁岁如此，功莫大焉。不仅历代诗人称颂不已，传统的家训族训也有"种树成林犹树德，年年功惠子孙多"之说，信无虚言。

种树，何以能树德呢？大概因为种树有益家国，还可以净化美化心灵，蔚然良好风气，所以印证于人，说种树犹如树人树德，并不难理解。

种树，既然是功惠子孙的好事，种树人则须自先养美好心田。树成栋梁，与人成良材，何其相似。另外，万物有性，物以性示人，对人的立德养性也有教育作用。譬如松柏之耐瘠奇倔，冬青之蓬勃傲寒，翠竹之劲节虚心，皆可以为人施教。读读"岁寒色不改，劲节幸君知"（李峤）、"不向芳菲趁开落，直须霜雪见青葱"（欧阳修）、"应须万物冰霜后，来看琅玕色转明"（曾巩），亦能对树木怿然高望，恭敬几分。

宋代跟范仲淹一起防御西夏入侵有功的陕西安抚使韩琦移种小桧，写过一首《小桧》，诗意颇堪玩味。诗曰："小桧新移近曲栏，养成隆栋亦非难。当轩不是怜苍翠，只要人知耐岁寒。"先说养桧成材，是为后两句做铺垫，主意在说种树可以教育"人知耐岁寒"，从而激励自己培养出吃苦耐劳的品德。欲达乎此，当然洵非易事，但随时以小桧为榜样，严格律己，自树人杰，养成隆栋应非至难。

据《杭州志》载，曾有兄弟不和，同赴县衙门打官司，因路途遥遥故，夜行至古树下休息。天亮后见古树枝叶相交相亲，翠盖蓊郁，原是同根而出的伯仲树，惊讶树亦有宽容退让之德，相比自己的作为，低头深悔不已，遂罢讼，携手还家。"庭种竹梅松柏树，一门风雅自清新"，以清物蔚然门风，确实标榜有理。

曲阜孔林有千年楷树，其木纹理如贯钱，有纵无横。《阙里志》说："以之为杖，可以戒暴。"明清时，有人题其楷杖，诗曰："纵理无横子贡栽，孔林原自不乏材。楷能戒暴为人杖，草木都从养性来。"戒暴，即不准横行霸道。曲阜楷木是否真是子贡等孔门贤弟子所栽，恕不讨论，但其纹理有纵无横，无疑是天生好教材。德教，非一味忍让求和，也需要善的威慑力，以楷为杖，教育或惩治一下奸小不肖，未尝不可。所以，游客至曲阜，解读此诗后，对楷杖戒暴并能启迪养性，无不肃然。

《南史》说襄阳韩公欲在地界上种树，恐树荫覆盖邻人地，便离界数尺栽种，邻人随即侵界数尺，韩公又改种另处，邻人惭愧万分，便退出侵地，两家从此和善相处。种树本是好事，如果由此引起纠纷，打架争讼，则适得其反。

"左翼联盟"的老诗人柳倩早年在广西碰上过种树争地的事。东邻种树侵界，歪倒竹篱，柳老有心学习韩公，没去计较，数日后东邻得寸进尺，居然毁篱另插新篱，侵地愈甚。柳老写诗一首，贴在墙上，诗曰："种树西征焉值当？橘儿甘苦许同尝？篱笆纵插九州遍，不见当年秦始皇！"东邻见诗，觉得有愧，遂退篱重种。柳老此诗分明借法明代林瀚的《戒子弟》。林瀚居官在外，子弟因宅基地与邻里争执不休，写信与林瀚，欲借其威望了结纠纷，林瀚作《戒子弟》回复，曰："何事纷争一角墙？让他几尺也无妨。长城万里今犹在，不见当年秦始皇！"此诗尽用对面白话，述理如常，却精警深刻。后来林家子弟率先让地三尺，邻家亦让，两家和好如初，留下佳话。想来也是，纵玉树金墙，谁都不能生前逝后永远拥有，争利不如避利从善，然而道理归道理，利益当前时能做到重情轻利，选择退一步海阔天高的，确实很难，所以赵朴初先生说"避利或可避害，但从善如流，必是自我超度"，妙哉斯言。

涉笔题外，深意可味的散文，不妨选读唐朝柳宗元写的《种树郭橐驼传》。橐驼虽然"病偻（即驼背），隆然伏行"，但种树有道，驰名长安。问其道，不过"其莳也若子，其置也若弃"，即爱不溺、置不顾而已；问可譬喻官道乎，橐驼也有一番说辞。文尾以"问养树，得养人术"，露出主意，已觉精彩，最后又以"传其事，以为官戒"七字点醒作结，跌宕神远，弥觉小题大做，气格清厉非常。

学种树，得知"官戒"，多少有些意外。由种树而言官戒，即使担待"跑题"之嫌，涉笔一过，苟有所见，或许值得。官戒，对治官者而言，是辖政的权术；官大噎死人，对付臣僚用"爱不溺"还是用"置不顾"，尽由官大的说了算，没得商量。对被治者，则是进退晋黜的心理药方，想不通也得想，带着疑惑去见阎王也无妨；即使遭遇"用可抑""置可弃"了，那也煌煌有道，戒得你既不敢怒也不敢言，以为当然。

柳宗元身后大约三百八十年，主张恢复并写过《十论》《九议》的辛弃疾，对南宋小朝廷极度失望，在《鹧鸪天·有客慨然谈功名因追念少年时事戏作》里苦笑调侃道："壮岁旌旗拥万夫，锦襜突骑渡江初。燕兵夜娖银胡录，汉箭朝飞金仆姑。追往事，叹今吾。春风不染白髭须。却将万字平戎策，换得东家种树书。"辛弃疾二十三岁时率众起义，以五十轻骑，夜入五万大军的金营，生擒叛徒张安国，何等英勇。南归后四十年服官，恢复不成，平戎无望，最后被朝廷"置也若弃"，其痛苦憋屈，可想而知。盖世英雄辛弃疾落笔写"换得东家种树书"时，有否思及橐驼的"官戒"，无法得知，但历朝做皇上的，知不知道此等"官戒"，应该无所谓，因为反正皇上由着性子辖政治官的作为，都暗合橐驼的种树之道；说到底，官戒都是朝廷的专利。晚年的辛弃疾应该已经清醒，因为只要能破解"官戒"，就不会再寄希望于朝廷。就这样，他不再怒吼呐喊，而是在鹅湖乡居独自舔抚那多年蚀骨的伤痛，直到抱憾辞世。看来，辛弃疾从万字平戎策到换得种树书，耗费了四十年光阴，力争与搏击的最终结果，落得个"置也若弃"，明白也晚。

种树，跟仕途为官相比，毕竟小事一桩。让那橐驼一说，柳宗元一写，偏偏大小暗合，发人深思。今天的读者呢，读之思之，觉不无道理，信着文心结撰之苦，亦是一得。

说种树，绕不开的话题当然是砍树。《淮南子》曰"直木先伐，甘井先竭"，智者先忧。滥砍盗伐，无尽索取，始终是古今棘手的难题。诗人于树木之忧患，一则多痛恨乱操斧斤的唯利是图，一则哀叹材大未用犹如学士的高才不仕，借物感慨人事的得失枯荣。

种树，本为便取便用，却要严禁滥砍盗伐；天下事有难为而必须为者，护树即是一例。面对拱抱杰构，工匠手下留情，客观上也可以起到保护作用。台湾阿里山森林的珍贵红桧曾在日军占领时期遭到过疯狂掠夺，其中光武神木群中千岁乃至三千岁的古桧能够幸免，与当地山民不忍运斤，冒死引路而让盗伐者困死不出有关。盗伐者迷山困死，以及后来入山便闻风战栗，当然不是神木显灵，山民护树的机智和大无畏，都可歌可泣。北宋诗人黄庭坚曾亲历在衡山古松下"巧匠旁观，莫之能伤"的感动，也以大材为奇，奇才必须保全，发出过"勿伐勿败，祝圣人寿"的倡议。黄庭坚将古松看作"圣人"，绝非过情之誉，能保持一种恭敬如畏的真诚心态，其衷当怀"崇善必恭"的古风。

据《四川志》载，绵竹县昔有一寺，寺中古柏峨峨壮观，县令欲砍伐古柏用来建造官署，乡民畏其权势，"莫敢逆者。寺有老僧题一绝云：'定知此去栋梁材，无复清阴覆绿苔。只恐深山明月夜，惧他千里鹤归来。'县令见之，恻然而止"。此诗前二句述说权势压人，现实严酷，道出无奈。后半，一恐一惧，二字足让那盗伐者心虚胆战。老僧略施小计，稍作恐吓，居然威慑有力，估计县令已经感觉到了乡民敢怒不敢言的无形压力。因为史笔或易，诚信偏移，而诗笔崭崭入集，或可存照千秋，所以古人常说"不畏史笔，反畏诗笔"；闻绵竹僧诗止伐事，应当信然。

借物感事，本是表情述理能曲婉深致的常用手法。诗人常以嘉树比喻君子良才。譬如以寒松、老松、涧底松，喻寒门学子、诤臣奇崛、直士困窘等。唐孟郊的《衰松》和老杜的《古柏行》，颇有代表性。《衰松》曰："近世交道衰，青松落颜色。人心忌孤直，本性随改易。既摧栖日干，未展擎天力。终是君子材，还思君子识。"怀才不遇，已临老衰，自寓感慨，却似切非切，若即若离，功到率笔。又杜甫的《古柏行》，上半先写"孔明庙前有老柏，柯如青铜根如石。霜皮溜雨四十围，黛色参天二千尺。君臣已与时际会，树木犹为人爱惜。云来气接巫峡长，月出寒通雪山白。忆昨路绕锦亭东，先生武侯同閟宫。崔嵬枝干郊原古，窈窕丹青户牖空"，后半首转而一喝振起，写"落落盘踞虽得地，冥冥孤高多烈风。扶持自是神明力，正直原因造化功。大厦如倾要梁栋，万牛回首丘山重。不露文章世已惊，未辞剪伐谁能送？苦心岂免容蝼蚁，香叶终经宿鸾凤。志士幽人莫怨嗟，古来材大难为用"，便有寄况高远，自托酸楚之意。树与人，同存天地之间，诗面写物而勘破即人，纵相形通会，惺惺自惜，也在情理之中。

此类佳句甚多，择选五言数例，以就慧眼。

　　　　劲色不改旧，芳心与谁荣？
　　　　喧卑岂所安？任物非我情。（柳宗元）
　　　　移来有何得，但得烦襟开。
　　　　即此是益友，其必交贤才。（白居易）
　　　　可怜孤松意，不与槐树同。
　　　　闲在高山顶，樛盘虬与龙。
　　　　屈为大厦栋，庇荫侯与公。
　　　　不肯作行伍，俱在尘土中。（元稹）
　　　　低昂中音会，甲刃纷相触。

　　　　　萧然风雪意，可折不可辱。（司马光）

　　　　　乃知就阳意，草木皆有情。

　　　　　园葵最柔弱，独取倾心名。（司马光）

　　　　　上有吟风蝉，空腹未尝食。

　　　　　剪伐非所辞，不受尘土辱。（苏轼）

　　　　　孤根裂山石，直干排风雷。

　　　　　我今百日客，养此千岁材。

　　　　　茯苓无消息，双鬓日夜摧。

　　　　　古今一俯仰，作诗寄余哀。（苏轼）

　　　　　樛枝饱霜雪，遽与蓬蒿衰。

　　　　　孤标挽万牛，未为廊庙知。（党怀英）

　　韩愈的《楸树》"几岁生成为大树，一朝缠绕困长藤。谁人与脱青萝帔，看吐高花万万层"，将高才的适用寄望于圣哲援手解脱困境，曾经引起过青衫学士的企盼和共鸣。至元，段克己又尊题赋《楸花》一首，"楸树馨香见未曾，墙西碧盖耸孤棱。会须雨洗尘埃尽，看吐高花一万层"。首二句倒戟而入，突兀而起，说楸树虽然已经翠盖起势，独立墙西，却未能散发馨香，若非大雨尽洗尘埃，不得扬眉吐气，尽展才华。上举二诗相较，韩诗所见是大树一时之困，所望亦不过"脱帔"之劳，而段诗写怀才不遇的长期困苦则比较严峻，故寄望于雨涤尘埃改造环境。二诗皆蕴藉涵永，沉郁振发奇响，不妨一气读下。

　　以种树遥寄故土之思，多为游子抒发乡情的首选。画家张大千晚年在域外建环碧庵别业，因乡情难耐，曾种梅树百本，经常和泪题画梅花，有诗曰"缀玉苔枝乞百根，横斜看到长成村。殷勤说与儿孙辈，识得梅花是国魂"，又"百本栽梅亦自嗟，看花坠泪倍思家。眼中多少顽无耻，不识梅花是国花"，又"片石峨峨亦自尊，远从海国得归根。余生余事无余憾，死作梅花树下魂"等，皆苦心辗转，思归不得，情何以堪！

　　春日宜出，别在家窝着，带孩子出去种树，诵读一些诸如"受屈不改心，然后知君子"（李白句）、"高人不借地，自种无边春"（钱伸仲句）、"岁老根弥壮，阳骄叶更阴"（王安石句）、"清韵度秋在，绿茸随日新"（白居易句）之类，小憩树荫时顺带闭目遐思一番，如果读得懂种树即是种德，"清阴留与后人看"原来看的是美德的延续，那就小彻小悟了。不想试试吗？

　　　　　　　　　　　　　　（1999 年 2 月 8 日刊载《光明日报》）

只眼须凭自主张

清代文学家史学家赵翼（1727—1814，字耘松，号瓯北）有首论诗诗曰："只眼须凭自主张，纷纷艺苑漫雌黄。矮人看戏何曾见？都是随人说短长。"意思是学习和评鉴诗文要有独立见解，不能鹦鹉学舌地随人评论褒贬。"只眼"，即眼力出众且有真知灼见；果能如此，该学什么以及如何学如何用，都会减免盲目，具有一定的自觉性。艺苑说艺，如果窥不出门道，就像身材矮小者看戏，在台下张望不及，发表"高论"也是人云亦云，并无自家识见。"雌黄"，本鸡冠石，赤黄色，可作颜料。古时书家写字多用黄纸，苟有写误，用雌黄涂抹消除，待干后再写。俗语的"信口雌黄"即从此出。

赵翼此诗颇有见地，提出了欣赏学习须择善入门的"亲知"和贵有真知灼见的"自识"。二者的关系有点类同书法学习的"入帖"和"出帖"。实际上，这也是欣赏学习中必须注意的两个问题，一是"披文以入情"，一是"当识活法"，活学活用。

"披文以入情"（南朝梁刘勰《文心雕龙》语），就是要求欣赏者艺术地再现作者彼时彼地所感受的表象，体会能入情景；欣赏者虽与作者"世远莫见其面"，但"觇文辄其心"，可以通过作品"设身处地"地领会当时的处境、心情和艺术构思。

昔时诗教启蒙，善教者引导少年学诗的"三径"，即朗读习声、意读知情、解读知法。其中意读和解读，即"披文以入情"和"当识活法"。为了方便体会原作者的基本表现手法和遣词造句的经验，有时不妨试用置换部分词语的方法重作新诗，训练学生实践"披文入情"和

"当识活法"，或得语新意新的别开生面。譬如老师先以北宋王安石七言小诗《定林所居》教授学生诵读习声识法。诗曰：

> 屋绕弯溪竹绕山，溪山却在白云间。
> 临溪放杖依山坐，溪鸟山花共我闲。

诵读习声，学诗首步，先知此诗平仄交互排列的美声。然后，讲解诗的美意，"披文以入情"，体会王安石山居环境幽然，又与溪山朝夕共处之乐。第三步讲诗法，最为重要。唯解得小诗作法，才算真正入门。通常对诗法修学有素的老师会讲首句起笔的"屋绕弯溪"与"竹绕山"是分说"溪"与"山"，形画出山居环境，诗法叫"分写"。次句承接起句，讲"溪山却在白云间"是合并说"溪山"如何（皆在白云掩隐之间），诗法叫"合写"。以上皆自诗人眼中看来，属于客观描述。第三句（又称转柁、转笔），又用"分写"。由行为主体（诗人）进场，分说诗人自己与"溪""山"的关系，"临溪放杖"的休憩，又"依山坐"观溪山美景的惬意。结句"溪鸟山花共我闲"，合说"溪""山""人"共处之悠闲，总束合笔。

如果只有朗读习声和意读知情，省却解读知法，即使"熟读唐诗三百首"，因为不谙诗法，岂止不会作诗，恐也不能真正读懂诗之真谛。读前是此等人，读后还是此等人，就算白读。经过诗法学习阶段的"披文以入情"和"当识活法"，再加上日后长期的阅读和创作实践的积累，加之"只眼须凭自主张"的识见，识读创作都不至于出现"溪山美景晨昏坐，目瞪口呆字不来"的困难。

清代扬州八怪之一的书画家金农喜画梅花，自题其画又多得佳作，堪称双妙。金农有一首画梅诗，曰："东邻满座管弦闹，西舍终朝车马喧。只有老夫贪午睡，梅花开后不开门。"苟能披文入情，不难知金农自诩清高的雅趣，还能顺便学习作诗之法。

此诗前半写"闹"，用分写法，先说东邻吹吹打打，又说西舍车欢马啸；东西喧哗之盛，等同加倍写法。东邻西舍"闹"的情景未必图示画中，但有这两句诗在前，就声动形随了。后半写"静"，用因果倒述，原因置后，说独有画中老夫春日得闲，闹中取静；贪得午睡，是因为梅花开后不肯开门。"贪午睡"是专为写"静"拈出的一个特征细节。不用"贪午睡"（平仄仄），用"闲把卷""杯酌罢"等替换，也未必不可。如果幸逢善于引导的诗师，会让初学者"自主张"，根据自家构思命意，再进一步做点替换词练习，譬如索性将"只有（仄仄）"换掉，遂有"非是老夫贪午睡，梅花开后不开门""无奈老夫贪午睡，梅花开后不开门""堪恨老夫贪午睡，梅花开后不开门""不信老夫贪午睡，梅花开后不开门"等，不但能丰富对原诗的理解，而且还会激活自己的创造性思维，拓展想象空间，或有意外收获。

明代诗人陈达写过七绝《新燕》，开端"东风庭院柳飞花，补得新巢日已斜"，不过介绍时间处所，说新燕春日忙于补巢事，题材并不新奇，初不见好；随后二句，"莫把新愁向人说，长安有客正思家"一出，方才会意小诗巧构所在，不由人不叫绝。

游子旅次长安，又见一年燕来春去，思家心切，此即一段新愁；倘能向人或者向燕子述说，都是熟套，正笔，写来都难以讨好。如今陈达反笔矫起，不道游子有愁，偏说燕子有愁，而且燕子原本欲向人诉，因为见游子乡愁正浓，更胜于己，便欲说还休了。

说燕子懒于向人诉愁，实则是曲笔写诗人正有乡愁。手到擒来，不仅方便多多，还能平添几分情趣。这就是曲笔生奇。

假如陈达写作"莫把新愁向燕说，长安有客正思家"，虽是"人（平声）""燕（仄声）"一字之易，岂止声律有误，情趣也会荡然无存。读者呢，看出燕子没愁，是诗人强令燕子有愁，应属有眼力。如果看出诗人有愁，直接写来恐乏由头，不妨虚说传神，愣从对面燕子反写过来，这就不是一般的眼力和心思了。

诗好，终须知者见赏，否则孔雀开屏，纵五彩缤纷，色盲不见，也是枉然。只眼须凭自主张，若拣两头说下，应该是既关乎诗人法眼，也关乎读者明眼了。仍以诗法为例，容易形象具体。例如上诗，因为"长安有客正思家"，所以"莫把新愁向燕说"，原因置后，此为因果倒坐。老杜诗《登楼》的"花近高楼伤客心，万方多难此登临"，意思是因为万方多难时登临，所以触景生情，"花近高楼伤客心"。清沈德潜的《唐诗别裁》（卷十三）评老杜此诗首二句，"妙在倒装。若一倒转，与近人诗何异！"首起因果倒坐，夭矫生奇，令发端悲壮足情，顿起笼罩之势。清何焯《唐律偶评》，评为"胸中阔大，亦自诸家不及"。

　　类同诗例如下：

　　　　清溪深不测，隐处唯孤云。（〔唐〕常建）

　　　　送客飞鸟外，城头楼最高。（〔唐〕岑参）

　　　　戍鼓断人行，边秋一雁声。（〔唐〕杜甫）

　　　　不畏浮云遮望眼，只缘身在最高层。（〔宋〕王安石）

　　　　不识庐山真面目，只缘身在此山中。（〔宋〕苏轼）

　　　　万事不如杯在手，一年几见月当头。（〔明〕朱存理）

　　宋代理学家朱熹的老师屏山先生（刘子翚）在北宋京城汴梁沦陷后，感慨时势，写过《汴京纪事》二十首，可当史诗读之。其中有一首言举国百姓痛骂权奸蔡京和王黼葬送北宋事，曰："空嗟覆鼎误前朝，骨朽人间骂未消。夜月池台王傅宅，春风杨柳太师桥。"此诗二十八字，同时抨击二奸并列数其奢侈腐败，作法堪范，殊多不易。

　　因为二奸"覆鼎误前朝"，故"人间骂未消"，顺势因果；又因为二奸早亡，已曰"（白）骨（已）朽"，故百姓痛骂亦不过"空嗟"而已。前二句正序因果与倒序因果，交错而出，妙法巧构，简洁至极。后二句转以"夜月池台王傅宅，春风杨柳太师桥"，分举二奸昔日之豪奢，腐败可见，几多物是人非的感慨尽溢于言外。

　　倒法生奇，全在作手。奇正，本诗文常用的反常生新的手法，如果率好诡巧，故意"穿凿取新"，为奇而奇，则"逐奇失正"，过犹不及，反致风气下矣。南朝梁刘勰在《文心雕龙》中批评过这种专骛乞巧的文风，认为"效奇之法，必颠倒文句，上字而抑下，中辞而出外，回互不常，则新色耳"，真正堪破诗障，自道主见。

北宋末年著名学者汪洙，儿时好诗，所作颇得古法。九岁时见学堂破败失修，孔夫子和颜回的雕像被日晒雨淋，不忍目睹，曾题诗于"黉宫"（学堂之古称），诗曰："颜回夜夜观星象，夫子朝朝雨打头。万代公卿从此出，何人肯把俸钱修？"前半以幽默口吻诉说孔颜雕像的遭遇，调侃寓讽，双屏对起；后半倒语，置"何人"于后，而"何人"者，"万代公卿"是也。直指列代读书明理且权财煊赫的公卿重臣发问，为何不修缮教化子孙的学堂，而"万代公卿"俱自学堂而出，谴责他们不修缮教化子孙的学堂的罪责。此诗闲闲道白，虽是九岁童子所作，没有刻意经营，为奇而奇，却婉讽如橄，颇具真知灼见，似乎比那些锋芒毕露的训教更加针刺见血，深刻有力。纵今日读来，思及那些"豆腐渣"学堂的坍塌惨相，也当令忧国忧民者扼腕。汪洙后来考中进士，做过大学士和崇儒馆教授，是否有权与钱办理过修缮民间那些破败学堂的事，就难以知晓了。

1999 年 8 月

闲中悟道莫过棋

香港人说"能忙是福"，这话有点道理，但未必尽然。能闲，就不是福吗？人生忙碌，为公为私，劳累了大半辈子，歇下来，上公园遛遛、练嗓儿、跳舞、下棋，就是啥也不干，瞧瞧春花秋叶，看看人家跳舞下棋，那也是福。什么福？清福也。

当然也有人不认这理儿。宋代那位有"鹤妻梅子"之誉的隐士林逋就说世上有两件事不好做，一是担粪，一是看下棋。担粪，先不讨论。下棋，为啥不能看？因为下棋有输赢之争。肚量大的，赢不得意，输不倒胃，一笑走人；遇到小家子气的，赢者喜形于色，输者拂盘骂人，免不了生出是非；观棋的呢，生怕人家当他不会说话，总喜欢评论几句显露高明，过分投入的，甚至喧宾夺主地跳过楚河汉界去打架，那还了得。所以，古人训教子弟常念叨两句："自有省心闲去处，观花观叶莫观棋。"

那么，这棋还要不要观呢？

要观。笔者昔有"忙里读诗惟举扇，闲中悟道莫过棋"句，表态明确。有社会，就有是是非非，如果只是为了免生是非，躲过了看棋，也躲不过其他。看棋打架，只是涵养问题，不能归咎于看棋本身。做个"不动心"的旁观者，如明代郭登《观棋》诗中说的"怕败贪赢错认真，运筹多少费精神。看来总是争闲气，笑煞旁观袖手人"，养眼亦养心，当然洵非易事。

杜甫有"清簟疏帘看弈棋"，何其清雅。白居易有"山僧对棋坐，局上竹阴清。映竹无人见，时闻下子声"，何其悠闲。其实，棋法阴阳，道为经纬，看棋解法悟道，也不简单，个中颇有学问。《五代史》说"治国譬之于弈，知其用而置得其处者胜，不知其用而置非其处者败。败者临棋注目，终日而劳心，使善弈者视焉，为之易置其处，则胜矣。胜者所用，败者之棋也"，认为治国类同下棋，那治国者是棋手，棋子就是手下的人才。垂败者大都不解棋子（人才）的各种作用，使用不当，临棋注目，都是白费苦心，干瞪眼。如果让大手笔的善弈者来观棋势，只要挪挪棋子，用之得当，举重若轻，便可转败为胜。如此道来，"胜棋多败势，败势伏生机。舍得用心苦，惜乎当局迷"，还真有点禅机的味道。

若从古今观棋诗开一洞天，笔者认为，观棋至少有三道可悟。

运智之道

唐代刘禹锡《观棋歌》的"因君临棋看斗智，不觉迟景沉西墙"，宋代石介《观棋》的"试坐观胜败，黑白何分明。运智奇复诈，用心险且倾。嗟哉一枰上，奚足劳经营"，皆说观棋可见奇智斗巧。唐朝时，日本王子来朝对弈，宣宗召棋师顾思言与之对，久战不分胜负。知王子棋艺不凡，棋师不敢轻易落子。王子久等心烦，问他究竟是中华第几手，棋师诡对"第三手而已"，王子大惊，掩局而叹："小国之一不如大国之三，信矣！"再不求战。对弈运智，应该包括局上智和局外智。大小相对而言，如果步步用智算小智，那全局用智就是大智；如果局上智、局外智都算小智，那局上局外一统用智就是大智。当然，智有机智、急智、黠智、奸智等，"临危稳如岳，握胜喜无惊"，来点心理战，也未尝不可。观棋者呢，既然"妙算心机巧，般般局外明"，看人用智，给自己长点智慧，也是一种收获。

用兵之道

宋初敢直言进谏又满腹韬略的王禹偁观棋，写过"乃知棋法通军法，既戒贪心又嫌怯。惟宜静胜守封疆，不乐穷兵用戈甲"四句诗，说下棋如对阵，贪者急躁，怯者犹豫，非时冒进和贻误战机，都必败无疑。善战者如善弈，以守为攻，不用穷兵也可取胜。这诗，分明《孙子兵法》中的"不战而屈人之兵，善之善者也"。如此大议论，能从小小棋盘上观来，倒也形象有趣。怪不得唐代杜牧有"守道还如周伏柱，鏖兵不羡霍嫖姚"，宋代黄山谷说"席上谈兵校两棋"，以玩围棋坐论兵法，也都是"夜读枰盘日披甲，心中兵法手中棋"的意思。

杜牧二句截自其《赠国手王逢》。诗曰："玉子文楸一路饶，最宜檐雨竹萧萧。赢形暗去春泉长，拔势横来野火烧。守道还如周伏柱，鏖兵不羡霍嫖姚。得年七十更万日，与子期于局上销。"当时杜牧四十二岁，若至七十，算来应有万日。宋马永卿《懒真子》评论此诗有"棋贪必败，怯又无功。赢形暗去，则不贪也。拔势横来，则不怯也。周伏柱以喻不贪，霍嫖姚以喻不怯，故曰高棋诗也"，可谓知诗善弈。

三国时，魏军扎营兴平，派光禄大夫来敏借大将费祎助战。来敏去后，大事不谈，只求下围棋。当时羽檄交驰，费祎着子沉着，如统三军，来敏观其棋，知其用兵有道，慧眼识得大才。后来费祎领兵上阵，果然旗开得胜。此事，《蜀志》有载，料无虚传。

宋代刘克庄写过一首专论棋艺的五言古风《象弈》，俨然一篇兵论，"小艺无难精，上智有未解。君看橘中戏，妙不出局外。屹然两国立，限以大河界。……先登如挑敌，分布如备塞。尽锐贾吾勇，持重伺彼怠。……宁为握节守，安肯屈膝拜？有时横槊吟，句法犹雄迈。愚虑仅一得，君才乃十倍。霸图务并弱，兵志贵攻昧。虽然屡克获，讵可自侈汰"，十分精彩。读者诵之味之，再将那局上与史上的鏖战对应想来，料对强弱胜败、善恶智愚，甚至恩怨知遇等都会有新的认识。

相察之道

观棋者在局外可以识察下棋者。这种识察，往往比平常的认识要真切。上举来敏观察费祎着子沉着，如统三军，设局如同用兵，其实也是相察费祎。又如东坡下棋"胜固欣然，败亦可喜"，足见其旷达。宋代王安石论观棋者须有涵养，说得头头是道，而自己每逢危局，则以手拂局，未免有点小样儿。巨公重臣言行不一，无异于自毁颜面。

明代《逊国臣传》载刘璟文与文皇对弈事，颇堪细究。当时两阵对圆，势均力敌，互不相让，但刘璟文屡占上风，文皇急了，说"卿独不让我耶"，居然以权势威慑之。没承想，偏偏遇着一个不买账的。刘璟文正色道"可让则让，不可让则不让"，语出山响，颇见清骨。

又《世说补》说，宋明帝赐王景文饮鸩（毒酒）死，死令至时，王景文正下棋，兴致酣然，随手将死令搁置一边，依旧神色不乱。待棋毕，方以死令示客，众客大惊，而王景文笑曰"此酒不让"，便饮鸩而死。

权势压顶，大难临头，还能从容下棋，这得多大胆魄？非真英雄不能如此。可惜文皇、明帝不悟相察之道，使人才失之交臂。昔日笔者的"君有龙颜臣有骨，输赢不让理为先""千秋闻此君应痛，痛失枢衡蔺相如"等诗句，说的就是这两件事。

看棋能长学问见识，不也是福吗？记住，以后见到老头儿们扎堆儿看棋，千万别小瞧了他们。

1999 年 11 月

蛾眉信有真豪杰

　　蛾眉，一作娥眉，以美眉代称美好女子。《诗·卫风》有"齿如瓠犀，螓首蛾眉，巧笑倩兮，美目盼兮"，唐白居易《王昭君》有"黄金何日赎蛾眉"，前者称赞女子美好，后者指代美好女子，目之了然。

　　通观吾国古代诗歌史，蛾眉善诗，算不得稀罕。写女子情感的诗，诗论一向称作闺阁体。闺阁体并非女子独擅，宽松地说，应该包括男子代言和女子自作两类。

　　男子反串，其模仿女子声口所作，历代上乘之作颇多。耳熟能详的唐诗，可以首举金昌绪的《春怨》："打起黄莺儿，莫教枝上啼。啼时惊妾梦，不得到辽西。"此诗全用女子思念辽西征夫口吻，嗔怨可爱，却字字断肠。因为莺啼惊梦，梦中到不了辽西，故欲起身去打莺儿，反笔托醒，因果倒置。

　　李益《江南曲》的"嫁得瞿塘贾，朝朝误妾期。早知潮有信，嫁与弄潮儿"，亦可圈点。卖力气活儿的弄潮儿对比瞿塘贾，在"潮有信"还是"商贾有信"方面，前者肯定凸显优势。因为诗中的女子偏重情义之"信"，故说宁可放弃瞿塘贾，要嫁给来去有准信的弄潮儿，于是无理愈甚，冤情愈切，而痴情愈现。

　　历代女子的自作诗，哀怨悲愤者多而欢乐适意者少。在男权文化的长期压抑下，女子没有公开接受平等教育的机会，地位附属和见识封闭，既封削创伤了她们的心理，也让她们不亚于男性的创造力任岁月无情啮蚀了。因为历代官宦贵胄名士绝多男子，这在著史、传记、辑集等方面就占了海大的便宜，所以女子诗的留存数量远远不及男子。如果有兴趣，从诗歌宝库中拈出百首女子诗词，以今天的眼光审视一番，料也会有新的发现、感触和思考。

勇气、识见和辞采不让须眉的巾帼英杰，代代不乏有之。披读蔡琰的《悲愤诗》、秋瑾《鹧鸪天》的"休言女子非英物，夜夜龙泉壁上鸣"、何香凝《辛亥革命前二年送仲恺去天津》的"国仇未复心难死，忍作寻常惜别声。劝君莫惜头颅贵，留取中华史上名"等，俱觉清风正气盈卷，豪迈可诵。念及彼时国势颓衰风云动荡，能够出脱如此气骨，甚或对比某些狐鼠男儿的龌龊作为，高声慨叹一下"千秋抖擞女儿心，乾坤窄"，大概也不过分。

无论宫墙望门村野，敢于借用诗歌创作的形式抒发识见的奇女子，皆非寻常钗裙可及。

清代山樵妻贺双卿、佣妇蒋氏妪，初不识字，由倾听他人吟诗论诗到自作自吟，而且诗风简淡，托意深远，似有天惠灵机。贺双卿的"今年膏雨断秋云，为补新租又典裙"，蒋氏妪的"读书盼望为官早，毕竟为官逊读书"等，能慨时醒世，分别载入《清代名媛诗录》和《履园丛话》，绝非偶然。

苦陷痛楚的女子啼怨无用，压而不服，愤怒行诸纸笔，自能见其铮铮铁骨。古时约束女子裹足最是陋习，弱女子百般抵抗亦无济于事。在社会与家庭严酷压力之下，胆敢站出来大骂维护裹足陋习的男人为"贱丈夫"的，能有几人？清袁枚《随园诗话》曾记载过一位李姓女子的七绝，诗曰：

　　　　三寸弓鞋自古无，观音大士赤双趺。
　　　　不知裹足从何起？起自人间贱丈夫！

　　　　　　　　　　无名女子

此诗全用口语，一吐为快，骂得有理有力。首二句用比较法，一比"自古无"，二比观音赤脚，证据凿凿，先立定地步；转枪一问矫起，接着断语作答，真令维护陋习者无言以对。好诗未必铺排华辞丽语，理到意随，一样神完气足。

蓄隐寓讽，一向是女子曲婉表述批评的方式。花蕊夫人的《国亡》七绝就很有代表性。宋乾德三年（965）成都一战，宋灭后蜀。当时蜀军十四万且据有利地形，面对数万王师来侵，竟然不堪一击，骄奢淫逸的蜀主奉降表被俘，至京师旋死。据《后山诗话》，"费氏，蜀之青城人，以才色入，蜀后主嬖之，号花蕊夫人，（曾）效王建作《宫词》百首"。国亡后，入备宋后宫。太祖闻之，召使陈诗，诵其《国亡》诗。诗曰：

> 君王城上竖降旗，妾在深宫那得知。
> 十四万人齐解甲，宁无一箇是男儿？

太祖闻之悦之。此诗前半，对比，言本有护国之责的"君王"丢魂落魄，竖了降旗，而"妾在深宫"，无辜受擒，遂轻而易举用"那得知"三字拨了国亡山崩的千斤万斤。尾结不过随口一问，羞煞多少男儿！小诗非为博悦太祖而作，嘲讽蜀军解甲亦怨昏君无能，妙就妙在万千愤慨郁勃其中，却镇定如常；全用女子语气，犹怒不失态，恰符身份。此诗竟然被乱世存下，历时千秋，亦是天公怜惜蛾眉多才。

宋代女诗词家朱淑真写过两首《项羽》，其二曰：

> 盖世英雄力拔山，岂知天意在西关？
> 范增可用非能用，徒叹身亡顷刻间。

深情冷眼，咏史别具灼见。首句借项羽"力拔山兮气盖世"作评，写西楚霸王遭遇末路，虽然英雄气概不减，无奈败局已定，故次二句分析失败原因：一在"天意（天公偏向西翼入关为王的刘邦）"，对应项羽自道"天亡我"；一在项羽自负失时，鸿门宴上未采纳范增剪除刘邦之计，后来遣刘受困，"驱范中间（驱除范增而中刘邦的反间计）"，又乌江自刎，似乎宿于命数，实则自酿悲剧。所以，结句"徒叹"二字，蕴藉多少怨痛、多少惋惜！项羽败亡，原因多多，但朱淑真的"范增可用非能用"，剔要中的，恰合苏轼《范增论》称"增不去，项羽不亡"，可谓一语道破关捩。

以前读过一首署名"江阴女子"的小诗，至今难忘。

此诗曾题于江阴墙头，故名《题城墙》。清顺治二年（1645），当清军逼近江阴时，当地百姓推举典史阎应元等率领军民奋勇抵抗，守城八十一日，杀死清兵七万余人。破城后，众英雄败死不屈，百姓惨遭屠杀。此时，有"江阴女子"者题诗一首，赫然于城墙之上，昭示了江阴军民至死不降的大无畏气概。诗曰：

> 雪骱白骨满疆场，万死孤忠未肯降。
> 寄语行人休掩鼻，活人不及死人香。

此诗，应是饱含悲愤怒吼出来的。次句"万死"承接首句"雪骱白骨满疆场"，卫城之艰苦卓绝，代价之惨不忍睹，何须赘言。万死未肯降，悲矣悲极；孤忠无助，寡不敌众也未肯降，壮矣壮极。说是屠城江阴，其实又何止尽写江阴！十四个字再现了众志成城的义无反顾和拼死决战的悲壮场景，欲令九野恸绝。第三句转柁，借行人掩鼻说事，带出结句。"活人"犹不及"死人"，"香"字压尾，叫醒全篇，声情莫比。典史，不过收签公文的县尉，担当卫城重责，何等英勇！题诗者，不过普通柔弱女子，经八十一日所思所见，悲愤一啸，惊天地，泣鬼神，可抵史志，足令钱谦益之流无地自容。

屠城后，余生者未必皆苟且之辈，然而天鉴昭昭，降敌求荣与阴叛卖关者必遭唾弃，活着类同腐臭，而卫城殉难的英雄军民必将流芳千古。因为气贯日月，永不泯灭的是坚贞不屈的民族气节。所以"江阴女子"这首小诗，与可歌可泣的抗清卫城事迹永铭青史一样，也当长存诗史。

中华民族的铁脊梁中少不了女子的那一半。读一读诗歌史上不逊须眉的女子诗，应该肃然。

1993 年在南京夫子庙，丹阳诗友示其父所画之"桃花扇"求题，笔者曾作《踏莎行·赋香君事》，结二句是"重名未必好男儿，蛾眉信有真豪杰"，笔前所思当不止一位李香君。

（2011 年 3 月 17 日载《光明日报》）

履端开笔说年诗

履端新正，作诗文，写春联，都谓之"开笔"。开笔喜庆，迎福呈瑞，皆大欢喜。此时说诗，很容易想到宋代王安石的《元日》："爆竹声中一岁除，春风送暖入屠苏。千门万户曈曈日，总把新桃换旧符。"诗写得通俗易懂，每逢元日，人们常会念诵此诗，至今已近九百年。

元正首祚，除旧迎新，不管新鬼旧鬼有无替换，反正桃符必换，岁岁故然。《岁典术》说"桃者五木之精也，今之作桃符著门上，压邪气，此仙术也"。

挂桃符，始于周代，历史悠久，通常的做法是用桃木板画神荼、郁垒二像于其上，悬诸门户，至五代后蜀始在桃木板上书写骈语，其后又改书于纸，遂旁演为春联，趋势是以纸代木、以字代画。

既然大节忙碌，如此省事也好，况且周代开头并有说头，代代又有九州相应，多少算个民间文化；由此，便有了凝聚力，也就有了百姓年年岁岁对春节的向往和期盼。

王安石的《元日》诗，只简单写了燃放爆竹驱逐鬼祟、进屠苏酒祈福和换桃木板避邪三件事。按照习俗，除夕一顿团圆年饭送却旧岁百事辛苦之后，守夜候明，放爆竹，喧腾通宵，直到初日曈曈，春风送暖，换过桃符，按幼长依次饮屠苏酒，这三大程序走完，就意味着一年真正开始了。"春风送暖入屠苏"显然写元日的天时人事，往昔曾有人问，"为何不用'饮'字？'入'字怪癖，应该用'饮'"，并举苏东坡的"不辞最后饮屠苏"名句做证，自觉言之卓卓。此属"今人乱管古人事"例。如果用"饮屠苏"（人事），则"春风自去送暖"（天时），人家自去饮酒。二者何干？用"入屠苏"的行为主体是"春风"，春意融融已致酒香拂拂，此时美意复何言哉！

若以诗眼观之，王安石此诗句句照题，平白道来，还是比较一般化；作法上尚可取者二，一在"除""入"二字稳当，一在末句用"省字法"。"新桃换旧符"，即"新桃符换旧桃符"，前后省略"符""桃"二字。

新年得暇，不如择一静处读诗；若非全篇，亦可选读佳句。诗例如下：

> 寒辞去冬雪，暖带入春风。（〔唐〕李世民）
>
> 故节当歌守，新年把烛迎。（〔唐〕杜审言）
>
> 旧曲梅花唱，新正柏酒传。（〔唐〕孟浩然）
>
> 寒随一夜去，春逐五更来。（〔唐〕王谌）
>
> 一宵有几刻？两岁欲平分。（〔唐〕曹松）
>
> 历添新岁月，春满旧山河。（〔元〕叶颙）

唐太宗诗不多见，写除夕以"寒冬（雪）"对应"暖春（风）"反对，无妨自寻方便，又挑梁的"辞去（冬）""带入（春）"四字，前后相携，绝好精神。后四百余年的王安石那句"春风送暖入屠苏"的"入"字有否受过唐太宗"入春风"的启发，话不好说，但"入"字确实用得新奇。年庆诗最容易"新旧、故新、寒暖、去来"，老套搭配；难得李世民以"去""入"出之，帝王未必没有好诗，信然。曹松以时间用数，"一宵""两岁"实数，又"几刻""平分"虚数出奇，看似随意，得来不易，应赞精彩。

诗有省法，例如金代元好问《香雪亭杂咏》的"罗绮深宫二十年，更持桃李向谁妍"，写宫妃哀怨；如读时碰巧想起曹植《杂诗》的"南国有佳人，容华若桃李"，不难知"更持桃李"后作了省略，即非持桃李花如何，实言"但凭桃李般的容颜（妩媚向谁）"。诗贵精练，金圣叹说"当省即省，乃文家要诀"，其实也是作诗忌繁除赘的惯用修辞方法。

就时间论，春节非独元日一天，始于腊八，止于正月十五元宵，皆归此大节。从古今各地的习俗看，除放爆竹、进屠苏和换桃符外，其他如贴画鸡、献彩雀、饮桃汤、敬年糕、散岁钱、吞鸡子、啖辛菜、上银幡、食汤圆、踩岁平安、闹灯摸钉等，节目繁多。

如果这一顺溜地闹腾下来，劳累不说，费钱耗力，皆非寻常百姓所能承受。作诗，则无须花费什么，选个有兴趣的节目独自歌咏一番，既能增添节日文化气氛，辑存诗集，还可以留个某年度岁的念想。

众多节目中，上银幡（又称彩胜、幡胜）虽然比较陌生，但读诗可解。所谓"遍插银幡贺新年"，这是唐宋元日或立春时用金银箔罗彩剪作小幡等饰物戴在头上或系于花枝，以迎贺新春的一种老少咸宜的取乐方式。

苏轼的"萧索东风两鬓华，年年幡胜剪宫花"（《元日见寄》），又"朝回两袖天香满，头上银幡巧笑成"（《元日赐银幡》），再现了当时的欢乐，也记录了已经远逝的习俗。在古代绘画或汉砖的岁朝喜庆图上，不难见到头戴银幡的老少爷们儿的嬉耍逗乐。

写年景，因为应时取境写人当为首要，一般行笔都惯走喜庆的热闹路子。善于经营的高手，则不尽然。譬如避开热闹去写点静境，再顺便添加些深沉思考；或者在喜庆气氛中牵出几许哀思，哀乐相照，余味耐品；或者索性在熟路子中关注一些他人目不暇接的偏题冷题，苟获胜出，未必没有精彩。

避闹写静，耐人寻味的是姜白石的《除夜自石湖归苕溪》："细草穿沙雪半消。吴宫烟冷水迢迢。梅花竹里无人见，一夜吹香过石桥。"首句拣细节写除夜景色，次句照题牵出夜舟行水之起止，写生别致精洽。

此时，自苏州石湖范成大住处归来，应该已经听到苕溪居家四周节庆的喧闹声了。在熟悉的小路上，诗人忽地闻到幽幽梅香，冷冷清清地一番寻觅，找到了竹林深处那株不为人知的梅树，于是不胜感动，写下这首小诗。是人才的知遇，在许久寂寞的埋没之后，还是慧眼的发现，在寻觅无休的困惑之后？分明熟悉的小路，为何竟然不知林中的梅树？或是感叹的惊喜，在自责的歉疚之后？

纵然人所不知，只要是梅香（真正的才俊），早晚会有"一夜吹香过石桥"的机遇。喧哗的尘世，静境的顿悟，因其难得，故当弥足珍贵。如果相信天意怜才，石不掩玉，那就不仅是一次偶然的感动了。其他可选读的诗例如下：

> 故乡今夜思千里，霜鬓明朝又一年。（〔唐〕高适）
>
> 衣冠南面熏风动，文字东风喜气生。（〔唐〕杨巨源）
>
> 但把穷愁博长健，不辞最后饮屠苏。（〔宋〕苏轼）
>
> 好遣秦郎供帖子，尽驱春色入毫端。（〔宋〕苏轼）
>
> 多事鬓毛随节换，尽情灯火向人看。（〔宋〕陈与义）
>
> 不是今生惜今夕，却缘明日是明年。（〔元〕贡奎）

唐高适诗不事刻画，骨格浑厚。除夕诗写今夜故乡千里，必然游子在外；自道明朝霜鬓一年，必然喜中愁来。"千里""一年"，时空经营法，老杜最擅此法，例如"窗含西岭千秋雪，门泊东吴万里船""万里悲秋常作客，百年多病独登台""锦江春色来天地，玉垒浮云变古今"等。高适此联故意作年庆壮语，惆怅已出。杨巨源此联，以"衣冠""文字"冠首，实则言"南面熏风动""衣冠"，又"东风喜气生""文字"（指年庆书写喜帖之类），倒语；方位对仗的"南面""东风"，最得阳春开瑞的祥和尊位，《论语·雍也》有"雍也，可使南面"，如此对句起势，容易阔大。东坡两句流水贯下，只要能将穷愁换得"长健"，宁愿"最后饮屠苏"。博，换取。聊作戏谑，反见语意天成。"好遣秦郎供帖子，尽驱春色入毫端"，亦流水，接句"春色入毫端"则虚，翻空成全风致。宋陈与义二句，正值汴京沦陷后兵荒马乱时，年节难庆，家家惶恐，二句皆倒句格。"多事鬓毛随节换"实言因为战乱"多事"，故而节庆也随人（鬓毛）憔悴愁甚。下句"尽情"即"多情"，实言"多情人向灯火看"，愁中观灯，无可奈何。元初诗人贡奎的"不是今生惜今夕，却缘明日是明年"二句，掉字对。"今生"与"今夕"，一大一小；"明日"与"明年"，一小一大；笔力见出才力，似不经心。昔日见过贡奎五言小诗有"自怜舟似叶，却羡羽能飞"，觉清新可喜，知诗有快意，不在造意，手到擒来即是。

　　喜怒哀乐，人之常情，纵年庆佳瑞，也难免欢乐忧愁不一。古代写哀愁的年诗，多是叹穷、怨穷、送穷的苦词。浸泡在盛世欢娱中的当今，在除夕元日喜庆之际，读者选读此类愁苦年诗，领略一下忧患的苦涩，或可醍醐灌顶。

　　读之难忘并感触无尽的是清代黄仲则的《癸巳除夕偶成》，诗曰："千家笑语漏迟迟，忧患潜从物外知。悄立市桥人不识，一星如月看多时。"首二句写"千家笑语"的除夜喜庆到从物外潜知的忧患，忧乐对举，先营构气氛，"潜"字炼意，凄清苦情已出。名震大江南北的诗人黄仲则，此时无处告贷，无处哭诉，就那样悄立桥头，任忙碌的行人熙攘擦肩而过，没人去理会这位一肚子锦绣文章却换不来妻儿口腹的诗人。

　　高才难以"贵仕"，在残酷的生活重压之下，"百无一用"的文人能干什么？只能"一星如月看多时"地仰望苍天，无言无语，一任泪水倒流。困窘至极，却无一字写泪，无一字告穷，诗人不愿趋势随俗，以文邀贵，而宁可潦倒一生，葆此凛然一身清骨，于诗可见。古今写苦情及万般无奈，又言简意赅至碎玉精金，莫过于此。

　　近几年除夕写热闹欢欣的，最多最堪品读的是写除夕逛花市。

　　正笔写百花斗艳，市场繁荣，易入俗套；欲矫笔翻新的诗人，或可选写卖花人或买花人，或能避得熟俗；只是出脱不易，往往反落平平。这类熟路探幽的作品中，炼意不凡、值得品味的是香港诗人叶玉超先生的《卖花声·除夕花市》。

　　他没有摛藻铺写花如何美，也没有渲染自己如何爱花，而着力先写除夕将尽时花市的喧哗纷乱，随即转笔评断亭亭玉立于寒风和喜气中柔花的骨气，令人眼目一新。其词曰：

　　　　随俗写宜春，送旧迎新。长烧高烛酒微醺。渐觉夜阑更欲尽，两岁平分。
　　　　眼底色缤纷，万卉如云。香凝花市乱人群。紫腻红娇虽待主，不献殷勤。

　　　　　　　　　　　　　香港叶玉超《卖花声·除夕花市》

　　压尾两句，见地高，命意自高。待售的柔花，不过平凡细物。写她"虽待主"却"不献殷勤"的洁身自好和不卑不亢，形物实则写人，借以抒发诗人对君子自重的仰慕之情。炼意，即惨淡经营，不过添几层意思，欲创构出一个理想的文学意境。

　　有过除夕夜逛花市体验的人万万千千，能注目柔花骨气并为之感动的有心人，能有多少？窥之，思之，形之，对柔花肃然起敬也好，高标自许也好，其情其意真挚如此，打动读者不难。

　　读诗，有时类同识察，必须由表及里；冷眼深处未必没有炽热的澎湃，读懂方是知音。读诗如果随流跟风，眼花缭乱，没有丁点一见钟情的"电磁感应"，感觉也不会新奇。拈出冷题的诗，独自品味，就像在荤腥腻味的节庆宴席上偶然幸会一盘荷塘小炒，那惬口沁心的清香，会让你就此记住留意的幸运。

　　成功可以依靠灵感，却不能一概指望运气。天下妙思无限，故妙法无限；妙思妙法无限，故妙诗亦无限。无论读与作，聪明人都自有高招。除夕元日，喧闹之中择静处写写诗，果有佳作，一年都会快意。

　　　　　　　　　　　　　（载于 2011 年 2 月 17 日《光明日报》）

遗憾无妨写入诗

人生不易，难免遗憾之事。若将遗憾入诗，可自警自慰或者诲教他人，笔前留住几分风雅的念想，当有几分隽永的雅趣。

遗憾大小，皆相对而言。行旅受阻、访友不遇、约客不来、赏花偏逢风雨，都算日常小憾，写成诗句，倘有知己超赞，录入诗卷，雅趣长留，传诵千秋也未可知。那些关注国计民生、先忧后乐等主题比较重大的遗憾，如果错过史家记载，又稀缺了个人诗录，转身即忘，真个成了过眼烟云，会落下无法弥补的再次遗憾。

翻检古今诗卷，遗憾诗并不罕见。耳熟能详的，例如"夜来风雨声，花落知多少"说夜雨绵绵，花落纷纷；"劝君更尽一杯酒，西出阳关无故人"说故人西行，再会无期；"今春看又过，何日是归年"说今春难返，归期难预；"有约不来过夜半，闲敲棋子落灯花"说友人失约，独自无聊等，皆以遗憾入场，辗转虚实，类似山水画的"险中求胜"，先画些山林石径曲折难堪，随后数笔开脱，便是柳暗花明。

诗写遗憾，"活笔"的方法多多，比较常见的是自我宽慰，憾而自解。唐代孟浩然曾携诗卷拜谒华山李相，三日不遇，心气不顺，愤然留下一绝而去。诗曰："老夫三日门前立，朱箔银屏昼不开。诗卷却抛书袋内，譬如闲看华山来！"此诗前半首说遭遇闭门羹的遗憾，憋屈至怨，后半宽慰自解，说"此行不虚，就当是看华山风景而来"。这类写法，也谑称"喜怨两读"，怨者自怨，喜者自喜。喜者读不出孟浩然那一肚子牢骚，一笑而过，相安无事；孟浩然呢，扔下怨言，拂袖而去，也不失儒雅风度。以诗解气，能做到温文尔雅，到底聪明。

　　赏梅逢着雨雪，扫兴就是遗憾。宋代诗人方回归途怏然，借物景自慰，竟然得一佳诗《过湖口望庐山》。首二句"江行初见雪中梅，梅雨霏微棹始回"，写江行方见雪梅，却遇梅雨霏霏，只得返棹，述笔。第三四句"莫道无人肯相送，庐山犹自过湖来"，转柁陡起，说回头正好看见庐山，好似随舟而移，于是天赐灵感，索性借出"庐山"陪伴而行。庐山过江送客的盛情如此，能不意外精彩？此为虚笔添奇。如果只写返棹无聊，扫兴即是遗憾。忽然望见庐山，激发灵感，即寻得出路，弥补遗憾，遂陡起生机，信作诗真有"绝处逢生"一法。

　　明代诗人高启，是善写遗憾的高手。春日寻梅，几候不开，稍觉纠结。始写"江边寺里一树梅，几度劳人相候开"，坦陈遗憾。后半首转对梅花言语，"无情今日未肯发，有兴明朝还看来"，说今日看花无望，明朝定要再来，看你梅花开是不开？后两句对仗，贯气如一口道出，嗔怨结撰奇句，个中情深，须得细心读来。高启诗集中，还有访僧不恰，"行遍空林僧不见，慰人怜有一枝梅"，用借物生情法；月夜梅花未开，遂自我解嘲，"几看孤影低回处，只道花神夜出游"，说机会错过是因为花神出外夜游了，用托空见意法。纵然同是赏花遭遇雨雪的扫兴而归，总觉萦系心怀，便虚说风儿有情，"春风似念无花看，远送飞红到砚台"；或说花儿孤高，"此花不是繁华种，只合空山独自开"等，着意找个由头慰藉一番，巧妙化解憾事，情理也雅趣自然。

　　遗憾至深，往往会怨尤生悔，积怨生愤。怨尤生悔的，比较有代表性的是北周庾信的《梅花》。诗曰："当年腊月半，已觉梅花阑。不信今春晚，俱来雪里看。树冻悬冰落，枝高出手难。早知觅不见，真悔著衣单。"前半首今昔陪对。当年梅花是"客"，今年梅花是"主"，用"以客陪主"法。先说春寒料峭，梅花今岁开晚，遗憾一；颈联用顺因果句法，为遗憾补意。因为"树冻"，故而"悬冰落"，见冰不见花，遗憾二；因为高枝亲阳，已有些花放，但"枝高出手难（想攀枝亲近又很困难）"，遗憾三。接下，若顺势去写失望后的无奈或伤情等待，都易落俗套，庾信转以"早知觅不见，真悔著衣单"，偏偏去说后悔，语出意外。同样是退步思考，倒让读者领会了诗人雪中寻梅时不畏严寒的那番执着雅兴的真情，当然也就平添了几多感动。能成功表达出赏花非时而衣衫单薄的悔意，甚至越悔越见情深，妙在歪打正着，粲然生新，也是自辟奇径的一种诗法。

遗憾到积怨生愤，全诗喷发牢骚，又不欲宽慰，只求一吐为快的，可举南宋陆游的《怀旧》，"狼烟不举羽书稀，幕府相随日打围。最忆定军山下路，乱飘红叶满戎衣"。中原沦陷而南宋偏安，"狼烟不举羽书稀"，朝廷仍在沉迷莺歌燕舞，遗憾一；战事严峻而幕府将军仍在围猎取乐，遗憾二；定军山下数万戍边兵士眼看秋暮冬临而家山万里，遗憾三。此诗作法，实堪玩味。前二句俱为后半首铺垫，层层推进，全篇主意在后；第三句拈出"最忆"，犹今人谓之"特写"，放大戍边兵士的困苦，遂加重了诗人的遗憾愤慨之情。读者只当一般边塞小诗解读，只看出"对比"，毕竟肤浅，唯读懂"最忆"，方能真解此诗。

用层层推进法写遗憾，经常结合"主客相形"，易得精警。此法，被《兼于阁诗话》称为"意语层进法"。例如东坡的五言古风，"故人适千里，临别尚迟迟。人行犹可复，岁行那可追"，说故人被贬谪远方，别意迟迟，难以离舍，不过是一层遗憾，是"主"；远走他乡犹可返回，但岁月逝去则永难追回，递进说又一层遗憾，是"客"。《诗经·邶风·谷风》有"行道迟迟，中心有违"，其"迟迟"，即迟缓不舍。又《韩非子·初见秦》有"军乃引而复（率领部队返回）"，其"复"，即折回、归来。东坡以故人远行为"主"，岁月流逝为"客"，"人行"与"岁行"都是遗憾，主客相形比较后，加重了忧患思虑，而且孰轻孰重，权衡了然，诗意也倍觉精警。

古代学人欲求仕进，寒窗辛苦不说，如果没有权钱背景，还得遭受宵小欺辱。北宋江夏（今武昌）才子冯京未第时，旅次余杭，借宿寺庙，因误会被衙役所拘，郁闷题诗于寺庙粉壁，诗曰"韩信栖迟项羽穷，手提长剑喝西风。可怜四海苍生眼，不识男儿未济中"。冯京自信才华胆识卓荦，借喻韩信项羽，然而恃才不遇又困顿被辱，徒唤奈何，故以诗题壁，倾诉愤恨，期盼过路行客能够援手相救。诗写得确实精彩。有位衙门文书读了题诗，果然怜惜冯京才华，竟去县衙求情，县令反而怀疑文书受贿，文书坦然道出缘由，说"冯秀才贫甚，但见所留诗，他日必得贵显"，并当场背诵出全诗，县令折服，知道个中没有私情，便释放了冯京。皇祐元年（1049），冯京果然荣登头名状元，值集贤院，四十九岁擢枢密副使，仕途虽有风雨沉浮，还算官运腾达。后来官帽高大后，攫私嗜利，人称"金毛鼠"，言其外饰文采而内实贪秽，结果玷污了诗才声誉，留下了真正的遗憾。

　　冯京匆匆题壁，虽然思虑非深，语直真率，但怒喝"不识男儿未济中"，也是情急豪语。作诗仅有豪语，当然不够。笔者一向坚信诗笔能由窄处翻身跳脱，宽解排难，总得凭借些文学创作的豪杰手段，故读诗至此也须明眼，鉴识其别径。

　　以今昔对比写遗憾，容易熟门俗套，唐代令狐楚《少年行》则不然。诗曰"少小边州惯放狂，骣骑蕃马射黄羊。如今年事无筋力，犹倚营门数雁行"，将少年的轻狂和白发的孤寂，借助细节（骑马射羊和倚门数雁），一箭双雕，忽地鲜活跳脱。若作细味，当知少年的轻狂既是白发老人眼中的镜头回放，也是其难堪的内心独白。就这样，时空瞬变的加倍声情，醒悟后的且自珍重，好像一次不经意的涉笔成趣，轻狂和孤寂便成了人人皆可能遭遇的人生遗憾，从而提升了小诗的社会意义。

　　有一种以调侃幽默写遗憾的思路，也颇耐欣赏。

　　唐朝大文豪韩愈曾经一脸苦相地写过《送穷文》，其钩章棘句，虽然真见功力，却让读者陪着一起难受，感觉沉重，终不及清人锺征瑞的"送穷穷不去，似爱我知音"，苦中戏谑，虚说轰打不去的"穷鬼"原来是"爱我的知音"，设想大胆，言近荒唐，愣把穷愁恨事说得轻松无比，如此豪杰创辟，读者佩服，领情自然开心。

　　这些先写难处（遗憾）而后予以跳脱化解的写法，又叫"翻身跳脱"或"窄处翻身"。明代李腾芳《文字法》说，"文字之妙，须乍近乍远，一浅一深……只管说得逼窄无处转身，又须开一步说"，其近浅与远深，貌似离合，实则似是而非，都是诗笔跌宕、自寻出路的豪杰创辟手段。

遗憾严重者，为遗恨。这类思路的遗憾（恨）诗中，清龚自珍《己亥杂诗》的"不论盐铁不筹河，独倚东南涕泪多。国赋三升民一斗，屠牛那不胜栽禾"，不可不读。此诗套着两层因果关系，须用细心读法。开端因果二句，写"不论盐铁不筹河（不制盐冶铁，又不修筑水利）"，弊害是不商不农，民不聊生，遗恨一；故而"独倚东南"的繁华胜地反较他处"涕泪（更）多"，百姓更苦。后半首说因为官吏腐败，"国赋（规定）三升"，官府却要"民（纳）一斗"，加倍盘剥，遗恨二；故而农民只得屠牛卖肉，破产弃耕，逃荒他乡。弊端难除，经济几近崩溃，是国计民生的大遗憾。一首小诗，写得精警胜过政论鸿文，近身出手，看似诗中豪杰擅长之"短兵器"，读者会意，必当肃然。

咏史题材多实述实评，在作法上巧用虚笔，识见卓然而立，亦堪称豪杰手段。明代《戒庵老人漫笔》录过无名氏的一首《题昭君图》，诗曰："骊山举火因褒姒，蜀道蒙尘为太真。能使明妃嫁胡虏，画工应是汉功臣！"此诗前半首对仗并举，皆以地点人事说"美女牵连兵祸"，两截史实的遗恨叠加，尽为后半首立论铺垫。第三句陡转，说因为画丑了昭君，皇上不选，敕令和亲，才换得汉朝一时的天下太平，故而"画工应是汉功臣"。正话反说，暗寓讥讽，构意得他人之未想，如此抉目醒世，自有奇异气象。此诗好在以明扬暗抑的戏谑笔调为朝廷政事腐败狠下针砭，却又举重若轻；读者如果不能解其细腻独到，亦是遗憾。

古今之大遗憾事，莫过于昏道乱世的兵燹刃血和奸佞肆虐的贪腐苛政致使黎民涂炭而忠诤罹难。诗笔抒写大遗憾，譬如写时代风雨、社会苦难、思想压抑等题材，舒展一下"先天下之忧而忧，后天下之乐而乐"的抱负，或者歌颂经国治世的策勋和力挽狂澜的英杰，当然比抒写个人小遗憾难度大，却更容易惊心动魄。诸如"若使竟无用，不应生此才。斗间腾剑气，爨下失琴材"（清《雪樵集》），慨叹乱世的大才难遇；"权珰植党褐衣冠，奋袂除奸世所难"（清《荟蕞草》），写忠良扶正社稷的豪情大义；又"天留一木支中外，身与孤城共死生"（清孔昭虔《谒史阁部祠》），酹祭英烈的浩然正气，以及"九州生气恃风雷，万马齐暗究可哀。我劝天公重抖擞，不拘一格降人才"（龚自珍《己亥杂诗》），势欲冲破晚清窒息思想和扼杀生机的腐朽牢笼，呼吁天公不拘一格普降真正的民族栋梁拯救危亡等，皆诗鼓铿锵，韵声镗镗，震撼人心。

大憾入诗，若用豪杰创辟手段，其中写家仇国恨且能警时醒世的，大都具有遗训诲教的意义和价值。

南宋范成大《州桥》的"州桥南北是天街，父老年年等驾回。忍泪失声询使者：几时真有六军来"，明知"无有六军来"，矫反怯问"几时真有"，怨愤悲哀蕴于一问，胜过正面质问多多。文天祥《纪事》的"英雄未肯死前休，风起云飞不自由。杀我混同江外去，岂无曹翰守幽州"，结句借史慨今，昂首反问，说"岂无"实际等于说"正有"，反笔顿开，亦回肠荡气，波澜壮阔。又近代谭嗣同《狱中题壁》的"望门投止思张俭，忍死须臾待杜根。我自横刀向天笑，去留肝胆两昆仑"，也是借史慨今，但以生死对比，故而昆仑肝胆的民族气节在此，奸小奈何。丘逢甲《春愁》的"春愁难遣强看山，往事惊心泪欲潸。四百万人同一哭，去年今日割台湾"等，以时间变化说空间国势颓敝不堪，写民族苦难遗恨抒发豪情大义，都具有叩击千秋爱国爱民心扉的文学震撼力。如果没有诗笔记录这些民族苦难的遗恨，纵然史籍实录无遗，也会因为缺乏遭遇者的真情实感而倍显苍白。诗笔补史，奇正有象，其功昭著，绝非等闲之笔。

写社会疾患或百姓苦难等大遗憾的诗歌，或寓讽，或直刺，或戏谑，都富足时代气息，所谓嬉笑怒骂的般般忧乐关情，实则关切的是民生痛痒，萦系的是国家民族的命运，捧卷读之，能不感动铭记于怀？

　　史书大都不会缺漏疆域大吏的功勋，而与军民死生相共，浴血奋战的无数将士，纵有卓越战绩，史笔往往模糊带过，犹如拼命地厮杀转瞬湮没于滚滚战尘而了无声息。偶有诗集辑录，幸得光大其精神，才让后来的匹夫赤子瞻仰敬服，竖起脊梁，也倍受鼓舞地准备日后为国家民族做一回真正的血性男儿。所以，捧卷读至唐代曹松的"凭君莫话封侯事，一将功成万骨枯"、陈陶的"可怜无定河边骨，犹是春闺梦里人"和"纵然夺得林胡塞，碛地桑麻种不生"等大憾之诗，切勿轻心放过。如果认可历代诗人抒发战事艰苦卓绝以及"捐躯功高不赏"的不尽哀叹，是因为诗人受到血雨腥风中殊死拼搏的强烈震撼而发出的天地呐喊，那么也会相信，面对大憾成恨而史笔不记，诗笔呐喊的声情或可能够抚慰那些长卧沙场的千秋不归之魂。

　　人生焉得无憾？遗憾入诗，不啻对面谈心，忠告盈耳，启智明眼，还能开阔胸怀，学会诗法，得其指归，也顺带学会善待社会人生。读懂古今遗憾诗，不定日后遭遇遗憾，也可以即兴援笔舒啸，岂止留存雅趣，那放开思路的天高地阔，也是有助于立世修为的一等功夫。

　　　　　　　　　　　　　　　（2017 年 5 月 12 日载于《光明日报》）

清言戒世读钱诗

诗是清品，钱乃俗物，以钱入诗，诗味如何呢？

清代大才子袁枚《咏钱》诗有几句说得很好："人生薪水寻常事，动辄烦君我亦愁。解用何尝非俊物，不谈未必定清流。"意思是说，知道钱有用或者会用钱办事，未必不是大丈夫的所作所为，从不谈钱者未必就是清高之士。

钱，无论古今，都是有用之物。自命清高或者彰表风雅者，都不敢说不食人间烟火。既然钱有用，诗人于钱，不会无动于衷，面对因钱财引起的社会贫富廉贪争让等诸多现实，感慨之际，写点钱诗，何尝不可？钱诗是雅还是俗，主要看诗人想表达什么样的思想情趣，应该不关乎"钱"之本身。兰花和竹叶，清雅之至，也有写成"叶分翡翠香元宝""枕边昨夜美人眉"的，庸俗之极。当然，谁也不会去问罪兰竹，或者以此去一概判定兰竹诗之雅俗。对于钱诗，也应该以同理论处，务必做点具体分析。

"錢"，由"金"字旁右叠两个"戈"字而成，故民间常以字意称之为"金二戈"，又以谐音呼之为"金二哥（戈）""金哥哥"，不过，最常见的还是称钱为"孔方兄"。据说，晋惠帝时朝廷公然行贿受赂，营私舞弊严重，纲纪大败，隐居不仕的鲁褒著《钱神论》文予以讽刺抨击。此文多用四言，诵之朗朗上口，可作诗读。

此文可分三段解读。

先说"钱之为体，有乾坤之象，内则其方，外则其圆。其积如山，其流如川。……亲之如兄，字曰孔方（古钱外圆而内孔为方形）。失之则贫弱，得之则富昌。无翼而飞，无足而走。解严毅之颜，开难发之口。钱多者处前，钱少者居后；处前者为君长，在后者为臣仆；君长者丰衍而有余，臣仆者穷竭而不足"，形钱币"神宝"之效，实言钱神有"神宝"之相。次说"钱之为言泉（"泉"为古代"钱"字）也，无远不往，无幽不至。京邑衣冠，疲劳耕肆，厌闻清谈，对之睡寐；见我家兄，莫不惊视。……何必读书，然后富贵"，又形"神物"之利，实述钱神具"神物"之功。在揭露"京邑衣冠"见钱眼开之丑态的同时，实例分析了钱财可以急危难、解燃眉，却也能使贪婪者至官尊位显为非作歹的残酷事实。最后说"无德而尊，无势而热，排金门而入紫闼。危可使安，死可使活，贵可使贱，生可使杀。是故忿争非钱不胜，幽滞（指困境或陷狱）非钱不拔，怨仇非钱不解，令问非钱不发"，形容钱财之神通威慑，实际表述了"钱可使鬼"的危害和罪恶，刺之辛辣，真一针见血。由此，后人称钱，多戏称曰"孔方兄"。

　　称"孔方兄"又用鲁褒文意的诗作，几乎历代都有。明代画家沈周的《咏钱》写过"有堪使'鬼'原非谬，无任呼'兄'亦不来"，诗中"鬼""兄"俱用鲁褒文意。写出深意来的，还是明代诗人袁宏道。他读鲁褒此文后写过一首讽刺当时世风败坏的七言绝句。诗曰：

> 闲来偶读《钱神论》，始识人情今益古。
> 古时孔方比阿兄，今日阿兄胜阿父。

此诗仅以"阿兄"升级为"阿父"，说在势利之徒眼里钱财已经亲胜其父，由此可窥明代的世态炎凉，风气颓靡，正在时趋严重。言辞貌似简单，实则鞭辟入里，犀利非常。

　　古今咏钱诗，不外乎骂钱和赞钱两类。

　　骂钱，即言钱之祸害罪恶，其中有以持钱者之"恶有恶报"劝人行善的，或嘲笑挖苦守财奴等丑态的，也有对权钱交易祸国殃民作讽刺抨击的，题材甚广泛，佳作最多。

　　赞钱，即言钱之神通广大者，所谓"上可驱神，下可使鬼"之类，通常都流于庸俗，但其中也有一些虚作赞美而实作抨击，又刻画尖锐、声情俱美的好作品，须细细品味，方可辨其雅俗。例如宋代沈存中《笔谈》中记一女子的《咏破钱》诗，意蕴就尤可玩味。诗曰：

> 半轮残月掩尘埃，依稀犹有"开元"字。
> 想得清光未破时，买尽人间不平事。

铜钱破了，弃于泥土尘埃中，有人拾起，发现上面有"开元"（唐玄宗年号）二字，把玩中又忽生忧世济时之思。构意先得未曾有，在写法上，又以月喻铜钱，借雅物说俗物，一妙。言"不平事"唯钱可买，而且可以买尽，世道权钱交易之腐败广泛，可想而知，又一妙。后半言钱有此功，语似赞美，实则讽刺世风可悲，余味深沉。全诗无有议论，唯写一见一思而已。

　　骂钱，免不了涉及人事，冷嘲热讽，多以曲笔写出。清袁枚的一首咏钱诗，说"万物皆可爱，唯钱最无趣。生前带不来，死后带不去"，以大实话写明白理；诗虽不算上好，亦恰可为守财奴当头棒喝。规劝比较温和曲婉一点的是唐代李峤的《咏钱》诗："九府五铢世上珍，鲁褒曾咏道通神。劝君觅得须知足，虽解荣人也辱人。"说人可能因钱显贵致荣，也可能因钱惹祸招辱。此诗忠言告诫但不逆耳，不失儒雅之风。

　　骂钱，非谩骂钱财本身，实借钱财刺讽贪钱纵欲、损公济私、强权攫利、谋财害命等奸小恶吏。骂钱，即是抨击奸恶。此类诗甚多，其中语言稍嫌直白，但揭露犀利的是元人无名氏的《吊喑脱脱丞相》。脱脱，字大用，元顺帝朝大臣，两任中书右丞相，率兵镇压过红巾军等，朝臣弹劾其劳师费财又过手抽沾，后流放云南，服毒死（见《元史·脱脱传》）。诗曰"百千万贯犹嫌少，堆积黄金北斗边。可惜太师无脚费，不能搬运到黄泉"，以民谚"生带不来，死带不去"立意，正话歪说，嘲笑讥讽，针刺外见。

　　唐代诗人徐寅擅作咏物诗，曾因"白发随梳少，青山入梦多"，声重诗坛。其《咏钱》七律刻画入髓，亦相当精彩。诗以连问发起，中二联以嗜钱渔利的社会中福祸恩仇等非正常关系写钱的功能怪异，尾结又以"朝争暮竞归何处？尽入权门与倖门"，巧作问答，截断有力，素为评论诸家称许。"朝争暮竞""尽入权门与倖门"，说朝暮争竞钱财和最终都会被权门与倖门（利益均沾之狐鼠门户）掠夺殆尽，虽然言辞概断，貌似无理，却正正有理，不留余地，不容置疑，亦是难得的好诗。

　　　　多蓄多藏岂足论？有谁还议济王孙？
　　　　能于祸处翻为福，解向仇家买得恩。
　　　　几怪邓通难免饿，须知夷甫不曾言。
　　　　朝争暮竞归何处？尽入权门与倖门。

　　据宋代赵令畤的《侯鲭录》记载，古铜钱上的文字皆铸造出之，而非名家"手书体"，唯宋太宗（赵炅）在淳化元年（990）五月底铸"淳化元宝"时，亲自以真、草、行三体书之，铸成后赐予近臣，臣皆以为宠物，称为"御书钱"。太宗之后的宋朝天子多仿此雅兴，俗臣庸奴贮之以为至宝。诗人王禹偁被贬官后，曾作一诗曰"谪官无俸突无烟，唯拥琴书尽日眠。还有一般胜赵壹，囊中犹贮御书钱"，也是辗转而出，嘲中有讽。赵壹，汉代体貌魁梧之美男子，王诗借喻美钱，实寓讽意。

　　北京大钟寺昔有撞钟诗一首，曰："觉生寺里大钟悬，蛾眼青蚨意爽然。世事看来当尽买，吉祥一下也须钱。"游人至寺，每以钱击钟眼，中者大吉；有费钱百千，击打百千次而不中者，以为不吉。钟寺由此得利甚丰，故说"蛾眼青蚨（钱的别名）意爽然"。此诗作者今耶古耶不知，但借题作点发挥，曲折写出，幽默见讽，多少有点警世的味道。

　　历代文人中的清流之士虽然颇多贫穷不显者，但口不言钱者甚少。白居易就有诗说"忧方知酒圣，贫如觉钱神"。宋代黄彻《碧溪诗话》评唐宋诗言钱，说"如（杜）子美、张藉皆云，'呼儿散写乞钱书'，太白'颜公三十万，尽赴酒家钱'，岑参'闲时耐相访，正有床头钱'，小杜'清贫长欠一杯钱'，（苏东）坡'满江风月不论钱'，（黄山）谷'青山好去坐无钱'，曾不害诸公之高也"，所评良是。其他诗例如下：

　　　　囊空恐羞涩，留得一钱看。（〔唐〕杜甫）

　　　　爱客多酒债，罢官无俸钱。（〔唐〕岑参）

　　　　料钱供客尽，家计到官贫。（〔唐〕戎昱）

　　　　赖有苏司业，时时乞酒钱。（〔唐〕杜甫）

　　　　世已轻儒素，人犹乞酒钱。（〔唐〕杜甫）

　　　　黄堂解留客，时送卖诗钱。（〔宋〕戴复古）

　　　　脱使真能去穷鬼，自量无以致钱神。（〔宋〕唐庚）

　　　　钱多孰谓可使鬼，人众何尝能胜天？（〔宋〕陆游）

　　　　囊乏一钱穷到骨，胸蟠千古气凌云。（〔宋〕尤袤）

　　　　太守囊惟卖画钱，琴书长在钓鱼船。（〔清〕吴伟业）

　　免不了言钱的述穷诗，万般无奈中稍带着吐怨气、表志气、张正气、抨击邪气的，举不胜举；言钱者未必寒酸庸俗，不言钱者亦未必清流。宋代黄彻的《碧溪诗话》就举出过"王夷甫、蔡景节并号（宣称）口不言钱，（其）二子皆因弊矫之过者"的实例。孳孳图产，积千累万犹纵妻骄子，遂至罪祸家败而贻害子孙的，史载者当不在少数。清代《不下带编》（卷一）录有一位乞食道人的诗，可为敛钱者鉴。诗曰：

　　　　多买庄田笑汝痴，解头粮长后边随。

　　　　看他耕种几年去，交付儿孙卖与谁？

此书又记述明代薛布政某，一生善宦，富产而鄙吝，从不施惠穷人。结果至暮年，钱财悉归乌有，他人不解，"伊亦不自解"，悲叹难释，赋四句曰："做官做到布政也不小，买田买到万亩也不少。亲手买来亲手卖，连我自己也不晓。"真守财奴伤心自白。

关于贫穷贱能，明代吕坤《呻吟语》的《修身篇》有句精赅名言，一向为文家志者援引："贫不足羞，可羞是贫而无志；贱不足恶，可恶是贱而无能。"鼓励立志养才，改变贫穷境地，可为贫家子弟铭之座右。

另外，民间流传告诫子孙"无为守财奴"的清言诗，也很值得一读。例如"牢收长物金三品，密写虚名墨一行""须知世上金银宝，借汝闲看六十年""饶君凭地埋藏者，煞有闲人做主来""恐他利欲昏迷后，兄弟相争是祸殃""怀有红颜手有钱，呼卢骑猎更争先。不知当日勤劳者，憔悴经营几十年"等，皆千古良箴，于今亦可当作治家庭训。

赋钱组诗，最有代表性的，应推明代沈周的七律《咏钱五首》，选录两首：

> 个许微躯万事任，似泉流动利源深。
> 平章事物无偏价，泛滥儿童有爱心。
> 一饱莫充输白粟，五财同用愧黄金。
> 可怜别号为赇赂，多少英雄就此沈！

> 存亡未了复亡存，欲火难烧此利根。
> 生化有涯真子母，圆方为象小乾坤。
> 指挥悉听何须耳，患难能排岂藉言？
> 自笑白头穷措大，不妨明月夜开门！

沈周《咏钱五首》各有主旨，各言其利弊，形画尖锐深刻，皆至尾结愤慨，拍案近怒。上举其一，言金钱虽然神通广大，"似泉流动利源深"，但贿赂买私至公门墨败，故历史频频上演此类腐蚀人才并摧毁政纲的丑剧，"可怜别号为赇赂，多少英雄就此沈"，警声沉重，发人深省。上举其二，言金钱虽有"情若母子，形如乾坤"的魅力，甚至还有"指挥悉听"和"患难能排"的魔力，但穷且弥坚的正人君子素以贪腐为耻辱，即使"月夜开门"，天照肝胆，也不会有暗贿受金的污秽勾当。

除了咏钱诗外，文人以钱作喻示诫的故事亦甚多，都十分生动。今拈出三例，不难知清流之士于钱的一般态度。

一例是据《清波杂志》载，东坡教诸子作文之法曾以钱作喻。文曰："东坡教诸子作文，或辞多而意寡，或虚字多实字少，皆批谕之。又有问作文之法，坡云：'譬如城市间，种种物有之，欲致而为我用者，有一物焉，曰钱。（善）得钱，财物皆为我用。作文先有意，则经史皆为我用。'大抵论文以意为主，今视（东）坡集诚然。"此意在用"钱"喻作文之法，善用则流转通畅，安居无碍；不善用则败墨扫兴，有碍观瞻。

另一例是唐吴兢《贞观政要》的"昔公议休性嗜鱼，而不受人鱼，其鱼长存。且为主贪，必丧其国；为臣贪，必亡其身"。此三十一字，素为君臣必读的治国明鉴，说周时鲁国的贤相公议休喜欢食鱼，当有人投其所好前来赠鱼时，公议休婉言谢绝："如果贪食馈赠的鱼，日后恐怕会失去食鱼的机会……"为人处世欲自珍自重，必须先学会谢绝馈赠，唯有如此，自家的"鱼"方得长存，食之亦心安理得。如果身为国家栋梁之臣者贪财枉法，其身必亡；贵为国家社稷之主的帝王，如果贪财，其国必丧。此千古精警的明道净言，深意浅出，不难理解。

又一例是宋代《闻见录》记优人（演员）窥星象事。文曰："绍兴间内宴，有优人（扮演）作善天文者，云：'世间贵官人必应星象，我悉能窥之，见星而不见人。玉衡不能卒辨，用铜钱一文亦可。'乃令窥光尧（赵高宗），云：'帝星也。'（窥）秦师垣（秦桧），云：'相星也。'（窥）张郡王，曰：'不见其星。'众骇，复令窥之，曰：'中不见星，只有张郡王在钱眼内坐耳。'殿上大笑，张最多赍（财），故讥之。"此事属优人闹剧，可供笑谈；虽然虚撰戏谑，令闻之者捧腹，但能对敛钱致贵者下一针砭，也无异警钟，惊心震耳。

钱是怪物，"钱归万户罪难公，缺者空空富者丰"。一边是"一钱能救妻儿命，难耐饥寒屋漏风"，稀罕它的，它偏不来；一边是"呼鹰走马浮袴子，日食万钱抛玉盅"，糟蹋它的，它又赖着不走。

元代刘一清《钱塘遗事》中写过一段"钱神入梦"的故事，很耐人寻味。说南宋咸淳癸酉（1273），贾（似道）相奏罢回府，合目静坐时，梦一男子团面方口，突然闯入，曰："我金主也。相公早间入奏太激（烈）。天下事不由相公，皆由我。相公好好做三年，我六年后亦不复顾人间事。"三年后，奸相贾似道果然罢官，过六年后当朝又有"禁钱"事，方知梦中男子乃钱神。此事真伪莫辨也无须辨，但钱神说"天下事不由相公，皆由我"，故作夸张，倒也入针见血。社会风气公道正常，九州四野百姓平安；倘若上下万事概由钱神说了算，古称"聚纳响""没公廉""群鱼贪饵"等，必然世风败坏，百姓熬煎，故历代明白钱财须慎纳善用的君臣，也读得懂"《易》曰'安不忘危，存不忘亡，治不忘乱，是以身安而国家可保'"的治国养民大义。

敛钱者多吝啬之徒，清代孙原湘《咏钱》诗说"穷家一个如山重，荡子千金作浪抛"，直吐社会分配严重不公后弊害丛生的实情。《宋书》中说隐士刘凝之，逢荒灾之年友人怕他饿死，赠钱十万，"凝之大喜，将钱（携）至市门，观有饥色者悉分与之，俄顷而尽"。像刘凝之那样自己饥饿难耐时能与饥者分享钱财的，古今能有几位？做官享俸禄的，能在饥荒之年、风雨之夕，忧念百姓苦楚，起码像唐代韦应物那样"身多疾病思田里，邑有流亡愧俸钱（身多疾病反而担忧农家田里的收成，所在城镇如果有民流亡，便惭愧没有作为而枉受俸禄）"，就算是穷苦百姓的大幸了。《后汉书·崔寔传》中写汉灵帝卖官得钱，崔烈"入钱五百万，以买司徒"，事后灵帝后悔要价过低，竟厚颜无耻地说"悔不小靳（后悔稍作吝啬），可至千万"。官场诸如权重贪婪到有恃无恐者，史鉴无数。当然，相比那些以权谋私而鱼肉百姓、豪夺凶取而释法网且免死罪的权霸恶吏来，崔烈等花钱买个小司徒官或者买个鬼推推磨，也不过"小巫见大巫"了。

　　诗文墨客大都生活于民间，历代情系百姓喜怒哀乐的正直君子，为养家糊口卖文卖画，得钱非易，故深解民间疾苦，诗文及钱时不忘"先天下之忧而忧，后天下之乐而乐"（宋范仲淹《岳阳楼记》语）的社会担当，也留下过无数感人的"钱诗"。清流未必不言钱，其字里行间的忧乐之情，无论摘笔雅俗，对人对己，皆风调深挚。佳句不妨一录：

> 身多疾病思田里，邑有流亡愧俸钱。（〔唐〕韦应物）
>
> 情多莫举伤春目，愁极兼无买酒钱。（〔唐〕张泌）
>
> 径须相就饮一斗，恰有三百青铜钱。（〔唐〕杜甫）
>
> 官满便寻垂钓侣，家贫已用卖琴钱。（〔唐〕来鹏）
>
> 能于祸处翻为福，解向雠家买得恩。（〔唐〕徐夤）
>
> 此去将凭三寸舌，再来不值半文钱。（〔宋〕张叔仁）
>
> 邂逅花边须酌酒，囊中剩有卖诗钱。（〔宋〕瞿衡）
>
> 醉里未知谁得丧，满江风月不论钱。（〔宋〕苏轼）
>
> 想见青衣江畔路，白鱼紫笋不论钱。（〔宋〕苏轼）
>
> 闲来写幅青山卖，不使人间造孽钱。（〔明〕唐寅）
>
> 不用吏民状我乏，囊中犹有卖文钱。（〔明〕谢肃）
>
> 莫叹吾家似磬悬，贤生犹有卖文钱。（〔明〕徐熥）
>
> 卖诗卖画出春城，著破青衫白发生。（〔明〕沈周）
>
> 栗里纵无归隐计，鹿门犹有卖文钱。（〔清〕吴伟业）

钱财，关系民生民情，当政者不可掉以轻心。"百姓"毕竟是百家姓之万万黎民，靠劳动吃饭，温饱是起码的生存要求。纵天公雨珠雨玉，不如赐个风调雨顺，得个好收成。笔者昔日题诗有"天施何必青蚨雨，愿得钱神爱善良"句，正是此意。

历史上记载，吾国真有几次天公雨钱的怪事。《明季稗史汇编》就记有"成化丁酉（1477）六月九日京师大雨，雨中往往得钱"。当时，诗人王鏊（1450—1524，谥文恪）写了一首钱诗："苍天似悯斯人困，故向云中撒与钱。钱若了时民又困，何如只赐与丰年？"说苍天撒钱，固然可解一时之难，但钱撒完了，百姓又将陷入困境，还不如赐与丰收年景，顾个全家温饱。小诗间接反映了当时宦官乱政、岁荒民饥的严重现实，结尾似顺笔闲出一问，却悲情怆神。一点菲薄的祈求，多少难以尽言的辛酸，展卷读此，当令忧国忧民者泪下。

咏钱诗中，还必须提到清代诗人张笃庆的《杖头钱》。诗以杖头钱与铜山铸钱相比，寓意深刻辛辣，不啻对贪钱忘义者当头棒喝。

"富莫富于杖头钱，贫莫贫于严道之铜山。铜山铸钱万万千，到头不得一文钱。杖头百钱真我有，取自杖头且沽酒。今日百钱今日醉，得钱沽酒常酣睡"，言穷人手头钱少，偶尔挂杖头数钱，却能尽其享用，慰劳生存辛苦。相比之下，"君不见，何曾一旦食万钱，便欲下箸心茫然。洛阳离乱救不得，纵饶沽酒无颜色。眼看荆榛埋铜驼，钱乎钱乎奈若何"，一旦权厦倾倒，富贵煊赫也拯救不了大势顿去的灰飞烟灭，张诗不但写钱非灵异神符的事物本质恰及要害，也点明那些以为有钱即可庇护罪恶消灾免祸的企图，统属奸佞妄想。

借钱之形貌寓意，是咏钱诗中的一种写法。

古钱外圆内方，借花叶、圆月等物形画于钱，或生发，或隐讽，写法常见。例如清代周南卿的"眼孔小于穷措大，面形团似富家翁"，写的虽是钱的外观，对应贫富形貌，也画相绝好。唐代罗隐的《金钱花》形容生动，讽刺隐然有力，亦堪一读。其诗曰：

占得佳名绕树芳，依依相伴向秋光。

若教此物堪收贮，应被豪门尽刬将。

说金钱花（又称旋复花）夏秋开花，花色金黄，极似铜钱；如果是真钱可以收贮的话，豪门权贵们定会巧取豪夺，一掠而光。此诗与其说是咏花，莫如说是为贪如虎狼的豪门权贵穷形尽相。小诗借细物发挥大义，颇堪深味。罗隐另一首《钱诗》曰："志士不敢道，贮之成祸胎。小人无事艺，假尔作梯媒。解释愁肠结，能分睡眼开。朱门狼虎性，一半逐君回"，点醒着力，读之难忘。前四句以志士奸小对钱的不同态度做对比，清浊分明，爱憎醒然。下二句分别承写，一承志士，说虽然"贮之成祸胎"，但钱毕竟还可以解难化愁，解决一些实际问题；一承奸小，说钱可以使他们"睡眼开"，为钱而图谋不轨，铤而走险。最后关锁，说豪门权贵的虎狼性，一半都是追逐钱财而致，结能点睛，自然振醒全篇。

　　清一代，诗的内容和作法都堪称佳构的钱诗，笔者最欣赏沙张白的七言古风《铸钱引》和陈恭尹的七律《咏钱》。

　　沙张白的《铸钱引》曰：

村野老翁稀入城，入城正遇官行刑。

累累束缚类狐兔，血肉狼藉尸纵横。

此人何罪官弗怜？鼓炉私铸壅官钱。

翁言我昔方少年，官钱美好缗一千。

轮肉周厚体肥白，民欲盗铸何利焉？

铜山近日产铜少，官炉铸钱钱不好。

鹅眼刀环小复轻，局工监铸家家饱。

官私无辨铸益多，利重生轻奈杀何！

可怜刑贱不刑贵，赤子何知投网罗？

若移此刃刃官铸，佇看千里清黄河。

此诗以纪实形式写村翁进城，恰逢官家行刑，斩杀"盗铸"（私铸官钱）的罪民，顿生愤慨。回忆过去的官钱"轮肉周厚体肥白"，所以

"民欲盗铸何利焉（那时官钱正常，百姓不会去私铸官钱）"，现在官家偷工减料，"鹅眼、刀环（俱钱名。刀环，应是铤环的异称）小复轻"，而"局工监铸家家饱"，认为阴造假钱坑害百姓的，是权门在贼喊捉贼；敢公然为盗者实非小民，结果倚仗权势公然为盗者反而逍遥法外，生活无奈的小民却身陷网罗，"血肉狼藉尸纵横"。世道不公，黑白颠倒，难免诗人拍案。最后以"可怜刑贱不刑贵，赤子何知投网罗"点醒，为"罪民"扼腕鸣冤，进而大发奇论，说如果将铡刀改杀那些监铸的贪官污吏，连"伫看千里清黄河"也可计日而待了，方才有真正的国泰民安。以铸钱事揭露清初时弊，不难窥探"贪生祟"的政局腐败，大有白香山新乐府诗风的味道。

陈恭尹是清初康熙时期岭南顺德著名诗人，其七律《咏钱》诗曰：

> 因成形自洪炉里，冷处来希热处过。
> 贫士囊中千日计，五侯筵上一时歌。
> 写将妙质传圆月，别出心裁付小荷。
> 只用上边三四字，从来深愧读书多。

起二句照题，写铸钱的经过，先道来处。三四句转以"生计千日"与"筵上一歌"对比，写寒士与五侯的贫富悬殊，议论。五六句复归照题，以圆月、小荷赞美钱之形质，喻法。结二句复作议论，从钱上文字感慨时事，淡淡话来，看似轻松平常，却说出因钱欲贪腐横流而读书无用，有钱人只须识得上边三四个字便可横行天下的残酷现实。万千愤慨，总以反语出之，意深味长；展卷读此，必令忧国忧民者扼腕。全诗绵中裹铁，作法最堪细味。

陈寅恪先生在国民党滥发金圆券时，写过一首古风《哀金圆》，中有"睦亲坊中大腹贾，字画四角能安排。备列社会贤达选，达诚达矣贤乎哉"，讽之甚深刻。又云："有嫠（寡妇）作苦逾半世，储蓄银饼才百枚。岂期死后买棺葬，但欲易米支残骸。悉数献纳换束纸，犹恐被窃藏襟怀。黄金倏与土同价，齐高宏愿果不乖。王玙媚鬼尚守信，冥楮流用周夜台。金圆数月便废罢，可恨可叹还可哈（讥笑）。"其愤激痛切，如骨鲠在喉，不吐不快。滥发金圆券，弊政滥举，坑民祸国，可不慎欤？

　　钱，确实有用，但必须生财有道，用之有道。发财梦，尽可去做，但钱若不是好来的，早晚引祸。倘若举世皆视金钱为重物，并以为金钱能重过情义仁爱而无所不能，钱上三四个字便是社会文化的全部，那么，钱的后面还有什么呢？如果真像明代沈周《咏钱》所感叹的"可怜别号为赇赂，多少英雄就此沈"，眼见那些刀山火海闯过来的，忽地都被铜板钱币轻而易举地撂倒了，不值得深思吗？

　　前人的钱诗是醒神的茶品，饮之有益，何妨一试。

1995 年 6 月初稿

2000 年元月定稿

诗　评

诗的用数

　　诗的用数，指诗歌创作中使用数字的方法，归属字法、句法范畴。数字，本来枯燥乏味，一经大家诗笔点染，就可以妙趣横生。譬如有人想写虎和鹤的脚印，应无多少诗意，如果诗人说"虎行雪地梅花五，鹤步霜桥竹叶三"，简直就妙不可言了。说虎印似梅花，鹤印像竹叶，先有一层"形"的印象，再说出五瓣梅花、三箭竹叶，又添了一层"数"的概念，自然生动形象。又譬如说山前雨、天外星，平平淡淡，假如加上几个数字，成了"七八个星天外，两三点雨山前"，那种疏星夜空、细雨山前的景色，不但忽然掠入眼帘，而且还能添出许多情趣。

　　哲学家亚里士多德说："凡是美的事物，皆可以数描绘之。"所以他将美归结为事物的数与形的特征。数是科学，更是艺术。《大宋重修广韵》曰："一，数之始也，物之极也。"由"一"始，便有芸芸万千之数。画家石涛说"一"是"众有之本，万象之根"，当然也符合艺术辩证法。杜甫《曲江》诗有"一片飞花减却春，风飘万点正愁人"句，其妙正在于用数。"一片飞"之时，自然是暮春乍临了，所以诗人说"减却春"。等到"风飘万点"，落红满地狼藉之时，那就是春残欲尽而愁心正紧之时了。由一而始，由万而终，愁绪也逐步升级，难怪宋人方回（虚谷）评曰："二句绝妙。一片飞花且不可，而况万点乎？""一片"未必真的"一片"，但是唯独其少，才愈见诗人由"一片飞花"而始的惜春之情的深致。对宋人叶绍翁的"春色满园关不住，一枝红杏出墙来"的用数之妙，历代诗论家多不问津。其实，若要"知其所以妙"，还非得了解其用数之法不可。二句中，"满"和"一"是数字，有"满"字，方知"一枝出墙"的可贵。没有"一"字，怎得见"满园关不住"的情态？"满"者，言其多；"一"者，言其少。两数之较，愈见其难得。如果将"满"字换成"半"，"一"字改作"几"，成何意境？岂止诗味大减，简直就近乎呆句了。由此，不难见数字在诗中妙用的重要。

在文学艺术创作中，"不全之全""不似之似"等美学理论离不开数的表述。写实、夸张、对比、比喻等常见的艺术手法也离不开数的表现。"白发三千丈，缘愁似个长"（李白句）、"一饮五百年，一醉三千秋"（陆游句）、"霜皮溜雨四十围，黛色参天二千尺"（杜甫句）等诗所表现出来的比生活真实更集中、更典型的艺术真实，之所以具有"发蕴而飞滞，披瞽而骇聋"（见刘勰《文心雕龙·夸饰》）的艺术效果，用数之功，必不可少。文学创作是文学家创造性思维活动的产物。在任何一个文学艺术家都不可或缺的联想思维、类比思维、发散思维、分总思维、置换思维和反向思维等创造性思维活动中，都会经常遇到数的问题。传宋神宗熙宁年间，辽邦遣使入朝，苏轼奉诏接待，辽使知苏轼大名鼎鼎，出上联"三光日月星"求对。有"日、月、星"，当然是"三光"（分总思维），应对之联中必须也有三物，但又不能再用"三"这个数字，难度很大。苏轼以"四诗风雅颂"对之，极妙。因为《诗经》有国风、小雅、大雅和颂诗四个部分，说"四诗"（分总思维），没有错；以"雅"代替了"大雅"和"小雅"（置换思维），也没有错。三物对三类，偏以"三"对"四"出之，不对对之，即成天然巧对。清代郑板桥所书"三绝诗书画，一官归去来"，在用数上，也有异曲同工之妙。

诗中用数，最为常见。诗人用数，一向都很讲究，有的甚至已经成为自己诗歌创作的一种特色。唐代李白、杜甫、白居易、张祜、杜牧、宋代陆游和金代元好问等都是善于用数的大家。今人读诗词，大多不注意数字的用法，不能领会诗人用数之苦心，难免留下遗憾。例如张祜的《宫词》，全诗二十个字，却用了六个数字，数中写尽情景，又见学问，但鉴赏者不谈其用数之法，究其原因，多半是"不求甚解"的缘故。张祜诗曰：

> 故国三千里，深宫二十年。
> 一声《何满子》，双泪落君前。

张祜此诗，妙在运用时空经营法和用数法。首句"故国三千里"写空间，此空间愈远大，宫女远离故乡的孤寂之情愈重。次句"深宫二十年"写时间，此时间愈旷久，宫女入宫煎熬的哀怨之痛愈深。此为时空经营之法。这里，以"三千里"写出大空间的张势，可以促使读者通过强化了的空间感受去体会宫女的孤寂之情。"三千"，是虚数。以"二十年"写长时间的延伸，可以促使读者通过强化了的时间感悟去体味宫女长年如一的哀怨之痛。"二十"，是实数（宁可信其有而不愿信其无）。这个宫女的苦难有多重，哀怨有多深，都在数字中表现出来。唐诗中，两句并进，分别经营时间和空间的诗句甚多。例如王维的"三春时有雁，万里少人行"、杜荀鹤的"两岸山相和，三春鸟乱啼"、杜甫的"窗含西岭千秋雪，门泊东吴万里船"、白居易的"三五夜中新月色，二千里外故人心"、杜牧的"东风半夜雨，南国万家春"、许浑的"孤梦家山远，独眠秋夜长"等皆是，皆离不开用数。张祜诗的后两句"一声《何满子》，双泪落君前"，写宫女幸得君王一见，刚唱出一声《何满子》（歌曲名），二十年之苦怨便一并化作两行泪水落在君王面前。"一声"，虚数。"双泪"，实数。只以一声唱、两行泪，写宫女内心痛苦，情态毕现，真令古今读者不忍卒读。如果全诗舍去这六个数字，另外描写一番，如何能写得这般深沉感人？

　　数字之虚实，本是技巧，读者万不可以冬烘先生之眼观之。譬如"深宫二十年""一声《何满子》"，未必真有"二十年"，也未必真唱了"一声"，但善读者宁可以实数视之。"一声"歌出，已难抑"二十年"之苦痛，自然可以加倍声情，又有谁会质疑此数之不实耶？

　　诗的用数，有精确用数和模糊用数两种。在用数技巧上，又有明暗、虚实二法。若以用数对诗意的修饰作用看，又有加法用数、减法用数、乘法用数、除法用数、掉数、比数等多种方法。

　　实数虚数　　精确用数、定数，诗家一般称作实数；非精确用数（模糊用数）、非定数，称作虚数。例如"一声《何满子》"的"一声"，是非精确数，是虚数；"双泪落君前"的"双泪"，是精确数，是实数。其他，如"一酌千忧散，三杯万事空"（贾至句），皆虚数；"万人齐指处，一雁落寒空"（张祜句），前虚后实；"身随一剑老，家入万山空"（许浑句），前实后虚；"身世双蓬鬓，乾坤一草亭"（杜甫句），皆实数。

　　清代查为仁《莲坡诗话》记诗人龚之镠《过岳墓》诗，中有"丞相只凭三字狱，将军顿废十年功"二句。"三字狱"，指秦桧以"莫须有"三字论罪岳飞事，乃实数。"将军"，岳飞曾授少保兼河南北诸路招讨使。"十年功"，言多年战功，乃不定数，虚数。以"三字狱"陷害岳少保，"顿废十年功"，使岳飞为刀下冤鬼，用数妙成天然巧对。仅以"三字狱"便一举废却"十年功"，宋王朝之昏聩、奸相之霸悍、忠贤之冤屈，以及诗人的同情与愤慨尽由此而出。宋人刘克庄《赠翁卷》诗有"有时千载事，只在一联中"（用数亦妙），若借来评龚之镠《过岳墓》，此联真恰到好处。

　　虚实用数诗例如下：

> 还家万里梦，为客五更愁。（张谓）
>
> 一酌千忧散，三杯万事空。（贾至）
>
> 潮落夜江斜月里，两三星火是瓜州。（张祜）
>
> 流年速似一弹指，更事多于三折肱。（陆游）
>
> 百年日月飞双毂，千古山河战一枰。（陆游）
>
> 枝头有恨梅千点，溪上无人月一痕。（吴可）
>
> 万斛羁愁都似雪，一壶春酒若为汤。（苏轼）

去国一身轻似叶，高名千古重于山。（李师中）

来时夜色霜千瓦，归路寒辉月一弓。（王彦泓）

近愁月剩三分白，隔江灯摇一点红。（王彦泓）

传心一明月，埋骨万梅花。（敬安）

飞瀑正拖千幛雨，斜阳先放一峰晴。（林则徐）

据《栖霞阁野乘》记载，清时都下作消寒会，有人以"闺怨"为题，要求七言律诗五十六字之中有十四字嵌以一、二、三、四、五、六、七、八、九、百、千、万、丈、尺等数字，其难度非同寻常。即使当时诗坛大作手，已觉如登绝岭，何况其他。然而逢此机会，围观者兴奋，诗人踊跃，竞相驰情露颖，企望灵心独运，能得意外精彩。最后，果然不负众望，佳作纷呈，其夺冠压轴如下：

六曲围屏九曲溪，尺素五夜寄辽西。

银河七夕秋填鹊，玉枕三更冷听鸡。

道路十千肠欲断，年华二八发初齐。

情波万丈心如一，四月山深百舌啼。

此首七律成功嵌毕十四个数字，其情其景恰合设定的"闺怨"主题，且用典自然顺畅，完全符合要求。单看其间虚实数字，皆嵌得自然生动，一气呵成，毫无拼接凑合之病。依拙见，此诗随兴偶就，固然在于构思精巧，但选韵恰好，应是成功之要。明代陆时雍《诗镜总论》有"凡情无奇而自佳，景不丽而妙者，韵使之也"，对应《闺怨》，读者于此须用细心读法。

　　用数有明暗，诗中明用一、二、三、百、千、万、亿者，是明用数。例如"山光围一郡，江月照千家"（岑参）、"五岳寻仙不辞远，一生好入名山游"（李白）、"一身去国六千里，万死投荒十二年"（柳宗元）、"三万里河东入海，五千仞岳上摩天"（陆游）等。

　　古代论家认为，如果用表示数量意义的其他词，例如"满、半、孤、独、残、众、中、多、少、单、无、有、几、初"等，就是暗用数。举例如下：

> 几行红叶树，无数夕阳山。（王士禛）
>
> 初月出不高，众星尚争光。（杜甫）
>
> 分野中峰变，阴晴众壑殊。（王维）
>
> 四更山吐月，残夜水明楼。（杜甫）
>
> 水落呈全屿，云生失半山。（宋祁）
>
> 秋风落木愁多少，夜雨残灯梦有无。（谢榛）
>
> 白雪屡传新调寡，青云半觉旧人非。（李东阳）
>
> 春暮日高帘半卷，落花和雨满中庭。（韩偓）
>
> 白练一绳穿树月，青螺几点隔江山。（金兆燕）
>
> 供家米少因添鹤，买宅钱多为看山。（陆游）
>
> 四海交游几人在？百年宇宙一身全。（程本立）

　　明用数，一目了然，易见易解。暗用数，必须细细体味。例如上举诗例中的"残夜"之"残"等，虽非具体数字，但表示了一定的数量范围或程度，所以也可以看作是用数。用数中，间以虚实、明暗，一则能增加诗歌的含蓄美，二则曲折生出机趣，也能丰富意蕴和美感。柳宗元的《江雪》，首二句"千山鸟飞绝，万径人踪灭"，用明数、虚数。后二句"孤舟蓑笠翁，独钓寒江雪"，用暗数、实数。虚实明暗，映衬之中，愈见江天雪地之广阔，也愈见孤舟独钓之静寂。这种以面（千山、万径）与点（孤舟）经营诗境空间的写法，如果舍去数字，就无能为力了。

　　明暗双用，在诗歌创作中比较常见，只要不甚着力，新巧有致，也颇堪读赏。例如下列诗句：

潮平两岸阔，风正一帆悬。（王湾）

一帆彭蠡月，数雁塞门霜。（李商隐）

残年登八十，佳日遇重三。（陆游）

端能几字正，敢恨十年迟。（陈师道）

舟重全家去，诗多一路题。（高启）

千山月色令人醉，半夜梅花入梦香。（戴复古）

酒债寻常行处有，人生七十古来稀。（杜甫）

四朝遇主终身困，八世为儒举族贫。（陆游）

细数一春今过半，正令百岁亦无多。（陆游）

诗家爱用数，未必就是坏事，只要用得精洽，可以为诗生色；即使偶然弄巧，不碍性情，也未尝不可。如果出手不高，堆砌罗列一大堆数字，有碍诗意，则属弄巧成拙。对于后者，前代论家常称之为"算博士""账房先生"，谓其辗转数字为生涯之计而讥之。例如唐代张鷟《朝野金载》卷六有"骆宾王文，好以数对，如'秦地重关一百二，汉家离宫三十六'。时人号为算博士"。钱锺书《谈艺录》中评王国维诗《晓步》七律的中二联"万木沉酣新雨后，百昌苏醒晓风前。四时可爱唯春日，一事能狂便少年"说"中间四句皆平头以数目起，难免算博士之诮"，颇加讥讽之意，也未免过激。又明代杨慎《升庵诗话》评杜牧好用数字，说杜牧写过一首"燕子"诗，用了九个数字，"大抵牧之诗好用数目垛积，如'南朝四百八十寺''二十四桥明月夜''故乡七十五长亭'是也"。杜牧的《村舍燕》诗曰：

汉宫一百四十五，多下珠帘闭锁窗。

何处营巢夏将半，茅檐烟寺语双双。

此诗仿小燕子商量何处营巢的口气，写得很生动。平心而论，数字虽然用得多了一些，而且首句多用仄声字而未作声救，但不碍诗意，又不见做作，若以"算博士"论处，确实有点冤枉。依笔者之见，在这个问题上持公平之论的是清代王士禛。清代《诗问》卷四记有王士禛答刘大勤问算博士事。王士禛认为，用数本身并无不好，说"唐诗如'故乡七十五长亭'（杜牧句）、'红阑四百九十桥'（白居易句），皆妙。虽算博士何妨！但勿呆相耳"。此言极是。用数巧否，不在用数多少。有的诗，虽然句句用数，但恰到好处，读者吟诵不已，也丝毫没有繁冗复赘之感。譬如杜甫的《绝句》，四句四用数，也无"账簿"之嫌。其诗首句"两个黄鹂鸣翠柳，一行白鹭上青天"，"两个黄鹂"是两个黄色的点，"一行白鹭"是一条白色的线，点线加上色彩，营构出一幅生动的春天图画。"窗含西岭千秋雪，门泊东吴万里船"的"千秋"和"万里"，指非精确的数量，是虚数，与"两个""一行"（实数）不同。另外，"千里雪"写时间凝定状态之下的事物，"万里船"则写空间扩张状态之下的事物，一静一动，而且"千秋雪"由窗中望出，"万里船"自门前写来，俱是"以小见大"，诗人对千秋时间之感悟和万里空间之浩叹也顺笔流出。再加之，四句的小诗，两两对仗，精巧工整，读者心领神会，自然无不叹绝。难怪三百年后宋代苏东坡在赞叹老杜之余，还沿用此法，写了一首《题真州范氏溪堂》。诗曰：

> 白水满时双鹭下，绿槐高处一蝉吟。
>
> 酒醒门外三竿日，卧看溪南十亩阴。

东坡此诗，先以"双鹭下"写两条线，"一蝉吟"写一个点，一动一静。然后"三竿日"写时间，"十亩阴"写空间，诗中人物的"酒醒门外""卧看溪南"的潇洒自如之态也随之而出。俗话说"诗家善偷"，东坡此诗巧取老杜用数之法，也可以算得上"善偷"了。

下面结合诗例，谈谈常见的六种用数方法。

加法用数 这是指诗中的数字复加之后有分总修饰效果的用数方法。例如唐代韦应物《休日访人不遇》诗有"九日驱驰一日闲，寻君不遇又空还"。按唐制，官吏每十日休息一天，称作"旬休"。"九日"加"一日"，是分总语意，正好一旬（十天）。韦应物诗的意思是为公家事忙碌了九天，好不容易得一日之闲，偏偏又访人不遇，只得扫兴而归。此处加法用数，强调了"一日闲"之难得。又例如李白《月下独酌》诗有"举杯邀明月，对影成三人"，"举杯"者，李白，主体；"明月"，客体一；"影"，客体二。三者同乐，故有"成三人"。这里，借助加法用数和拟人法，既表现了诗人豪放飘逸的胸襟，也倾述了诗人独酌无亲的孤傲清寂之情。所以，清代蘅塘退士评曰："月下独酌，诗偏幻出三人。月影伴说，反复推勘，愈形其独。"（见《唐诗三百首》）

　　加法用数的诗例如下：

　　　　有时三点两点雨，到处十枝五枝花。（李山甫）
　　　　去年花里逢君别，今日花开又一年。（韦应物）
　　　　两人对酌山花开，一杯一杯复一杯。（李白）
　　　　平野无山尽见天，九分芦苇一分烟。（叶绍翁）
　　　　身并猿鹤为三友，家托烟波作四邻。（陆游）
　　　　二分残照一分鸦，送尽年华与梦华。（易顺鼎）
　　　　看待诗人无别物，半潭秋水一房山。（李洞）
　　　　让与群公秋世界，半江红树一楼山。（袁枚）
　　　　金台酒座擘红笺，云散星离又十年。（朱彝尊）
　　　　一面青山三面水，不知何处柳阴多。（顾希喆）
　　　　试为楼家参转语，八分烟水二分人。（厉鹗）
　　　　时向东皇为花祝，三分晴暖一分寒。（柯心兰）

诗中有一种递增（累数）的用数方法，也可以归入此类。例如"千水千山得得来"（贯休句）、"千树万树梨花开"（岑参句）、"千呼万唤始出来"（白居易句）、"国赋三升民一斗，屠牛那不胜栽禾"（龚自珍）等，都因增数之故而获得了加强语势和深化意境的修饰效果。

　　减法用数　　这是一种以诗中数字的消减获得总分修饰效果的用数方法。例如清代郑板桥的名句"十分学七要抛三，各有灵苗各自探"。郑板桥认为，如果把书画创作经验等算作十分的话，只须学七抛三就可以了，即有取有舍，方为继承之上策。这样借助减法用数的方法，不但可以使抽象枯燥的说理变得具体而形象，而且还强化了诗人的感情色彩。又例如宋人叶清臣《贺圣朝·留别》词中的"春色三分，二分尘土，一分流水"等，皆是对无法计数的抽象事物做出量化分析，使之由模糊而精确，由抽象而具体，从而给读者以清晰而强烈的印象。

　　减法用数的诗例如下：

遥知兄弟登高处，遍插茱萸少一人。（王维）

天下三分明月夜，二分无赖在扬州。（徐凝）

梅须逊雪三分白，雪却输梅一段香。（卢梅坡）

楼外十分风景好，一分山色九分湖。（杜庠）

十中失一八九取，吻间流血腹如鼓。（陈师道）

一年十二度圆月，十一回圆不在家。（李洞）

一月得笑才四五，十事败意常八九。（陆游）

人生十事九堪叹，春色三分二已空。（陆游）

十有九人堪白眼，百无一用是书生。（黄景仁）

同去十人九人死，黄河东流卷哭声。（鲁一同）

　　诗词创作中常见的一种拈出余数设问的修辞方法，也可以归入此类。例如唐代许浑《寄桐江隐者》的"严陵台下桐江水，解钓鲈鱼有几人"，除去不"解钓鲈鱼"者，剩下来的"解钓鲈鱼有几人"，即是减法用数。又例如"信陵门下三千客，君到长沙见几人"（刘长卿句）、"长安夜半秋，风前几人老"（李贺句）、"玉局当年无限笑，白杨今日几人悲"（杜甫句）、"三千宫女胭脂面，几个春来无泪痕"（白居易句）、"到眼云山随处好，伤心耆旧几人存"（汪中句）和"举世尽从忙里过，几人能共醉时歌"（黄公度句）等皆是。这种专意选择余数设问的用数方法，与不定数的设问不同，后者例如"几曾识干戈"（李煜词）、"人间那得几回闻"（杜甫句）、"明月几时有"（苏轼词）等，都不存在减法用数的问题，不可不辨。

乘法用数　这是一种以乘积（或倍数）方式来强化说明或描写的用数方法。例如李白《襄阳歌》的"百年三万六千日，一日须倾三百杯"，按一年三百六十五日计，百年约有"三万六千日"，按一日饮酒"三百杯"计，当有一千零八十万杯。此处以乘法用数作了艺术夸张，说明饮酒之多。又例如苏轼《李铃辖坐上分题戴花》的"二八佳人细马驮，十千美酒渭城歌"，皆为乘法用数。"二八"即十六岁，"十千"即一万（钱）。李白《行路难》有"金樽清酒斗十千，玉盘珍馐值万钱"，"万钱"是"十千"的积数，"万钱"与"十千"都同样是虚数，表示花费昂贵的程度。乘法用数一般在诗中用乘数和被乘数，如"二八""三五"等，积数在句外见数，也有只示积数者，但不多见。

乘法用数的诗例如下：

　　　　三五明月满，四五蟾兔缺。（古诗）

　　　　欢笑唯三五，人生一百年。（庾信）

　　　　春种一粒粟，秋收万颗子。（李绅）

　　　　正见当垆女，红妆二八年。（李白）

　　　　自惜铅华三五岁，已叹关山千万重。（刘希夷）

　　　　新丰美酒斗十千，咸阳游侠多少年。（王维）

　　　　二八月轮蟾影破，十三筝柱雁行斜。（李商隐）

　　　　银烛惯侵三五月，铜壶低隔一分花。（李慈铭）

　　　　一十八里汴堤柳，三十六桥梁苑花。（密国公璹）

　　　　莺闺燕阁年三五，马邑龙堆路十千。（杨慎）

　　　　一生三万六千日，唯月与我百不嫌。（黄景仁）

　　　　半酣已彻毡炉围，百罚翻教玉山立。（黄景仁）

有一种分配式的倍法用数，也应归入此类。例如白居易的"离离原上草，一岁一枯荣"，字面上的意思是"每岁枯荣一次"，那么"两岁枯荣两次""十岁枯荣十次"，在句外存在着倍法用数的关系，也可以视作是乘法用数。又例如"不知短发能多少？一滴秋霖白一茎"（韩偓句）、"自今已后知人意，一日须来一百回"（杜甫句）、"一行书寄千行泪，寒到君边衣到无"（陈玉兰句）、"人家各占桃花里，一径桃花是一家"（黄端伯句）以及"春思于花亦太廉，一花一叶一愁添"（厉鹗句）等，皆风情宛然，倍见深致。

除法用数　这是一种以除法（或分数）方式来强化说明或描写的用数方法。例如李商隐《瑶池》中的"八骏日行三万里，穆王何事不重来"，"日行三万里"是商数。又例如宋人程俱《九日写怀》的"百年将半仕三已，五亩就荒天一涯"，"百年将半"是不尽除法，约"半辈子"（五十年），"仕三"即"做了三次官"，也是除法用数。又陆游《梅花绝句》的"何方可化身千亿，一树梅花一放翁"，说如果能将自己分身千亿的话，他愿意一树梅花前一放翁，分给天下千亿棵梅树，其爱梅之痴由数字可见。

诗中的除法用数最为常见。例如以"半"字作分数处理的用数，都应该视作是除法用数。白居易《暮江吟》中的"一道残阳铺水中，半江瑟瑟半江红"，"一道残阳"是"一"，"半江瑟瑟"和"半江红"各为二分之一。同样，刘禹锡《再游玄都观》的"桃花净尽菜花开，百亩庭中半是苔"，说"百亩"的一半是苔，当然也是除法用数。

这里有一个问题，必须注意。那就是数学（譬如加减乘除）的模糊性问题，同样会影响到诗歌用数的表意。例如"一道残阳铺水中，半江瑟瑟半江红"，我们改变一个角度，也可以看作是先总数、后分数的加法用数。那么，"百亩庭中半是苔"，我们也可以看作是一种减法用数。研究数学的模糊性的问题，可能是一个很有意义的课题，但对于诗歌文学的读者和创作者来说，从哪个方面去体会用数的方法并非关键，最重要的还是表情达意，即文学的意会性问题。这一点，即便是最典型的除法用数的诗句，也不例外。例如李白《蜀道难》中的"青泥何盘盘，百步九折萦岩峦"，"百步九折"，犹言十步一折（拐弯），是除法用数，但并不重要，因为用数不过是方法（或者说是技巧），目的是为了形容蜀道曲折之险之难，将"百步九折"看作是"十步一折"（除法用数）也好，看作是"十步中只有一步不折"（减法用数）也好，只是读者或创作者体会用数的方法角度不同而已，重要的是诗人是否借助用数方法写出了蜀道曲折之险之难。

除法用数的诗例很多，举例如下：

念此一筵笑，分为两地愁。（何逊）

猿啼十二时，鸟道一千里。（王维）

将军百战死，壮士十年归。（《木兰诗》）

一衲老禅床，吾生半异乡。（许浑）

麻姑垂短鬂，一半已成霜。（李白）

若为化得身千亿，散上峰头望故乡。（柳宗元）

一簇青烟锁玉楼，半垂栏畔半垂钩。（罗隐）

百年中半梦分去，一岁无多春暂来。（黄庭坚）

平生端有活国计，百不一试薶九京。（黄庭坚）

刘蜕十文十如意，王筠一集一迁官。（樊增祥）

不待东风不待潮，渡江十里九停桡。（林章）

十树花开九树空，一番疏雨一番风。（席佩兰）

百年未半老相逼，四序平分秋独悲。（刘子翬）

却留遗迹惨行旅，十步九息愁崩奔。（黄景仁）

集中什九从军乐，亘古男儿一放翁。（梁启超）

八百里湖十去四，江面百里无十二。（魏源）

昌山十步九逢山，不放吟眸一里宽。（徐荣）

　　掉数　同一句中使用相同的数字，称掉数。如果对仗句中用了掉数，称掉数对。例如元代高明《琵琶记》中有"万里关山万里愁，一般心事一般忧"，前句同用"万"，后句同用"一"，是掉数。又清人金圣叹所作"半夜二更半，中秋八月中"，以掉数作对，即掉数对。掉数，在修辞学中归属"重言"范畴。重言，通常具有加强语势、突出语意的声情效果。

　　掉数诗例如下：

> 一瓶一钵垂垂老，千水千山得得来。（贯休）
>
> 一年始有一年春，百岁曾无百岁人。（崔敏童）
>
> 三分秋色三分画，一瓣花香一瓣痕。（慕东鹤）
>
> 九秋佳节九江酒，五柳先生五老峰。（陈瑞林）
>
> 无数行人无数柳，一分秋色一分波。（胡天游）

　　比数　这是一种以数字进行对照、比较的修饰方法。数字，有量的概念，以数字进行对照、比较，最能加深读者的印象。例如说湖大舟小可以形成对比，终不及"玉鉴琼田三万顷，著我扁舟一叶"（张孝祥词句）更能给读者留下深刻的印象。在诗歌创作中，用"大中见小"或"小中见大"等方法进行描写说明时常常借助数字，也可以看作是比数。例如明代李东阳《游岳麓寺》中的"万树松杉双径合，四山风雨一僧寒"，"万树松杉"和"四山风雨"都是极写"大"（面），"双径合"和"一僧寒"又极写"小"（线和点），大中见小，各显其形状，岳麓寺之清静孤寂自然而出。又例如唐贾至《对酒歌》中的"一酌千忧散，三杯万事空"，"一酌"和"三杯"先极写"小"（少），"千忧散"和"万事空"又极写"大"（多），以形成大的反差，来表达诗人以酒销忧、一酌足乐的豪放之情。比数精彩的，可以比出情趣和深意，例如白居易《买花》中的"一丛深色花，十户中人赋"，就以数写出了鲜明的贫富悬殊之比。

比数的诗例如下：

> 一夫荷戟，万夫趑趄。（张载）
>
> 吟成五字句，用破一生心。（方干）
>
> 江楼千里月，雪屋一龛灯。（寇准）
>
> 一行书不读，身封万户侯。（聂夷中）
>
> 海云千里黑，塞雁一声寒。（吴嘉纪）
>
> 一身转战三千里，一剑曾当百万师。（王维）
>
> 数丛沙草群鸥散，万顷江田一鹭飞。（温庭筠）
>
> 镜胡俯仰雨青天，万顷玻璃一叶船。（陆游）
>
> 谁知三万六千顷，不及侬愁一半多。（史鉴）
>
> 何时真得携家去，万里秋风一钓船。（元好问）
>
> 驿门上马千峰雪，寺壁题诗一砚冰。（陆游）
>
> 人以千金知老母，天将一饭试王孙。（钱谦益）
>
> 雨初过处千山出，人正愁时一雁来。（高启）

诗中用数，除上述几种常见的方法外，在夸张、衬托等手法方面也不少见。例如陆游的"三万里河东入海，五千仞岳上摩天"、白居易的"后宫佳丽三千人，三千宠爱在一身"等皆是。因为各种读物于此介绍的比较多，读者也易见易解，本文则不作详述。

诗中用数还有一个须注意的用数的"复意"问题。

复意，又称"同意复出"（用数上称"同数复出"），可以看作是一种特殊的"合掌"现象。在对仗句中出句和对句的同位字词上如果用了同义或近义字词，如"冒寒人语少，乘月烛来稀"（耿洪源句）、"天边看绿水，海上见青天"（李白句）等，文家称作"合掌"。合掌，必然复意，为诗之大病。用数的"复意"，与之近似，但有的能起到避犯（即避复）或强化语意的作用，不必都斥为用数之病。例如柳宗元诗句"孤舟蓑笠翁，独钓寒江雪"的"孤"与"独"，薛能诗句"寒空孤鸟度，落日一僧归"的"孤"与"一"，都意状孤寂清幽，为了避用同字，所以皆换字以避犯。有的数字连同实字构成的词组也有"同意复出"现象，例如南唐李煜"云笼远岫愁千片，雨打孤舟泪万行"中的"愁千片"与"泪万行"是近义词组，复用后有加倍声情的作用，也未必列入诗病。有的用数本身虽然没有"同数复出"，但跟其他有近义或同义关系的实字构成词组，可以改善其"意复"（合掌）之弊。例如王维的"万壑树参天，千山响杜鹃"之"万壑"与"千山"。"壑"与"山"是近义词，冠以"万"和"千"，可以使之富有变化。

用数复意的诗例很多，举例如下：

> 亲朋无一字，老病有孤舟。（杜甫）
>
> 季布无二诺，侯赢重一言。（魏征）
>
> 一病家千里，孤灯泪万行。（尤侗）
>
> 墟里孤烟上，秋江独雁过。（沈幼丹）
>
> 一去紫台连朔漠，独留青冢向黄昏。（杜甫）
>
> 永巷长年怨绮罗，离情终日思风波。（李商隐）

用数，不过诗家小技，但学能得法，又丰以情思，也洵非易事。日本历代汉诗人俱看重用数一法，认为"诗中数必不可缺"，例如菊池桐孙的"决起才扬三四尺，带声径上几千寻"、菅晋宝的"四海风尘犹意气，百年天地此绨袍"、赖唯柔的"百钱沽获倒，一鼎煮黎祁"（获倒，即野酿；黎祁，即豆腐）、山村良由的"坼地三川合，冲天两岳高"、金本相观的"一夕寒威避傩母，万家香味入屠苏"、田边太一的"一卧沧江新岁月，十年辽海旧勋名"、久保得二的"终生权略三分业，旷古文章七子才"等，皆用数精洽，相应声情，得天然深致。

数字在诗中能增添意蕴、美感，这是现实美在文学作品中的抽象反映。诗人若能对现实生活作细致的体察和抽象的概括，不难写出用数巧妙的诗句。前两年全国诗词大赛获奖作品中就有不少既借鉴前人用数技巧又立足现实的佳构，例如写"海峡两岸情"的"八千里外山和水，四十年间雨与风。一笑红颜明镜里，白头媪对白头翁"（裴中心诗）、"隔海二千三百里，离家四十五中秋"（周秉义句）等皆是最好的例证。

1994 年 1 月北京紫斋

梅花诗辨

南宋《梅谱》称梅花是"天下之尤物"，"以韵胜，以格高"，绝非王婆诩瓜。梅开之时，疏枝横玉，美如凉云香雪，自不必说，就连梅树的老干苔枝，在诗人眼里，也是气骨如诤臣、风韵似癯仙一般。爱梅，自然要写梅。诗人借梅写志向，将梅作知己，自古亦然。即便是那些借梅花自命清高或者装点门面的人，也会情不自禁地流露出对梅花的爱和敬仰来。

吾国认识并种植梅花，历史悠久。据宋杨万里《和梅诗序》言，"梅肇于炎帝之经，著于说命之书、召南之诗，然以滋不以象，以实不以华也"，初始不尊梅为繁荣之花，后世文家犹多"尚华遗梅"（喜尚繁华而慢怠梅花），为此，杨万里愤而不平，诘问过"岂古之人尚质，而不尚其华欤？"然而，同为花木，"华如桃李，颜如舜华，不尚华哉？而独遗梅之华，何也"；语讼激动，缘于爱梅之心，但确有道理。其实，梅花凌寒冲雪，冰蕊铁干，形貌清高，俨然倔强不屈之君子义士，故敬梅、爱梅、惜梅、赋梅、画梅，著诵书画，代代都不乏知己。其中，爱梅最多且真挚深沉的，当然是诗人。宋张镃的《梅品序》说"梅花为天下神奇，而诗人尤所酷好"，又明代《麓堂诗话》说"天文唯雪诗最多，花木唯梅诗最多"，皆公平持正之论。梅花诗多，佳构自然也多。在中国诗坛，几乎代有写梅之诗，人有爱梅之诗，故笔者有感于此，也写过"诗染梅香添妙句，从来情到美人多"等，聊表敬爱之心。

儿时读过的梅花诗句中，最难忘的是唐代许浑的"素艳雪凝树，清香风满枝"、僧齐己的"前村深雪里，昨夜一枝开"。一则因为五言诗易记，二则以凝雪比梅花或梅雪合写，容易写出赏梅时常有的那种美妙幻觉，偏又好在不说破，所以印象尤深。诗人聪明，读诗人也不见得呆笨，能点到为止最好。与许浑、齐己数句相比，宋代韩驹（子苍）的"那知是花处，但觉暗香来"，吕本中《踏莎行》词写"雪似梅花，梅花似雪，似和不似都奇绝"，甚至连苏轼的"依依慰远客，皎皎似吴姝"，都显得白淡无味，未免小看了读诗人。

宋代梅诗太多，品评和欣赏都须得法。善读者通常的做法是读过数遍后，先选择出佳作，分成句胜、意胜两类，闲时再拈出来细作品味，往往体会更深。

篇有佳句，或传神，或精警，能提全篇精气神的，为句胜。例如唐代杜牧的"轻盈照溪水，掩敛下瑶台"、宋杨时的"东阁诗怀动，南枝岁律回"、林逋的"疏影横斜水清浅，暗香浮动月黄昏"、苏轼的"江头千树春欲暗，竹外一枝斜更好"、卢梅坡的"梅须逊雪三分白，雪却输梅一段香"、明代高启的"雪满山中高士卧，月明林下美人来"等皆是。

诗意洒脱透彻又兴寄微妙、清新高远者，谓之意胜。构意不同，情趣自然不同。例如，有从梅与诗人合一处落想的，有专从雪梅与人生坎坷道路上发挥的，也有从梅花与理想、气节、见识等生发的，皆作兴寄，各有独到之处。但是，毕竟如此想、如此写的人太多，欲熟中生新，当然最难见好。在构意上比较有特色的，例如同写爱梅之情，又同从梅花占春先开入手，宋代陆游说是因为天公爱惜梅花的孤洁清高，不许夏日闲蜂骚扰，故让早梅先放，有"天与色香天自爱，不教一点上蜂须"；僧人明本则认为早梅耐得寂寞，当然不会像庸桃俗李一般漫山开遍，故有"潇洒最宜三两点，好花清影不须多"；朱熹偏将早梅与寒冬百花荡然无存联系在一起，说早梅先放是为了娱霜雪而轻桃柳，故有"千林摇落今如许，一树横斜独可人。真与霜雪娱晚景，任从桃柳殿残春"，皆出自新意，各有所妙，跳出了一般格局。又如同写梅花似雪，张泽民有"急遣山童开户看，不知是雪是梅花"，偏写眼见为虚，明知故问；王冕有"马迹山前万树梅，千花万花如雪开。满载扬州秋露白，玉箫吹过太湖来"，说此方梅是满载着扬州秋露因玉箫吹过太湖来的，当妙思难得。陆游七十岁寻梅时见梅开已至枝残，独有一株尚未着花，后来"立春日忽放一枝"，喜赋诗曰："日日来寻坡上梅，枯槎忽见一枝开。广寒宫里长生药，医得冰魂雪魄回。"说"忽放一枝"是因广寒宫里长生药所致，也是突发奇想，辗转落笔生情，妙在意胜。唐宋所作梅诗中句胜意胜孰多？或谓唐人句胜，宋人意胜，或谓唐人句意皆胜，而宋人皆不及，概属片面之论。诗论工拙，当不拘唐宋，评梅诗也应该如此。

唐以前咏梅的名篇，例如梁元帝（萧绎）的《咏梅》、庾肩吾的《同萧左丞咏摘梅花》、庾信的《咏梅花》、阴铿的《咏雪里梅》、徐陵的《梅花》、江总的《梅花落》等俱是高旷取神、殊有逸致之作。摘句如下：

> 人怀前岁意，花发故年枝。（萧绎）
>
> 远道终难寄，馨香徒自饶。（庾肩吾）
>
> 不信今春晚，俱来雪里看。（庾信）
>
> 从风还共落，照日不俱销。（阴铿）
>
> 燕拾还莲井，风吹上镜台。（徐陵）
>
> 杨柳条青楼上轻，梅花色白雪中明。（江总）

唐诗中，柳宗元的"早梅发高树，迥映楚天碧。朔风飘夜香，繁霜滋晓白"、杜甫的"幸不折来伤岁暮，若为看去乱乡愁。江边一树垂垂发，朝夕催人自白头"、戎昱的"一树寒梅白玉条，回临村路傍溪桥。不知近水花先发，疑是经春雪未消"、王适的"忽见寒梅树，开花汉水滨。不知春色早，疑是弄珠人"、崔道融的"香中别有韵，清极不知寒"、李群玉的"半落半开临野岸，团情团思媚韶光。玉鳞寂寂飞斜月，素手亭亭对夕阳"等俱是历代诗论家看好的佳构。

　　崔道融的那两句诗，颇得宋代杨万里和方回（方虚谷）欣赏，不知何故，方回说当时"惜不见全篇"，后来明代杨慎翻检杂抄的唐诗册子，喜获全篇。诗曰：

> 数萼初含雪，孤标画本难。香中别有韵，清极不知寒。
> 横笛和愁听，斜枝倚病看。朔风如解意，容易莫摧残。

　　此诗前半胜后半，截前半为一绝，最妙。第三联虽然述意，却也沿切梅花。此联为倒格，应按"和愁听横笛，倚病看斜枝"理解。近见鉴赏书多作误译。结联祈愿朔风，自然流露出怜爱之情。

　　对李群玉和杜甫的咏梅诗句，明代王世贞《艺苑卮言》认为压倒了宋代林逋的《山园小梅》诸句，说"'暗香''疏影'，景态虽佳，已落异境，是许浑至语，非开元大历人语。至'霜禽''粉蝶'，直五尺童（语）耳。老杜云：'幸不折来伤岁暮，若为看去乱乡愁。'风骨苍然。其次李群玉则云：'玉鳞寂寂飞斜月，素手亭亭对夕阳。'大有神采，足为梅花吐气"。说"疏影横斜水清浅，暗香浮动月黄昏"，"已落异境"，是指林逋这二句有模糊性，似乎可以借咏其他春花。此论，历代多有争议。其实，就"疏影横斜"四字而言，当然还是用来写梅花最为贴切。又说林逋的"霜禽欲下先偷眼，粉蝶如知合断魂"二句"直五尺童（语）耳"，未免过激。另外，虽然评老杜和李群玉诗句还道中肯，但"足为梅花吐气"六字却大有抹杀唐以后梅诗的意思。

　　无独有偶。贬抑宋代梅诗的还有明代杨慎。其《升庵诗话》曾录唐代刘方平一首五言梅诗，说此诗"既不用事，又不拘对偶，而工致天然，虽太白未易先后也。梅花诗被宋人作坏，令人见梅枝条可憎而香影无味，安得诵此诗（指刘方平诗）及梁元帝、徐陵、阴铿、江总诸咏，一洗梅花之辱乎"。贬抑的意思大致与王世贞相同，言语未免偏颇。笔者认为，刘方平诗纵与"太白未易先后"，杨慎说"梅花诗被宋人作坏"，则失之武断。明以来，文人抑宋崇唐，多半缘于自虚，总以为今不如古，愈古愈高。杨慎说"令人见梅枝条可憎而香影无味"，欲诵刘方平诸人诗"一洗梅花之辱"，一句话抹杀了宋明两代诗人，也无异于自供气短志弱。

梅花诗真的被宋人作坏了吗？

先看看杨慎极力推举的刘方平诗。刘诗曰："新岁芳梅树，繁苞四面同。春风吹渐落，一夜几枝空。小妇今如此，长城恨不穷。莫将辽海雪，来此后庭中。"此诗前半写梅花的开与落，后半写闺妇的思与怨。律诗，全不对仗，又得闲冷苍秀，自有齐梁诸子诗风神。公平而论，此诗在唐一代梅诗中应属上流，不敢说"太白未易先后"，也当推于崔道融诸子诗之上。尽管如此，杨慎以刘方平此诗抹杀宋人所作应属偏激之见。更何况此诗拟闺阁女子口气写情，在唐代前后也是写熟了的"闺阁体"。明胡应麟《诗薮》评"中唐律有全作齐梁者，刘方平'新岁芳梅树'是也"，得清沈德潜支持，亦曰"似徐（陵）、庾（信）小诗，不落后人咏梅坑堑"（见《唐诗别裁集》）。杨慎未识其长，论断有失公允。

宋人咏梅诗例：

　　色如虚室白，香似玉人清。（〔宋〕司马光）

　　花明不是月，夜静偶闻香。（〔宋〕杨万里）

　　赠春无限意，和雪不知寒。（〔宋〕王珪）

　　台前日暖分三色，林下风清共一香。（〔宋〕司马光）

　　疏影横斜水清浅，暗香浮动月黄昏。（〔宋〕林逋）

　　向人自有无言意，倾国天教抵死香。（〔宋〕王安石）

　　小窗细嚼梅花蕊，吐出新诗字字香。（〔宋〕刘翰）

　　梢横波面月摇影，花落樽前酒带香。（〔宋〕惠洪）

　　半床素被铺寒玉，一幅生绡画美人。（〔宋〕僧明本）

　　何方可化身千亿，一树梅前一放翁。（〔宋〕陆游）

　　　梦里清江醉墨香，蕊寒枝瘦凛冰霜。（〔宋〕朱熹）

　　　千林摇落今如许，一树横斜独可人。（〔宋〕朱熹）

　　　乱点莓苔多莫数，偶沾衣袖久乃香。（〔宋〕刘克庄）

　　　林寒疏蕊半开落，野迥暗香疑有无。（〔宋〕刘子翚）

　　事实上，宋代梅诗在数量上远远超过唐代梅诗，在构意和作法上，也足以对垒唐人。

　　以单句论，宋代林逋留下过脍炙千古的"疏影横斜水清浅，暗香浮动月黄昏"，连明代李东阳都认为"暗香""疏影"之句为绝唱，亦未见过之者，恨不使唐人专咏之耳"（见《麓堂诗话》）。说林逋这两句是绝唱，而且"未见过之者"，足见评价之高。又说"恨不使唐人专咏之耳"，等于说宋人梅诗可以抗衡唐人，这个观点显然跟杨慎之论是对立的。就林逋的梅诗而言，还有"横隔片烟争向静，半粘残雪不胜清""摘索又开三两朵，团栾空绕百千回""一味清新无我受，十分孤静与伊愁"等也风雅可赏。其他如姜夔的"梅花竹里无人见，一夜吹香过石桥"、曾几的"窗几数枝逾静好，园林一雪倍清新"、陆游的"江边晓雪愁欲语，马上夕阳香趁人"、张泽民的"小萼欲争天下白，数条独领雪中青"等，皆写得清襟雪浣，别饶风韵，未必会"令人见梅枝条"便觉"可憎"。

　　宋代爱梅的诗人甚多，除林逋之外，自命和大家称誉的最爱梅的诗人还有两家。这两家就是陆游和杨万里。宋代梅诗万千，不可一一。如果分析一下陆、杨两家的梅花诗，还是不难见爱起敬的。

　　陆游自称一生作诗逾万。近代梁启超读其诗集曾留下过"集中什九从军乐，亘古男儿一放翁"的诗句，说陆游集中言恢复和军旅生活的诗最多。除去这些诗，陆游写得最多的应该是梅花诗了。

　　陆游的梅诗，与唐人相比，卓卓可道者至少有二。

　　首先，陆游大大开拓了梅诗的题材，其功当不可没。前人写梅，多拘于寻梅、赏梅，兼及他物的，也不过是写雪中梅、月下梅之类。专咏梅者，多描写梅之形相，表述对梅花品格的仰慕之情；或者以花开花落寄托一些惜时念远之思。陆游写梅，有如李白写月，无一不可入手。他冬要寻梅、问梅，春要探梅、访梅，冬春之后还要忆梅、画梅、种梅。每岁梅开，他必赋诗。他写候梅、闻梅、赏梅、醉梅、卧梅、谢梅、约梅、惜梅、梦梅、怜梅、语梅、伴梅、嗅梅、送梅、识梅、倚梅、折梅、怨梅、评梅、寄梅等，写尽了梅，也写活了梅。可以说，陆游的梅诗在题材上概作古今之全。另外，从诗体形式上看，前人咏梅多赋五言、七言律绝，而陆游写梅，在前人所选诗体之外，长短古风、律绝组诗，各体皆手到擒来。下面摘录陆游咏梅之十八类诗句，供读者赏评。

寻梅

梅花宜寒更宜阴，摩挲拄杖过溪寻。

病扶藤杖觅残梅，牢落情怀怕酒杯。

放翁颇具寻梅眼，可爱南枝爱北枝。

问梅

南来强作寻春梦，何处如今更有花？

青烟漠漠暗西村，问讯梅花置一樽。

尽意端相终有恨，夜寒皴玉倩谁温？

梦梅

风吹野梅香，梦绕江南村。

香穿客袖梅花在，绿蘸寺桥春水生。

梦寄梅村竹坞间，不堪客里见春还。

怜梅

可怜庭中梅，开尽无人知。

愁绝水边花，无人问消息。

已知无奈姮娥冷，瘦损梅花更断肠。

探梅

藜杖一枝犹好在，未妨闲探早梅春。

载酒房湖风日美，探梅喜折一枝新。

江路云低糁玉尘，暗香初探一枝新。

惜梅

护惜常愁满树开，况无一片在苍苔。

零落梅花不自由，断肠容易付东流。

月中疏影雪中香，只为无言更断肠。

送梅

从今何以消长日，剩种芭蕉学草书。

正喜巡檐来索笑，已悲临水送将归。

渐老情怀多作恶，不堪还作送梅诗。

候梅

只怪朝来歌吹闹，园官已报五分开。

约束园丁勤洒扫，新年作意待春来。

论心竟是明年事，输与酝酿在酒杯。

约梅

尺素杂行草，往檄江梅春。

更赊一月期，待我醉春瓮。

增冰积雪行人少，试倩羁鸿为寄声。

闻梅

闻道埭西梅半吐，携儿闲上钓鱼船。

儿报东村早梅发，杖藜与汝共幽寻。

云重唯愁雪欲作，梅花忽报一枝春。

忆梅

判为梅花倒玉卮，故山幽梦忆疏篱。

眼高懒为凡花醉，肠断惊闻暮角哀。

年年烂醉万梅中，吸酒如鲸到手空。

别梅

此去幽寻应尽日，向来别恨动经年。

花欲过时常惜别，今年此别更匆匆。

无如梅作经年别，且就僧分半日闲。

思梅

何处得船满载酒，醉时系著古梅林。

也思试索梅花笑，冻蕊疏疏欲不禁。

何时小雪山阴路，处处寻香系钓舟。

醉梅

青羊宫前锦江路，曾为梅花醉十年。

双履踏云呼野渡，一瓢邀月醉梅花。

但有青钱沽白酒，犹堪醉倒落梅前。

画梅

写向素绡时拂拭，移来幽圃自栽培。

今日东窗闲拂拭，去人一尺眼先明。

放翁著句烦君记，画在生绡却未真。

赏梅

三弄笛声初到枕，一枝梅影正横窗。

君看月里横枝影，尽是苍龙与翠虬。

照溪尽洗骄春意，倚竹真成绝代人。

评梅

坐回万物春，赖此一点香。

高标逸韵君知否？正在层冰积雪时。

青帝宫中第一妃，宝香熏彻素绡衣。

语梅

烂漫却愁零落近，丁宁且莫十分开。

山房寂寞久不饮，作意欲就梅花语。

临水登山一年恨，十分说似要渠知。

其次，陆游梅诗以对面写法，写尽了诗人于梅的千般情态。这一点，为历代写梅诗人所不及。梅花，在陆游的笔下，是花中之魁、"人间第一香"，是高士，是仙子，是友人、同乡、恋人、知己，甚至有时就是他自己。他可以向梅诉衷肠、言别离、说相思、述理想、预约会，而梅花呢，可以为诗人解醒、分忧、破愁、洗饿、明诗、慰病、伴舞和携行。古今诗人写梅时之所思所想，似乎皆可自陆游梅诗中寻得，这不能不说是陆游的一大作为。

陆游爱梅一生，自认为"与梅岁岁有幽期"，至晚年还是"即今白发未忘情"。七十岁后因年衰有病，怕伤感太甚，竟不敢观赏落梅、残梅，候梅开时写思梅、待梅，梅开后不能每日往观，便折梅插瓶，朝夕相对，写过"风雨经旬怯倚阑，梅花折得就灯看。有情应寄去年别，无寐不禁清夜寒"，灯下观梅，夜寒不寐，还为头一年未赋别梅诗而深感歉意。七十一岁那年春初，天寒骤暖，梅花一夕开尽，陆游前去折梅，忽见残梅，甚为伤感，又写下"残梅零落不禁吹，真是无花空折枝。堪笑老人风味减，三年不作送梅诗"，自添注曰："予往岁多有送梅之作，今搁笔已累年。"事虽小，也可知其爱梅之深，真无异于"年老心衰，不堪问至爱之疾"。

陆游钟情于梅，写梅寄情，可以痴、狂二字见概。

先看诗写爱梅之痴。陆游看梅，有"一日来看欲百回""把酒梅花下，不觉日已夕""放翁欲作梅花谱，蜡屐揸筇日日来"等句。七十三岁时回忆中年居蜀赏梅事，曾写过"五十年间万事非，放翁依旧掩柴扉。相从不厌闲风月，只有梅花与钓矶"。诗中说"钓矶"，往往暗示归隐。陆游志在恢复故土且毕生不衰，此时说不厌钓矶，恐怕未必由衷，但说不厌梅花应是实情。陆游爱梅至痴，羁旅在外闻梅放便生归思（寓公虽作一月留，梅发东湖归思乱）；月下赏梅又恐踏碎梅影（归来月满廊，惜踏疏梅影）；经年羁旅归来，恨不先向梅花倾吐心声（雪晴萧散曳筇枝，小坞寻梅正及时。临水登山一年恨，十分说似要渠知）；梅开之时，闻落雪，立即抱病望梅（小园风月不多宽，一树梅花开未残。剥啄敲门嫌特地，缓拖藤杖隔篱看）；纵然文书堆案如山，也须赏梅尽兴在先（折得梅花愧满颜，文书堆案正如山。输君一觉悠然梦，长在清泉白石间）；赏梅时恐留梅不住，欲画梅留影，因画无名手，又只好作诗纪盛（即今画史无名手，试把清诗当写真）；作得梅诗，又恐笔拙字俗，梅花不肯（笔端有纤尘，正恐梅未肯；诗成怯为花拈出，万斛尘襟我自知）。他忧时写梅（如今莫笑梅花笑，古驿灯前各自愁），喜时写梅（半醉微吟不怕寒，江边一笑觉天宽。莫愁艇子急冲雨，何逊梅花频倚阑），长与梅花共忧乐；他到彼地想念此方梅（主人岁岁常为客，莫怪幽香怨不知），到此方又想念彼地梅（相逢万里各羁旅，不待猿啼已断魂）；梅花是他的同乡（与卿俱是江南客，剩欲樽前说故乡）、友人（北客同春俱税驾，南枝与我两飘蓬）、理想中的美人（林下风标许谁比？直须江左谢夫人；梅花有情应记得，可惜如今白发生），甚至就是自己（吾身也似梅花淡，燕未归来蝶不知；与梅同谱又同时，我为评香似更奇）。平日心中稍有不适，非赴梅前不快（体中颇觉不能佳，急就梅花一散怀），而且此情愈老愈痴（老来乐事少关身，犹喜樽前见玉人），愈老愈甚（渐老更知闲有味，一冬强半在梅村），梅花几乎就是他思念终身的意中人（唐琬）的化身（不愁索笑无多子，唯恨相思太瘦生），如此陪伴了他的一生。陆游八十岁时冬夜梦游沈园（与唐琬重逢过的地方），还含泪写下"城南小陌又逢春，只见梅花不见人。玉骨久成泉下土，墨痕犹锁壁间尘"（笔者疑此绝为佚半之律诗），凄婉沉郁，真令人不忍卒读。

陆游写尽了自己爱梅的各种痴情憨态，实际上也写尽了古今诗人爱梅的各种痴情憨态。应该说，他具有典型的代表意义。诗人乃多情种，但未见得都能写出至情至诚的文字来。欲至情渗透行间，必须竭其至诚。强悲者虽号不哀，强亲者虽笑不和，作诗亦如是；写情能到真处、痴处，自有至情至诚动人。果能如此，作诗也不难左右逢源，无臻不妙了。唐代李益的"嫁得瞿塘贾，朝朝误妾期。早知潮有信，嫁与弄潮儿"，文辞有何绝妙？但写到了真处、痴处，自然动人。痴处，即思虑发于无端之理。所谓落想于无理而情深于有关也。只要潮有信，宁可嫁与弄潮儿而其他一概不想，即情痴。陆游梅诗中"笔端有纤尘，正恐梅未肯""与卿俱是江南客，剩欲樽前说故乡""归来月满廊，惜踏梅花影""临水登山一年恨，十分说似要渠知"等，皆远于理而深情于痴，必非呆翰腐毫矫饰者可及。

再看诗写爱梅之狂。陆游五十岁前有帽插梅花、樽前起舞的诗，诗曰："老子舞时不须拍，梅花乱插乌巾香。樽前作剧莫相笑，我死诸君思此狂。"之后，几乎岁岁有插花醉舞逞狂的诗。例如六十六岁时写的"锦城梅花海，十里香不断。醉帽插花归，银鞍万人看"，七十三岁时写的"山村梅开处处香，醉插乌巾舞道旁。饮酒得仙陶令达，爱花欲死杜陵狂"，七十四岁时写的"折花插纱帽，花重觉帽偏。居人空巷看，疑是湖中仙"。陆游爱梅逞狂，还颇有几分自我欣赏的味道。例如五十岁前的"梅花重压帽檐偏，曳杖行歌意欲仙。后五百年君记取，断无人似放翁颠"，六十六岁时写的"春晴闲过野僧家，邂逅诗人共晚茶。归见诸公问老子，为言满帽插梅花"，七十六岁春节所作的"乱簪桐帽花如雪，斜挂驴鞍酒满壶。安得丹青如顾陆。凭渠画我夜归图"等，皆意高语爽，神气活现，自我感觉良好。

陆游写爱梅之狂，善取细节、情节，情趣天成，远非虚语斡旋、不见真情者所比。例如闻梅放之狂："蜀王小苑旧池台，江北江南万树梅。只怪朝来歌吹闹，园官已报五分开。"说自梅花初放之日起，合江园（故蜀别苑）的园官就日日报府，方报至五分梅开，就已经歌吹声喧了，赏梅者之关切期盼到欢喜癫狂，顿可想见。又梅开之后的"插瓶直欲拔金树，簪帽凭谁拣好枝""花前起舞花底卧，花影渐东山月堕"等，都是虚中见实的动人佳构。又写狂中忙碌的"酒徒诗社朝暮忙，日月匆匆迭宾送"，狂中生悲的"自古钟情在吾辈，樽前莫怪泪沾衣"，狂中寄望的"一寒可贺君知否？又得幽香数日留"，狂中关注的"烂漫却愁零落近，丁宁且莫十分开"，狂后失落的"清愁满眼无人说，折得梅花作伴归"，狂后反生怨的"梅花不解饮，谁伴醉酡颜"，狂时自我慰藉的"痛饮便判千日醉，清狂顿减十年衰"，狂后表述心愿的

"假令往世十小劫，应爱此花无厌时"等皆往复回旋，侧出多姿。写狂，不必专注于一，善诗者捃摭贵窍，最难在首尾圆合之外又有开合回环。清人魏僖《日录论文》说"文之感慨痛快驰骤者，必须往而复还，往而不还则势直气泄，语尽味止；往而复还则生顾盼，此呜咽顿挫所以出也"，移以论诗，也是同理。

就全篇梅诗看，除前文已引外，陆游的《庚子（1180）正月十八日送梅》《园中赏梅》《题剡溪莹上人梅花小轴》《梅花绝句》《小园竹间得梅一枝》《中夜对月小酌》《大醉梅花下走笔赋此》《山亭观梅》《芳华楼赏梅》《涟漪亭赏梅》《忆梅》《宿龙华山中寂然无一人方丈前梅花盛开月下独观至中夜》等篇，皆人花双见、诗意无尽藏者。择录七首如下。

庚子正月十八日送梅

满城桃李争春色，不许梅花不成雪。
世间尤物无盛衰，万点萦风愈奇绝。
我行柯山眠酒家，初见窗前三四花。
恨无壮士挽斗柄，坐令东指催年华。
今朝零落已可惜，明日重寻更无迹。
情之所钟在我曹，莫倚心肠如铁石。

题剡溪莹上人梅花小轴

孤舟清晓下溪滩，为访梅花不怕寒。
忽有一枝横竹外，醉中推起短篷看。

梅花绝句

闻道梅花坼晓风，雪堆遍满四山中。
何方可化身千亿，一树梅前一放翁。

大醉梅花下走笔赋此

闭门坐叹息，不饮辄千日。忽然酒兴生，
一醉须一石。檐头花易老，旗亭酒常窄。
出郊索一笑，放浪谢形役。把酒梅花下，
不觉日既夕。花香袭襟袂，歌声上空碧。
我亦落乌巾，倚树吹玉笛。人间奇事少，
颇谓三勍敌。酒阑江月上，珠树挂寒璧。
便疑从此仙，朝市长扫迹。醉归乱一水，
顿与异境隔。终当骑梅龙，海上看春色。
（自注：梅龙，盖蜀苑中故物也。）

山亭观梅

与梅岁岁有幽期，忘却如今两鬓丝。
乘淡月时和雪看，龥苍苔地带花移。
先春瘦损应多恨，静夜香来更一奇。
醉倒栏边君勿笑，明朝红萼缀空枝。

梅花绝句

山月缟中庭，幽人酒初醒。
不是怯清寒，愁踏梅花影。

芳华楼赏梅

素娥窃药不奔月，化作红梅寄幽绝。
天工丹粉不敢施，雪洗风吹见真色。
出篱藏坞香细细，临水隔烟情脉脉。
一春花信二十四，纵有此香无此格。
放翁年来百事惰，唯见梅花愁欲破。
金壶列置春满屋，宝髻斜簪光照坐。

百楂淋漓玉罨飞，万人辟易银鞍过。

不唯豪横压清矑，聊为诗人洗寒饿。

　　从作法上看，宋人梅诗把缆放船，自有开阔手段。与陆游同期的诗人杨万里，也是一个"平生为梅到断肠"的爱花狂。其爱梅之痴狂不让陆游，也有过"南枝本同姓，唤我作他杨""仰头欲折一枝斜，自插白鬓明乌纱""夜来为梅愁雨声，挑灯起坐至天明""书到岭头梅恰动，一枝应伴一篇来"的诗句。历代评杨万里诗，虽有"粗豪"之议，但也有不少褒扬之论。例如宋代方回《桐江集》以为他"跳脱巢臼，摆脱脂腻，无近世卑陋酸嘶之习"，清代延君寿《老生常谈》说"少读《说诗晬语》谓杨诚斋诗如披沙拣金，几于无金可拣，以是从不阅看。四十岁后方稍稍读之，其机颖清妙，性灵微至，真有过人处，未可一笔抹杀"等。从杨万里梅诗看，其"春回雨点溪声里，人醉梅花竹影中""小风千点雪，落日一须金""数点有情吹面过，一花无赖背人开"等，未必粗豪，也未必就逊于唐人。在构意和作法上，杨万里梅诗的"写幻"和"见异"，就大有过人之处。

　　写幻，是诗人将对形象感知的幻觉表现为一种如临其境、煞有其事的艺术逼真性（审美幻觉）。读者在这种似是而非、真假相融的幻觉感受中，可以获得比一般写实更深刻的艺术感染和印象。例如杨万里的《昌英知县叔作岁坐上赋瓶里梅花时坐上九人》写瓶里梅花忽然成了座上嘉客（试问坐中还几客？九人而已更梅花）。说"梅花纷似雪"，是常见的比喻写法，无论用喻明暗，主体、喻体都十分清楚。写幻则不同，这里不存在主体与喻体的关系，只出现诗人再创造的幻境，那是诗人对现实生活所作的非真实的艺术描绘，但能真实地唤起审美主体的审美幻觉。例如杨万里写雪成梅花，"遥看小朵不胜好，走近寒梢无处寻"；瓶梅成树，"忽然灯下树枝影，唤作窗间一树梅"等，皆是写幻成真又神趣清新的佳作。梅花之美，诗人爱梅的天真之态也尽从诗出。金代段成己有《乘兴杖屦山麓值梅始花裴回久之因折数枝置之几侧灯下漫浪成语简诸友一笑云》，其三曰："幽香不许俗人知，才是东风第一枝。误认文君新睡足，读书窗下立移时。"也用此法（唯"误认"太直，改用"谁倩"最好），似不及杨诗自然痛快。

见异，是构意上善用反向思维、求异思维，诸如"多情却似总无情"与"却道无情似有情"之类。例如人皆赋风雪欺梅和梅如何傲雪迎风，杨万里偏写"只愁雪虐梅无奈，不道梅花领雪来""即非雪片催梅发，却是梅花唤雪来"，反向立意，大有"梅花欢喜漫天雪"的味道。又例如人皆写爱梅，自己明明也是爱梅，却偏去写怨梅、恼梅。《探梅》诗曰："山间幽步不胜奇，正是深寒浅暮时。一树梅花开一朵，恼人偏在最高枝。"在寒冷的黄昏山间，梅开一朵，偏偏又高高在上，让诗人可望而不可亲，的确可恼。这种埋怨，当然是深情的一种曲婉表示。

杨万里的诗，成就不如陆游，梅诗也不例外，但在构句造语、作法精巧上似有过陆游。《沧浪诗话·诗体》未列放翁体而只列诚斋体，足见严羽对杨"别出机杼"的青睐。在梅诗的作法上，其他例如"多情也恨无人赏，故遣低枝拂面来"（《明发房溪》），不说自己拂枝赏梅，反说梅枝拂面；又"无端却被梅花恼，特地吹香破梦魂"（《钓鱼舟倦睡》），不道自己闻香惊梦，偏自对面写来，说梅花吹香破梦；皆役物生情，对镜相摄，用反客为主之法，情趣盎然，工巧可喜。

杨万里诗，初读多不见好，复读再三，细细玩味，方能解得其真情真趣。宋人作诗，造语不同唐人，纵有谐俗平易，终是宋人一代诗语。看诗情雅俗，不能专以下否俗语论断，杜甫诗中用"个"、李白用"耐可"之类，也未碍俗雅。杨万里诗构意不随前人，用语活泼清新，其梅诗可以佐证。宋代韩淲题杨万里《江东集》有"江东集里好清诗，未看争知看便知。句句多般都有格，篇篇出众不趋时"的评价，还是符合事实的。

除陆游、杨万里两家外，宋代梅诗可欣赏者甚多。据宋代罗大经《鹤林玉露》（卷三）称，杨万里曾评"半山（王安石）老人不敢作梅花诗"（谓王安石未敢以俗为雅），其实，王安石不但作过不少梅花诗，而且佳构也广为流传。例如"墙角数枝梅，凌寒独自开。遥知不是雪，为有暗香来"（《梅花》），虽然借了南朝苏子卿"只言花是雪，不悟有香来"的诗意，但融情于景，诗笔明丽清新，也颇得后人见赏。为此，蔡正孙的《诗林广记》还认为王诗超过子卿之作，有"思益精而语益工"之评。此外，王安石的"华发寻梅始见梅，一枝临路雪培堆。凤城南陌他年忆，杳杳难随驿使来""向人自有无言意，倾国天教抵死香""从教腊雪埋藏骨，却怕春风漏泄香"等，也清健可诵，余韵堪味。不专咏梅花而意趣天成的，笔者最欣赏的是姜夔的《除夜自石湖归苕溪十首》其一。诗曰：

> 细草穿沙雪半销，吴宫烟冷水迢迢。
> 梅花竹里无人见，一夜吹香过石桥。

首句写初春料峭之景，次句承写，照题之"自石湖（在吴县与吴江之间）归苕溪（湖州吴兴）"。第三句转柁写梅花，末句承转作结。这里，梅花藏竹，一层意思；花开无人见，又一层意思；一夜吹香，是一层意思；梅香吹过石桥，又是一层意思。诗人在舟上守岁，未见（视觉）梅花，但从嗅觉中领悟了花的神韵，感到了美的存在。王安石《天童山溪上》有"溪深树密无人处，唯有幽花渡水香"句，也是写幽花的"不见之见"，但王安石不及姜夔。因姜诗用一"吹"字，转客（梅花）为主，又"吹香过石桥"（径向诗人吹来），役物生情，真写活了梅花，而诗人爱梅及怜惜人才之情（人才之"不见"与梅花同）也远出句外。

比陆游晚出生六十年的福建莆田刘克庄也是爱梅至痴的诗人。陆游七十三岁时回忆中年居蜀赏梅事，曾感慨过"青羊宫前锦花路，曾为梅花醉十年"。刘克庄也写过类似的诗句，只是心境不同而已。刘诗曰："梦得因桃数左迁，长源为柳忤当权。幸然不识桃并柳，却被梅花累十年。"说唐代刘禹锡（梦得）写《自朗州至京戏赠看花诸君子》和

《再游玄都观》二诗，以桃花讥讽京都权贵，被一贬再贬，前后谪迁二十余年。李繁（长源，邺侯）写"青青东门柳，岁晏必憔悴"，得罪过权奸杨国忠；自己因咏落梅（诗中有"东君谬掌花权柄，却忌孤高不主张"句）获罪，也闲废了十年。此诗貌似怨梅，实写爱梅，虽然满腹牢骚，出语诙谐而不失儒雅，足见构意之妙。刘克庄咏梅的诗，有一首《落梅》很值一读。诗曰：

> 昨夜尖风几阵寒，心知清物久留难。
>
> 枝疏似被金刀剪，片细疑经玉杵残。
>
> 痛叱山童持帚去，苛留野客坐苔看。
>
> 月中徒倚凭空树，也胜吴儿赏牡丹。

因夜有寒风，未见落梅已先忧梅残，可知诗人彻夜未眠；天明见梅枝稀疏、花片败落，可知诗人心情已由忧转悲；无端"痛叱山童持帚去"（不准扫去落梅），又"苛留野客坐苔看"，可知诗人已由悲转为烦躁，其爽直不羁之态亦毕现；待日落月升，院里只剩下诗人自己（徒倚凭空树），诗人一边固执地陪伴着落梅，一边暗暗地用"也胜吴儿赏牡丹"安慰自己，可知诗人已由烦躁逐渐转为平静。花落无奈，春去难留，但那段惜花的哀思却久久地萦绕在读者的心间，此诗以一日之间时间的过渡和事物的变化，写诗人心情的起落，有始终，有高潮，又见真性情，最难。明代诗论家大都看不上宋诗的平易，以为唯唐人善言情，有格调，而宋人"特少深致"，其实，平易并非浅露，有不少宋诗（如刘克庄此诗）的平易都自极难中来。诗写情、景，以情为本。若能以情胜，自然高人一着。只论格调，不解风趣，非真知诗者。"格调是空架子，有腔口易描；风趣专写性灵，非天才不辨"（见《随园诗话》袁枚评杨万里语）。宋人梅诗，可能缺乏一点唐诗常见的那种"深致"，但中有真情，又入趣幽深，也不失朴老。

清代黄宗羲评宋诗很有识见，曾有"天下皆知宗唐诗，余以为善学唐者唯宋。欧（阳修）、梅（尧臣）得体于太白、（韩）昌黎，王半山（安石）、杨诚斋（万里）得体于唐绝"之论（见《黄梨洲文集》）。既得唐体，宋人就不可能不变化生新。以梅诗而论，宋人写出人生之感、风云之感，自然远出个人情怀之外，正是"所言者梅，所寓者心也"，又多方位地写千般情态，并在题材上广为开拓，写尽了情，也写活了梅，正是"所书者心，所见者梅也"。艺术意境不是单层平面的自然再现，那是一种多层面的立体的艺术创构。在这一点上，唐人有唐人的作法，宋人有宋人的手段。一代诗人在某个题材上的作为，应是一幅多景观的立体图画，往往不是一两首"有代表性的诗"所能代表得了的。如果诗论家不能比较全面客观地鸟瞰和评价宋诗（譬如以所见所恶的一两首宋人梅诗去概论宋一代梅诗），那可真正冤煞了宋人。

　　宋人作梅诗较唐人大有发展，这是事实。梅诗没有被宋人作坏，应该还宋人一个公道。

　　　　　　　　　　　　　　　　　　　　1995 年 4 月初稿
　　　　　　　　　　　　　　　　　　　　1995 年 6 月增改

奇句惊人常在后

古人谓"奇人难得，奇语亦难得"。据清康熙年间毛德琪著《庐山志》记，宋初大将曹翰屠江州城时，曾率兵入崇胜寺，大和尚缘德席坐不起，曹翰大怒，吼道："知有杀人不眨眼将军乎？"缘德反问："知有不怕死和尚乎？"曹翰如果只想威慑和尚，可供选择的说法很多，但敢称自己"杀人不眨眼"，恶名不忌，曹翰语奇。大和尚镇定如山，临危不惧，反击似挥刀截铁，响当当一个来回，露出佛门不拜王侯的清骨傲气，反问语奇，曹翰奈何。这段对话简短，能传诵千秋，只在奇人奇语。

奇人奇语难得，奇诗也很难得。

何谓奇异？构意或用语不合惯常又能见得奇妙者，堪称奇异。台湾诗人余光中先生评价李白写过几句诗："酒入豪肠，七分酿成了月光，余下三分，啸成剑气，秀口一张，就半个盛唐。"其奇情奇思抖擞，说的又是那唐朝诗坛的奇杰李白，写得极好。特别是最后那"秀口一张，就半个盛唐"，真天赐好语，一字换它不得。

以审美眼光看，奇异应该是一种相对概念。奇者，在诗论家那里，应有奇情、奇趣、奇想、奇景、奇境、奇笔等多种视角。既然言"奇"，注定与"新"字攸关，与"陈"类无缘。例如同是写月的奇句，白居易的"月点波心一颗珠"，与章碣的"万古难消一片冰"相比，将月喻珠还是喻冰，奇异不等；后者奇胜，胜在妙喻。张九龄的"海上生明月，天涯共此时"，与张祜的"一年逢好夜，万里见明时"相较，前者奇胜，胜在奇景自然。又李商隐的"何当共剪西窗烛，却话巴山夜雨时"，与陆游的"无端老作天涯客，还听当时夜雨声"，同是逆转时空，前者以想象未来时空遥忆今日时空的情事，愈见奇情迤逦，实则功在境奇。

成功的奇异，能驰骋奇思异想而一空凡响，必然标格高妙。宋代《白石道人诗说》评论："诗有四种高妙：一曰理高妙，二曰意高妙，三曰想高妙，四曰自然高妙。"今之评诗者多以为意理无甚区别，其实姜白石所言的"意"，不妨作"意趣"解。例如写色，张问陶《梅花》的"转怜桃李无颜色，独抱冰霜有性情"，写景入理；徐凝《庐山瀑布》的"千古长如白练飞，一条界破青山色"，景多画趣；张祜《集灵台》的"却嫌脂粉污颜色，淡扫蛾眉朝至尊"，妙想善解；王维《送沈子归江东》的"唯有相思似春色，江南江北送君归"，自然天成；皆各擅奇妙，过目难忘。

奇诗，无论深险或者平淡出奇，必有奇字奇语。相对而言，深险出奇，比较容易。然而，容易发挥的深险题材中，也有难易两路。例如生死，是古今题材，写生老病逝、捐躯赴难的好诗虽然不在少数，然而深险出奇者仍然百里难逢一二。杨椒水《上元不起》的"人生安得元宵死，一路灯光到冥关"，逝前悲极犹作戏谑，异想惊奇；释熊幻《哭兄》诗的"身经刀过头方贵，尸不泥封骨始香"，以刀戮封尸的惨烈，偏言"头贵骨香"，哀伤悲愤以笑语化之，境奇语奇。谭嗣同《狱中题壁》的"我自横刀向天笑，去留肝胆两昆仑"，英雄横刀一笑，竟以"去留肝胆两昆仑"（革命实力犹存）欣慰，预见希望，奇语无畏；秋瑾《黄海舟中》的"拼将十万头颅血，须把乾坤力挽回"等，皆相信革命必胜，视死若归，其女子吐述如此英气雄健，诗史无二，亦奇崛非常。

宋代杨万里春日寻梅写过一首《探梅》，开端二句，"山间幽步不胜奇，正是深寒浅暮时"，分写时空，应属平常。第三句"一树梅花开一朵"，亦不敢恭维，等末句"恼人偏在最高枝"一出，不由人不叫绝。老诗人初春进山寻梅，在树下徘徊寻觅，久久不得，已觉艰辛，最后好不容易找到一朵梅花，期盼，惊喜，忽地转为不满，因为"恼人偏在最高枝"，既看不清楚又亲近不得，奈何奈何。平平写来，尾结陡起，撞击心扉，平淡生奇，这就是诗论家所谓的"奇句在后"。

奇语，或先以奇字醒豁，待到沉思细味，方知果然"一朵梅开，三春即来"。例如写逢秋伤感，人之常情；加之旅次异乡，夜雨孤衾，纵加倍感伤，通常下笔不过"秋风萧瑟""怀人千里""灯前垂泪"云云，皆属平常。读到清雍正年间诗人葛鹤的"夜雨屡迁孤客馆，秋风先瘦异乡人"，应叹其字奇。夜雨、旅次，已是无奈；更况"屡迁"？上句氛围写足，托出下句不难。下句的"秋风瘦人"并非真的怪罪秋风，只是借物说话，纵然精彩，亦未称奇；待说到"秋风先瘦异乡人"，则奇语惊人。"先"，已属字奇；"先瘦"，言秋风欺人太甚，竟然先选择离乡背井的可怜游子，"无理作断"，加倍出奇。此时方知奇语缘自奇字醒豁而来。

葛鹤此句精彩，料是借意金代大诗人元好问《秋怀》的"黄花自与秋风约，白发先从远客生"而来，由"先生白发"到"先瘦游子"，点醒到位，好诗不厌重复。如果此时，又忽然思及明代李攀龙《九日同殿卿登南山》"莫道龙山高会后，风流今少孟参军"二句，定会感慨如元好问葛鹤有这般传承创辟之功的，已经"风流今少"，遂更加理解千秋诗法的传承发展尽在诗思诗情不断的超度之中，概莫能外。

平淡原本不奇，忽地幻化为奇，能将"无理"说得崭然有理，如同书画大师往那水墨淋漓的远山间，又貌似随意地点点画画，瞬间竟成雨后浓淡疏密的簇簇松林一般奇异；奇诗极似飞来奇笔，实则皆来自诗人的神思奇想和平常磨砺的功力。神思奇想若非真情喷发，捕捉擅奇，也不得手到擒来。

好诗皆道性情。性情厚者，纵词浅而意深；性情薄者，纵词深而意浅。己卯（1999）年夏笔者曾选录十组诗意相近的佳句在课堂上让研究生筛选"奇诗"，讨论的结果，名列第一的是"相思一夜梅花发，忽到窗前疑是君"（唐卢仝诗句。胡应麟《诗薮》称刘瑗诗，误）。一夜相思之后看见窗前花发，忽疑是"君"，真情如痴，意外动人，非奇笔不得儒雅。问刘禹锡的"沉舟侧畔千帆过，病树前头万木春"何以名列第二，答"奇则奇矣，稍嫌琢意"。

诗中若逢咏史、讽喻之类有见道出奇者，不可不读。刘基（字伯温）初见朱元璋时，朱元璋问他："能诗乎？"刘答："儒者末事，何谓不能？"当时朱元璋正在用餐，便指面前的斑竹箸（筷子）令刘赋诗。刘基即席口占曰"一对湘江玉并看，二妃曾洒泪痕斑"。朱元璋皱眉不悦，道是"秀才气味"。稍后，刘基两句一出："汉家四百年天下，尽在张良一借间！"朱元璋为之击节，知刘基才华非凡，遂刮目相看。此诗借典奇绝，有否推销自己即今之张良不重要，重要的是将朱元璋形画成汉高祖刘邦，那面子给得实在太辉煌了，所以朱闻之大悦，以为相见恨晚。若无刘基奇诗奇语镇场，想让那皇觉寺的沙弥皇帝信服，得费多少口舌和风险？

秦末，陈胜吴广起义，刘邦乘机起兵，启用张良为谋士。张良驳郦食其"谋挠楚权"之议，曾"借箸（筷子）"说服过刘邦。这就是成语"借箸代筹"的来历。《史记·留侯世家》记述借箸代筹那段用了四百六十六字；箸呢，不过是张良列数形势"八不可"临时借用的道具。一千五百年后，朱元璋命刘基现场作诗时，刘基借箸发挥，俨然张良"借箸代筹"的惊险再现，却也是个显露才智的机会：既可以显示才华与胆魄了得，又可以成功暗示"无奇士豪杰相助，君无以取天下"的至理。不管借箸赋诗是否真实，只要事奇诗奇且精警非常，就足资传闻了。况且，君臣之交的危险因素太多，用诗预先敲打一下容易犯昏的君主，也是好事。

奇诗如同奇士，未必都峨冠玉带，相貌奇特。苟逢乱头粗服，谈吐惊俗，亦当肃然。乾隆间施主馈赠名僧得心大师四十枚鸡蛋，大师每食必大口吞咽，并赋偈诗曰"混沌乾坤一口包，也无皮血也无毛。老僧带尔西天去，免在人间受一刀"，直言吐述，犹如长坂坡一吼，奇语非凡。又《清诗别裁集》记有常熟诗人徐兰的一首《大松山》五言古风，可归此类。诗曰："一峰飞入云，云故推之出。一峰飞出云，云故攫之入。"初读，觉此诗太过平常，不过写一峰入云、一峰出云而已。玩味再三，知峰是客体（静态，行为被动方），而云是主体（动态，行为主动方），方才读出点儿深意。此诗皆两句各为一因果。因为一峰入云，故云即刻将之推出；因为一峰出云，故云又攫之而入。反正峰之进出全然由不得自己，而将峰推出和攫入的，概由那云随意主宰。在大山慢行有过观山看云体验的读者，都会因联想而生同感。起伏滚动的漫天云海直如巨龙玩戏青螺一般游弋群峰之间，仿佛只有看出群山的万般无奈，方才折服那云海的纵横恣肆和巨大威力。集中评此诗是"奇警，前人未道"，信然。若以上述二诗警策醒世，诗禅一致，或有透彻之悟。

　　古今写云山隐显出没的好诗不少，见惯如常，但徐兰上诗用语，一如随口道来，反倒奇异；奇异大约在于诗人与众不同的感受和发现。人皆有眼，见得见不得，大有关系。然而，见得否与如何见，如何见又如何想、如何写，节节相系，人各异之。正如郑板桥论画语所言，"胸中之竹，并不是眼中之竹，因而磨墨展纸，落笔倏作变相，手中之竹，又不是胸中之竹也"。同出于平淡，焉得尽奇？文心结撰高妙，一在诗人平时善于体察发现，有丰富的生活积累，一在技巧娴熟，锤炼有素，加之腹充酝酿，卓有识见，敢以他人所思未及，生发之；巧以他人所语未及，吐述之，遂尔矫矫拔俗，触处洞然，方有奇观。如果一味捃扯奇字别意，为奇而奇，奇险骇人而气息不正，则可能堕入雕刻异怪的仄径。

　　奇异无他，溯本究源，都从平淡吐述而来。唐朝引领诗风的大诗人李白的《古风》诗有"自从建安来，绮丽不足珍""清水出芙蓉，天然去雕饰"，似可说明唐初诗歌创作的审美理想已有由绮丽浮靡为奇瑰，转向追寻陶渊明的"冲淡深粹，出于自然"的"古淡"风骨；至北宋，诗风旨趣趋淡，转向恬淡清灵，绝非偶然。所以，北宋苏轼评论柳宗元诗时有"外枯而中膏，似淡而实美，渊明（陶潜）、子厚（柳宗元）之类是也"；黄庭坚评老杜诗"平淡而山高水深，似欲不可企及，文章成就更无斧凿痕乃为佳作"，由此可见角隅，当时作诗旨意及诗风尚淡等变化亦在情理之中。诗心追求平淡，一旦得非常之想，精于观察，提炼点醒，表达功夫又欣然到位的话，不骛奇而奇，也不甚难。诗例如下：

> 书秃千兔毫，诗裁两牛腰。（〔唐〕李白）
>
> 风能扶水立，云欲带山行。（〔清〕刘霞裳）
>
> 天孤一轮月，星散万家灯。（〔清〕查慎行）
>
> 一千里色中秋月，十万军声半夜潮。（〔唐〕李廓）
>
> 世间公道唯白发，贵人头上不曾饶。（〔唐〕杜牧）
>
> 劲草不随风偃去，孤桐何意凤飞来？（〔宋〕范仲淹）
>
> 闭门种菜英雄老，弹铗思鱼富贵迟。（〔宋〕陆游）
>
> 黄蜂衔退海潮上，白蚁战酣山雨来。（〔宋〕钱昭度）
>
> 万竹扫天青欲雨，一峰受月白成霜。（〔清〕赵贵璞）
>
> 气吞湖海豪犹昔，老阅沧桑骨已仙。（〔清〕查慎行）
>
> 读书已悔生涯误，还望孙儿读父书。（〔清〕查慎行）

清乾隆间诗人刘霞裳《过鄱阳湖》得"风能扶水立，云欲带山行"，初看平常，稍作吟味，觉"水""山"皆是活字兼用。因鄱阳湖风大，鼓波掀浪，"风能扶水，水势若风牵掣立"；时或烟云蔽空，水天漫漫无际，"云欲带山，山似腾踔随行"，平添的奇气，当由活字斡旋所至。当时流落长安的贫闲诗人赵贵璞（字再白）作诗常得奇响，袁枚曾推荐其奇句，其中"万竹扫天青欲雨，一峰受月白成霜"，最得诗家看好。若与上举刘公那二句相较，知"万竹扫天，（天）青欲雨；一峰受月，（月）白成霜"，相同者在刘公用"水""山"，赵贵璞用"天""月"；所不同者赵以色字"青""白"代了"天""月"，炼字即是炼意，如此胜着刘公几分，功在色字生奇。宋范仲淹，乃文臣武将，又忠净中正，誉满当时。奇句自然例，如《野色》的"非烟亦非雾，幂幂映楼台。白鸟忽点破，夕阳还照开"，三四奇句。白鸟夕阳，设色一明一暗；恰是野色非烟非雾恍惚之间，得"白鸟点破、夕阳照开"，虚实动静，奇趣生焉。又《欧伯起相访》的名句"劲草不随风偃去，孤桐何意凤飞来"，以"劲草""孤桐"说"不随风偃去，何意凤飞来"，评鉴用喻恰好，天然奇妙。清初查慎行（号初白）是诗坛的"奇创之才"（王士禛评语），遣词发咏，奇峰特立，加之才气恢宏，功力纯熟，故读者捧卷，每觉开阔眼界，奇异他人。其五言，如《世弃》的"读书新得少，见梦故人多"，以"新故""多少"，现实与梦境，对比生奇，顿增感慨；《渡洞庭湖》的"恍疑天四合，长见日当中"，宏观巨眼，空间点（日当中）面（天四合）设局生奇，与前人写洞庭的空间写法相较，同中见异，当为奇横；《夜坐》的"天孤一轮月，星散万家灯"，上句以天为面，写点（月一轮），下句以星为点，写面（万家灯），诗境意外清奇；《康郎山功臣庙》的"死方开国运，生不点朝班"，"生之失""死之得"对比新奇，其哀伤痛楚遂由衷生发，无须赘言矣。又七言，如《赠钱田间》的"气吞湖海豪犹昔，老阅沧桑骨已仙"，上句述人事今昔对比，虽然阅尽沧桑，气吞湖海，庆幸豪气清骨犹在，但无奈发白骨仙，一颂一憾，方矩规圆；《哭王载安》的"读书已悔生涯误，还望孙儿读父书"，恸诉读书悔悟，犹望子孙承继文脉薪火，恸愈加倍，意奇；《歌风台》的"时来将相皆同里，泪落英雄有故乡"，以"将相""英雄"对举，"同里""故乡"不过翻虚助实，明言各有退步，隐言成败命运，虚实相济得奇；《新雁》的"残月晓催千片落，长天寒曳一绳开"，喻"千片雁成群、一绳寒曳开"，用数形画，设喻新奇，又"长天""残月"，日夜相对；上举诸例皆奇思蓬发，规避熟俗，深味奇警，过眼难忘。奇诗从构思到创作，与奇文的创构类同，极似画家挥洒山川湖海花鸟人物，笔前先具积累酝酿，意到古人用心之处，随后在苦辛的寻寻觅觅间，又发现古人所未及用心用笔处，由此付出自家心血，锤炼年久，必有功成。

　　北宋黄庭坚（山谷）认为王安石"暮年作小诗，雅丽清绝，脱去流俗"，评价很高。曾举数诗为例，诸如"南浦随花去，回舟路已迷。暗香无觅处，日落画桥西"，景奇，有得见处（随花去，回舟迷，日落画桥）奇，又有不得见处（暗香无觅）奇；又"爱此江边好，留连至日斜。眠分黄犊草，坐占白鸥沙"，写时空（江边，日斜）人事（眠草，坐沙），设色（黄犊黄草，白鸥白沙）亦奇。唐张九龄的"别酒青门路，归轩白马津"，小诗实则皆细心观察自然景观的即见即得，平淡到可爱可亲，无奇亦奇。例诗中有"檐日阴阴转，床风细细吹"，二句说檐下（观看）炎日的升落，凉悠悠的；拂过井栏边的风，感觉轻盈盈的。"阴阴转""细细吹"，同属叠字生奇。

　　叠字奇，是读者读诗最容易过眼即忘者。叠字，在诗句中不仅状其声色，或可壮其精神。清吴景旭《历代诗话》（卷四十七）评唐王维的"漠漠水田飞白鹭，阴阴夏木啭黄鹂"，曰"此用叠字之法，不独摹景入神而音调抑扬，气格整暇，悉在四字（指漠漠、阴阴）中"。又评杜诗的"野日荒荒白，江流泯泯清"，曰"亦是上二字扬，下二字抑，情景气格悉备。李嘉祐剪去'漠漠阴阴'，便索然少味"。剪去叠字，以为精简，实则大损气格，有人戏谑为"截肢五言"，亦不为过。若王思诚《过夏县有感作叠字诗》，用"翼翼""訏訏""雍雍""穆穆""嗟嗟""悠悠""岌岌""奕奕""萧萧""寂寂""靡靡""摇摇"，十二组叠字，为奇而奇，结果大伤气格，反觉复繁堆砌。

　　语无雕琢，自然佳善增奇，叠字亦不例外。《古诗十九首》"青青河畔草，郁郁园中柳。盈盈楼上女，皎皎当窗牖。娥娥红粉妆，纤纤出素手"，连用六组叠字，古风绵亘，诵读美声悠扬，历代各家推崇学习，何曾烦厌？杜甫的"无边落木萧萧下，不尽长江滚滚来""小苑迴廊春寂寂，浴凫飞鹭晚悠悠"，宋王安石的"含风鸭绿鳞鳞起，弄日鹅黄袅袅垂"，欧阳修的"霜云映雪鳞鳞色，风叶飞空摵摵鸣"，明代大家高启的"一帆细雨迢迢浦，半塔斜阳霭霭峰""路缘风磴泠泠策，寺隔烟萝杳杳钟""夕阳亭上匆匆酒，寒雨江边渺渺舟"等，皆富赡俊逸，功夫淬砺，但逢感触，缘情随事，故而手到擒来，叠字适趣得奇。

　　宋吴曾《能改斋漫录》有欧阳季默问苏轼（东坡），黄庭坚（山谷）诗"何处是好"，东坡只是称赞黄诗，季默便举出山谷《咏雪呈广平公》的颔联叠字奇句，"卧听疏疏还密密，晓看整整复斜斜"，问"岂是佳耶？""东坡云，此正是佳处"。此联巧用叠字，上句形春雪飘扬之声，次句又画翌日清晓琼雪覆盖山村之形，何须赘言，只用叠字，精彩到一字换它不得。其实，山谷二句叠字生奇，亦是善化前人旧句而来。陶渊明有"密密堂前柳"，唐杜牧《栽竹》有"历历羽林影，疏疏烟露姿"，又《台城曲》有"整整复斜斜，随旗簇晚沙"，山谷援手一借，笔写观妙，亦是造化生奇。依拙见，颈联的"风回共作婆娑舞，天巧能开顷刻花"，亦当然奇妙。清纪晓岚眉批山谷此诗，谓"如作谜然，此一联亦雪谜也"，似乎不以叠字为奇，对"下一联（颈联）'婆娑舞、顷刻花'，则妙矣"。

历代评论名家诗词，不乏坚持己见，论奇见异者，甚至有此家以为奇者，而彼家全不以为然者，各树徽帜，针锋相对。据南宋曾慥《高斋诗话》，北宋时舒州（今徐州）"三祖山金牛洞，山水闻于天下"，王安石（荆公）曾题六言诗曰"水泠泠而北去，山靡靡而旁围。欲穷源而不得，竟怅望而空归"。之前，唐刘长卿《听弹琴》的名句"泠泠七弦上，静听松风寒"，用"泠泠"形容琴声，也得恰宜。泠泠，水声清越，闻而得之；靡靡，萧索绵延，观而得之。此六言妙在声色，奇在叠字。此情此景，"实不可离。神于诗者，妙合无垠。巧者，则有情中景、景中情"（清王夫之《姜斋诗话》）。随后，诗书大家黄庭坚效仿荆公也题了一首六言，"司命无心播物，祖师有记传衣。白云横而不度，高鸟倦而犹飞"。赞誉者以为精奇，曾慥不以为然："识者云，语虽奇，亦不及荆公之自然也。"借口评说，态度鲜明。山谷此诗不及荆公，应该信乎其然，所失者正在于声色与叠字。荆公山谷二诗皆留存至今，可惜舒州绝佳的山水，不堪"后人凿山刊木，寖失（渐渐失去）山水之胜，非公（荆公）题诗时比也"，遗憾至今。

元代方回编《唐宋诗三千首》，辑诗颇多评骘，亦多独家见解，但"以生硬为健笔，以粗豪为老境"，未免褊狭。至清，纪晓岚的《瀛奎律髓》，刊误纠偏，意见轩轾，正好方便读者参酌自鉴。例如对"卷十九·酒类"陆游《醉中自题》，"（方回）原批：放翁此五诗皆新异"。新异，即是新奇。然而，纪晓岚偏不买账，就此处批曰："有圆熟者，有老健者，皆不得谓之新异。"看来，纪公认可放翁五诗"有圆熟者，有老健者"，但不以为新奇；廓眼观之，亦是对方回那"以生硬为健笔，以粗豪为老境"，张旗挝鼓，殊见迥异。

《唐宋诗三千首》辑黄庭坚诗《题胡逸老致虚庵》，其颈联（五六句）"山随宴坐画图出，水作夜窗风雨来"，方回评此联曰"五六（句），奇句也"，纪公批语，"此诗不甚入绳墨"，意相径庭。二句的"画图出、风雨来"，即"（如）出画图、（若）来风雨"，奇在倒语伏字。方回称奇句，确有道理，未必信口恭维。

北宋前后临川谢逸谢薖兄弟，皆享诗名。《唐宋诗三千首》辑谢逸诗《闻徐师川自京归豫章》有"满城恶少弋凫雁，对面故人风马牛"，或以"弋凫雁""风马牛"惊人眼目，然而专意骛奇者未必都心想事成；结果，方回赞评曰此诗承续的是唐杜甫擅用的"吴体（拗字体）"，纪晓岚评"此句不甚可解"，认为"此拗律，非吴体"，一句撂倒。其实，此诗的颈联"别后梦寒灯火夜，归来眼冷江湖秋"，尚可称作奇句。"梦寒""眼冷"，本当不奇，然而置于"别后，灯火夜；归来，江湖秋"特别的语境中，愀然生奇。只是"寒""冷"同义相撞，留下遗憾。谢逸弟谢薖，也擅诗，方回谓"二人俱入江西诗派"，认为谢薖《饮酒示坐客》"此学山谷，亦老杜吴体，三四尤极诗之变态"。变态，意指颔联（三四句）"劬劳母氏生育我，造物小儿经纪之"，有非诗非文之标新立异，纪公却不以为然，以"通体粗野，三四尤甚"彻底作了否定。其实，谢薖此诗首端二句，"身前不吝作虫臂，身后何须留豹皮"，突兀喷口而起，的是奇句。看来，评价奇与不奇，存在观赏者的主观见异，读者当须明心自鉴。

设色奇，是解读并评价历代传统诗歌都比较留意的修辞创作手法。唐王之涣"白日依山尽，黄河入海流"，宏观捕捉时空景物，天然明色巧对，是唐诗中写点（白日）线（黄河）运动状态，最简洁形象的典型例。李白《访戴天山道士不遇》的"野竹分青霭，飞泉挂碧峰"，写景分述"野竹、飞泉""青霭、碧峰"色字正衬，惜"青""碧"近色相逢。杜甫擅作奇色，《绝句二首》（其二）的"江碧鸟逾白，山青花欲然（然，通燃）"，虽然亦是"青""碧"近色相逢，但"江碧"反衬"白鸟逾白"，"山青"反衬"红花欲燃"，大背景色字衬托出奇。

　　杜甫的"渭北春天树，江东日暮云"，未出色字，但"春天树"隐春之绿树，"日暮云"隐暮之彤云，暗色亦工。宋诗中例如林逋的"疏影横斜水清浅，暗香浮动月黄昏"，虚色巧对；王安石的"青山扪虱坐，黄鸟挟书眠"，自然佳色，又《咏石榴花》的"浓绿万枝红一点，动人春色不须多"，"绿（叶）""红（花）"俱是事物属性，借代本物后善作衬色，"红"字愈显奇异。此法，典型例如"绿肥红瘦""万紫千红"等。色字奇，不仅绚彩眼目，也能动人心魄。唐林宽的"白日莫闲过，青春不再来"，"青春"之"青"，虚色，巧对"白日"；与老杜"白日放歌须纵酒，青春作伴好还乡"，同样壮色声采，读之难忘。唐于鹄的"空山朱戟影，寒磺铁衣声"，"朱戟"之"朱"，实色；"铁衣"之"铁"，并非色字，借其物件本色"黑"，与"朱"作借色对，实则也是一种虚实色字的宽对。马戴的"霜风红叶寺，夜雨白苹洲"，明色相对，或谓"红""白"形动兼用，即"霜风染红了寺中叶，夜雨拂白了洲渚苹"；其实，解读未必如此复杂，杜甫"飞星过水白，落月动沙虚"，又"红入桃花嫩，青归柳叶新"，色字居后或冠前，只为色字醒眼，况五言得力于炼第二、三字，若非"过""动""入""归"四字，有老杜用心，也难称奇句奇字。

　　明代安磐《颐山诗话》评"柳宗元（子厚）'蒔药闲庭延国老，开樽虚室直贤人'语尤自在而韵胜"，并比较过东坡《章质夫送酒六壶书至而酒不达戏作小诗问之》二句，谓"至东坡'岂意青州六从事，化为乌有一先生'则上下意相关而语益奇"，二诗只是"子厚涉于牵合，东坡涉于嬉戏"。清曾镕《复斋诗话》认为"文之所以贵对偶者，谓出于自然，非假于牵强也"，遂引《潘子真诗话》记元丰（1078—

1085）间虽然"钱一万，酒二壶"，但禹玉以酒犒劳友人吕梦得，吕梦得曾"作启（书函）谢之，有'白水真人，青州从事'。禹玉叹赏为其切题"。典故在此，后来，东坡得友人章质夫书，章说要送酒六瓶，结果"书至而酒亡（通'忘'），（东坡）因作诗寄之，云'岂意青州六从事，化为乌有一先生'二句，浑然一意，无斧凿痕，更觉有功（精奇）"。色字对偶出奇，殊多不易，选例如下：

江碧鸟逾白，山青花欲然。（〔唐〕杜甫）

客散青天月，山空碧水流。（〔唐〕李白）

白日莫闲过，青春不再来。（〔唐〕林宽）

为客黄金尽，还家白发新。（〔唐〕王维）

空山朱戟影，寒碛铁衣声。（〔唐〕于鹄）

霜风红叶寺，夜雨白苹洲。（〔唐〕马戴）

岂意青州六从事，化为乌有一先生。（〔宋〕苏轼）

白下有山皆绕阁，清明无客不思家。（〔明〕高启）

劫火红烧秦月令，史才青削鲁春秋。（〔清〕舒位）

云里白飞双涧落，马头青拥万峰行。（〔清〕陈沆）

盘堆霜实擘庭榴，红似相思绿是愁。（近代龚自珍）

十里白云如堕海，半天红叶欲烧楼。（近代易顺鼎）

上举明初高启诗例中，"白下""清明"皆虚色生奇，集用"白下"之非色字"白"，与"清明"之非色字"清"（又借"青"）相对；清舒位的"劫火（红）—红烧"，又"（青）史才—青削"，色字明暗互出，闪烁其妙。知乎此，再读陈沆的"云里白飞双涧落，马头青拥万峰行"，方解二句乃"云里落飞双涧白，马头行拥万峰青"，巧用倒语又色字错位，反得奇崛；明显有摆布设计之故意。龚自珍二句堪称最为成功的奇色妙喻。霜实和庭榴，半青半红堆簇一盘，尽以色字代之，"红似相思绿是愁"，一句牵出多少深情。易顺鼎二句，好在"如堕海"

"欲烧楼"，用喻本已精彩，又借得"白云""红叶"色字，遂成"十里云白，白得如同堕入白浪滔滔的大海一般；遮蔽半天的红叶，红得如同炽烈大火直欲燃烧楼阁一般"。清赵翼说"是时所进，创见以为神技"（见《瓯北诗话》），将创见（创造性思维活动）归于"神技"范畴，确乎有其道理。因为无有匠心创见，运作诗法神技，亦无诸多创境之奇。

奇诗炫目，多得后人传诵，影响深远后往往会堕入束缚创作的套路，所谓"念经随口附声易，跳出如来成佛难"；后来者居上，谈何容易，但机变取巧，按套路创构，肯定事与愿违，愈在下矣。

唐白居易的"林间暖酒烧红叶，石上题诗扫绿苔"，"绿苔""红叶"天然搭配，设色自然出奇，倾倒朝野，反倒成了难以逾越的"设色魔障"。后来许浑的"山斋留客扫红叶，野艇送僧披绿莎"，未觉有何新创；如果仅就"扫绿苔"而言，明刘嵩的"清阴不动凉如水，自扫绿苔眠白云"，何景明的"蔷薇院深无行迹，风到闲门扫绿苔"，稍见新趣，但不出奇，而李东阳的"山中习静观朝槿，石上题诗扫绿苔"，竟然形同抄录，愈见下矣。"扫红叶"，似乎也难以为继。明诗画家史谨题画诗的"童子无端扫红叶，隔林知有故人来"，本想"跳出如来"，却又随口附声，规仿了北宋黄庭坚《蜜蜂》诗的"日日山童扫红叶，蜂衙知是主人归"；最令读者懵懂的是，既然"知有故人来"，又何以道"童子无端"？诚然，史谨全诗毕竟情胜山谷，无奈诗歌创构得瑰奇太难，不服不行。

随境生奇，勉强不得；春花秋叶，顺其自然，不求奇自奇，最是佳善。刻意骛奇，以为炫技即可惊人，结果会适得其反。南北宋间诗人陈与义（字去非，号简斋），诗歌崇尚"以简洁扫繁缛，以雄浑代尖巧"（刘克庄《后村诗话》评语），其《除夜》有"多事鬓毛随节换，尽情灯火向人看"，清纪晓岚评"气机生动，语亦清老"。陈与义曾曰"扬子云好奇，唯其好奇，所以不能奇"（见《习静斋诗话》卷四），言作诗须警觉前车之鉴，大有道理。又举"宛江方武工学成，尝有句云

'棋因适兴偏尝胜，诗欲求奇反欠工'"，述理中肯实在，二句也是奇句。

宋魏庆之《诗人玉屑》卷八谈到"锻炼"出奇，认为"出奇"最是难事，转引《唐子西语录》曰"作诗甚苦，悲吟累日，仅能成篇。初读时未见可羞（通馐，佳美）处，姑置之。明日取读，瑕疵百出，辄复悲吟累日，反复改正。比之前时，稍稍有加焉。复数日，取出读之，疵病复出。凡如此数四，方敢示人，然终不能奇"，说到"奇"非唾手可得，亦需要反复推敲淬炼，呕出心血乃已。杜甫"红入桃花嫩，青归柳叶新"，若非淬炼第二字"入""归"，焉得新奇？奇诗，锻炼之苦，唯水到渠成，自然喷薄出奇。

诗歌创作的诸多"奇"中，构意之奇，最为难得。

因为诗人对景物事件的观察、触动、淘漉，往往会产生奇思妙想，如果表情达意的辞章技巧和创作实践都比较到位的话，撰构奇诗并非至难。上举诗例中，白居易二句"绿""红"用明色法，又"东西南北"方位词和"三百九十"数字，皆用自对，难度比较大，能精心巧撰且景物自然入情，洵非易事。苏轼二句，看似平常，若细味"江头千树"，用数愈言其多，愈见"竹外一枝"之醒豁，反衬托出"小"之难得，此大中见小诗法。唐柳宗元《江雪》，奇诗无疑。"千山鸟飞绝，万径人踪灭。孤舟蓑笠翁，独钓寒江雪"，大中见小，一字不闲；诗题二字点明了空间（江）和时间（雪），全诗即写时空人事。"千""万""孤""独"，句句用数；前半写大，后半言小，愈见孤翁独钓之醒豁。相对的诗法，称"小中见大"。唐徐凝《忆扬州》的"天下三分明月夜，二分无奈在扬州"，奇在故意，说天下明月只三分，不说"十分"；说扬州明月占却二分，也不说"七分"。扬州明月，就此胜出，古今了得。诗人奇思能巧不可阶，自会显露一份特色聪明。北宋王安石的"谁怜直节生来瘦"，先设立主客，质疑"直节生来瘦"的说法，接下道出"主意"，"自许高才老更刚"，无端起势，反得冷峻。南宋陆游《守严述怀》七律颔联名句，本意为形画"名酒""异书"二物难寻，奇在设喻用典，虚词骈对避复。说名酒，用《史记·廉颇蔺相如传》中秦昭王欲以十五城换取赵慧文王"和氏璧"的事典，酒价"过于求赵璧"，其珍贵可知。严州（桐庐）的"异书"（少见之书），仅此一借，都浑似鲁肃议借荆州之不易（事见《三国志序》）。若以细心读法，"过于"对仗"浑似"，亦是虚词骈对，避复精到。明代陆深《俨山续集》有"忽枉新篇题玉井，浑如高谊借荆州"，清汤右曾《怀清堂集·荆州（其三）》首联有"地形天险楚江宽，欲借荆州自古难。虚笑百人称武吏，岂同列郡领材官"，终归奇警不及放翁。清评诗名著《瀛奎律髓》置放翁此诗于"风土类"已待议论，纪晓岚批点曰"闷语以豪宕结之，尚不落套。通体则未免平熟"。既然谓通体平熟，究不知"闷语以豪宕结之"从何看来？

宋赵与虤《娱书堂诗话》，谈到过"反其意而出奇"法，即"诗中用意，以倒翻古人公案为奇。（南宋）陆放翁尤多此格"，遂举放翁诗例，如"君看赤壁终陈迹，生子何须似仲谋""观雪剡溪天下胜，题诗尝恨不能奇"等。

> 绿浪东西南北路，红栏三百九十桥。（〔唐〕白居易）
>
> 天下三分明月夜，二分无奈在扬州。（〔唐〕徐凝）
>
> 江头千树春欲暗，竹外一枝斜更好。（〔宋〕苏轼）
>
> 谁怜直节生来瘦，自许高才老更刚。（〔宋〕王安石）
>
> 名酒过于求赵璧，异书浑似借荆州。（〔宋〕陆游）

据宋龙衮撰《江南野录》记，山东隐士史虚白见中原纷乱，避庐山不出。李煜迁南昌，至星子渚，曾召见史虚白，问"处士隐居，必有所得"，史虚白倒也痛快，回答"无他，近得《渔父》一联"。李煜擅书画，文学功深，当然愿闻其详，令诵之。史虚白胆大不惊，答"风雨揭却屋，全家醉不知"，李煜闻之，震慑变色。史虚白以《渔父》诗一联警告时局已经万分危急而当局者迷，此际正是后周世宗（柴荣）

已经军下淮南。明写渔家暴雨来临的惨状和渔父的执迷不悟，针对的正是这位沉湎享乐又至死难悟的昏君李煜。借言能奇，实缘于构意出奇。有意思的是，宋曾极（临川布衣）的《金陵百咏·渔父》又借史虚白的《渔父》一联，题诗曰"智士旁观当局迷，沧浪钓叟出陈诗。江头风怒掀渔屋，底事全家醉不知"，前二句陈述史虚白写诗缘由，后半首借句入诗，可惜没有读懂史虚白"风雨揭却屋，全家醉不知"警告当权者的深意，肤浅一借，只道渔父，顿失奇警。

其实，《金陵百咏》本不乏奇诗，借细事抒发，写大题材，跟史虚白有同功之奇的，例如七绝《画龙屏风》，"乘云游雾过江东，绘事当年笑叶公。可恨横空千丈势，剪裁今入小屏风"。此屏风物件，乃"（北宋宫中）宣和旧物，高宗携之渡江，后坏烂。宫官惜之，剪裁背成屏风立殿上"。背成，即装裱而成。明写"小屏风"，闲闲漫侃由来，却以小见大，实蕴着讽刺偏安朝廷俨如破帐装裱立殿之深意。若无构思落想到拆改屏风，以小物件感恸江山易主的大题材，巧借也难出奇。

罕题诗本不容易咏好，与其辗转苦思，莫如放开思路，来一番奇妙构想，或可"绝路逢生"，出脱为奇。五代何光远《鉴戒录》载过刘象一首罕题诗《咏仙掌》。首句"万古亭亭倚碧霄"，分述时空，说仙人掌万年不过如此。次句形画，"不成擎亦不成招"，说仙掌（山名）既不能擎天又不能招手，贬抑其百无一用。后半首转掋，就"掌"字生发奇想，先抑后扬，示其"出路"，说"何如掬取莲池水，洒向人间救旱苗"，转"劣势"为"优势"，反得惊奇。

读诗解诗，常见的毛病是先入为主，赏读奇诗也不例外。开篇方读一句"人间何日不尘生"，即道诗作者有厌烦尘世意，接读至"扫到何年扫得清"，又谓俗尘太多，难以扫清，有放弃意。再读"输他天台双行者"，又断言果欲放弃；待末句"睡弯筜帚午鸡鸣"一出，方解此诗戏谑出奇。行者，即住寺未剃度者。诗作者是明代书画家徐渭，先画两名寺童枕帚而睡，因客人要求题诗，便题了上述那首七绝。全诗用因果法，因为人间俗尘无尽，而且永远扫除不清，所以天台寺的两个行者索性睡弯笤帚直至午鸡打鸣。全诗意在调侃，说城里人羡慕出世人的自由懒散，画家借此聊作自嘲而已。此诗番番前言俱为结句而设，而结句偏偏平淡道来，虽然出人意料，却也恰合松院"福臻不说禅，无事日高眠"的自在修为，遂得不奇之奇。福臻，系智圆禅师法号。此二句禅诗，见于《五灯会元》卷十二。读诗解诗须有耐心，聪明的读者都沉得住气，结论悠着点儿，譬如一口吞掉人参果，没有过程，如何体味？

清代《射鹰楼诗话》曾推举过道光时期诗人张钦臣的七律《红叶》，最后"数枝划破秋空翠，指点群峰最上头"，卖个关子，故意话不挑明那"划破空翠，指点群峰"的就是红叶，不明之明，诗笔也用意不凡，几夺诚斋之席。

杨万里逝后，南宋诗人方回（号虚谷）诗名鹊起，曾经写过一首《过湖口望庐山》，也说雪中梅，也说梅花牵人痴想，诗法极妙。首句"江行初见雪中梅"，交代空间时间，说初见雪梅（人事关系），似也平常。次句"梅雨霏微棹始回"，本不欲返回，因为"梅雨霏微"，只好恋恋不舍地启棹返程；句中自述因果，也不见奇。转句以"莫道无人肯相送"，假拟陡起；结句"庐山犹自过江来"，指虚为实。明明无有庐山过江相送的事，偏要无中生有，说"莫道无人肯相送"，现江舟劈波，庐山似乎也在相送随行；自起波澜，臆断为奇。方回一生研究诗学，心得独见多著书传世，惜中年投门权贵贾似道，又有"举城迎降于元，不齿清议"等秽行，自毁满腹锦绣，名誉扫地。

奇句在后，实则是奇思妙想的最后披露。北宋张俞的《蚕妇》，始写"昨日入城市，归来泪满巾"，述说一去一来，不过对面平常话语，转杙"遍身罗绮者"后，忽以"不是养蚕人"叫醒，对比豁然，余味感人，催人泪下。若果不借蚕妇悲苦命运作结，小诗全用叙述，也平凡无奇。昔日给研究生班授课，讲义的诗例中选有此诗，学生开始颇不以为然，笔者即以张俞诗为例讲奇句在后又首尾呼应（因入城市，故得见"遍身罗绮者"；因归来见着养蚕人，故泪流满巾），学生方知不解诗法真不识古诗之妙。

与张俞《蚕妇》作法相近的名诗很多，例如清代袁枚的《马嵬坡》，诗曰："莫唱当年《长恨歌》，人间亦自有银河。石壕村里夫妻别，泪比长生殿上多。"诗以劝诫发端，末句以泪相比，奇句在后；皇宫帝苑的泪别与石壕夫妻生死离别的痛楚孰轻孰重，读者自明。因首起说过《长恨歌》，故后半首举长生殿比石壕村事，贯意自然；因前半说人间亦自有银河，暗寓夫妻之爱未必只属君王贵妃，故后半以老杜诗中石壕村翁媪凄惨离别，愤发感慨，又回应首句"莫唱当年《长恨歌》"，顺势而出地表达了对唐代白居易《长恨歌》美化君王之爱的"旁敲侧击"。小诗没有大道理大议论，却截击有力，一针见血，应属难得。

细草穿沙雪半消，吴宫烟冷水迢迢。

梅花竹里无人见，一夜吹香过石桥。

　　　　　　〔宋〕姜夔《除夜自石湖归苕湖》

州桥南北是天街，父老年年等驾回。

忍泪失声询使者：几时真有六军来？

　　　　　　　　　〔宋〕范成大《州桥》

蒲子花开莲叶齐，闻郎船已过巴西。

郎看明月是侬意，到处随郎郎不知。

　　　　　　　〔明〕王庭相《巴人竹枝词》

手培兰蕙两三栽，日暖风微次第开。

坐久不知香在室，推窗时有蝶飞来。

　　　　　　　　〔明〕文徵明《题画兰》

城头一片秦时月，每到更深照黑河。

马上万人齐仰首，不知乡思是谁多？

〔清〕徐兰《关山月》

莫唱当年《长恨歌》，人间亦自有银河。

石壕村里夫妻别，泪比长生殿上多。

〔清〕袁枚《马嵬坡》

读文徵明《题画兰》前两句"手培兰蕙两三栽（倒语，即栽两三株兰蕙），日暖风微次第开"，尚不知是题画兰；第三句转柁，以为香气应该来自窗外栽培的兰蕙，说"坐久不知香在室"，也不能断定就是题画兰；待"推窗时有蝶飞来"句出，方知兰香原来在室，而兰香全因画兰。将画兰如此意外出场，正正新奇。倘若先从室内兰香开笔，再移写室外，料不及倒戟进场奇异。宋范成大的"忍泪失声询使者：几时真有六军来"，明知故问，"真"字最奇；其多少期盼，又抛洒过多少无望的血泪。问句生奇，实则运用"拟口"，写失声询使的"父老"本色言语出奇。明代诗文大家唐顺之是主张"本色论"的，认为勉强做作绝无好诗，"好文字与好诗亦正在胸中流出"，故而推崇"陶彭泽（渊明）未尝较声律、雕句文，但信手写出，便是宇宙间第一等好诗"（见《与莫子良主事》《封知府朱公墓志铭》等）。岂止范公的《州桥》，南宋姜夔的"梅花竹里无人见，一夜吹香过石桥"，写意外惊奇，也算得上"第一等好诗"。惯常熟悉的水岸沙路，竟然不知竹林深处尚有梅花。除夜从范成大的石湖归来，在苕溪登岸后，忽然闻到梅花吹香，一番寻觅后的发现，惊喜，感慨，写出了意外的惊奇。"细草穿沙雪半销，吴宫烟冷水迢迢"，款款交代时空，那冬雪半消、细草穿沙、烟冷水迢的冬春交际，似不经意，却写景极佳，换一字不得。如此铺垫，后半的意外发现，自然生奇。吟诵之余，联想到忽然发现人才的难得惊喜，不也是"梅花竹里无人见，一夜吹香过石桥"吗？明代王廷相的"郎看明月是侬意，到处随郎郎不知"，承接前半实写，虚笔述出怨嗔，奇在越怨嗔无理越是深情。元王构《修辞鉴衡》主张"诗以意义为主，文词次之。或意深义高，虽文字平易，自是奇作"；诗有平易见奇者，不妨归入此类。

据清褚人获《坚瓠集·己集》（卷二）载，女子有擅出奇诗奇句者。明代新淦有位范氏妇人，读书能诗。一日，编纂官杨士奇经过新淦村塾，见案桌上有副十一言联："墨落杯中，一片黑云浮琥珀；梳横枕上，半轮残月照琉璃。"此上下联前四字"墨落杯中"又"梳横枕上"，皆用写实法，如何见即如何写。后七字各分作两截，"一片黑云"喻"墨"字，"半轮残月"喻"梳"字。"浮琥珀"形画墨云落入杯中的溶融之状，"照琉璃"则形画月光横于枕上的辉映幻像。以残月喻"梳"，也是奇想在后，压过上联，自然精彩。杨公问何人所作，学子不答。一再追问，那学子乃曰："家母。"杨公非常惊异。后来朝廷欲选"女学师"（宫中教习女子的教授），当时杨公正好在馆阁有荐举责任，便推荐了范氏。在宫中数年后，范氏某日为《老妇牧牛图》题诗一首，诗曰："贵妃血溅马嵬坡，出塞昭君怨恨多。争似阿婆牛背稳，笛中吹出太平歌。"此诗前半分别评述唐杨贵妃血溅马嵬坡和汉王昭君出塞二事，说紫垣高贵幽深，却非舒心自在之所，真不如山村阿婆坐牛背上吹吹太平笛歌稳当安逸。此诗，确实不让须眉。奇在古今遥接，奇在以山村阿婆听歌结句，贵贱相较，隐意生奇。明宣宗见题画诗后，知道"彼不乐居此矣"，便不强留，立即封范氏为"夫人"（宫廷女官称名），"厚赍（赏赐）而遣归"，遂了她返里"牛背听歌"的意愿。

读诗，常用横向比较的方法，读奇诗亦不例外。采撷不同作手的同一词语，稍作比较，孰奇孰不奇，或者孰奇孰更奇，不仅一目了然，还会有新的发现。唐代韩偓《三月》诗有"四时最好是三月，一去不回唯少年"，虽小有韵致，但直白如同对面话语。后来清代袁枚用借山筑阁法写得《春柳》，最后两句是"乍开青眼如相识，抛得黄金便少年"，说年年见春柳初泛鹅黄，皆有如逢旧友的亲切感；春柳枝柔婆娑，曼舞鹅黄，一似轻狂的抛金少年，以喻巧作形画，较韩偓句自多精彩。近代王国维《晓步》的"四时可爱唯春日，一事能狂便少年"，亦用借法，因上句"可爱唯春日"道出春日可爱，故岁月可贵，生命如春，固当珍惜。又以下句"一事能狂便少年"跳出岁月时间框框，说只要能以青春的活力去热情投入做一件事，便是童心未尽，如同少年一般。王国维不拘于韩偓只就岁月时间辗转的框框，构思绝好，又意新语新，可谓"善偷"。"善偷"出色，有造化有新意，亦是奇妙。

读明代李攀龙的《塞上曲送元美》至第三句"城头一片西山月"时也觉平平，待末句"多少征人马上看"一出，则隐隐感到震撼。征人看月，必是思家。倘若半夜思家，倒也一般，但非一人思家，是问"多少征人"（战事年久，征人无数）；又非宿营思家，是巡夜或行军于马上（其辛苦可想）；又非圆月初升，是"一片西山月"（料已通夜无眠）。此诗之哀怨痛苦，尽在字里行间，何须赘言。百余年后，清代徐兰写《关山月》，诗曰"城头一片秦时月，每到更深照黑河。马上万人齐仰首，不知乡思是谁多"，显然偷借李攀龙《塞上曲送元美》诗意，用"不问之问"法，弄巧成拙，未及李诗精彩，留下遗憾。

奇句未必无"病"，能得诗友切磋或赐教，成全奇诗也是一份小小的文化功德。清袁枚《随园诗话》记有一些诗友于茶酒谈笑之间指误事，细味皆不无道理。袁枚《落花》原有"无言独自下空山"句，诗友邱浩亭见之，指"空"字道秋冬落叶可以，言落花须是"无言独自下春山"，一字之易，形画春花，飘落生奇。又《送黄宫保巡边》原有"秋色玉门凉"佳句，清雍正乾隆间"江右名士"蒋心余见之，谓"'门'字不响，应改'关'字"，一则宫保西塞巡边，守"玉门"不如"守关"符合身份；一则"关"字声响，声采增奇。又《赠乐清张令》原有"我惭灵运（晋谢灵运）称山贼"，执弟子礼的诗人刘霞裳指"'称'字不亮，应改'呼'字"，袁枚从之，改"我惭灵运呼山贼"，果然精神。佳句一字不稳，恨难生奇。难怪袁枚自称"从谏如流"，感慨不已，曰"诗得一字之师，如红炉点雪，乐不可言"。

断定诗中字词正误奇异否，皆须用细心读法。古今字词释义，不尽相同，或有迥然差异，如果解读时没有弄清字词正确含义，即以今义释古义，随便臆断，纷红乱绿，也会影响到奇句的赏析和学习。例如私艰（父母之丧）、青箱（世传家学）、青囊（医道卜术）、树鸡（木耳别名）、树子（嫡长子）、竖子（童仆或愚弱小子）、料理（安置或排遣）等，对照今义，皆需通篇贯意，甄别断定。例如"陶陶"，古今多用其欢乐畅快意，《诗经·王风·君子阳阳》名句有"君子陶陶"，宋苏轼《行香子·述怀》有"虽抱文章，开口谁亲？且陶陶，乐尽天真。几时归去，作个闲人，对一张琴、一壶酒、一溪云"，其"陶陶"，暗传"君子坦荡自怡"的意思，读者只道喜欢此词，只知道东坡"陶陶"，却隔着一层，没有读懂东坡以君子自豪的心思，算不得深知。元代徐瑞有首《雪中夜坐杂咏》，前二句"谷粟桑麻里俗淳，农谈竟夕意弥真"，说空间时间中的乡村人事，后半的"半壶浊酒陶陶醉"，以陶醉浊酒忽地带出"便是羲皇以上人"，千秋以为奇语，实则奇在结句。诗人将先古"羲皇以上人"作为理想生活的最高境界，落想新奇，结句亦凌厉古今。羲皇，即伏羲氏；羲皇上人，乃太古时期人。古人相信太古时没有权益之争，先民无忧无虑，食栖就便随行而居，暂适即足。东晋陶渊明《与子俨等疏》也有"常言五六月中，北窗下卧，遇凉风暂至，自谓是羲皇上人"，只是徐瑞陶陶一醉，便牵出"羲皇以上人"，势欲抖尽俗尘，故而拍案惊奇。下举"陶陶"四例，表述悠闲适意都比较到位，但未必诗奇。

　　　　莫入红尘去，令人心力劳。
　　　　相争两蜗角，所得一牛毛。
　　　　且灭嗔中火，休磨笑里刀。
　　　　不如来饮酒，稳卧醉陶陶。（〔唐〕白居易）
　　　　至乐岂必酒，天真自陶陶。（〔宋〕黎廷瑞）
　　　　陶陶万事不复理，冻口且吐寒酸诗。（〔宋〕刘过）
　　　　春里看花须款款，雨中剪韭且陶陶。（〔宋〕文天祥）

　　然而，让今天读者意外的是，"陶陶"在古诗词中还有漫长、暖和等意，慎勿混淆。《楚辞·九思·哀岁》的"冬夜兮陶陶，雨雪兮冥冥"，"陶陶"表述时间漫长意。《史记·屈原贾生列传》的"陶陶孟夏兮，草木莽莽"，"陶陶"又有暖和意。奇，是文学美意的情感传递，有时歪打不能正着，读诗仍须细心。南宋忠良文天祥，本一甲一名进士，景炎三年（1278）被蒙古汉军元帅张弘范部下所擒，诱降不从，作《过零丁洋》诗明志。此诗不仅高节昭显奇气，其表情达意郁勃慷慨，字句亦奇崛。其中，"惶恐滩头说惶恐，零丁洋里叹零丁"，巧借地名诉说"惶恐""零丁（通伶仃）"的危急心境，而成天然奇巧之对，至今无二。只是惶恐滩，本名黄公滩，文天祥当初为了应对"零丁洋里叹零丁"，以"惶恐"与"黄公"音近，遂援借凑对，方便吐述困境，有冒犯真名的故意，或者因为二百年前苏轼入赣诗的误用在先，情急之际沿袭一用，亦未可知。

　　清初施闰章《蠖斋诗话》评《过零丁洋》诗，实话挑明，曰"偶用取巧，然实黄公滩也"。因为北宋元丰二年（1079）"子瞻（苏轼）误用之，遂成佳话"，虽然言辞宽容，但未能成全好诗，反而杀了风景。公道言之，诗人为了表情达意的需要，诗文中命意或有发挥，或任由心性，命意即是命名，例如"落魂坡"、"胡孙藤"（拐杖）、"断肠亭"等。当然，后人若用"惶恐滩"取代"黄公滩"，仍须慎重，或加注释。如果诗人皆为成全一时诗兴而更改山名地名，放纵任性到正误淆乱，也是一等麻烦。其实，明《石仓历代诗选》辑宋赵抃《入赣闻晓角有作》有"移舟夜泊惶恐滩"，《宋诗钞》辑苏轼《八月七日初入赣过惶恐滩》等，二诗用"惶恐滩（黄公滩）"皆在文天祥《过零丁洋》之前，文公情急移借，不意落案惊奇。今之论者可以明鉴故实，不妨放过"惶恐滩"，成全一首正气凛然的好诗，亦是造化。

　　总之，诗有奇句，究其实，在于"新"。新生奇，奇能惊眼目，新能动心意；若非意新语新，尽在陈词滥句上折腾，焉得生奇？就诗歌创作而言，"情必极貌以写物，辞必穷力以追新"（见《文心雕龙·时序》），奇句在后，善作结尾，自然有极貌穷力的追求和陶铸。通常指结句深蕴堪味，实属创作和欣赏的需要。古人说做文章要"凤头猪肚豹尾巴"，即是说，开端须突兀异彩，摄魂夺目；篇中蕴涵丰富，能撑住首尾；结语能振醒全篇，可望余味不尽。结撰奇句，力主自然生新，定非预谋雕饰，刻求可成。其实，诗歌创作和欣赏经常言及的"起承转合"是个系统工程。无有"起承转"合乎情理的铺垫，最后甩出的那"豹尾巴"也未必声情精彩到位。只要在立意上先下足功夫，如果构思绝好，意新语新，兴到意随，当不难得好诗。

待到转身的回眸一笑，即是离去前留予读者思念不尽的美妙，觉得有多好就有多好。

（此文曾部分选载于 2012 年 5 月 10 日《光明日报·雅趣》）

题壁涂鸦有好诗（一）

　　吾国自古以来就有题壁的文化传统，谦称涂鸦，实属雅写。这跟当今满世界景点狂书滥刻"某大爷到此一游""到金顶天生富贵"等恶俗涂抹，雅俗向背，绝对两码事。

　　古代说是题壁，其实逢着各类建筑或者山石桥栏树干等凡能写画图形文字处，皆可题写；或诗文，或写画，长短随意，泛泛理解，统属"题壁"。至于诗兴大发时，得啥题啥，题树叶、题门扇、题头巾、题襟带、题几案、题橱柜，只要诗好字好，都可以遂情作为，也不限只是题壁。唐孟棨《本事诗》记博陵崔护清明独游城南，在村居叩门求水，留有"人面桃花相映红"的美好印象，翌年清明又去，门墙如故，叹惋"人面不知何处去，桃花依旧笑春风"，所作的那首千秋传诵的爱情诗，就是题写在"左扉"（左门扇）上的。

　　因为"题壁"是泛称，又九州文人墨客共同之雅好，所以古代驿站客舍官衙庙宇楼观，甚至路亭野桥等，通常都会设置粉壁、楹柱、诗板、案屏、门扇、壁石等供过往客人挥毫尽兴。

　　旅途鞍马劳顿，或需要稍事休憩补给粮水，或因雨雪阻行无奈滞留，拂尘赏读壁间过往行人的题诗，等同今人观看壁报，享受些许文化加餐，也可以互通消息，消遣无聊。中唐元稹《骆口驿》诗有"邮亭壁上数行字，崔李题名王白诗。尽日无人共言语，不离墙下至行时"，那终日徘徊题壁下，独自读诗竟然半步不离的情景，当是真实的记录。如果此际，有幸于壁间看到昔日自己或者友人的题壁诗，料有惊喜，但嗟叹岁月流逝和人事变化，未必都深感慰藉。唐吴融的

"何必向来曾识面，拂尘看字也凄然"，宋黄庭坚的"往寻佳境不知处，扫壁觅我题诗看"，陆游的"倦游重到曾来处，自拂流尘觅旧题"，苏轼的"试问壁间题字客，几人不为看花来"，皆忧乐各有所感，沧桑自领。

北宋大文豪苏轼（东坡）一生仕途坎坷，经常南北颠簸，行旅所至，很关注题壁，借此可以了解世事变化以及过往友人的动态。苏轼诗书兼擅，原本也喜好题壁，报平安，发感慨，留下的鸿泥雪爪，类似今之博客信息，都是可贵的历史文化痕迹。当年苏轼与弟苏辙应举途中，在渑池寺庙留宿时，得奉闲老僧殷勤款待，曾有"旧病僧房题共壁"事，后来重过此寺，奉闲老僧已经故逝，后来又有"泥上偶然留指爪，鸿飞那复计东西。老僧已死成新塔，坏壁无由见旧题"的追忆，睹壁生情，镜头回放，该是何等感慨。

古今题壁的趣闻不少，以题壁结识名流或幸会崇拜者，能供后人编排故事，留下几多佳话，亦未可知。据宋僧惠洪的《冷斋夜话》："东坡初未识少游（秦观），少游知其将过维扬，作（东）坡笔语题壁于一山寺，东坡果不能辨，大惊。及见孙莘老，（孙）出少游诗词数十篇读之，乃叹曰：'向书壁者，定此郎也。'"由此题壁，东坡得识秦观，结为师生挚交。当然，秦观敬仰东坡年久，寻此机会，须得先自恃高才，自信满满；东坡有好眼力，亦须先有识才爱才的胸怀。虽然此后二人因才大不幸，仕途坎坷困苦，各自颠沛，但此次天公作美，二人题壁结缘，却给诗史留下了美谈。

题壁诗文结缘，即使对佛门松院而言，也是千古流传不绝的风雅胜事。是诗话还是诗偈，佛心自解，何须俗念困惑自扰？近代释子敬安（1851—1912），因受戒参禅，曾经宣扬"独耻以诗名"，某日行至杭州灵隐寺，挥书一偈《题灵隐飞来峰》，"笑问飞来峰，毕竟来何处？既然飞得来，为何飞不去？"留下过"鸿声棒喝"。然而，此偈终不如他芒鞋行至镇江金山，禅心化诗的那首《金山题壁》震撼心扉，竟让持香拜谒金山者心仪虔诚，默诵至今，不倦不厌。其诗曰：

金鳌胜境似蓬莱，到此令人心眼开。

最爱夜来清枕上，海门潮送一声雷。

好一个枕上听潮，更况"海门潮送一声雷"的神奇灵异。到此，果然能令人心眼顿开：题壁可观还是松院蒲团打坐者入心不见？是俗雷灌耳还是心耳俱了的默听无闻？静修慧业的佛门虔诚，一向难舍世谛文字，释子作诗修行明愿，是因缘，而非罪过。思考禅诗，不啻思考人生。金山题壁后作诗修行的释子敬安，最终修成了名僧八指头陀，留下"诗心静养云千嶂，禅意清余月一溪""不贪成佛生天果，但愿人间有好诗"等，圆寂于北京法源寺（现中国佛教协会会址），亦是佛法无边，诗缘无尽。

古代题壁诗，还有公开告知的功效。譬如儿女不孝、儿媳欺老、邻里霸道、占地侵房等纠纷，久理难清，自有乡里文化长者题诗于壁，公而告之，或可获得道义公理的支撑。据清《不下带编》，长洲某诗翁因为二子奉养慢怠，被迫无奈，题自家堂壁一诗："人生七十强支持，帘卷西风烛半支。传语儿孙好看待，眼前光景不多时。"诗很直白，如同对面话语，但每句的后三字，"强支持""烛半支""好看待""不多时"，最得"衡秤压砣"之法，形画孤苦无奈，悲声催人泪下。加之题壁诗朗朗上口，方便传播，迅及乡里后，二子迫于舆论，也容易清醒。老翁第二子方以文，学有时名，观壁大惧，恐不孝丑事影响前程，立刻拜托亲友恳请老父涤壁去诗，保证日后奉养有加。后来壁诗虽然涤去，但诗已远传，也为长洲儿女留下永久的训诫。其子能见诗大惧并承诺奉养，说明天良未尽，尚可提耳承教，回头不迟。

题柱，可举唐元稹的《见乐天诗》。

元稹远行宿店，发现客少，惊闻前方发现虎足印迹，遂赋诗为证，曰"通州到日日平西，江馆无人虎印泥"，首句说地点时间，次句以"无人虎印泥"，矫矫对照，补足紧张氛围，也暗示出滞留原因。第三句一转，“忽向破檐残漏处”，随即“见君诗在柱心题”，结出意外惊喜。“君”是元稹的挚友白居易（字乐天）。特写“破檐残漏”，是元稹的用心处；愈写旅店破残，愈见困境无奈之际，愈见柱题发现白居易诗的兴奋。如此险危之地，如此凄清之夜，能见到友人的题柱诗，正好慰藉孤寂，愈见温馨。

跟唐元稹境遇相同的是明代顾璘在岳州临江驿意外见到“亡友凌谿子题壁”。因友人已逝，顾璘“怆然兴怀”，潸然泪下，挥毫题壁三首，诗有“谗多城市俄生虎，运去英雄莫问天”“鹦鹉才高失帝庭，人间穷达转冥冥”等，也让后来的过客恸惋前代忠鲠栋梁的悲壮，惺惺相惜，永志不忘。特别是那句“运去英雄莫问天”，俨然超乎时空，为古今英雄志士的命运伤情，续写了无尽的哀叹。看来，即使沧桑不再，这物是人非的鸿泥雪爪，果得后人拂壁诵读，既是幸承教化，也是一截忧乐祸福的文化见证。

游目驰骋的玩家和行旅匆匆的过客，题壁后转身即去，会留下精彩吗？

在千秋脍炙人口的经典诗歌中，真有很多精彩与题壁缔结过难解的文化之缘。仅宋一代，王安石《题湖阴先生壁》的“一水护田将绿绕，两山排闼送青来”，东坡《题西林壁》的“不识庐山真面目，只缘身在此山中”，岳飞《题青泥市寺壁》的“斩除顽恶还车驾，不问登坛万户侯”，陆游《醉题》的“寻僧共理清宵话，扫壁闲寻往岁诗”等，无一不雁过留声，震响诗坛。

题壁挥毫，大都即兴而为；多几分真情的驰骋，便会少几分雕琢的刻意，故而容易得到“林间自在啼”的任性和潇洒。据《娱野园漫笔》载，安徽齐云山高耸入云，昔有“齐云山与白云齐，四顾青山座座低”二句留在山顶亭壁，不知南宋何人所作，大约形画齐云山之巍峨，语太直白，损了余兴，故出此半截，遂遭原作者见弃。后来游人至此，诵之也觉无味，总无续题。百余年后，明代诗书画家唐伯虎携友人至此，见之大喜，曰“正待吾也”，拈笔续出“隔断往来南北雁，只容日月过东西"二句，奇崛非常，压倒了齐云山千题。此诗此事曾被辑入《唐伯虎诗文集》，料非杜撰。若原作者不因出手平平而轻易放弃，开拓一下思路，后半首能得振采，也不会让唐伯虎捡此便宜。

此诗前二句说齐云山高，用设身处地法，即借登山者自家作想，写出了"四顾青山座座低"的高峻气势，开场还算大气，只是凤头未善，搁笔便无豹尾，留下遗憾。唐伯虎呢，也不费力，只是接着前人思路，添加想象而已：既然已经置身山顶，那么一天之下，万山之上，纵大雁飞越不成，日月毕竟还能自由来去，所以唐伯虎举重若轻地拣那过不去的大雁和朝夕东西的日月一说，完美题壁，也顺便救出一首好诗。

题壁，不乏过目难忘的好诗。

据清《坚瓠集》载，诗人敖英一日山行，见农家壁上题有四首绝句，意甚警策，问何人所作，说是大学问家朱熹所作。敖英拜读后，果然由衷佩服。

一曰"鹊噪未为吉，鸦鸣岂是凶？人间凶与吉，不在鸟声中"。言人间凶吉非由鸟声预卜；鸣叫悦耳未必吉祥，叫声刺耳未必凶兆。反诘在前，断句在后，以"鹊噪"衬出"鸦鸣"，对比反驳，有理亦有力。

二曰"耕牛无宿草，仓鼠有余粮。万事分已定，浮生空自忙"。先以"有无对举法"说勤奋干活的"耕牛无宿草"，而一贯贪污偷盗的"仓鼠有余粮"，言世道如果不能助善惩恶，最后邪恶猖狂，百姓挣扎，浮生几等空忙。

三曰"翠死因毛贵，龟亡为壳灵。不如无用物，安乐过平生"。以"因果推理"言翠鸟因羽毛珍贵而死，大龟因卜甲灵验而亡，如果俗世善无善待又恶无恶报，不妨推崇"无为"。

四曰"雀啄复四顾，燕寝无二心。量大福亦大，机深祸亦深"。其中"雀啄复四顾（城府机深），燕寝无二心（量大知足）"，全用"正反对举"，言待人处事，机深者疲惫于深祸，量大者福大于忘忧，褒抑明朗，无非实际。

　　四诗皆有哲理，引喻巧妙，诲教又无道学气，意在更正陋习和针砭时弊。估计是朱公借宿时与农家主翁议论世间尘俗后的即兴题壁，检其《晦庵集》不见，疑为遗珠。

　　题壁诗并非都是游玩山水的闲情小品，也有怀志郁勃，登山啸傲后挥毫一快，或者假托名姓，借着楼观庙宇或故道荒店，曲婉表达一下不便直白的忧乐隐情。历代文人雅士参观名胜古迹，有感于故国沧桑或人物事迹，赋诗书壁，也留下过诸多珍贵的文化念想。例如千秋评议刘邦项羽功过，容易偏激贬抑或者褒誉过情，泂属难题，而明代万历间以刚肠嫉恶傲兀名世的王象春（1578—1632）竟敢站出来，以易决难，慷慨激昂地写了一首评价"刘项"的题壁诗《书项王庙壁》。诗分三截，三句一截，全用"两两对举法"。每截前两句列事，作功过对举；后一句毅然作断，功过评定亦赫然对举。诗曰：

　　　　三章既沛秦川雨，入关又纵阿房炬，汉王真龙项王虎。
　　　　玉玦三提王不语，鼎上杯羹弃翁姥，项王真龙汉王鼠。
　　　　垓下美人泣楚歌，定陶美人泣楚舞，真龙亦鼠虎亦鼠。

首三句，评说刘邦初以约法三章，宽慰父老，又项羽入关纵火，戮杀降王事，评断刘邦得民心，项羽失民心；二人胜负各半。次三句，鸿门宴上，未从阴谋，是项王磊落大气，而汉王刘邦老父被虏，固然无奈，但刘说"分我杯羹"，是无情无义；二人胜负各半。结三句，以虞姬垓下之歌、戚姬宫中之舞，说项羽刘邦皆为美人气短，故一并果断非之。

　　王象春此诗明了痛快，斩钉截铁如结讼断语，若置之诗集，恐不见好；书之于壁，供过客周览，真正倍足精彩。九句六十三字，全据刘邦项羽史实，一一对照，评议言简意赅，公平褒抑；此等题壁，语不奇，诗奇，不可不读。

　　题壁诗大都行旅间即兴而为，或睹物生情，或忆往书感，或观后助兴，署名自便，关键在诗书须好，诗味精警隽永，一番文字载得一番诗情，才会给匆匆过往的文人留下绵绵的念想。

南宋周煇（1127—?）的《清波杂志》是"纪前言往行及耳目所接"的著名笔记文集，自言行旅途中关注题壁几成习惯；每至"邮亭客舍，当午炊暮宿，弛担小留次，观壁间题字，或得亲旧姓字，写途路艰辛之状，篇什有可采者"，笔录收获，当然也欣慰自家文案。

因为周煇见多识广，故看见题壁文字的书写中"笔画柔弱，语言哀怨"，还能断定"皆好事者戏为妇人女子之作"。昔日在常山道上，周曾见壁间一首小诗："迢递投前店，飔飀守破窗。一灯明复暗，顾影不成双。"题书者署名"女郎张惠卿"。估计战乱民苦时，题诗人颠沛流离至此，不知往后命运前景，悲戚奈何，唯书诗留壁而已。果真女郎，何须自我标榜"女郎某某"，古代男性文家在外不便留名，借妇人女子名姓题诗炫奇，如此这般者并不少见。

返程时，周煇再去观看，和诗已经满壁。此驿站名"彡（shān）豀"，因其水作三道奔来，作"彡"字形，所以有署"鲍娘"者题诗回应，"豀驿旧名彡，烟光满翠岚。须知今夜好，宿处是江南"。大约当时兵祸暂息，行旅轻松许多，情绪较"女郎张惠卿"诗平和乐观，犹庆幸能平安返回江南。

"鲍娘诗"后又有名流蒋之奇（1031—1104，字颖叔，宋徽宗时观文殿学士）和诗一首，引起来往过客的关注。和诗曰："尽日行荒径，全家出瘴岚。鲍娘诗句好，今夜宿江南。"蒋诗磊落正大，公开署名于壁，并对"鲍娘诗"做出了"诗句好"的评价。周煇认为，蒋之奇未必真有兴趣唱和那些"妇人女子"之诗，应该是蒋"特北归读此句（因公务由北边平安归来，读到题壁此句），有当于心，戏次其韵以志喜"，即乘着兵乱缓息，百姓官家都暂时宽松释快，蒋之奇亦按捺不住，调侃志喜而已。彡豀三诗，算不得精彩，但出脱于战乱缝隙的危急和缓之际，小诗生动的真情实录，或可胜过正史。

人生一世，无非悲喜交集，碰上有情难耐又亟需吐述时，既然可以不择纸笔，那么，任性挥洒旅途颓壁，吐述郁闷或者朗啸适快，有何不可？题壁诗的应运而生，应时而存，已是中华诗歌文化百花园里不可或缺的花草；这些并不炫眼骇目的青翠红黄，对扩充眼界，寓赏识精，息养人生，岂徒然欤？

（载于 2017 年 8 月 11 日《光明日报》）

题壁涂鸦有好诗（二）

　　题壁文体，可诗可文，随缘而为。出行或者居家，偶有感触，喜怒哀乐，兴之所至，笔之所随，如此而已。

　　古今题壁诗多，题文比较少见。明代大家杨慎一生不遇，郁闷难排，曾以短文题书自家壁云："老境病磨，难亲笔砚；神前发愿，不作诗文。自今以始，朝粥一碗，夕灯一盏，作在家僧行径；惟持庞公'空诸所有'四字。"文见于杨慎《与张含书》，料非虚传。此四十四字短文极似自律性的"誓词"，可以看作是长期被迫害压抑后的杨公，面对友人的一次舒啸释怀，有无其他聆听者同情者无所谓，私下传抄传阅也无所谓，已经"空诸所有"的居家修行，说点儿狠话，自律一下，谁也奈何不得。"空诸所有"，佛门语。居士庞蕴（字道元）有"但愿空诸所有，慎勿实诸所无"，皆言"事过而化，百忍为上"。此传世名言，禅林日诵，实则本于"周成王告君陈曰'必有忍，其乃有济；有容，德乃大'"，当然也是读书人儒修必读的知行真谛。

　　说古代题壁，有两点不可不知。

　　其一，古代不但庙观楼阁，甚至连路亭驿馆、野林峡谷，一般都备有专供题写用的板壁、平石、诗牌等。往来客人苟有诗兴或者欲作提醒（譬如路途凶险或战事警讯等注意启事），皆可方便挥毫题写。此习俗远传海外，连日韩等国的旅游胜地至今仍有提供"专用题壁"的笔墨，即使板壁已经逐渐用册页、木板、卡纸等取代，但是游览小憩时翻检一些卡纸旧题，因为上面书写颇多汉诗，雅趣故然，援笔也容易萌生文学遐想。

今人蜗居伏案，偶有感慨，大都去翻箱倒柜，寻找纸笔；弄不好，吓跑灵感，追悔莫及；怎的没想到学习杨慎，立即题写自家墙壁呢？所谓"涂鸦添逸兴，飞上草庵墙"，只为图个自在方便，何乐不为？日本江户时期汉诗诗人龙公美的《题庵壁》，是一首著名的自题斋壁诗，"金龟城里画桥南，落魄儒生小草庵。陋巷月临秋寂寂，衡门风动柳毵毵。腹中蠹食书千卷，腰下龙鸣剑一函。徒慕柴桑松菊主，深惭五柳至今甘"。首联以京都宫城与山间草庵对举，富贵与清贫清楚划线。次联专写清贫，承"草庵"分写"陋巷""衡门（柴扉）"；颈联写志向，慨叹书剑风流用"腹中腰下"四字，暗示其志拘束不展。尾联写现状，说在清贫易守而志向难酬的情况下，徒慕中国东晋陶潜，愧领五斗。东瀛江户时期的汉诗精品，皆讲究声律和诗法，纵即兴题壁也不例外，读者万勿以"淮北生枳"陈见视之。

其二，古代题壁谢绝恶俗，要求题壁者不但诗文上好，书法水平也须上乘。在管理方面，既然标榜明正风雅，也会及时淘汰陋字歪诗。宋人蔡廷瑞有诗曰"题遍寒岩古佛庐，唐人诗句晋人书"，明确指出当时题写对内容和形式的双向要求。当然，题写者的即兴发挥，未必都能达到李杜诗和"二王"书法的水准，但至少也得字词书写容易解读，涂鸦顺眼，诗文顺口。古代比较本分的文化人大都有自知之明，敢于题壁的君子通常都会留下姓名，随便让歪诗烂句陋字恶书题壁现眼，无异遭人诟骂，自寻难堪。

明田汝成编撰的《西湖游览志余》记有神秘道人题写扇板一事。景定年间（宋理宗年号，1260—1264）某日，清河坊扇店来一道士持破扇求补，店主宁愿白送却不愿修补，道士索得笔墨，在扇板上题诗一首，释放不悦。诗曰：

> 一轮明月四时新，一握清风煞可人。
> 明月清风年年有，人世炎凉知几尘？

"题毕，掷扇而去"。人世炎凉，古今难免，但店主能赠送一扇，恐非蔑视道士，只是嫌补扇麻烦而已。误会撞出一首好诗，留与过客警觉庸俗世风，倒也值得吟味。奇怪的是，那悬挂样品的扇板"板厚数寸，墨迹直透于（板）背"，好生厉害。由此，扇店扬名，"卖扇比（往）常十倍，遂致富"。不久，道士归来，"以袖拂之，字遂不见"。

平心而论，店主赠扇并未恶待贫道。其间果生误会，道士题诗扇板，或有教育店主的高义，后来又以袖拂字，让店主发财不得过线，也是"妄为易贪，勿妄为安"，颇有分寸。记住题诗和补扇的故事，也记住了善心圆满和待人接物的适可而止。

题壁，任情不羁，随处自在，没有公府衙门那么多森严静肃的规定，但一味肉麻吹捧奉迎，或者无赖喷骂攻击，因为关系个人名声气节，故君子耻为。慷慨激昂时，或有怒发冲冠的豪言壮语，如果真正执着公理正气，历经岁月侵蚀和社会动荡的变异，也会转由笔录入集等其他方式得以保存下来。

《旧五代史》提到过一个小文人胡装，平素偏爱涂鸦，卖弄过分，劣行恰符其名。胡装"学书无师法，工诗非作者"，诗书皆不入门，却"僻于题壁"（酷爱题壁），到处胡乱涂抹，而且"所至宫廷寺观必书爵，里人或讥讽之，不以为愧"。僻，同癖，嗜好。胡装的胡乱题壁，已经招人讨嫌，还大书其官衔，厚颜之极。古代但逢此类，都会由管理者鉴别后及时清理淘汰，粉刷更新。

题壁面世，面对的是社会公众，关系一个时代传统文化的生态平衡。历代处理趋势，大致都有自然淘汰和人为祛除两途，即是说，除政治因素介入褒贬之外，通常对题壁的留存多有斟酌，即使面对权势地位煊赫或艺文声望名重的文家墨客题壁，也会因其真正的价值甄别对待，并非美丑悉数并蓄。恶俗者去，美善者留，这是社会审美的"自然流"现象。或有暂时的是非美丑倒置，但历史公正，最终必然是大浪淘沙，美善者，不可不扬；恶俗者，不可不去。

言既及此，绕不过去的话题是"碧纱笼"。

宋吴处厚《青箱杂记》《蜀中广记》等多记宋初事，说处士魏野曾经陪寇准（封寇莱公）"游陕府僧舍，各有留题"，数年重游时发现寇准诗"已用碧纱笼护住，而（魏）野诗尘昏满壁"，魏野有些失落，幸好陪游的一名官妓机灵，见魏野不悦，急忙用衣袖拂尘，魏野顿时心情舒畅，得诗曰"世情冷暖由分别，何必区区较异同。若得常将红袖拂，也应胜似碧纱笼"，说如果涂鸦能经常有美女红袖拂尘，应该远胜那碧纱笼的优渥待遇了。专拣烦恼说得意，解嘲即是自慰，魏野聪明。

出门在外难免遭遇不顺，有时退后一步，一笑了之，或许是最好的收场。"碧纱笼"的出典，据《唐摭言》《嘉话录》等，说书生王播家境贫窘，尝客扬州惠昭寺，随僧食斋饭，僧故意在开饭时不击钟，"斋（饭用）罢而后击钟"。后来王播登科，有了功名，"出镇淮南，访旧游"，发现旧题已经因为王播显荣而"以碧纱幕其诗（用碧纱笼盖其诗）"，表示珍贵。王播有感于惠昭寺势利，赋七绝二首，其二曰"上堂已了各西东，惭愧阇黎饭后钟。二十年来尘扑面，而今始有碧纱笼"。诗有讥讽，只淡淡道来，声色不露，是诗中"维摩坐定"的自然家法。

王播此诗，后来成了典故，历代题壁遂有了荣宠、存壁、慢怠、泥除待遇的细分数等。例如南宋赵昚，少年时在佑圣观读书，题壁诗有"富贵必从勤苦得，男儿须读五车书"，观主不以为贵。癸未（1163）孝宗（赵昚）登极后，佑圣观岂敢慢怠，闻讯即"以碧纱笼宝藏之"，视为至上荣宠。

另有一种用厚纸糊壁的保存方法，多是回避风险的权宜之计，等级规格当然不及"碧纱笼"。

在孝宗前约七十年，北宋东坡刚从贬谪地归来，行至常州报恩寺时，恰逢僧堂饰装新成，以板为壁，很方便过客题写，于是东坡诗兴大发，曾题写数篇。后来"党祸"横起，东坡诗文墨迹尽在查搜焚毁之列。报恩寺老僧非但不势利，还卓有识见，竟敢冒死保护板壁上的东坡墨迹，"以厚纸糊壁，涂之以漆，字赖以全"。没承想，待政治陷害风潮遁去，皇上醒悟，立即敕诏遍求苏东坡和黄山谷墨迹。这时老僧圆寂久矣，唯老头陀知晓护壁暗藏有东坡墨迹事，于是报告郡守，"除去漆纸，字画宛然"。后又临写板壁上的东坡墨迹，以书本晋呈朝廷。宋高宗得览此本，大喜；佛门松院由此振声南北，灿然生辉，老头陀跟着沾光，也得到"祠曹牒"转成正式寺僧。

其实，"碧纱笼"可以算作佛门松院迎合世俗所需的一项特殊发明。寺壁蒙尘，拂去即可，而最难拂却的，还是世人心上的俗尘。题壁牵扯出"碧纱笼"，而"碧纱笼"又牵扯出古今多少虚荣和阴暗，恐怕国人自己都说不清楚。"索笔请题青石柱，留名愿附碧纱笼"（宋韦骧句），认为面子比实绩奉献重要，企望题壁涂鸦幸能笼纱荣宠的，古今都大有人在，所以乾隆西巡见昔日诗作"已刻碑，覆之以亭，四面纱橱护之"，便戏题莲池书院，曰"桃花已谢杏花红，荏苒韶光瞥眼中。留咏前题成小驻，笑他何必碧纱笼"，那种皇天至尊者喜形于色的真得意假谦虚，实在言不由衷。

历代有关"碧纱笼"事典的题诗，很值得一读。诗例如下：

他日各为云外客，碧纱笼却又如何？（〔唐〕张仁溥）
碧纱笼底墨才干，白玉楼中骨已寒。（〔宋〕王阮）
童年题诗在高壁，六载不到纱为笼。（〔明〕李梦阳）
悬知不是唐王播，惭愧高僧护碧纱。（〔宋〕孙觌）
功成名著扁舟去，愁睹前题罩碧纱。（〔唐〕李洞）
洪福僧园拂绀纱，旧题尘壁似昏鸦。（〔宋〕黄庭坚）
往寻佳境不知处，扫壁觅我题诗看。（〔宋〕黄庭坚）
倦游重到曾来处，自拂流尘觅旧题。（〔宋〕陆游）

上举诗例中，宋王阮的"碧纱笼底墨才干，白玉楼中骨已寒"，言荣悴生死皆人间瞬场，"碧纱笼底"的墨迹才干，斯人已经身埋骨寒，不可能永葆受用；语稍直白，但朝生夕死之叹却如撞钟清响，警觉迷妄。唐张仁溥的"他日各为云外客，碧纱笼却又如何"，也说今昔荣枯的烟云过眼，相对比较含蓄，矫反一问，留下无尽的思考。明李梦阳的"童年题诗在高壁，六载不到纱为笼"，说仅仅六年的升官荣贵，忽然连童年的笔墨都获得了"碧纱笼"的优待，其壁前得意之情洋溢句外。宋孙觌的"悬知不是唐王播，惭愧高僧护碧纱"，虽然推举王播在前，仍以王播拟己，那一声弱弱的"惭愧"二字传递出宠荣的欢快，反让读者深感不适。

　　唐代诗人李洞，酷仰贾岛，日尚苦吟，曾"铸（贾）岛之铜像"，日念"贾岛佛"不已。李洞功名不顺，晚岁写"功成名著扁舟去，愁睹前题罩碧纱"，说即使功成名著，昔日所题已经罩上碧纱，往昔的伤感也难忘却。一生皆无"碧纱优遇"的北宋黄庭坚（山谷）和南宋陆游（放翁），写过一些重逢旧题后自家清扫尘壁的诗篇，或"旧题尘壁似昏鸦""扫壁觅我题诗看"，或"倦游重到曾来处，自拂流尘觅旧题"；诗以明志，白发弥坚，风骨正可鉴人。那"自拂流尘觅旧题"的顺其自然，与其说山谷放翁等刚直文士本有豪爽大气，莫如说君子爱惜羽毛，安贫乐道，况人品诗品皆清骨棱棱者，真不屑与"碧纱笼"等势利之流混同取辱。

　　古今的观赏和收藏者，当有清浊雅俗之分。

　　在各自百年人生的旅途中，或因地位和贫富荣悴的变化，都会影响到对题壁者全部文字作品的态度，纵题诗只字未改，不同的观赏和收藏者的眼光态度在赞抑褒贬方面都难免前后有较大的变异。忽地"寸纸为贵"，忽地"只字不留"，这跟社会政治风云漫卷时，忽地"鸡犬升天"，又忽地"满门抄查"，实无二异。"碧纱笼"的荣耀，不过是掩隐那些势利庸俗者丑陋性的一道炫丽纱幕而已。

　　此事，容易联想到南宋诗人王庭珪（1079—1171）那首正气凛然的题壁诗。

　　绍兴十二年（1142），枢密院编修官胡铨上书列数秦桧罪状，谓秦桧可斩，由此得罪权贵被贬新州。当时朝野皆噤声避祸，独刚直伉厉的王庭珪公然以二诗为胡铨送行，其中有"痴儿不了公家事，男子须为天下奇""当日奸谀皆胆落，平生忠义只心知""不待他年公议出，汉廷行召贾生还"等句，震惊朝廷，果令奸谀胆落，正气凛然可敬。以诗送行事，因"邑人欧阳安永告（密）"，王庭珪"坐讪谤"罪，被流放南荒，九野共闻。后来秦桧死，王庭珪释罪，得了个"任其自便"。王闻讯，悲喜交集，题流放地辰州（今湖南沅陵）壁一律。诗曰：

> 辰州更在武陵西，每望长安信息希。
> 二十年兴搢绅祸，一终朝失相公威。
> 外人初说哥奴病，远道俄传逐客归。
> 当日弄权谁敢指？如今忆得姓依稀。

此诗慷慨贯气，作法可取。首二句照题，一喝而起，说空间距离、地点人事。颔联说时间及人事（权臣荣败），"二十"对"一终"，数字对，似易却难；又"兴祸""失威"，正正反对。颈联"初说哥奴病""俄传逐客归"，言沧桑事变迅疾，奸佞与忠良的结局对比。哥，通"歌"。《盐铁论》有"哥讴而乐之"。唐玄宗时宰相李林甫（善音律，小字哥奴），封晋国公，一向口蜜腹剑，阴险恶毒。题壁诗以唐之奸相（歌奴）李林甫喻宋之权奸秦桧，恰似。"逐客归"，言被秦桧构陷放逐的王庭珪等，现在已经释返。尾结转机，回忆作今昔对比，说秦桧之流"当日弄权"，气焰何等嚣张，如今权败人亡，巢倾鸟散，连姓氏都少有人知了。

此题壁诗很快传遍南北，痛恨秦桧狐鼠一窝的正直清流都为王庭珪昭雪欢欣奔告。为此，弟子杨万里（1127—1206）在《杉溪集后序》评议其师王庭珪遭遇还留下一句名言："所谓豪杰特立之士者，不在斯人欤（不正是这些人吗）？不在斯人欤（不正是这些人吗）？"

秦桧死后，宋高宗仍然执迷不悟，封秦桧"中王"，谥"忠献"，令天下志士愤慨。秦桧墓庵在建康郊外牧牛亭旁，装饰得金碧辉煌。杨万里经过，夜宿墓庵，愤然于墓壁间题诗《宿牧牛亭秦太师坟庵》。
诗曰：

> 函关只有一穰侯，瀛馆宁无再帝丘？
>
> 天极八重心未死，台星三点坼方休。
>
> 只看壁后新亭策，恐作杫中属国羞。
>
> 今日牛羊上丘垄，不知丞相更嗔不？

八句诗列数秦桧罪恶，正气凛然，连用七个故典，真个嬉笑怒骂尽在其间。首句"函关穰侯"，针对"秦"字开篇，说函谷关西为古代秦地，秦昭王的重臣政治家魏冉（封地于穰，故称穰侯）具有治国的远见魄力，使秦国很快强大，可惜止此一个秦穰侯，余类不及。次句的"瀛馆"指唐太宗所设的文学馆，持才入馆者谓之"登瀛洲"。当年奸臣许敬宗不过一名文学侍从，碰上高宗垂问"帝丘"，许擅言辞，赢得高皇帝欣赏，遂出人头地，不可一世。现今文学侍从还用许敬宗之流吗？

　　颔联"天极八重心未死，台星三点坼方休"对仗工巧。以"天极九重"说秦桧已经位居八重，手可通天，犹不死心，其篡帝霸政的野心勃勃可知；古以星象观测人事变异，三台星下应验相位，如今星坼大异，至奸相秦桧死而方休，其祸国殃民罪大恶极天下可知。

　　颔联列数秦桧罪状。"只看壁后新亭策"说秦桧谗害南宋忠贤，等同重演晋大司马桓温专权霸势，驻军新亭时曾伏兵欲杀谢安的丑剧。"恐作杫中属国羞"，稍许费解，易生误解。杫园，汉设掌管鞍马鹰犬射猎的杂园。西汉时苏武曾任杫中监、典属国等职，故杨公说如果以秦桧比作当年的苏武，恐有羞愧。此比，言外有意。因为秦桧当年主张抗金，曾经反对过立张邦国为傀儡皇帝，聊存"爱国"之心。读得懂此句深意者，认为杨公评秦据实，未一笔勾抹秦桧的初节，应称公允；误解者认为杨公将奸贼秦桧比作忠义楷模的苏武，忠奸混淆，不伦不类，颇有笔下留情之议（见《桯史》《石洲诗话》）。若作整篇通解，杨公亦是持正严论。尾联，以嘲笑口气问秦，"今日牛羊上丘垄，不知丞相更嗔不（现在牛羊都可以踩上坟头肆意凌跻，不知秦丞相生气否）"，一问出奇，不落套语，的是诚斋煞笔风味。

此诗连用故典，正声清肃秦桧误国害政之罪，虽然不似杨公平素通俗幽默的文学风格，但比起那些南宋饾饤佶聱、死气满纸的说教来，当可慷慨歌之，足发一叹。

一段南宋官场复杂的斗争和正义悲情的坚守史，牵扯到题壁，确实有些意外。然而，诗情激动至恨不喷发之际，除了对酒舒啸高歌之外，那随手挥毫一快，最方便的不正是题壁吗？上举南宋王庭珪与杨万里二人的题壁诗，肯定与碧纱笼无缘，但因其在南宋文学史中的文史价值，诗笔史笔都绕它不过，故而言必称之。

读题壁诗文，可观人生百相。始料未及的是，因"碧纱笼"的介入，关系到人生命运的腾达或困顿，以及正义坚守的诸多不易，所以认知又有了新的收获。如果想回避名利场的喧嚣，且有关注题壁诗雅兴的读者，不妨读读宋杨万里的"若爱殿前苍玉佩，断无身后碧纱笼"，元郑玉的"不用碧纱笼石上，但令风雨长莓苔"，明吴宽的"委巷尘埃浑不到，留诗何用碧纱笼"，清查慎行的"好是不题名姓在，免教僧费碧纱笼"等，自善修身，也能"明者因时而变，知者随事而制"（西汉桓宽《盐铁论》语），随俗而不偏宜；或者索性放宽眼界，走出斋隅，也像清代诗人方岿宗那样纵兴远游，关注村野，写写"坐爱春泉响翠微，玉花吹湿薜萝衣。何人为劈冰壶破，共看青天白练飞"之类的山水题壁诗，轻松愉快，天天都有好心情。

（部分选载于 2017 年 8 月 8 日《光明日报》）

题壁涂鸦有好诗（三）

古代民间诗文难以发表，辗转来去，偶获传抄，范围毕竟有限。旅途中的文人墨客不忍诗文埋没，愿意借壁挥洒，在交流信息中寻求知音赏识以存久远，这是中华诗歌文化的美好创意。虽然驿馆邮亭酒楼的诗文雅聚非常短暂难得，但在古代，"能题是幸，得传是命"，口传手抄后的各奔西东，就会自然形成辐射九州四野的传播渠道。有时民间流传的"风闻"，竟比"官闻"迅疾，所以题壁诗文的传播关系着德声艺名。历代文人墨客对题壁一般不敢掉以轻心，偶有笔误或改易，因数日传远，恐已追回难及，故题壁总须意在笔先，斟酌再三，概以落笔不悔为上。

唐白居易《宿张云举院》五言排律后半首，有"夜深唯畏晓，坐稳不思眠。棋罢嫌无敌，诗成愧在前。明朝题壁上，谁得众人传"，那深夜不寐的辗转推敲，只为来日壁上的一次挥洒，确实慎重得很。东坡在杭州作的《见题壁》，有"狂吟跌宕无风雅，醉墨淋浪不整齐"，说的就是壁上那些诗文涂鸦，为了静候知己观赏，历经岁月流逝的侵蚀依然保留着原创参差交错的痕迹。

创作诗文，无论优劣美丑总归要面世见人；褒贬讽诵，都愿意倾听到一些反响回声。诗板或粉壁，类似今日壁报墙板，题写或刷新都比较方便，以此提供发表交流的平台，认作吾国的发明应属当仁不让。

题壁，盛行于唐宋元明。留意唐宋官宦、学者或诗人的旅迹，专检题壁诗一一读来，不难亲近题壁，发现精彩。据宋《二程外书》、明《升庵集》等，南宋理学家程颢监洛河竹木务时，经过一寺，见壁上题着三言诗"要不闷，依本分"二句，觉得意味深长，赞为"好语"；认为"若依本分，便是君子"，为人处世能做到尽守本分，即是"一悟"，故壁上区区六字，但对行旅匆匆的过客既是提醒，也是警钟长鸣。南宋"小东坡"唐庚于蜀道见馆舍壁上有"天不生仲尼，万古如长夜"十字，以为平淡，转身细思，却叹奇警。想来也是，至理昭昭，人非不知，因苦多蓄积，总须孔子等贤哲一快吐之，则天下拊掌。

　　明代杨慎在蜀道古栈旧壁，读到过一位别号砚沼的无名氏题壁诗，诗曰"休洗红，洗多红在水。新红裁作衣，旧红翻作里。回黄转绿无定期，世事返复君所知"，借物引喻，矫然入理，娓娓道出世间新情旧意的变化无常；况且题于栈壁，警诫行人莫放浪掷情，意味殊自不凡。题壁者砚沼自称此诗乃"古乐府一首"，倒也相符，只是元郭茂倩辑《乐府诗集》未录，疑是遗篇。杨慎认为，唐李贺先有"休洗红，洗多颜色淡。卿卿骋少年，昨夜殷桥见。封侯早归来，莫作弦上箭"二十八字诗，虽然比那无名氏诗精简了四字，但蕴藉差远，"何啻千里"。或许无名氏因受李诗启发，遂情跳脱后才得此精彩，也未可知。

　　宋《侯鲭录》记录过一首无名氏的《题驿壁》，对行人关照最为详细，类似旧称"征途药石""旅行必读"之类。诗曰："记得离家日，尊亲嘱咐言。逢桥须下马，过渡莫争船。雨宿宜防夜，鸡鸣更相天。若能依此语，行路免迍邅。"此诗传播久远，至民国仍有旅店书壁，劝诫过客。此律全拟"尊亲"口气叮咛再三，温馨也尽寓其间，唯中二联四句，每句的第三字挑梁的"须""莫""宜""更"，俱用虚字，看似殷勤，美意却不胜咀嚼，留下瑕疵。

　　古代诗文大都靠传诵抄录。旅途间有壁供题，让南来北往的行客于此诵读唱和，顺便寻亲询友，等同提供信息交流的重要平台。或可壁间不甚经意的一瞥，竟有信息发现，寻着知音，就此发现人才；或可路见不平，郁闷难忍，题壁发发牢骚，企盼的公正未必能及时到来，但一吐晦气，也是解脱自己。

　　据清《甬上耆旧诗》记，才子孙仪性格廉介，好游佳山水，每过庙宇酒楼，适逢诗兴勃勃，辄以诗题壁，但不署姓名。书生周贞靖孝廉偶经寺院，读到孙仪的题壁诗，叹为精彩，日诵其诗，却不知何人所作。后来周贞靖荣登进士，到岭外上任，没承想在旅途中与孙仪同舟伴行，二人论诗洽谈惬意，如同故交。周翻看孙仪携带的《借竹楼集》，集中正好辑有寺院壁上那首诗，大喜。回头一问，方知平日崇拜者正是孙仪，于是感慨天公作美，互道相见恨晚。若无题壁诗，二人焉得结此诗缘？

　　人生不易，如果坎坷颠沛如行荒漠，更需要友情乡情甘露的滋润。

　　题壁诗的题材，丰富多彩，未必皆文人聊发旅途人事和山水的感慨。据《丁晋公谈录》，晚唐钱塘武肃王时，部下杂役兵士因工程项目繁重苦累且无休整日，牢骚满腹，在公署壁上题书十三字："无了期，无了期，营基才了又仓基"。部辖者（工程监察官）一见题壁，愤怒不已。武肃王虽然不识文字，但非常清楚激化矛盾的严重后果，一边令部辖息怒，一边"命罗隐从事续书之"。从事，即事务文书。诗人罗隐，晚唐大才子，当时担任从事小吏，不忍见杂役士兵受罚，也意欲大事化小，和和稀泥，便执笔于壁间依韵续题十三字："无了期，无了期，春衣才了又冬衣。"大家围观前后题壁，怒气顿消，杂役兵士也"不复怨咨"。

　　罗隐题壁补诗，成功救急，其实只补了尾句，但奇功正在尾句。"春衣才了又冬衣"，看似平淡，然而只此七字，却寓足全部官兵的思家温情，所谓万千怨气，只此七字一出，乡情忽地郁勃，则百事可忍。罗隐续诗，题壁解危，二两拨了千斤，当然跟平素蕴积的文学功底有关，读过"西施若解亡人国，越国亡来又是谁""老僧斋罢关门睡，不管波涛四面生""时来天地同力运，运去英雄不自由"等奇句，料会叹惜罗隐坎坷辗转，怀才不遇，难怪孔老夫子要感叹"知人未易，人未易知"了。

　　南宋诗人陆游（1125—1210）一生行迹几乎遍及九州四野，不畏奔波疲顿。道途暂憩，偶有感触，即援笔寻壁题之，如鸿雁唳声而过，成了古代题壁最多的诗人。陆游暮年由蜀返回浙东故里，旅途或居家，依然很留意题壁；无论村店道旁，皆悉心寻觅他人题壁。若逢旧题，必细心读过，适得佳兴随即赋诗唱和留题，以飨过往诗友。诸如《醉中题民家壁》的"吾诗戏用寒山例，小市人家到处题"，《题村店壁》的"近秋渐动寻幽兴，绝俸难营觅醉钱。到处不妨闲著句，他年好事或能传"，《题野店壁》的"道里逢人问，题名拂壁看"，《题道傍壁》的"莫辞剩买旗亭酒，恐有骑驴李白来"等，或倾诉甘苦忧乐，或期待知音见赏品说，皆时出隽语，作"嘤嘤相鸣"。

陆游一生所好，无外乎"诗、书、酒、行"。晚年放翁杖游，行履所至，更喜好题壁。每到一处，先寻觅诗壁，拂尘拜观或作诗后趁兴挥毫，欢喜如同少年。甲子（1204）岁暮，年近八秩，不愿守家，决定最后扶杖出游，"迟死几时天有意，要令自悟不须师"。设想以诗澄情来往行旅过客的传闻，觉着"此身自笑知何似？万里辽天一鹤飞"，坚持要像老鹤放飞，再出去亲身体验一次。出游至僧舍，有"山僧邂逅即情亲，野叟留连语更真。淡淡论交端有味，一弹指顷百年身"，感觉良好，亦为自己尚能高寿健步无比欣慰。《题旅舍壁》七律诗曰：

> 老子残年未易忘，出门随处得彷徉。
> 窗棂日淡僧房暖，灶突烟青旅甑香。
> 浊酒可求敲野店，旧题犹在拂颓墙。
> 闲来又取丹经读，夜就松明解布囊。

放翁饱经沧桑，德高望重，晚年诗中自称"老子"，白发自尊为大，众皆服膺。出游后，或借宿僧舍，或寄住旅店，随意沽酒，拂墙寻觅旧题，已经遮掩不住也无需遮掩的老来得意和任性。陆游晚年题壁较前增多，反正笔墨随行，但逢佳兴得句，即时挥毫一快，例如《醉书山亭壁》的"绿蚁滟尊芳驱热，黑蚊落纸草书颠。忽拈玉笛横吹去，说与傍人是地仙"，又八十四岁所作《书道室壁》的"莫谓与人缘苦薄，相随拍手有儿童"，又《书屋壁》的"筑室镜湖滨，于今四十春。放生鱼自乐，施食鸟常驯。土润观锄药，灯清论养真。桃源处处有，不独武陵人"，又《题幽居壁》的"声利场中偶解围，悠然高枕谢招挥。山前曳杖寻僧去，林下收棋送客归"，又《醉中题民家壁》的"壮岁羁游厌故栖，暮年却爱草堂低。交情最向贫中见，世事常于醉后齐"，又《冬夜题斋壁》的"发不能胜二寸冠，天教送老向江干。依墙筇杖伴人瘦，缟瓦清霜争月寒。壮志追思良可悔，危途遍历始知难。一身著了余何事，茅屋三间已太宽"等，尽兴如此；次年，放翁即辞世而去。

题壁，能让过往行人遍览，情感公开，有利于真情抒发，直言畅怀。在陆游那样磊落坦诚的题壁者那里，与其说是安顿表现欲，不如说是快意喷发，一泻块垒。如果私下难觅倾听的知己，那就索性当众舒啸，或可幸逢怜惜宽慰，或可开诚布公后得到回响和支持。

题壁诗文的开诚布公，是发表宣传和流播手段相当落后的时代，能使文化信息得以传播的一种重要渠道。只要有驿站旅店和车马行驰，往来的客商行旅就会源源不绝，东西南北的商业文学或天灾人祸战事等各种讯息，都会快速递达。各类人物会聚驿站旅店，复杂纷纭的交汇结果、离奇的人物和故事便会由此很快传至九野。明代《戒庵老人漫笔》记有流贼赵风子题驿壁七律，传播久远；只道诗好，实则流贼擅诗风雅，亦是奇闻异传。此诗，颇堪细味，果不寻常。流贼，即流窜的土匪。赵风子被官府擒拿后，途经河南，题驿诗曰："魏国英雄今已休，一场心事付东流。秦廷无剑诛高鹿，汉室何人问丙牛。野鸟空啼千古恨，长江难洗百年羞。西风吹散穷途客，一夜游魂返故邱。"此诗若非他人代笔，从颔联巧用秦赵高指鹿为马（朝廷是非颠倒）和汉室丞相丙吉问牛（关心民生疾苦）二典，应信"穷途客"赵风子也是熟读诗书的人才，或因世道险恶被逼得走投无路，才落草成了"梁山好汉"。此诗暗传了他对奸佞当道而清官太少的现实极度不满，大约本想成就一番劫富肥己又顺带为民肃奸的事业，无奈结果"是非成败转头空"，落了个羞愧终生之憾。

世间俗事纷纭，遗憾总是难免，题壁事亦不例外。

昔日读清人施闰章《蠖斋诗话》，知秦淮女子蕙湘颇有诗才，但因战事颠沛流离，困顿卫辉，曾经题诗驿壁，留下过那段动乱历史的见证。诗曰"风动江空羯鼓催，降旗飘扬凤城开。将军不战君王系，薄命红颜马上来"，写将军不战而败，皇室诸王被系缚，红颜薄命的民间女子亦被捆缚马上，不知今后生死何处。还有一首虽写绝路凄苦，却不乏识见，必须录下。诗曰"盈盈十五破瓜时，已作明妃别故帏。谁散千金齐孟德，镶黄旗下赎文姬？"说自己年方十五，因遭遇战乱，已经像王昭君那样远离故乡，去往北地草原。不知谁能像卓识远见的曹操（孟德）那样也派遣特使到镶黄旗下，以金璧赎出才华出众的奇女子蔡文姬？以东汉末期女诗人蔡文姬（蔡邕之女）比拟自己，口气虽大，终归情急无奈；况且诗言无忌，也是绝境中兴致所至而已。从题壁诗看，或许蕙湘真是个富足才华的诗人，可惜才女就此莫知其终，遗憾甚矣。

古代题壁诗，作为历史的一段真实记录，因为沧桑年久留存的一些原始记录，或可作为考实历史痕迹的见证，弥缝遗憾的缺失。据清陈其元《庸闲斋笔记》，海宁著名的陈氏安澜园，楼邸台榭辉煌时，夏有"池荷万柄，香气盈溢"，春有"梅花大者，夭矫轮囷，参天蔽日"，"高宗（乾隆）皇帝诗所谓'园以梅称绝'者是也"。后来经兵乱数次肆掠烧斫，繁华不再，"尺木不存，梅亦根拔俱尽。蔓草荒烟，一望无际"。唯"断壁上犹见袁简斋（袁枚）先生所题诗一绝"，记得当初园中部分景点故貌。例如题壁诗曰"百亩池塘十亩花，擎天老树绿槎枒。调羹梅亦如松古，想见三朝宰相家"。如此依稀故园锦绣景象，本欲弥缝缺失的遗憾，然而面对断墙颓垣废井败楼，却愈增伤感；只能有待重新修葺复造了。届时，愿得此文保留袁枚题壁，作为见证。

（此文部分选载于 2017 年 8 月 25 日《光明日报》）

题壁涂鸦有好诗（四）

　　从数量上看，题寺壁、驿壁、斋壁，是古代题壁诗的大项，精彩多多，影响也比较深远。南宋偏安后，朝廷避谈恢复，逸乐于歌舞升平，诗人林升讽刺当朝忘怀国耻只顾享受，曾经写过一首《题临安邸》，"山外青山楼外楼，西湖歌舞几时休？暖风熏得游人醉，直把杭州作汴州"，郁闷至深，淡淡道来，却针砭有力，可作史诗诵读。另有无名氏的《题壁》，讽刺也很深刻，"白塔桥边卖地经，长亭短驿最分明。如何只说临安路，不较中原有几程"，说临安（杭州）远郊官道上的白塔桥边有摆摊"卖地经"（卖地图）的，路过的官员只买《朝京里程图》，以便尽快进京朝拜腾达，对沦陷的中原故土却无人问津。明知故问的借题发挥，万千愤慨以沉郁出之。此种冷峻非常的平淡奇崛，最不易作。宋朝每十里设置一邮亭，每三十里设置一驿站，"地经"上邮亭和驿站的标识通常都比较清楚。二诗皆借驿站说事，直刺朝廷官员的苟且，愤怒不形于色。后人谈诗论史，言及南宋淡忘故土恢复事，多举二诗，足见其影响。

　　题壁赋诗，除广而告之，方便往来者观读的功能外，还有题壁留言的效应。

　　元末浙江黄岩浮海贩盐为生的方国珍聚众数千人，多次打劫官押漕运粮食，屡败官兵，气焰甚嚣。据《三台诗话》，初起兵时，方国珍曾经造访过隐士周必达请教图谋之计。周必达，乃善隐的智者，见其用心外露却伪称"为天子举义"，遂周旋一番，说"君举义为天子除道，斯名正言顺，富贵可期，余非所知"。方国珍悻悻去后，周必达算计野心者不会就此罢休，定会再来讨教"谋反大计"，甚或胁迫为海贼营帐谋士，便执笔题诗门扉，中有"由来天命非人力，项羽英雄亦就擒"二句，告诫说"没有天时地利人和，非时折腾，勇猛如项羽又便如何，只能落个就地被擒的结局"，精警非常。方国珍果不死心，后又来寻，读罢题扉留言诗，勃然大怒，令立即抓捕，但周家早已人去无迹。题扉如同题壁，留诗如同留言；只要诗好，动人心魄，流传千秋不难。

古代民间有怨苦不敢疾呼时，或拣题壁方式，广而周之。这些题壁诗文常借故实隐字暗喻等手法曲婉吐述苦衷，愿待过往路人公议，聊可舒啸不平。明代思想家吕坤《呻吟语》所论"安危之道"，一向为君臣治国安民之必读。其中，"使马者知地险，操舟者观水势，驭天下者察民情，此安危之机也"等，最是审势督政的治国明道。如此看来，留心题壁无疑可为"驭天下者"洞察民情之要览。

赋诗题壁，或可看作民间发表诗文的一方阵地，所以时有苛政杂税灾患等反映百姓疾苦而不愿具名的讽世诗，题于楼馆粉壁。官府如果察纳民风，通常会及时采集这些无名氏的题壁诗，作为体悯苦情的仁善之道。宋之奸相贾似道专权时，恰逢理宗选妃，贾似道看中西湖樵家女子张淑芳的美貌，欲私匿府邸纳为小妾。这时有无名氏站出来题壁，公开不满，诗曰"山上楼台湖上船，平章醉后懒朝天。羽书莫报樊城急，新得蛾眉正少年"。此诗一经题壁宣扬，丑闻传远，不久就群情沸沸，满城风雨。贾似道贼胆再大，也不敢犯此欺君之罪，私匿美女，只得收敛丑行，惊骇铩羽。

此诗讥讽有据有理，揭露了位居太师兼平章军国重事的贾似道不但恃权骄横朝野，花天酒地，本为朝官却懒于入朝拜君，又有借选妃私匿美女等秽行。小民虽告官无门，但可以题壁亮牌爆料，权作吐口恶气。后来，贾似道督师兵败鲁港，朝廷籍没其家，被监押使郑虎臣押解至漳州。冤家路窄，郑虎臣之父曾遭贾贼残害，如今为父报仇机会到来，遂于木棉庵列数其十项恶罪，杀死贾似道；其中一项恶罪就是题壁诗所举私匿欺君之罪。

据明代《寓圃杂记》记，正统十四年（1449）战事频繁，由东南各郡调发官员颇多，周文襄为巡抚，以"缺官序用"为由，优选网罗亲近，凡门人皆得举荐提拔，一时鸡犬升天，乌烟瘴气。当时有个邵昕，诡谲多智，先为长洲县丞，乘机钻营，速升为昆山县尹后，又乘机网罗走卒，于是此县官员忽地多如泛沫，竟"有双尹、三丞、四簿之滥"，民怨纷纷。县民王廷佩气愤不过，待周文襄巡抚至县视察之际，大胆题写诗书于迎海驿粉壁。诗曰："昆山百姓有何辜？一邑那胜两大夫？巡抚相公闲暇处，思量心里忸怩无？"此诗正义无畏，追问如逼，反诘非常有力，俨然县民上呈"意见书"，昭示于驿站粉壁，就有了公开击鼓呐喊的震山效应。周文襄巡抚读诗后还算清醒，思忖"民意不可拂，私情不可优"，便速速罢免了邵昕。

题壁，当有不拘情面的褒贬。据清顺治康熙年间著名学者王士禛（晚号渔洋山人）的《分甘余话》记，真定府（旧名，雍正元年改为正定府）的临济寺是唐义玄禅师道场，冀州名寺。王士禛康熙丙子（1696）路过，见此寺荒凉颓落，竟然无有一僧，感叹当时临济（派）的徒子徒孙们，驻杖遍布天下名山大刹，即使"开堂领众者，（亦）不可胜数，而祖庭败坏如此，无一人任兴复者"。王士禛回忆宋僧证悟法师题马祖殿诗云"寄语江西老古锥，任教日炙与风吹。儿孙不是无料理，要见冰消瓦解时"，愤愤难排，又执笔将宋僧证悟法师诗重题于此寺大殿颓壁，愿得诵诗如寺钟声远，能警醒迷妄之徒回头是岸。借诗题壁逾十三年后，王士禛辑撰《分甘余话》时又眷眷怀顾，记下"不知竟有担当此事者否"，两年后故去。

题壁，岂止是文家墨客遣怀斯文的专擅？知道"有录方有史"的地方父母官，向来不会忽略题壁文化。且不说幸逢诗文家题壁留下的历代佳话，可以光炳地方史志，也应该掂量得出诸如宋包拯《书端州郡斋壁》"清心为治本，直道是身谋。秀干终成栋，精钢不作钩"等正气高标的题壁文化的厚重。包拯非诗家墨客，但是千秋史上著名的清官廉吏，留下的此首题壁五律却足抵文坛的繁花千文。诗曰：

书端州郡斋壁

清心为治本，直道是身谋。

秀干终成栋，精钢不作钩。

仓充鼠雀喜，草尽兔狐愁。

史册有遗训，毋贻来者羞。

郡斋，即地方郡署。端州，今之广东肇庆，自古以产贡品端砚著名。据《宋史·包拯传》，包拯曾任端州的州府，上任即扫除前任以进贡为名敲诈贪贿等腐败邪气，坚持正大直道概以清心治本；凡属贡品一律限数督造，令城狐社鼠无以下喙。调任时，不带走一方端砚，唯留下清风正气。此诗题于州郡斋壁，俨然肃政宣言，清廉明镜。首二句，包拯坦陈自己为官谋身是清心治本，坚持直道，亮出原则。颔联皆用对句分承"清心"与"直道"，即嘉木秀干最终要砥砺为社稷梁栋，好钢不得堕落成拉拢官场微妙关系的弯钩连结。颈联分言，末句的意思是不要贻害后世和羞辱祖宗。

包拯题郡斋壁后至今九百余年矣，拜谒肇庆和合肥包孝肃祠者已难以计数。古今拜谒者皆诵读包拯题壁诗以缅怀清正，寄托现实，顺便净化一下容易沾染世尘的灵魂和风气，其意义影响何须赘言，奈何现今旅游胜地，宁可斥资万万修筑惊天动地的天桥地道，却不愿砌墙立壁，让当代的李杜苏黄留题挥洒，留下一些历史文化的念想。

千秋史上忠净被诬陷，押解放逐途中驿亭旅店辗转休停，或有题壁，即可方便吐冤抑、伸怀抱、记怨悔、嘱亲朋等。这些驿亭旅邸题壁诗虽然反映的是民间怨苦的一个侧面，但实际上，也显示出题壁诗作为诗歌文学表达现实内容的重要性。

明李应昇（1593—1626），字仲达，万历四十四年（1616）进士，后征授御史，因上书陈述魏忠贤阉党乱政弊害，被奸佞诬害，罢除功名为民。在押解赴京途中曾作《书驿亭壁方寿州诗后》，有"君怜幼子呱呱泣，我为高堂步步思。最是临风凄切处，壁间俱是断肠诗"。李应昇押至京城后惨遭毒打，痛不欲生。当时，同入狱者多被阉党杖毙，唯李与黄尊素（黄宗羲之父）尚在坚持。遇害前三日，黄尊素以拳捶击狱壁呼李应昇："仲达，我已先去。"李回答"君行，我亦至矣"，皆大气凛凛，至死不屈。

诗题中的方寿州，即寿州（安徽寿县）御史方震孺。方已先于黄李二人被阉党迫害，其《题滕阳驿壁》诗曰"品儿一月才三日，怀里呱呱别乃翁。若使长成能问父，阿兄向北指悲风"。李应昇押解至滕阳驿时，读到方震孺的题壁诗，感泣又题，故曰"书驿亭壁方寿州诗后"。后来黄李二位俱逝，方震孺熬到明思宗（朱由检）即位，得以释还，而魏忠贤最终被贬凤阳，死于途中。

李应昇逝后两年，即崇祯元年（戊辰，1628），武进邹嘉生复官，备兵海上，南还时经过滕阳驿站，见壁间只残存方震孺驿壁诗，余皆湮没，感慨万般，题诗一律，曰"荒庭树秃惨霜碑，有客巡檐泪独垂。碧血已堕忠孝志，纱笼独见死生歧。六歌儿女情偏至，十死君臣义不移。岂为姓名甘鼎镬？千秋巡远自心知"，说应该尊敬那些为民族大义无畏赴难的英雄豪士，将他们的题壁诗护以"碧纱笼"，永存纪念；淡忘英烈应有负罪感，间接谴责了那些随意风雨就斫除具有历史文化价值题壁的行为。

题壁迭出，必然事出有因，由忠义正气连缀的史实能够感动前人，相信也能感动今人。

李应昇还有一首《邹县道中口占》，不知在押解道中题否驿壁，此诗悲情难耐，很值得一读。诗曰：

> 声名到此悲张俭，时世于今笑孔融。
> 却怪登车揽辔者，为予洒泪问苍穹。

邹县，明属兖州府，今属山东。张俭（115—198），东汉山阳高平（今山东邹县）人，严劾宦官侯览及其家族诸多不法罪恶，遭到州郡抓捕。张俭望门投止，因其名重，友人都愿为之隐匿。据《后汉书·孔融传》，张俭素与孔褒旧谊交好，曾经逃至孔家，遇到孔褒年方十六岁的兄弟孔融。孔融见张俭面有窘色，大声应道"兄虽在外，吾独不能为君主耶"，同意留舍匿藏，张俭得以罹祸逃生。李应昇此诗，开篇说自己无处逃生，连张俭的境遇都不如，而现今世俗畏惧魏党的黑恶权势，反而会以孔融正义救护忠良的行为为可笑。后半首悲愤感慨，却很释然。说东汉那位"登车揽辔"、慨然有澄清天下志的范滂，被宦党诬害后坦然赴难，又何须为我洒泪叩问苍穹呢？直白处境，明示赴难决心，自比范滂，愈见大义无畏。范滂罹难时三十三岁，李应昇被害时三十四岁。正当中年有为可以奋发报效家国之时，却恸失人才，家国不幸甚矣。

二百七十二年后，清光绪二十四年（1898），革命志士谭嗣同狱中从容就义，年三十三岁。逝前所作《狱中题壁》诗，似乎循着李应昇题壁诗的思路，用"双屏对开"笔法，也以张俭事开篇，"望门投止思张俭，忍死须臾待杜根"，两两对举，其英雄气概可昭日月，二人的狱中题壁皆可入中华正气歌录，遗教千秋。

谈近代题壁诗，必须首推的正是谭嗣同遇害前所作的这首《狱中题壁》。此诗大气凛然，视死如归，真中华豪杰之诗。诗曰：

> 望门投止思张俭，忍死须臾待杜根。
> 我自横刀向天笑，去留肝胆两昆仑。

首二对句，借典恰好，骈整不易，非工诗大家不能如此。谭嗣同七绝短诗开篇用典，回顾似的提及东汉专制下的两位被害者，张俭和杜根，这肯定是深思熟虑的。张俭，东汉末年颖川定陵人。当时政局腐败黑暗，民不聊生。张俭曾弹劾过鱼肉百姓的奸宦侯览，侯览怀恨在心，反诬张俭"与同郡二十四人"有结盟私党之罪。朝廷下令抓捕，张俭"困迫遁走，望门投止"，民家"莫不重其名行，破家相容"（见《后汉书·张俭传》）。投止，即投奔居息。情急之中，张俭"避党祸，止（曾经暂居）李笃家"，"毛钦操兵到门"，（李）笃只讲了两句话，就把毛钦打发了。李笃说："张俭，知名天下而亡（逃亡），非其罪。纵（张）俭可得，宁忍执之乎（即使张俭可以抓到，你忍心拘捕他吗）？"结果，毛钦无奈，"叹息而去"。

孔融和李笃，即属于那种"莫不重其名行"，宁可"破家相容（豪杰）"的正直人家。杜根，东汉山阳高平人，任郎中（职掌侍卫）时，值邓太后临朝，霸道摄政，"权在外戚"，杜根上书乞太后归政于帝。太后大怒，命令将杜根捆缚于袋，"殿上扑杀"。执法吏"私语行事人，使不加力（勿用大力）"，保下杜根一命，既而载"尸"城外，太后又令人前去验视尸体，杜根"遂诈死三日，目中生蛆，因得逃窜"。

诗笔选择由前史张俭杜根殊死困斗的事例辗转道来，影射当世政柄衰飒，借言戊戌变法后维新派人士惨遭镇压的困境，愈显苦心。首二句的关捩在"思"与"待"。二字最得唐杜甫用字之法，万般怨情和万般寄望皆由二字窥出，读之泪下，也须得深解题诗人的苦心。面对朝纲腐败，贪官为虎作伥，维新义士救政几等救国，然死水难以翻澜，谭嗣同题壁诗一则表明信念犹在，至死不屈，一则思念逃亡的"张俭"和隐忍待战的"杜根"二位义杰事借言戊戌变法后维新派人士惨遭镇压的困境，表明自己思念逃亡的"张俭"，等待忍隐待战的"杜根"，寄望来者。

谭诗前半述古事，隐喻现状如此；第三句转柁，"我自横刀向天笑"，尾句铿鍧，警醒耳目。"去留肝胆两昆仑"，壮士意决，生死度外；去留者皆中华"肝胆昆仑"，愿能天地长存。关于"去留"二句，梁启超《饮冰室诗话》特有专解："所谓两昆仑者，其一指南海（康有为），其一乃侠客大刀王五，……浏阳（谭嗣同）少年尝从之受剑术，以道义相期许。戊戌之变，浏阳与谋夺门迎辟（音壁，君王，指光绪帝），事未就而浏阳被逮，王五怀此志不衰。"

谭诗后二句应读作倒句。因为"去留肝胆两昆仑",是看见希望,坚定信心,所以"我自横刀向天笑",毅然而去。"向天笑",意即开怀坦然笑之,始见于唐李白五言古风的"举杯向天笑,天回日照西",历代诗人沿用不绝。诗中"肝胆",乃真心至诚,谭诗用以比喻维新派肝胆相照的生死大义。无论去者(政变前夕侥幸潜逃出京的康有为),还是留者(指侠士大刀王五等),都如昆仑屹立一般,将执着"维新"大旗奋斗不息,纵逝者赴难先行,死得其所,亦颇堪慰藉。谭嗣同明知入狱必死,犹壮志不泯,视死若归;其正气凛然的,正是我中华民族百折不挠的大无畏精神。每捧卷读之,必肃然起敬。

放眼九州,景点因历代名家佳诗佳题而成为中华著名山水胜迹的,无不流传地方沾溉题壁诗文的种种好故事。所以文化功德的事,不可轻率断定题壁的影响其大其小,即使沧桑变异,兵燹战祸已致某地自然风景荡然无存,如果题壁诗文尚有著录可查的话,好故事则是镌刻在史的永久不灭的精彩。

好诗,须用细心读法。未必焚香净手,但恭敬铭志,读后身心受益。

(此文部分选载于 2017 年 9 月 1 日《光明日报》)

最堪清赏是奇诗（一）

　　"大可"为"奇"，以"奇"言术，皆属上佳。《庄子》说"是其所美者为神奇，其所恶者为臭腐"，认为"奇"具有奇趣非常、美妙新异等文化表述的意义。《老子》的"以正治国，以奇用兵"，似乎更强调"奇"变化莫测的神秘性。

　　北宋《百战奇谋》说"凡战，所谓奇者，攻其不备，出其不意也"。如果笼统说用兵之法，其实就是"常法为正，变法为奇"。两阵对圆，统统照兵书应战，用常规打法，那是"蠢打"，既无胜筹也无看头。如果独自变法运法，在预谋预备之外搞得神出鬼没而且打赢了，赢得敌方不服不行，这就是奇。

　　兵法如此，诗呢？

　　凡诗之声情雅趣，意外闪亮登场者，即诗之奇者。若按作法学论断，有奇字、奇句、奇意、奇法之分，泛而论之，又有奇情奇趣、奇思特见、声色擅奇、直正奇异、出奇制胜等，读者不可不知。诗家构思遣句得意，极似帅帐遣将用兵和弈者棋枰谋局运子，即使有些诗句貌似平平，用得恰好，兵卒抵得骁勇龙虎，也是奇句。

　　清代诗人李惺（1787—1864），号西沤，四川垫江人，嘉庆二十二年（1817）进士，锦江书院主讲，颇具诗名。其名句"天心收拾易，国手主张难"语意雄健，虽有传诵，未必见奇，日久渐被淡忘。至光绪年间，枢政腐败。正值"清流派"的陈宝琛（1848—1935）视学江西，郁闷非常，便借唐杜甫《秋兴八首（其四）》的名句"闻道长安似弈棋"命题考试学子。以唐诗名句命题考试，本属惯常作法，但在国危乏才之际回应此题，实在太难下笔。因为议论"长安似弈棋"容易涉及政局，入题的深浅又恐关系到日后的进退，故应试学子笔下辗转忸怩，文气多不爽快。

据《国闻备乘》记，当时独有一位学子，犹豫间构思不及，便逮着现成的李惺陈句入诗应付交了试卷，出场仍然胆战心惊。没承想，竟得陈宝琛激赏，持卷"朗诵不绝，拔为高等"。学子应急所拾的陈句正是李惺的"天心收拾易，国手主张难"。二句虽属借言，但点中了史称"甲申易枢"时清廷弊害要穴，愣把慈禧霸权和重臣塞政忽地曝晒出来，已属奇异；结果因为朝政混乱和内外交困，尽管陈宝琛诚惶诚恐，提心吊胆，以为推举"妄议"定大祸难逃，事后竟然未被贬谪，有惊无险，愈加奇怪。

李惺二句在彼不奇，在此则奇，适时善用，顿时焕发奇光异彩。李惺诗之前，嘉庆道光年间的皖人蔡雨庄在栖霞岭拜谒岳飞墓时，也写过"旋转乾坤易，调和君相难。南枝有遗恨，莫向墓门看"，明说南宋的"旋转""调和"虽然影射清末时弊也讽意尖刻，终不如学子借李惺的锋芒一掷迅雷侥幸获胜，凸显惊奇。

奇诗出于奇思，而表达奇思，多得力于字奇和句奇。

奇响振出全句全诗精神，换他字不及者，可称奇字。唐李白"醉看风落帽，舞爱月留人"，"留"字奇；杜甫的"一片飞花减却春"，"减"字奇；韩愈的"谁劝君王回马首，真成一掷赌乾坤"，"赌"字奇；宋陈与义的"四年风露侵游子，十月江湖吐乱洲"，"吐"字奇。明薛沂叔《新溪小泛》的"柳断桥方出，云深寺欲浮"和诗僧渤季潭《屋舟》的"四面水都绕，一身天欲浮"，皆用"浮"字，似本老杜"乾坤日夜浮"来，虽然都不及老杜清奇，也能令读者眼目一新。

句奇，在历代经典诗词中并不罕见。

唐李频的"近乡情更怯，不敢问来人"，曹松的"凭君莫话封侯事，一将功成万骨枯"，杜甫的"三分割据纡筹策，万古云霄一羽毛"等，皆奇思生发，自然警醒非常。据《渔隐丛话》，高丽国使节乘船渡水，忽来诗兴，方得"水鸟浮还没，山云断复连"二句，站立一旁的诗人贾岛佯作艄翁，接句道"棹穿波底月，船压水中天"，高丽使节闻之震撼，"嘉叹久之，自此不复言诗"。公平论断，贾岛的上句"棹穿波底月"确实精彩生奇，但"水中天"随带"波底月"说下，稍有重复之嫌，加上"船压"无法媲美"棹穿"，下句逊色，美人掌应对壮夫拳，难免留下遗憾。

生老病死乃永恒诗料，人生百年旅途，顺逆不一，感慨也当万千。逝前自挽，颇多悲调，偶有异声独唱，发喙告别者，最耐细味。例如宋薛嵎的"未必浮生于此悟，算来忙处为人多"和"合眼便为泉下鬼，此生康济莫宜迟"，直言疲于忙碌和疏于养生，写出悔意。明伊策的"早脱鸡群方傲世，老思蝉蜕更为家"和邹智的"活水照人真宝鉴，浮名于我本虚舟"，临终依然清高蔑俗，写出傲气，也不难惊醒后人。虽然上举四诗都有奇趣，但构意不见奇思特异，总觉着用智似韩信而非狄青。

自挽诗奇胜者，可举清钱塘诗人杨椒水的《绝笔》。杨公平日癫狂诗酒，性格狷介，元宵节因病卧床不起，遂赋绝笔："傲我乾坤醉复顽，惊他岁月去难还。人生安得元宵死，一路灯光到冥关。"竟以灯节火树银花能陪送黄泉犹自庆幸，用矫反主意法，戏谑化解悲痛，奇响非凡；料那字面上的几许得意，正是诗人逝前彻腑的几声哀恸，平生百般艰辛的沉吟者当不难共鸣。苟逢其他读者会意，也拍案惊奇，应知清刘熙载《文概》谓写诗"认题立意，非识之高卓无以中要"，原来可以如此出人头地。

两句对出，或谓出奇应须般配，故历代诗论家，譬如明代榭榛《四溟诗话》要求"联必般配，健若不单力，躁润无两色"，视"美人掌对壮夫拳"为诗病。依笔者拙见，如果真是佳句，奇有参差，或呈现非对称之美，纵不般配，也不必一概抹杀。

前人诗中，颇多上句奇而下句不奇者，例如唐杜甫吐述困苦无奈的"三年奔走空皮骨，信有人间行路难"（因果），清金兆燕描绘月光入林的"白练一绳穿树月，青螺几点隔江山"（衬色）。换个角度，读出若无下句补意陪衬，则不能显足上句思路的开拓奇特，是一种读法；读出诗人巧用造境善写情状，方知"忽逢幽人，如见道心"（唐司空图《诗品》）也是一种读法。

上句不奇而下句奇者，例如金元好问怜惜战乱漂泊的"黄花自与秋风约，白发先从远客生"，清张问陶感叹旅途颠沛的"梦中得句常惊起，画里看山当远行"等，拾级攀缘，品位易见高低。如果清茗佐读，竟然读懂那低涧托出高峰的用心，"斯术既形，则优劣见矣"（刘勰《文心雕龙》），也很练眼力。

奇诗并不难寻，禅家所谓"有眼得见，有心亦得见"，全在机缘。眼力也好，心力也好，二者不过一见一记而已。读诗，匆匆过眼即去，日后见着，一片茫然，读之何用？即使过心读解，亦道如何如何喜欢，待日后再次相遇，目瞪口呆，三问不知，如此似曾相识，偏偏燕不归来者，眼力心力皆无，读之何益？

晚唐李商隐的《夜雨寄北》，结二句有"何当共剪西窗烛，却话巴山夜雨时"，读者无不称妙道奇，若问奇妙何处，未必都能言中关捩。此诗言西窗剪烛、夜雨思远等皆不出奇，奇在现实时空预想未来时空情景人事。读李商隐此诗，不解时空转换法，读后见到李商隐之前的贾岛《渡桑干》的"无端更渡桑干水，却望并州是故乡"，又身后北宋王安石的"今夜重闻旧呜咽，却看山月话州桥"，陆游的"无端老作天涯客，还听当时夜雨声"，明代陈献章的"花日喜逢黄别驾，共对庐山说故人"等，顾左右而言他，恐是白读。倘若偶然翻检唐后诸公诗集，又看到宋朱熹的"今朝试卷孤篷看，依旧青山绿树多"，程俱的"如今扫迹长林下，却对真山看画图"，明曹大章的"今日逢君看舞袖，风流不改旧时狂"等，觉着时空经营法加上遥空比较，又在眼力之外，品出心力的惨淡经营，才算是真正历练了读书功夫。

灯下夜读，不妨重温一下孔老夫子《论语》所言的"智者不惑，仁者不忧，勇者不惧"，读懂智即识见，仁即胸怀，勇即执着，方知明末李贽谓才华来自识见，"有二十分识见，便能成就得十分才"的缘由，肯定也能开阔读诗人的眼界。

（2018 年 3 月 30 日载于《光明日报》）

最堪清赏是奇诗（二）

　　比较见奇，是聪明读者发现奇诗常用的方法。例如写夜半读书，难免牵扯灯火照明之类，唐于鹄的"传屐朝寻药，分灯夜读书"，宋黄庚的"松薪拾去朝炊黍，渔火分来夜读书"，杜清献的"奇抱叹皓首，败屋挑寒灯"皆是佳句，总嫌与"灯火"纠缠过紧，未得见格外生奇。若以宋魏野《题白菊》的"何须更待萤兼雪，便好丛边夜读书"、传如禅师《湖上秋兴》的"明河莹彻清于昼，坐挹清光夜读书"等比较，避开熟俗的"灯火"，巧借白菊或明月清光读书的那番若即若离，信虚实相济也能辟出蹊径，自有几分新奇。

　　因"夜读"题材熟俗，颇难生新，苟有跳脱且"出得如来手心者"，不奇都难。北宋画竹大家文同也爱夜读，其《夜学》诗有"文字一床灯一盏，只应前世是深仇"，说夜间做伴唯书籍与灯盏二物，此等句大约人人可得，不奇，但后句说二物于己，好像前世有"深仇"似的左右奈何不得；读诗至此，料十有九者会拍案叹奇。读书，非爱也，乃前世深仇也；以仇言爱，反手出奇，此等句万人难得其一，非奇而何？

　　宋九僧诗有"县古槐根出，官清马骨高"，二句皆倒述因果，拈出细节特写作评，以小见大。因见槐树有老根出土知此处为古县，见瘦马骨立知此处官风清廉。二句相较，后句构思之奇，更加难得。相同诗例，有宋杨朴的"年年乞与人间巧，不道人间巧已多"、清梁同书的"到底人间胜天上，不然刘阮不归来"等，前句铺垫，后句思奇，抖擞出得精神，转出余韵无尽，也是诗家跳脱手段。

　　人生不易，饱经沧桑磨砺的诗人处非常境，往往易得非常之诗。但逢此类诗词，切勿放过。例如古代因诗罹祸，或政治风险之中面对非生即死的人生遽变，其人其事其诗，大都难逃"奇险"二字。乾隆四十三年（戊戌，1778）的"紫牡丹诗案"即是一例。

　　诗赋牡丹，品第以皇苑魏紫、豪门姚黄等为正色，多从富贵荣华、花王尊显等落想，千秋几成俗套。清诗人徐珂曾有一首《咏紫牡丹》，昂扬别调，尤以诗中"夺朱非正色，异种也称王"二句，矫矫脱俗，最得友好赞赏。没承想，徐公正在得意，却被仇家揭发，谓此诗"夺朱"（夺去明朝朱家天下）及"异种"（谩骂清朝乃异种称王）皆暗传崇明反清的"逆反歹意"。因为此诗"悖逆严重"，惊动朝廷。乾隆当然用不着亲自动手，对汉族文人论罪处死，高招是敕令汉吏审理。汉吏胆小，勘核只严不宽。当时刘墉任江南学政，奉旨严查，最后徐公惨被戮尸，子被绞决，血铸冤案，震骇天下文心，二句也因此遍传九州。事见《梵天庐丛路》《蛰存斋笔记》等，料无虚撰。另有《清朝野史大观》等指正"以作诗、戮尸皆误作沈（沈德潜）"是张冠李戴；又《南巡秘记补编》记之尤详，可检。

　　若非政治陷害，《咏紫牡丹》的"夺朱非正色，异种也称王"，语精意洽，足称清诗奇句。纵以唐司空图《诗品·清奇》观之，也够得上"神出古意，澹不可收"那标准的。只是乾隆要威震天下，数年内连续办理数十桩针对汉诗文的"文字狱"，血刃淋漓间还真的染就了"盛世咸宁"的大旗，待到南巡快乐归来，虽然那"紫牡丹诗案"早已尘埃荡然，但奇句未泯，幸存至今，也是天意安排。

　　其实，当时包括刘墉在内的朝野文人都非常明白，"夺朱非正色"不过是古贤名句翻新。古以红紫非正色，由来已久，后人渐渐时兴红紫为贵，应是化俗为正，物极必反。宋朱熹《论语精义》阐发孔子所言"非正色"的缘由，就说过"何以文为红紫（即）'非正色'，嫌于妇人女子之饰（为何以红紫为'非正色'，应是嫌其妇女装饰常用此色）"，又北朝魏的高允早有"乐非雅声则不奏，物非正色则不列"等，皆有此种议论。乾隆饱读汉籍，未必不知，忽地以"非正色"铸成奇冤，实则更恶其"异种也称王"也。

南宋也有一桩紫牡丹奇事。

据《如皋志》载，南宋淳熙（1174—1189）间如皋"东孝里庄园有紫牡丹一本，无种而生"，花开奇异，某官激赏，欲移此株至私邸园中，方掘土，见一石，上有题诗曰"此花琼岛飞来种，只许人间老眼看"，某官惊骇掩土，遂不敢再移。自此，每逢紫牡丹盛开，乡民必于花前宴会。当地有位李嵩长者，从八十岁赏此紫牡丹直至一百零九岁，历时二十九年。

花下埋石，石上刻诗，能警戒盗花官吏，竟然还能预见李嵩老翁百岁高寿，事奇，但所刻之诗不奇，留下遗憾。后之读者，大约觉得石诗与事奇不大般配，改动两字成"此花琼岛飞来种，不许人间俗眼看"，强化了蔑视和威镇奸邪的语气，又"老眼"所指范围模糊，不如"俗眼"精彩许多，翻然成了奇句，也挺有意思。

能从诗预测未来，说得煞有其事，当然少不了好事者的杜撰。但可供预测的诗，多半都有发人深味的奇句，颇堪一读。据明代《涌幢小品》记，大才子杨士奇年十五岁时曾与好友陈孟洁同去拜谒刘伯川，因为二人父辈皆刘公好友，故受到热情款待。一日雪霁，景色奇丽，至饮酒酣畅之际，刘公命二人"赋诗明志"，欲勘未来。

陈孟洁先得诗曰"十年勤苦事鸡窗，有志青云白玉堂。会待春风杨柳陌，红楼争看绿衣郎"，前半首尊题，说勤苦有志，第三句转柁，期待苦尽甘来，春风吹拂，也是佳句；然而结到"红楼争看绿衣郎（红楼美女争看青衫俊男）"，格调不高，志趣未免有些流俗败兴。

杨士奇亦得一诗，曰"飞雪初停酒未消，溪山深处踏琼瑶。不嫌寒气侵人骨，贪看梅花过野桥"，首句点明时空，次句交代人事，转柁明言"寒气侵骨"，结句更进一步，说即使溪山深处必须渡过野桥，为"贪看梅花"也不畏前途艰难，定要笃志功成。后二句奇逸，妙传主意（明志），向为后来读者盛赞。杨诗说探梅，初读一过，以为离题，跟刘公要求的"赋诗明志"似无干系，但细心读来，却字字关情，无一空闲，诗好句奇，遂留下佳话。

对二人诗，刘公评点也比较到位。评陈孟洁诗："十年勤苦，莫非只博红楼一看耶？不失一风流进士！"回头评点杨士奇诗："寒士，乃鼎鼐之器也。"又道"人有不为也，而后可以有为。子其勉之，惜予不及见也（你好好努力，可惜我年老，不能看到你出息那天了）"。鼎鼐之器，即国之栋梁重臣。后来，果然如刘公评点预料的那样，陈孟洁中得进士，平庸无为，以庶吉士终老；杨士奇，累官少师，华盖殿大学士，诗名远播，为明初大家。

奇诗关系志向才学，也关系品格气节。或谓"忠直者诗易奇，奸佞者诗不易出奇"，此话因有印证，似乎有些道理，但不绝对。

南宋祥兴元年（1278）右丞相文天祥在五坡岭战败，被元军俘获，押解过零丁洋（今广东中山南）时，元军汉将先锋张弘范威逼文天祥作书招降宋将张世杰等，文公挥笔书《过零丁洋》七律明志，决意与宋共存亡。此诗结二句，"人生自古谁无死，留取丹心照汗青"，正气凛然，光照日月，赞以"为千秋英烈一吐肝胆"的奇句，亦不为过。不久，张弘范率水陆大军于崖山击溃宋军张世杰残部，陆秀夫抱幼主赵昺投海双亡，南宋翻页。张弘范在崖山海岸勒石铭功而返，越一年，四十三岁卒。文公被押解大都（北京）后被囚三年，狱中作《正气歌》，生无愧，死无憾，血泪忠愤之情炼就奇篇，最后赴柴市刑场，仰天一叹"吾事毕矣"，昂首就义。

张弘范何人？河北易州豪强世族子弟，其父张柔为蒙古灭金驰马征战有功。其人骁勇善战，可惜在国势沦亡之际拜错主子，助敌为虐，二十六岁受顺天府监民总管，佩金虎符，威风凛凛，所向披靡，十五年后督军灭宋。与"宁为忠臣，耻作谀仆"的文天祥正好相反，张弘范生而叛国，死而负义，纵官至镇国上将军，蒙古汉都军元帅，终归千秋史载不耻。意外的是，张弘范诗词曲俱擅，其《淮阳集》中不乏佳诗奇句，诸如"天产我材应有意，不成空使二毛笔""明朝飞过龙门去，直挽东风下赤城",未必没有壮志;"说与密云休吝雨,一犁早足老农欢"
"举目山川浑各异,伤心风景不相同",未必没有柔情;"可怜一片肝肠
铁,却使终遗万古羞""奔驰世外心千里,参透人间梦一场",未必没
有醒悟。然而,"但教千古英名在,不得封侯也快人"的名利欲望,最
终葬送了"少年飞将"的声誉。灯下捧卷,读张诗至"此外谁无名利
念?红尘千丈尽悠悠""惜花人在东风外,更比莺儿燕子愁"等奇拔诗
句时,颇生感慨。唐骆宾王一檄,宋文天祥兵溃,文人逞勇,勇护社
稷,但留清气,虽败何伤?如张弘范等流,鹰犬自辱不说,还"陪葬"
了非常文采,最后身名俱灭,竟遗万古之羞,能无恨哉!

(2018 年 4 月 6 日载于《光明日报》)

最堪清赏是奇诗（三）

明代曹臣诗辨《舌华录》记有明初苏州隐士王宾与太子少师姚广孝的一段对话。姚广孝见老友王宾久住西山不出，很奇怪，问"寂寂空山，何堪久住"，王宾回答，"多情花鸟，不肯放人"。王宾的回答，看似随意，却颇有雅趣。后之读者沉吟玩味，一则觉得若非隐士王宾，他人道它不出，二则姚王主客对答，平仄合律，俨然四言诗摘句，应叹为奇语。不说自己久隐不出，偏偏归咎"花鸟多情，不肯放人"，这是晋人清谈常用的"借物言情法"，曲笔。读出雅趣，一种读法；读出奇语，又一种读法。细腻风光不在掠眼一过之间，读者不可不知。

平淡生奇，最为难得。

清梁章钜《楹联丛编》辑过佛寺一副无名氏奇联，曰"愿将佛手双垂下；摩得人心一样平"，虽然对面话语，直道心愿，但语意新奇。奇在心愿极简，话语极淡，对仗极工，寄意极深，却道出古今之未曾想，而尘世人心的雅俗清浊，洋溢诗外，何须赘言。但逢此类奇联，犹如金鼓镗鞳由远及近，渐次味深，愈觉震撼，望勿轻易放过。

近代吴恭亨《对联话》评晚清曾国藩一副自警联，为"老木槎牙，奇拙可味"，亦属此类。其联曰"养活一团春意思，撑起两根穷骨头"，作于咸丰九年（1859）十月十四日，曾公《日记》可检。"一团""两根"，用数，妆点。上联"养活一团春意思"的"思"，古汉语，读作去声，说自强于精神蓬勃；下联"撑起穷骨头"，说勉力于困境笃行。穷，指困厄弥坚。话语轻松，实则社稷大臣临危受命的担当，已经让曾公精警抖擞，却擅自放宽心态，调侃出"老木槎牙"的森严气象，确实奇拙可味。

　　笔者读诗词文联，素用缩放二法，意指宏观微视并举，方便深沉阅读。仍以联语为例，容易一目了然。例如近代汉口中大轮船公司曾悬一四言小联，曰"中流击楫；大雅扶轮"，虽然庄雅贴切，但其貌不扬，匆匆一瞥，不过写船家行当，击楫扶轮之类，观者多有忽略。如果放大解读，"中流击楫"语出《晋书·祖逖传》，因祖逖击楫发誓，说过"不能清中原而复济者，有如大江"，故历来建功立业者常借祖逖言，表白笃志功成的决心；又"大雅扶轮"语出北周庾信《赵国公集序》，意指扶持风雅正风的重要，故"汉武帝渡汾河大雅扶轮而歌《秋风辞》"，豪迈无比，自信满满。如此大小由之的解读，不难知轮船公司的志向和豪情大义。不同文化层次的解读，大小深浅各有所得，精悍精彩到一字一处换它不得，应属奇联。

　　清代江都（今安徽和县东北）县衙厅事楹联，是一副比较著名的官署联，"俱胸次光明，方许看广陵月色；听民间愁苦，莫认作扬子涛声"，警戒严正，用语磊落。放大观之，说为人须胸次正大光明和为官要关心民间愁苦，分明是官箴训则，每日抬头必见，正好检点反省，想为非作歹者都不敢正视。其上联正说，下联反说，双管齐下，强化了训诫语气，还妙在快意喷薄，爽有奇气，读来并不沉重。如果由小处观之，不过形画了范仲淹"忧乐"二字，即是说，若不能与民共忧，也不可能与民同乐，去看广陵月色，听扬子涛声。此类短语不以淹博为性情，信手拈来，多有奇趣生焉。

　　奇句，很在乎何处使用；此处不奇，彼处却奇，总归随法生机，能妙造自然为上。五代诗人唐求有"恰是有龙深处卧，被人惊起墨云生"，看也寻常，如果专为洗砚而咏，则当叹为奇句。那位被评为"能以香山（白居易）之性情，运少陵（杜甫）之气骨"的清代诗人林松，有"忙边捉难住，闲里忘偏来"二句，貌似平淡，查检方知是写苦吟推敲的名句，说佳思妙绪飘忽如风来去，忙时捉它不住，闲时已觉淡忘，偏偏它又来寻。如此漫作吟味，知他专拣平淡道来，绘声洽情，竟也平添了几多奇趣。

昔读明代以布衣身份召修过《元史》的才子王彝摘句，至"偶为美名图百合，不知南北已瓜分"，猜出题画百合花不难，用语毕竟平常，后来查检出原诗是《题宋徽宗画百合图》，不由人不叹绝。北宋靖康二年（1127），宋徽宗钦宗被掳，后妃宗室及大批官吏内侍、宫女技匠，又礼器法物、图书库积等，也为金军一并劫去，国耻辱及天下。至此，有宋以来的前九帝，历时一百六十七年，史称北宋。五月，康王赵构在南京即位（今河南商丘南），宣为高宗，南宋开场。王彝二句显然是嘲讽朝夕沉湎书画的宋徽宗治政不力，说他企望"百事和合顺遂"，却不知危机四伏已至江山倾圮。朝廷奢侈腐败，对外割地赔款，一味迁就，而边关兵将又长期懒散闲逸，兵败山倒，不亡何如？大宋被南北瓜分，存亡各半，这是当年自命有"南唐李煜风流"的宋徽宗始料未及的。"美名图百合"写前事之喜，"南北已瓜分"说后事之恸，哀乐对比，精警意奇。无独有偶，明初大诗人高启也援笔题过此画，"不知风雪龙沙地，还有图中此样春"，问被掳北方荒寒地的宋徽宗有否反思和悔意，虚拟地弱弱一问，到底不如王彝直接指斥宋徽宗，揭出北宋存亡之恨更尖刻有力。

奇句也在乎何人所作；彼人不奇，此人却奇。例如"谋身拙为安蛇足，报国危曾捋虎须"，唐季著名诗句，传播广远，就是不明作者是谁，或谓韩偓（小字冬郎），或谓吴融，众说纷纭。韩吴二人履历相似，同朝同第进士，又同为翰林学士，传世佳句究竟属谁，颇难决断。后来北宋王安石精选唐律，指认韩偓此诗，意非忠净奇伟之韩偓不得有此奇句，读者知趣会意，自然没得话说。

王安石明眼，韩偓的确并非等闲之辈。韩偓十岁能诗，曾得姨父李商隐赏识。李大诗人感慨之余还写过《韩冬郎即席为诗相送一座皆惊》，诗中为韩偓等后俊小生点赞的"雏凤清于老凤声"，也成了脍炙千秋的奇句。后来，韩偓登进士第，召拜左拾遗，迁刑部员外郎等，定策诛杀奸宦刘季述，又因不阿附权贵得罪了朱全忠，结果一再遭遇贬谪，其"忠愤之气，溢于句外"，寄托于诗，遂有《玉山樵人集》传世。清代学者沈德潜评韩诗"一归节义，得风雅之正"，也为之肃然起敬。

至清《四库全书提要》奉旨定评，二句诗得纪晓岚等文史泰斗首肯，评语曰"韩偓心在朝廷，力图匡辅，以孱弱之文士，毅然折逆党之凶锋。其诗所谓'报国危曾扶虎须'者，实非虚语，纯忠亮节，万万非（吴）融所能及"，剖析崭然有理。这就是说，后人宁信清肃中正的韩偓有此诗句，愣要小瞧吴融，吴融支持者只能嗟叹奈何。看来，刚正气节语当属英杰，则倍添精彩奇特；若移归他人，黯然无色，则是荒废奇句。能得古今读者向往德善的认可，信天公自有安排，大概也是读诗的一个硬道理。

写清奇之物，易得奇诗。譬如写梅，古今高手云集，奇诗多多，经常翻检诵读，或可豁胸襟，涤俗尘，也能"养活一团春意思"。

明初诗人高启有"雪满山中高士卧，月明林下美人来"，是写雪梅的奇句，其奇景、奇色（以雪月梅"三白"设色）、奇情可称"三奇"，最为明后诗家激赏，但总觉得精心仿造的篇章，容易伤害天真之趣。

宋陆游在花泾观梅终日不归，友人寻来，陆游以"不须问讯道旁叟，但觅梅花多处来"作答，痴迷如此；又爱梅到突发奇想，"何方可化身千亿，一树梅花一放翁"，清狂如此，俱世间少有。若以陆游二诗相较，后诗奇矫，虽然夸张至极，但从容自在，不由人不信。

平淡生奇的诗，通常需要借助一些奇妙的诗法来凸显主题。宋杨万里的"小荷才露尖尖角，早有蜻蜓立上头"（点线）、"接天莲叶无穷碧，映日荷花别样红"（设色），明徐渭《题王元章画倒枝梅》的"从来万事嫌高格，莫怪梅花著地垂"（正话反说，高格偏有垂地梅枝）等，皆巧运诗法而无斧凿缝合之痕，倒也难得。

杨万里诗多出口语，今之读者未得读法，以为平淡无奇，实在是个误会。例如杨公的题画扇诗，"三蝶商量探花去，不知若个是庄周"（《题山庄草虫扇》），代"三蝶"吐述心语，又巧用"庄周梦蝶"故典，点化并发问出奇。又春寒料峭时探寻早梅，辗转多时不见梅花，正在难为，杨公抬头忽地发现高枝上有梅开放，惊喜；绕树观之，因眼力不济，亲近不得，复生嗔怨。"一树梅花开一朵，恼人偏在最高枝"（《探梅》），怨情生奇，个中多少深爱。又《题东西二梁山》的"阿敞画时微失手，一眉高着一眉低"，说东西二梁山极似擅长画眉的汉代张敞，稍稍失手，画眉一高一低；借喻戏谑，化典出奇。又《八月十二日夜诚斋望月》的"才近中秋月已清，鸦青幕挂一团冰"，以鸦青天幕喻纤云无有的清朗夜空，以团冰喻中秋明月，二喻暗出"清凉"二字，喻奇；"鸦青"明色，"团冰"暗色，设色奇。又《舟过谢潭》的"好山万皱无人见，都被斜阳拈出来"，写舟行潭江，群山列岸，在斜阳光照下清晰无遗，形画用他人之未曾想，以物拟人，摹状生奇。上句"好山万皱无人见"，即"船上人看不见好山之万皱"，倒语。又《城头秋望》的"隔树漏天青破碎，惊风度竹碧匆忙"，因为隔树观天，幻觉得"树（枝）漏天"，而且此际透过树枝缝隙所见之"天"犹如"青（色）破碎"一般；下句骈对同式，言步行于惊风的竹林，风竹摇曳，犹如"碧（色）匆忙"一般，以色代物，"青、碧"明色，喻奇；"漏天，天青，青破碎；度竹，竹碧，碧破碎"，兼语连贯添奇。

　　杨诗见奇的佳诗甚多，构意和诗法都能胜出的，笔者比较看好的是《庆长叔招饮一杯未醶，雪声璀然，即席走笔，赋十诗》（其五）。前二句写"雪正飞时梅正开，倩人和雪折庭梅"，首句时间、事态，次句人事、情态，皆明言"雪"与"梅花"，二者并出，诗法称"两两对举"；读来虽然新颖，似不见奇。后半首全对折梅人言，用叮嘱语，"莫教颤脱梢头雪，千万轻轻折取来"，深情语出，忽然奇崛非常，抖擞全篇精神。爱梅及雪，奇情奇句；第三句明说雪，暗去梅花，又尾句索性雪与梅花统统暗去，虚实明暗，运法圆转如丸，清新自然如此，确实"活泼剌底，人难及也"（金李屏山评语）。

　　杨公诗风雅自是，号"诚斋体"，得陆游盛赞为"文章有定价，议论有至公。我不如诚斋，此评天下同"（见《谢王子林判院惠诗编》）。

南宋以后步趋者甚多，然而成功者甚少，究其原因，一则欠缺杨公平淡出奇的天真风致，一则在技法上历练平淡出奇能"时至气化，自然流出"的活法，更非易事。诗贵自然活泼，刻意雕琢，骛奇反而失奇，用《文心雕龙》的话说，就是"翠纶桂饵，反所以失鱼"。研读杨公奇诗，能无警醒？

（2018 年 5 月 6 日载于《光明日报》）

最堪清赏是奇诗（四）

清何绍基《与汪菊生论诗》认为，"句之佳者，乃时至气化，自然流出，若勉强求之，则往往有椎凿痕迹"。这种"时至气化，自然流出"的浑成天就，未必即刻让读者惊讶到"奇"的光临，然而却有一种"不以为奇则奇然"的默默神会的感觉，绝似清风，久候不至，偏偏又不邀自来。

唐柳宗元《江雪》，千秋脍炙人口，读者以为简单易诵便课之幼童，却大都不解诗法奇趣。"千山鸟飞绝，万径人踪灭。孤舟蓑笠翁，独钓寒江雪"，全以"有""无"二字立骨，明暗虚实，又"千、万、孤、独"四句用数，成功摹写了诗境空间人事，不奇之奇。千山万径皆在，而无鸟无人，用"两两加倍"法明写"有"与"无"，宏观空旷自现。后半首写一舟一翁只为一事（独钓），微观特写，点线而已。所见者，唯一舟一翁一事，明写"有"；所感者，孤寂难耐至天地间无人可以倾述，暗传句外"无"后的伤情。奇诗天赋的自然流出，不在拍案惊奇，骇人听闻，故北宋东坡捧读此诗，心悦诚服，留下"人性有隔也哉，殆天所赋，不可及也已"［见元陶宗仪《书郑谷诗（后）》兼评柳诗］的评语，料非奉迎。

唐代诗人中，如王维和李白，也擅作五言，空灵淡雅，似高士出林，总有一种天然奇崛的气息。清施补华《岘傭诗话》评王维诗，有"辋川诸五绝清幽绝俗，其间'空山不见人''独坐幽篁里''木末芙蓉花''人闲桂花落'四首尤妙，学者可以细参"，又明杨慎《升庵外集》评李白五绝有"愈出愈奇"之誉，清吴瑞荣《唐诗笺要》评李白

"唐至太白，一洗前人板滞之气，其功不小"。此类评说皆诗海指南，言不虚妄，读者也须相与读之。

王维李白的五绝，历代蒙童必读，如果教与学皆不解诗法，懵懂来去，只顾背诵，读前是此等人，读后还是此等人，就算白读。例如李白《独坐敬亭山》，前半首"众鸟高飞尽，孤云独去闲"，说"鸟飞云去"，明写"无"；暗传"有"，即在句外隐约奉告，眼前唯余敬亭山在，与后半首"绮交脉注"，须用细心读法。后半用逆笔倒坐，因为"只有敬亭山"，纵终日独坐，也"相看两不厌"，故而孤寂自解，如此篇圆，也好潇洒。

绮交脉注，赏鉴之要妙，最为明眼读者所留意。南朝梁刘勰《文心雕龙》说得精辟，"外文绮交，内义脉注，附萼相衔，首尾一体……裁章贵于顺序，斯固情趣之指归，文笔之同致也"，诗文家摘藻裁句，纵然繁复明暗离合，只要寻出脉络，也不难探骊得珠，亲近在我。

美法，有助于诗歌美意的表达；读诗如果只看热闹，不能透彻美法，总归肤浅。对比柳宗元"千山鸟飞绝，万径人踪灭"的有山无鸟和有径无人（全用明法），此际碰巧又想起清代嘉庆道光间诗人张维屏的《新雷》，看它的"有无二字立骨"，如何矫矫活用，定会诗眼豁然。

《新雷》首句，"造物无言却有情"，无言有情；次句"每于寒尽觉春生"，寒尽春生，皆道一有一无。后半首，"千红万紫安排着，只待春雷第一声"，已有酝酿安排，只待"春雷"迸发，天地遽变，一有一无，如此交错辗转，奇崛非常，诵之难忘。

评议"言之有物"的好诗，说奇在美法，或者说美法生奇，最常见的就是"虚实"之论。明屠隆《与友人论诗文》谈到过"诗文虚实"，曰"诗有虚有实，有虚虚，有实实，有虚而实，有实而虚，并行错出，何可端倪"。读者不妨视此为一种挈领提示，曲径通幽，再对照古今"虚实之论"，至清曾国藩论述文艺见解的"精神注于眉宇目光，不可周身皆眉、到处皆目"，又"奇辞大句，须得瑰玮飞腾之气，驱之以行。凡堆重处，皆化为空虚，乃能为大篇，所谓气力有余于文之外也，否则气不能举其体也"，岂止眼界开阔，就此翻检古今诗词文章诸籍，般般皆可印证。清笪重光《画筌》的"虚实相生，无画处皆成妙境"，以此类虚实论印证前人诗词文章，读法刷新，应有一番新的见识。

昔读《艺风藏书续记》摘句，有十一岁男童《咏棋诗》曰"两行分黑白，二叟赌输赢"，因"两行""二叟"俱对仗用数，"黑白""输赢"又各自反对，故叹为佳句。诗有巧合者，五代（后）晋的廖凝十岁时也有《咏棋诗》，其中"满汀鸥不散，一局黑全输"，若与前诗对比，当赞廖凝高明，真信天发才俊不可以年龄计也。"满汀"对"一局"，俱用数工整；"不散"对"全输"，巧作"成败"反对；"黑"，明色，"鸥"，见物即见色，暗（白）色。"满汀鸥不散"自然流出，"不以为奇则奇然"，最逗诗童天真之妙。如此奇句，能抖擞全篇，纵诗苑老手料也费力。

点石成金，化不奇为奇，是诗笔超度的常用手段。

唐元稹（779—831）的《会真记》（又名《崔莺莺传》，金元后人取材编剧为《西厢记》等）录有情诗的名句，"隔帘花影动，疑是玉人来"，欣赏者举为绘声形影之奇句。至宋，尤袤认为元稹句乃借自唐李益（749—827）的"开门风动竹，疑是故人来"，情貌略似，差可抗衡。但到明代杨慎，《升庵诗话》发话，揭底说元李二人俱借自《古乐府》齐梁人的"风吹窗帘动，疑是所欢来"，援引既然都凿凿有据，似可定案。

考虑古代信息传播条件的那份艰难，李前元后，元稹借否李益，话不好说，但二人点化齐梁句，着实精彩。因为"风吹窗帘动""所欢"（"可人"，喜爱者）等语，太过直白，故而了无雅趣。同样是借古生新，同样是期盼猜疑，而且结果都是未见来人的心思所动，李益用倒因果句，因为"疑是故人来"，故而"开门"，只见"风动竹"而"故人"不见，见彼不见此；元稹用顺因果，因为"隔帘花影动"，故生猜疑，此际隐约似见，实则非见。如此点化出奇，虽然都凭据真功夫，仍须灵慧参悟；如果读者心领神会，竟然窥出国手胜棋的仙着原本凡手那一步败着变化而来，也是善学。

急情睿智，脱口而出，未必没有奇诗。据清末担任过北京《民苏报》主笔的汪同尘所著《苦榴花馆杂记》实录，癸丑（1913）秋，作者曾携友人杜凤楼至京，寄榻于羊肉胡同的华宾旅馆，当时袁世凯正血腥镇压南方"义举讨袁"的革命党人，通缉令遍布九州，二人看到袁世凯机关报附印的画报上"绘有戎装佩剑之武士，跨马而立，并题以前人句，云'大将南征胆气豪，腰横秋水雁翎刀'二句"，怒不可遏，立即援笔在画上续题"不知多少同胞血，来为将军染战袍"，见者叫好，叹为奇句。

袁机关画报前题二句原自明世宗（朱厚熜）《送毛伯温南征》七律，此诗乃明诗经典，本奇。曰："大将南征胆气豪，腰横秋水雁翎刀。风吹金鼓山河动，电闪旌旗日月高。天上麒麟原有种，穴中蝼蚁岂能逃？太平颁诏回辕日，亲与将军脱战袍。"首二句形画将军，次联虚笔一写南方蝼蚁兵乱，一写麒麟出师有名，张扬气势；接下颈联议论，"天上"承"日月高"，"穴中"承"山河动"，脉注；尾结虚笔预见凯旋，"颁诏回辕"应前"大将南征"，说"亲与脱袍"，自有身份。奇诗精彩，真否御制，难说。皇上诗找人代笔是"赐宠"，天经地义，不用异怪。反正读诗问学，直取精髓，顺便听听故事不过方便记忆而已。

作诗推敲，炼意炼句，可以精益求精，但修改斧斫过分，把好句搞僵，也是自虐。奇诗贵天赋灵慧，得来未必就费功夫。元代吴师道《吴礼部诗话》记有山东高唐读书人阎复（1236—1312）携梅枝拄杖和乡人举荐信进京面谒贾仲明事。贾仲明是明成祖侍从，性格豪爽，才学秀拔，喜结雅士，与罗贯中忘年交。阎复登门，恰逢诸多名士大夫在堂。诸公欲试其才，命立赋梅杖。阎复本锦绣才子，不畏面试，即席赋诗一律，曰："斫取江南万玉珂，春风入手惯摩挲。较清邛竹能香否？斗品鸠藤奈俗何。声破梦回霜满户，影随诗瘦月横坡。人言功在调羹上，不道扶颠力更多！"此诗清骨棱棱，特别是尾联警醒见道，颇得诸公赞誉，阎复遂获振响京城的诗名。

阎复诗首起挥笔直入，写梅杖来路用处；次联牵入邛竹和鸠藤（鸠杖），以客陪主；颈联分写梅杖声影，补笔形画主体。尾联奇崛，褒贬感慨，留下思考。说众人只解"调鼎盐梅"是台阁重臣的治国手段，殊不知国势危急时肩负"扶颠之力"的微臣黎民更加重要。奇语警拔，得沉郁叱咤者，即此类。

或谓奇诗难遇，实则未必。如果日积年久，读诗炼得学力眼力，黄钟瓦缶，奇士俗客，不但闻见自别，还能深知各位作手擅奇的手法，更添一层读诗的雅趣。

近代蜀中诗人刘师亮作诗撰联多有奇构，其对句尤以上下联的后三字炼意出奇，几成刘诗风格，诸如"腾达未能舒骥足，功名原耻烂羊头"（后三字皆用史典奇）、"走险饥民趋赤化，争权庸竖误苍生"（后三字皆虚色出奇）、"名士本来同画饼，才人偏不解题糕"（后三字皆用唐人诗典奇）等，因为善自铸化，又非萧斋跌坐的一般墨客见识，最值得读者细心诵读。有朝一日，品茗捧卷，读至刘师亮讥讽军阀乱世，借苛捐杂税盘剥百姓的"自古未闻粪有税，而今只剩屁无捐"（后三字皆用俗语），俗极偏得精彩，真个涤浊荡气，也好痛快。此诗奇在嘲讽了混账官吏，喷发了万众愤慨，竟然出脱诗家之未曾想，真信诗法诚如兵法，若无帷幄运筹，呕心沥血，焉得奇兵制胜，手到擒来？

（载于 2018 年 6 月 1 日《光明日报》）

诗　　论

书画作品的诗词解读

吾国传统的书画艺术作品，无论直接挥洒或请人留题诗文，都离不开书法书写。欣赏书画艺术作品必然要理解和欣赏书写的文学内容，犹如小提琴家演奏《梁祝》乐曲，欣赏者从中获得的是双重美感享受。如果欣赏者面对一幅精彩的书画作品，看来看去，却读不懂上面书写的文学内容，是无法获取这种双重美感享受的。

书画作品上书写的文学作品内容主要是诗词、散文（包括题跋、馈赠书札文字等）。散文在通读上有许多方便之处，如果不是深僻费解的文章，欣赏者只需反复一个来回，可以大致理解书画作品上文字书写的内容，而诗词作品因其精练含蓄等特点，通读起来，要比散文困难许多。传统书画家书写时通常不落标点，欣赏者通读时如果在断句上有一两个字判断不到位，解读困难或产生误会，很容易影响到对文学内容的理解和欣赏。

1993 年日本某书法展中有一幅作品，上书“青壑听猿度白云立马（看）萧萧皆落木”。这是日本古代汉诗诗人荻生双松（1667—1728）的《暮秋山行》（五律）的前三句（青壑听猿度，白云立马看。萧萧皆落木）。因为书写不落标点，写时又漏书“看”字，所以在美术馆展出时展标上汉语释文便写成了“青壑听猿度白云，立马萧萧皆落木”。前句还能明白，后句则十分费解，引起了参观者的议论。诚然，书法爱好者欣赏书法作品，主要是欣赏书法艺术语言的精彩表达，但为了更好地理解体味书法点线表述的文学内容，或者出于对文学作品（诗词）本身的热爱，也会关注书写的文学内容。

　　看见富有哲理意味或者声情兼美的诗词，在文学欣赏活动中产生的共鸣、愉悦，往往会激活书画家牵纸濡墨，甚至因诗而画，忽生挥笔就兴的创作欲望。如果书画家不能如同明代书画家徐渭《叶子肃诗序》要求"就其所自得，以论其所自鸣"的那样自己创作诗词表情达意的话，平素诵读或抄录一些古今经典诗词，既可供创作时选用，也可为反复体味和进一步欣赏提供方便。众所周知，优秀文学作品的思想底蕴和美学价值往往要靠欣赏者的反复体味玩赏才能发现，所谓"诗史善记意，诗画善状情"，"形容出造化，想像成天地"（见宋邵雍《伊川击壤集·史画吟》），这种通过文学语言认识艺术形象的审美活动，是在同时欣赏书法艺术作品的审美活动中逐渐完善并使审美感知获得深化的。所以，能够正确解读书法作品的诗词，对完善书画欣赏活动和提高欣赏水平都具有重要意义。

　　另外，从考证、评鉴的角度来看，正确地解读某些书法作品（例如古代法书碑刻，以及古画、古玩、印章、器具、笔砚等）上题写或刻书的诗词文字，可以从文学内容的理解与欣赏中了解创作时间、背景、地点或者诗词出处（自作还是引录他人之作）等重要的参考资料。如果是自作诗词，还可以从诗的内容了解到当时的创作心境、趣味见解等；如果是自作的题画诗、印跋诗，还可以由此了解其艺术见解、评价以及其他可资考鉴的信息。这些信息，或可作为具有重要参考和鉴定价值的依据。所以，历代书画鉴赏家对于书画作品上的诗词解读从不掉以轻心。一些难于解读的诗文（或因僻字，或因书画作品局部残损剥落，或因赝造者的截割等造成的诗文难读），虽然有的已成"无结公案"，后来者仍旧探索不已。

　　毋庸讳言，当代书法爱好者和研究者，或因古典文学底蕴不足，对生疏僻解的诗文不能正确释读，仓促间还让错误释读进入正式出版物，留下的遗憾都很难弥补。如果平素比较注意加强文学修养，留心学习并掌握一些诗文解读的基本方法，不但可以减少盲目性，增加自觉性，为书斋案牍遣兴援引的书写创作带来诸多方便，学积力久，还可能借着文学和文字二功，对书法艺术的研究考证评鉴的进步做出贡献。

　　解读问题，其实并不难解决。经常读写的一些唐诗宋词，大都铭记在心，当然不会犯难。解读困难或者有误的，一般都是不熟悉或者比较特殊的诗词作品。根据笔者多年解读之经验，行之有效而且比较容易掌握的解读方法，大致有句读法、韵读法和析读法三种。实际运用中，能在多年注重积淀文史学养的基础上，综合灵活地使用三法，又勤于查检的话，活法在手，实则运法在心，明眼如镜。

句　读　法

　　又称"数读法"。这是一种按句的字数解读的方法，用以解读常见的绝句和律诗十分简便。借用文字学家康殷先生的说法，"这是最笨的方法，但很实用。学习解读的书画学生多半从这笨方法开始"。解读时，先按五言一句试读，如果不通，改换七言一句再试，一般至第十四个字（七言两句）就可以解决。之后依次贯下，迎刃而解，皆无滞碍。因为诗家作诗用三言或四言极少。如果是四言诗，第一句须有两个双音节，第二句、第三句都应该同样是两个双音节，辨识不难。用五言先作试读，如果出现一个单音节，就可以否定是四言诗了。接下，按五言或七言试读，通顺即解。譬如有一幅四尺整纸书法作品书写了以下文字：

苍狗凌天幻惊蛇跃纸来嗜怜同土炭劳岂独筋骸
佳兴无多子晴光更几回且勤池畔墨莫待劫余灰

落款中只有"潘伯鹰先生诗一首"八字可供解读参考。这首诗前十字的句式按单双音节排列是"苍狗—凌天—幻—惊蛇—跃纸—来"，首先据此句式可以否定三言或四言诗。然后试以五言解读，后十字又有"嗜怜—同—土炭，劳岂—独—筋骸"，遂可以断定是五言无疑。如此往下，全诗遂可解读。此诗曰：

苍狗凌天幻，惊蛇跃纸来。嗜怜同土炭，劳岂独筋骸？

佳兴无多子，晴光更几回。且勤池畔墨，莫待劫余灰。

　　自己解读成功的诗词往往印象深刻。如果还想知道诗题，再根据内容（"惊蛇跃纸""佳兴""且勤池畔墨"等）可以先确定出主题词（作书法，有感想）。然后，在潘伯鹰先生的《玄隐庐诗》中检索一下，很快就会找到这首诗，题目是《学书偶作》。又例如明代书法家文徵明的一幅草书条幅，书写文字如下：

玉泉千尺泻湾漪天镜分明不掩疵
老去常思泉畔坐莫教尘土上须眉

可以先按五言解读，"玉泉千尺泻—湾漪天镜分……"，第一句尚可以理解，第二句诗意不通。再按七言试作解读，得"玉泉千尺泻湾漪—天镜分明不掩疵"，如果有"声律学"基础的书画家，试读两句的声律，可得"仄平平仄仄平平，平仄平平仄仄平"，典型的首句入韵的七言格律句式，三尾字"漪、疵、眉"用平声支韵，断作七绝，读通不难。诗曰：

玉泉千尺泻湾漪，天镜分明不掩疵。
老去常思泉畔坐，莫教尘土上须眉。

　　使用这种方法，也可以读前计算全部文字的数目，然后初步推断其诗体，故晚清民初书画人称之为"数读法"。例如二十八字的，可以初步看作是七绝或七言古风，再作试读验证。如果是四十字的，可以先当五律或五言古风试读。使用这种方法，必须注意的是，有的诗虽然从字数上看与某些诗体的规定字数相同，实际上却似是而非。例如杜甫的

《望岳》，"岱宗夫如何？齐鲁青未了。造化钟神秀，阴阳割昏晓。荡胸生层云，决眦入归鸟。会当凌绝顶，一览众山小"，字数四十，貌似五律，实是五言古风诗。又辛弃疾的《浣溪沙·常山道中即事》（北陇田高踏水频，西溪禾早已尝新，隔墙沽酒煮纤鳞。忽有微凉何处雨，更无留影霎时云，卖瓜人过竹边村），从字数、句数上看很像七言六句的古风诗，实是一首词。

1986 年在北京一次大型书法展上，有某省著名书法家书"乘风破浪会有时，直挂云帆济沧海"（本是李白古风诗《行路难》的名句），落款为"书李白绝句"，被日本千叶县一位细心的女书法家指误。1992 年某书法家赴京展上，有书孟浩然《夜归鹿门歌》，"山寺钟鸣昼已昏，渔梁渡头争渡喧。人随沙岸向江村，余亦乘舟归鹿门。鹿门月照开烟树，忽到庞公栖隐处。岩扉松径长寂寥，唯有幽人自来去"，七言八句古风，落款称"七律"者，其错误皆缘于此。所以，使用句读（数读）法时，还须借助一些诗词创作方面的基本知识（例如平仄声律、诗体体例特点等），才能更快做出正确的解读。

句读（数读）法是书法作品诗词解读中最简单的初级方法。如果面对的诗词并非常见的五言或七言的绝句、律诗，用这种初级的方法解读则比较困难。此时，不妨再选用以下几种方法。

韵 读 法

以韵字切入，是一种相对快捷有效的解读方法。看见一首没有标点的陌生诗词，先读最后一个字，此字肯定是韵字，然后逆反向前倒读或从头顺读，依韵解诗。往往在十字或十四字，最多在二十字或二十八字内，就可以解读了。因为合格的诗人不会在非韵位处轻易选用韵字，否则会干扰诗歌流转的音韵美，所以知道韵字后，以韵为门钥，再去解读全诗则比较容易。例如北京某艺术院校学期考试题，要求正确标点下诗：

落笔势了然常虑意顿竟学书严律己观身见诸病
良方号千金善用无万应博取穷诸相约持明一性
每以仁智见遂成浅深证草蛇失道惊香象截流劲
迟速力则同其源出于定

　　最后一字是"定"，去声，属"径韵"。此诗七十字，超出律诗的最多字数（七律五十六字），应是古风诗，所以用韵不限"径韵"。查韵表，知"径"属第十一部仄声韵。如果作古风诗解，按韵法，可以通押同部的其他韵字，诗词家称作"宽韵"，即是说，第十一部的仄声韵通押，不局限于"径韵"。知乎此，然后再从头通读此诗，找出以下通押的韵字："竟、病、应、性、证、劲、定"，此诗遂顺利得解。这是沈尹默先生的一首五言古体诗，诗题是《学书》。这首诗解读难度稍大，如果一般只是五绝五律、七绝七律，用韵读法不需几分钟便可以解读。

　　　落笔势了然，常虑意顿竟。学书严律己，观身见诸病。
　　　良方号千金，善用无万应。博取穷诸相，约持明一性。
　　　每以仁智见，遂成浅深证。草蛇失道惊，香象截流劲。
　　　迟速力则同，其源出于定。

　　如果书写的是一首词曲，书写者本应该标明词曲的牌名，为欣赏者解读提供方便。这样，欣赏者要解读词曲，可先找出词谱或曲谱，按词牌、曲牌找出"本格"或"别调（变格）"，核对一下，即可顺利解读。书画家或因题写急迫，或因幅面窄小，未及标志词曲的牌名等，概属"题写不全"。对此，欣赏者须灵活运用解读方法，跳出思维误区，排除难点，方有豁然开朗后成功解读的愉悦。

　　有的词曲一韵到底，解读相对容易；如果文体特点模糊，诗词曲混淆不清，将诗词曰曲，或者将词曲曰诗，糊涂挥洒出去，落下笑柄，也很麻烦。例如五代冯延巳的一首小令，1987 年陕西某书法家书写时，楷书作品落款是"唐人诗一首"：

> 谁道闲情抛掷久每到春来惆怅还依旧日日花前常
> 病酒不辞镜里朱颜瘦河畔青芜堤上柳为问新愁何
> 事年年有独立小桥风满袖平林新月人归后

　　冯延巳（903？—960？），的非唐人。史称"唐（618—907）"者，指李渊建朝至朱温代唐称帝，历时二百八十九年。之后，五代（907—975）历经后梁、后唐、后晋、后汉、后周，历时约六十八年。虽然彼时风云遽变，墙头大旗或有朝夕更易，但在诗史上依时述事，界定都非常清楚。冯延巳，五代大词家。此人率兵征战，每战必败，必败必被罢官，然而词名日炽，当朝文家不服不行。王国维《人间词话》评其词曰"堂庑特大，开北宋一代风气"，可见冯延巳的活动时间近宋不属唐；落款"唐人诗一首"，实属兀然误断。

　　通常情况下，读者观看上举作品时，倘若对诗词的文体特征把握不准的话，不妨先用韵读法解读，找出最后一字"后"，然后从头往下，很容易找出同韵部的"久、旧、酒、瘦、柳、有、袖"七字，最后每逢韵字作一断读，于是结果如下：

> 谁道闲情抛掷久？每到春来，惆怅还依旧。
> 日日花前常病酒。不辞镜里朱颜瘦。
> 河畔青芜堤上柳。为问新愁，何事年年有？
> 独立小桥风满袖。平林新月人归后。

从长短句式上看，显然是一首词。再依据其用仄声韵的特点，查词谱的仄声韵词牌，同时按其起首五句的句式和字数（上词起首五句的字数是"7—4—5—7—7"），很容易查出这幅作品的词牌是《鹊踏枝》。

　　解读诗书画作品，经常遇见原本书写有遗漏字，解读者事先不知，或者知有遗漏却不知遗漏何处，释读比较困难。广州艺术博物院藏清黄慎画《爱梅图》，左侧上题诗一首，据博物院配图释文曰：

> 花发平津云岭头初疑翦綵出神州霜容早识三
> 分白瘦影横撑一半秋南国佳人怜粉署秣陵才
> 子忆罗浮酒阑傚舞银缸下犹认孤山雪未收

　　用韵读法解读，由后往前找出"收、浮、秋、州、头"，皆"尤韵"字。按七言断句，首句"花发平津云岭头"入韵，下诗应该还有四十九字，然而至此，仅余四十八字，按韵字依句核对，发现第六句"秣陵子忆罗浮"缺少一字。重审图样，画家黄慎在"秣陵"与"子"间点有一个小墨点，然后在诗尾小字补上"才"字。"前点后补"，是传统诗书画文等行笔间补救遗漏文字的一种通行方法，东亚文化圈内的日、韩、越等国文家若以汉语言文字作诗著文，皆擅此法，各国读者也默认无疑。即是说，画家黄慎书写第六句"秣陵才子忆罗浮"时漏写一字，不必涂抹勾添影响幅面美观，可以先点小点作为提示，读者在诗尾可以找到遗漏字。诗尾小字"才"进场后，全诗得解。《爱梅图》所题是一首七律，诗曰：

> 花发平津云岭头，初疑翦綵出神州。
> 霜容早识三分白，瘦影横撑一半秋。
> 南国佳人怜粉署，秣陵才子忆罗浮。
> 酒阑傚舞银缸下，犹认孤山雪未收。

　　如果遇到换韵的诗词作品，解读难度增大，但仍有规律可循。方法依然如上文所述，先找到最后一个韵字，然后从后往前（逆向）解读。

例如有幅行草书法作品写了以下文字：

> 我本渔樵孟诸野一生自是悠悠者乍可狂歌草
> 泽中宁堪作吏风尘下祇言小邑无所为公门百
> 事皆有期拜迎官长心欲碎鞭挞黎庶令人悲归
> 来向家问妻子举家尽笑今如此生事应须南亩
> 田世情付与东流水梦想旧山安在哉为衔君命
> 且迟回乃知梅福徒为尔转忆陶潜归去来

此诗最后一字是"来"（灰韵），逆向往前，有"尔"（纸韵）、"回"（灰韵）、"哉"（灰韵），显然是"来、回、哉"三句相押；确定后四句押"平声灰韵"，四句立即可解。再往前是"水"（纸韵）、"田"（先韵）、"此"（纸韵）、"子"（纸韵），显然这四句有别于"平声灰韵"，是押"仄声纸韵"。用同样的方法，又找出了"悲""期""为"三字押"平声支韵"，又"下""者""野"三字押"仄声马韵"，遂全诗通解。这是一篇平仄四句换韵的古风诗，作者是唐代高适，诗题《封丘县》，全诗如下：

> 我本渔樵孟诸野，一生自是悠悠者。
> 乍可狂歌草泽中，宁堪作吏风尘下。
> 祇言小邑无所为，公门百事皆有期。
> 拜迎官长心欲碎，鞭挞黎庶令人悲。
> 归来向家问妻子，举家尽笑今如此。
> 生事应须南亩田，世情付与东流水。
> 梦想旧山安在哉？为衔君命且迟回。
> 乃知梅福徒为尔，转忆陶潜归去来。

古风诗"平仄错叶"的换韵问题，当然比"平平换叶"的复杂一些，通常的规律是平声韵（以 A 代之）与仄声韵（以 B 代之）错叶（即交换使用平仄韵）。例如唐代岑参的《走马川行奉送封大夫出师西征》七言古风。诗曰：

　　君不见走马川行雪海边平沙莽莽黄入天轮
　　台九月风夜吼一川碎石大如斗随风满地石
　　乱走匈奴草黄马正肥金山西见烟尘飞汉家
　　大将西出师将军金甲夜不脱半夜军行戈相
　　拔风头如刀面如割马毛带雪汗气蒸五花连
　　钱旋作冰幕中草檄砚水凝虏骑闻之应胆慑
　　料如短兵不敢接军师西门伫献捷

全诗句句用韵，除首二句外，三句一转，平仄换韵错叶。如果以 A 代平声韵，以 B 代仄声韵的话，可以得出这样的关系式："AA—BBB—A2A2A2—B2B2B2—A3A3A3—B3B3B3。"这种复杂的"错叶"式，为书法作品上的诗词解读带来很大困难。遇上换韵错叶的古风诗，欣赏者可以按韵读法先找到最后一个字韵字，然后逆向往前，依次找出平、仄韵字，排序不乱，细心解读，大都会迎刃而解。此诗解读如下：

　　君不见走马川行雪海边，平沙莽莽黄入天。
　　轮台九月风夜吼，一川碎石大如斗，随风满地石乱走。
　　匈奴草黄马正肥，金山西见烟尘飞，汉家大将西出师。
　　将军金甲夜不脱，半夜军行戈相拨，风头如刀面如割。
　　马毛带雪汗气蒸，五花连钱旋作冰，幕中草檄砚水凝。
　　虏骑闻之应胆慑，料如短兵不敢接，军师西门伫献捷。

　　词曲作品，句式原本长短参差不齐，如果也有换韵，这是解读中难度最大的。以词为例，其换韵通常有平仄韵转换格、平仄韵通叶格

（如"东""冻"押侧声韵）和平仄韵错叶格三种形式。例如苏州有位
书法家书写了以下文字：

> 人人尽说江南好游人只合江南老春水碧于天画船听
> 雨眠垆边人似月皓腕凝霜雪未老莫还乡还乡须断肠

按照前面解读古风诗的办法来解读，可以先找出尾字"肠"，然后逆向
找出"乡"，二字皆属平声阳韵。同样，也可以找出"雪"（入声屑韵）
和"月"（入声月韵，可与屑韵通押），又平声的"天"（先韵）和
"眠"（先韵），仄声的"老"（皓韵）和"好"（皓韵）。于是，这幅
作品可以解读了。

> 人人尽说江南好（B），游人只合江南老（B）。
> 春水碧于天（A），画船听雨眠（A）。
> 垆边人似月（B2），皓腕凝霜雪（B2）。
> 未老莫还乡（A2），还乡须断肠（A2）。

显而易见，书写的是一首词，其押韵形式是"BB—AA—B2B2—A2A2"
（平仄错叶格）。最后按照前述的方法，查词谱的"平仄错叶格"，不难
查出词牌是《菩萨蛮》，作者是五代的韦庄。

析 读 法

　　析读法是一种分析诗词句中的关系词语或特征词语以方便解读的方
法。例如可以先找出诗中的数字、设色字，复合句中的关系连词、对仗
句，或者词中的衬豆字等，然后结合前文所述的句读法或韵读法来进行
解读。
　　例如日本来华书法展中两幅作品分别书写了以下文字：

古寺门何向藤萝四面深檐花经雨落野鸟向人吟
草没世尊座基消长者金断碑无岁月唐宋竟难寻

八月九月多良夜十五十三扬素辉天令秋色有深
浅人自胜情无是非醉醒俱酌桂花酒尔汝相逢薜
荔衣能使吾曹恣幽赏高风却属吏人扉

第一首如果用析读法很容易发现其中"檐花—经雨—落"与"野鸟—
向人—吟"、"草没—世尊—座"与"基消—长者—金"对仗，即诗的
中二联有对仗关系，且平仄相洽，断为五律无误。此诗是日本著名汉诗
诗人绝海中津（1336—1405）的《古寺》。第二首中有"桂花酒、薜荔
衣""有深浅、无是非"等对仗特征明显的词语，先分析出来，方法同
前一首，然后再作试读，解读遂十分顺洽。此为日本著名汉诗诗人赖维
宽（1746—1816）的《十三夕冈田土亨宅赏月》，七言律体夹杂古风
句，属"古律"类。

　　另外，诗中有数字、设色字、方位字、叠字等经常用于对仗的词
语，易于发现，很方便析读，务须留意。例如诗中有"山雨黄沙暮，
西风白草秋"（设色字），"红颜弃轩冕，白首卧松云"（设色字），"青
山横北郭，白水绕东城"（设色字、方位字），"相去日千里，孤帆天一
涯"（数字），"四海一家天历数，两河百郡宋山川"（数字），"闲愁掷
向乾坤外，永日移来歌吹中"（方位字），"已判百年终醉死，要将一笑
压愁生"（流水关系词、数字），"嫩白半瓯尝日铸，硬黄一卷学兰亭"
（设色字、数字），"吟余声混混，梳罢发飔飔"（叠字），"旧交犹有青
山在，幽趣唯愿白鸟知"（流水关系词、设色字），"窗前横榻拥炉处，
门外大雪压屋时"（方位字、时空关系词），"金桔有天容逸老，青田无
地避余香"（设色字、正反关系词）等，都可以先分析出来后再作试
读。上述二诗例，解读后如下：

古寺门何向，藤萝四面深。檐花经雨落，野鸟向人吟。

草没世尊座，基消长者金。断碑无岁月，唐宋竟难寻。

八月九月多良夜，十五十三扬素辉。

天令秋色有深浅，人自胜情无是非。

醉醒俱酌桂花酒，尔汝相逢薜荔衣。

能使吾曹恣幽赏，高风却属吏人扉。

　　解读词曲使用析读法，与诗歌不同。如果平素能掌握词曲在创作中的一些特点，析读起来也很方便。例如词，可以先抓住一些对仗短句（叠字对、设色对、数字对等）作试读。必须注意的是，词的对仗不同于诗歌，不限于字声平仄反对，也允许同字相对（如"红了樱桃，绿了芭蕉"），且无固定位置。有的词曲对仗，在首句前还有衬豆起领，例如宋人的"正十分皓月、一半春光"（吴文英句），"有三秋桂子、十里荷花"（柳永句），"甚霎儿晴、霎儿雨、霎儿风"（李清照句），"但远山长、云山乱、晓山青"（苏轼句），"幸眼明身健，茶甘饭软"（陆游句），等。了解这些特点，再结合其他解读方法，也可以化难为易。例如元书画家吴镇在画上题了以下文字：

> 江鱼欲上雨潇潇楝子风生水渐高停
> 短棹驻轻桡杨柳湾头避晚潮

　　按句读法，其字数和句数都不符合一般的绝句、律诗的规定，解读稍觉困难。1986 年在中国书画函授大学北京面授点讲课时曾以上二十七字让学员试作解读。一位学员先入为主，猜作五言诗，点解成"江鱼欲上雨，潇潇楝子风。生水渐高停。短棹驻轻桡，杨柳湾头避晚潮"，其间"风、停、桡、潮"尾字皆不同韵，非诗非词，完全点错。

笔者当时启发他换个角度思考一下，他又猜是七绝；因为仅二十七字，又非常肯定地认为书写者吴镇题画时在"停短棹"与"驻轻桡"之间漏书一字，造成了七绝律式的不完整，甚至于想当然地要补缀一字，实在是画蛇添足，多此一举。

其实，点逗这段文字很容易。可以先按韵读法，找出韵字"潮、桡、高、潇"（萧韵）不难；断句稍许棘手，可以用析读法，立即发现"停短棹（平仄仄）"与"驻轻桡（仄平平）"是三字句对仗的（动作）连续关系，关钥在手，这段文字的点逗则豁然开朗，然后再查词谱的平声韵格，不难得知是《渔歌子》（又名《渔父词》）。

> 江鱼欲上雨潇潇，楝子风生水渐高。
> 停短棹，驻轻桡。杨柳湾头避晚潮。

1987 年秋，友人陈放携一把旧宜兴紫砂壶前来问诗，壶上有精心镌刻的行书二十八字：

> 多情谁似南山月特地暮云开灞桥烟柳曲江
> 池□应待人来写宋词意

端详画景，情貌略似，语意恰切，只是"暮"半字剥落，"池"后"应"前之间疑有佚字，已经无法辨识，加之首句似劈空而来，疑是半阕，故解读比较困难。笔者当时先用韵读法断开各句，成了：

> 多情谁似南山月？特地暮云开。灞桥烟柳，
> 曲江池□，应待人来。写宋词意。

然后分析，做进一步解读。因有"南山月"，视那残缺的第十字，余笔犹有草字头，推断应是"暮"字。又"灞桥—烟柳"与"曲江—池□"

对仗，脱损空缺处应是仄声字，推断为"池馆"。又称作"宋词"，写出"灞桥""曲江"，估计此"南山"应是终南山（横亘陕西之南，主峰在长安之南），宋诗人陆游等有望南山诗，查词谱知词牌《秋波媚》（后半阕为"7—5—4—4—4"），再试查检《放翁词》，果然有《秋波媚·七月十六日晚登高兴亭望长安南山》，无误。全词曰：

　　　　秋到边城角声哀，烽火照高台。悲欢击筑，凭高酹酒，
　　　　此兴悠哉！　　　多情谁似南山月？特地暮云开，灞桥
　　　　烟柳，曲江池馆，应待人来。

　　又 1992 年 7 月 1 日《书法报》载著名爱国实业家、教育家张謇（1853—1926）所书扇面，小字清劲不俗，诗曰：

　　　　坏壁苍苍上绿苔笼纱无复护尘埃只应枉驾游山客
　　　　总为坡仙宝墨来学道当知髓与皮圣门壶奥要探窥
　　　　十年来往临平道争信山中有许奇

旁有高锌短文，题为《张謇诗扇》。短文中言上述文字时说"书扇七律诗"，实误。此段文字用句读法或韵读法解读，都很方便，但确非七律诗。因末字是"奇"（支韵），逆向往前，可得"窥"（支韵），知是七绝。往前又得"来"（灰韵）与"埃""苔"（灰韵）相押，知又是另一首七绝。两首七绝贯写而下，不善解读者多疑为一首律诗。如果再结合律诗中二联要求对仗和章法（谋篇布局）的作法分析，毋庸置疑，这是两首绝句而非一首七律。诗曰：

　　　　坏壁苍苍上绿苔，笼纱无复护尘埃。
　　　　只应枉驾游山客，总为坡仙宝墨来。

学道当知髓与皮，圣门壶奥要探窥。

十年来往临平道，争信山中有许奇。

以上三种方法，是笔者参照部分前人的经验在长期解读书法作品的实践中归纳出来的，仅供解读时参考。当然，方法可以帮助解读者简捷从事，并在长期解读中积累成经验，但能否娴熟灵活地运用，还得"操千曲而后晓声，观千剑而后识器"（南朝梁刘勰《文心雕龙》语），在诗书画作品的创作实践和欣赏实践中不断历练。

解读书画作品的诗词文学作品，看似阅读，所需的方法或经验，实则跟解读者的眼界学识以及辨析能力等都交互攸关。除方法之外，最重要的，还是平素要多读多学一些有代表性的经典文学作品，见多识广，年久熟稔，自有规律可循，解读何难？《荀子·劝学篇》曰"真积力久则入"，即言长期坚持学习和实践的重要性。学习的理解，非指一般性文学作品的欣赏阅读，必须深入探索到作法学（声律章法修辞等）的层面，并尽可能具备相当的文学创作经验，得其真识，纵解读书画似隔墙看花，也能疏达通体，披表入理。

果能学功及此，提高了书法家的文学修养，在欣赏书法艺术作品的同时，还能更好地欣赏诗词文学作品，当不难获得更多的美感享受。

诸法综合运用

各种方法的运用，不能孤立，亦不能刻板，需要相当的灵活性。如果平素广闻博见，又勤于查检和灵活运用的话，遇着疑难解读，大都能迎刃而解。

解读中经常遇着诗词二体难辨的问题，是诗还是词，需要根据诗词的文体特点和表述的内容，综合运用诸法，才能做出"体裁（形式范畴）"的正确判断。辛未（1991 年）秋在中山公园书画交流时见一行楷书直幅，词曰：

家书岂万金四海皆昆仲养育亦多情形影
常来梦屈指渐成人文武须双重何事最关
心是否勤劳动

款书称"胡乔木同志五律家书一首"。笔者问书者王先生"何以认作五律"，答"照抄的。那本书上写得清楚，就是'五律《家书》一首'这六个字。诗隔句押仄声韵，很少见，内容也好，所以选写了这首"。又问书者"读过北宋朱淑真的《生查子·元夕》否"，答"当然读过"。于是，笔者坦言"此乃胡公词作《生查子》，非五律。记得胡公作过《生查子·家书》四首，皆情真意切，读后难忘。此乃其一"。现在按胡公原意标点《生查子·家书》（○乃平仄两用），并与一首同韵的宋诗比较如下：

家书岂万金，　四海皆昆仲。　　养育亦多情，　形影常来梦。
平平仄仄平　　仄仄平平仄△　　仄仄仄平平　　○仄平平仄△
屈指渐成人，　文武须双重。　　何事最关心：是否勤劳动？
仄仄仄平平　　○仄平平仄△　　○仄仄平平　　仄仄平平仄△

　　　　　　　　　　　　胡乔木　词《生查子·家书》

海康腊已酉，　不论冬孟仲。　　杀牛挝鼓祭，　城郭为倾动。
平平仄仄平　　○平平仄仄△　　○平平仄仄　　○仄平平仄△
虽非尧颁历，　自我先人用。　　苦笑荆楚人，　嘉平腊云梦。
平平平仄仄　　仄仄平平仄△　　仄仄平仄平　　平平仄平仄△

　　　　　　　　〔宋〕苏轼　古风《雷州三首·其三》

　　再举二例。闲暇翻检书法展览作品集，曾经得见六尺六屏行草书写以下十二行文字，试作解读，觉得很有意思。恰好有三位美术学院的学生来访，便邀请他们一同解读此一百二十六字文，文曰：

> 宝鸦烟销几缕香月移花影
>
> 过长廊春情一种无聊赖
>
> 自起烧灯照海棠我要寻诗
>
> 定是痴诗来寻我却难辞今朝
>
> 又被诗寻著满眼溪山独
>
> 去时南越东吴有战功闲心
>
> 无奈逐冥鸿只言归卧青
>
> 山好何处青山非世中故
>
> 园烟树渺苍苍楚水巴山去路
>
> 长最是孤怀无奈处乱峰
>
> 残雪度萍乡诗以凝练为上
>
> 丁丑初夏录明清四首

解读比较简便的方法，按常规，先找韵字，用尾字入韵的韵读法，倒读即解。现教现学，他们领悟很快，将文字按七言一分，先得四首七绝，余下十六字款书。七绝其一曰："宝鸦烟销几缕香，月移花影过长廊。春情一种无聊赖，自起烧灯照海棠。"（明夏寅《春夜曲》）其二曰："我要寻诗定是痴，诗来寻我却难辞。今朝又被诗寻著，满眼溪山独去时。"（清 江湜《绝句》）其三："南越东吴有战功，闲心无奈逐冥鸿。只言归卧青山好，何处青山非世中。"（明柳应芳《送华将军归隐》）其四曰："故园烟树渺苍苍，楚水巴山去路长。最是孤怀无奈处，乱峰残雪度萍乡。"（明杨载鸣《萍乡》）屏尾有"一句跋"曰"诗以凝练为上"，又署"丁丑初夏录明清四首"，解读顺惬。见彼等兴奋，我故意出了难题，问："如果是长短句的词，如何点断？"他们大约费半小时，点断如下：

宝鸦烟销，几缕香月移花影。过长廊。春情一种无聊，
赖自起，烧灯照海棠。
我要寻诗，定是痴诗来寻我，却难辞。今朝又被诗寻，
著满眼，溪山独去时。
南越东吴有战，功闲心无奈，逐冥鸿。只言归卧青山，
好何处？青山非世中。
故园烟树，渺苍苍，楚水巴山，去路长。最是孤怀无奈，
处乱峰，残雪度萍乡。

四首诗变化成四首小词，表达文学情感的思路和节奏等也遂情顺势地发
生了变化。点断无标点汉语言文辞，绝非文字游戏；这是一种中国传统
书画文字学习的专业强化训练，作为文科（包括中国美术考古等学科）
学子必不可少。相信多多练，日积月累后，眼界的天地开阔，笔前自有
多多活泛之路。

　　除古风外，诗的句式比较齐整，若视词为诗之别体，称词即长短不
齐之诗，也是暂开别眼，实质无碍。曾有善谑文家故意标点晚唐杜牧
《清明》（七绝二十八字）成词，曰："清明时节，雨纷纷路上行人，欲
断魂。借问酒家何处？有牧童，遥指杏花村。"长短句改变了节奏，顿
生奇趣。再举近人画上题诗二例，暂开别眼。

　　其一　桃花图
　　今春花似去春花欲寄相思一水遮还道竹
　　溪桥下水有情相送去来艖

　　其二　题江雨簑舟图
　　昨夜扁舟雨一簑满江风浪夜如何今朝试卷孤篷
　　看依旧青山绿树多青罗山下结松楼几度临风忆
　　旧游今日画图看仿佛淡云疏木不胜秋

壬申（1992 年）春，诗社雅集，与诗友共赏《桃花图》。收藏者点为小令，获两位诗友支持，题曰："今春花似去，春花欲寄，相思一水遮。还道竹溪桥下，水有情，相送往来艖。"柳倩先生点为七言绝句，曰："今春花似去春花（平平平仄仄平平），欲寄相思一水遮（仄仄平平仄仄平）。还道竹溪桥下水（平仄仄平平仄仄），有情相送往来艖（仄平平仄平平仄）。"此诗平仄完全符合七绝首句入韵的律式，又章法上符合"起承转合"，断定七绝无误，大家鼓掌通过。若按小令解读，也别有意趣，只是遗漏"今春花"与"去春花"的比较，忽略了诗作者本意，恐有得失之憾。第二首，收藏者点为长短句，曰："昨夜扁舟雨，一蓑满江风。浪夜如何？今朝试卷孤篷。看依旧，青山绿树多。青罗山下，结松楼几度？临风忆旧游。今日画图看，仿佛淡云疏木，不胜秋。"刊物配图释文亦照收藏者释文刊登。据笔者印象，"依旧青山绿树多"，应该是南宋朱熹七绝《水口行舟》的名句。旧学课徒讲授诗歌作法的"比较法"和"加减法"，经常引用唐令狐楚《少年行》的"如今年老无筋力，犹倚辕门数雁行"和朱熹此例，故坚持以七言点断，则有"昨夜扁舟雨一蓑，满江风浪夜如何？今朝试卷孤篷看，依旧青山绿树多"。朱熹诗外，余下二十八字，料是一首七绝，试以尾字为韵脚字，找出"楼、游、秋"，不难点断，则有"青罗（通'萝'）山下结松楼。几度临风忆旧游。今日画图看仿佛，淡云疏木不胜秋"，诗人姓名不知。归家检朱熹《晦菴集》，果然无误。多年后，由《继志斋集》知"淡云疏木不胜秋"的诗作者是明初大文学家宋濂的弟子王绅，此诗乃《题小画三首》的第一首。

诸法并用，当然洵非易事，需要运用者具有比较丰实的诗学知识和创作实践等综合能力。所谓能分析允当，见多识广的随机应变，皆平素积储历练而来。

壬申（1992 年）夏日，于琉璃厂画店见江苏近代某著名书家的《书明人诗扇面》（六十八字），曰：

青青水中蒲织作团团扇不肯赠旁人自掩
春风面懒摇白羽扇裸体青林中脱巾挂西
壁露顶洒松风山僧遗我白纸扇入手轻快
清风多物无大小贵适用何必吴绫与蜀罗

因为先用韵读法，由尾字逆向试解，只得后四句有"罗、多"二韵字，再析读四句的平仄律式，已知"山僧遗我白纸扇"后是一首七言古风。对前面的余字，用数读法知有五十六字，有三种可能：五律，或五言八句古风，或是两首五绝。因为句间不存在粘接关系，八句各押"扇、面"（仄声霰韵）和"中、风"（平声东韵），况"中二联"又无有对仗关系，先排除五律。顺利解读后，三诗排列如下：

青青水中蒲，织作团团扇。
不肯赠旁人，自掩春风面。

〔明〕张羽《题蒲扇》

懒摇白羽扇，裸体青林中。
脱巾挂西壁，露顶洒松风。

〔唐〕李白《夏日山中》

山僧遗我白纸扇，入手轻快清风多。
物无大小贵适用，何必吴绫与蜀罗。

〔宋〕蔡襄《漳州僧宗要见遗纸扇每扇各书一诗》

甲戌（1994年）有书画友好持一行书书法条幅的照片前来问诗，说"拍照者只道是前人书宋诗，余不详，故托友人前来请教"。条幅落款书者"赵元礼"，又落款后钤"幼梅"朱文小印，可以确认书家是天津近代著名诗人、书法家赵元礼（1868—1939，字幼梅）。赵元礼曾任中国红十字会天津分会会长，诗书兼擅，李叔同（弘一法师）曾从其学。此条幅书五十六字，作七言八句，未书诗题及诗作者名，已为首都图书馆馆藏。

从诗前四句的韵字"阁、落、伯"，又后四句押"眠、肩、燃"看，友人以为是两首七言绝句合书。因为诗句中平仄未遵循绝句律式，笔者认为是一首七言古风，而非绝句二首。

条幅是赵元礼书赠予"二为先生教正"。"二为先生"何人？在那个时间段应该是书画家张大千的二哥张善子（虎痴）。又因北宋米芾素有洁癖，嗜好戏水，浸足而眠，世称"水淫"；见诗中有"我曾坐石浸足眠"诸句，疑为米芾诗。米芾诗存世不多，查检容易。检米芾《襄阳诗钞》，果然。录全诗并标点如下：

> 我思岳麓抱黄阁，飞泉元在半天落。
> 石鲸吐出湍一里，赤日雾起阴纷薄。
> 我曾坐石浸足眠，肘项抵水洗背肩。
> 客时救我病欲死，一夜转筋着艾燃。
> 如今病渴拥炉坐，安得缩却三十年？
> 呜呼，安得缩却三十年，重往石上浸足眠？

《西山书院，丹徒私居也。上皇樵人以异石来告余，凡八十一穴。状类泗淮山一品石加秀润焉。余因题为洞天一品石，以丽其八十一数，令百夫辇致宝晋斋，又七日甘露下其石，梧桐柳竹椿杉蕉菊无不霑也。自五月望至廿六日犹未已；因思之，作此诗》

诗题九十七字，叙述冗长。若以《宋诗钞》（中华书局，1986 年 12 月初版）核对原诗可知，赵元礼所书并不完整，仅录写了米芾上诗的前八句。其中第六句的起首二字，《宋诗钞》是"肘项抵水洗背肩"（用肘项直接抵水，顺势冲洗背肩），赵元礼书作"时倾抵水洗背肩"，显然有改写之故意而非误笔，其改写心思尚可理解。句中"抵"，冲水、击水。又第七句赵元礼书"客时效我病欲死"，而《宋诗钞》是"客时救我病欲死"，一"救"一"效"，主宾进退变化有别。第八句赵元礼书"一夜转觔着艾燃"，其"觔"通"筋"，即"一夜转筋着艾燃"。明张自烈《正字通》有"觔（音筋），与筋同"。"着艾燃"，言燃艾疗治"转筋"事。此句的"病"，言困乏疲惫。

必须说明的是，原诗第七句的"救"，在古汉语中有阻止、救治意，赵元礼书作"效"（效法），未必是赵元礼坐想当然；按两种诗意推论，无论"阻止米芾"还是"效法米芾"，都十分疲惫（欲死）；援笔一改，或作戏谑？又第八句的"转筋"，赵书作"转觔"，不能算错，但查检《首都图书馆藏名家墨宝集萃》释为"转盘"，则误。看来，综合运用前文介绍诸法，大有必要，既可以谢绝先入为主，又可以较快释读米芾此诗，信不疑也。

解读功是书画家和书画爱好者必备的功夫，不可小觑。功成与否，靠平素历练和积累，善学和实践而已。如果真心喜爱书画赏鉴并立志书画一生者，不可能与此功无关。临案急需或友好请教时，目瞪口呆不知所措，自遣或遭遇埋怨，终归都是遗憾。宋郭熙《林泉高致》谈到过"执笔者四病"，即"所养之不扩充，所览之不淳熟，所经之不众多，所取之不精粹"；若可缩微观之，亦适用于解读功。腹充酝酿，养悟体道，自能采撷学赡；眼界开阔，俯仰有致，方得透彻广深；阅历浩然，拂尘祛琢，不罹孤陋寡闻；识见取舍，明心善择，当可淘漉披沙。当今书画人需要革除"执笔者四病"，必须陶铸郭熙提倡的"所养扩充，所览淳熟，所经众多，所取精粹"的真功夫。

1995 年 7 月初稿

2002 年补定于北京紫竹斋

"竹枝"唱出一家亲

——从"女儿竹枝"看两岸民俗亲情

　　竹枝，又称竹枝词，是自唐以来广为流传的一种民歌风诗体。竹枝词中有大量描绘妇女劳作、持家、爱情、饮食等生活风俗的作品，俗称"女儿竹枝"。海峡两岸民间风俗同根同源，由两岸的"女儿竹枝"可见。例如元宵节迎紫姑问吉送嫁、定亲掷钗教茶等婚俗，南国女儿喜嚼槟榔的食俗，以及渔妇祭祀妈祖婆乞求平安等民俗，都生动形象地表明了海峡两岸的骨肉亲情。

　　竹枝词，形同七绝，但语言通俗，似脱口而出，便于吟唱，记录风土人情不落粗俚，又颇多趣味，极富地方色彩和生活气息。从内容看，山川胜迹、人生百态、四野民情、岁时风俗，无一不可入竹枝。此体之出，非止开拓诗境，而且因其植根于民间的特点，还保留着丰富的社会史料，所以竹枝词作为研究中华民族大家庭各地风土人情的珍贵文献，常为修方志和编史书的专家采用。所谓"欲会民风读竹枝"，就是这个意思。

　　"女儿竹枝"，男女诗人皆可创作，或直接写生妇女人事，或肖女儿口吻声态，或以男女对歌形式曲绘风情，大都生动可亲，十分精彩。

　　被梁启超誉为"诗界革命之巨子"的近代诗人丘逢甲（自号海东遗民，中国台湾彰化人）曾创作过一百首"台湾竹枝词"。从现在能辑录到的四十首竹枝词看，有不少写妇女生活题材的作品。例如：

　　　　盘顶红绸裹髻丫，红腰雏女学当家。

携筐逐队随娘去，九十九峰采竹芽。

把一个活泼可爱又很有自信心的勤劳小女孩，写得活灵活现。让小孩春日随大人去采茶、采竹笋、采桑叶、挖野菜，自古以来就是中华民族大家庭教育子女培养恭俭美德的一种民俗。诗中的"采竹芽"，就是采竹笋。康熙年间，浙江海宁诗人查慎行所作的《昌江竹枝词》，其中有一首写江西浮梁瓷窑户女儿春日随娘采茶事，也颇共仿佛。诗曰：

浮梁窑户有千家，瓷器精粗集水涯。
小女携筐唱歌去，随娘试手摘春芽。

流传江浙一带的民间竹枝词中，也有这种写春季民俗的好作品。例如"雨后笋芽初破泥，随娘采笋过东篱。笋芽都自老根出，长大成材与栋齐"等，皆可见良风嘉俗能育人美德，而且有海峡两岸同根共源的特性。

《台湾风土杂咏》收有光绪年间黄逢昶的竹枝词七十首。其中，黄逢昶的"槟榔何与美人妆，黑齿犹增皓齿光"，言中国台湾女子喜嚼槟榔，不以齿黑为丑，跟丘逢甲所写"任他颜色照银泥，一样朱唇黑齿齐"类同。这种饮食习俗不但跟闽粤地区相同，而且从云南《元江县志稿》所载的"女儿竹枝"看，元江哈尼族、彝族、傣族、白族女子也有此同好。例如赵筠的"一口槟榔一指灰，从教瓠齿黑如煤。怜他薄醉桃花面，偏向人前龋齿开"等即是见证。看来连闽粤台地区食槟榔"蘸灰"的方法都与云南无异，同根者自然相亲相近。又云南《宜良县志》载佚名的"女儿竹枝"，有一首曰：

行过长街转后街，花桥人笑掷金钗。
槟榔红沁胭脂颊，醉唾香粘紫绣鞋。

写一赶街女子随情人转至后街花桥，情人掷钗定情后脸颊红晕又唾香绣鞋的娇羞情态，神采如绘，真灿然目前。掷钗，跟赠簪一样，是自古以来民间聘亲定情的习俗。《仪礼》说"女子许嫁，笄而礼之"，这"笄"就是簪钗一类的饰物，可以用来插住绾起的长发。《台湾风土杂咏》所录刘家谋的《台海竹枝词》，就是写澎湖赠簪定亲婚俗的"女儿竹枝"：

> 插簪才定更添妆，阿巳争夸对妈良。
> 侬似紫姑长送嫁，教茶时节看人忙。

这里的"插簪"，类同"掷钗"。阿巳、妈良，分别是男女青年名。因为茶是定亲聘礼的必备之物，所以男方行聘称"下茶"，女方受聘称"受茶"或"留茶"；又因为定亲仪式中有跪敬长辈茶的礼俗，所以在定亲前父母都要教习女儿敬茶的礼俗，这就是"教茶"。诗中的"紫姑"原本神话传说中的厕神，旧时民间各地都有在元宵夜迎紫姑神以扶乩问吉的民俗。因婚娶之事多迎紫姑，故又引为送嫁之妇。清代诗人张芝田作过《梅州竹枝词》四百首，其中"请得紫姑问休咎，女儿心事落谁家""燃烛焚兰叩紫姑，一年倩尔示荣枯"等"女儿竹枝"，都生动记录了广东梅江一带"闺中每于元夕请紫姑，预卜一年休咎"（见张芝田自注）的民俗。

　　迎紫姑，最早见载于南朝梁宗懔的《荆楚岁时记》，至今已有一千四百余年。唐代李商隐的"昨日紫姑神去也，今朝青鸟使来赊"，说的也是这个民俗。

　　明朝以来，台湾地区"竹枝诗风"十分流行。辛亥（1911）年2月梁启超游中国台湾时，对竹枝流行曾留下"晚凉步墟落，辄闻男女相从而歌"的美好印象，于是在温馨之余，也采录台湾竹枝，作了九首。第四首是"女儿竹枝"，诗曰：

> 郎摅大鼓妾打锣，稽首四方妈祖婆。

今生够受相思苦，乞取他生无折磨。

此诗后载有梁启超注："所谓天上圣母者，亦称为妈祖婆，谓其神来自福建，迎赛若狂。"妈祖婆，即天妃海神。海峡两岸渔妇皆祭祀妈祖婆以求吉祥平安，同风同俗。闽粤、澳门等地区今古都有大量竹枝词写此民俗。

　　当代台湾成功大学的尉素秋教授写过《宝岛妇女竹枝词》十首，成功地为女工、女教员、采茶妇、女护士、女学生等传神画像。其中有一首写海峡两岸姐妹情谊的，写得情真意切，十分动人：

　　　　从来妇女半边天，工教医农个个先。
　　　　姊妹情谊联两岸，竹枝遥寄意拳拳。

现在"海峡两岸妇女发展与交流研讨会"在北京召开，姐妹相聚，复读今古"女儿竹枝"，必然更多感慨。笔者愿步尉大姐诗韵，也作一首竹枝助兴。诗曰：

　　　　同根同语月同天，两岸情牵姐妹先。
　　　　新纪瑞开新气象，何时相拥意拳拳？

　　（注：妈祖，传说较多，渔民敬畏祭祀的妈祖是海神天妃，故俗称为"妈祖婆"。）

　　（此为2000年10月"北京第二届海峡两岸妇女发展与交流研讨会"发言稿，并入选此研讨会论文集。研讨会由全国妇联主办，台湾妇女会等十二大妇女文化团体联合参会。）

滴水归沧海　诗留片石情

——读赵朴初先生诗兼评其诗论

　　读朴老的诗，犹如面对一泓清溪。就是那种在山岩林丛中，不择地势，随处而安，自由流淌的清溪；是它点缀了自然，带来了勃勃生机。朴老的作品，大都率真平和，质朴无华，潺潺的流响汇成音乐，清澈的溪水坦露心地，读者可以毫不费力地读出心声，感受到它的真实和亲切。即使那些偶尔因时因事所赋的慷慨激昂之作，也似沿着山壁奔驰而下的溪流，珠溅声飞，发出震撼人心的轰鸣，让人久久不能忘怀。

　　朴老的诗作，大致可分为传统诗词、散曲和新体诗三类。1961 年12 月作家出版社出版的《滴水集》和1978 年 3 月人民文学出版社出版的《片石集》（含《滴水集》部分作品），收录了朴老 40 年代至 70 年代间的作品，加上逝世前二十年的数百首散篇，朴老留下了三千余首诗歌文学作品。这是当代诗苑的莲花，佛教文化的正果，是当代中华文学宝库中重要的文化财富。

　　朴老一生清襟素浣，谦挹恭谨，从不以诗人自居。但是，若从见载的最早的诗，即作于 1941 年的《哀辛士》［此诗为哀悼皖南事变殉难烈士而作，"辛士"是"新四（军）"的谐音］算起，朴老作诗至少有六十年的漫长历史。仅凭此，在 20 世纪中国诗坛上，朴老足称堂堂元老。

　　朴老诗笔清劲，逸思风骞，人生百态、感时喻事、河山胜概、咏物嘤鸣，尽可手到擒来。在语言风格上，朴老的诗简洁明快，直抒胸臆，过目上口皆爽爽然，间以诙谐调侃作点讽喻戏谑，亦思致高峻，声调自好。不做作，不艰涩，统以气骨胜之，本色自然，一如清溪，也一如朴老的为人。

　　从诗体看，朴老无体不试。五言、七言，自不必说，偶尔试手的三言、四言诗也作得意语落落，颇见声情应和之妙。绝句、律诗、古风、词曲诸体，皆走笔自如。用楚图南先生的话说，"朴初居士胸次湛然，作诗也同为人，俱即目即见，如是如是，不拘体裁，一并禅家本色"。

　　朴老对中国古代诗歌文学寝馈甚深，积学甚厚。在群星璀璨的古代诗歌史中，朴老说他最崇敬和喜爱的诗人，"前有屈原、陶渊明、王维、杜甫，后六代（指宋辽金元明清）有苏轼、元好问、龚自珍、敬安（八指头陀）"。特别是对杜甫的"入世情"和"忧国忧民"、东坡的"无穷境"，朴老总有很多话题。朴老诗中，多处可见借用杜甫诗句或意境脱口而出的佳句。朴老说，"哀乐系民、自然出奇、无华生采，都是诗心澄澈、修持有素的至上境界，所以这八位前贤诗人的成就，他人难及。"朴老在诗歌创作中"愿随志士共登攀"而执着一生的追求和向往，正是这个以诗为心血陶铸的境界。为此，他以殚心一生的创作，诗禅合一，在火热的现代社会生活中做出了开拓性的实践。

　　1998年初夏，朴老评布赫诗时说，布赫"诗句朴实无华，这是绚烂之极归于平淡的文采；诗情真挚意切，这是从深沉宽广的胸怀中流露的赤诚；诗境怡恬清淡，这是对血与火的斗争升华后的气韵"（见《布赫诗集·序言》）。其实，此语移来评价朴老的诗亦十分允惬。诵读朴老的诗，都不可能不被其无华的文采、赤诚的真情、恬淡的诗境，以及特有的清气韵致所感染，所激励，进而从心底升腾起不尽的敬意。这就是朴老诗作的魅力。

诗境无穷山外山　愿随志士共登攀

　　熟悉朴老的人都知道，在讨论佛教与社会、佛教与文化的关系方面，朴老素有"佛教本生活""佛教是文化"和"人间佛教"等重要观点。基于这些观点，朴老在诗歌创作中又有"诗是参修生活的文学表现""坐亦禅、行亦禅，无价心藏口吐莲""诗境无穷""修德""积学，笔灿莲花"等见解。

朴老在《片石集·前言》中自述写诗经历时说，"幼年时，由于家庭和环境关系，胡乱写过一些古诗词，逐渐受到了感染，发生了兴趣。年龄稍长，渐懂世事，用诗歌语言表达内心感受的愿望不禁油然而生"，后来"世界形势与国家形势都发生着空前剧变之际，新事物、新问题纷至沓来，不仅是前人所未道，并且还是前人所未知"的，朴老开始深切地体会到"如果不参修新时代的新生活，想写好今天的诗，谈何容易"。

朴老笃信佛教，茹素行善，是当代杰出的爱国宗教领袖，在海内外享有极高的声望。尽管他常常谦虚自称是佛教四众弟子之一的普通居士，但上门叩教就学于朴老者总是很多。朴老说："古往今来，佛门诗僧代不乏人。所以常有人来问我：'出家人讲四大皆空，为何还要作诗？'其实，志南（南宋诗僧）作诗跟东坡居士作诗有什么两样？诗是参修生活的文学表现。连六祖都说'佛法在世间，不离世间觉。离世见菩提，恰如求兔角'，禅意成诗，有什么可奇怪呢。"数十年来，朴老足迹遍及大江南北，又为了圆融与促进中国佛教界与世界各国佛教界的友好交往，越九野，涉百川，所到之处，弘法作诗，趁兴雅咏，留下了"坐亦禅、行亦禅，无价心藏口吐莲"的无数佳篇。

朴老一向注重修身养性，严于律己，主管佛教协会工作中，也常常要求大家注意"修德积学，笔灿莲花"。朴老认为，中国是世界上佛教徒最多的国家，中国的佛教徒应该在"修德积学"两个方面都是最出色的。"修德"就是以德养性，嘉德可范，"积学"就是以学养性，诗文明智，鼓励大家做"福德智慧二资粮，菩萨善备无边际"的诗僧、学问僧。为此，朴老自命斋室曰"无尽意斋"，一则谓"报众生恩，报国家恩，报三宝（佛法僧）恩"无穷无尽；二则谓修德积学无穷无尽。因为此斋名与清初诗人厉鹗（号樊榭）的斋名相同，又俱乞借"无尽意菩萨"之名而来。1996 年冬，朴老所作《次韵和友人贺九十生日诗》其三曰："普贤行愿锡斋名，敢与前贤（即厉鹗）试比伦。万劫千祈无尽意，香花供圣供凡人。"在朴老看来，佛教既是文化，弘法作诗，以诗课为必修，所以试比前贤，作为一名禅林诗人，应该是顺理成章且无穷尽的事业。朴老说，"特别是新中国成立以来，社会主义事业的突飞猛进，广大人民意气风发，时时都鼓励着我，鞭策着我。可惊、可喜、可歌、可泣的人和事，不断在内心中引起了强烈的激情，愈来愈觉得非倾吐出来不可"（见《片石集·序言》），所以佛课之外拈笔作诗，也就是"随缘得文字，顺应世间情"了。

1981 年开始，朴老在《法音》上陆续发表其著作《佛教常识答问》，以一位传统文化人的审视阐述了他对佛教的很多精彩见解。佛教是富于理想主义和超然主义色彩的文化宗教，其最高的境界是通过参修，领略宇宙无穷和人生有限以期获得心灵的顿悟，将有限身寓于无穷境中，成就正果，进而获得超然自在，达到永远长乐我净的境界。超然，是佛教对开悟后释然解脱状态的意会。宋《古尊宿语录》卷一有"马祖一蒙开拓，心地超然，侍奉十秋，日益深奥"语。另外常见的禅门说法，诸如"解粘去缚""心无罣碍""生死脱着"等例可作印证，如被元惟则禅师的《惟则语录》卷二释为"既得解脱去缚，自然了脱生死"，皆是佛教超然主义的要义。

朴老对"无穷境"的理解，跟东坡居士的诗有关。朴老说他读东坡在海南儋州时所作的《新居》诗，最感动的就是"短篱寻丈间，寄我无穷境"二句。"东坡顿悟到宇宙无穷无尽而人生有限有尽，所以他即使面对艰难困苦也能守贫于静，随遇而安。东坡说'寄我无穷境'，是将有限人生托寓于诗境无穷之中，诗境无穷，精神也无穷了，所以东坡有'我如镜中物，镜坏我不灭'的句子。""无穷境"之说，语妙如偈，可释佛教教义，也可释朴老作为"无尽意斋居士"诗人的一生。由此观之，朴老常说的"我们都是一滴水，只要尽力为之，滴水可奔入江海，永不干涸。唯有身归大海，滴水方得功德圆满"，正是他以有限生命奉献于无限事业的崇高人生观的生动诠释。

"四人帮"被剪除之后，在毛主席写给《诗刊》的信发表二十周年纪念座谈会上，朴老发表了一首长诗作为献词。诗的最后八句曰：

> 方今恶草喜锄芟，妖雾扫空天地宽。
>
> 革命事业看风抟，回荡万里助文澜。
>
> 行见百花开满园，推陈出新新又翻。
>
> 诗境无穷山外山，愿随志士共登攀。

这里，又一次说到"诗境无穷"。如果结合朴老60年代所作《百字令·延安礼赞》之"岩穴神州小，旋转乾坤无尽愿，终把魔氛尽扫"，70年代所作《洪湖曲·吊贺龙同志》之"人生自古谁无死？英雄事业无穷已"、《木兰花（令）·芳心》之"等闲漫道送春归，流水落花红不断"，80年代《佛教常识答问》之"以此净化世间，建设人间净土"、《贺中华诗词学会成立》之"自是文章千古事，待听歌唱五洲同"，以及1996年10月于北京医院所书的遗嘱诗之"花落还开，水流不断"等，我们都不难读出朴老对繁荣昌盛的祖国大业、佛教事业和诗歌文学事业的美好祈愿，及其"鞠躬尽瘁，死而后已"的博大胸怀和"无尽意"的奉献精神。

禅林作诗由来已久，其历史几乎跟佛教历史一样久远。所谓"自有林下一种风流""有偈唤着诗"等皆言此事。以禅入诗也好，以诗喻禅也好，意理得悟，发为吟咏，俱是禅林内外文人表情达意的一种文学方式。因为思维的产物必须借助语言文字和形象才能表达出来，所以尽管禅林提倡"以心传心，不立文字"，但是无法抗拒的诗歌文学的形象魅力，终究使禅林作诗成为一个经历两千年而不衰的传统绵延下来。元释英上人《呈径山高禅师》偈诗曰"参禅非易事，况复是吟诗。妙处如何说，悟来方得知"，正正道出说禅作诗在静默参悟、冥思观妙方面本无差别的共同性。诗与禅，缘分非浅，但禅林四众弟子作诗跟社会上文人毕竟有所不同。禅林作诗在内容上囿于山水自适、体验感悟或理念观照之类，言多不及政治风云和时事动态。朴老《偶感》所说"心慧难能心志驱，风过两耳几人知。衣衫岁岁翻新样，岂可笔无时代诗"，从另一个角度看，也中肯地指出了禅林诗有不关注政治和缺乏时代感的不足之处。

朴老诗跟一般禅林诗不同。其诗抒情述理，总"带情韵以行"，且富有时代感，对社会政治风云、国际时事动态等一旦有所触动，都能及时落纸为诗。即使述理，所谓"青青翠竹，尽是法身；郁郁黄花，无非般若"（见《景德传灯录》），在朴老笔下也会以鲜活的意象凝练含蓄地洞达其理，而无一般禅林诗常见的理玄入窟之病。

朴老诗的时代感，从内容上看，近写民族亲情、百业腾飞、新人新事的自不必说，远写反对罪恶战争、祈愿世界和平的《访广岛》（参加禁止原子弹氢弹世界大会作）、《印度纪游·勒克瑙城》（歌颂1867年印度人民的反英斗争）、《菊花新》（歌颂古巴人民的抗美斗争），赞美和平友谊的《观朝鲜艺术团演出》（同心岂只歌同调，碧血同流鸭绿江）、《百字令·印尼三宝洞》（西射天狼东射日，兄弟同心御侮辱）、《贺大西良庆长老白寿》（好为和平常住世，平风平浪太平洋），揭露并讽刺霸权主义及破坏和平统一丑陋行径的《不是路·题漫画〈美国商船出洋记〉》《某公三哭》《如梦令·蒋匪帮"反攻大陆"》等，都不但展示了朴老"讴歌但见五洲同"的伟大情怀，也显现了朴老在开拓诗境方面所做的努力和贡献。

朴老述理诗，富有情趣哲理，若非反复吟咏，不得领略其深致。例如"文革"初始（1967年8月）所作《大江》：

> 大江万里流，泥沙挟俱下。
> 千古不伐功，万人不嫌骂。
> 狂亦圣之徒，鸣鼓攻求夏。
> 观过可知仁，忠直发叱咤。
> 日食还复明，天衢期腾驾。

此诗咏物寓意，远在句外。其中"观过可知仁""日食还复明"等句，竟然有照醒后事之妙。过来人诵此，当叹其明眼。述理诗中有一类评鉴古人的咏史诗，也颇耐细赏。例如古风《读史杂诗》（1974）中评秦始皇，牵出王安石、严复之论；评李斯，以"凡物禁太盛，喟然舍酒尊。夫岂不知止？贪欲羁其魂"切入；评曹操，言"知人难眩伪，拔才皆堪任。与敌对阵时，意思闲且定。乃至一发机，气势倍奋迅"等皆着眼不凡，思有独到。又古风《韩非子》七首（1974）之六，诗曰：

> 誉舜则伤尧，誉尧则伤舜。
> 尧舜不两誉，譬若矛与盾。
> 子矛攻子盾，妙喻竞引证。
> 韩子特术耳，岂知物之性。
> 盾中自有矛，矛中自有盾。
> 誉尧亦伤尧，誉舜亦伤舜。
> 两誉可无伤，两伤或有庆。

明明一篇正论文字，硬是破觚为圆，专自"誉、伤"二字辗转而下，写得笔如连环，暗含机锋，殊有情致。特别是"盾中自有矛，矛中自有盾"，真可谓卓卓独见。

"诗境无穷山外山"，可以理解为朴老的诗歌创作特点，也可以解读为对朴老这位关注国家民族命运和时代风云变幻的当代诗人创作实践的形象描绘。

竖起脊梁真佛子　扶持正义健为雄

朴老常说，"善恶本相对，嫉恶即助善。弘道，就是慈航普度，唯善是从，唯义是举"，又说"佛门温馨，愿天下和平，但是，哪有善恶不分的真佛？"所以，每逢风云变幻之时，我们都可以读到朴老以笔为戟、态度鲜明的举义扬善之诗。

50年代，以大谷莹润长老为首的日本佛教徒为促进日中友好，反对复活日本军国主义，跟日本复辟势力进行了不屈不挠的斗争。至60年代初始，大谷长老宣布退出执政党，义声振及遐迩。朴老闻讯，非常激动，"遥望扶桑，喜拈此偈"，高度赞扬了以大谷莹润长老为首的日本佛教徒的正义斗争。诗曰：

> 虎狼之心不知止，伥鬼之行不知耻。
>
> 冲开瘴雾震雷音，竖起脊梁真佛子。
>
> 扶持正义健为雄，群力何难制毒龙。
>
> 莫道黑风吹浪险，已看朝旭照天红。

这首《寄赠大谷莹润长老》古风，清骨凛然可见，在日本佛教界广为传播，影响颇大。"竖起脊梁真佛子""扶持正义健为雄"这些诗句所焕发的人格力量，足可以为天下佛门自立栋梁。

在此前后，为支持韩国和越南人民的反暴反霸斗争，朴老曾写下《刮地风·咏风暴》三首、《越南杂咏》三首、《越南庆捷》、《喜越南南方军民新春大捷》等诗，皆正气腾举，非大笔不能到，表现了朴老作为现代佛门中人关注世界政治风云的博大胸怀和助善疾恶的弘法精神。

1961年3月，朴老飞赴印度新德里出席世界和平理事会会议，会前应邀参加泰戈尔百岁诞辰纪念会。纪念会上，印度科学与文化部长卡比尔恶毒地将1959年我国平息西藏叛乱事件说成是"镇压西藏"，又说"中国要侵略印度"，"如果泰戈尔还活着，也一定会谴责中国的"。轮到朴老发言了，他大踏步地走上讲台，面对六十多个国家的二百余名代表，义正词严地反驳了卡比尔的反华谬论，维护了国家尊严，博得了友好国家代表的热烈掌声。为此，朴老夜不能寐，挥毫写了一首五十五行新诗《如果泰戈尔还在》："突然的挑衅，受到了应有的打击。决不让诬蔑诽谤，破坏人民的友谊……一盘棋黑白分明，一池水清澄见底。如果泰戈尔还在，该受谴责的是谁？……满堂的掌声，潮水般涌起。这掌声，来自五大洲的人，也来自印度兄弟……"此诗音节铿锵，诵之回肠荡气，颇得陈毅元帅的赞赏。朴老的精彩发言和长诗所表现出来的大无畏精神，真应了《维摩经》上的那句话："演法无畏，犹狮子吼。其所讲说，乃如雷震。"

题画诗难喻大义，通常为诗评家和读者所轻。但朴老有一首题画诗喻义明志，写出了清骨气节，不可不读。1977 年朴老为女画家萧淑芳画的花卉长卷题了一首"临江仙"词，题毕，发现花卉长卷中没有画玫瑰，又补题了一首。词曰：

> 不画玫瑰殊可惜，为君补入诗歌。色香绝代几能过？
> 妙堪持供养，人杰与仙娥。岂独爱花兼爱刺，
> 锋铦何灭吴戈？不辞流血对摩罗。
> 可能添一幅，惠我意如何？

在《片石集》发表时，朴老加注说明"摩罗"（梵文 mara 音译）即魔。此词上片写玫瑰"色香绝代"，美比仙娥；下片写玫瑰"锋铦何灭吴戈，不辞流血对摩罗"，德比人杰。这种人格化的写法，颂扬的是玫瑰扶正刺邪的铮铮骨气，实是朴老在倾诉自己坚持真理、举义扬善的素德丹忱。

朴老慈颜善目，说话待人俱祥和霭霭。因其诗书婉雅，世称特出，逢人求书乞题，朴老皆"随缘得福"，故廖承志、陈毅等友人有时调侃，呼之"赵菩萨"。但是，这位"菩萨"，无论是面对大是大非的政治变幻，还是参与学术领域的讨论争议，都颇有见解，有那种"莲心无滞碍，遇事总分明"的澄明心地。1965 年中国学术界曾有一场不大不小的"王羲之《兰亭》真伪"辩论。当时以持"伪托"说的郭沫若

等人和持"非伪"说的沈尹默、高二适等人各为论辩一方。此事本属学术性论辩，但因康生插手，使问题复杂化，不少学者和书法家，或作壁上观，或噤声如秋蝉，暗忖事态发展。沈尹默先生倒也泰然，曾写诗寄于朴老，其中一首小序说："顷得京中友人书，说及马路新闻，《兰亭》自论战起后，发生许多不正当的地域人事意见，分歧揣测，仍用前韵，赋此以辟之。"朴老读后也有次韵七律复寄之。其中一首曰：

> 好凭一勺味汪洋，剖析精微论"二王"。
> 运腕不违辩证法，凝神自是养生方。
> 功深化境人书老，花盛东风日月长。
> 一卷感公相授意，岂徒墨海作津梁。

朴老明知康生是有恃无恐的"刀笔吏"，却"法眼无私，无非是道"地公开赞扬沈尹默"剖析精微论'二王'"，并充分肯定了沈不仅人书俱老，而且坚持真理，人品可仰（岂徒墨海作津梁）。二人诗出，远播海内外，纵当时难言者多，仗义执言者少，仍有不少学者对朴老的正笔无畏表示了由衷的敬服。

"文革"期间，朴老因中国佛教协会停止工作也曾去搓过煤球。后来，逢人问起此事，朴老笑道："那段时间锻炼了身体，也写了不少诗词。"从《片石集》中发表的"文革"期间的一百三十六首诗词看，朴老在国家和民族命运经受严峻考验的时候，无时不在忧国忧民，又无时不对中华民族的光辉未来充满信心。从《蝶恋花·杨花》（1967 年 11 月）的"乍认是花终不是，跋扈飞扬，赫赫炎炎地。不管落红春恨积，胡然天也胡然帝（《诗经·鄘风》：胡然而天也，胡然而帝也）"、《反听曲》（1971 年 3 月 9 日）的"落得个仓皇逃命，落得个折戟沉沙，这件事儿可不假，这光头跟着那光头去也！这才是，'代价最小、最小、最小，收获最大、最大、最大'"等为林彪、康生、陈伯达反革命阴谋家画像的诗词中，不难读出朴老以笔为戟，"锋铦何灭吴戈"的战斗精神。与这些刺邪抨恶诗恰成反照的是朴老满怀哀惜恸惋之情创作的《陈毅同志挽诗》（1972 年 1 月 8 日）、《周总理挽诗》（1976 年 1 月 9 日）、《朱德委员长挽诗》（1976 年 7 月 8 日）、《毛主席挽诗》（1976 年 9 月 9 日），以及稍后所作的《洪湖曲·吊贺龙同志》等歌颂老一辈革命家丰功伟绩的诗。诗中厚重的历史感和沉恸的沧桑感，让人受到莫大的震撼，至今复读，都不免怆然涕下，感慨不已。

这段时间，朴老还写了一部分歌颂雷锋、王杰、门合、铁人王进喜等英雄人物，以及"终信晓珠（指太阳）天上，照他红艳千般"（见《何满子·东山》，1967 年 8 月 7 日）、"摧枯不有奔霆怒，转绿安知化雨功？倘许彩毫长假我，讴歌期见五洲同"（见《风云》，1969 年 9 月）、"望中景色无边好，竞艳争妍万木春。可知病树此时心？也欣欣"（见《青山远·答友人》，1970 年 4 月）等坚信阴霾终去而阳光即曙的充满希望的诗句。

每读及此，笔者都会被这位自称"在旧中国生活了前半生"的老人所持的不移信念所感动。大道如磐，奈何风雨，而朴老饱经风雨，却以"片石诚坚，沧海可填""滴水可奔入江海，永不干涸"的精神，始终保持着清醒的政治头脑，从未放弃过"唯善是从，唯义是举"的呼吁和努力。"竖起脊梁真佛子"——朴老体道成佛，其信仰和作为正自尔馨。

暂借旧碗盛新泉　更存薪火续灯燃

朴老常说："我非专职捉笔的诗人，幼时读诗，稍长作诗，全凭爱好，后来感时喻事写得多点儿，有时到了非诗不足以吐述心曲的地步，我仍然认为我只是一个诗歌创作的探索者、爱好者。"朴老的探索，从《片石集·前言》自述作诗历程中可以看出，那是历经六十年的执着追求、"留心反思"和不断尝试的过程。其间，留下了三千首诗的花果，也留下了朴老作为诗歌创作改革者开拓的足迹。

　　除《如果泰戈尔还在》《胡兰子》等少量新诗外，朴老一生所作主要是传统格律诗词。朴老说他年轻时也试写过一些新诗，但是几十年下来，"还是逐渐倾向于多采用我国诗歌的传统形式，即五、七言的'诗'、长短句的'词'，和元明以后盛行过一时的'南北曲'"。朴老认为，既然热爱传统的格律诗词，那么"动动脑子，想想如何适应新时代，拿起笔再试着写些新东西，应该是责无旁贷的事"。所以，在如何继承借鉴传统诗歌创作形式及语言技巧等问题上，朴老始终以改革为己任，勇于探索，勇于实践，并时有高见。譬如"暂借旧碗盛新泉，更存薪火续灯燃""诗舟欲得好风助，也赖流波前后推""用其可用，革其当革，创其能创"等，都无疑生动地表明了他对古为今用、推陈出新和诗歌改革等问题的深沉思考。特别是 1965 年春天，陈毅同志跟朴老闲谈文艺改革，转述了毛泽东同志的"中国文艺改革以诗歌为最难，大约需要五十年的时间"等看法后，朴老更加感到"体随时新，旧调难沿"的迫切感。朴老说，"我当时很激动，那段时间常常想起屈原那句名诗，即'路漫漫其修远兮，吾将上下而求索'来"，"对于一个求索者的我来说，倘能在这漫漫修远的道路上做一片铺路的小石头，即使将被车轮碾碎，终究能起一点垫脚的作用，也还是可以欣幸的"。于是，1976 年年底，朴老总结了已经走过的二十多年的诗歌改革之路落纸为诗，写了一首《毛主席写给〈诗刊〉的信发表二十周年纪念座谈会献词》七言古风长诗。这首诗，可以看作是朴老的论诗诗。九个月后，朴老以"做一片铺路的小石头"立意，出版了诗集《片石集》。出版前，他在《前言》中述说诗歌创作生涯时又回顾了自己改革探索的甘苦和追求。这些诗论文章，大多是朴老自述感悟和经验，语殊恳切，不乏真知灼见，是研究和解读朴老诗歌文学作品的钥匙，也是研究当代诗歌改革不可多得的资料。

　　反复展读朴老的诗和这些诗论文字时，有一个十分强烈的印象时时冲击着笔者，即朴老是一位带有创作自觉性的诗人，在生活阅历、欣赏和创作实践中孕育出他对诗歌创作的观点，然后又由此进一步实践他的创作和探索。所以，笔者认为要想真正读懂朴老诗，必须解读朴老的有关诗论。只有真正读透了朴老的诗和解读了他的诗论，才有可能真正了解这位走过六十年诗歌创作道路的诗人。

综述朴老在当代诗歌改革方面的成就，有三点卓卓可道。这三点，曾被朴老戏称为"三大妄为"，实则是"用其可用，革其当革，创其能创"的"三大敢为"、三大贡献。

其一是"用其可用"。

朴老激活了沉寂已久的"曲"，赋之以新内容、新语言、新神采，使之获得新的生命力。

朴老说，"古代文人有个成见，都认为曲不及词，词不及诗。就诗体地位而言，曲是不登大雅之堂的'小道'，没有什么地位"，所以，"对我来说，这是一个有点近乎冒失的尝试。但结果证明'曲'这种诗体也是可登大雅之堂的"。这个"证明"自 1959 年朴老始作曲至 1964 年《某公三哭》发表，大约有五年多的时间。1994 年朴老回忆此事，曾感慨地说："初试作散曲时，就有朋友劝我，说诗体甚多，何必去写曲了。我当时举了四个理由说服他，后来发表了《某公三哭》，朋友看了，笑了，说'你说对了'。看来，言之不信，明之以行，写诗也需要去探索。"这四个理由，文字见载于《片石集·前言》朴老自述。朴老认为曲子通俗，正好表明它有群众基础；曲语言描摹人物的神气口吻最能出神入化，在一般诗词创作中所不允许的泼辣、俚俗、刻露等，在曲中却是出色当行；曲不仅在句型上突破了诗的单调齐整（仅指典型的五、七言），也突破了词谱的限制，"许多曲调的句数可以顺着旋律的往复而自由伸缩增减"，故更能方便现代诗人表情达意。另外，曲可以单行，也可以数调合一，组成"套数"，犹如今称组诗。"套数可长可短，可多可少，可以异调组合，也可以同调选用（以'前腔'或'幺篇'表示）。作者可以随自己的方便，或作速写式的即兴小品，或作畅所欲言的鸿篇巨制，伸缩幅度很宽，可以适应各种题材、各种时地的需要。"朴老激活了曲，为当代诗词改革做出了贡献，并以自己大量的创作实践证明了曲的文学生命力，功莫大焉。朴老说："在此之后，为了反对侵略古巴、越南等地的帝国主义，为了反对向我国武装挑衅的外国反动派，为了反对现代修正主义和霸权主义，我曾多次试用'曲'作为愤怒声讨的工具，结果证明它比较能够胜任。在传统的各种诗体中，'曲'是最能容纳那种嬉笑怒骂、痛快淋漓、泼辣尖锐的风格的。"

朴老的曲作中，《击落 U－2 飞机，全歼美蒋武装特务志喜》（用雁儿落带过得胜令）、《观演〈蔡文姬〉剧有作》（其三，用快活三带过朝天子四换头）、《越南庆捷》（用雁儿落带过得胜令）、《某公三哭》（用秃厮儿带过哭相思，又哭皇天带过乌夜啼，又哭途穷）、《主仆地下相逢曲》（用鬼三台）等皆庄谐兼工，精彩动人，堪称其代表作，足可传世。

其二，是"革其当革"。

在传统的格律诗词的创作中，为了方便今人读诗作诗，朴老提出了"格律可以突破，可以推翻，但推翻之后又必须有新的格律取而代之""衣衫岁岁翻新样，岂可笔无时代诗"等颇有开拓性的见解。如果说朴老激活了曲这个沉寂已久的传统诗体是"用其可用"的话，那么"严声宽韵"和"自定调式、自定调名"的"自度曲"等，则是"革其当革"的成功尝试。

向朴老请教过诗词创作问题的人都知道，朴老一向主张"诗一定要押韵""无韵非诗"。这个观点在《片石集·前言》朴老的自述中讲得非常清楚。朴老说，有人"要把西方所谓'无韵诗'输入我国，恐怕很难为群众所接受。看来，我们将来的诗歌总还是要用韵的，这一构想，大致不会十分远离事实"。但是，因为我国方言地域广大，韵部难求统一，所以在 1975 年秋朴老提出"同时定出'宽''严'两套韵部"的大胆建议，主张辨（平仄）声从严，用韵从宽（譬如诗用词韵）。朴老后来又多次表白自己的观点是助人以筏，"给南北诗人以方便，也就是给初学作诗者以方便，肯定会有利于普及和提高"。

1977 年秋，朴老又说："我这么做，并无什么语音学的理论依据，只是取其可以减少的韵部数目，放宽选韵的范围，并且借京剧的广泛流行的影响，无形中为这一分韵法开通较宽的道路，便于使多数人容易接受而已。"这里说的"减少韵部数目，放宽选韵范围"，即是"严声宽韵"主张的具体诠释。虽然"定出'宽''严'两套韵部"的建议后来因为种种原因没有实现，但"严声宽韵"的主张在诗界影响很大，至今仍有不少诗人在成功地实践着，也确实为很多初学诗者开辟出一条可行的门径。

"自度曲"的创试，用朴老的话说，是"自寻方便之门"。曲，跟词一样，在古代是必须依照曲调咏唱的。发展至今，曲和词的音乐性逐渐消亡，即出现"词、曲失唱"之后，词曲家便依调填写词曲，增强其文学可读性而不太顾及配乐了。所以，朴老在探索中，渐渐又产生如下一种想法："既然不再是为'配乐'而写曲，既然撇开了种种为'合乐'而制定的传统曲律，那么又何必一定非沿用传统'曲牌'不可呢？于是我尝试着自定调式、自定调名，姑且名之曰'自度曲'。"自度曲，古代又称自制曲，源起西汉，《汉书·元帝纪赞》记载过"元帝多材艺，善史书，鼓琴瑟，吹洞箫，自度曲，被歌声，分刌节度，穷极窈眇"事。古人的"自度曲"，指曲家自己制腔（调）、自己填词。朴老说："我略施其变，革其当革，只作词，不制腔，自定调名，自己方便，也方便大家欣赏。"朴老作"自度曲"，大都即兴而发，似信手拈来，却气格高致。70年代所作《乐新春·弦鸣万众欢》《凯歌还·读毛主席词二首敬作》《冰轮引·贺冰心寿》《永难忘·国庆颂》等，或开阖爽快，或屈曲洞达，或妍深和婉，或沈雄骀宕，皆长窈短折，自成断续吞吐之妙，堪称其代表作。

其三是"创其能创"。

朴老在1980年5月创辟汉俳新诗体，为中日两国文化交流拓开了一条新的和平友谊之桥。"朴老创辟汉俳迄今已有二十年了。无论在中日文化交流史还是在中国诗歌史上，朴老都功德无量。"（日本文学研究学者、中日诗歌比较研究会会长刘德有先生语）

　　朴老创辟汉俳，并非偶然。这是他几十年来执着地以诗书交流通好芳邻、促进世界和平思想的具体体现。汉俳问世之前，中国诗人知有日本俳句，而且近现代也有不少留学日本的学者试用日语创作日本俳句，但未见有人想到创辟汉俳。尽管著名学者俞平伯先生在 1922 年《诗》创刊号上曾撰文说"日本亦有俳句，都是一句成诗。可见诗本不见长短。纯任气声底自然，以为节奏。我认为这种体裁极有创作的必要"，做过一次呼吁，但语过声寂，却没有一位应声而起去创作汉语"俳句"（十七字音）的诗人。

　　在 20 年代中国诗坛兴起的"短诗热"中汪静之的《惠的风》、何植三的《农家的草紫》，以及潘漠华、冯雪峰等人的《春的歌》等集中的短诗，虽然注重表现瞬时感觉，竭力追求俳句般的凝练简洁，但也只能说是受了日本俳句篇幅短小和某些创作特点的影响，而不能算是汉语的"俳句"。直到中日邦交正常化后，半拥抱我们的那片太平洋不再成为两国往来的屏障，两国诗人开始频繁地交往，汉俳的诞生才势成必然。契机是 1980 年 5 月 30 日中日友好协会首次接待大野林火先生为团长的"日本俳人协会访华团"。当时日本诗人送来了松尾芭蕉、与谢芜村、正冈子规等古代俳人的诗集。两国诗人欢聚一堂，朴老诗兴勃发，参照日本俳句十七音，依照中国传统诗词创作的声法、韵法、律法等特点，即席赋诗三首，诗曰：

上忆土岐翁，
囊书相赠许相从，
遗爱绿阴浓。

幽谷发兰馨，
上有黄鹂深树鸣，
喜气迓俳人。

　　　　　绿荫今雨来，

　　　　　山花枝接海花开，

　　　　　和风起汉俳。

　　这三首诗就是中国诗歌史上第一组汉俳。当天在北京仿膳宴席上，林林先生也即兴创作了两首汉俳《迎俳人》。翌年4月，林林和袁鹰应日本俳人协会之邀访问日本，在日本《俳句》杂志上发表《架起俳句与汉俳的桥梁》一文，"汉俳"亦随之定名。当年《诗刊》第六期公开发表了朴老、林林、袁鹰等人的汉俳作品。1982年5月9日《人民日报》也发表了朴老、钟敬文等人的汉俳作品，中国诗坛为之注目，自此汉俳便由破土萌蘖开始逐渐漫及大江南北。

　　汉俳是朴老在现代中日文化交流活动中参照日本俳句十七音（以五七五为句式）创作的汉语新诗体。"古代汉诗是输出的，现代汉俳是引进后由中国诗人再创造而成的。"（林林先生语）汉俳因中日文化交往的历史因缘，借用了"俳"字古名，但汉俳既非中国古代的"俳谐体"，也明显有别于日本俳句，是中国当代诗坛百花园中的一株新花。

　　我国古代的俳体（即俳谐体），是以戏谑取笑的言辞所作诗文的总称。例如杜甫有《戏作俳谐体遣闷诗二首》、南朝宋袁淑有《俳谐文》十卷等。明代徐师曾的《文体明辨序说》将俳谐体归"诙谐诗"类，并说"按《诗·卫风·淇奥篇》云：'善戏谑兮，不为虐兮。'此谓言语之间耳。后人因此演而为诗，故有俳谐体、风人体、诸言体、诸语体、诸意体、字谜体、禽言体。虽含讽喻，实则诙谐，盖皆以文滑稽尔，不足取也"。这段话讲得很清楚：称"俳谐体"，仅仅是因为其言语诙谐、"文滑稽"的缘故（而得名）。也就是说，"俳谐体"名之所出，是按其内容划分的，并没有在律式、字数和句式方面做任何限定。例如杜甫《戏作俳谐体遣闷二首》，每首八句，一首为五言古风，一首为五言律诗。笔者至今所见之俳谐体有五、七言体，未见也未闻有五七言间出的形式。今之汉俳，三行（三句）出之，句式为五七五，在形式上分格律体和自由体（即新诗体）两类，各擅胜场，或抒情，或感喟，或寓理，或针砭，可韵可散，可文可白，可庄可谐，未必只限诙谐滑稽一路，但凡湖山览胜、雅评哲理、纪实咏物、慨时采风、寄赠留题等，异彩纷呈，无一不可入题。据此可见，今日之汉俳绝非古代俳谐体之延续，而且与不用韵、不究平仄和专注季语的日本俳句，也形同而实异。

1994 年春，朴老谈起初试汉俳的心情时说，"那事之前，我常有一种绵邈之思。总觉得，舍筏登岸，流自源出，万事都有个根源。先是我们的汉诗东传日本，催生了日本的本土文学，譬如俳句、短歌、物语，但日本文人还是代代写汉诗，历时千三百年之久。两国的文化情缘不浅啊。现在中日文化交流频繁，日本俳人歌人又把俳句短歌带到中国，我们中国诗人也写汉俳、汉歌，同他们友好往来，不就是'诗无国界'、梅樱共放了吗？"朴老所言，正是他的高瞻远瞩。二十年来，汉俳这个新诗体不但受到愈来愈多的中国诗人的青睐，已有近千人的创作队伍，而且英国、澳大利亚、西班牙、新加坡、日本等国家喜爱汉文化的诗人也开始试作汉俳。日本俳人歌人代表团的多次访华、中日俳诗交流会、诵唱会上数百人的交流盛况，甚至那些刊载于《现代俳句·汉俳作品选集》和《迎接新世纪·中日短诗交流会作品集》中的上千首俳诗作品都可以做出生动的证明。

1987 年春，为庆祝日本比睿山延历寺开山一千二百周年，朴老作了五首汉俳。八月初，应日本天台宗九十三岁的山田惠谛长老之邀，朴老赴日参加庆典活动，并出席了十八国世界宗教首脑会议和"日中友好三山（比睿山，天台山，五台山）法会"。会后，日方特意在比睿山文殊殿前安排了"赵朴初先生汉俳碑揭幕典礼法会"。朴老的"千二百年来，东西相照妙莲开，比睿与天台"（其三）等五首汉俳镌刻于石，这不仅是中日两国佛教徒致力于和平友好的见证，也是朴老"架木为桥诗笔先"，以诗书通好芳邻思想结出的又一友谊之果。

朴老去了。朴老以诗为桥发展中日文化交流的遗愿，一定会发扬光大。这座为鉴真、鲁迅、郭沫若、郁达夫和朴老等文化人架设的和平友谊之桥，一定会越走越宽阔。有两千年历史的佛教文化的诗歌传统经朴老之手，已经笔灿莲花，拓开新境，今后法继慈恩，也一定会无尽灯传、发扬光大。

"花落还开，水流不断。"朴老去了，就像从身边流过的清溪。清溪渐远，纵然望不见溪的身影了，我们依然聆听到它诗一般美好的声音。那是以心血熔铸而出的生命韵律，它永远不会消失。

伟大的逝者不会走远。

"明月清风，不劳寻觅。"朴老的诗歌长存，精神不灭。朴老永远在我们身边。

参考书目：

1. 《古尊宿语录》，1991 年 2 月，上海古籍出版社。
2. 《佛教常识答问》，赵朴初著，1991 年，中国佛教协会出版社。

（刊载于 2001 年第六期《法音》杂志）

一脉骚香传域外　嘤鸣声磬结奇缘

——《全球汉诗三百家》诗集前言

　　汉诗肇始远古扶犁、击壤之歌，继之三百，史代更兴，诗脉绵绵至今，又传诵异域后翕然成风，其声磬之和，嘤鸣之盛，亦中华诗歌文化不绝骚香之幸事。

　　中国画大师黄宾虹先生曾称"诗书画乃中国文化之三大不朽"，诚哉斯言，然而被誉为"无声之诗"的翰墨丹青，纵能"存形莫善于画"（晋陆机句），毕竟"意态由来画不成"（宋王安石句）、"宣心写妙书不如"（宋苏轼句），在宣物抒情上终不及诗之"神思方运，万途竞萌；规矩虚位，刻镂无形"（南朝梁刘勰《文心雕龙·神思》），故宋代邵雍《诗画吟》曰，"画笔善状物，长于运丹青。丹青入巧思，万物无遁形。诗笔善状物，长于运丹诚。丹诚入秀句，万物无遁情"，评骘堪称允当。

　　千古言诗者，始从虞舜。教夔典乐，曰"诗言志"，谓诗须本乎性情；曰"歌永言"，谓歌当达乎本旨；曰"声依永"，谓声必贵乎隽永；曰"律和声"，谓音合循乎均调，故古今物态世情万万千千，要所能言，寄情达意，可尽于诗。孔子曰："不学诗，无以言。"诗感言动心，"可以兴，可以观，可以群，可以怨"（《论语·阳货》），加之设色夺目，趣味适口，音韵悦耳，故明道怡情，立言书意，舒啸养气，人间不可无诗。无论盛世太平，荒馑兵燹，亦无论高轩雅唱，草野讴吟，俱与民风雅俗、世道盛衰通得消息，自是修禊雅会，代有新声。当前世界经济腾飞，世态物事亦随之变化。"志之所至，诗亦至焉；诗之所至，礼亦至焉。"（见《礼记·孔子闲居》）风雅礼仪，不敢说今不如昔，而网络资讯瞬间可达九天九地，应是昔不如今。由此，骛新异者或谓旧莫如新，逐时利者或谓情莫如利，犹趋之比比若鲫。此际，关注时代，弘扬传统文化，自是诗家肩任，著其清骨明眼，出其精粹佳妙，留住风雅之心，诗家不辞。

钟情汉诗文学乃世界各国汉诗诗人的共同爱好。此爱好从历史上看，跟中国与其他友好国家的文化情谊一样久远。异域知音代有人，史实可证；汉语言文字能帮助和促进各国汉诗诗人沟通文学情感，故可供共同解读和陶醉的汉诗文学也随之缔结了各国诗人的不尽诗缘，这就是共有的汉诗文学情结和文化情谊。

海外所称之"汉诗"，即中国传统诗歌（包括古风、绝句和律诗等）。在创作中，海外汉诗诗人不但能使用中国汉语言表情达意，而且遵循中国传统诗歌之"格律"，例如在声法上辨四声，在韵法上严守韵部，在字法、句法、章法上也讲究"诗法有承，用法无定"等，一似中国诗家做派。至今在日本、美国、韩国、新加坡等地仍然活跃着一些汉诗诗社，吟作汉诗被看作是最富有文化情趣的风雅之事。这昭示了借助中国汉诗文学语言表现他国诗人审美理想的可能性。此特殊文化现象，在世界文化交流史上有着重要的研究价值。日本明治时期汉诗诗人宫岛诚一郎（1838—1911）赠予中国诗人黄遵宪（1848—1905）的诗中曾有"幸然文字结奇缘，衣钵偏宜际此传"和"相将玉帛通千里，可喜车书共一家"等诗句。这些诗句也能代表当今世界各国汉诗诗人弘扬和传承汉诗优良传统的共同心声。

诗会修禊，吟社结集，海内外皆自古有之。东晋兰亭，盛唐竹溪，宋末月泉，清初西泠，辛亥南社，代有钟磬相和，代有诗集刊世；东瀛江户时期的玉池吟社，明治时期的下谷吟社、茉莉吟社、星社的汉诗诗人皆能持奇觚异撰，桴鼓相应，一时蔚然汉诗之盛。日本诗歌史上的汉诗首选集《怀风藻》（辑六十家诗一百二十首），编纂于奈良时代（710—784），正值中国唐玄宗开元天宝年间。至9世纪，日本平安朝又

敕撰了三部汉诗集，即嵯峨天皇（810—823 在位）时的《凌云集》和
《文华秀丽集》，及淳和天皇（824—833 在位）时的《经国集》。此汉
诗三集成功展示了日本平安诗风的新气象，以及日本汉诗由研习秦汉六
朝而追慕隋唐诗风的嬗变历程。日本 11 世纪编成的《和汉朗咏集》，
辑录日中两国汉诗一百九十五首。八百年后，光绪九年（1883，日本明
治十六年）学者俞樾辑成《东瀛诗选》（四十卷，选诗四千五百余首），
并作《东瀛诗记》，评介诸家成就，日本亦有江户汉诗人祇园瑜的《明
诗俚评》、菊池桐孙的《五山堂诗话》、广濑建的《淡窗诗话》、江村北
海的《日本诗史》等著名汉诗理论著作，以及长谷允文的《客中论
诗》、阪井华的《次韵诗僧东林作·诗不必》、赖襄的《夜读清诗人诗
戏赋》等著名论诗诗，对中国历代诗歌风会迁移、流派主张和诗家作
品做出评价，以及对日本汉诗创作的新认识，都显示了这个时代日本汉
诗人的觉醒。而后弹指二百年，海外汉诗界虽风雨兼程，数落数起，仍
然不绝骚香，始终顽强地保留着用汉语言表情达意这个客体形式，其间
所历之艰辛，应不言而喻。

　　如今寰球诗苑，汉诗交流日渐频繁。海外诗鸿翩翩来华自不必说，
在东亚文化圈内每年往来访问之汉诗诗人均有数百名之众，有的诗社之
间不但适机访谈，而且定期举办讲座和研讨会。2003 年 3 月 21 日日本
汉诗界和汉诗文书道界的名宿在东京汤岛圣堂大成殿成立了"全日本
汉诗联盟"（时任会长石川岳堂先生）。这是汉诗东渐日本一千四百年
来的首创之举。现在日本北海道、茨城、群马、千叶、东京、鸟取、四
国、福冈等各都县也陆续成立了地方汉诗联盟，登记喜好汉诗创作的诗
人已近万人。从 2004 年起，全日本汉诗联盟又开始创刊发行《扶桑风
韵》。此汉诗专刊已成为当前日本诗人发表汉诗和汉诗书道作品的重要
刊物。各种迹象表明，为日本汉诗诗人所企盼的"春风吹又生"的汉
诗新时代正在到来。

　　汉诗源远流长，远播全球，已非中华民族文化之独秀，当为世界诗
人之共雅同赏。自《和汉朗咏集》问世至今，忽忽已逾千年。地球渐

小，各国诗友携手弘扬汉诗传统，大有雅唱荟集、共相砥砺之必要。如此，或可云蒸霞蔚，浩然成观，方便博览一代诗艺之新貌；或可荆枝雁行，有裨研究，振励探索千秋源流之变迁。

荟集之先，必事精选。古贤素有"作诗难，选诗尤难"之感喟，清代袁枚《诗话补遗》卷一亦有"选诗如选色"之叹，料众美炫目，应接不暇，纵大家法眼取就割忍也莫衷一是。此语，非亲身领略过者道它不出。诗之为道，卓然高标，惊四筵，适独坐，诗人读者皆各自品味。仁智各见无疑，若择以上下高低，定夺取舍，则洵非易事。

自选难，他选亦难，又入选逾三百家，异彩纷呈，美擅自是，统一标准亦难。

诗人但凭各自性情各自经营，故各有压卷。一朝自选，或因偏爱、骛新、敬友、补全而冷落压卷，待荟萃成集，统而观之，则难免斑窥全豹之憾。譬如写意画家未必不涉工笔，善铁板铜琶者未必不敲红牙小板，然而出彩仍须专擅。今掬西江一口，总须味到西江，自选能顾及自家美擅和整体风貌，间以新颖最好。若要篇篇都标新立异，都见得风骨学问，生旦净末丑一并亮相，纵自选也难避偏失。

选诗标准繁多，不能泛采。弃繁从简，不如以清代林昌彝之"三要"衡之。林氏谓"诗之要有三：曰格、曰意、曰趣而已。格以辨其体，意以达其情，趣以臻其妙也"（见《海天琴思录》），持之"三要"，为尺度之，或可避难就易。

编者之选，难在既要照顾全局，兼顾自选他荐，又不能尽以自选他荐出之。若求诗篇天籁真诚、辞雅韵协，又须生熟两避，堪属心声妙造之代表作，易乎？故无篇无句，殊无可取者，纵巨公荐来，亦束之旁置，不敢稗杂；有句无篇，殊无足取者，纵自检得意，也复函以申割爱。海外诸家，虽以"三要"度之，或有参差，但总以相对优胜者出，唯备各国风情世态，知汉诗递代更变足矣，还望诗人与读者理解苦衷，勿加求全严善之责。

声韵当究，结响酌容限宽。文曰作，诗曰吟，可知不究音节声韵，无从论诗。或谓可以地方声韵入场者，恕难收纳。纵前代古风经典用韵，亦似宽实严，总有规矩，且规矩皆须以情调将之，如此方得铿锵协律，可被管弦。今人诵之，以为易就，实属误解。本集收录之各体诗，力倡传统之平水韵，或有些微疏忽漏检，未可咎之标准异易也。

词，为诗余，同源分流，别为一体，因体制篇章而归长短句，前人亦有《草堂诗余》之称名。六朝若陶弘景之《寒夜怨》、梁武帝之《江南弄》、梁僧法云之《三洲歌》等，皆可见胎息相承，有意变古而无心开今之妙。

初未拟选词，有海内外诗家多以诗余缘起询之，丁亥春分正待奉覆，日本葛饰吟社中山荣造（逍雀）等诗家又以十数年所填词稿寄达，方知海外亦多有倚声之词家，遂与霍松林诸位大家协商，皆以此集为首选不必分标诗词，况词者本济近体之穷而承乐府之变，故前贤多有诗余正中之辨，如沈天羽《草堂诗余》曰，"李白之《忆秦娥》《菩萨蛮》、王建之《调笑令》、白居易之《忆江南》，昔日以为诗而非词，今日以为词而非诗"等，遂议定复选原来附寄词稿的诗家之一二词章入集，庶较完备，以示源流递变古今新趋之盛也。

本集选全球十七个国家和地区的汉诗诗人三百二十五家，以年齿排次，辑诗词一千八百一十四首。其中，中国诗人一百八十六家（含中国港澳台地区十二家），日本百家，韩国十家，又美国、法国、加拿大、西班牙、新加坡、印度尼西亚、马来西亚、澳大利亚、巴西、巴拿马等国二十九家；女性诗人六十三家；古稀以上耆英者计百九十二家，古稀以下至六十岁者计八十三家，又六十岁以下至四十岁者计五十家。诗作中，律诗（含排律）七百二十六首，绝句九百六十一首，古风十九首；又诗余（词）一百零八首。

集中诚邀诗人多为海内外诗坛知名作手，闻讯辑集后各地诗社又热情举荐八十七家，但入选唯四十三家，一则维护公平，一则规模所限，实非略其佳美。另对三十五位耆英旧作，在核校之余又选其新作，获赐许可，予以补易。又因篇幅有限，对数十字长释及诗序，或酌取或全删，既照顾整体体例，亦免注序赘杂反生晦涩之感，恳祈诸家谅解。

当代海外如日本、韩国等芳邻诗人之汉诗，乃承其古代汉诗余泽而绵延至今，纵时会殊异，挥发不同，各家皆笔耕数十年不辍，并出此风味足赏、世情可窥的精品力作，殊多不易。唯日文部分汉字异于华文，校样经四次往返协商，最终虑及全局，达到共识。日本汉诗诗人之谦逊合作，令编者肃然起敬。又反复函约海外，补所未备，颇费时日；或因先辈故世，诗稿散失，或因更徙他乡，邮递迟达，转辗年余。如此检括经营，迤逦断续，两年方得勉成此编，信选诗固难，辑录蒐编亦洵非易事也。

本集蒙陕西师范大学霍松林教授躬为指导，并欣然赐序，荣冠光彩；又海内外诸位诗界泰斗慨允担纲顾问，并关切蔼然，不胜欣慰之至；除中国方面的编辑规划区宇裁厘核校外，幸得日本中村健二先生、西班牙朱光先生、韩国崔光烈先生等大力协助，无任感荷，均此鸣渤致谢，亦志诗缘。

窗前两度花落花开，如今抚卷，苦心惶恐，料书成朗若编贝，瑕瑾易显，愿方家不吝赐教。若闻集外遗珠，当惜惋未遇，恕俟未来。

　　　　　　　　　　　丁亥岁杪腊日北京紫竹斋灯下

附注：编辑《全球汉诗三百家》乃中国诗歌史之首举，该书2008年11月6日由中国线装书局出版发行，杭州萧山古籍印务有限公司宣纸精制。出版后，除国外重要文化机构和图书馆收藏外，国内亦有一百多家图书馆收藏。

《全球汉诗三百家》编辑委员会

顾　问：袁行霈（中国）　　叶玉超（中国香港）　　霍松林（中国）

　　　　石川岳堂（日本）　　服部承风（日本）　　进藤虚籁（日本）

主　编：林岫（中国）

会通以求超胜

——关于加强中华诗词对外交流之刍议

当代中华传统诗词文化的建设，作为一个无法回避的改革新课题，摆在每位有志于文化创新改革的诗词家面前。传统文化是组构并蔚然民族文化精神的重要因子，不同时代都可以催生领异标新的"二月花"；若非无根之木、无实之萼，就必然会相生相偎着传统文化这条古老的长河，自然生生不息。不能离开传统诗词文化虚谈当代诗词文化的创新改革，因为改革命意的起点首先须站在当代历史的高度审视泱泱数千载的中华民族文化，前瞻后顾，都不可能无视这条古老的长河。任何历史时期的文化发展，都是由拓开的新起点驶向未来的新港湾，民族文化的自觉自信就建树在代代璀璨的伟大积淀之上，民族文化的历史也真实记录在岁月不易的遥遥航程之中。

任何一个文化大国的崛起，非但不可缺失对自家民族传统文化的自觉自信，还必须有博大的胸怀，以包容、理解、关注和善于学习其他民族的优秀文化作为对外文化交流之国策，会通以求超胜。这是国运昌隆的当今时代赋予我们的机会和使命。

中华传统诗歌（包括绝句、律诗和词曲等），在域外古今通行的名称曰"汉诗"。域外创作和研究汉诗，始于汉诗东渐，迄今约已两千年之久。中华诗词走出国门，若长河喷薄倏成大海一般，加之借助汉字通用会意便利的诗文书画，很容易为接壤中华周边邻国的文家墨客所接受，其流波浩荡所及，深矣远矣。

汉诗文化输出日本、朝鲜、越南等地后，或多或少融入域外的本土文化，遂逐渐成为亚洲文化圈诸多国家历时千秋挥之不去的中国文化情结。在创作中，海外汉诗诗人不但使用中国汉语言表情达意，而且还遵循中国传统诗歌之"格律"，例如在声法上辨四声，在韵法上严守韵部，在字法、句法、章法上也讲究"诗法有承，用法无定"等，一似中国诗家做派。评论唐宋元明清历代诗家诗作诗论，所著诗话、论诗诗等也披沙剖璞，未必不及吾国苏黄沈袁的水平。至今，在日本、韩国、新加坡等地仍然活跃着一些汉诗诗社，吟作汉诗被看作是最富有文化情趣的风雅之事，也昭示着借助中国汉诗文学语言这个客体文学形式表现他国诗人审美理想的可能性。

这种特殊文化现象，在世界文化交流史上有着重要的研究价值。日本明治时期汉诗诗人宫岛诚一郎（1838—1911）赠予中国诗人黄遵宪（1848—1905）的诗中曾有"幸然文字结奇缘，衣钵偏宜际此传"和"相将玉帛通千里，可喜车书共一家"等诗句。这些诗句也能代表当今世界各国汉诗诗人弘扬和传承汉诗优良传统的共同心声。

花开异域　代有新声

汉诗肇始远古扶犁、击壤之歌，继之三百，史代更兴，诗脉绵绵至今，又传诵异域后翕然成风，其声磬之和，嘤鸣之盛，亦中华诗歌文化不绝骚香之幸事。

孔子曰："不学诗，无以言。"诗，感言动心，"可以兴，可以观，可以群，可以怨"（《论语·阳货》）。诗非小道，斐然公器，人间不可无诗。无论高轩雅唱，草野讴吟，俱与民风雅俗、世道盛衰通得消息。吾国历史上的繁荣恢廓时期，文化的对外输出与辐射都是宏大的文化产业。两汉、隋唐、两宋及明清盛世时汉文化的深远影响，向世界展示的不仅是中华文化的神秘魅力，更是体现了东方文明古国繁荣强大的综合国力。

钟情汉诗文学，能成为亚洲各国汉诗诗人的共同爱好，溯源观之，固然因为汉语言文字方便共同解读，有利于促进各国文家墨客沟通文学情感和交流汉诗文学，但各国之间在相当长的一段历史时期维持政治经济外交等方面的稳定友好和正常往来，无疑是各国文化友好交往的坚实保证，才能随之缔结和延续各国汉语言诗人之间文山诗海的不尽情缘。

异域知音代有人，诗会修禊，吟社结集，海内外皆自古有之。东晋兰亭，盛唐竹溪，宋末月泉，清初西泠，辛亥南社，代有钟磬相和，代有诗集刊世；东瀛江户时期的玉池吟社，明治时期的下谷吟社、茉莉吟社、星社的汉诗诗人皆能持奇觚异撰，桴鼓相应，一时蔚然汉诗之盛。日本诗歌史上的汉诗首选集《怀风藻》（辑六十家诗一二〇首），编纂于奈良时代（710—784），正值中国唐玄宗开元天宝年间。至9世纪，日本平安朝又敕撰了三部汉诗集，即嵯峨天皇（810—823在位）时的《凌云集》和《文华秀丽集》，淳和天皇（824—833在位）时的《经国集》。此汉诗三集成功展示了日本平安诗风的新气象，以及日本汉诗由研习秦汉六朝而追慕隋唐诗风的嬗变历程。一千余年后，光绪九年（1883，日本明治十六年）日本岸田国华专程携带东瀛各家诗集到中国，恭请著名学者俞樾编选日本汉诗。翌年六月，俞公即编成《东瀛诗选》四十卷（补遗四卷），选诗四千五百多首，并作《东瀛诗记》，评介各家成就。这部诗选虽然最终付梓东瀛，但这是我国学人首次集选日本汉诗，意义无须赘言。俞公辑毕曾叹曰"休得小看了东人"，料也不是随缘应酬的泛泛之议。

域外创作和研究汉诗，由来已久。汉诗作为某些国家的文学门类，被列入其"国学"范畴，能在汉诗领域从事教育、创作或评议的学者皆非等闲文流，研究著述亦非一般浮蚁之谈。仅日韩两国裒辑吾国汉诗之富或出中华诗人之意外，至今尚有残卷孤本为吾国之无，其历代汉学家所著评论汉诗的各种诗话，累积达百种以上，所辑名家诗集亦近二百余种，堪称洋洋大观。

汉诗融入域外本土的民族文化，或非单生汉诗一脉，例如汉诗对日本文学的影响不仅丰富了日语语汇量，刺激了和歌等本土诗歌的嬗变，而且结合汉魏六朝传奇文学和唐本事诗等，还催生了物语文学。另外，随同汉诗输出的汉诗文书法，亦为诸国文人墨客之共同雅好；朝鲜研习中国明清文人画而讲究汉诗题画，遂成"清品一格"（又称"君子清品"），未必不逮清末手笔。更为重要的是，随着汉诗的流波深远，吾国宋代而降的诗话、论诗诗等接踵而至，使域外诗学又旁生汉诗诗学研究一脉。以日本和朝鲜为例，日本池田胤则在大正十年（1921）编纂出版《日本诗话丛书》十卷，收录了六十四种（其中《东人诗话》为15世纪朝鲜汉学家徐居正所撰）；韩国赵锺业教授编纂出版的《韩国诗话丛编》十七卷，汇集朝鲜诗话一百零五种。

　　吾国宋代，有可辑录诗话者五百六十余家，计七百万字。明诗话可辑者约七百余家（其中独立成册者百二十余种），计八百万字。"诗话之作，至清代而登峰造极。清人诗话约有三四百种，不特数量远较宋代繁富，而述评之精当亦超越前人。"（见郭绍虞《清诗话续编·前言》）据蒋寅先生的统计，清代诗话的总数（含亡佚待访书籍）至少一千五百种，而现存的清代诗话，以张寅彭先生《新订清人诗学书目》所列，也在七百种以上。即是说，清代诗话已经超过以往历代撰述之总和。就清一代看，远传域外的各家诗集及诗话甚多，而域外论家倏然翕从，结社连茵，评点汉诗词，推挹风韵，都般般熟如指掌。例如日本汉学家川岛达《清十家绝句序》所评"清人骈承唐宋，别开生面，钱、吴以下，粲然可观。……虞山之博雅，接踵眉山；梅村之富赡，比肩香山。与之相先后者，则竹垞之典雅，渔洋之高华，他山之排奡，他如莘田之典丽，梦楼之苍古，简斋之俊爽，藏园之雄伟，瓯北之奇恣，各异其撰。学诗者从此求之，则非惟化今日门户之嫌，更启后生才思之益"，虽寥寥数语，然非遍览一代中华诗词家者，不得如此挥犀捉麈，数若列眉。

　　日本汉诗发展到江户时代（1603—1867）已经成为儒者和士人必擅之雅事，一时名家闪亮登场，佳作如云，汉诗别集亦积牒问世，裒辑而出的《日本诗选》《日本诗纪》《熙朝诗荟》三部总集，广采博取，堪称东瀛汉诗之大观。后来"欧风东渐"，日本大量接触西方科学文化，曾有"日本汉文化乃文化病症"的论调翻澜一时，但代表古雅文化经典的汉诗却"未如秋叶一时飞"而偃息，各地吟社依然按期雅集，报纸杂志辟有汉诗园地，正如日本文学家正冈子规（1867—1902）在其随笔中称"今日文坛，若就（和）歌、俳（句）、（汉）诗三者比较其发展情况而言，则诗一、俳二、歌三"。在诗歌论坛，江户汉诗人袛园瑜的《明诗俚评》、菊池桐孙的《五山堂诗话》、广濑建的《淡窗诗话》、江村北海的《日本诗史》等著名汉诗理论著作，以及长谷允文的《客中论诗》、阪井华的《次韵诗僧东林作·诗不必》、赖襄的《夜读清诗人诗戏赋》等著名论诗诗，对中国历代诗歌风会迁移、流派主张和诗家作品做出评价，以及对日本汉诗创作的新认识，炳琅拔载，自张队帜，都显示了江户时代日本汉诗人的觉醒。而后弹指二百年，海外汉诗界虽因政治风雨颠簸而数落数起，始终不绝骚香，未得诗道沦丧，顽强地保留着用汉语言表情达意这个客体形式，其间所历之艰辛，应不言而喻。

　　与日本汉诗可相衡媲美的，是朝鲜汉诗。朝鲜，乃汉之前其地古称；汉末，曾改国号为高丽。中朝两国的文化交往，应该先于中日。有确切记载的朝鲜汉诗，最早的是四言四句的《箜篌引》。晋崔豹《古今注·音乐》曰："《箜篌引》，朝鲜津卒霍里子高妻丽玉所作也。"其诗哀婉凄绝，六朝诗人刘孝标、张正建和唐代诗人李白、王建等皆有拟作，朝鲜诗人柳得恭（1748—1807）的"不及当年津吏妇，箜篌一曲艳千秋"即言此诗，可谓汉诗对朝鲜文化的影响渊源久远。

　　高句丽、百济、新罗三国由新罗统一后，多次向唐朝派遣留学生。西行修学者，亲究汉诗文，大都善以汉诗寄兴言趣，留下诗集。《全唐诗》卷一一九载有朝鲜崔匡裕、朴任范、崔承佑之诗；徐居正《东人诗话》评曰"吾东人之诗鸣于中国，自三君子始"，并认为朝鲜汉诗佳善可道，纵各家逸志雅声，工拙自异，然风味持正，俱习唐宋而来。

　　朝鲜杰出的汉诗人，早期的佼佼者是崔致远（857—928）。崔少年即入唐求学，中进士，授官职，归国后任侍读兼翰林学士，其代表作

《秋夜雨中》的"秋风惟苦吟，世路少知音。窗外三更雨，灯前万里心"，借重唐诗中常见的"极浦三春草，高楼万里心"（贾至句）、"乾坤万里眼，时序百年心"（杜甫句）、"落叶他乡树，寒灯独夜人"（马戴句）、"雨中黄叶树，灯下白头人"（司空曙句）等，专拈时空双向落想，以时间的感悟和空间的张敛，表达诗人游子心境及新的审美体验，足见其慧心融会。这种积极的学习或借鉴含义广泛存在于朝鲜汉诗之中。相应宋代有朴寅亮（？—1096）、林椿（1160前后）等，入元明后有李齐贤（1287—1367）、李穑（1328—1396）、成石璘（1338—1423）、权近（1352—1409）、徐居正（1420—1488）、李滉（1501—1570）、曹植（1501—1572）、具凤龄（1526—1586）等。与清代同时的卓著者甚多，指不胜屈，比较有影响的有乾隆至咸丰时期的申纬（1769—1847）和金正喜（1786—1857）等，因得入清翁方纲、阮元大家门庭，故多本国学子相从，枨触酬应，交错辉映，播越甚广。

朝鲜历朝都不乏汉诗大家，佳作中隽永可味、雅健可诵者甚多。例如朴寅亮《伍子胥庙》"挂眼东门愤未消，碧江千古起波涛。今人不识前贤志，但问潮头几尺高"，看似离题论事，却句句着题，寒芒刺骨。又金泽荣《济阳限韵》"篱竹青青过雨痕，古堂依约枕山根。头流秀色三千迭，妙选双峰作一村"，不求高古而情味自合，非竞尚新奇的规橅者可得。展读此类佳作，较之明清有气格诗，似不多让。部分汉诗，例如"日落沙逾白，云移水更清"（李穑《汉浦弄月》）、"雪尽南溪涨，草芽多少生"（郑梦周《春兴》）、"萧萧落叶声，错认为疏雨。呼童出门看，月挂溪南树"（郑澈《秋夜》）、"地僻车马少，山气自黄昏"（李崇仁《村居》）、"白鸟高飞尽，孤帆独去轻"（金富轼《甘露寺次韵》）等，虽然尚有印摹唐诗的痕迹，但雅趣生新，未必不堪寻味。

朝鲜汉诗人权鲁郁（生卒年不详）著名的《训蒙诗话》，所选佳作，旨在示范汉诗的字法、句法、章法，因为趣味生新，朗朗即口，故而传播久远。例如五绝《林下琴樽》"我有林泉胜，酬文匝座喧。偏怜铜墨外，喜此对琴樽"，诗中"铜墨"用《汉书》典"铜章墨绶"（汉制，珪符谓刺史，铜墨谓县令），又借唐卢照邻《三月曲水宴得樽字》"风烟彭泽里，山水仲长园。由来弃铜墨，本自重琴樽"诗本意，翻造洒脱，散逸可取。五绝《穷间清景》"无限江山景，原来不择人。谁知穷僻巷，诗料转清新"，前半借宋黄庭坚"天下清景初不择贵贱贤愚而与之"（见《冷斋夜话》）立意，似乎欲说"贵贱贤愚等无差别"，后半陡然一转，用"大（江山无限景）中见小（穷乡僻巷）"，又将黄庭坚的"初不择贵贱贤愚"矫出"同中见异"，拈出"穷僻巷"说"诗料转清新"，见地奇警，真信活法精彩不在言多。

由上举诸例，不难理解朝鲜汉诗规摹中国汉诗之渊源及创意，后来这些"或有指南之助"（《训蒙诗话序言》）的蒙学散册，渐借行旅商楫传至东北及冀鲁浙闽，塾师援作日课范例为讲授诗法津梁之补充，也是移花就善，无有"淮北生枳"之俗见。

除日、韩两国之外，越南文人写作汉诗亦由来已久。汉字、汉文的传入，当在汉初派遣楚人陆贾出使南越后。隋唐宋元，文化交往主要依赖使节和行商贩购经史子集典籍之类，其上层文官和高僧大都擅长吟诗作偈，朝野以知晓李白《将进酒》、杜甫《石壕吏》、白居易《琵琶行》和《长恨歌》等汉诗经典为至上风雅，读解汉字汉诗文竞相研琢功深。明朝永乐（1403—1424）至成化（1465—1487）的八十年间，越南经济发展，社会比较稳定，骊、演二州文风彬彬，诗才继踵宋元，多有小成。当时，国君黎圣宗（1442—1497）与二十八位文臣组成"骚坛会"，游宴赋诗，君臣同乐，对应明初"台阁"诗会。

在此之前，越南汉诗诗文家邓陈琨（1710—?）创作古风体汉诗《征妇吟曲》长达四百七十七句，抑扬顿挫，声情感人，识者誉为"绝唱"；诗人阮攸（1765—1820）的《清轩诗集》《南中杂吟》等，又阮福绵审（1819—1870）汉学深博，九岁始作汉诗，有"诗童"之誉，其《北行诗集》《仓山诗钞》及《鼓枻词》等汉诗词集陆续问世，诗名远播，令神州诗词界为之誉叹。《鼓枻词》收词一百零四首，词以情胜，艳而不媚，风格在姜白石、张玉田间。1934 年上海《词学季刊》

曾发表其倚声佳作。四十七年后，著名词学家夏承焘辑编《域外词选》，又选阮锦审词十四首。

越南 1915 年前包括史录、公牍、账簿、文学作品等在内的所有文字书录均为汉字书写，一从汉诗文作法体例，例如最权威的《大越史记》等典籍，皆无例外。华人赴越或越人来华，以汉语言文字交流，概无障碍。1915 年废除科举后，开始排斥汉字，二十年后正式宣布废除汉字，实施拼音文字，取缔私塾，但民间仍保留汉字书写的楹联、碑文，名胜寺庙仍然存有汉文《大藏》《金刚》等经书。越南革命领袖胡志明（即阮爱国，1890—1969）生于越南义安，其父是末代王朝的贡生。胡志明精通汉语，能娴熟运用汉文创作诗词，有诗文集存世。近几年，随着中越经济交流的频繁，尚有少数博通汉文化的诗人在创作和交流汉诗文。

上世纪 20 年代以后，经济不振，兵燹祸起，汉字文化圈国家的汉诗相继衰落，交往亦趋冷落。1972 年中日邦交正常化后，中日汉诗交流亦渐见复兴，文化的双向交流亦日益发展，日本汉诗再次引起了文化人的广泛注意。韩国自 1970 年朴正熙总统下令禁止在教科书中使用汉字，而后三十年培养出来的青年因为不识汉字，读不懂韩国历史和文学书，造成严重的文化断裂现象。自 1998 年 11 月韩国大学校长、部分国会议员、将军及文艺界知名人士共九千人成立了"全国汉字推进总联合会"后，2002 年 4 月，十三名历任教育部长联名向金大中总统建议全面恢复汉字教育，2005 年 2 月 9 日韩国宣布"公务文件和交通标志恢复使用汉字"，竭力主张学校恢复汉字教育。2009 年 1 月二十名历届总理又联名上书李明博总统要求尽快恢复汉字教育及支持汉字书写艺术。现在，韩国民间自发补习汉字文化（含诵读汉诗）和重新练习汉字书写，出版汉诗读物和诗社雅集又勃然而兴。

如今寰球诗苑，汉诗交流日渐频繁。海外诗鸿翩翩来华自不必说，在东亚文化圈内每年往来访问之汉诗诗人均有数百名之众，有的诗社（例如日本、韩国、新加坡、印度尼西亚诗社）之间不但适机访谈，而且定期举办汉诗讲座和研讨会。2003 年 3 月 21 日日本汉诗界和汉诗文书道界的名宿在东京汤岛圣堂大成殿成立了"全日本汉诗联盟"（现会长石川岳堂先生）。这是汉诗东渐日本一千四百年来的首创之举。现在日本北海道、茨城、群马、千叶、东京、鸟取、四国、福冈等各都县也陆续成立了地方汉诗联盟，登记喜好汉诗创作的诗人已近万人。从 2004 年起，全日本汉诗联盟又开始创刊发行《扶桑风韵》。此汉诗专刊已成为当前日本诗人发表汉诗和汉诗书道的重要刊物。各种迹象表明，为日本汉诗诗人所企盼的"春风吹又生"的汉诗新时代正在到来。

　　汉诗源远流长，远播全球，已非中华民族文化之独秀，当为世界诗人之共雅同赏。日本 11 世纪编成的《和汉朗咏集》，辑录过两国汉诗一百九十五首。此乃域外国家首选中日两国汉诗成集。此集问世，忽忽已逾千年。地球渐小，各国诗友携手弘扬汉诗传统，大有雅唱荟集、共相砥砺之必要。如此，或可云蒸霞蔚，浩然成观，方便博览一代诗艺之新貌；或可荆枝雁行，有裨研究，振翰探索千秋源流之变迁。有鉴于此，笔者当不负中华诗词学会发起成立时赵朴初、姚雪垠、楚图南等发起人"关于团结域外汉诗诗人共襄风雅之盛"的期望，接受霍松林教授、日本渡边寒鸥等诗人的建议，始主编《全球汉诗三百家》大型诗集，广蒐廓邀，历时两载，辑选全球十七个国家和地区的著名汉诗诗人三百二十五家，以年齿排次，辑汉诗一千八百一十四首。其中，中国诗人一百八十六家（含中国港澳台地区十二家），日本百家，韩国十家，又美国、法国、加拿大、西班牙、新加坡、印度尼西亚、泰国、马来西亚、澳大利亚、巴西、巴拿马等国二十九家，当今全球汉诗蔓衍新趋之胜，足见一斑。

诗结情缘　　骚香不绝

　　当前文化改革的东风遒劲勃发，充分利用国内外双向文化资源，一则借汉诗为对外文化交流的友好桥梁，积极发挥文化桥梁纽带作用，一则扩大汉诗的文化资源共享互惠的影响，通过加强汉诗文化交流，构建民间人文交流的机制，积极借鉴域外汉诗创作和研究的经验，别开域外只眼，甚有必要。

学者陈寅恪先生说过学习研究的三种途径，"一曰取地下之实物与纸上之遗文互相释证"；"二曰取异族之故书与吾国之旧籍互相补正"；"三曰取外来之观念与固有之材料互相参证"。这就是说，如果我们能以开拓的胸怀和眼光研究域外汉诗，不但可知汉诗文化在域外的传播、植根和繁衍，还能从域外汉诗文学的研究和批评中照镜了然，无论反鉴自己，或声磬相和，或独见可采，或增阙补遗，或互资参酌，都会有利于促进中华诗词文化的大发展大繁荣。

声磬相和

为太平洋环抱的汉字文化圈的东亚国家，在过往的历史中曾经有过车书同式，风月同天，诗道与共。即使盛衰迁移，往往前后不出五十年就桴鼓相应，附会动静，而且结局又总是变化而不失雅正，大致声磬相和。江户初始，正值明代万历攻击"狂禅"，斥佛教为异术之时，日僧虽不再西向，渡日僧人却络绎不绝，如超然、隐元等，皆为明清文化东渐最早的传播者。之前，汉诗其源流正变，虽承平安时代的唐宋气息而来，却在五山时代（1192—1602）标榜醇雅清寂后拓出新局。江户中期，幕府为了巩固其"幕藩体制"推崇宋儒朱熹的理学为官学，与清初统治者力倡程朱理学遥相呼应，文人多排闼登堂，致使五山汉诗的禅悦之风渐趋式微而儒学诗风遂盛。

万历（1573—1620）中后期，抨击"前后七子"的复古思潮而崛起的"公安三袁"主张"辞达"为要，反对复古之"繁、乱、艰、晦"，然而过分强调不拘直言，高倡"宁今宁俗，不肯拾人一字"，后来因矫枉过正，仄入旁径，文风反为"浅、俗、平、冗"所弊。这时因复明无望而流寓日本的明儒朱之瑜（朱舜水，1600—1682）被幕府聘为庠序之师、国师，正在提倡荟萃儒学精华的"理实学"，对日本儒学大兴和程朱理学内部的门户纷争产生着重大影响。与朱同时赴日的学者陈元赟（1587—1671）携来《袁中郎全集》，后来在日本汉诗界也掀起过轩然大波。当时荻生徂徕（1666—1728）为首的汉诗人推崇李攀龙和王世贞等"明七子"复古流风，批判宋学，力主古文辞学。汉诗作品唯上六朝，下中唐，或舍律而古，或取风李杜，似与中国明代嘉靖、隆庆时文风相追随。《袁中郎全集》传播后，"三袁"反对蹈袭和要求"独抒性灵，不拘格套"的文学主张，颇得山本北山等人的响应，于是两阵对圆，始与荻生徂徕"复古派"分树旗旌，诗风复由唐归宋。最早接受并大力传播公安派文学主张的日本诗人是陈元赟的学生元政。元政（1623—1668）俗名石井吉兵卫，日莲宗僧，他与陈元赟的唱和集，即《元元唱和集》，是中日文化交往的重要资料。

　　德川中期，尤其是天明（1781—1788）前后日本汉诗人尊宋，鼓吹范（成大）、杨（万里）、苏（轼）、黄（庭坚）、陆（游）。江户诗人本来寝馈汉籍殊深，故此时创作愈重才情学问，并于唐宋以来字句篇法等莫不留意。例如诗用虚字一法，自古有之。天明前后，日本汉诗也多用虚字，循从宋元余绪，如"虫隐者游青藻雨，花君子立碧汀烟"（森田居敬句）、"名场老矣头将鹤，故国归欤意似鸿"（藤森大雅句）、"得意花于闲处看，无心云只自然飞"（福田俭夫句）、"未醉以前多俗虑，除诗之外绝常谈"（村上大有句）等，多用于近体诗对仗，以添迤逦之概。

　　江户多汉儒，汉诗主要是文人诗。南宋刘辰翁《须溪集》卷六《赵仲仁诗序》说"后村（刘克庄）谓文人之诗，与诗人之诗不同"，此言甚是。待清朝乾隆、嘉庆后的"考据"学风影响到日本儒家和史学界，汉诗创作便自然出现了列典如阵的拟古主义和绮章绘句的形式主义诗风。如古贺朴的"一句一典诗"，赖惟杏坪的"代语诗"等，矜奇炫丽，皆属例类。

　　后起之清代袁枚（1716—1797）评诗主张"抒性灵"，亦以"脱口俗句"为天籁，"善取之者成佳句"，对东邦创作诗风，以及修辞学等诗学研究都有些积极的影响。《随园诗话》问世不久即传至域外，日本激赏者众。据《竹田庄诗话》载，"近辇下子弟竞尚《随园诗话》，一时讽诵，靡然成风，书肆价直（值）为之顿贵，至抄每卷中全篇收载者而刊布焉。"

风气是创作的潜势力，东瀛一时"女儿诗"贵，不胜热衷，笔路俱秀。被戏称为"本邦之袁子才"的菊池五山，也追摹袁枚，处处留心，"每逢闺秀诗，必抄存以广流传"。当时诗人水上珍亮辑《闺媛吟藻》，稍作清赏，恰值俞樾选编《东瀛诗选》，又择其佳胜，辑为一卷，则诗坛愈加秀帜高举。诗人如鲈松塘的女儿能诗，门下云聚钗裙，俞樾云"松塘门下女弟子甚多，有随园之风矣"，此句脱口，亦让闺媛尽骋才力，沾濡风雅，由此婉约通俗，规模大备。

独见可采

域外汉学家，例如朝鲜古贤李仁老（1152—1220）的《破闲集》对唐宋人文集在朝的传人以及作品入朝时间，考核精赅，极有助益。换个角度看，其考核也能反映唐宋人作品在域外的传播情况，书录间有评断，动辄以北宋苏轼诗为例，评曰"苏子文章海外闻，宋朝天子火其文。文章可使为灰烬，落落雄名安可焚"，冷眼热场，警策醒人（见《修正增补韩国诗话丛编》第一卷）。

必须言及的是，日本丰田穰的《唐诗俗语考》。此书对中国唐诗俗语颇有研究，例如对"都卢"词义的确定，就颇多参考价值。书中引《葛原诗话》曰："'都卢'与'都来'相同，均指'所有'。吾以为此种解释很恰当。'都卢'之'卢'与'都来'之'来'，均为语尾助词，并无实际意义，只是将单音词'都'变成双音词而已。"

断"都卢"等同"都来"（按：来，语助词，无实义。同"归去来"之"来"），并以日本汉诗诗例佐证，厘清了"卢"的词性，对解读中日古代汉诗具有实际意义。其实，唐卢全《守岁》的"不及儿童日，都卢不解愁"、薛涛《石斛山书事》的"王家山水画图中，意事都卢粉墨容"、白居易《赠邻居往还》的"骨肉都卢无十口，粮储衣约有三年"、宋范成大《甲辰人日病中吟六言》的"病后都卢不问，家人时换瓶花"等，"都卢"皆有"统统、总共"之义。

以诗论诗，始于唐杜甫《戏为六绝句》，后经唐之元白，宋之苏黄、陆杨，炉冶一体，又金之元好问，明之王世贞，清之袁枚、张问陶诸家，独标真谛，使论评规矩变化，各有所观，于是门墙渐高。论诗诗，亦为日本江户诗学家所擅。著过《日本乐府》的汉学家赖襄论诗七古《夜读清诸人诗戏赋》，就很有代表性，"牧斋卖降气本馁，敢挟韩苏姑盗名。不如梅村学白傅，芊绵犹有故君情。康熙以还风气辟，北宋粗豪南施精。排骞群推朱竹垞，雅丽独属王新城。祭鱼虽招谈龙嘻，钝吟初白岂抗衡？健笔谁摩藏园垒，硬语难压瓯北营。仓山浮嚣笔输舌，心怕二子才纵横。如何此间管窥豹，唯把一袁概全清"，评点嘉庆前百余年清诗各家，屹然卓识，特别是"如何此间管窥豹，唯把一袁概全清"等，对当时诗坛的偏向和流弊，点穴到位，独见可采。其实，清诗界各家主张不同，流派各异，日本将袁枚置于诗界领袖的高位，树大招风，褒尚不足，或获不虞之誉，也遭到"纤冶"之类的苛责。如广濑淡窗《随笔》云："袁子才讥宋元诗为诗中文。予谓宋元虽坠理窟，犹有真率之趣，悠永之韵，性情未离，不失为诗。清人往往以议论为诗。反覆辨难，无复余蕴，其去性情愈远，则纯乎文矣，非诗也。子才其可不自省乎？"这种批评岂止直刺袁枚，对一味蹈厉局新而古意渐逝的清诗界，以及唐宋元明后"不知如何作诗"的中日两国诗人来说，也是一种针砭。

袁枚的著作在江户时代的反响和影响都比较大，总而观之，评价褒过于抑。如《孝经楼诗话》《葛原诗话后编》《五山堂诗话》《松阴快谈》《诗圣堂诗话》《诗法详论》《翠雨轩诗话》《诗格刊误》《诗格集成》等，即便是一家品骘，扬抑至再，发论依然中肯，不难见性情之厚。例如《松阴快谈》云"李渔、袁枚，则才学斯下矣，然其论著间有可观焉"，"《随园诗话》，其所喜只是香奁、竹枝，亦可以见其人品矣。子才意气欲驾渔洋而上之，然其才学不足望渔洋，何能上之耶"，"袁子才论诗不贵用典，可谓确言矣。一涉填砌，则乏风韵流动之趣，愈多愈可厌"等，评骘皆有见识，点穴到位，犹殊得史兴。看来，日本诗学家虽然声磬相和，但恪守独见，未必以清人评论随舌寓食。

增阙补遗

中华诗论古籍历代散佚甚多，或可从域外东邻书录和藏书中觅得，此为幸甚。倘若东邻不但珍藏了残楮片叶，还有明眼鉴识，归纳整理，著书立说，得域外声响，亦幸甚至哉。

日本来华僧人空海（遍照金刚）在唐宪宗元和元年（806）回国，所编著之《文镜秘府论》，留存了吾国已告遗失的7世纪至8世纪末大量诗文散论。例如初唐上官仪（约605—664）所著《笔札华梁》一书，已佚，而《文镜秘府论》南卷的"文二十八种病"、东卷的"二十九种对"、北卷的"论对属"，还保存有上官仪论病犯、论对偶的资料，故而弥足珍贵。又作者佚名的《文笔式》，吾国古文献皆不见录。《日本国见在目录》记有"《文笔式》二卷"，也作者佚名。此书传入日本较早，《文镜秘府论》中录有此书部分原文。《文笔式》论及对偶方法有十二种（格），除的名对、隔句对、双拟对、异类对、双声对、叠韵对、回文对、联锦对与唐上官仪所论相同外，另有互成对、赋体对、意对和总不对对四种。这些对偶方法至今仍在使用，能窈深探源，当然很有价值。

又初唐曾与许敬宗等人预修著过《芳林要览》的元兢，其撰编的《诗髓脑》和《古今诗人秀句》俱佚。因《文镜秘府论》天卷的"调声"、南卷的"集论"、西卷的"二十八种病"，引录了元兢《诗髓脑》说，得以幸存。东卷的"二十九种对"还特别说明"右六种对，出元兢《诗髓脑》",足证无疑。另外,据《文镜秘府论·天卷·调声》记载,元兢归纳的三种"调声术",即今曰"换头、护腰、相承"三法,至今仍有诗人使用。例如"相承术"的"三平向下承",素为五言诗上下句平仄声的调救方法。以梁朝柳恽的诗句为例,上句"亭皋木叶下(平平仄仄仄)",出现三连仄,声拗为病,可以在下句以"仄仄平平平"调声,遂有"陇首秋云飞"。只是中唐后的诗人未必都循此规矩,例如韩愈的"身将老寂寞,志欲死闲暇",偏是不救,难免拗口;或者下笔即照着无碍的路子去做,也无须招惹麻烦,例如杜甫的"圣朝无弃物,衰病已成翁",字声恰好,各取自在。作诗可以随意选择,但诗论研究者则须尽其可能地探究修辞学及音韵学的历史发展,散佚的诗论能借域外古籍不虞复得,冥冥之祐,应属庆幸。

又已佚的唐代崔融的《唐朝新定诗格》、王昌龄的《诗格》等,也部分留存在《文镜秘府论》中;今人虽然未窥全豹,但能增遗补阙,骚香不绝,也有音流弦外之妙。明末清初的著名学者朱舜水(1600—1682)在明末所作文字,唯《姚江诗存》录十五首外,只字难寻。朱公流寓日本二十二年之文字,吾国亦别无所传。所作铭笺、赋赞、书简、诗文散论之类,以及个人海外教育、研究、生涯等诸多资料,幸从水户侯西山公编次的《朱舜水先生文集》(俗称水户本),又加贺侯松云公使儒臣源刚伯编次的《明朱徵君集》(俗称加贺本)等刊本,及其友朋门人的传记、诗赋等,得以传录至今。朱公流亡东瀛,实出无奈,然而有史传今,学问教业能借域外著录灿然西归,既可供研究参酌,亦堪填补史阙。

互资参酌

在创作构意、谋篇章法、修辞技巧,以及诗家评鉴、流派影响等方面,如果摒弃北枳之见,各国古今汉诗及相关研究皆可互资参酌,当不必以时代地域所限。

　　诗歌作法，宏观上应是全方位地纳括中国诗歌创作的各种手法技巧，即包括声法、韵法、律法、字法、句法、章法、意法七大领域的全部方法。微观上看，比较具体，或单从声、韵、律三法之外的领域观之，诗法即指字法、句法、章法、意法（构意之法）等领域的全部方法。诗人识法和运用诗法结撰诗歌作品是一种创作自觉性的标志，故宋吕本中（号紫薇）的《夏均父集序》曰："学诗当识活法。所谓活法者，规矩备具而能出于规矩之外；变化莫测，而亦不背于规矩。"汉语言诗歌作法，应为域内外汉诗人共享。指有长短，艺别高低；如何活学活用，但逢佳构大手笔，尽可以研究、借鉴和参酌。同种诗法，不妨看看域外诗人如何寄情措语，如何翻覆如丸，造化在手，必有助于自身慧烛长明。

　　以朝鲜诗为例，曹植《偶吟》"人之爱正士，好虎皮相似。生前欲杀之，死后方称美"，精得比喻，妙在生死对举，托讽在有意无意之间；又吴庆《山中书事》"雨过云山湿，泉鸣石窦寒。秋风红叶路，僧踏夕阳还"，雅致平和，写景但凭所见所闻，妙在设色明暗虚实，依次点化，诗笔如绘；又李奎报《蓼花白鹭》"翘颈待人归，细雨毛衣湿。心犹在滩鱼，人道忘机立"，语不必深，点到为止，妙在反笔寓讽，精警夺目；又李岩《奇息影庵禅老》"浮世虚名是政丞，小窗闲味即山僧。箇中风流亦有处，梅花一朵照佛灯"，极虚极活，难得闲笔能逸，妙在"梅花一朵"点醒风流；又柳方善《雪后》"腊雪孤村积未消，柴门谁肯为相敲？夜来忽有清香动，知放梅花第几梢"，低回清婉，妙在花开意外，静中香动，风情一注，自然销魂。好诗幸逢明眼识得，须信骚香不绝，代有新声，读之可增笔力。又"君看日轮上，高处最先红"（成石璘《送僧之枫岳》）、"晓落山含翠，秋色雨褪红"（李邦直《普光寺》）、"丁宁为报春风道，莫遣飞花出洞门"（崔淑生，《赠择之》）、"天教风浪长喧耳，不闻人间万事多"（洪裕孙《题江石》）、"落叶亦能生气势，一庭风雨自飞飞"（权遇《秋日绝句》）等名篇佳句，无穷极工巧之故意，偏似随口道来，构意上好，纵议论亦多振采，清雅生色，读之可发聪明。

　　修辞，属于诗歌创作形式、技巧范畴，是一种创造性的语言艺术加工活动。诗人运用比喻、夸张、比拟、映衬等多种方法加工语言，可以使表情达意更加精美准确、形象生动。巧擅修辞，可以减少盲目性；数种修辞方法的灵活并用，还会使作品兼收多种艺术效果。修辞研究的历史，实际上也是诗歌创作由盲目向自觉进步的进阶史。无论本土，还是域外，苟逢明眼识解，皆是知音，愈信诗歌文学之美当不尽快人而重在动人也。

诗歌理论研究跟诗歌创作一样，传播国门之外，也有春花秋果之灿。清主张"独标性灵"的诗歌评论家袁枚（1716—1797）逝后百年，日本岛村抱月的《新美辞学》、武岛又次郎的《修辞学》、池田四良次郎的《文法独案内》等修辞学著作陆续传至中国。上世纪初，最早引进东瀛修辞新著的龙伯纯（生卒年不详）曾著《文字发凡》（上海广智书局 1905 年出版）一书，梓行于世，对吾国近现代诗文学的研究留下了重大影响。这是中华诗学东渐影响东瀛，而后东瀛整装端饰，翩然西归的一种文化现象。例如池田四良次郎《文法独案内》所采实自中国历代修辞学说而来，主要取法韩愈、欧阳修、陈骙（《文则》）、真德秀（《文章正宗》）、洪迈（《容斋随笔》）、谢枋得（《文章轨范》）、朱熹、罗大经（《鹤林玉露》）等辞章家有关著作，加以分类编纂、明细归纳，因分总条贯门径清晰，比较易于初学者查检，堪称入门指要。龙伯纯或直接援用古人所论（例如引陈骙《文则》的取喻十法，又明代高崎《文章一贯》的用事十四法等，或循迹复履，不再按图索骥，而是间接由东瀛编著借舟返里（例如广采其中"句法""章法""篇法""文家秘诀""杂则""辨品"等要义），于是推读张帜，又得诗文家后波紧随，蔚然一时汉语言文学修辞研究之盛。借来也好，拿来也好，统归"本土为基，外为我用"，即是学习之上策。

延至现代，又有董鲁安的《修辞学讲义》（北平文化学社 1925 年11 月出版）、张弓的《中国修辞学》（南开英华书局 1926 年 6 月出版）、王易的《修辞学》（上海商务印书馆 1926 年 6 月出版）和《修辞学通诠》（上海神州国光社 1930 年 5 月出版），以及陈介白的《新著修辞学》（上海开明书店 1931 年 8 月出版），著者自序坦然陈述参考了日本辞章学家岛村抱月、五十岚力、佐佐政一等人的观点。如此往返互惠，受东瀛影响，遂沿袭流行体例，或参考引进东西方心理学和美学理论，从而内容增新，编次偏异，其陆续成书，泂为后学津梁，都能一醒当时诗歌论坛之枯寂。

其实，日本学习并汲取中国汉文化等外来文化的做法本身，也足资借鉴。研究中日文化交流史的学者之间流行一种说法，即"日本大量汲取中国古代汉文化的能力，是促使日本文化迅速发展从而成功缩短跋涉历程的重要原因"。笔者非常赞同这个观点。因为日本文化在 5、6 世纪还处于相当落后的低洼谷地，弹指二百年后便腾跃而入平安文化的辉煌时期，这与及时有效地汲取唐朝大量汉文化（尤以唐诗文影响为甚）有很重要的关系。

古代日本对中国文化的追摹和熔融，亲和力极强。此非一般意义上的翻译、欣赏和研读，而是直接以汉语言文字进入中国汉语言诗歌、散文、诗话等文学的学习研究与创作，或者径直汲取客体文化并将其熔融于本土文化之中。所以，我们在日本和朝鲜美术以及除汉诗文书法外的其他书道等领域中常见的那种汲取并熔融汉文化以丰富本土文化的自主性，虽然也隐约存在于当今域外汉诗创作的初意之中，但为汉诗创作这个客体形式的特殊性（须用汉语言文字、遵循声律等）所限，一千四百年来未出现全然蜕变般的浴火重生现象，确实是"幸然文字结奇缘，衣钵偏宜际此传"（黄遵宪诗句）的文化奇缘奇迹。我们完全有理由相信，吟作汉诗，跟书道和茶道一样，已经融入域外的历史文化之中，也将会伴同汉字文化圈国家间的文化情缘共存久远。

高瞻远瞩　美美与共

几千年积淀的中华传统诗词是中华民族最可珍贵的文化瑰宝，也是世界共同的文化遗产。汉语言文字在汉字文化圈长期被垂眷认可，不但为共同解读和陶醉汉诗文学提供了莫大的方便,有利于帮助和促进各国汉诗诗人沟通文学情感,也由此缔结了各国诗人的不尽诗缘——这就是共有的汉语言文学情结和文化情谊。

中华诗词是国粹,是中华优秀传统文化之精粹。当代中华诗词随国运昌隆而扬芬挹雅,诗香不绝,大兴有望。现在,无论面对海湾战争、阿富汗战争、利比亚冲突等政治军事的风云诡谲,还是印度洋海啸、中国汶川地震、日本海啸等重大自然灾害,域外汉诗人亦同中华诗人一样,自认诗笔担责,在所不辞,创作了不少关注时代和民生的好诗歌。中国需要好诗,亦愿人间多得好诗。大美共享,大雅共存,实乃当今世界先进文化发展之必趋;为域外汉诗之鼓与呼,实乃为中华传统诗词文化鼓与呼。

文化交流中的双向影响,应该看作是"交流"与生俱来的重要特质。越是维护民族的,就越需要扩充高瞻远瞩的国际视野,激活"本土为基,外为我用"的双向思维。所以,欲推动中华文化走向世界,务必利用吾国诗词文化之优势,宣传、鼓励和支持海外汉诗的研究和创作,主动广泛地参与国际间的诗词文化对话,促进诗词文化的相互借鉴,方能会通超胜,形成多渠道多形式多层次的对外文化交流的良好局面,以增强中华诗词文化在世界上的感召力和影响力。

为此,提出四条建议:

配合海外中国文化中心和汉语文化学院的设立,将欣赏与学习汉诗列入其中华文化课程,派遣代表国家水平的"中华诗词讲学团"隆重开设"中华诗词文化系列讲座",有计划地宣讲中华诗词文化。争取和鼓励国内外有关学术团体、艺术机构等发挥建设性的文化交流支撑作用。

学习借鉴一切有利于加强中华诗词当代建设的有益经验和研究成果;建立面向域外的中华诗词文化对外交流中心,购置或争取获赠一批域外汉诗汇集和研究书籍;组织较高层次的翻译,向域外推介吾国古今诗词研究的优秀成果和诗词创作的精品。

适时由中华诗词研究院和中华诗词学会联合举办"国际汉诗友好"竞赛活动或"国际汉诗友好文化节"，或争取国家重点旅游胜地的支持，组织"汉诗之旅"，让中外诗人在游览胜地的同时，吟诗联唱，切磋诗艺，增进友谊。活动结束，编辑出版优秀作品集或纪胜雅吟，赠送参赛者、域外汉诗诗社和诗人。

支持海外汉诗联盟和汉诗诗社开展中华诗词的座谈会、吟唱会和专题讲座等雅集活动，设立中华诗词文化国际传播贡献奖，以鼓励那些为中华诗词在国际传播活动中做出贡献的诗词家、教育家和研究者。

我们正面临一个空前未有的振兴中华诗词的大好时代。自改革开放以来，随着我国综合国力的壮大和国际地位的提升，中国作为中华诗词的故里，诗运蓬勃中兴。中华诗词兴盛于当代是历史发展之必然，中华诗词在汉字文化圈内，取之众白，粹白成裘，共襄盛举，必然大有希望。

中华传统诗词是当代中华诗歌文学厚重的底色。当代气象万千的生活提供了取之不竭的创作源泉，诗词家在自觉的创造性活动中，驰骋想象，以丰富的生活酝酿和变化无穷的表现技巧，为当代中华诗歌文学创新的辉煌不断增添着缤纷的色彩。研究和支持域外汉诗，无疑会为中华诗词的当代建设带来更大的契机。

不弃细流，有容乃大，大川方得漫汗浩荡。居近识远，广求博取，开拓眼界胸界，所谓"各美其美，美人之美；美美与共，天下大同"，当不难期望中华汉诗更加辉煌之未来。

　　　　　　　　　　　　2010 年 12 月 20 日于北京紫竹斋

参考书目：

1.《韩国汉诗真宝》，金弘光编著，韩国梨花文化社，2003 年 7 月版。

2.《朝鲜咏物诗选》，具滋武编著，韩国保景文化社，1996 年 6

月版。

3.《日本诗话丛书》，池田胤编著，日本文会堂书店，大正十年版。

4.《修正增补韩国诗话丛编》，韩国赵锺业编，太学社，1996年版。

5.《日本古代汉诗初探》，林岫著，《学术交流》1992年第2期。

6.《全球汉诗三百家》，林岫主编，线装书局，2008年10月。

7.《日本民族诗歌史》，郑民钦著，北京燕山出版社，2008年4月版。

8.《域外词选》，夏承焘著，书目文献出版社，1981年11月出版。

9.《日本汉诗》，猪口笃志著，明治书院，平成八年7月出版。

10.《日本古代汉文学与中国文学》，后藤昭雄著，中华书局，2006年2月出版。

* 文中标明的部分书目恕不再缀列。此文为全稿，被辑入《海角论诗》（线装书局，2015年出版）及《中国文艺评论》（2016年第9期）时稍有删节。

弘扬中华诗词的点评传统

在当前颇见气象的中华诗词界，弘扬中华诗词的点评传统，已日显必要。

点评，是中华诗词批评学中最通行最便捷的传统品鉴方式。前贤点评多见于历代诗话、词话、词综，亦散见于丛谈杂记、随笔或史传类书等，千秋浩荡，嘉惠学林，历代论者皆未敢小视。其分类别裁，各照角隅，仁智述见，或正误补阙，或比较鉴识，或推究薄发，或考证旁引，直抒独自的审美经验和诗学主张，供学人取法究理，慧烛长明，功莫大焉。

与诗词创作相生并美的一条历史长河，是中华诗词文学批评史。史记事，诗言志，诗话当如说部之类。"诗话者，辨句法，备古今，纪盛德，录异事，正讹误也。"（见宋许顗《彦周诗话》）诗话在吾国诗歌文学批评史中应属重头，犹如点评乃诗话之重头，故论家评价诗话必言点评，议论点评亦必援引诗话。

点评传统历史悠久，清杭世骏《榕城诗话·汪沆序》称："予惟诗话之作，滥觞于卜氏（即子夏）《小序》，至钟仲伟（钟嵘）《诗品》出，而一变其体。"宋欧阳修"资闲说"的《六一诗话》萌生于文人雅集，文蔚新体，似读书笔谈。随后，司马光的《续诗话》，刘攽的《中山诗话》，亦承袭欧公纪事纪言之体。唯刘攽语多诙谐，又充涉考证，稍开生面。自北宋始，又由欧公"资闲说"逐步演变成辨理之说部体，发展迅速，气象大新，或过文论诸体。仅宋一代，有可辑录诗话五百六十余家，约七万条，计七百万字。明一代，有诗话可辑者约七百余家

（其中独立成册者百二十余种），约八万条，计八百万字；其他各代，恕不赘列。如此千秋不绝骚香文脉，可谓洋洋大观之盛。

古人谓"题跋乃文章家之短兵器"，对应观之，点评单刀切入，纵横捭阖，亦可称诗词家之短兵器。历代各家的点评方式都极其灵活，或择某家某诗，或罗列诸家同题，任可时空翻转来去，用语庄谐自在，点到为止，又本事、性情、风味、逸闻、得失等无所不及，最具吾国民族文化的品评特色。另外，点评随诗话与名家诗集传至域外（例如日本、韩国），亦有域外诗论家仿吾国诗话体例著述百种诗话传播甚炽，流波远及，发扬光大中华诗歌文化，诗话成为吾国对外文化交流的桥梁，亦功莫大焉。

弘扬点评传统与培养诗才

诗歌文学的繁荣发展，需要文学批评的鼓呼、策挞与激励。时代呼唤批评家。当前组构一批学术层次高精尖的诗学批评人才队伍，是应时应需，应运而求。点评家必须秉持公心，明眼识法，慧眼识才。大约博览兼阅历，广积薄发，还须"观千剑而后识器，操千曲而后晓声"，欣赏实践和创作实践缺一不可。清人董棨《养素居画学钩深》说"笔无转动曰笔穷，眼不扩充曰眼穷。耳闻浅近曰耳穷，腹无酝酿曰腹穷"，喻之诗学品评，也是同理。

点评家除需要具备深厚的文学修养外，眼力识见必不可少。东坡《雪后书北台壁二首》有"冻合玉楼寒起粟，光摇银海眩生花"句，王安石读此曾感叹曰"子瞻乃能使事如此"，其婿蔡卞不以为然，说"不过咏雪之妆楼台如玉楼，弥漫万象若银海耳"，安石立即指出"冻合""光摇"二语出自道书，"道家以两肩为玉楼，以目为银海"。能勘破语意，自有学养和眼力的较量。王安石明眼，蔡卞学识不到，缺乏眼力，故不知其妙。

学也无涯，学问永远是个变数。点评，可以提供诗词家交流学习经验，进一步成为裁定品位、宣扬主张、褒贬优次的文化平台。有批评的交锋，观点的碰撞，学问的交流，才有当前诗词界真正的大发展大繁荣，真正的"不拘一格降人才"。因为这一点，对当今培养诗才、促进创作至关重要，所以无论评者读诗通透否，点评到位否，识见一致否，大家皆须通过点评等批评方式互相切磋、学习和提高，期待营构出一种维护平等探讨争鸣的良好学术氛围。

以点评促学习，促批评，应是当前诗歌创作人才队伍建设的上策。钟，不撞不响。好的点评，如同高僧撞钟，铿鞳自可醒人无数。当年俞平伯先生点评李煜《乌夜啼》谓"剪不断，理还乱，是离愁。别是一番滋味在心头"，万般无奈，总在首句"无言"之中，可谓明眼的评。唐圭璋、叶嘉莹先生点评同一词牌的《林花谢了春红》，俱数语警醒读者，精彩之至。近代吴梅点晏殊《浣溪沙》之"满目山河空念远，落花风雨更伤春，不如怜取眼前人"，认为"较'无可奈何（花落去）'胜过十倍，而人未之知，可云陋矣"，亦是点睛。学子如果自行摸索，耗时费力，未必领悟；如果借助点评，就此解得三句贯气乃此调命脉，又物象著情，契合圆转，将会生出多少手段？

就目前情况来看，一般创作型和专家型诗才的队伍大致已成方阵。自首届中华诗词大赛以来，"李杜杯""鹿鸣杯""回归颂"等汇总获奖和入选佳作之大型诗集，皆有专家点评，为新一代青年诗人的崛起发挥了重要作用。有的参赛者说，初读某获奖作品尚不以为然，读了专家点评后，茅塞顿开。如王荆公《游褒禅山记》所言"世之奇伟瑰怪非常之观，常在于险远而人之所罕至焉"，若无数言点醒，亦不知其所以妙，无异于"幽暗昏惑"，无物相助，辗转数年迷茫。有些青年至今对十几年前某些专家的点睛之评犹念念不忘，可谓教益深矣。然而，近十年来，因社会人情世故影响，点评"评优不言劣"的风气日炽，故敢于批评亦逐渐销息。

当然，即使"评优"之评，不尽美善之处尚存，亦有待提高。近十几年中诗论短评过眼不少，有的言之有物，评说析法有理，令人耳目一新，但珠目掺杂和美誉多误的现象也时有发生。例如评江西某诗人"一峰穿破云，万壑无颜色"二句，为"前人未道语"，则难以令人信服。因为唐代许浑先有"松头穿破云"句，又清代张问陶有"转怜桃李无颜色"。况且"穿破云"，难免迁想"怒发冲冠，冠为之裂"句（汉书），稳洽否，尚需讨论。评者不知，过誉不实，留下遗憾。又例如举柳宗元诗"食贫甘莽卤，被褐谢斓斒"，谓"结二字为了押韵，故意颠倒用之"，实则上句"莽卤"亦是"卤莽"倒字而来。只见就韵，不知二句正用倒字之法，也是点评不及。又例如评聂绀弩的"酒不醉人人怎醉？书成愚我我还愚"，为"叠字巧妙"，也是误读。"人人、我我"在诗中属连珠（句中顶真）格，而非叠字。又上句"醉"与下句"愚"，用掉字格，偏未窥出。评者不明其妙，混淆辞格，终是误导。

或谓正当普及蓬勃之时，未必需要点评。笔者认为，普及与提高没有绝对的分界。普及蓬勃时可以强调创作繁荣，鼓励能写、多写，但繁荣的基础和目的，说到底，还须务实到会写、写好。在这一点上，无论异轨同途，进步迟速，都得以"减少盲目性，增强自觉性"为前提。学诗，犹如习字，描红摹仿乃入门日课之必需；日习数字，皆要呈师点评圈红，知何处佳善何处败笔，即知即习，盲目性减少，自觉性增强，当不难日日新进。如果不知何以为佳善，何以为次劣，一味重复错误，鼓励能写多写的盲目结果，大约只能是"多则多矣，恕难称诗"（启功语）。如果还认定诗词创作是一种充满个性色彩的创造性劳动，那么增强创作的自觉性应该贯穿于入门起步至成就诗业的全过程，这是硬道理。点评能明经析理、议论正误优劣，不但有利于正确引导普及，能启人智，授人法，标诗学，明诗理，促进当前的诗歌文学批评，正是有效的务实。

弘扬点评传统与善学善用

弘扬点评传统，应该与鼓励"善学""善用"经典结合起来。吾国诗歌文学的名篇佳构浩如烟海，能否善读与善学，跟完善当代诗教，培养人才，以及能否成功创作都关系重大。例如读老杜的《绝句》"迟日江山丽，春风花草香。泥融飞燕子，沙暖睡鸳鸯"，读者皆道诗好，信其中匆匆过眼者多，读懂读透者少，而好诗最需要复吟品味，非如此，不可知其细腻风光。仇兆鳌《杜诗详注》点评此诗"丽字、香字，眼在句底；融字、暖字，眼在句腰"，应是的评。不过，仅知四字，也不能真知此诗。一则四句皆自构因果，因迟日铺辉而江山丽，因春风拂煦而花草香，因泥融（春雨滋润）而飞燕忙于衔泥筑巢，又因沙暖而鸳鸯相偎休憩。看得出四句暗脉贯气，必是真知。一则由气候物候说到物情，环环扣来，收阖自然，无不相关。对此，宋有范元实《诗眼》明辨，能够诲人以法，必然也能活跃创造性思维。又诗话点评颇多生动形象的实录，犹诗词"小百科"之类，资人考证核检，也很方便，例如《侯鲭录》记东坡书病鹤诗，尝写"三尺长胫瘦躯"，尾字尚未出时，使任德翁辈猜想，猜数字不中，最后"东坡徐出其稿，盖'阁'字也。此字既出，俨然如见病鹤矣"。今之读者，大都不解"阁"字意。待披读《历代诗话·唐子西文录》点评"东坡此字正善用摩诘（王维）'轻阴阁小雨'也"，方知彼时言"阁"即"搁"（放置）的意思。点拨及时，不啻为读者大开方便之门。

学诗要眼明心亮，摄其精髓的目的，必是善用；倘若读与学的问题都未解决，如何善用？古代诗话点评经典为我们留下无数开启传统诗词创作知识与技法之门的钥匙。遗憾的是，前数十年，国人读诗往往失之偏颇，多强调"主题意境"，不重"法、理、趣"之妙，务虚不务实。读诗重法取法，明眼留心，应是务实者的选择。务实，必然追求善读善用，其间必有舍取、继承和发展。不讲作法，虚谈意境，读前是此等人，读后还是此等人，就算白读。例如读老杜《绝句》，粗心读者匆匆过眼，不过看见四句四景，远近上下而已。善读者不会如此肤浅。"两个黄鹂鸣翠柳"写两个点；"一行白鹭上青天"写一条线。景物万千不能都写，杜甫抓住点线，收拢天地上下，此为"点线经营法"。苟通乎此，再读"白日依山尽，黄河入海流"（王之涣句），能读出"白日"

与"黄河"也是点线运动，差不多就小彻小悟了。此诗的三四句"窗含西岭千秋雪，门泊东吴万里船"，以"千秋雪"说时间，以"万里船"说空间。千秋雪，万里船，谁能看来？老杜愣是将无限的时间（千秋）和空间（万里）接续到诗中有限的画面（窗含西岭、门泊东吴）上来，此为"时空经营法"。读者不见精彩，只拘泥于"四景四屏"，如何称道此诗？不见老杜用心机巧，诗笔老辣，又如何真正读懂读透此诗？

同用点线经营法，宋代杨万里春日寻梅写过一首诗。特别是第三句"一树梅花开一朵"，实在不敢恭维，待末句"恼人偏在最高枝"一出，不由人不叫绝。老诗人在树下寻寻觅觅，好不容易找到一朵梅花，期盼、惊喜，忽地转为不满，因为那朵花开得实在太高，既看不清楚也亲近不得，奈何奈何。此诗平平而来，尾结陡起，平中生奇，将老诗人爱梅、惜梅，以至由爱怜反生怨恼的细腻之情，表现得如此真实意外，最后直可撞击读者心扉。同样的诗法，别出手眼，奇句在后，即是矫矫翻新；读者会心如此，必知杨万里也功夫了得，有时真不知是古今好诗成就了妙法，还是妙法成就了古今好诗。

十几年来诗词界始终在讨论古今韵的适用范围问题，意见莫衷一是。例如大赛评选经常以八庚韵之"声"与九青相押，断为乱韵。其实，研究过传统韵学的诗词家都应该知道，古代"令、屏、荧、声"诸字，多占庚、青二部韵。非今人放宽，固有先例。宋韵删重，曾删却青部声字，而唐诗往往多见，例如李白的"胡人吹玉笛，一半是秦声。五月南风起，梅花落敬亭"，杜甫《客旧馆》五律的"重来梨叶赤，依旧竹林青。风幔何时卷，寒砧昨夜声"，喻凫《酬王擅见寄》五律的"月夜照巫峡，秋风吹洞庭。竟晚苍山咏，乔枝有鹤声"等，皆可佐证。也就是说，按唐诗声韵，今天大赛中"声"与青部字相押，不能算作乱韵，那么评委概以"诗严庚青"断其乱韵，就有失公平。逢着这类问题，不妨公开说明渊源来由，通过专家点评，使大家心知肚明。选择可以自便，但话必须得说清楚。这样既增见识，也便于评断公平。

至少评选者知其所以然后手下留情，不会以蹈袭为非屈折了作者；作者呢，明白缘由，日后创作自然心中有数，也不必在表情达意时拘谨于"冬东庚青"。故书不检，今之专家又失语，令争论不休，亦是自陷糊涂。

弘扬点评传统与敢说真话

点评，绝非小技，古今名评颇多真知灼见。例如《瀛奎律随汇评》引冯舒评王维《和贾至舍人早朝大明宫之作》曰"盛丽极矣，字面太杂"，大约过眼即评，故未及深知。毛先舒《诗辩坻》评曰"典重可讽，而冕服为病，结又失严"，直指诗中冠服繁复又尾联失律等，真善摘瑕者，诗病躲他不过。读者闻之，解其得失，日后下笔自知进退。

积养和历练对作者和评者来说，都是毕生的功课。虽然不能以一诗一句断作者之优次，亦不必以一点一评断评者之优劣，但雅德高见，据实说话，应是批评者必须共同恪守的原则。据《邵氏闻见后录》，欧阳修推崇韩愈（退之），不主杜甫（子美）。刘攽不以为然。欧公举杜甫"老夫清晨梳白头，玄都道士来相访"句，说杜诗"有俗气，退之绝不道也"。刘攽立即举出韩愈与杜诗类同的"昔在四门馆，晨有僧来谒"句，针锋相对。欧公偏爱韩愈，以老杜一句诗断其"俗气"，未免褊狭；刘攽不服，反驳了欧公。欧公笑纳不愠，反而欣赏刘攽的批评，传为佳话。古今读者读得此节，一知刘攽不媚钜公，一知欧公大度，一知纵大家法眼亦有不详解处，但未必就此小看欧公。

各抒己见，实话实说，是传统诗话惯常作法。若有异议，纵面对钜公鸿儒的评论也不退让，颇显文人骨气正气。读者能将多家点评并置一处，观其争议类同研讨，或点明作法，或揭出深意，或远荐推思，或针锋相对，感悟必丰，甚可养眼。例如评李商隐《无题》之"春蚕到死丝方尽，蜡炬成灰泪始干"，谢榛评"措词流利，酷似六朝"，查慎行评"摹写（首句）'别亦难'，是何等风韵"，程梦星评"言心情已难于仕进"，孙洙评"可以言情，可以喻道"，赵德湘评"道出一生工夫学问"，又纪昀评"太纤近鄙，不足存耳"，予以否定，张采田便直轰纪昀，曰"如此典雅而谓之'鄙'，此真小儿强作解事语"等，针尖对得麦芒，任读者识别，启发新见，应叹难得。

　　文学批评应建构在尊重科学和学术公正的基础上。近几年在文学批评领域只顾美誉不敢直言批评的风气渐长，影响了中华诗词的健康发展。文学艺术的社会性决定它也是一门社会学、心理学、比较学和未来学。我们追求中华诗词的大发展、大繁荣必须讲科学，严肃诗界的文学批评。对应"艺术文化学"概念的提出，诗词界也应有"诗歌文化学"（含批评文学）的建树，这是新时代下人文科学研究的进步。任何一门文学，都是民族和时代文化中的文学。任何"单打一"地研究诗歌文学的发展进步都缺乏科学性，即是说，诗歌文学的发展都要考虑到当代文化的大背景，给它以文化和时代的整体关注。现在诗歌评论不敢直言批评，动辄"拍案叫绝"，一味吹捧，或者只谈主题思想，不涉作法情趣，回避评论阙失和不足，表面上看是囿于人情面子的虚情应酬，但优次不分品鉴不明，盲眼盲心的结果，风气蔓延，实则有害于当代诗歌文学的健康发展。文学批评的文风固然跟社会风气有关，但也跟评论家尊重文化事实和持否科学的态度有关。鼓励讴歌时代，鼓励出精品力作，有必要在诗词的点评上洞开一扇科学之门。诚信当前，敢不敢说真话，既取决于我们当代诗词家的学识和胆识，也取决于我们的眼力、定力、信心和决心。目前诗词界肃正风气，最方便可行的办法就是弘扬正当的点评传统，开展科学的学术研究和文学批评。

弘扬点评传统与识得活法

　　弘扬点评传统与识得活法，二者实不相挨。"须知有性情便有格律，格律不在性情外。"（见《随园诗话》）借重诗法"减少盲目性，增强自觉性"，可以不断改变诗人审美创作视角的聚光焦点。多角度、多方法地反映生活，在创作实践中不断开拓、发现和超越。"十分学七要抛三，各有灵苗各自探"（郑板桥语），是学习态度，也是科学方法。"识器""晓声"，当是日积年久的创作实践和欣赏实践中的造化，不必担心点评论法言巧，诗词家的创作遂为诗法技巧所困。困与不困，在作手，不在诗法技巧本身。那十八般武器在武林高手那里都能得心应手，眼至神随，焉得有临阵挑挑拣拣，自缚手脚的毛病？活法乃出规矩之外能变化莫测的弹丸、神器，所以沈德潜说："试看天地间水流云在，月到风来，何处著得死法？"（见《说诗晬语》）识得活法，灵心运之，才能自拓天地。

　　前述老杜《绝句》作法堪范，倾倒后世多少学子。三百年后，北宋苏东坡识得老杜诗法，活学活用，创作了《题真州范氏溪堂》七绝。诗曰："白水满时双鹭下，绿槐高处一蝉吟。酒醒门外三竿日，卧看溪南十亩荫。"东坡先以"双鹭下"写两条线，"一蝉吟"写一个点，一动一静。又因"双鹭"与"白水"同色，故"双鹭"暗色。"绿槐""一蝉"，设色亦一明一暗。转柁又写时间"三竿日"，写空间"十亩荫"，时空经营，诗中人物酒醒门外、卧看溪南的那番潇洒自在之态跃然纸上。若将老杜上诗与之比较，知东坡如何巧取精髓，一样全诗用数、全诗对仗，真识得活法，也知东坡造化在手，不由他人，岂能为诗法技巧所困？

　　传统点评文字素以简洁达意为上。语短仅以数字，似"一句禅"者，如清余成教《石园诗话》评虞世南《蝉》唯"隐然自况"四字；也可数家共评，例如清施补华《岘佣说诗》评点"同一咏蝉，虞世南'居高声自远，非是藉秋风'是清华人语；骆宾王'露重飞难进，风多响易沉'是患难人语；李商隐'本以高难抱，徒劳恨费声'，是牢骚人语；比兴不同如此"，以清物体味人之品格，语多中肯，看来咏物寄托，皆非闲笔漫写。

　　诸家合评欲较优劣者，如翁方纲（见《石洲诗话》）、管世铭（见《读雪山房唐诗抄》）、陈世镕（见《求志居唐诗选》）等评点太白"山随平野尽，江入大荒流"（昼景，并举，气胜），老杜之"星垂平野阔，月涌大江流"（夜景，并举又倒座因果，格胜），以为老杜胜过太白。读者会意，能大开眼界，也容易知法究理。日后再读戴叔伦的"江明雨初歇，山暗云犹湿"、高启的"舟重全家去，诗多一路题"，甚至老杜的"久判野鹤如双鬓"（意即久判双鬓如野鹤）等句，勘破作法不难。

诗词亦如日月，光景常新。诗法也在发展，我们应该从当代诗词创作之浩荡烟海中不断总结新的经验和技巧。例如当代竹枝词、杨柳枝、讽喻体、新乐府、汉俳、短歌等，就有很多富有新时代特色的亮点。时代呼唤当代点评，肃正文风，建树并完善当代诗歌文学的批评学，是当务之急。

如今国运昌隆，诗运大兴，近期高张诗纛，又成立了中华诗词研究院。此举文化功德无量，无疑为激励诗词家多出精品力作，培养当代诗才做了有力的保证。诗歌文学的发展繁荣，是我们这一代诗词家坚持不懈的追求，那是比我们每一位诗词家的生命都更为久远的事业。责无旁贷，正好说明我们的肩负和担待。

弘扬中华诗词点评传统，健全有效的诗歌文学的批评体系，促进中华诗词真正的大繁荣大发展是时代赋予我们的文学使命。天时与我，时不我待。唯九州博雅君子共同携手奋进，大笔歌传时代大美，方能不负时代，不负使命。

（2011 年 10 月 30 日《首届中国古体诗词创作学术论坛》发言稿。后刊载于中华诗词研究院编撰、中国书籍出版社 2011 年 12 月出版的《诗人说诗》。）

当代诗词创作与"大我"担当

——首届"诗词中国"传统诗词创作大赛答记者问

记者：您对当前的诗词创作整体水平怎样评价？

林岫：当前传统诗词的创作，总体看，稳定发展，诗人队伍还在不断壮大。中华诗词研究院、中华诗词学会以及遍布各地的诗社，为当前中华传统诗词的繁荣发展发挥了不可忽视的作用，影响漫及全球，功莫大焉。

我十分同意马凯同志多次提出并在"中华诗词研究院"成立大会的讲话中进一步阐明的，关于当代诗人要关注社会，表现时代精神的观点。我认为，这不单是诗人选择题材或写作习惯的问题，应看作是社会责任的一份担当。马凯同志《满江红·漫漫复兴路》结尾"全赖有，别样路通天，旌旗赤"，表明诗歌文学的创作也是中华文化复兴的一份神圣事业，天时与人，时不我待，诗人应该有这种自觉性。

诗人的"人"，应该是大写的。

记者：现在很多诗社都在网上有自己的主页，更有网民不加入任何民间诗歌组织，而是在自己的微博空间发表诗作。您如何看待现在的网络诗词？

林岫：现在网络诗词的发展欣欣向荣，一似山阴道中目不暇接，真有不少题材新颖、形画恰好的精彩篇章。跟几位诗友谈起网络诗人的创作，有的说"没看过，也不想看"，我觉得，门前花草已蓬勃，过眼不看遗憾乎？这两句打油也是诗。对吧？

我观览未遍，对当前诗词创作存在的问题，初步的印象大致有三个方面。

一是部分作者创作热情很高，但"心养不足"，即"学力未充，而才气甚旺"（语出《白雨斋词话》）。诗歌创作仅凭才情灵气，恐难长期沉著。

二是生活酝酿和当识活法，仍属首要。没有生活，创作源泉枯竭，成就不了大诗人；锤炼技巧，必须善于学用经典名篇的精髓。诗有诗法，造化在手，终须自家运转变化，所以活学活用，缺一不可，方回说"孰肯剖肠湔垢滓，始能落笔近风骚"，既是诲教，也是自道甘苦。

三是诗词创作不能仅依赖技巧功夫表述真情实感，还须有思想，有真知灼见。诗词表达有个性特色，其中"不动乎众人之非誉，不治观者之耳目"（见《荀子》），"须教自我胸中出，切忌随人脚后行"（戴复古《诗论十绝》），说明不哗众取宠，不随人短长，独抒己见，也是诗人成熟和成功的标志。

记者：您在"诗词中国"启动仪式上曾经提到过诗人的创作要体现"大我担当"，这是否是时代精神的体现？您能否解释一下"大我"与"小我"的诗词是怎样划分的？

林岫：谈到中华传统诗词歌赋，很多人都会列举出无数脍炙千秋的经典名篇。这些名篇不仅在历朝历代留下过璀璨的痕迹，也光炳了数千年的中华诗史。所以，我们概括泱泱文学史时，常说的"先秦文章汉大赋，唐诗宋词元散曲"，确实是抉精见髓之评。

当今的诗词创作应有一个令人刮目的繁荣发展大局面。诗歌当随时代，当代诗人责无旁贷。

"大我"和"小我"是相对概念。"小我"的表述，比较偏重友情、乡情、亲情、爱情、纪游等。"大我"，则更多地关注社会时代（例如民族命运、民生疾苦和世界风云），表达爱国爱民、忠诚信义、气节品格等忧乐关情的主题。"大我"之诗，未必鸿篇巨制，未必都得惊天动地，但大都有震撼性的精神力量。作为诗人，能自觉关注社会时代，自认肩负责任，这就是"大我"担当。

有"大我"担当的诗人，面对社会发生的重大事件，不会无关痛痒，也不会失语。为国为民，讴歌真美善，鞭挞假丑恶，敢于吐述真情识见，能"先天下之忧而忧，后天下之乐而乐"，概属此类。在中华古今诗史中，有"大我"担当的诗人，代不乏人。以前，抗日将军冯玉祥在不少人的印象中，怎么也算不上诗人，待读到他在民族存亡之际所作的《悼儿》等诗，颇感震惊，以为的是诗人。1937 年 7 月 28 日侵华日军轰炸北平南苑，第二十九军军长佟麟阁、一三二师师长赵登禹等千余官兵阵亡。日军为了蛊惑抗日军心，谎称冯玉祥将军的儿子已同时罹难。冯玉祥闻讯，挥笔赋了《悼儿》："儿在河北，父在河南。抗日救国，责任一般。谁先死了，谁先心安。牺牲小我，求民族之大全。只有这样，才能对起国家，才能对得祖先！"此诗是心血迸发的呐喊，"苟利社稷，死生以之"，其气节不朽，其诗亦不朽。这是化"小我"成"大我"的时代诗怀。

二者的分类，不能硬性地截然划分，譬如同样是面对大好湖山，可以有故土之思，也可以慨古感时，可以浅斟低唱，也可以慷慨沉郁，拍案而起。

古今中华诗苑，没有"小我"，跟缺失"大我"一样，都是不完整的。假如没有王维的"红豆生南国，春来发几枝？劝君多采撷，此物最相思"，刘禹锡的"春江一曲柳千条，二十年前旧板桥。曾与美人桥上别，恨无消息到今朝"，卢仝的"昨夜醉酒归，仆倒竟三五。摩挲青莓苔，莫嗔惊着汝"等诗，诗苑的苍白，也不堪设想。只要情真，心化而出，能动人感人，纵"小我"之情，又有何妨？"浩劫十年"中，以"人民性的革命立场"为批评标准，"抹杀"了古今多少经典名篇？很多被批得体无完肤，或者干脆付之一炬的经典名篇，苟能幸留民间，长存心田，也能足见其时代诗歌价值。

任何时代，应酬、纪游等诗词，都不可能会是那个时代诗歌的全部。

记者：自古以来，海外也有很多诗人写汉诗，并且成了一些国家文学创作的传统。听说近十年，亚洲东亚文化圈又出现了"汉诗热"，能说说这方面的情况吗？

林岫：海外称中华传统诗词，曰"汉诗"。现在海外汉诗的创作和研究，与国内的"诗词热"，几近声磬相和，桴鼓相应，同步接踵。2003年3月21日东瀛汉诗界名宿在东京汤岛圣堂大成殿，成立了"全日本汉诗联盟"。据悉，登记的汉诗诗社有五十余家，诗人已近万名。这是汉诗东渐一千四百年来的诗界大事，堪称海外汉诗组织兴师动众的一大景观。据我了解，日韩两国的汉诗人大都有师承或家学的渊源，定期举办联吟。有的家庭学作汉诗由先祖传承有绪，历时十数代，极不容易。

海外汉诗创作队伍的扩大，说明中华诗歌文学在海外传播的影响，于20世纪消沉之后，又出现了一个新的高峰。推广汉语教育和汉语文化的宣传（包括汉诗教学等），跟改革开放之后国家经济实力增强和国际地位提高密切相关。2008年，本人出资、策划并主编了《全球汉诗三百家》大型诗集（线装书局出版），辑十七个国家和地区的著名汉诗人三百二十五家的一千八百一十四首，其中中国（含港澳台地区）一百八十六家，日本百家，韩国十家，又美国、法国、加拿大、巴西等二十九家。如果摒弃"淮北生枳"的偏见，审视那些风雅自饶之作，须信其才情不逊吾国作手。此书付梓后又络绎不绝地收到海外诗鸿，发现海外遗珠甚多，当惜未遇，恕俟未来。

以上记者访谈录《林岫：追求我们的诗意生活》一文刊发于2013年2月15日《北京晚报》第12版（有部分删节）。

附说明：由中华书局发起，《光明日报》、中央电视台、中华书局、中华诗词研究院、中华诗词学会共同主办，中国移动通信集团协办的首届"诗词中国"传统诗词创作大赛，于春节前夕圆满结束。这次大赛主要通过手机短信、网络等途径征集原创诗词作品，并通过电视、报纸、期刊、图书、互联网、移动客户终端等全媒体形式全程播报大赛进程。来自中国移动的数据显示，"诗词中国"活动总传播情况参与活动总独立客户数 1230.56 万人，转发覆盖客户数 1870.91 万人。已审批上传作品总量累计 2.49 万条。参与总量累计 6477.65 万条。日前记者通过电子邮件采访了著名诗人和学者、"诗词中国"大赛顾问、中华诗词研究院顾问、中国书法家协会顾问、北京书法家协会主席林岫先生。今刊发部分采访内容。

（《北京晚报》记者孙小楠）

抈雅扬芬　诗以载道

　　中华传统诗词是中华诗歌文学厚重的底色。当代气象万千和精彩纷呈的生活提供了取之不竭的创作源泉，诗词家在自觉的创造性活动中，讴歌时代，传递和光大正能量，有担当地宣扬真善美，鞭笞假丑恶，就是践行新时期先进文化的核心价值观。

　　抈雅扬芬，诗以载道，人间需要好诗。

　　大美共享，大雅共存，实乃当今世界先进文化发展之大趋势。谈论当前中华诗词的发展繁荣，首要面临的是如何有效继承传统经典和培养新时代诗才的问题，而讨论和研究这两个问题，又须先达乎共识，即讨论和研究的眼界，不必只局限于内容范畴，还可以多角度多方面地开拓。

　　发展和繁荣，极为关联，言二实一。唯成功的发展，才能获得真正的繁荣；唯真正的繁荣，才能获得成功的发展。所以，能否有效继承传统经典和培养新时代诗才，既关乎繁荣，也关乎发展。

　　因为众所周知的历史原因，我们对中华诗词的学习和研究的重点，曾经在相当长的时期中比较偏重内容而忽视形式（例如含修辞技巧在内的诗法学等）。改革开放后，虽然有一段时期，出版了大量鉴赏类书籍，但因为偏重阐述主题、意境、作者生涯以及创作背景和本事等，仍然辗转徘徊在内容的范畴。这个严重的缺失，本应尽快亡羊补牢，但至今也没有认真落实到位。

　　从近十年"传统诗词热"的创作情况看，创作队伍虽然年渐壮大，但十数次诗词竞赛活动入选和部分获奖作品的创作水平，所获专家和评委的评价并不理想。有些获奖作品也有程度不等的"硬伤"。入选作品中确实有少量佳作，因为声韵瑕疵或诗意不确（评委见解分歧）而未能获奖，留下遗憾。看来，学习经典诗词，对当代每一位诗词家（包括评委）来说，仍然非常重要和必要。如果进一步按高标准要求的话，诗学功（含诗法学和创作实践）极需补课，以便温故而知新，层楼更上。有不少诗人写诗，古韵、今韵、普通话和地方话，混用不拘，牵扯不清，全然不顾及读者。诗词创作，终究要明示读者，乱韵（包括插韵、乱叶、失韵、衍韵等）会影响读者理解诗意和领略诗歌的音乐美。例如标明某某词牌，填词却不按词谱，任意断句遣声；标明律诗绝句，却不依律式和基本做法，非甲非乙。既然称作继承传统经典，就需要尊重其本色，学未入门当行，遑论创新，恐今人后人难欺。

古今称得上"经典"的中华好诗词，都"真善美"，都具有美育的教化作用和丰富中华民族文化宝库的文化价值。如何继承学习，只说内容的重要性，回避方法技巧的研究，就会架空学习和继承。因为长期重内容而忽视技巧方法的偏向所造成的"读诗不识法""只读不作"或者"信口纵笔"等随意性和盲目性，使得中华诗词人才缺失和培养陷入迷茫。如果一方面时代需要好诗，一方面又不能培养出真正德艺双馨的好诗才，则难免出现大量内容空洞而形式上缺乏精致优美的泛泛之作。为了更好地继承经典，当代诗词家有必要强化生活酝酿和才能酝酿，并适当地在学习和研究诗法技巧等方面务实践行。

因篇幅有限，愿不揣谫陋，先略述以下拙见，乞教大家，聊供讨论参酌。

生活酝酿

生活酝酿，是个千古话题。"真善美"的"真"，简言之，即真情实感。"能写真景物、真感情者，谓之有境界。否者，谓之无境界。"（见清王国维《人间词话》）这里所言之"真"，实则关系着"善"与

"美"，故而一切伪假虚妄、浮词谀语，自然有别于诗词创作中的驰骋想象和假托虚写。现在各地诗词出版物甚多，开卷能幸逢好诗词，自然兴奋，但从各地作品看，也不难获知，捃扯古人、无病呻吟、拼凑陈句等现象仍然存在。事实上，有相当数量的诗人不注重生活酝酿，以为生活于当代即有生活酝酿，此乃严重误会。没有了平素深入细致的体察体验和积累，摇笔书纸，自感良好，结果会失去生活真实而自陷"闭门造诗"，也不可能有成功的文学真实。例如采摘樱桃，写"春花秋实谱新篇"（樱桃初夏坐果，"秋实"无樱桃）；赞美沪宁高铁通车，写"有梦今圆不奇怪，沪宁当日可来回"（沪宁之间，数年前乘坐铁路特快也能当日来回）；写表演少林拳的某获奖作品，"夜深台殿月低高，今日灯前病里消。拳打脚踢众人赞，先生我已累折腰"。首句实乃唐杜牧《宣州开元寺》的"夜深台殿月高低"移来，次句分明从元稹《酬乐天三月三日见寄》的名句"今日花前病里消"借得，尾句估计改易胡曾名篇《彭泽》的"（凤凰不共鸡争食，）莫怪先生懒折腰"而来，只是平仄乱律，露出了破绽。借重前贤诗句，并非不可，但运化移用需要有创作的投入，如果移而不易，不能从生活中发现鲜活的题材予以丰富、厚重、提炼和升华，仅凭豪无创意地拿捏一番，纵得百纳缀衣难及集句的话，如何论及价值？传统固有借法（借句、借意、借势等），所谓"借山筑阁，自家起势"，无有笔夺造化之功，也须凭借剪裁运化之力；倘若二功欠缺，如何出得新意？

创作诗词的呕心沥血和百千锤炼，皆由表情达意的需要，如果不能深入生活，选择有典型意义的细节、特征等，无论寓情、寓理、寓气、寓识（见刘熙载《艺概》论"四寓"），只凭捃扯拼凑，在故纸堆里讨生活，或者"假象过大，则与类相远；逸词过壮，则与事相违；辩言过理，则与义相失；丽靡过美，则与情相背"（《文章流别论》），都不可能写出新时代的好诗词。

昔人谈生活酝酿言及体察，多引老杜的"细雨鱼儿出，微风燕子斜"为例。在细雨微风的自然条件下，"鱼儿出"与"燕子斜"，确实有自然科学的道理，诗人细心体察后捕捉了细雨微风中最富有表现力的生活景象，以此激活全句全篇，看似容易却是艰辛在先。

至于炼字炼句，说到底，运化比拼的都离不开生活酝酿和才能酝酿。王国维《人间词话》对宋张先《天仙子》的"云破月来花弄影"，有"著一'弄'字，而境界全出"的佳评。因云流而月亮时隐时现，因风拂而花枝摇曳舞动，"弄"字之妙，与宋祁《玉楼春》的"红杏枝头春意闹"的"闹"字一样，都是生活酝酿的手到擒来。清袁枚《咏落花》写过"无言独自下空山"，被诗友邱浩亭指误，说"空山是落叶，非落花也；应改（为）'春'字"，也是本于生活真实。昔日读老杜的《春夜喜雨》，以为景新句奇，不过尔尔，待到秋日雨后，至锦江观看夜间荧荧渔火和清晓的芙蓉花树，方才真切体味到"野径云俱黑，江船火独明"和"晓看红湿处，花重锦官城"形画的生动精妙，若非老杜明眼慧心体察生活，焉得活灵若现，诗笔浑成画笔？

创作诗词必须艺术地表现真情实境，无有真情实境不得感人，而真情实境即来自生活的酝酿。清代以博洽著称的诗论家谢启昆评南宋陈与义诗，有"谁言诗到苏黄尽，万里南行眼界宽"句，说陈在汴京板荡后南行颠沛流落时扩充了眼界，诗风亦趋转雄迈沉郁，感世抚事，故境生新，写出了可以媲美苏黄的精品。大家手笔颐养不易，储学固然，须信生活酝酿也必不可少。明清武将诗，应该算不上一流，然而读至"一夜秋霜零短鬓，明朝不是镜中人"（戚继光）、"剪发接缰牵战马，拆袍抽线补旌旗。胸中多少英雄泪，洒上云蓝纸不知"（刘綎）、"天连塞草迷征马，云拥沙场冷战袍"（岳锺琪）、"寒分百战袍，渴共一刀血"（明瑞）等非亲身浴血疆场者道之不出的好诗，唯其爱国挚情和扑面而来的生活气息，总让人过目难忘，感慨至深。

明一代不乏大家，但比之唐宋，非学养才能不及，而大都因生活酝酿不足，终难在诗坛翘首扬眉。被清沈德潜《说诗晬语》评为"李、何诸子外，拔戟自成一队"的明代杨慎，写过不少精彩诗词，然而亦有翻检陈句而缺乏鲜活生气的拼凑篇什，例如写西北边塞征夫怨情的

《塞垣鹧鸪词》，八句皆剪辑唐诗而出，特别是尾联"谁起东山安石卧，为君谈笑靖烽烟"，几乎套取李白"但用东山谢安石，为君谈笑静胡沙"而来，难怪朱庭珍《筱园诗话》评说杨慎"七律颇多佳作，然好袭用成句，终不可训"，意已贬抑；事实在前，纵杨慎得闻应该复何言哉。

深入生活，就是"师造化"，诗词创作要"味欲其鲜，趣欲其真"（袁枚语），就必须趋时运周，去陈言，出新意，丰富生活酝酿，让时代之诗的光景常新。

才能酝酿

才能酝酿，通常指创作者平素在创作技巧方面的知识积累和技巧训练，其中当然也包括在创作实践和欣赏实践中的经验、识见和借鉴能力等。古今经典诗词，无一不在作法学的学术量枰上具有高精水平，皆可学可范。说天下妙思无限，方有天下妙法妙诗无限。换句话说，没有天下妙思妙法无限，也难得天下妙诗无限。

我们经常谈及借鉴或继承，实际上是面对古今浩如烟海的文学宝库，在谈论如何学习诗歌文学创作技巧的神奇变化，以及如何古为今用，让古老的一脉骚香能焕发其美妙感人的青春魅力抒发今人之情。

古代诗词大家的成功都由炼狱中来，厚积薄发，这是个硬道理。术可前授，而执术驭篇，美自我成，须有今人的造化，犹如"轮扁（古之巧匠）引斧"（见《庄子·天道》），如此方从规矩，进而成就方圆，否则，没有才能的酝酿，率尔操觚，结果只能是"质胜文则野"。

"诗贵性情，亦须论法。"（沈德潜《说诗晬语》）真正有"务实"意义的学习和研究，说千道万，还得从经典的"七法"，即声法、律法、韵法、字法、句法、章法、意法等入手，故清代刘大櫆说"天下可告人者唯法耳"。学法，得法，善运活法，如此日积年久，可备具才能酝酿。目前最多的助学或导读书刊大都是鉴赏之类，重在谈论主题、意境、作者生涯以及创作背景和本事等，这个状况必须及时加以改善。鉴赏之类，对一般的诗词爱好者来说，可能比较合适，但对那些真正想读懂读透经典诗词，或者有朝一日将去开辟自己文学天地的读者，则显得肤浅不足。

法之精明。譬如构意（意法），非识见思想奇特，无以精彩超迈。将意法与其他作法结合起来解读经典诗词，非常有利于学子登堂入室。明代都穆论诗诗有"学诗浑似学参禅"，后来清代王士祯又说"定知妙不关文字"，都强调了诗词家构意、用法、变法的主观能动作用。

诗固有"问法"，自问与他问，问而答与问而不答，实问虚答与虚问实答等方法诸种。若仅以"问而不答"为例，王维有"芳草年年绿，王孙归不归"（答案不确定），杜甫有"飘飘风尘际，何处置老夫"（答案确定）；陈宽有"踏破白云秋一片，不知还隔几重霞"（真正不知），金志章有"二十四矶帆侧过，不知身坐浪花中"（虚说不知）等。此法又有"答在问中"一法，即问后无须作答，答案俱在问中，作家尽可各擅其奇，岂止只为含蓄？例如柳应芳有"只言归卧青山好，何处青山非世中"（以问肯定：都在世中），明高启有"今日岐王宾客尽，江南谁识李龟年"（以问否定：今已不识李龟年），而唐崔液写元宵灯夜，结句有"谁家见月能闲坐？何处闻灯不看来？"前问的回答"不能闲坐"（否定），后问的回答"都会来看"（肯定），问中味出答意，巧借连问贯气。若非诗法如何令小诗陡起精神？

《孟子·告子上》曰"大匠诲人必以规矩，学者亦必以规矩"，所言之"规矩"即"法"。现在强调学习诗法和强化诗法训练，并无淡化诗词内容炼意练字的意思，适用到位的好技法会有助于炼意练字，以便精彩地表情达意。翻转观之，好内容，甚至一丝好的思绪，也会有助于选用或者生发出好的技法。所以，清代刘熙载《艺概》认为"无法，则识亦晦"，而"无识，则法亦虚"。学习传统好诗词，只泥定一个"熟读唐诗三百首，不会写诗也会吟"，肯定不是上善之选。

目前关于"七法"等有关作法的书籍，少之又少，这对于学习和继承中华诗词的广大爱好者来说，无疑有"渡江无楫"的遗憾。不仅声法、律法、字法、句法、章法等需要补课，连韵法和意法也需要补课。南朝梁刘勰所说的"操千曲而后晓声，观千剑而后识器"，至今仍有借鉴意义。"观千剑"，是欣赏实践；"操千曲"，是创作实践。没有欣赏和创作这两个领域的多年践行，耳闻浅近又腹无酝酿，如何固本博取，继承创新？诗词家勤于修行砥砺，最后能进入"识器""晓声"阶段的，无论欣赏或创作，善乎自得，都会有更大自由度的造化。譬如学习某家诗法，可以先从古典诗歌文艺理论经典著作入径，以文艺批评的宏观眼光了解并把握其生前诸家运用的大致情况，所谓"欲论此家长短，须知前世短长"，然后再落实到具体某家某法，又有系统性或选择性两种门径可供深入学习研究。经常使用的横向比较法，自不难见何处运用何法以及高手运化的细微差别，例如同是写"不知"的意外，各家构意不一，运法不一，结果真如佛手生花，各呈其妙。写"不知"后的意外之得，都用"无中生有之法"的诗例可举明代文佳写"坐久不知秋色暝，萧萧黄叶点袈裟"，于秋色之外以"黄叶"点著"（红）袈裟"，设色妙；文徵明《题画兰》写"坐久不知香在室，推窗时有蝶飞来"，奇香飞蝶全借画笔，妙在虚拟实说；清查为仁的"寺前青翠万株松，寺后巉岩百叠峰。坐久不知天过午，数声听打饭时钟"，前半首写佛寺前后的空间静态，后半首述时间（坐久，过午），忽以饭钟数声划破寂静，妙在时空经营，动静虚实相生。

识见收获可以差等不一，但立定学法识法的志向，应该是学习起步的正确态度，所以宋王安石《游褒禅山记》曰"非有志者，不能至也。有志矣，不随以止也，然力不足亦不能至也。有志与力，而又不随以怠，至于幽暗昏惑而无物以相之，亦不能至也"，大有道理。

弘扬传统，不能实地架空。目前，解决务实的首要问题是从作法学上宣扬读好诗、懂好诗，知其妙也知其所以妙。如果匆匆过眼或者只知诵读，读前是此等人，读后还是此等人，就算白读。不通诗法，或者拘于格套，或者放马纵缰，盲目性很强，自觉性很差，也难出脱当代的李杜苏黄。时代需要好诗，诗功必须像铸剑一样磨炼淬砺，才有我们这个时代真正的好诗。

学习和继承经典成功与否，一看善学，一看善用。动辄拿"熟读唐诗三百首"说事，只以学习数量和熟悉程度论断效果，有失偏颇。经典当前，犹如面对大佛如来，修炼是手段，跳脱如来手心，横空出世，能够自我造化才是目的。读得多，背诵得滚瓜烂熟，绝非评鉴学习成功与否的决定性因素。"操千曲""观千剑"，固然有数量保证，但最后毕竟得看那晓声识器的真底蕴真本事。

还有一种奇谈怪论，认为学习诗法会影响表情达意。其实，带有自觉性的诗歌创作可以更完美地发挥主观能动作用，"性情不在格律外"（袁枚语），早已为古今无数诗歌创作实践所证实。成功的诗歌创作者可以手从心妙，运法如丸，岂是套格印模者可拟？两阵对圆，得讲战略战术，麾旗用兵须得智运兵法，不能靠一通胡乱拼杀。清刘熙载并论杜甫、苏轼二家诗说，"要其胸中具有炉锤，不是金银铜铁强令混合也"，实则说的就是生活酝酿和才能酝酿。"胸中具有炉锤"，即学习以创造性思维和能力去提炼生活，并能成功进行文学创作的方法。读经典，当然要善读善用，而评价善读善用的一个很重要的标准，就是能否活学活用，是否"胸中具有炉锤"。

强化宣传诗法的学习，是当务之急。非此，不能构建当代诗歌不愧于历史的辉煌。

古代诗词大家研习诗法有很多成功经验，也留下过不少败兴的遗憾和教训，学诗者须着明眼。首领"明七子"诗文之风的李攀龙，写过一首《陌上桑》，其中"来归相怨怒，且复坐须臾"，显然是借汉乐府《陌上桑》的"来归相怨怒，但坐观罗敷"来。只是汉乐府原诗的"坐"作"因为"解，非"席坐"之"坐"，类同唐杜牧诗的"停车坐爱枫林晚"（停车是因为喜欢枫林的夜晚）的"坐"，而李攀龙的"且复坐须臾"之"坐"，语意表达不明，或谓李句"坐"同杜牧句（亦作"因为"），则误在印模移句；或谓李句"坐"当作实词"席坐"用，意即"席坐须臾",语意亦生误会。借言未究细微,反落尴尬。明初高启少年英才,是诗史中难得的大家,偶有追摹不精之病,例如其《晓发山驿》,"风残杏花晓,马上闻啼鸟。茅店未开门,山多住人少",步踵唐孟浩然《春晓》几成仿格,难免蹈袭之失。

诗教启蒙

诗词启蒙,是中华民族文化中历史悠久的重要传统,毋庸置疑。资格最老的中国教育家孔子说过"不学诗,无以言",他以"文、行、忠、信"四教教育弟子,"文"指诗、书、礼、乐,诗在其间。孔子关于诗教的观点,无论从哪个角度去阐述,其实只缘于三个字"兴于诗"(《论语·泰伯》),即孔子认为诗歌言浅音美而且容易感化人,通过诗教足以激励人才的一生有所作为。

中华经典诗词,无论长篇短章,皆属中华文化瑰宝,有的已经脍炙数千春秋,熏陶滋养过历代无数文武俊杰,功莫大焉。如今欣逢国运盛时,且不说诗运当兴,诗词创作的传承需要新兴诗才,就是以经典诗词启蒙教育人才,培养青少年创造性思维等方面,强化经典诗词的教学和研究亦大有必要。

现在,这份独特的"营养餐"不会"减量"的大局已定,下一步应该集思广益,探寻一下如何更有效地搞好小中学经典诗词的教学了。众所周知,语文教学的建设和改革最不容易,也刻不容缓。从笔者了解的很多小中学语文教师的情况看,他们多年为此艰苦付出,却往往事倍功半。小中学经典诗词教学的务实,也须在内容通解完整的基础上讲授诗法,先易后难,先浅后深,循序渐进;其间,不妨借鉴一些民间教授诗词的传统方法——读意学法。古今教学的衔接和发展,即探索传统诗文的当代教学洵非易事,所以,至少目前尚不能说我国现今的语文教学,或者再具体地说,传统诗歌文学的教学已臻完善;可供探讨的课题实在太多,必须面对。

　　清沈德潜《说诗晬语》说："诗贵性情，亦须论法。乱杂而无章，非诗也。然所谓法者，行所不得不行，止所不得不止，而起伏照应，承接转换，自神明变化于其中。若泥定此处应如何，彼处应如何，不以意运法，转以意从法，则死法矣。试看天地间水流云在，月到风来，何处著得死法。"读诗学诗一向有法，也重法，而且诗教的方法多多，九州四野，古今大同小异。千万不要一说"读诗"，就拘泥于课堂朗诵。读诗看似简单，其实南北各家俱有擅长，学生心地的文学种子发育"优劣良"否，多半都与教诗先生的启蒙"优劣良"攸关。诵读，确实是学习诗歌的入门方法，但非唯一。教诗者不通诗法，只顾背诵，主虚不主实，如何教到实处？教师都应该先行实践，至少要从"美声、美意、美法"三个方面认真体会经典诗词的细腻风光，取得阅读解疑解义的经验，因材施教，方才成功有望。

　　以前教授蒙童，江浙有一种常用的方法，例如诵读至"白日依山尽"时，由教书先生先带读"白日——尽"，学生齐诵"白日——依山——尽"；先生又喊"黄河——流"，学生齐诵"黄河——入海——流"。如此，学生初步知道"依山"和"入海"皆是"系腰带"（犹今称主语谓语之间加状语）。或至"野火烧不尽"时，先生带读"野火——烧"，学生续诵"野火——烧——不尽"；又喊"春风——吹"，学生续诵"春风——吹——又生"。如此，学生从语感上知道"不尽"和"又生"皆是"穿靴"（犹今称主语谓语之后加补语）。日后逢着"清江无限好，白鸟不胜闲"（宋王安石）、"江湖深更白，松竹远微青"（唐杜甫）、"春阴妨柳絮，月黑见梨花"（唐郑谷）、"远烟平似水，高树暗如山"（唐雍陶）等，皆诵之即解，豁然开朗。例如命学生诵读唐代崔护《题都城南庄》，学生方读"去年今日此门中，人面桃花相映红"，先生拍案，大声喝问："今年今日此门中，又在何处？"学生回答："正在诗中。崔护省去，未必明说。"先生总结，"此为省（略）法"。先生又问："既有今年今日，则人面如何？桃花如何？"学生答："人面不知何处去，桃花依旧笑春风。"表面上看，这是学生在跟随老师诵读，实则已由读声渐入读法阶段。明眼读者皆知，崔护此诗特有二法可取，首句用省法，巧妙转换了今昔时空，然后融入分合法，先合说"人面桃花相映红"（彼时的空间人事），然后三四句分说"人面"和"桃花"（此时的空间人事变化），"人面不知何处去"，昔有今无，多少惊醒；"桃花依旧笑东风"，物在人去，多少惆怅。

　　传承需要坚守，也需要因势利导，因时创新。我们学习和探寻的眼界不妨开阔一些，教学的方法不妨灵活多样一些，让青少年爱学爱读，在美声、美意、美法的熏陶中呵护和培育好中华民族文化的基因。因为流传海外的汉诗文学都是从中华民族文化大树的亿万根株延伸而出的，所以有过千余年汉语学习创作诗歌传统的日、韩，以及东南亚有些国家地区，小中学至今犹开设"汉诗必修课"，每年大学文科考试试卷必有"汉诗文考题"，民间各种汉诗诗社和研习会都定时设有《汉诗讲习》，教学方法未必就认准一个死记硬背的滚瓜烂熟。

　　任何务实的研习，只要专注努力和方法对路，最终都会落到实处。用万千言语赞美好剑，何如落实到学习铸造好剑？我在日本、韩国参加国际汉诗书法研讨会、展览交流，或中国古典诗歌文学讲学活动时，经常遇到汉诗教师请教一些唐宋诗的作法问题，觉得他们的问题大都颇中关捩。其间偶然读到日韩古代汉诗人的名篇汇集，既为其洵乎难得的古典精彩，也为现今汉诗教师附录于后的"作法析讲"，感动佩服。如果已经越过汉语言文字的学习障碍，析讲传统中国汉诗的作法（包括字法句法章法等）又言之有据，甚至还能窥探唐宋元明清部分名家的作法源流门径，应属修炼年久，诸多不易。例如韩国讲"时空经营法"，举朝鲜古代诗人金得臣（1604—1684）的《题画》，前二句"古木寒烟里，秋山白云边"，提示"秋、古"言今昔时间，"白云边、寒烟里"言远近空间；转柁句"暮江风浪起"说时空变化（上三句皆时空合写），所以"渔子急回船"，结到人事。又举柳方善（1388—1443）的《偶题》，前二句"结茅仍补屋，种竹故为篱"，讲"结茅、补屋、种竹、为篱"四事，是"本句列事自对"；第三句"多少山中味"抒发感慨，以"山中味"关束前半首四事；结句"年年独自知"，全诗总锁。若非熟习传统汉诗诗法，料不能如此轻松道来。

　　日本民间书道教室，分汉诗书道和假名书道两类。讲汉诗书道课必有"汉诗修行"，通常以讲授唐宋诗为主，亦讲明清诗例；诗体偏重绝句，律诗则多摘录骈句，方便记录书写。例如讲唐王维诗，以"空山不见人，但闻人语响"（无人有声），"深林人不知，明月来相照"（无人知，有月照）说"有无相对之法"；及孟浩然诗，以《宿建德江》说"移舟—舟泊烟渚，日暮—暮客愁新"，"（因为）野旷，（所以觉得）天低树；（因为）江清，（所以觉得）月近人"，说重字明暗，又前因后果法，应非一般眼力心力。讲骈句，五七言皆有选例，且多选吾国明清以来"童子必读"之类，例如"云霞出海曙，梅柳渡江春"（杜审言句，讲物候照题），"朱雀桥边野草花，乌衣巷口夕阳斜"（刘禹锡句，讲首字设色，善用金陵故事），"水流心不竞，云在意俱迟。寂寂春将晚，欣欣物自私"（杜甫句，前联景中情语，后联情中景语），又"身无彩凤双飞翼，心有灵犀一点通"（李商隐句，有无对举及用数）等，东瀛书道展中书写汉诗对句的书法作品常见这些古诗名句，估计跟书写者日常所学汉诗大有关系。

　　既然春色满园已经溢香久远，繁荣丰盛当今中华诗歌家园，正当良时。建议中华诗词研究院为培训中小学教授古典诗词的教师举办一些专题讲座，组织编写一些真正有助于诗教且学术水平比较高的导读系列书籍。《周易·乾·文言》有"子曰'君子进德修业。忠信，所以进德也；修辞立其诚，所以居业也'"，忠信进德，自不必言；修辞，跟今天文章学言"修辞"略有不同，按隋唐间文学家孔颖达所释，"推忠于人，以信待物，人则亲而尊之，其德日进，是进德也"，说的是德教；"修辞立其诚，所以居业"，其"辞，谓文教，诚谓诚实也"；整合后句话的理解，应该是"修理文教，立其诚实"，"则有功业可居，故云'居业'也"（见《十三经注疏上》，中华书局影印本）。所以，今天为提高修饰表述效果而采用的各种修辞方法（或称手法技巧）等说法，因为作为"文教"语言表述的"君子进德修业"本义没有变化，所以与古今所言"修辞"大同小异，都有"君子进德修业"的担当。

百尺楼高，平地为基。学习传统诗词，厚实文学功底，务必从诗学启蒙抓起。这对于中华民族诗歌文学的未来发展的新气象来说，调整各个阶段的间歇起步，务实到位，仍然非常重要。为此，加强中华传统诗歌文学的诗教启蒙，为培养新一代诗歌传人垫实基础，应该是当务之急。

结　　语

国运盛时诗运兴。今之诗人不负时代，应该对中华诗词的发展有重大作为。美美相与，大美兴焉。有中华好诗才，才有真正的中华好诗词。好诗才的培养，除品德高尚、胸怀坦荡之外，还须有丰富的生活酝酿和才能酝酿。酝酿有助于成才、成大才，古今诗论对此皆颇多留意。诗歌创作需要才情识见、阅历学养的熔融喷发，故酝酿二者不可缺一。这是诗人毕其一生都要积淀的"青藏高原"。没有自家脚下厚实的"青藏高原"，不是闭门造诗，就是枯肠竭笔，最终被前贤诗歌巨峰的投影所掩没而难以矗立新的诗歌群峰，那就有愧时代的厚遇了。

中华诗词学会以前提出过"精品战略"，这是当代诗词家面对时代的一个承诺和担待。当代诗词创作的大繁荣大发展，是我们诗词界的大事业。事业需要崇高的精神追求，就少不了明确的价值取向，而最终影响和决定价值判断与选择的就是新时代的核心价值观。

中华诗词正雅博厚的数千年优良传统承载着一个民族、一个国家的精神追求，体现着一个社会评判是非曲直的价值标准。我们诗词家的社会担当，就是要承担起诗歌文学的社会责任，以不负时代的中华好诗词为社会传递和光大正能量。

核心价值观不尚空喊，更非纸头宣言，必须体现在实现中华民族伟大梦想的实践中，体现在每位文艺家的创作实践中。当前中华好诗词的创作，需要减少一些无聊应酬、庸俗吹捧，更多一些正大厚重、清新鼓舞，必能有利于蔚然谦虚切磋、激励进步的诗坛好风气。诗人只有将自己饱含时代情感的诗歌文学表达，与民族、国家和人民，甚至与人类共同追求的和平发展理想融为一体，才可能发扬光大，创作出更多更美的诗词精品，以真正代表民族文化的精湛和不朽屹立于世界文学之林。

致敬经典，期望当代和未来，时不我待。

（2014 年 9 月 16 日传统诗歌学术讲座讲稿）

乐为当代诗词发展繁荣唱大风

当代诗词的发展繁荣，必须解决好继承传统诗词经典和如何表现当代生活题材两个大问题。二者合一观之，实际上就是一个传统与当代的衔接发展的问题。如果专注培养诗歌文学创作和研究人才，那么，如何更有效地继承，应属当务之急。

继承，首先从学习开始，没有传统文化的那片沃土，根系无法深入汲取丰厚的营养，也不可能期望长成当代诗歌领域的参天大树。古今的读书人，开卷得益与否姑且不论，善读始终则必不可少。学习传统诗词，善学必先善读。善读，大致包括读声、读意和读法三个要素。虽然"旧书不厌百回读，熟读深思予自知"（东坡诗句），但熟读多读，不等于会读善读。读其声韵，是读声；读其诗心，是读意；探其门道方法，取其精髓，是读法。会读善读，统归善学。读之后，还有一个更重要的阶段，即善化善用。所以，清人袁枚说"读书如吃饭，善吃者长精神，不善吃者长痰瘤"，唐彪《读书作文谱》谈到善读是为了善用时，说"多读乃藉人之功夫，多做乃切实求己之功夫"，大有深意。

"推动文艺繁荣发展，最根本的是要创作生产出无愧于我们这个伟大民族、伟大时代的优秀作品。"习近平总书记的讲话，再一次明确了当代文艺家的社会责任，文艺家不能只是埋头耕耘，抒发"小我"，要把自己的艺术理想和"弘扬中国精神，凝聚中国力量"结合起来，忧乐关情，关注民族和时代的忧乐，用不愧于伟大时代的优秀文艺作品书写当代文艺家的"大我"情怀。

习总书记具有里程碑意义的纲领性讲话是一场及时雨，让文坛艺苑沐浴了一场甘霖。这场甘霖能扫除"雾霾",让我们扩充眼界和胸襟,其谆谆教诲和殷殷期望,充满了党和人民对我们的期望。其对"文艺作用不可替代、文艺工作大有可为"的深情表达,对广大文艺工作者是极大的鼓舞和有力的动员。中华民族艺术植根于生活,离不开人民生活之源,也离不开爱国主义这个凝聚民族魂的主旋律。这是我们当代文艺有着蓬勃生命力的精神支柱。中国梦,因为与祖国和人民忧乐关情,才伟大,才能让全球瞩目仰观,才能如此震撼。能以自己的艺术作品奉献于祖国和人民,为完美实现中国梦竭尽绵薄,并以此作为执着的追求和永恒的人生价值,这就是我们这一代艺术家的历史担当。

增强圆梦的能力素质,是一生的书生功业,要养成终身求知和温故知新的习惯,在精益求精地强化知识技能的同时,为了扩充眼界和胸襟,要多选读一些文学、历史、哲学,甚至科学等方面的经典,这样涵养底蕴丰厚,知势明理,古今贯通,才能厚积薄发,可望大成。清代董棨《养素居画学钩深》曾曰:"笔无转动曰笔穷,眼不扩充曰眼穷,耳闻浅近曰耳穷,腹无酝酿曰腹穷,以是四穷,心无专注,手无把握,焉能入门?"虽言书画,其实对当今学子学习继承传统仍有普遍意义。

写诗者须先有"三真"方可落笔。这"三真"就是,一要有"真情实感";二必须"真积力久";三务求"真知灼见"。

首先,要有真情实感。就是说,写诗词要抒发自己的真性情,不可无病呻吟。所谓"精诚必中,故其文语感动人深"(王充语),"为情而造文"(刘勰语),说的正是作诗之"本"。客观的事物触发了诗人的感情,才能"感物吟志"而落笔为诗。若矫揉造作,虚情假意,则言情不会沁人心脾,写景也不会豁人耳目。金末诗人元好问说:"何为本?诚是也。……故由心而诚,由诚而言,由言而诗也。三者相为一。"(见《遗山集》)情诚,无疑是为诗之根本。

其次,必须真积力久。《荀子劝学》中说"真积力久则入",就是说,要日积月累地学习知识和不辞辛劳地锤炼技巧,并且长期践行,方能有所作为。灵感翩然而至,一是真正有心灵上的触动;二是借重平素的学养和技巧。郭沫若先生说"一分神来，九分汗下"，道出了诗人平日耕耘之艰苦。

认真学习经典，必能获益，但学习从来不拘正反两个方面，譬如看出"诗病"，也可以。江西某诗人写画师，结有"且喜清高多长物，旧书丑石竹梅花"句，说得到过京城某名家"格高句奇，可与宋明闲适诗相较"的褒赞。且不说评价之类的诗归属"闲适诗"是否合适，一首七绝居然穿越近七百年的宋明两代，如何相较又与何人相较？公平而论，此二句至少有两处值得斟酌。"长物"，即多余之物，非高雅善存之物。说"多长物"，意复为病。又"旧书丑石"，未必就是清高的标志物，不如改为"古书奇石"。读古今诗，皆须细心领会，知其妙与不妙，亦要知其所以妙与所以不妙，以便借鉴化用。

再次，写诗不可总翻陈语，须有自家新意识见。这就是务求"真知灼见"。世上虽然"林林有画本，处处有诗材"（陆游诗句），但不要拾人牙慧，要写他人所未写、未言，"意必己出"，且能"意新语工"，才是真正的艺术作品。

例如写草，唐代白居易写草的倔强，有"野火烧不尽，春风吹又生"，脍炙千秋。展读历代各家吟草名诗，领略高手的诗心灵慧和表现手法，料有更多收获。唐代郑谷春游时写的那首《春草》诗含蓄优美，必须细读。郑诗曰：

> 花落江堤簇晓烟，雨余草色远相连。
> 香轮莫辗青青破，留与游人一醉眠。

此诗造语亲切，诵之欣然。前半首用"对比法"分写花与草，将花落憔悴无影而晓烟迷漫，与春草细小但雨后蒙茸连绵成势做出了对比，小草装点景物的作用已经显现，所以诗人祈求游人的香轮不要辗破青青的小草，用述笔劝诫，其怜草爱草之情也溢于诗外。又唐代刘原父的《草》诗，构意很有特色，作法亦足供揣摩。诗曰：

春草绵绵不可名，水边原上乱抽荣。

似嫌车马繁华处，才入城门便不生。

首起平平，只用述笔，说春草绵绵不过凡物细物而已。逢着水边原上都能蓬勃生长的小草，非常平凡，"不可名"即言无人看重。后半首转笔，写这些平凡的小草热爱大自然，不恋俗尘闹市，颂赞了小草清骨，颇为小草吐气。因为发现"才入城门便不生"（判断语气），故而猜测小草是"似嫌车马繁华处"（揣测语气），用"倒置因果法"，留下隽永余味，也让读者在思考中对小草肃然起敬。

其他，例如宋代曾巩的"一番桃李花开尽，唯有青青草色齐"，用"对比法"，抑扬互见；又王维的"雨中草色绿堪染，水上桃花红欲燃"，用"对举法"，双物并美；又白居易的"漠漠斑斑石上苔，幽芳静绿绝纤埃。路傍凡草荣遭遇，曾得七香车辗来"，亦用"对比法"，却分写"石上苔"（苔亦是草）与"路边草"的不同境遇，从其褒贬中不难读出，白居易正以"石上苔"的拔俗超脱与无德而一朝坐享殊荣的"凡草"，形画君子与小人，皆各见诗心之妙。

其中，"真积力久"对初学作诗者来说尤为紧要，这是作诗的基础。学作诗词者，须先知法，这固然重要，然而，知法者未必都能写出好诗词。若无学问根底和生活积累，写诗成了"做"诗、"挤"诗，作品也不会打动人心。所谓真积力久，讲的是诗人的酝酿，既包括才能酝酿，也包括生活酝酿。

艺术家的创造才能包括探索问题的敏锐性、形象思维能力（含联想能力、评价和抽象能力）、运用语言表达情感的能力等。这些能力，有的与天分有关，有的与学养有关，有的与实践有关。所谓"才能酝酿"，意指诗人作为创作主体在培养上述各种能力中的主观能动作用。这里，主要谈知识积累和技法培养两方面的酝酿。

"诗岂易言哉？一书之不见，一物之不识，一理之不穷，皆有憾焉。"（陆游《何君墓表》语）"有第一等襟抱，第一等学识"，才能"有第一等真诗"（沈德潜《说诗晬语》）。这些都是古人强调知识积累（学养）对诗歌创作重要意义的经验谈。《苕溪渔隐丛话》记有一则小故事。有人问王安石："老杜诗何故妙绝古今？"王安石回答："老杜固尝言之：读书破万卷，下笔如有神。"王安石把读书看作是杜诗"妙绝古今"的主要原因。虽然有些片面，但也道出了向一切优秀文学艺术遗产学习的必要性。无论是知识的积累或技巧的借鉴都离不开向传统学习。汲取文学艺术遗产之精华以充实自己，是古今中外任何一位卓有成就的文学家身体力行的必经过程。生活是创作之源，但从书本上学习广泛的间接知识和借鉴成功的艺术表现技法也不可忽视。"有这个借鉴和没有这个借鉴是不同的，这里有文野之分，粗细之分，高低之分，快慢之分。"（见毛泽东《在延安文艺座谈会上的讲话》）

知识积累和技法培养方面的酝酿包括以下三点。

首先必须学会欣赏。创作者为新的起步而学习和欣赏古典文学艺术作品的活动，应不同于一般读者为获得愉悦所进行的欣赏活动。它应当是一种渗透审美意识的积极的再创造性思维活动。善学，必须先善读。善读，即善于欣赏，并能于欣赏中积法得悟。刘勰说"操千曲而后晓声，观千剑而后识器"，确系鞭辟之见。"操千曲"是反复的创作实践，"观千剑"是反复的欣赏实践。有这些实践，才能"晓声""识器"。会欣赏，才会创作，这是古今中外无数艺术大师的创作实践反复证实过的真理。

宋人严羽说"观太白诗者，要识真太白处"，"读《（离）骚》之久，方识'真味'"，提出了学古与妙悟相结合的方法。欣赏，也是学习，要在欣赏中悟出"真味"；若取貌遗神、舍本逐末，只能易得其短而难取其长，是谈不上"博观见异"的。如果读前是此等人，读后还是此等人，就算白读。在欣赏学习中必须注意两个问题，一是"披文以入情"；一是"当识活法"。

"披文以入情"（刘勰语），就是要求欣赏者艺术地再现作者彼时彼地所感受的表象。欣赏者虽与作者"世远莫见其面""觇文辄其心"，但可以通过作品领会作者的心情和艺术构思。事实证明，这种方法对初学者尽快体会、借鉴作者基本表现手法和遣词造句的经验是十分有效的。

"当识活法"，就是要求在学习中不可以"千章一法"的眼光来看待丰富多彩的文学创作。有人写景，必用由近及远或由地及天之法；言情，必用先怀古后喻今或先悲物后悯己之法。如此用法，均为死法。前人的做法只供借鉴启迪之用，却无固定程式可袭。"活法者，规矩具备，而出于规矩之外；变化莫测，又不背于规矩。谢玄辉有言，'好诗如弹丸'，此真活法也。"（见《艇斋诗话》）在这里，"法"即篇章之法、修辞之法等。如律诗讲"起、承、转、合"法，作诗者将四联一一定死，如结茧自缚，全诗何以得活脱？诗贵自然，"若泥定此处应如何，彼处应如何，不以意运法、转法，则死法矣。试看天地间水流云在，月到风来，何处著得死法？"（《说诗晬语》卷上）反之，若悟得活法，以意运之，则受用不尽，何愁做不出好诗。

其次要融会贯通。酝酿，不是简单的日积月累和算术加法式的堆砌。这里既有鉴赏，又有融会贯通和发掘深化的问题。古人的作品毕竟是过去时代的创作，学杜甫也好，学李白也好，不应仅仅是猎取古人之皮毛。只有在诗歌艺术传统之精华（既含内容，也含形式）的学习研究中，融会贯通，多方开拓生发，化他法为己法，才能以"少少许"胜"多多许"，卓然自立。郑板桥有诗云"十分学七要抛三，各有灵苗各有探"，正是提出了学古人不可兼收并蓄的主张。融会贯通，既关乎学习，也关乎创作。前者例如上文所举的学习倒座法的由点及面、由浅入深。后者是指在自己的创作中能否"化古为今""它为我用"并且创出新意。

第三必须注意在创作实践中巩固已经获得的知识和技巧。宋人姜白石说"多看自知，多作自好"，确是肯綮之言。要想写出好诗，必须经过辛勤的艺术实践。这种实践包括构思、创作和反复的艺术加工。

欣赏，即观千剑，是一种实践。创作，即操千曲，也是一种实践。任何有效的实践活动，都需要反复实践去巩固和发展已获得的，去追求未获得的。所以，在这个意义上看，观千剑（欣赏实践）也好，操千曲（创作实践）也好，都是为"识器""晓声"而作的酝酿。古今中外任何一个成功的文学艺术家都是在不断的酝酿（实践）中不断地追求和奋进的。

学养、阅历和功夫，是成就事业的铁门限。今后的发展，需要在鼓励诗词家增强涵养底蕴和书写时代内容等方面做进一步努力，让更多乐为当代诗歌文学发展唱大风并努力创作的诗词家共谋大美前景。

美美相与，大美兴焉。德艺双馨，应该成为一种艺术人生的文化自觉，核心价值观的毕生践行和深刻体现。把德艺双馨仅仅看作当代艺术家功成名就的追求，未免太过肤浅。赵朴初先生说过，"修行不到，棍棒夹道"。文学创作和艺事耕耘都得靠呕心沥血的不懈修行，没有大半生的德品和艺品的历练，终难艺事大成。古今诗书画爱好者很多，最终成就一代大家的都是坐定蒲团又能固本博取的德艺奇杰。《尚书》说"功崇惟志，业广惟勤"，至今没有过时，伟大的功业依托高远的志向和辛勤的付出，这是个硬道理。严以修身，乃底气之源、成事之本。濡墨挥毫，看似潇洒容易，得之在俄顷，实则艰辛都在平日。勤学修身可以保证固本培元，这是一门与艺术家社会责任密切相关的人生功课。我们不但应该锲而不舍地完善自己、德艺双修，还要努力践行，唯知行合一，方可望善成于道。

当年启功先生说过"书法界须提倡'文气、正气'，才能创造出'大气'的作品"。文气，就是多读书，丰厚学养；正气，就是持正祛邪，蔚然一个有利于繁荣发展的良好氛围。艺术界要有正气，不可炒作、弄虚作假，比艺爵、比挣钱、比展览排场，最没出息，要敢在地球村比中国当代艺术真正的辉煌，这才是中国艺术家的骨气志气。让艺术作品说话，真正杰出的人民艺术家理应受到人民的尊重，不应该是灯火阑珊处的踽踽独行者。

"发展繁荣"，二者密切攸关。没有真正的"发展"，也不可能有真正的"繁荣"，而"辉煌"则是"繁荣"之必然。

国运昌隆艺运兴。书画家要不负时代，应该对当代书画事业的发展有重大作为。有一批真正德艺双臻的杰出书画家，才有真正的中华好书画传世。书画人才的培养，除德品高尚、胸怀坦荡之外，还须有丰富的生活酝酿和才能酝酿。酝酿有助于成才、成大才，古今艺术大家的杰构巨著都可以为此佐证。艺术创作，除了技巧功夫的历练和积淀外，还需要才情识见和阅历学养的熔融喷发，故酝酿二者不可缺一，这是艺术家毕其一生都要积淀的"青藏高原"。没有自家脚下厚实的"青藏高原"，不是闭门造艺，就是蹈袭翻版，最终走不出前贤巨峰的投影而难以矗立新的艺术群峰，那就有愧时代厚遇了。

清代大书画家石涛说"借笔墨以写天地万物而陶咏乎我也"，不仅是豪情大气，还有志气。胸无大志，事无大为，如何颐养豪情大气？人生不虚，得看人生的价值。能以创作劳作一生，艰苦自受，欢乐共享，把最好的文学作品奉献给人民和历史，就是最好的不负时代的诗人和文学家。

（2014 年 11 月 26 日应邀在昆明大学演讲）

传统诗词学习漫谈

谈当前中华传统诗词的发展，首先必须面临的是如何有效学习和继承传统经典，以及培养新时代诗才的问题，而讨论和研究这两个问题，又须先达乎共识，即讨论和研究的眼界可以多角度多方面地开拓，不必只局限于内容范畴。毋庸讳言，我们对中华诗词的学习和研究，在相当长的时期，只偏重内容而忽视了形式（含修辞技巧等）。改革开放后，虽然有一段时期，出版了大量鉴赏类的书籍，但宗旨在阐述主题、意境，作者生涯以及创作背景和本事等，仍然辗转徘徊在内容的范畴。这个严重的缺失，至今也没有亡羊补牢。

古今称得上"经典"的中华好诗词，都"真善美"，都具有美育的教化作用和丰富中华民族文化宝库的文化价值。如何继承学习，只说内容的重要性，回避方法技巧的研究和规范，就会架空（诗词创作）。因为长期偏重内容而忽视形式的偏向所造成的"读诗不识法""只读不作"或者"信口纵笔"等随意性和盲目性，已经使中华诗词人才的培养陷入迷茫，如果一方面时代需要好诗，一方面又不能把学习和继承落到实处并培养出真正德艺双馨的好诗才，就会不可避免地出现大量内容空洞而形式上又缺乏精致和精美的泛泛之作。

国运盛时诗运兴。今之诗人不负时代，应该对中华诗词的发展有重大作为。美美相与，大美兴焉。有中华好诗才，才有真正的中华好诗词。好诗才的培养，除德品高尚、胸怀坦荡之外，还须有丰富的生活酝酿和才能酝酿。酝酿有助于成才、成大才，古今诗论对此皆颇多留意。诗歌创作需要才情识见、阅历学养的熔融喷发，故酝酿二者不可缺一，这是诗人毕其一生都要积淀的自家"青藏高原"。

一、学习诗法立意为帅

生活是创作取之不尽的源泉。生活酝酿对创作之重要性，自不必说。关于才能酝酿，如果有志于传统诗词创作，则需要特别注重探讨技法培养方面的读声、读法（当识活法）、读意和如何活用，不仅要下足功夫，还得有长期历练的思想准备，善学善用，减少盲目性，增强自觉性，方能层楼更上。依拙见，当前继承经典的重点，不妨先放在学习和研究诗法技巧等务实方面。

清代桐城派刘大櫆说过"天下可告人者唯法耳"。真正有"务实"意义的学法，应该是学习经典诗词的"七法"，即声法、律法、韵法、字法、句法、章法、意法。"诗贵性情，亦须论法。"（沈德潜《说诗晬语》）"无法则虽有般输（即鲁班）之能，无所用其巧。"（《涵芬楼文谈·明法》）然而，除古代诗话外，当代有关作法学方面的书籍少之又少，这对于学习和继承中华诗词的广大爱好者来说，很有些"渡江无楫"的遗憾。

学习传统诗词是为了"古为今用"，必须循序渐进。急于求成，欲速则不达，不如静养清修而后笃志功成。读诗，首要的是读懂诗意和通解诗法，犹如构建房屋，总须先有谋划，然后备足材料，一一践行。诗词家偶有诗兴，拈题泚笔，看如潇洒容易，得之在俄顷，实则艰辛都在平日。

宋姜夔《白石道人诗说》有"不知诗病，何由能诗？不观诗法，何由知病？"读解诗法，不仅能有助于成就诗才，另外从诗歌批评的角度观之，也是练就明眼如炬并能除弊祛病的好底蕴。读"海日生残夜，江春入旧年"（王湾句），不知"倒装法"（应该是"残夜生海日，旧年入江春"），让佳诗遭遇误解，成了"海日生得残夜，江春折回旧年"，就会莫名其妙，有辱经典。如果不但知道"倒装法"，还能融会旁通，则不难理解老杜的"徒劳望牛斗"（"牛斗"应自"斗牛"）和"皆为扫氛妖"（"氛妖"应自"妖氛"），用"倒字法"，只为奇骏顿挫和成全声韵之美。而王维的"竹喧归浣女，莲动下渔舟"（因果倒置：因为归浣女故而竹林喧哗，因为渔舟荡去故而莲枝摇动），处默的"到江吴地尽，隔岸越山多"（倒语：江到吴地尽，岸隔越山多），戴叔伦的"寥落悲前事，支离笑此身"（倒语：悲前事寥落，笑此身支离）等，专为强化动态结果，又用倒句、倒语诸法。平日能将诗法默习心手，一旦兴至援笔，创作也能得心应手，不至于笔枯思滞，目瞪口呆字不来。未必念经成佛，但蒲团坐定是师。古今诗书画爱好者很多，最终成就一代大家的都是坐定蒲团又能固本博取的自树奇杰。

传统诗词很看重意法，认为"意犹帅也。无帅之兵，谓之乌合"（《姜斋诗话》）。意犹帅，必然帅意先立，六军兵将候令。这些正待意帅驱驰的"六军兵将"就是声法、律法、韵法、字法、句法、章法。所谓有一层诗意，必有一番作法是也。

前不久，看到山东一位青年诗人写的"秋果秋花美如画，看山疑似到仙家"，问他为何一说山村美丽都写"疑似仙家"？这一点拨，他突然醒悟自己熟未生新，入了熟套。我建议他拓宽思路，换个角度立意，为何不让仙家来看看人间的图画？于是，我作得"秋山斑斓奇花果，自有仙家看画来"，他作得"未必瑶池美如是，人间花果满山陂"等，皆大欢喜。又天津某诗人写《秋夜》有"澄碧天如洗，桂蟾爬上山"，前半句借用前人陈句，后半句用"爬上"（俗语）搭配"桂蟾"（雅语，代称圆月）不当，如果考虑用反客为主法，"天边半钩月，来补云峰缺"，"云开峰罅处，谁倩月飞来"，或有意外之妙。

南宋赵师秀写病后看落叶秋山，写过"数日秋风欺病夫，尽吹黄叶下庭芜（由有到无）。林疏放得遥山出（无中生有），又被云遮一半无（由有到无）"，全篇用"有无二字立骨"，说刚刚林疏露出的远山又被秋云遮去一半，让小小的遗憾留下一段残缺美的享受，明怨暗喜，神来意外，自然现出用心。失去的未必都是失去，得到的也未必都是得到。审美未必以完整的铺现，才能给读者充实的享受。

无独有偶，同朝的安徽休宁诗人汪若楫也写落叶林疏见山，有"万木惊秋各自残，蛩声扶砌诉新寒。西风不是吹黄落，要放青山与客看"。汪诗前半悲秋，后半欲反面出击写秋景乐趣，但切入点是秋风吹叶与客看，熟语熟路，踔奇未得生新。既言"黄落"，又言"放青山"，"青"字不宜。二诗皆好，然而好诗相较，亦见高低。这个高低，不仅在于二诗都活用了适合题材的"无中生有法"，还在于立意现出了不同的诗心巧拙。

学习诗法，一则多阅读古今诗话等诗歌理论方面的书籍，一则择选经典诗篇作精读，将类同诗法的名篇名句作横向比较，从各擅其美的变化中读懂何诗何以用某法的情趣独至。例如同样使用"进一步法"，类似"花睡柳眠春自懒，谁知我更懒于春"（陆游）等结合"比较法"的，最为常见。也有二法兼之，例如"落花纵有那堪醉，何况归时无落花"（欧阳修），拣"有无"两端说下，正反出击；有"道是秋来还日短，秋来闲里日偏长"（杨万里），拣"长短"两端对比之余，同中见异；皆以意运法，各自妙笔生花。

诗词忌直贵曲，古今各家俱有惨淡经营手段，学子须得长期颐养明眼清心。例如王维不直接写自己如何思念山东兄弟，而用"对镜法"写山东兄弟如何思念自己，有"遥知兄弟登高处，遍插茱萸少一人"。此法，应该是上承《诗经·涉岵》（征夫思家，却写家中父母兄长如何思念自己）而来，即不言自己的心思，反道已经看见对方正在思及自己，虚境实写，"亦犹甲镜摄乙镜，而乙镜复摄甲镜之摄乙镜"（见钱锺书《管锥篇》），可以加倍声情。由此放眼观之，唐诗中，岑参的"遥怜故园菊，应傍战场开"，白居易的"故园今夜里，应念未归人"，韦应物的"山空松子落，幽人应未眠"等，皆思接千里，以同一时间的空间换位，佳思运转妙法，自然奇崛生新。如果再结合"正是客心孤迥处，谁家红袖凭江楼"（杜牧《南陵道中》），"想得家中夜深坐，还应说着远行人"（白居易《邯郸冬至夜思家》），"回看他船上滩苦，方知他看我船时"（杨万里《上章戴滩》），"朱颜谁不惜，白发尔先知"（郑玑尺《对镜》），"却忆去年秋色里，一帆疏雨过钱塘"（魏时敏《途中忆钱塘》）等，体味此法，料有新悟。学得一法，切勿拘泥，可以更加变化，所谓思路愈阔大，运法愈灵活，其风神绵邈之妙皆任自家造化。

　　昔日读诗，知"何必见戴"（事见《世说新语·任诞》）入诗，已成历代各家作手的不尽诗料，例如孟浩然的"闲垂太公钓，兴发子猷船"，杜甫的"不是尚书期不顾，山阴野雪兴难乘"，许浑的"山阴一夜满溪雪，借问扁舟来不来"，韦庄的"踏雪偶因寻戴客，论文还比聚星人"，武元衡的"却笑山阴乘兴夜，何如今日戴家邻"，梅尧臣的"戴家仍不远，欲去未能归"，王安石的"何时得遂扁舟去，邂逅从君访剡溪"，吾丘衍的"檐花悲歌杜陵老，山雪空回剡溪棹"，苏轼的"会待子猷清兴发，还须雪夜去寻君"和"雪中乘兴真聊尔，春尽思归却罢休"，又倪瓒的"长歌欲觅剡溪戴，怅然停杯远恨生"等，或同境相惜，或借事开张，或转笔说喜，或似借非借，能够切事若离而不黏不饰，皆是"宁为情牵，勿为事赘"的大手笔。后来，读到北宋赵抃的《和宿硖石寺下》，"淮岸浮屠半倚天，山僧应已离尘缘。松关暮锁无人迹，惟放钟声入画船"，方知清人金圣叹说"妙法无限"，言之不虚。寺高难访，逢着"松关暮锁无人迹"，又是一截"访戴不遇"的遗憾，若以陈法印模写出，等于自陷死路。赵抃诗结句急转即合，自辟生路，就是奇笔。访僧不遇，忽闻钟声来船，转笔说喜，怅失而后有得，于是人情聊堪慰藉，诗情意外生奇。此诗与上举武元衡句略同，但妙在字面上不露事典，腾空濯拔，实转虚结，却隐处亲切，应该叹为高手。

　　意法，不独是构思问题，而且是巧妙运用各种诗法技巧的学问。立意为帅，构思下得工夫，慧烛通彻，"六军兵将"（诗法）足够驱驰，正可点化一切。我们过去即使在最强调内容的时期也时时忽略前贤关于"意法"的丰厚积淀，实在太不应该。

二、借鉴传统见习诗法

　　学习传统诗词的创作，通常要结合"诗法"的灵活变化进行比较长期的各种训练。这些训练，谓之"日课"，实则磨砺基本功。功夫不负诗人，古今很多诗词家都是以一生的积淀为基本功，不守小成，时学时进，终成大家气候。学习诗法的初级训练，是学习辨声和对仗，又称"启蒙诗对"。前人称之为"童子功""开口奶"，入门重径。例如先由诗师出短语嘱对，从单字、双字，直到多字和全句，训练学子的用词造语和辨声合律等对仗能力。明代李东阳四岁以神童进宫，迈步上大殿门槛困难，太监出"神童脚短（平平仄仄）"上联为难他，不想李东阳昂首即对"天子门高（平仄平平）"，众人悦服。后来稍长，又与另一神童程敏政同时被召见，恰逢上贡螃蟹，皇上命对"螃蟹浑身甲胄（平仄平平仄仄）"，程敏政对"凤凰遍体文章（平平仄仄平平）"，李东阳对"蜘蛛满腹经纶（平平仄仄平平）"，二联皆骈对工整，音协流美，传为佳话。日后，二人俱成朝廷重臣和大文学家，有诗集传世，时称特出，应得力于"童子功"了得。

　　能顺利通过声律和对仗训练的学子，即可进入比较高级的学习阶段，通常由诗师授以诗法，讲一法则令学子践行一法，后授之法又可与前授之法运转使用。进入这个见习阶段后，一般可以开始难度较大的"诗对"训练。

　　"诗对"训练与松门禅院的"机锋应对"（又称禅对）大同小异。禅对，既宣传宗教教义，也开拓了创造性思维的启智和应对能力，学诗者不妨从中借鉴取径。例如《五灯会元》记，景岑禅师问"如何是平常心"，答"要眠即眠，要坐即坐"。问"如何是夺境不夺人"，妙总禅师借诗作答"茫茫宇宙人无数，几个男儿是丈夫"（吕岩句）。又《法演语录》记，僧问"如何是夺人不夺境"，法演禅师借诗作答："秋风吹渭水，落叶满长安。"（贾岛句）

佛门一向"以文辞为务斩之葛藤",北宋后期惠洪提出"文字禅",即禅诗创作也可以作为松门禅院修习禅法的一种方式。随后,金代大诗人元好问又以"诗为禅客添花锦,禅是诗家切玉刀",叫响诗坛,点明诗禅机妙,诗与禅的情结就铁定无疑了。那些声情兼美的偈语,未必非诗,难怪唐僧拾得说"我诗也是诗,有人唤作偈"。我们读到宋代诗僧止翁的《无弦琴》,"月作金徽风作弦,清音不在指端传。有时弹罢无生(涅槃后的空寂)曲,露滴松梢鹤未眠",自然会想起苏轼的《琴声》,"若言琴上有琴声,放在匣中何不鸣? 若言声在指头上,何不于君指上听"。此际,禅家的因缘合会,与诗家的物我会意,缘同旨归,正正应了《带经堂诗话》的那句话:"舍筏登岸,禅家以为悟境,诗家以为化境,诗禅一致,等无差别。"

中华民族文化的烛慧,应该是不拘门墙界域的无际通明。既然谈到"禅对",就有必要思考一下诗思与禅思的关系。苏轼说王维诗"禅中有诗,诗中有禅",究竟说的是什么意思? 笔者认为,这是诗与禅在创造性思维那个高端层面上的贯通和理解。在诗歌文学创作上强调书画家的才能酝酿,与创造性思维不可能没有关系。

松门禅院的机锋应对,以"参得活句,莫参死句"来灿然生机,在诗词家看来,不啻一种激活创造性思维的方法。例如老禅师问"何谓风",回答"空气流动谓之风",肯定正确,但非诗非禅。有小僧回答"池塘生春草"或"梅香扑鼻来",虽然没明说春风,未着"风"字,却得风流。或谓"虎在山中行"(林中大王之风)、"钵空有物归"(空灵之风),也未着"风"字,则愈见悟觉。如果老禅师又问:"何谓大中见小?"回答"西瓜瓤有籽",不能说答错,但过于直白,没有诗意。或答"广宇茫茫飘桂子""天连秋水一人归""斜阳万里孤鸟没""玉鉴琼田三万顷,著我扁舟一叶",孤高清寂愈见,也愈见悟觉。机锋应对,通禅或是通诗又有何难? 如果老禅师再问:"何谓小中见大?"回答"针眼看乾坤",也没答错,无奈有个"看"字,坐实反呆,不如虚说"针眼有乾坤"。回答"芥子比西瓜",也未必不可,只是缺乏含蓄，终难认可其禅风诗味。或答"梅开一朵满山春""一口吸尽西江水""一将功成万骨枯""窗含西岭千秋雪，门泊东吴万里船"，有何感觉？反过来理解，诗人写这些诗句，正是创造性思维的积极活动，所以，不轻易说"禅"与"诗"无关的人，也不会断言"文学只是书画素材，书画家没必要去搞懂文学"云云。

据笔者所知，"诗对"大约是古今见习诗法最有效的方法了。例如诗师日课命题，限以《登山赋云》作诗。学子先得首句"絮云翻滚足边迎（仄平平仄仄平平）"，师问"人若在云上，如何"，学子续句，答"快意挟风天浪行（仄仄仄平平仄平）"。师又问"若在云下，如何"，学子作第三句："生角横飞化龙去（平仄平平仄龙仄）。"师即问"若在云中，又便如何"，学子得尾句"划然层破大光明（仄平平仄仄平平）"。

同样，如果诗师讲授"无中生有"法，诗师出题，限以《江上事》作诗。学子先得首句"天地无尘夜正寒"，师问"无中生有，如何"，学子续出次句，"何人心事曲中弹"，笔下令曲声飞来，忽起波澜。师又问"若令有又归无，如何"，学子作得第三句，"曲声方息潮声远"，遂令曲声潮声皆无，重归空寂。诗师又问"结到无中生有，如何"，学子遂得尾句"风雪江边一钓竿"，写出清晓的风雪钓竿，又是一番崭新气象，无中生有，胜出。

"禅对"与"诗对"，非风马牛远不可及，通灵相照，都同样强调智慧、学养、阅历、才能的番番践行。传统教诗的方法多多，当不限于上述。方法本身，也存在继承发展的问题。今人学习经典，不妨多借鉴一些传统教诗的方法，既能启迪创造性思维，还能在学习诗法的同时鼓励多方位的践行。学法，只供借鉴启迪，不能泥定规矩以为程式可袭。经典当前，犹如面对如来，修炼是手段，跳脱如来手心，横空出世，能够自我造化才是目的。诗歌文学的创作气象万千，非活学活用，不得大成。《艇斋诗话》说"活法者，规矩备具，而出于规矩之外。变化莫测，又不背于规矩。谢玄晖有言，'好诗如弹丸'，此真活法也"，正可细味。如果动辄剪辑陈句，印模窜袭，诸如"下马问老仆，言公赏花去。只在近园中，<u>丛深不知处</u>"（见《河南程氏文集》）之类，优孟衣冠，只能落下笑柄。

见习诗法，唯图方便的话，字词训练之后可以先自单句作起，功夫到时，联句成章，自然水到渠成。譬如学习"设色"法，先学最基本的"本色法"，诸如"黄鹂青枝""白水青山""红叶黄花"等皆是。然后作些单句练习，得"桃柳水边春"（桃红柳青自不必言）、"湖外草镶湖上云"（湖水岸草皆青，湖水翻波如白雪）等，句中虽然不露色彩的字词，但见物即见色，诗笔也有画笔效果。接下，不妨再结合"明暗法"进行练习，则有"长松（明物暗色）劲骨青衫（暗物明色，学士以借代名出之）志""一树杏花（明物暗色）深翠尾（暗物明色），悠然分送两家春"等，虚实相生，隐现相间，自添诗意。接下，也可以要求一句写出双物暗色，遂得"秋鬓点吴霜（黑头鬓白）""拈花伴酒颜（花红颜红）"；或者一句写出三物俱是明色，得"绿水白苹乌壳船"；三物俱是暗色，得"落日柳藏鸦"；又一句三色，须两暗一明，得"霜鹤聚头开牡丹"（白鹤、丹顶，牡丹之丹，色字）等，矫矫变化，尽可无限低回耐吟。

古今诗词大家对"设色"法从不掉以轻心。"红欲燃""冷青松""绿如蓝""无穷碧""别样红"等，皆从意匠惨淡经营而出，千秋脍炙，闭目如见。德国美学家莱辛说："没有图画，没有色彩感，会使一位最好的诗人变成讲废话的人。"随类赋形，以色形物，能增加视觉效果和强化印象的色彩美，会让诗人更富有想象力。王维《书事》的"坐看苍苔色，欲上人衣来"，以色彩动感添加情趣；雍陶《咏白鹭》的"立当青草人先见，行傍白莲鱼未知"，以色彩的正反衬托使画面生动鲜明；黄庭坚《次韵盖郎中》的"青春白日无公事，紫燕黄鹂俱好音"，都因为色彩词语的成功参与，并以色彩的虚实间出，完美了对仗的骈俪工整等，使诗中物象更加鲜明生动，更具有绘声绘色、补意生情的艺术魅力。当然，设色之用必须服从表情达意，"繁采寡情，味之必厌"(《文心雕龙·情采》),适度佳宜,过度则俗陋,"文采可也,浮艳不可也"(《白雨斋词话》)。

见习诗法,是学习传统诗词经典的践行。实践,是最好最公平的老师。在实践中学习提高,多看自知,多看自好,水到渠成,当有成功之日。

三、论书题画骚香勿绝

最后有个问题,希望能引起注意。

历史上习惯将论书诗、题画诗(含论画诗)、论印诗、论诗诗、咏物诗、题物诗(含题壁诗、题器物诗)等传统诗歌,统称为"题咏"。其中,又特将论书诗、题画诗(含论画诗)、论印诗,归于书画题咏。书画题咏,在诗歌文学中一向独立别类;不仅书画家、鉴赏家和书画理论家专擅,很多文学家和收藏家偶有书画心得,也乐于风雅为之。

当今对书画题咏类的传统诗歌,以及被誉为"三大不朽"的诗书画的共同性创作和研究,譬如题画诗、论印诗等,因其或多或少都带有边缘学科的模糊性特点,正在当代中华诗词的创作和研究中逐渐淡化,甚至趋于式微。

现在不用说论诗诗、论画诗、论印诗等,即使比较"大众"的论书诗、题画诗,在书画领域,也已经非常少见了。虽然极少数老年书画家还在坚守以诗题画和表述书画见解,已经步履维艰,室无门徒,与其说是"坚守",不如说是习惯(使然)。现在像齐白石那样认识到"宁少画画,也要读书学诗"的书画家已经大大减少。齐白石的画上如果只有七齿柴耙、二三毛栗、泥塑不倒翁,观赏者看罢,印象不过如此而已。齐白石加上"入山不取丝毫碧,过草如梳鬓发青""自有冰霜洁中内,满身棘刺不须除""将汝忽然来打破,通身何处有心肝"等题画诗后,此画即非彼画,内涵顿时丰富,诗歌文学加上绘画,再加上书法,那就绝非一加一加一等于三了。这就是白石老人的聪明之处。今之大多数书画家，非但不会论书题画，连齐白石那样的"白话题跋"都久违了。

郑板桥画过一幅《墨竹》，画面上十一枝亭亭细竿，仅有数十片青叶疏疏密密，题曰"不过数片叶，满纸混是节。万物要见根，非徒观半截。风雨不能摇，雪霜颇能涉。纸外更相寻，干云上天阙"，题字随意穿插于竿叶之间。虽然笔写新竹，尺幅不大，但气势真欲破纸，诗又以风雨雪霜题之，形画其压抑下生存之艰难，愈见其细物志大，那"纸外更相寻，干云上天阙"的胆魄，必令观者肃然。画意的升华，全仗题画诗的精警点醒，纵今之读者观赏之，也会共鸣。

书画题咏，是中华文化宝库中最富有特色的瑰宝，非独吾中华诗歌文学有之，受中华文化辐射影响的东邻数国亦有《朝鲜咏物诗选》等，引以为民族文化之荣幸。若在我们这一代，创作的数以万万计的书画作品中，失去踪影，令书画印上黯然无诗，无异于这一代诗书画人颜面无辉，愧对前人后人。作为当代的文史工作者，应该自认有责地担当这方面的宣传、传授和创作，为我们这一代留下精彩。

记得石涛曾有一段画跋："笔墨当随时代，犹诗文风气所转。上古之画迹简而意淡，如汉魏六朝之句。然中古之画如初唐盛唐，雄浑壮丽。下古之画，如晚唐之句，虽清洒而渐渐薄矣。到元则如阮籍、王粲矣。倪黄辈如口诵陶潜之句，悲佳人之屡沐，从白水以枯煎，恐无复佳矣。"

弘扬传统，不能口号响亮，实地架空。目前，解决务实的首要问题是从作法学上宣扬读好诗、懂好诗，知其妙也知其所以妙，把学习和继承落到实处。"观千剑"，是欣赏实践，如果匆匆过眼，读前是此等人，读后还是此等人，就算白读；"操千曲"，是创作实践，如果盲目性很强，自觉性很差，不通诗法，或者拘于格套，或者放马纵缰，也是白做。

赵朴初先生说过，"修行不到，棍棒夹道"。文学创作和艺事耕耘都是呕心沥血的修行，没有大半生的历练，终难善成于道。善学的目的，要落实到善用。事实上，没有很好领会诗法，也不可能真正读懂读透那些诗词经典。不能真正读懂读透那些诗词经典，如何"观千剑"（欣赏实践），又如何"操千曲"（创作实践）？拙文只作学习漫谈，洞开一门，论及二三，还道肤浅。诗道颇深，体察取材、立意造境、形神叙事、简朴含蓄、绘景抒情、锤炼识见，以及各法之善读善用等方面，尚有待另文备述。

　　总之，时代需要好诗，诗功必须像铸剑一样磨炼淬砺，才有我们这个时代真正的好诗。人生一路走来，如果不想在追梦的同时错过路边文学的风景，那么，走进文学丛林，以诗歌文学斐然相助书画，或者以书画怡然相携诗歌文学，都可能有意外的好收获。"诗书画，三大不朽"（黄宾虹语），成就过中华文化史上无数文杰，料待今人也不薄也。

　　　　　（2014 年 8 月 7 日应邀在中央文史研究馆演讲）

关于经典诗词的学习继承

——解读经典诗词的"三美"

今年的教师节很不寻常，习近平总书记讲的几句话，着实让人兴奋。教育界、文史界可能有很多明眼明心的人早已意识到这个问题，但没有说出来，由总书记一吐为快，精警非常："去'中国化'是很悲哀的，应该把这些经典诗词嵌在学生脑子里，成为中华民族文化的基因。"中小学教育，从来都不仅仅是师范院校等教育部门关心的事，这是国家民族的基础教育，关系着国家民族的现在和未来，应该受到全社会的大力关注。所以，习近平总书记对当前中国传统经典诗词的学习继承坦诚表态后，北京师范大学很快做出反应，已经言之旦旦，以后北京小学六年经典诗词的学习不少于百篇。看来，减量已然不再成为问题，现在是否应该集思广益，探讨如何教学，或者具体地说，探讨一些当代教学与传统教学如何衔接的课题？我愿意在此略述己见，请教大家。

其实，我们原本有很多好的传统方法，只是怠慢未用，没有很好地学习和继承。学习和继承中华诗词的传统，不应该仅仅是专业教学和研究，或者小众爱好者诵读写的问题。中华传统诗词等文学是民族文化的人文乳液，作为一个中国人，人生一路走来，如果忽略了文学这道风景线，不幸患有中华民族文化基因缺失症，绝对是人生的遗憾。如果你恰好是文化人，那就更加遗憾。所以说，不仅语文教学需要探讨这个问题，它还有广泛的社会意义。

传统经典诗词的学习继承，是当前师教的首要业务。学习继承的问题没解决好，怎么发展？唯有真正的发展才能有真正的繁荣，辉煌是发展和繁荣的必然结果。我们现在对传统诗词的学习还做得非常不够。很长一段时间由于历史的原因，我们过于看重文学作品的内容分析，例如作家的文学立场，诗词作品的主题思想和"人民性"等问题，而忽略方法技巧等修辞学和章法学方面的学习研究。对一位务实的继承者来说，内容和形式应该等同视之，择一而取，都难免弓矢偏痹。

我们面对经典，首先要善待，须对祖国文化经典有挚爱和敬畏之心。善待，包括学用两方面的态度，学以致用，能成功地服务当前社会，应是最理想的善待。其次，还要善读。善读，大致包括读声、读意和读法三个要素。读其音乐美，即是对美声的感受。读其诗意，感其情悟其意，即是对美意的解悟。读懂并学习其诗法，更深层地了解作者创作的主观能动和创作技巧，即是对美法的研究。"善读"，就是读解经典的"三美"——美声、美意和美法。"三美"，不过是大致的划分，虽各自特立，但又密切相关，缺任何一"美"，必生遗憾。

会读善读，统归善学。读之后，还有一个更重要的阶段，即善化善用。能读书，不等于会读书。读书如蚕食桑叶，或食而不化，或食而无丝，都没用，唯独能化食为丝的，才算有读书功。所以清代袁枚说"读书如吃饭，善吃者长精神，不善吃者长痰瘤"，唐彪《读书作文谱》谈到善读是为了善用时，也说"多读，乃藉人之功夫；多做，乃切实求己之功夫"，都大有深意，值得细味。

读 美 声

读声，按吾国传统启蒙教育，可以视作学诗的第一道门槛。有的经典诗词，因为少儿理解能力和生活阅历的缘故，疏解内容都比较浅显易懂，但读声确实有利于悦声启智和身心健康，应该先行一步，所以少儿启蒙，通常都以读声和习书训练儿童的读写能力为"童子功""开口奶"，足见其重要。凡属经典，皆有真情实感，所谓"声情感人"者，必能美声动人。诗文因表情达意而异，有低回绵渺、优雅婉转者，也有慷慨激昂、回肠荡气者。苟作会意，读出美声，未必如谢榛《四溟诗话》所言，要"一读则改容，再读则泪下，三读则断肠矣"，差不多也得像陶明濬《诗说杂记》所言，"必使读诗者，心为之感，情为之动，击节高歌，不能自已（不能抑制。已，止也）"，定能刻骨铭心。

以传统诗词创作者或研究者的眼光观之，诵读美声至少要包括读出声情、读解情趣两个方面。读诗会背诵，不过是起步过渡，解得声情、意趣，方可称"入门"。现在有不少标榜"国学诗课"的教学，方法古板，只让学生反复朗读背诵，许诺"熟读五十遍，写绝句没有问题"等，皆虚饵诱鱼，难验实效。

民间传统的教学方法很多，有的已经数百年的实践验证，可效可信。通常第一步是"晓声"，即先练习单字的平仄发声，同时配合"属对"训练（例如云对雨、花对草），然后增至双字、三字（例如岭北对江东、重庆对四平，又三尺剑对六钧弓、山千树对水一湾），循序渐进。古代启蒙教育常用的《声律启蒙》（南方人称"对对歌"）教材，至今仍然可取。第二步，开始每日练习高声诵读，平声舒畅绵长，仄声抑扬低昂（入声短促善藏），学生通过读诗即可较快掌握字声平仄。前人认为清晨张口，吐纳嘘吸，朗声养气；入夜灯下复读，能加强记忆，温故知新，如此胸怀扩充，壮志强身，不难期望大成。宋代苏轼在黄州夜诵杜牧《阿房宫》数十遍，每遍必称其好，似以为百遍犹不能穷。

读诗一向有法，而且方法多多。千万不要一说"读诗"，就拘泥于课堂朗诵。读诗看似简单，其实南北各家俱有擅长，学生心地的文学种子发育良否，多半都与教诗先生的启蒙优劣攸关。教诗者不通诗法，只顾背诵，如何教到实处？教师都应该认真体会经典诗词的细腻风光，取得经验，因材施教。以前教授蒙童，江浙有一种常用的方法，例如诵读至"白日依山尽"时，由教书先生先带读"白日——尽"，学生齐诵"白日——依山——尽"；先生又喊"黄河——流"，学生齐诵"黄河——入海——流"。如此，学生初步知道"依山"和"入海"皆是"系腰带"（今称主语谓语之间加状语）。或至"野火烧不尽"时，先生带读"野火——烧",学生续诵"野火——烧——不尽";又喊"春风——吹",学生续诵"春风——吹——又生"。如此,学生从语感上知道"不尽"和"又生"皆是"穿靴"(今称主语谓语之后加补语)。日后逢着"清江无限好,白鸟不胜闲"(宋王安石)、"江湖深更白,松竹远微青"(唐杜甫)、"春阴防柳絮,月黑见梨花"(唐郑谷)、"远烟平似水,高树暗如山"(唐雍陶)等,皆诵之即解。

　　启功先生讲过一则故事,说有位名叫鹤孙的贵族子弟专爱戏弄教书的杨先生,有次至"野火烧不尽"时偷偷喊了声"野火烧羊肉",因为"羊"与"杨"谐音,其他三位学生闻之哄堂大笑,秩序大乱。杨先生遂令学生以鹤孙的"野火烧羊肉(仄仄平平仄)"当堂作出对句。对"老树酸梅子(仄仄平平仄)"者,先生批曰"平仄顺风,打回"。对"佳晴纵马蹄(平平仄仄平)"者,先生点赞"恰宜"。最后那位想讨好先生,打击一下鹤孙,对出"滚汤浇鹤孙(仄平平仄平)",先生批曰"平仄无误,然出语刻薄,有失儒雅。打回"。如此结合对仗训练,既能启发学生读诗兴趣,又诲人以仁善,不啻一种好方法。

　　读诗启蒙,读声当然很重要,但又并非简单的读声。读声正确,须对诗歌作品有些初步的会意通情,然后在传统诗歌声韵抑扬顿挫的音乐美中,再进一步认知诗意的内涵。例如读诵至《弟子规》的"出必告,反必面",至少应该讲清楚此"告"(破读 gù,请求请示)非"告诉"之"告"(音 gào);"反"通用"返家"之"返","返"是古字"反"的后起字。又例如因律式平仄的关系,李白《望庐山瀑布》的"遥看瀑布挂前川"的"看",在句中须破读平声,而李商隐《临发崇让宅蔷薇》的"一树浓姿独看来"的"看"须读仄声(去声)。

　　过去有句俗话,"熟读唐诗三百首,不会写诗也会吟"。其实,不知道简单的声法、律法、韵法,熟读后既不会写也不会吟的,古今都大有人在。如果字声平仄没弄准确,读诗影响到诗意的理解,读也不可能读好。例如学习杜甫的《春夜喜雨》,先生先要通讲大意,然后无妨点出其中几处妙致所在。这种点到为止,必须为师的先具明眼。诸如

"随风潜入夜"与"润物细无声"句中的"入"（实词）与"无"（虚词），何以能够对仗（未必只是仄平反对），故而读声可以轻重别之，留下暗示。有些不得随意绕过的问题，为师不知，教学难免遗憾。上个世纪50年代后期，学习和讲授古典诗词，多不重视声法、律法，出过笑话。对于"花重锦官城"，因为"重"字多音（有平仄二声），因声别意，认为"花重（读仄声）"的一些教师的解读是"雨后芙蓉花吸足了雨水，花枝沉甸甸的，压满了锦官城"；另一些认为"花重（读平声）"的教师解读是"雨后芙蓉花灿烂开放，花枝重重叠叠的，围满了锦官城"，各自有理，莫衷一是。据说有人去请教过郭沫若先生，郭老说："应该问老杜啊。老杜不可问矣，那就问格律吧。"问老杜，笑谈而已。郭老的意思是须以格律为准。按声律，末句应为"仄仄仄平平"，老杜诗是按格律创作的，所以正确的解答当然是"花重（读仄声）锦官城"。其他例如"水作琴中听（听，读仄声），山疑画里看（看，读平声）"（杜审言）；又"风暖鸟声碎，日高花影重（重，读平声）"（杜荀鹤），而"锦长书郑重（重，读仄声），眉细恨分明"（李商隐句）；又"自怜黄发暮，一倍惜年华（华，读平声）"（王维），而"残云归太华（华，读仄声），疏雨过中条"（许浑句），诸如此类，不妨先清楚字词的歧义所在，然后由学生试着各自释句，引起争议，愈辩愈明，最后再给出正确释解。

古代关于读诗方面的助学读物比较多，例如《诗童子问十卷》的"以明读诗之法"，《毛诗集解·学诗总说》分"作诗之理、寓诗之乐、读诗之法"三则等，皆可资今人借鉴。前人讲读诗之"读"，与今人之"读"不尽相同。今说读书，就是看书。前人讲读书，包括朗诵习法，还有初步的研习。例如"诵读"，晨起读书跟京剧演员吊嗓子一样，吐纳吸气，有益心肺；读解内容，在有益身心健康之外还能启智。宋黄庭坚、陆游、朱熹等大家各有读书之法，例如宋代张载有"凝思读书法"等，师传门徒，解悟发展，就成了传统。至今八闽一带还在讲授的"朱氏读书法"，即朱熹传下来的读书方法。例如老师问："竹喧因何事啊?"学生回答:"竹喧——归浣女。""莲动因何事啊?"回答:"莲动——下渔舟。"竹林喧哗是因为浣衣女们叽叽喳喳地回来了;莲枝摇动是因为渔舟过来了。这两句的因果倒置关系,通过诵读就可以交代得清清楚楚。

传统诗词诵读大致有自诵、对诵、听诵、应诵和吟诵五种形式。例如听诵,即倾听他人诵读,实则自己也在默诵。如果同时佐以清茗雅琴,领略耳福,身心定有别样享受。朱熹老夫子认为学诗入门,"读诗唯是讽诵之功",因他偏爱听诵,故而主张自家读诗吟哦外,可以"听诵"佐之。陆游一向爱听儿孙诵读诗书,以为诗礼传后方能家国有望,暮年留下过"堪叹一衰今至此,梦回闻汝读书声"(《示子聿》)、"拈得一书还懒看,卧听孙子诵琅琅"(《江村》)等诗句。

难度比较大的是随机性要求很高的应读,可以看作是诵读的高级阶段。非熟读多年诗书的敏捷学子,很难通过应读的训练。现场应读,可以结合学习字法、句法等简单的诗歌作法,启人心智,类同机锋应对,方法大都比较灵活。最简单的应读,是"就一诗说一诗"。例如命学生诵读唐代崔护《题都城南庄》,学生方读"去年今日此门中,人面桃花相映红",先生发问:"今年今日此门中,又在何处?"学生答"正在诗中。崔护省去,未必明说"。先生又问:"时至今年今日,则人面如何?桃花如何?"学生答"人面不知何处去,桃花依旧笑春风"。表面上看,是一般的背诵,实则已由读声渐入读法阶段。明眼读者皆知,崔护此诗有二法可取,首句用省法,暗地巧妙转换了时空,然后融入分合法,先合说"人面桃花相映红"(彼时的空间人事),然后第三四句分说"人面"和"桃花"(此时的空间人事的变化),"人面不知何处去,桃花依旧笑东风"。

日后,读至宋杨万里的"打油诗""雪正飞时梅正开,倩人和雪折庭梅。莫教颤脱梢头雪,千万轻轻折取来",居然读出首句是"梅雪分写明写",次句是"梅雪合写明写",转柁那句是"分写,一明(雪)一暗(梅,只说'梢头')",第四句再次"合写,梅雪皆暗写",料应叹绝。

方知前贤的"打油诗",纵张口就来,也是随法生机,实不简单。

中国的传统诗歌传播海外,有的已逾千五百年,惯常被称作"汉诗"。笔者在日韩两国参加过"汉诗吟诵会""汉诗书道物语"等活动,活动区间都不宽绰,唯二三格窗可以观赏庭园中玲珑的松石风景,大家依次就座,品茗听诵,也无损盎然雅兴。日本民间或学校有很多书道教室,先诵读汉诗、俳句或和歌,然后学生各自展纸书写方才诵读的诗句。新学的诗,由教师带读;读过的诗,让学生对诵。背诵错误的学生会在诵读结束时,站出来鞠躬致歉。有时候陪读的家长也参与对诵,鼓掌助阵,气氛非常活跃。我国诵读归语文课,书写归写字课,似可弥合楚河汉界,借鉴这种诵读与写字课相结合的方法。

有次聆听日本"清水流"(日本著名的吟诵流派)诵读,在场的百余名小中学师生都陶然如醉,估计经过这次欣赏,学生会对经典诗词萌生更多的爱心。特别是吟诵李白《静夜思》,诵者动情,声音婉转清越忽又高亢,最后低回绵渺而逝,真美不胜收。日韩有些吟诵流派是受我国明清东南浙闽地区诗社吟诵影响发展起来的,个别字词的发音与那些地区的方言并无二致。现在我国南方虽然有不少民间诗社还保留每逢雅集必要诵读的惯例,但自诵和听诵比较常见,对诵、应诵和吟诵已经日渐少矣。

读 美 意

读经典诗词之美意,须解诗人在体察、立意、炼识等方面的苦心用心。美意当前,茫然不解,无异于对牛弹琴。

体察,即熟知作者如何在生活中有所发现,有所提炼。这种体察,未必尽从鉴赏等书本采来。"情以物迁,辞以情发"(刘勰《文心雕龙·物色》),生活乃创作源泉,作者写出自己的见闻感受,若非面壁虚构,凿空结撰,皆有情景交融,"陶冶物情,体会光景,必贵乎自得"(见《诗人玉屑》)。读者未必经历喜怒哀乐古今中外之万千事,读解古今"贵乎自得"的经典的万千精彩，亦是平素的酝酿蓄积。例如读古今经典的山水诗，读者纵不能足履所至，耳听目及，也可以寻幽涉险，默契神会，自剖其妙。如此，传世有经典，诗人"无愧于游览"；读者有自得，"方无愧乎游览之诗"。

炼识，即养眼颐心。读经典，怡悦之外，须解悟个中识见。识见，乃情感深处的思想。诗文最忌平淡无味，可有可无。纵挥毫作诗千卷万首，"无识，则才与学俱误用矣"（见清袁枚《随园诗话》）。多读经典，能扩充眼界胸怀，有助于颐养浩然之气，实则多自真知灼见的教化中来。例如唐刘原父《咏草》的"似嫌车马繁华处，才入城门便不生"，杜牧《送隐者》的"公道世间唯白发，贵人头上不曾饶"，章碣《焚书坑》的"坑灰未冷山东起，刘项原来不读书"，曹松《己亥岁》的"凭君莫话封侯事，一将功成万骨枯"，李涉《井栏砂宿遇夜客》的"他时不用逃名姓，世上如今半是君"，又宋杨万里《送德轮行者》的"袈裟未著愁多事，著了袈裟事更多"，清邓汉仪《题息夫人庙》的"千古艰难唯一死，伤心岂独息夫人"等，皆可谓穷尽事理，洞彻明道。于读者而言，读前是此等人，读后已非此等人，自得精警启迪，所以借助解读经典"炼识"，亦是一种自觉。清代徐增《而庵诗话》说："吾常语作诗者：须要向题意上透出一层，见识到哪里，字句亦随到哪里，方有第一等诗作出来。"这一点，作者读者皆须视作"度人金针"，如果能解悟其细腻风光，笔下当受益无尽。

情志所托，当以意为主。"意犹帅也。无帅之兵，谓之乌合。"（见清《姜斋诗话》）有好想，方有好诗。金代赵秉文题过一首《黄山蹇驴诗图》："三十年前济水东，诗中曾识蹇驴翁。而今画出推敲势，欲恐相逢是梦中。"将一个枯燥无趣的画面，以今昔时空的变化比较，明明审美幻觉的虚境却以真境道来，命意新奇，别开生面不难。若以唐代景云《题画松》"画松一似真松树，且待寻思记得无。曾在天台山上见，石桥南畔第三株"较之，二诗皆虚境实说，但赵诗更进一层，又说"欲恐相逢是梦中"，虚中言虚，愈见胜出。

　　大羹无味，经典清奇反不似奇，读者必须细心味之。唐杜牧说"以意全胜者，辞愈朴而文愈高；意不胜者，辞愈华而文愈鄙"（见《答庄充书》），验之经典，当知不虚。例如脍炙千秋的"独坐幽篁里，弹琴复长啸。深林人不知，明月来相照""千山鸟飞绝，万径人踪灭。孤舟蓑笠翁，独钓寒江雪"等，皆朴实无华，却径自生奇，诵之朗朗上口，合卷经久难忘。

　　捧读唐代刘禹锡的"百亩庭中半是苔，桃花净尽菜花开。种桃道士归何处，前度刘郎今又来"（《再游玄都观》），"画时应遇空亡日，卖处难逢识别人。唯有多情往来客，强将衫袖拂埃尘"（《题燕尔馆破屏风》），"朱雀桥边野草花，乌衣巷口夕阳斜。旧时王谢堂前燕，飞入寻常百姓家"（《乌衣巷》）等，如果识得诗人的生涯意趣，必知观里桃花、堂前飞燕和破旧屏风，虽然挥笔一借（皆用借物法），却径自生奇，因为诗中的廓然寄慨，那份潇洒大气，其实正是诗人在托兴吐述哀怨，个中多少沉郁多少沧桑！清赵执信《谈龙录》评刘禹锡诗，说"诗人贵知学，尤贵知道"。"道"者，意理也。如果只会背诵词句篇什，未能深解经典的美声、美意，甚至对其内在本质性的诗法技巧等都茫然不知，应属肤浅。解读经典，须要感受历史文化的沧桑，那是诗歌文化特质留在民族历史上的印痕，读不懂或者领略不到沧桑感的读者，也不可能真正品味出历史文化包浆的全部价值。

　　宋代严羽说"观太白诗者，要识真太白处"，如果只会背诵词句篇什，未能深解经典的美声美意，甚至对其内在本质性的诗法技巧等茫然不知，统属肤浅。

　　古代经典诗词常见"合分法"。"合分法"，有合有分，有大有小，或句法或篇章之法，任由作手。苏东坡《水龙吟·次韵章质夫杨花词》中"春色三分：二分尘土，一分流水"，先说"春色三分"，然后分说"二分尘土，一分流水"，三等于二加一，这就是合分句法。倒而用之，也有分合句法，比如"举杯邀明月"，举杯是李白，然后邀明月，对影，一加一再加一等于三，最后"对影成三人"，分而合之。弄清美意，又诵读知法，也是砍柴得兔，无妨捎带点意外收获。

不解美法，美意也难深透。下一个话题讲美法，这里先说说美法与美意的密切关系。

杜甫的"星垂平野阔，月涌大江流"，很多读者从字面上理解，以为星星垂下来，平野显得很宽阔；难道星星不垂，平野就不宽阔了吗？月亮升起，大江在流；难道月亮不出，大江就不流了吗？不知诗法，诗意就会误解。杜甫在这里用了"倒置法"，将本句中的因果颠倒，属于"倒语"。因为大江流动，所以月亮升起就像跳出来一般；因为平野宽阔，所以星星像垂下来一样。这样写，诗意容易矫矫生新。其他，例如杜甫的"客堂序节改"（节序，倒字），王安石的"遥知不是雪，为有暗香来"（因果倒置，倒句）等，皆用倒置法，以矫变出奇。

有人读明代高启的"舟重全家去，诗多一路题"，以为是"借大舟能够重载，全家登舟而去；因为诗多，故而一路题之"，释意勉强，缘于解读先有了误解。此亦为倒语，正确的释解是"因为全家都去，故而舟重；因为一路题诗，故而诗多"。本句因果倒之，颇见文心。读"海日生残夜，江春入旧年"（王湾句），不知"倒装法"（应该是"残夜生海日，旧年入江春"），让佳诗遭遇误解，成了"海日生得残夜，江春折回旧年"，就会莫名其妙，有辱经典。如果不但知道"倒装法"，还能融会旁通，则不难理解老杜的"徒劳望牛斗"（"牛斗"应自"斗牛"）和"皆为扫氛妖"（"氛妖"应自"妖氛"），用"倒字法"，只为奇崛顿挫和成全声韵之美，而处默的"到江吴地尽，隔岸越山多"（倒语：江到吴地尽，岸隔越山多），戴叔伦的"寥落悲前事，支离笑此身"（倒语：悲前事寥落，笑此身支离）等，专为强化动态结果，又用倒句、倒语诸法。

读　美　法

禅家认为"循缘皆法"。不学诗法，只是读诵，不能真切深入地解读美意，无论欣赏还是创作，门外徜徉年久，不悟其道，终归难以上手。用朱熹的话说，那就是"只因未到那深处；若到得那深处，自然佛门洞开"。人可以很聪明（包括天赋和后天涵养），因为有时没有做到，让自己失去很多创造的机会。朦胧与开悟，或许仅差一步之遥。迈出这一步，即是顿悟。

诗法，可分声法、律法、韵法、字法、句法、篇法、意法等七法。篇法，又称章法，即作者谋篇时采用的各种方法，如在体势、承转、起合、熔裁、照应、连环、立骨等方面的处理安排。学习和研究诗词谋篇的手法、规律，对解读经典诗词有尤为重要的意义。

笔者认为，读经典，还需要研究各种经典的惨淡经营。经典之所以能成为经典，在美声、美意之外，是那些大家运用技巧（修辞学）及笔法（章法学）各擅胜场的结果。学习从来都有务实和务虚两种，所以清代桐城派，有姚鼐、刘大櫆等文学家。刘大櫆讲"天下所告人者，唯法耳"，认为"诲人唯独方法最重要"。

学习研究经典诗词的美法，可以增强学习和创作的自觉性，减少盲目性。例如以诗法观之，读出"两个黄鹂鸣翠柳，一行白鹭上青天"，是老杜在写两个点、一条线，在用点线经营诗境空间，这就是明眼务实。如果能用这个点线经营法去关照"白日依山尽，黄河入海流"，读出"白日"是点的运动，由上而下，"黄河"是线的运动，由西往东，就小彻小悟了。如果还能借助"列锦法"，读懂王维的"大漠（面）—孤烟（线）—直，长河（线）—落日（点）—圆"，是点线经营法与双字列锦加字法的巧妙结合，甚至还能动笔开辟自己的文学天地，则近乎大彻大悟了。金圣叹说"天下妙思无限，故妙法亦无限"，反过来理解，"天下妙法无限，故妙思亦无限"。白纸青天，造化在手。通与不通，悟与不悟，全在作手灵慧。看三千字的鉴赏文章，不如点拨一个诗法实在，"诵经千卷，莫如灵心一点"，所以，善学者的聪明，不过知晓应该学习什么和如何去学罢了。

宋代有人在安徽齐云山题壁，留下"齐云山与白云齐，四顾青山座座低"两句诗后，便无下文。后来人登山读诗，都认为二句言山高至极，若想补续后两句，实在太难。直到明代，诗书画家唐寅（即唐伯虎）携友登上齐云山，看到此诗，触发灵感，觉得"续尾不难"，喜曰"正待吾也"，遂轻松续出后半篇。

唐寅的诗在明代算不上一流，但人绝顶聪明，确是形神造境的大雅轶才。读其诗，经常可以从构思与技巧方面获得意外的领悟。美学家王朝闻先生有句名言："绕树一周，选择一个最佳的角度"，这就是能动性（创造性）。唐寅就着"齐云山与白云齐，四顾青山座座低"两句，用"设身处地法"，巧妙地"选择最佳角度"，立刻有了不同寻常的创造性思路，即山高可以隔断来往的大雁，却隔不住自在重霄的日月；便援笔题曰："隔断往来南北雁，只容日月过东西。"续句一出，全诗遂活，观者无不叹绝。从唐寅的续句成功，我们可以拓展思考，题写前两句的诗人只顾专写山高，话又说过了头，自陷局限，置身山巅却未得"设身处地"辟出生路；半篇搁笔，愣是拱手让唐寅占了"立意运法两妙"的便宜。

古文学家章实斋在《古文十弊》中论述过笔法、结构等谋篇之法对写作的重要，"法度难以空言，则往往取譬以示蒙学。拟于房室，则有所谓间架、结构；拟于身体，则有所谓眉目、筋节；拟于绘画，则有所谓点睛、添毫；拟于形家，则有所谓来龙、结穴"，读者能窥出门道，周知于心，一旦援笔，不难左右逢源，所谓术由前授，因方巧借，也是美自我成的大好机缘。

笔者在新加坡大学展览讲学期间，有学子问李白《将进酒》首句"君不见黄河之水天上来，奔流到海不复回"，说黄河；接着，"君不见高堂明镜悲白发，朝如青丝暮成雪"，说李白自己；第三句"人生得意须尽欢，莫使金樽空对月"，说牢骚。跳跃性太大。是否可以把思维的跳跃理解成李白诗歌浪漫主义特色？笔者答曰，思维跳跃的确可以理解为浪漫主义诗歌的一种特色，但这首诗是否"思维跳跃"，具体问题需要具体分析，不妨先从诗法解析。"黄河之水天上来"，横空一线的黄河贯通古今万万千年，景象壮观，大空间、大时间全给了这条线，而李白就像大线旁边站着的一个小点，纵然能活百年之久也不过朝夕之间，故而写出"朝如青丝暮成雪"，以人生的"小时间、小空间"，聊发些许慨叹。在如此大的反差对比下，李白感伤"人生得意须尽欢，莫使金樽空对月"，是不是很自然？这里不存在"思维的跳跃"。所以说，不知作法，我们距离真正读懂读透经典会很远很远。难怪法国大画家毕加索创立"立体画派"，说世间万物都可以点、线、面等几何图形画之，确实有些道理。

不仅经典诗词，学习经典美文，也须据"三美"读之。晚唐杜牧文辞优美的《阿房宫赋》，曾经感动过一千多年的历代学人，肯定也感动着今天的读者。请问，今天的读者从《阿房宫赋》能学到些什么？就学"六王毕，四海一；蜀山兀，阿房出"，或者不可一世的大秦王朝灭亡的历史教训吗？学六国或秦国灭亡的历史教训，可以看历史书。中国学子大概初中就开始学《阿房宫赋》，但总是在主题思想、段落大意，还有夸张、排比等手法上徘徊。实际上，有些词采功夫对经过汉赋训练的唐代文人来说都不算大问题。"五步一楼，十步一阁"，描绘之，形容之，很多文人都可以做到。笔者认为，最难最值得学习的是文章的篇法（章法）、笔法等。一篇美文、美诗，有时可以记不住其中个别词语，但是如果不知笔法、诗法，那就真的白学了。

现在不妨以《阿房宫赋》的段落大意为例，分析一下美法的重要。古文无标点，也不会逢段提行做出提示。那么，读者何以得知其段落，或者说如何知晓文章的结构呢？一是会意，解读美意；一是看文势之曲折婉转，知其结构。类似观水，水道狭窄处，流必速急；水道宽阔处，流必平缓。外在的形貌会暗示内在的实质，一如水流回环，本水势使之然也。段落迭出，同样，本文势使之然也。

《阿房宫赋》开篇写阿房宫之大，即是首段。"六王毕，四海一；蜀山兀，阿房出"等排比句子随意铺写后，一段归结，必要锁住，在笔法上称作"关锁法"。学《阿房宫赋》不学"关锁法"，就是未得其精髓。一段一锁，"步步关锁"；全篇归总点醒，叫"全篇总锁"。杜牧此文首段写阿房宫之大以"一日之内，一宫之间，而气候不齐"锁住。读至此，不用标点，也知此处当为一段；宫苑有多大，何用赘言？

接下一段写宫中美女之多，有"开妆镜，梳晓鬟，弃（胭）脂水，焚椒兰，宫车过，辘辘远"者，文笔形画都不难。宫中之大，美女之多，如何锁住？皇帝一个，美女很多，皇帝没见过张三李四情有可原，宫人居然没见过皇上，竟然"有不得见者，三十六年"，一句锁定。宫苑之大，宫人之多，皆毋用赘述。然后写宫中的珠宝之累聚，以"鼎铛玉石，金块珠砾，秦人视之，亦不甚惜"。

最后全篇总锁，分作两步。先以"戍卒叫，函谷举；楚人一炬，可怜焦土"一锁，言阿房宫之焚毁，即言大秦王朝之败局，是对前文所写宫苑之大、宫人之多和珠宝之聚三段的大关锁，"一句叫醒"，荣盛极衰，反差对比，震撼强烈。为了垂戒后世，又以议论"灭六国者，非秦也；族亲者秦也，非天下也……"一段，再次总束。如此，则殷鉴赫然，撞如洪钟，发人深省。倘若不解其笔法之美，如何解读杜牧"五步文心"之妙，又如何真正读懂读透这篇令千秋文豪拍案叫绝的美文？

我们在相当长一段历史时期，太偏重内容，忽略了作法学等技巧方面的学习，留下遗憾。现在亡羊补牢犹未晚也。学习美法，如同禅家的"舍筏登岸"，足资借鉴。历代诗话也有"舍筏登岸"，称"取其精髓"。不管学习什么，最实惠有效的，就是取法。美法之"法"，也可以理解为"筏"。不借助"筏"，无法到达彼岸。渡河之后，不妨舍筏登岸，"各有灵苗各自探"（郑板桥句），去开辟自己的新天地，方能历练出真功夫真本事。很多人学习太盲目，学诗文只知道死记硬背，对美法不学不问，过河登岸后不会自己走路，不知如何学以致用，即使滚瓜烂熟，能有自己践行创作真正的起点吗？

日本从古代平安时期就开始用中国汉语言创作汉诗，一直续写至今，骚香代代相传，日韩至今还活跃着几十个汉诗社。笔者在日本曾经问过他们是如何学写汉诗的。他们有的靠家教师传，有的甚至承自明治维新研究汉学的先祖前辈，代代有诗学传人，其共同的特点大都靠传授诗法去深化理解汉诗的美意，又在理解美意的基础上熟悉和学会运用美法。他们用来强化诗法的理解和运用的许多基本训练，或可追溯至江户时代之前。古今海外的日韩汉诗界不乏高手，当年俞樾就慨叹过"休得小看了东人"，所以我们需要抛弃"淮北生枳"的陈见，去面对和交流。"幸然文字结奇缘，衣钵偏宜际此传"（明治汉诗人宫岛诚一郎赠黄遵宪诗句），这也是千秋无尽的文化情缘。

笔者在日本讲学期间，读到过江户著名诗人西岛长孙的题画诗《范蠡载西施图》，诗曰"安国忠臣倾国色（首句分写范蠡西施），片帆俱趁五湖风（合写，二人同舟隐去）。人间倚伏君知否（转笔一问矫起）？吴越存亡一舸中（合说一舸系得吴越存亡，小中见大）"，以为精彩，又"倚伏"化《老子》"祸兮福之所倚，福兮祸之所伏"，言祸福依变，驾轻就熟，小诗大气象，信俞公言之不虚。这就是笔者戊子（2008）年主编《全球汉诗三百家》，以便在全球进一步弘扬我国汉诗文化的一个原因。外国人热衷用汉语言写汉诗，必须给他们一点掌声和鼓励。

当然，也有人学习经典诗文，一开始就比较盲目，无师指点，也没细心体味过什么诗法，或许日后有得悟的一天，但四处盲目碰撞，过程漫长。学习的"得悟"，有无借鉴固然不同，这里有文野之分，粗细之分，高低之分，快慢之分。例如读明代小说《水浒传》，不难发现施耐庵借鉴了不少唐宋时的诗文美法，加之独创和自家造化，就巍然成就了一座高峰。闲时用务实学法的眼光读一读《水浒传》很有好处，可以贯通今古，千秋养眼。施耐庵把许多诗法和文法都融汇其中，"舍筏登岸"，造化全在自己，故而成为中国古典小说创作的一座高峰。

当然，对诗人来说，经常使用某些手法形成的一家面目，日久或可成为风格的一部分。对某一文体而言，不同时代的作者处理不同题材时采用的体势、布局等，虽非约定，但有"自然流"现象，便形成了一些无法之法。世上皆先有诗词，后有人论法、立法。论法、立法，本意多出于论诗、学诗方便。因为若无一法，学诗者苦苦摸索，终是事倍功半。诗人创作时若依法造诗，视章法为"命脉"，只注重诗词结构布局，或画地为牢，或买骨附肉，其诗词必然神采皆失，弥增愧怍。前人多推崇杜甫五言律，认为典范，其实杜甫律诗用法灵活变化最多，好似无有定规，其颠倒纵横，皆出人意表，造化在手，运法如丸，故明人陆时雍《诗镜总论》评价杜甫律诗精彩，缘于巧思活法，谓："万法总归一法，一法不如无法，水流自行，云生自起，更有何法可设？"

学法贵在通变，务实者必然重法。清初画家石涛曰："今人古人，谁师谁体？但出但入，凭翻笔底。"作诗必须要"清水出芙蓉，天然去雕饰"，像行云流水，自在为之。掌握美法，常借前人名作佳篇对照吟味，化他法为己法，从容娴习之余，或溢而为波，或变而为奇，乃有自然之妙。

最后，讲讲我们为什么现在要重提经典诗词的学习和继承这一问题。

孔老夫子讲："《诗》三百一言以蔽之，曰'思无邪'。""思无邪"是从《诗经·鲁颂》里面借来的，有人释其意，说"写诗的人很天真"，是这样的吗？"思无邪"是一种清静的修为，是强调诗歌有纯洁灵魂的教化作用。孔子最早认识到这一点，所以他又提出了"兴于诗"。历朝历代谈诗，都必然要谈到孔子的"思无邪"和"兴于诗"。其一，它强调了诗歌的美育教化作用，作诗关系做人，一定要有美好的修为。其二，"兴于诗"，也很重要。诗歌在"烹小鲜"之外，对家国管理、社稷安危等诸多方面能够起到一些政治和军事力量所不及的教化作用，故孔子强调"思无邪"和"兴于诗"。

理解不要局限。"诗三百"未必就是说《诗经》，不妨解读为孔夫子对诗歌文学主张最早提出来的概念。到南宋陆游，将"思无邪"作为"孔门三字铭"，并以此标榜门庭，便成了最大的招牌。这样说并非夸大诗歌文学的作用而把别的学科压低一头，文学从来都是人文的乳液。一个人的创造性思维发达否，激活否，按照人类学家的研究，它有一个"创造性思维的高原曲线"，这个高原曲线是按照人的才情、健康、智力、学养以及运化能力等各种参数形成的变化性曲线，因为参数在人生的不同时期会有变化，所以在某种程度上可以大致说明某人在某个人生阶段的创造性思维能力。

学子欲求事遂功至，须智慧通之，志力达之，此乃古今中外成就者立业之明门大道。简单地说，智慧通行，就是能否激活知、识、思、变等创造性思维的问题。众所周知，地球上的山水无不沟通，州界、省界、国界皆属人为设置。在创造性思维那个高端层面上，文学的造诣会有助于激活其他领域的创造性思维活动能力。日本一些株式会社鼓励员工学习汉诗、书道，甚至组织"三国读书会""汉诗月读会"等，进行开拓创造性思维能力的各种训练。训练的意义，不仅在提高员工的修养和素质，也开拓和滋养了其创造性思维的活力。

现在报刊谈禅与诗的话题很多，不妨请教一个问题：禅与诗何干？"禅中有诗，诗中有禅"，究竟说的是什么意思？我认为，这是诗与禅在创造性思维那个高端层面上的贯通和理解。无论写诗与否，强调加强丰厚学养，必然与创造性思维攸关，所以弄清楚这个问题很有必要。例如老禅师问"何谓风"，回答"空气流动谓之风"，肯定正确，但非诗非禅。这时，如果有小僧回答"楼外絮纷纷"或"亭皋木叶落"，一言春风，一言秋风，未着"风"字，却得风流。或谓"虎在山中行"（林中大王之风）、"钵空有物归"（空灵之风），也未着"风"字，则愈见悟觉。其间，必然有创造性思维的积极活动。读者细味，能无动于衷？如果老禅师又问："何谓大中见小？"回答"西瓜瓤有籽"，不能说答错，但拙在坐实。或答"广宇茫茫飘桂子""玉鉴琼田三万顷，著我扁舟一叶"，孤高清寂愈见，也愈见悟觉。机锋应对，通禅或是通诗又有何难？如果老禅师再问："何谓小中见大？"小僧回答："芥子比西瓜。"你认可是实话，会认可其禅风诗味吗？或有小僧回答"一口吸尽西江水""窗含西岭千秋雪，门泊东吴万里船"，你有什么感觉？反过来理解，诗人写这些诗句，不正是创造性思维的积极活动吗？在这个层面上，你对"禅"与"诗"，会没有新的理解（悟觉）？不轻易说"禅"与"诗"无关的人，也不会断言"学习经典诗词只是文学爱好者的事""没必要大家都去学习经典诗词"云云。如何解读和学习经典诗文，是带有主观能动性的一种自觉。融会贯通，激活人的创造性思维能力是多方面的综合效应，当然也包括文学的解读和创作活动。

吾国历史上多有地方官倡读经典的记载，上行下效，蔚然成势，文化传统瓜瓞绵绵，亦是"烹小鲜"之善法。据《明史》载，王琎在洪武末时"以贤能荐授宁波知府，夜四鼓即秉烛读书，声彻署外"，由此带动宁波地方学子，"诸生亦四鼓起，诵习无敢懈"，又《山西通志》载，湖广武陵进士龙膺，博学有才干，长于诗词，万历间分守河东道，"每所履州县……夜辄潜至城头，察有读书声及纺绩声，次日即给予灯油之费"，以资鼓励，于是惩恶奖读，"良善鼓舞"，地方大治。如此倡读经典，家传师教，代有读书种子，故直觉后生可畏。宋代王之道垂暮见二儿孙夜读甚勤，赋诗曰"老懒谁能教子孙？静中犹喜读书声。犹如双凤传家学，令我闻风畏后生"，足见一端。

总之，但凡经典，都有讲究，皆有法可循。"循缘是法"，诗法具有永远的青春活力；如此慧智养心，已经历经千秋，还将后续绵延万代。谁敢断言后代中国人写诗可以漠视一切，全由新造？不变有变，源流不绝；变有不变，骚香一脉。坚守传统固然重要，也需要因势利导，因时创新，注重实效。探寻的眼界可以开阔一些，教学的方法不妨灵活多样一些，让青少年爱学爱读，在美声、美意的熏陶中呵护和培育好中华民族文化的基因。记住，无论古今中外，学习任何经典都不能死抠一个"滚瓜烂熟"；"熟读"绝非学习经典诗词的全部。如果能结合简单诗法的学习，继承创新，开启青少年创造性思维的大门，会有更多精彩的收获。愿我们的代代子孙都有文化教养，都有富足诗意的美好胸怀。

人生一路，渴望更多赏心悦目的文化景观，然而最重要的是，永远不能或缺植根于故土诗歌文学的那道独特的风景。

今天就讲到这里，敬乞赐教指正。若有悬念，容下回分解。谢谢大家。

（此为应邀参加由中央文史馆、云南省文史馆主办之"国学大讲堂"2014年11月26日在云南师范大学演讲的整理稿。）

日本古代汉诗初探

　　日本汉诗是用中国汉民族文学语言和传统诗歌创作形式表达日本诗人思想感情的诗歌作品。它是日本汉文学艺术宝库中最主要和最有价值的文学珍品。

　　日本汉诗，跟至今活跃于日本书坛的汉诗文书法一样，昭示了借助中国艺术语言表现日本艺术家审美理想的可能性。这个特殊的文化现象，在中日文化交流史上有着重要的研究价值。如果抛弃"淮北生枳"的陈见，从比较学的角度进一步研究和正确评价日本汉诗，对了解日本汉文学，研究诗歌创作心理学，甚至更深刻地理解中国古代诗家作品，无疑也具有重要的意义。所以，本文拟从不同的发展时期对日本古代汉诗作初步的探索。

　　至 1868 年日本近代史上划时代的明治维新为止，日本古代汉诗的发展大致经过了奈良平安时代的贵族汉诗、镰仓室町时代的禅林汉诗和江户时代的儒士汉诗三个时期。

一、奈良平安时代的贵族汉诗

　　从飞鸟时代经奈良时代至平安时代结束，其间六百年（593—1192）之久，是汉诗在日本破土萌蘖而生的时期。

　　据《隋书·东夷传》和《北史·倭国传》载，日本推古天皇十五年（607）派遣小野妹子等赴隋之前就已经跟隋朝有文化往来。史载有名的遣隋留学生虽然仅十余人（一说十三人），但并不以学佛法为主。
在漫长的二三十年留学期间他们广采中国礼文政治等，东归后对当时日
本上层社会的文化影响是极为明显和深远的。478 年日本倭王武（即雄
略天皇）致刘宋顺帝的表文，散骈合体，就一如六朝散文。后来的天
皇都雅尚汉字书法和汉诗文，并以此奖掖皇子、朝臣，汉文便逐渐成为
王朝中通行的官方文字。从现存的资料看，最早的汉诗作品是收入
《怀风藻》的大友皇子（648—672）写的《侍宴》和《述怀》。

　　奈良时代（710—784）的日本皇室推重萧统《文选》，并以此作为
学习汉诗文的范本，朝臣多能暗诵，所作汉诗取典或安章之法多据
《文选》，诏策、文告等用骈散交互的汉文，如 719 年表彰入唐十八年
学而有成的释道慈的诏书（见《续日本纪》）、756 年光明皇后御制
《东大寺献物帐》（见《东大寺要录》）等皆如是。此风一直延至平安
朝（794—1192）初期也有增无减。718 年曾有过"凡进士试时务策二
条，帖所读《文选》上帙七帖、《尔雅》三帖"的规定，至平安朝延历
十七年（797）太政官又宣令十六岁以下"大学生"须先习《尔雅》和
《文选》，所以在这个背景下，编纂于 751 年的汉诗集《怀风藻》（辑六
十家诗一百二十首）显见饮承秦汉六朝和初唐诗风的痕迹，是十分自
然的。联系之后的作品来看，《怀风藻》无疑属于已经逝去的飞鸟和奈
良时代。《怀风藻》是日本诗歌史上第一部汉诗集，江户汉学家江村北
海在《日本诗史》中说"古昔诗可徵于今者，莫先乎怀风藻"，足见其
锱金拱璧之位。

　　《怀风藻》中大部分汉诗的句式、句意或篇法皆有祖构，用典也多
出于中国神话和秦汉六朝诗文。其中句式相袭者最为多见，如：

　　　　凤盖随风转，鹊影逐波浮。（〔日〕藤原史《七夕》）
　　　　妲娥随月落，织女逐星移。（〔梁〕庾肩吾《七夕》）

　　句意相袭者，如：

　　巫山行雨下，洛浦回雪飞。（〔日〕荆助仁《咏美人》）

　　飘摇兮若流风之回雪。（〔魏〕曹植《洛神赋》）

　　洛浦疑回雪，巫山似且云。（〔梁〕何思澄《南苑逢美人》）

这些汉诗形象地展示了日本诗人由憧憬到追摹的过程，故学步之艰难也历历可见。从内容题材和表现手法等看，《怀风藻》部分作品确实存在着牵文缝合的问题，但作为最早的汉诗集，《怀风藻》荟萃了汉诗在日本早期的萌芽作品，仅此，就确立了它在中日文化交流史上的重要地位。

　　9 世纪初，平安朝的嵯峨天皇（810—823 年在位）敕撰《凌云集》和《文华秀丽集》，淳和天皇（824—833 年在位）又敕撰《经国集》。这三部汉诗集在内容和诗体体制特点等方面的变化，显示了平安诗风的新气象，也展示了日本汉诗经历过由秦汉六朝而隋唐的嬗递历程。这个历程虽然比同期中国的诗歌发展要滞后一百多年，而且奈良汉诗那种贵族气氛仍笼罩遍至，但以唐朝文化为源头的平安汉诗毕竟因获得新的契机而趋创新，为诗坛带来了一股清新之气。

　　从奈良朝前舒明天皇二年（630）到平安朝宽平六年（894）停派遣唐使为止，日本共派出遣唐使一百九十一次（人数最多的一次达六百名）。加之其间商船往来，遂为大量移植唐朝文化开了方便之门。8世纪中叶，"仿唐风"已无所不及，学汉语和吟汉诗成了朝臣贵绅的日课，使和歌等本土文学一度受到压抑。当时上层社会还流传着《离骚》《庾信集》《太宗文皇帝集》等抄本，汉诗人"涉汉魏六朝唐诸家必矣"（见《本朝一人一首》卷十）。待中唐元（稹）、白（居易）二氏诗传入后，朝野随即翕然相从，诵读和学作白诗一时蔚为风气。日本《本朝丽藻》（卷下）说"我朝词人才子以《白氏文集》为规摹，故承和（834—847）以来言诗者皆不失体裁矣"，可知当时步趋白诗盛况。在中唐诗风影响下，汉诗的创作也由原来皇苑内写侍宴从游之类，扩大为贵绅间的唱和题咏等。诗人在用汉语表情达意，甚至平仄声韵的使用上都远比奈良时期成熟。受白居易《新乐府》《秦中吟》诸诗的影响，有些诗人还写出了一些咏史言志和反映民生疾苦的作品。诗体上，七言歌行、近体和乐府诗的出现，也使《怀风藻》以五言为主的格局大为改观。这时的汉诗人都是厚学博闻的贵族或皇亲国戚，著名的有菅原道真、三善清行、嵯峨天皇、都良香、纪长谷雄、藤原为时，女诗人有智子内亲王、惟氏等，他们的作品代表了这个时代汉诗的创作倾向。例如嵯峨天皇（786—843）的《渔歌子》（五首，选二）：

溪边垂钓奈乐何，世上无家水宿多。
闲酌醉，独棹歌。浩荡飘飘带沧波。

寒江春晓片云晴，两岸花飞夜更明。
鲈鱼脍，莼菜羹。餐罢酣歌带月行。

明显模仿唐代张志和的《渔歌子》（西塞山前白鹭飞，桃花流水鳜鱼肥。青箬笠，绿蓑衣。斜风细雨不须归）。张诗（后定为词）尾句用了"不"字，嵯峨五首均用"带"字。当时奉和者也有用"送""入"等字的，皆略得玄真风神。以天皇至尊之身写渔家生涯本属难为，但这组诗还是写得情趣盎然且造语俊逸疏快，唯"鲈鱼脍，莼菜羹"用《晋书·张翰传》见秋风思吴中莼羹、鲈鱼脍事说本土渔家，未免牵合。

又如菅原道真（845—903）组诗《何人寒气早》（十首，选后二首）：

何人寒气早，寒早卖盐人。煮海虽随手，冲烟不顾身。
旱天平价贱，风土未商贫。欲诉豪民推，津头谒吏频。

何人寒气早，寒早采樵人。未得闲居计，常为重担身。

　　　　云岩行处险，瓮牖入时贫。贱卖家难给，妻孥饿病频。

　　菅原道真是平安朝著名汉学家，曾官至右大臣兼右近卫大将，此组诗是901年冬季遭谗迁九州，在领地赞州哀平民疾苦而作。当时豪族大肆兼并土地，并纠集地方富绅爪牙欺压平民，诗中写的十种苦寒之人实为平安平民痛苦生活的写照。类同此诗的，还有菅原道真的《路遇白头翁》、纪长谷雄的《贫女吟》等。对这类诗，有些研究者断为白诗的仿造之作。其实，参照白诗原本，从命意或篇法处理上分析，这类诗与《怀风藻》中的部分步躅之作决不可相提并论。《何人寒气早》虽然在篇法上借鉴白居易《春深》（何处春深早，春深富贵家），但菅原之诗专写平民苦寒，直歌其事，自然浑成，并无斧凿之痕。又如《路遇白头翁》，虽然在命意上影本白居易《卖炭翁》，但前诗采用诗人与白头翁对话的叙述形式，与后诗纯写诗人眼中所见不同，又前诗借白头翁之口对官府先贬后颂以表达诗人对统治者"愿因积善得能治"的愿望，与后诗以"苦宫市"抨击社会现实自不相同。又如菅原道真的《不出门》（七律）中"都府楼才看瓦色，观音寺只听钟声"，研究者都认为是撷取白居易的"遗爱寺钟倚枕听，香炉峰雪拨帘看"而来。平心而论，不但句意不能断为沿袭，而且从句式上看，后者显然是白诗中最常见的"四二一"（或作"二二三"）结构，如"昭阳殿里恩爱绝，蓬莱宫中日月长""陶令门前四五树，亚夫营里百千条"等，而前诗"都府楼—才看—瓦色，观音寺—只听—钟声"却是"三二二"结构，如同白诗的"巫女庙花红似粉，昭君村柳翠于眉"等。上述这些同异互见的现象，不单关系到对日本早期汉诗作品的评价问题，重要的是，透过这些现象，我们看到了平安汉诗诗人对唐朝文化巨大冲击下的新思考和新作为。这恰是平安汉诗的价值所在。

　　平安诗风的变化，除题材范围的扩展，汉语语汇量的增加和表现技巧的进步外，还表现在平安汉诗人不安于故步，竭力缩短与同期中国诗人的距离并力求汉诗日本化所做出的姿态和努力。编纂于9世纪末期的

《新撰万叶集》将表现同主题、同意境的和歌与汉诗一一对排，相对奈良朝后期的《万叶集》，不难看出汉文学对和歌的渗透和影响。之后，藤原公任（966—1041）又编出了第一部日本诗歌名句选，即《和汉朗咏集》。这两部集子的和汉并排，是饶有深意的。提供比较的机会，就有启发、撷取、醇化或靠拢的可能。这就是不安于故步的反思。在此之前，日僧空海（774—835）所辑《文镜密府论》曾提倡"以敌古为上，不以写古为能""凡高手言物及意，皆不相依傍"等，可以说已从理论上为反思指出了方向。再加上唐诗云水般地涌入，又从题材革新和诗体嬗变等方面做出了示范，故诗风在平安一变当事出必然。

　　还有一点必须提及的是，以嵯峨天皇为首的平安朝数代皇家诗人和以菅原道真为代表的一批贵族诗人，显然构成了汉诗在日本能扎根生长的最强有力的政治支撑力。尽管在这一点上显示了与中国诗歌初自民间口头创作而后登假于文苑殿堂的不同走向，但这种支撑无疑有利于汉诗在日本的生存，可以看作是客体文化移植的一种特殊性。当然，平安朝及其之后较长一段时间汉诗人多据耳食和史典闭门造诗，作品缺乏生活滋养而了无余味，汉诗极难庶民化也是一个重要的原因。

二、禅林汉诗

　　日本汉诗的第二个发展时期是镰仓时代至室町时代。其间约四百年（1192—1573），汉诗主要是指以禅宗五山为中心的诗僧创作的作品，故又称"五山时期"或"禅林文学时期"。在这之前，因日本停派遣唐使，中日文化交往曾出现过一段时间的断层。随后，中国经五代十国战乱到北宋结束，两国间交往都极为冷淡。据日本《百炼抄》和《中日交通史》载，日本一度锁国，凡私入宋者皆处以流放重罪，僧人入宋虽属例外，也比唐朝时锐减（仅二十余人）。由于唐朝时那种活跃的文化传播媒介长期中断，又缺乏北宋新文化的刺激，刚入佳境的平安汉诗到后期忽然变得萎靡起来。南宋中叶后，日本禅风日盛，入宋僧五十年内竟增有百余人之多。在南宋已经烂熟的禅宗借入宋僧和渡日宋僧的传法，在日本大阐宗风，很快便东呼西应。纵宋元之际忽必烈两次东征，也未有过间断。其间，宋朝新文化开始大量入日，不但影响其文学艺术，而且"仿宋风"几乎遍及衣饰、烹调、种植、起居等各个方面。这时僧人说禅作诗皆用汉语，入宋多称不为求法而单为修行而来，游历江南名山禅院如得江山之助，皆祈愿"法海无边，诗囊饱满"。大德十一年（1307）因倭寇焚捣庆元，元军逮捕了天童山的日僧十余人，禅僧雪村友梅（1290—1346）以间谍嫌疑被拘于湖州狱中，执刑时雪村朗诵赴日僧无学祖元（1226—1286）诗偈（乾坤无地卓孤笻，且喜人空法亦空。珍重大元三尺剑，电光影里斩春风），方得幸免。后放逐西蜀，长达十余年，遂有《岷峨诗集》，集中佳作不逊于宋元诸家。如《中秋留别觉庵元文》，笔寄深慨，写情能到真处，也是至诚墨沈。又如《杂体十首》（其一）云："吾不欢人誉，亦不畏人毁。只缘与世疏，方寸淡如水。一身缧绁余，三岁长安市。吟哦聊适情，直语何容绮"等，又似得陶潜风神。这时日本禅林中事概效宋元，最突出的就是镰仓末期仿南宋宁宗时期所建之"五山十刹"。围绕五山禅林的汉文学始终是镰仓以至室町时代最具有影响力的，所以评论家皆以"五山文学"指称这个时期的全部禅林文学。

　　镰仓末期正值元朝，两国禅林的双向对流更加频繁。东渡的元僧，如一山一宁、明极楚俊、竺仙梵仙、清拙正澄等原本就是博学多识的高僧，渡日后又董理名山大刹，对五山汉诗影响极大。史册留名的入元僧有二百二十余人，入元前大都通汉语且长于诗文，入元后于天目山挂锡，靠一钵一杖四处巡历。如在华居住四十五年之久的龙山德见（1284—1358）的《倚明极（楚俊）老人山中杂言十章韵言志》有"我昔过东海，清游到江西。爱此江山好，驻锡已忘归"。五山僧对汉诗的仰慕和实践确实出于"本心"，即使面对虔诚的宗教膜拜也不隐藏半分。文词本是禅家务斩之葛藤，素有不立文字之说。唐释拾得有"我诗也是诗，有人唤作偈"句，宋人更从禅意诗中发现"此物以意"的

"象外句"，《香祖笔记》说"舍筏登岸，禅家以为悟境，诗家以为化境，诗禅一致，等无差别"，看来，"以言消言"也在情理之中。不管怎么说，五山僧虽"生乱世，无有所以，偏以翰墨之游戏余波"（中岩圆月语），用诗集记录其心声，毕竟是缁流中之卓识者。

这个时期的后二百多年是室町幕府时期（1393—1602）。其间，经"战国时代"（1467—1573）的大名混乱和"一向宗"起义，直至德川家康篡夺丰臣政权和剪除大名。这个时期相应于中国明朝的洪武至万历间。

武家参禅始自镰仓，禅林所谓"两头俱截断，一剑倚天寒"的生死观正是镰仓政治和军事斗争中求之不得的精神支柱，尤其是1281年北条时宗靠渡日高僧无学祖元下语击退忽必烈的元军之后，幕府武士遂与禅林释子互为依傍，故禅悦之风愈盛。中国元明交际间"五十年来，狮弦绝响"（见《紫柏老人卷》），到明代中叶，禅宗忽又席卷江南，释子广交文人名士成风，如达观（1543—1603）与汤显祖、袁宏道、董其昌等文学家、艺术家，均"声气相求，函盖相合"。这种风气自然与日本五山文风妙合神契。明朝三百年间东瀛入明僧有一百一十余人，且多雅尚诗文者。入明僧中最著名的五山诗僧是绝海中津（1336—1405）。入明朝八年，常以诗和明代诗僧来复、怀渭等。绝海晋谒明太祖言及徐福事时，曾赋诗并蒙太祖赐和。又杭州中天竺的如兰师曾为其《蕉坚稿》作跋，称"虽我中州之士老于文学者不是过也，且无日东语言气习，而深得全室之所传"，绝非过情之誉。其诗取境淡远，情致尤胜。如《题梅花野处图》的"淡月疏梅野水湾，何人注意写荒寒。一枝瘦影清波上，应是孤山雪后看"，造语秀拔，自成气象。

五山汉诗取法宋元明，标榜醇雅，力求语言遒炼，寓意隽深，与奈良平安朝那些演迤拘谨之作相比，诗人驾驭这种独特的诗歌创作形式已渐纯熟，长期接受汉文化熏陶和直接体验中国禅林生活等使五山诗人获得了更多的创作自由。宋诗多议理以及明诗宗唐等创作倾向在后期的五山诗中能声磬相和，说明平安朝那种滞后距离正在缩短。从采览和驱使典籍看，诗僧多悟翻转一法，料是缘自禅宗破壁斩关、六祖翻转神秀偈而来。不少作品的开阖变化，也足以较量元明诸家。如杜甫以"时闻杂佩声珊珊"写玉佩声，愚中周及《三月二日夜听雨》以审美幻觉写雨声："佩玉珊珊鸣竹外，谁家公子入山来。今宵赚我一双耳，明日桃花千树开。"又如欧阳修有"游人不管春将老，来往亭前踏落花"句写诗人游春所见，景徐周麟《山寺看花》改视觉为听觉，从审美联想中产生的错觉去写落花："居僧不识惜春意，数杵钟声惊落花。"又如写秋扇，自班婕妤《怨歌行》写出"弃捐箧笥中，恩情中道绝"后，历代吟秋扇诗皆落笔怨人，西胤俊承（1358—1422）《秋扇》"一朝秋至宠还断，恨在西风不在人"，迥异旧调，也深涵咏。又如明人许邦才《送友人归射洪》有"自从筇竹通西夏，汉使年年出夜郎"句，景徐周麟《题宋宫殿钱塘观潮图》的"观潮亭上七行酒，北使年年带雪来"显然点化许诗而出，但讽喻蕴含、意趣独至，远胜原作。当然，五山汉诗中也有一些缚茧体式的作品。如虎关师练（1278—1346）《秋日野游》"浅水柔沙一径斜，机鸣林响有人家。黄云堆里白波起，香稻熟边荞麦花"，体从杜牧《山行》，"机鸣"句意仿宋僧道潜"隔林仿佛闻机杼，知有人家在翠微"，后两句以黄云言香稻，以白波喻荞麦花，似借王安石"缫成白雪桑重绿，割尽黄云稻正青"句法，但王诗皆含蓄春容，虎关诗偏重体式且风韵不逮，若度长计短，自不难辨蜀腻浙清。不过，这些诗是不足以影响五山汉诗的成就的。无论从个性化风格的形成和对中国文学的借鉴上看，还是从平安贵族诗或后来江户的儒士诗相比较而言，五山汉诗都是日本汉文学中最有生气的优秀作品。

三、江户时代的儒士汉诗

进入 17 世纪后，汉诗诗风又为之一变，这就是日本汉诗发展的第三个时期，即德川幕府时期（1603—1867），因幕府设在江户（今东京），故又称"江户时代"。其间二百六十余年。

　　室町末期，作为五山文学的副产物，出现了有助于阅读和理解汉文典籍的"和点"（即用日语读汉字的"训读"）、"抄"（即汉文的抄释）。后来江户的荻生徂徕（1667—1728）又用唐音直读汉文来取代"和训倒读"的方法，使原来望而生畏的汉文典籍变得易读和通俗起来。这些努力，均为普及汉学和提高普通日本人学习汉学的兴趣起了重要作用。加之，地方讲学之风日盛，便出现了一大批和汉并擅、儒佛兼通的文人学士，如玄树桂庵、桃源瑞仙、笑云清三等。德川幕府初期研究儒家经学的学者多出其门下，楚材晋用，故有"室町儒学之风乃德川文运先声"之说。

　　江户初始，正值明代万历攻击"狂禅"、斥佛教为异术之时，日僧虽不再西向，渡日僧人却络绎不绝，如超然、隐元等，皆为明清文化东渐的传播者。后来幕府为了巩固其"幕藩体制"推崇宋儒朱熹的理学为官学，又恰与清初统治者力倡程朱理学桴鼓相应，于是五山禅悦之风渐趋式微，汉诗诗坛也渐归儒士。这时著名的汉诗人有林忠、藤原肃、新井君美、石川凹、伊藤维桢等。这些诗人除诗集外，皆有多种儒学著作，平素仍结交学衲，诗作多追求平易恬淡之趣。如伊藤维桢（1627—1705）《嵯峨途中》："十里嵯峨路，往还天欲昏。钟声云外寺，树色雨余村。相伴只筇竹，所携唯酒樽。阿宣与通子，双立候柴门。"清而不薄，取材弘富，仿佛中唐，以陶潜自比，风致淡雅，也是五山气格。

　　这时因复明无望而流寓日本的明儒朱之瑜（1600—1682）被幕府聘为庠序之师、国师，正在提倡荟萃儒学精华的"理实学"，对日本儒学大兴和程朱理学内部的门户纷争产生重大影响。与朱同时赴日的学者陈元赟（1587—1671）携来的《袁中郎全集》，后来在日本汉诗界也掀起过轩然大波。稍后以荻生徂徕为首的汉诗人主张明七子的"复古学"，"天下翕然问之，遂至风靡一世"。汉诗作品唯上六朝，下中唐，或舍律而古，或取风李杜，似与中国明代嘉靖、隆庆时文风相应。《袁中郎全集》传播后，袁宏道反对蹈袭和要求"独抒性灵，不拘格套"的文学主张，颇得山本北山等人的响应，始与荻生徂徕"复古派"分树旗旌，诗风复由唐归宋。最早接受并传播公安派文学主张的诗人是陈元赟的学生元政。元政（1623—1668）俗名石井吉兵卫，日莲宗僧，他与陈元赟的唱和集，即《元元唱和集》，是中日文化交往的重要资料。其诗不事雕琢，语言洁净明丽，异于流尚。如《草山偶兴》："晦迹烟霞避世尘，云松为屋竹为邻。闲中日月不知岁，定里乾坤别有春。会面何嫌青眼友，慈颜每爱白头亲。门前流水净如练，好是无人来问津。"着力幽致，有宋诗佳境，尾结用谢朓"澄江静如练"、陶潜"后遂无问津者"，写山居之乐，又是五山嗣响。由于元政和北山的传播，后来日本的汉诗人仰慕袁宏道者日众，如市河世宁、井上纯卿、村濑之熙等借以公安派主张与荻生派对垒，于是汉诗至德川中期又斐然中兴。

荻生双松（1667—1728，字茂卿，号徂徕，以号名世）是江户汉学家，倡古文辞学，其七绝及古体蕴藉流丽，似出入盛唐。《少年行》"猎罢归来上苑秋，风寒忆得鹡鸰裘。分明昨夜韦娘宿，杜曲西家第二楼"，得辋川（王维）绝句之风神。其弟子皆尚唐风，太宰纯（1680—1747）的《神巫行》："宕邱之山郁崔嵬，朝云暮雨去复来。宕邱巫女何姣丽，弱质阿娜倚高台……"服部元乔（1683—1759）的《明月》篇："长安八月秋如水，夜色纤尘空万里。河汉已收星欲稀，江天初照月相似……希逸毫端霜露阴，仲宣楼上岁年深。楼上遥情凄复凄，万户千门落月低。旧时月落情难歇，落月今宵望迷转。唯有远山长河色，斜影沉沉落月西。"皆效唐人歌行，篇中顶真句法等也如唐人《春江花月夜》《长安古意》中常见。江户学唐风的汉诗人多重体式而风骚偏远，有的揽采唐代各家，合而为一；有的套用篇法，意各有主。

德川中期，尤其是天明（1781—1788）前后日本汉诗人嘿然尊宋，鼓吹范（成大）、杨（万里）、苏（轼）、黄（庭坚）、陆（游）。江户诗人本来寝馈汉籍殊深，故此时创作愈重才情学问，并于唐宋以来字句篇法等莫不留意。如诗用虚字一法，自古有之。天明前后，日本汉诗也多用虚字，如"虫隐者游青藻雨，花君子立碧汀烟"（森田居敬句）、"名场老矣头将鹤，故国归欤意似鸿"（藤森大雅句）、"得意花于闲处

看，无心云只自然飞"（福田俭夫句）、"未醉以前多俗虑，除诗之外绝
常谈"（村上大有句）等，皆用于近体诗对仗，以添迤逦之概。

诗讲字句篇法，虽神气体势皆由之见，若不重神理气味，缺乏情趣
涵濡，毕竟还是学诗之肤浅者。如赤田元义"借问村家何处住？看花
直到野桥西"本唐代杜牧《清明》，仅得形似。重神理气味且翻腾新
意、构思奇巧者，则谓之夺胎换骨。如西岛长孙《落叶》"楮衾菊枕得
眠迟，叩户真如雨作时。从此秋声无处着，唯留宿鸟守闲枝"，前两句
由唐代释无可"听雨寒更尽，开门落叶深"化出，通篇不着一"叶"
字，写秋声由有到无，落叶飘尽自见于言外。又如横山谊夫《枕上作》
"隔厨灯火小于萤，幽梦初回近立更。虫语满庭元自乐，被人枉作恨秋
声"，翻千古秋虫寒吟悲时之案，韵味亦厚。

从整体看，江户多汉儒，汉诗主要是文人诗作。南宋刘辰翁《须
溪集》卷六《赵仲仁诗序》说"后村（刘克庄）谓文人之诗，与诗人
之诗不同"，此言甚是。五山僧诗从游历中来，以才情写见闻，所谓
"句法端从履践来"，江户儒士所取宽博，多在锤炼词语、驱使典籍上
用功，虽兼取各家而渐趋老成，不少作品虽比五山诗有深意，却伤生
气。所以，待清朝乾隆、嘉庆后的"考据"学风影响到日本儒家和史
学界，汉诗创作便自然出现了列典如阵的拟古主义和缛章绘句的形式主
义诗风。如古贺朴的"一句一典诗"，赖惟杏坪的"代语诗"等，皆堪
例类。

到江户末期，诗人不满于风流日下，纷纷结社，各具作法，雅集与
教学并行，为日本汉诗在明治维新前的最后繁荣起了推动作用；这时才
出现一批有独特风格的杰出汉诗诗人。其中最有影响的是赖襄
（1780—1839）。赖襄，号山阳，著有《日本外史》《日本乐府》等，识
议宏博，以布衣终老。殁后六十年，中国首任驻日本大臣何如璋与参赞
黄遵宪过山阳道时犹为之心折淹留。其诗远取秦汉三唐，径造宋明大
家，兼取众善，七律雄浑蕴藉，七绝俊雅深婉，俱以风调取胜。其
《修史偶题》"囊册纷披烟海深，援毫欲下复沉吟。爱憎恐枉英雄迹，

独有寒灯知此心"，至诚真情竞逐笔下，道尽史家苦辛。清袁枚《随园诗话》谓"有性情便有格律"，于山阳诗可见。比赖襄稍后又一位著名诗人是广濑谦（1807—1863，字吉甫，号梅墩），著有《梅墩诗钞》。清代学者俞樾《东瀛诗选》评其诗谓"长篇大作，极五花八阵之奇，而片言单词，又隽永可味"。其诗，五言能尽雅，七律荡骀流转，七绝意蕴涵咏，如《春寒》"梅枝几处出篱斜，临水掩扉三四家。昨日寒风今日雨，已开花羡未开花"，后两句仿唐宋"当句对体"（如白居易"今日心情如往日，秋风气味似春风""东涧水流西涧水，南山云起北山云"，到宋明用此法已如填作匣格），却别有自裁。除赖襄、广濑谦外，还有梁川孟纬、远山澹、大槻清崇及女诗人梁川景婉等，皆各擅胜场，时称特出。

除汉诗创作外，江户大量论诗诗、诗论和诗话的出现，表明日本汉诗人创作主体意识的自觉性正在增强。唐代元兢《诗髓脑》、梁钟嵘《诗品》等在平安时代影响过日本的"歌学"和汉诗创作，宋明清的诗论和诗话东渡也对日本汉诗的品鉴和创作产生过重要影响。江户汉诗人祇园瑜的《明诗俚评》、太宰纯的《诗传膏肓》、市河世宁的《陆诗考实》、菊池桐孙的《五山堂诗话》、广濑建的《淡窗诗话》、江村北海的《日本诗史》等汉诗理论著作，以及长谷允文《客中论诗》、坂井华《次韵诗僧东林作·诗不必》、赖襄《夜读清诗人诗戏赋》等论诗诗，对中国历代诗歌风会迁移、流派主张和诗家作品的评价，或者对日本汉诗创作的新认识，都显示了这个时代日本汉诗人的觉醒。

> 钟谭驱蜑真衰声，卧子拔戟领殿兵。
>
> 牧斋卖降气本馁，敢挟韩苏姑盗名。
>
> 不如梅村学白傅，芊绵犹有故君情。
>
> 康熙以还风气辟，北宋粗豪南施精。
>
> 排奡群推朱竹垞，雅丽独属王新城；
>
> 祭鱼虽招谈龙嗤，钝吟初白岂抗衡。

健笔谁摩藏园垒，硬语难压瓯北营。

仓山浮嚣笔输舌，心怕二子才纵横；

如何此间管窥豹，唯把一袁概全清。

渥温觉罗风气同，此辈能与元虞争。

风沙换得金粉气，骨力或时压前明。

吹灯覆帻为大笑，谁隔溟渤听我评。

安得对面细论质，东风吹发骑海鲸。

赖襄《夜读清诗人诗戏赋》

[注：钟谭，明代后期的钟惺和谭元春，诗风幽深冷涩，号为竟陵体。卧子，即陈子龙（1608—1647），字卧子，明末诗人，诗作感事伤时，苍凉激楚，前人誉为明诗殿军。拔戟，意为别树一帜，成为诗坛盟主。皇甫湜《题浯溪石》有"于诸作者间，拔戟成一队"。牧斋，即钱谦益（1582—1664），字受之，号牧斋。清军攻陷南京，他率先降清，任礼部侍郎，不久辞归家居。"敢挟"句，打着尊韩、学苏的旗号，欺世盗名。"不如"句，钱谦益不如吴梅村诗学白居易。虽出仕清朝，但作品中还是表现了对故国的情意。梅村，吴伟业（1609—1671），字骏公，号梅村。崇祯年间进士，翰林院编修，官至左庶子。明亡后，隐居不出，在家奉母十年。"北宋"句，清初诗人宋琬（1614—1673），字玉叔，号荔裳，山东莱阳人。施闰章（1618—1683），字尚白，号愚山。两人齐名，称为"南施北宋"。王士禛《池北偶谈》："康熙以来诗人，无出南施北宋之右。"沈德潜《清诗别裁》中说："宋以雄健磊落胜；施以温柔敦厚胜，又各自擅场。"排奡，雄健的样子。韩愈《荐士》："横空盘硬语，妥帖力排奡。"王新城，即王士禛（1634—1711），字贻上，号阮亭，又号渔洋山人，山东新城人，世称王新城。"钝吟"句，冯班（1602—1671），字定远，号钝吟，明末秀才，入清不仕。有《钝吟集》。藏园，蒋士铨（1725—1784），字心余，号藏园，又号清容居士，乾隆进士。瓯北，即赵翼（1727—1814），字云崧，号瓯北，乾隆进士，有诗名，兼长史学。仓山，指袁枚（1716—1797），字子才，

号简斋，乾隆进士。筑随园于小仓山下，故称"仓山"。渥温：即"奇渥温"，原是蒙古成吉思汗的族姓（《元朝秘史》作"乞颜"），这里指代元朝，觉罗，即"爱新觉罗"，指代清朝。元虞，元代虞集，字伯生，元代诗文大家。覆帙，掩卷。帙，书套。]

这种觉醒，是来自不同于平安时代基点上的反思。群星璀璨，佳作如云，立足于本土，写自己跻身的这个时代的所思所想所欲作为，可以看作是汉诗真正日本化的开始。虽然这个开始在明治时期的"欧化飓风"冲击下随着汉诗的江河日下而稍纵即逝了，但是我们在日本美术、书法等领域中常见的那种汲取或熔融中国文化以丰富主体文化的自主性，却客观存在于江户汉诗之中。

汉诗传入东瀛，并非单生日本汉诗一脉。它对日本文学的影响是全方位的。汉诗丰富的辞藻、奇妙的文思和变幻无穷的表现技巧，不仅丰富了日语的语汇量，刺激了和歌等本土诗歌的嬗变，而且结合汉魏六朝传奇文学和唐本事诗等催生了日本的物语文学。随汉诗接踵而至的诗学，使日本的"歌学"和诗学另开新境，恐怕也是始料不及的。汉诗渗入日本文学，历时一千三百年余而始终保留用汉语言表情达意这个客体形式，有人称之为"文化病症"。或许这恰如珍珠是牡蛎的病症产物一样，它才为日本文学留下了卷帙浩繁的文化财富。

现在日本仍活跃着近百个民间汉诗社。吟作汉诗，跟书道和茶道一样，被看作是最富有日本文化情趣的雅事。汉诗在日本不会绝迹，"异域知音代有人"，它同两国的文化情缘一样久长。

1991 年初稿

1997 年 2 月增定

（此文曾发表于 1992 年《学术交流》第二期，后辑录于《日本汉诗研究论文选》，中国社会科学出版社，2017 年 4 月版）

参考日文书目：

1.《日本诗话丛书》，池田胤编著，日本文会堂，大正十年（1922）。

2.《日本名诗选精讲》，山田准著，日本金铃社，1942 年。

3.《日本汉文学史》，绪方惟精著，日本评论社，1961 年。

4.《日本汉诗鉴赏辞典》，猪口笃志著，日本角川书店，1980 年。

日本现代短歌印象

——兼评《日本现代短歌集》

　　认识短歌，笔者是从日本古代短歌开始的。短歌给我的最初印象，很像是一片秋叶。那种红中透黄，随风飘落的秋叶，玲珑典雅，很美，却带有一层淡淡的伤感。当时我在南开大学中文系上五年级，恰值中国的特殊时期。天津大学机械工程系傅教授的夫人薄信子是日本鹿儿岛人，她在她家里为我朗读了一首志贵皇子思念大和岛的短歌。以我当时的日文水平，尚不能尽解其意，但从她抑扬而悲怆的声音中，我已深深地感受到了一种游子望乡的哀思。诗歌情感的交流，有时可以超出语言的限制而具有音乐般神奇的力量，或许这就是欧美诗人所说的"非语言交流（Nonverbal Communication）"吧。

　　1987 年夏天，我找到了这首短歌，并进一步理解了它的背景和含意。这时，我发现二十年前曾经领略过的那种哀思，依旧强烈地震撼着我。尤其是在我怀念已经病逝的薄信子先生时，耳边便会清晰地响起那种抑扬而悲怆的声音。

　　　　夜寒过苇塘，鸭羽满清霜。遥思大和岛，思绪漫如洋。

　　　　　　　　　　　　　　　　　　　　　　　　　　志贵皇子

　　（原诗日文略）

　　后来随着中日文化交流的日益频繁，笔者开始有更多的机会接触日本短歌和日本书道家书写的短歌作品。这些作品加深了笔者对短歌多方位的理解，就像那片秋叶复归秋山一样，开始认识哀思之外的更为广阔的情感天地。如果说日本文学是一幅立体的图画，那么从《万叶集》至今的数万首短歌就是秋山上绚丽多彩的数万片秋叶，是它们点缀了日本文学，成为图画上不可缺少的佳色。

令人高兴的是，新近得到了日本朋友自东京寄来的《日本现代短歌集》。有代表性的五十三位现代歌人自选的五百三十首短歌荟萃一集，无疑为短歌爱好者和中国的日本文学研究者开启了一扇方便之门。从元旦开始，笔者花了半个月的时间认真地阅读了这本集子，并参照古代的短歌做了深入的理解。由此，笔者更加相信这本难得的好书必定会引起中国日本文学的读者和研究者的广泛兴趣，其汉译本的出版也必将在中日文化交流史上留下深远的影响。

总的感想有两点。首先，跟同题材的古代短歌相比，现代短歌都具有比较鲜明的现代感。这是日本传统文化与现代五光十色的生活交织而生的时代气息。从书中新老两代歌人的作品中，读者可以毫不费力地感受到这种浓郁的时代气息。其次，五十三位歌人的作品都具有比较鲜明的个性，谁也不是谁的底版或复印品。这一点，如果互作参照或者对照其师承的老一辈歌人的作品，就可以清楚地看到，短歌的创作传统并没有束缚新一代歌人的创作个性，称之为"有代表性"正是其创作个性成熟的标志。书中有不少是中国诗人称为"雅俗共赏"的作品。雅俗共赏，必须要求作品具有更多层次的审美意蕴和更为丰富的艺术表现力，否则不可能激发各个层次读者的审美热情。

不过，仅仅从上述两点来认识和评价日本现代短歌显然是不够的。在传统和创新的道路上日本歌人曾有过艰苦的跋涉和寻觅，无论从明治时期的反省和"咏史歌""开化新题歌"的出现，还是从昭和时期新歌人的觉醒和新短歌的勃兴来看，我们都可找到历史歌人向前开拓的足迹。所以，笔者认为只有从日本民族文化传统的根基上，对这些既通向历史，又通往未来的日本现代短歌做一番"文化探溯"，才有可能更好地认识和评价现代短歌。在笔者，一个中国诗人的眼里看来，这种

"文化探溯"的聚焦点可以归纳为以下四个情结，即人生情结、自然情结、哲学情结和中国情结。

人生情结

　　情结，原为精神分析学术语，专指情意综结（潘光旦先生译《性心理学》时用"症结"）。近十年海内外借用于文学评论，可以理解为情感的凝聚点。短歌的人生情结，是指日本歌人表述人生的文化情结。

　　日本最早的和歌汇集是问世于 8 世纪的《万叶集》（二十卷，短歌约四千二百首，长歌约二百六十首）。集中大部分是以表述人生为主题的作品。此集分为挽歌、杂歌和相闻歌三种。哀悼逝者的挽歌，和杂歌中大量的羁旅歌、别离歌、怀古歌，当属此类无疑。相闻，义同汉语，有二解。或云源出三国魏曹植《与吴季重书》的"往来数相闻"（不如说是语出《老子》的"邻国相望，鸡犬之声相闻"），表示距离不远，彼此声闻的意思。《万叶集》卷四《大伴宿祢家持赠坂上家大（女襄）歌二首》脚注有"离绝数年，重晓相闻往来"语，可知"相闻"又通"相同"，有互问信息、沟通情感之意。相闻歌中的恋歌、赠答歌、思友歌，都可以看作是歌人的人生之歌。稍后（908—913）由歌人纪贯之（868？—945？）等结集进呈第六十代醍醐天皇的《古今和歌集》（二十卷，短歌收一千一百零一首，长歌及旋头歌仅九首），在日本文学史上历来被看作是日本"国文学"不再依附汉诗的第一次"独立的亮相"。此集有和文和汉文二序。其汉文序云："夫和歌者，托其根于心地、发其花于词林者也……人之在世，不能无为，思虑易迁，哀乐相变，感生于志，咏形于言；是以逸者其声乐，怨者其吟悲，可以述怀，可以发愤，动天地，感鬼神，化人伦，和夫妇，莫宜于和歌。"这就是绵亘至今的日本歌人的人生情结。这大概也应该看作是日本民族文化精神的一个部分。我们还可以从日本历代的汉诗、俳句，甚至其他日本民族文学作品中找到这个情结。写人生的喜怒哀乐，写人生难以忘怀的一瞬，敏锐地捕捉那些人生中稍纵即逝或铭刻于心的印象，落纸为歌，似乎成了日本歌人最富有特色的创作本领。《万叶集》中大伴家持（？—785）的《眉》（短歌一般无标题，为引用方便，本文均以歌中日文汉字为题）和江户时代木下幸文（1779—1821）的《悲贫》就是这类短歌的代表作。

> 忆昔初相见，疑望新月弯。盈盈动人处，犹带月光寒。
>
> 大伴家持《眉》

> 弃我交游去，蓬门更待谁？清贫难自守，孤寂不胜悲。
>
> 木下幸文《悲贫》

《日本现代短歌集》中篠弘的《电梯遇少女》、水野昌雄的《兄妹》等抓住现实生活中的一丝触动，一点印象，虽然有的只是身边经常发生的细芥之事，但写出了人生短暂的乐趣，而且写得如此生动，实在难得。小暮政次的《病苦》、宫地伸一的《秀发》等哀悼亡妻之作，皆跳出了常见的"以哀写哀"的写法，转以抒情的笔调写中年丧妻这种深重之情，却让读者如同亲身般地感受到了那种内心痛苦的抽搐。

> 偶遇觉相亲，无声意似嗔。凝脂几芦笋，蓬勃正青春。
>
> 篠弘《电梯遇少女》

> 形影不相离，最怜兄妹嬉。忽然悄无息，看我削梨皮。
>
> 水野昌雄《兄妹》

> 病苦怜时短，别离疑似眠。温馨付兰蕙，采撷置胸前。
>
> 小暮政次《病苦》

尘世怜君苦，别离何太急？发丝青未白，犹有清香袭。

宫地伸一《秀发》

集中还有不少感物生情的作品，如果从短歌史上溯的话，平安时代居"六歌仙"之首的在原业平（825—880）的《春月》和明治时代有"歌坛怪杰"之称的正冈子规（1867—1902）的《人心》即是这类作品的先范之作。《日本现代短歌集》中加藤克巳的《飞雪》、富小路桢子的《女人》等，或从雪中的孤树联想到永不熄灭的生命之火，或从女人终身不育联想到悄然干去的种子，皆意象生动，耐人寻味，不难感悟出日本歌人由现实生活探索人生价值的意义。

月非曾见月，春岂去年春？万物俱迁化，不变祗吾身。

在原业平《春月》

昔日花香在，至今犹可嗅。不知离别心，情意安如旧？

正冈子规《人心》

孤树立崔嵬，茫茫雪乱飞。胸存生命火，本色自难摧。

加藤克巳《飞雪》

破帽掩惭颜，苦无生育欢。真如著花日，种子悄然干。

富小路桢子《女人》

意象，是客观景物（形象）的审美再现。诗歌的审美意象，应当是具有创造性的艺术想象活动的表现，也是诗人心声的外现。三国魏时哲学家王弼说"夫象者，出意者也。……象生于意，故可寻象以观意"（见《周易略例·明象》），感物生情，就是这种寻象观意的创作方法。由春月、落花、孤树、种子去关照和表达人生，由此及彼，兴中有比。

　　在这里，意象的融合，绝非数学上的简单迭加，而是一种具有崭新意味的创造，最便于揭示诗人探索人生的深刻感悟。明代陆时雍在《诗镜总论》中说："古人善于言情，转意象于虚圆之中。故觉其味之长而言之美也。""虚圆"是禅家用语，意指空灵、抽象而无以言表之境。短歌中这种物象与诗人心象的融合，即是审美意象，这是诗人情感的结晶。传之读者，自然会"觉其味之长而言之美也"。可能这也是古今短歌创作中常用此法而屡见成功的原因。

　　写人生，并以此表述歌人的感情、理想、志向，是日本短歌与生俱来的重要内容。我们欣赏古代短歌的这类作品产生共鸣时，有时也会忘记时间和物理空间的不可逆反性，而沉浸在欢乐或哀伤之中。但是谁都清楚，这里存在着一个历史和现实的对峙。现代短歌不同，它是属于今天的。女歌人中野照子等短歌中写女人眼里的男人，或者滨口忍翁等写男人眼里的男人，都是现实的，是现代日本人眼中所拍摄的现代生活的一个镜头。像高濑一志的《文字处理机》、高岛健一的《梅雨》、田井安曇的《电视报道》等更是具有纯现代风味。

　　　　今世如流急，男儿须壁立。中流欲石移，何畏狂波袭？

　　　　　　　　　　　　　　　　　　　　中野照子《男子》

　　　　剃须无挑剔，乱发三梳疾。忙碌几分钟，男儿"充电"毕。

　　　　　　　　　　　　　　　　　　　　　滨口忍翁《晨起》

　　　　买来文字机，只作哈哈乐。妻我两相望，忽然生寂寞。

　　　　　　　　　　　　　　　　　　　　高濑一志《文字处理机》

　　　　梅雨乱如麻，唱盘声渐寡。忽闻清润声，倾听达米亚。

　　　　　　　　　　　　　　　　　　　　　高岛健一《梅雨》

（自注：达米亚，法国女歌唱家。）

劫匪困山庄，浅间皆武装。天天有悬念，余孽怎收场？

　　　　　　　　　　　　　　田井安昙《电视报道》

（笔者注：浅间山庄事件是日本一次人质劫持的重大流
血案。）

　　歌人好像随意地对枯燥的现代生活作一切片，然后用现代日本人调
侃式的幽默表现出来，便能坐收无意为佳之妙。即便是山本友一、吉野
昌夫、片山惠美子等歌人回忆过去艰难生活和战争创伤的作品，也都在
历史的回声中充满了现代日本人的焦虑、希望和反思。从平安朝后日本
历史上的几次战乱给日本人民带来的灾难，以及第二次世界大战中日本
军国主义侵略和战败后给日本民族造成的深重罪孽和无法抹去的历史创
伤，都在日本歌人的作品中留下了真实的记录和正义的呼声。

　　四岁离家后，母亲牵我手。战败归来日，我牵家母走。

　　　　　　　　　　　　　　　　山本友一《战败》

　　娇女生来日，安知有战争？愿为儿女想，举世爱和平。

　　　　　　　　　　　　　　　吉野昌夫《长女出生》

　　反战要三申，和平最足珍。游行泪常落，为念未归人。

　　　　　　　　　　　　　　片山惠美子《反战游行》

　　艺术的真实不仅表现为真情实感的自然流露，而且还在于对客观事
物具有正确的认识和符合历史真实的评价。理真，方得情真，唯真而后
可言善美。这些人生之歌，清真言信，声华文工，再加之与日本民族历
史和人民命运的紧密相关，堪称为人民之歌、时代之歌。现代社会因为

经济的高度发展而拉开了人与人思想交流的距离，日本诗人无不在叹息现代日本人的"冷漠病"。笔者认为，短歌的人生之歌不啻为现代日本人，也为中国人了解日本人提供了一个情感沟通和心灵对话的机会。

自然情结

日本诗人关心自然界，尤其是自然界四季景物的万千变化，似乎有过于中国诗人。日月风云、山川花草、鱼虫鸟兽，甚至庭院的应时格局，在日本诗人的笔下都独具风采，弥漫出一种雅淡清幽的氛围。重视描写景物的季节时间，注意四季景物在人的心理和感情上引起的细微变化，这就是短歌的自然情结。我们可以从古今的绝大多数歌人的作品中找到这个情结。它与人生情结一样纵贯古今，是短歌乃至其他日本诗歌文学都具有的"两大情结"。或许正是因为这个原因，《古今和歌集》将作品分为述人生和咏四季两大部分，这对后代短歌的创作、评论、鉴赏，甚至歌集的编纂体例都留下了深远的影响。

《日本现代短歌集》中有大约五分之二的作品是写四季佳色和山川胜概。其写法大致可分为两种。

一种是平安后期著名歌僧西行（1118—1190）的《夜寒》和江户时代著名歌人契冲（1640—1701）的《村雨》等作品的写法，即用写生的画法去描绘景物，中国诗人称作"诗用画笔"，如同唐代诗人王维"飒飒秋雨中，浅浅石溜泻。跳波自相溅，白鹭惊复下"（《栾家濑》）的写法。

秋风透碧帏，万物已皆非。寒气新深重，蛩声转细微。

西行《夜寒》

村后雨才收，斜阳尚淹留。垂虹半消处，翠岭不胜秋。

契冲《村雨》

　　《日本现代短歌集》中扇畑忠雄的《夜半》、窪田章一郎的《老梅》、田中顺二的《松叶》等作品皆属此类。虽然都是纯写景色，但透过审美观察的情感暗示，读者也不难体会出歌人闲适自得的心情。

　　　　夜半几回看，窗前斜月天。银蟾光皎洁，拂晓也明妍。

　　　　　　　　　　　　　　　　　　扇畑忠雄《夜半》

　　　　乍暖还寒日，梅开残雪中。蓓蕾红似火，艳色比花浓。

　　　　　　　　　　　　　　　　　　窪田章一郎《老梅》

　　　　松叶风吹落，逐波低复昂。忽飘岩石上，珠露浴晴光。

　　　　　　　　　　　　　　　　　　田中顺二《松叶》

　　另一种写法，如日本古代著名的"三夕之歌"（寂莲、西行和藤原定家的三首《秋夕歌》）的写法。这种写法，中国诗人称作"情景交融"或"情景双写"，即写景用画法（描写），言情用说法（叙述），如同王维的"荆溪白石出，天寒红叶稀（画法）。山路元无雨，空翠湿人衣（说法）"（《山中》）的画中有说的写法。《日本现代短歌集》中，小暮政次的《苏州》，先用画笔写记忆中难以忘记的中国苏州的晓色，次以叙述口气说出心中所思所想。景中寓情，因非泛泛写景，故愈能突出景物的本质特征，并使之富有抒情色彩，反而弥觉韵味深长。其他如石黑清介的《漫步》、香川进的《樱花》、杉本清子的《黄昏》、近藤芳美的《月落》等，都是在写景中流露和倾诉了歌人的心声。因为重点依然是写景，情随之而出，所以既自然又形象生动。

　　　　冷清秋夕意，山立几株松。孤寂知萧瑟，寒因暮色浓。

　　　　　　　　　　　　　　　　　　寂莲《秋夕歌》

鹬寒鸣泽畔，秋夕又风来。虽道尘心净，闻声亦觉哀。

西行《秋夕歌》

浦江秋夕佳，沙岸雾如纱。孤清非独我，无叶又无花。

藤原定家《秋夕歌》

岸柳映朝霞，林深小路斜。难忘青瓦屋，隔水几人家。

小暮政次《苏州》

漫步桃花坞，青桃未著红。休言春意好，不及我心浓。

石黑清介《漫步》

樱花红满枝，将谢更娇姿。山静人清适，故乡春暮时。

香川进《樱花》

空山暮色浓，有鸟立寒风。只影应孤寂，遥怜冷寸衷。

杉本清子《黄昏》

　　中国汉诗写景物讲究"设色"（即如何安排带色彩的字词），如同画家用色一样。唐宋明清的著名诗人都各自拥有一套作诗设色的方法，所以在诗论家的眼里，"设色"技巧或特征也常常被看作是诗家风格的一种重要表现。设色，素有明暗、虚实诸法。例如"两个黄鹂鸣翠柳，一行白鹭上青天"，四字设色，俱为明色。"窗含西岭千秋雪，门泊东吴万里船"中"千秋雪"暗用白色，有"万里船"必有清波，暗用绿色。又例如"白日放歌须纵酒，青春作伴好还乡"，"白日"是实色，"青春"是虚色。明暗相间，虚实相生，更能增加诗歌的艺术魅力和拓展欣赏者驰骋想象的天地。《日本现代短歌集》中不乏设色精彩的作品。现代歌人很善于利用自然景物的本色来形成一种清淡典雅的日本式的情调，给人的感觉就像是在日本京都的庭院中信步所见一般。例如清水房雄的《小塘》、川口美根子的《黄河蒲柳》、石本隆一的《红叶》等，皆堪称设色精妙。特别是《红叶》，很像一幅彩色的冬景照片。结冰的瀑布中有一片红叶，雪景和冰的颜色衬托出叶子的红色，红叶成了特写，显示出冰天雪地之中蕴藏着的顽强生命力。读过这些作品的读者大概永远不会忘记这些色彩。

　　　　塘小清如许，碧波摇雾裙。相亲小金鲤，黑鲤往来徐。

　　　　　　　　　　　　　　　　　清水房雄《小塘》

　　　　蒲柳浴春阳，嫩芽银泛光。黄涛千载暗，滚滚示苍茫。

　　　　　　　　　　　　　　　　川口美根子《黄河蒲柳》

　　　　寒山悄无息，瀑布冻成冰。一叶冰中现，猩红照眼明。

　　　　　　　　　　　　　　　　　石本隆一《红叶》

　　写四季景物，必须要求歌人对周围的景物有特别的观察能力，而且还要透过这些景物写出真情实感或意蕴。要做到这一点，当然很不容易，但这或许恰好肯定了短歌创作的文学价值。在这类作品中笔者最喜欢的是那些将自然与人生合一的具有某种朦胧美的短歌。明治、大正时期著名的浪漫主义歌人与谢野宽（1873—1935）的《黄花》和同时期的平野万里（1885—1947）的《林间》等作品就是这类短歌的代表作。自然景物与歌人交融，俨然独造之景牵出独具之情，鸟鸣花开，泉响蝶飞，全由歌人点化，澄观一心而腾踔万象，这就是意境表现的圆成。

　　　　黄花开绿野，一片意融融。白蝶分明我，翩翩过草丛。

　　　　　　　　　　　　　　　　　与谢野宽《黄花》

　　林樾路横斜，随身莺啭佳。清泉风响处，笑认是吾家。

平野万里《林间》

　　鹁鸟立枝头，寒冬苦自啾。相看似相慰，人鸟意相投。

千代国一《寒冬》

　　旷野望残月，忽闻萧瑟声。人生如野兽，昏晓各奔腾。

近藤芳美《旷野》

　　《日本现代短歌集》中千代国一的《寒冬》、近藤芳美的《旷野》等作品，都可以看作是自然情结与人生情结交织的佳构。寒冬观鸟，在孤寂之中忽然觉得可以人鸟相慰；旷野闻风，以人生的奔波之苦怜及野兽，觉得人与旷野谋生之兽也并无二致。如此写法，犹如得山水真趣的画家作画，"处处通情，处处醒透，处处脱尘而生活，自脱天地牢笼之手归于自然矣"（见《石涛题画选录》）。这种自然与歌人的交融并非通常所见所评的"意会"，这是在观察生活、理解生活的前提下所作的艺术概括和升华，"象罔得之"（《庄子·天地》语），故能收情景浑成之妙。

哲学情结

　　这是从哲学的角度来审视日本短歌所发现的情结。8 世纪中叶的歌人山部赤人（生卒年不详），写夜深鸟鸣，弥觉清河原的静谧，与中国南朝王籍的"蝉噪林愈静，鸟鸣山更幽"有异曲同工之妙。对立的两种事物，在艺术形象中因反衬而对立、而统一，反而会强化形象，表现出本质的和谐。这种以动写静而愈见其静的写法，在表述歌人闲寂的心境之外，也给出了"相反相生"的哲学趣味。这或许就是五山诗僧所说的"诗吐禅机"吧。大泷贞一的《拂晓》写瞬间产生的幻觉，在记忆中永不离去的慈父化作了鸣蝉，一如禅家所言"真皆幻影幻皆真"。大西民子的《稿纸》写稿纸重量的变化，暗示作家创作的重量，很有哲理的深味。大屋正吉的《波涛》写犬吠崎（岛名）的波涛冲击礁石，倒让读者感悟出"历史"的形象：往复不断，却总以新的面目在更艰难地重复着。斋藤史的《木雕》写木刻能乐面具的眼孔是"千年之穴"，有"物我相视，洞彻千古"的禅味。其他如俵万智的《竹林》、千代国一的《河西》、二宫冬鸟的《眼镜》、野村清的《黑暗》、莳田樱子的《月》、和田周三的《乌鸦》等都从不同的角度表达了哲理。短歌只有三十一个日文字音，它和其他诗歌一样，不可能对要描述的事物做出精确的本质性议论，但它能借助生动的艺术形象去打动欣赏者，给予形象化的启迪，以此来反映事物的内在含义。日本学者柳田圣山在《中国禅思想史》中评论唐诗时说"禅理开发了无限的个性天地"，其实也很适合日本短歌。

楸树丛生岸，清川缓缓行。夜深山静谧，有鸟数声鸣。

　　　　　　　　　　　　　　　山部赤人《河原闻鸟》

静庭蝉晓鸣，疑父唤儿声。父去楼空寂，旧音安忍听？

　　　　　　　　　　　　　　　大泷贞一《拂晓》

一纸几多长？新添五百张。心声犹未写，轻重怎衡量？

　　　　　　　　　　　　　　　大西民子《稿纸》

新浪非陈迹，惊心犹动魄。往来无始终，千载谁评说？

　　　　　　　　　　　　　　　大屋正吉《浪涛》

面具人人悦，观心能透彻。休言眼孔深，却是千年穴。

　　　　　　　　　　　　　　　斋藤史《木雕》

　　诗歌创作中作家的时（间）空（间）意识一向都被看作是其哲学思想的一种艺术表现。例如唐诗的"白日依山尽，黄河入海流"，前句是写点（白日）的运动，后句是写线（黄河）的运动，点线构成了平面。"欲穷千里目，更上一层楼"，开始向平面的纵深发展，才构成了一个立体的空间。这首诗的深邃的哲学思想便通过诗中立体的空间画面表现出来。诗人的时空观在诗歌艺术中的表现，凝聚着诗人的智慧和思想（包括其政治理想、审美情趣、艺术观点以及宗教情结等）。无论是"桃花依旧，佳人何处"（假定空间未变，时间变化）的惆怅，还是"春日寻常有，居家便不同"（假定时间未变，空间变化）的喜悦，甚或"山静似太古，日长如小年"（假定时间空间的相对变化）的感喟，无一不是诗人以空间体验和时间感悟来表现自我价值的一种方式。《日本现代短歌集》中石川恭子的《初雪》、道浦母都子的《（大阪）水晶桥》等作品，皆以改变时间或空间去写瞬时的错觉，好像今昔两个镜头的叠加，都能给人以超越时空的强烈感受。

　　　暮冬初雪扬，会后晚归忙。雪片飞吾额，犹含去岁香。

　　　　　　　　　　　　　　　　　　　石川恭子《初雪》

　　　雨后费神驰，独行如有期。分明君已至，同返往年时。

　　　　　　　　　　　　　　　　　　道浦母都子《水晶桥》

　　　胜地作郊行，澄空耀日明。连天峰远去，寂寞古长城。

　　　　　　　　　　　　　　　　　　　秋叶四郎《长城》

　　　城鸽自由少，往来呈线行。高楼蔽天立，切割任无情。

　　　　　　　　　　　　　　　　　　　和田周三《群鸽》

秋叶四郎的《长城》利用点（日）、面（远山近岭）和线（长城），去表现古长城在现实中的孤寂；和田周三则利用线（群鸽）和面（城市高楼群）的无情切割，深刻揭示出经济高速发展后城市自由空间急剧减少的严重事实。这些现代短歌，与古代歌人在空间张敛中的得失感以及在时间往复中的哀乐感不同，似乎具有更清醒的反思能力和更深透的洞彻能力。

　　另有一些专意表现审美幻觉的现代短歌，也给欣赏者留下了过目难忘的印象。譬如何野裕子的《白纸》，写孩子画一个大椭圆并钻进去独自玩耍，由在限制之中的安全感忽然意识到限制也会使孩子失去什么而转觉悲哀；石本隆一的《海岛少年》，写大风中放风筝的少年携海岛随风高升的瞬间错觉；斋藤史的《黑手套》则俨然一幅超现实的现代派图画，抛弃在原野上的黑手套忽然在春风吹拂之中开出可爱的小黄花，色彩感和动感均十分突出。这在古代短歌作品中是绝无仅有的。

　　　　椭圆娇子画，入内自玩嬉。似有安全感，吾心反觉悲。

　　　　　　　　　　　　　　　　　　　　何野裕子《白纸》

　　　　海岛放风筝，风牵一线行。少年携海岛，一并忽升高。

　　　　　　　　　　　　　　　　　　　石本隆一《海岛少年》

　　　　手套抛原野，春来不必嗟。忽然看黑指，开出小黄花。

　　　　　　　　　　　　　　　　　　　　斋藤史《黑手套》

没有议论，没有断语，所谓"状飞动之趣，写幽奥之思"（见《庄子》），例如《黑手套》要表述沉沦即自毁、奋发则新生的"幽奥之思"，概以形象出之。作品表现的某种偶然性、意外性，其实俱是现代生活中必然性的艺术再现。审美幻觉从来就是创作者无意识和有意识统一的产物。这些作品因为成功地表现了审美主体瞬间产生的假定性知觉，和透过这种表现进一步揭示出现实生活本质的哲学意蕴，故而具有特殊的审美意义。现代生活的复杂多变使现代人的心理活动呈现出丰富的起伏变化，无序的矫变和突发的转换构成了一种诗歌的新节奏，使之更富有现代情味。所以，与其说这些短歌作品具有哲学趣味，毋宁说更具有现代绘画和现代舞蹈的那种动人的情调。

中国情结

这个情结是中日两国人民一衣带水的历史情缘在日本文学中的表现。这也是中国读者阅读日本文学作品常常感到一种亲切的文化体验的原因。日本文化的源流大部分始自中国。日本诗歌文学中，日本汉诗自不必说，就"本土文学"的俳句和短歌而言，无论历史和作家作品，都处处可见中国文学的影响。正如现代俳人藤木俱子所言，"若不具备汉诗的功底，创作乃至欣赏都是不可想象的"（见《关于师承》）。短歌亦是如此。古代短歌的大作手无一不是汉学家，有的兼作汉诗并研究汉诗，还取得了瞩目的成就。例如大伴旅人（665—731）、细川幽斋（1534—1610）、正冈子规、与谢野宽等。他们不仅对汉诗学寝馈甚深，而且将汉诗意境、作法等融入创作，纵模仿借镜，却无矫饰，泂乎难得。例如正冈子规的"蜷蜷病难愈，卧榻自无欢。芳草依然绿，枕边开牡丹"，翻借唐代刘禹锡的"沉舟侧畔千帆过，病树前头万木春"，契冲的"故里春将去，风狂雨横天。怜红人自怅，向晚落花寒"，让人想起欧阳修的"雨横风狂三月暮，门掩黄昏，无计留春住。泪眼问花花不语，乱红飞过秋千去"，皆点化便巧，见者目为浑成。

《日本现代短歌集》中的五十三位歌人有二十七位在中国居住或观光旅游过，集中有不少作品记录了他们在战争和和平期间在中国所留下的难忘印象。即便是从未到过中国的歌人，也在其部分作品中抒发了对中国河山和文化的热爱之情。无论是太田青丘（著有《日本歌学和中国诗学》《芭蕉（1644—1694）和杜甫》等）的《长安》和长泽一作的《宫刑》对中国历史人物所发的古今之慨，还是铃木淳三、铃木英夫、长泽英津、中山周二、宫英子等歌人对长城、黄河、长江的赞叹，都会给中国读者以亲切感。这些歌人大部分对炎黄文化有比较深入的了解，对中国倾注了现代歌人的热情和爱心，中国也赋予他们以勃勃的创作灵感。

旧燕古长安，乌衣巷口残。当年杜工部，过此也曾观。

太田青丘《长安》

宫刑苦不堪，辱重骨愈坚。抖擞千年志，伟哉司马迁。

长泽一作《宫刑》

屯溪老街上，包子热腾腾。眼福兼佳味，心中快意生。

冈山田鹤子《屯溪》

矫矫龙蛇走，繁书古味醇。导游惊不识，远客反相亲。

川合千鹤子《繁体字招牌》

一衣长带水，梅雨共绵绵。两岸同风月，念此每欣然。

清水房雄《梅雨》

梅生古野中，云蔽雾犹封。闻讯人难寐，香传过海东。

窪田章一郎《蜡梅原生林》

冈山田鹤子的《屯溪》、川合千鹤子的《繁体字招牌》、清水房雄的《梅雨》以及窪田章一郎的《蜡梅原生林》等，分别写安徽屯溪老街的包子，上海街头的繁体字招牌，甚至由日本梅雨联想到中国江南的梅雨，以及关心中国（1980）发现蜡梅原生林的新闻报道，都流露出现代歌人对中国的特殊感情。即使是那些回忆过去侵华战争的历史，或者表述负疚感的作品，也饱含着日本人民对战争清醒的认识和对中国的深深眷恋。展读这些短歌时，笔者常常想起日本明治汉诗人宫岛诚一郎（1838—1911）赠予黄遵宪的诗句"幸然文字结奇缘，衣钵偏宜际此传"和"相将玉帛通千里，可喜车书共一家"。中日两国的文化情缘地久天长，一千三百多年以来日本短歌的中国情结就是极好的证明。

　　当然，五十三位并非日本歌人的全部，五百三十首也非日本现代短歌的全部，但这些已经足以表现日本现代短歌的文化特质，那就是，现代短歌受日本民族文化精神的陶铸，又反过来陶铸日本民族文化精神。

参考书目：

1.《日本文化史》，家永三郎著，筑摩书房 1972 年出版。

2.《日中文化交流史》，本宫泰彦著，胡锡年译，商务印书馆 1980 年出版。

3.《日本汉文学大事典》，近藤春雄著，日本明治书院 1993 年出版。

4.《汉诗与日本人》，村上哲见著，讲谈社 1994 年 12 月出版。

1995 年 2 月于北京紫竹斋

（此文日文稿全文载于日本《现代短歌》杂志 1995 年第 5 期，中文稿局部略作释解。文中日文短歌均为笔者所译。）

和风起汉俳

——兼谈汉俳创作及其他

世界越来越小，楼房越盖越大；

节奏越来越快，汽车越跑越慢；

文章越来越长，诗歌越作越短……

　　这是 1987 年 9 月雅集时一位天津诗人对现代城市生活写生的几句调侃话，说得幽默生动，也很深刻。笑声过后，我当时立刻想到汉俳。汉俳，就是在当今小世界、快节奏中应运而生的新型短诗。三行十七字，短小精悍。一缕思绪，一瞬印象，一个镜头，一点触动，手到擒来。诗好，何分长短。吟诵汉俳佳构，犹如瀹泉品茗，啜一口，留香三日，说是"隽味舒胸臆，清香沁齿牙"，也非过情之誉。

　　汉俳，是近十四年来萌生于中国诗歌百花园中的一株新花。从诗体看，汉俳不是最短的汉诗（中国古代传统诗有五言三句体和四言四句琴歌，词有"十六字令"等较之更短），但她无疑已经成了汉诗短诗家族中的新成员。十四年，弹指一瞬。汉俳从萌生、起步、发展，到今天《汉俳首选集》的出版（笔者主编，青岛出版社出版），创业之难，耕耘之苦，让人觉得似乎已经跋涉了一段相当漫长的历程。然而，面对日益壮大的汉俳诗人创作队伍，以及云霞般涌来的汉俳新作品，又不由得为她那雨后新笋似的青春活力而兴奋不已。汉俳，有其古老传统文化的沃土和根基，又具有现代新文学的蓬勃生命力。她既是古老的，又是新生的。这就是汉俳。

俳句与汉俳

　　汉俳是在现代中日文化交流活动中由日本俳句催生而出的新汉诗诗体。"古代汉诗是输出的，现代汉俳是引进后由中国诗人再创造而成的。"（林林先生语）如果溯源观之，还应从日本古代俳句说起。

　　日本俳句的母体是日本的长连歌（和歌之一种）。和歌和俳句皆为东瀛律体诗，是日本民族文学之双璧。最早的和歌，音数、句数均不作限制。凝定为五、七音这样短长不齐的诗节，是奈良时代（710—784）的事。那时，短歌极为盛行，编于780年的《万叶集》收歌四千五百一十五首，短歌占百分之九十三，约有四千二百首。平安时代（784—1192）的《古今和歌集》成书于905年，收歌一千一百首，短歌占百分之九十九，有一千零九十一首。其间，日本皇室推重中国齐梁时代文学家萧统（501—531）的《文选》，朝臣多能熟诵，故日本所作汉诗及安章谋篇之法也都依据《文选》。汉武帝元封三年（前108）在柏梁台与群臣联咏的赋诗形式（史称"柏梁体"），后来在初唐几朝皇室复兴，由此而影响日本也是极为自然的事。宋计有功的《唐诗纪事》记有景龙四年（710）唐中宗于蓬莱宫大明殿携群臣"效柏梁体"联诗之雅事。稍后，日本盛行的"长连歌"，也十分类似中国这种联吟缀歌的"柏梁体"。长连歌，通常由年长的诗人发句，先作"五、七、五"，次咏者续以"七、七"，再者复作"五、七、五"，续者再复以"七、七"，如此连缀，有至百句而终者。这也可以看作是短歌（五七五七七）的连唱。到日本江户时代（1603—1868）前后，连歌的发句（即五七五）开始出现从连歌中游离出来的独立趋势，不久遂逐渐成为一种凝练的独立诗歌新体。明治二十六年（1893），诗人正冈子规提出用写生法创作诗歌，并力主使用"俳句"这一名称，自此俳句定名。

　　汉俳问世之前，由于中日两国文化交流的关系，中国诗人知有日本俳句，而且近现代也有不少留学过日本的诗人用日语创作俳句（例如 1981 年日本出版过葛祖兰的《祖兰俳存》），但未见有诗人想到过创辟汉俳。直到中日邦交正常化之后，半拥抱我们的那片太平洋不再成为两国往来的屏障，两国诗人开始频繁地交往，汉俳的诞生便势成必然。

契机是 1980 年 5 月 30 日中日友好协会首次接待以大野林火先生为团长的"日本俳人协会访华团"。当时，日本诗人送来了松尾芭蕉、与谢芜村、正冈子规等古代俳人的诗集。两国诗人欢聚一堂，赵朴初先生诗兴勃发，参照日本俳句十七音（五七五）为式，依照中国传统汉诗律句的创作特点，即席赋诗三首。其中一首曰：

> 绿阴今雨来。
> 山花枝接海花开，
> 和风起汉俳。

这三首诗就是中国诗歌史上的第一组汉俳。当天在北海仿膳宴席上，林林先生也即席吟诵了他创作的两首汉俳《迎俳人》。6 月 7 日，日本访华团莅临上海，诗人、作家杜宣在欢迎会上诵读了自作的汉俳《君来自东岛》。

之后，1981 年《诗刊》第六期公开发表了赵朴初、林林、袁鹰等人的汉俳作品，1982 年 5 月 9 日《人民日报》又发表了赵朴初、钟敬文等人的汉俳作品，中国诗坛为之注目。自此，汉俳便由破土萌蘖开始逐渐漫及大江南北。

汉俳的创作

汉俳是短诗，自然以凝练味隽者为上。十七音，分为三行（称三句也未尝不可），通常共有七个双音节，三个单音节（每行各一），颇似《巫山一段云》《阮郎归》等词调的最后三句。因为跟其他民族语言相比，汉语言有意会性好和包孕量大等特点，所以同是十七音，但汉俳句式长短参差，表达灵活，又易得深厚，自有其他俳体所企羡不及的优点。

从当前汉俳的创作看，可大致分为格律体和自由体两类。如果依据创作风格来看，又有雅俳、俗俳、谐俳之称。汉俳形式多样，可文可白，可娴雅婉丽，可雄放豪纵，或抒情、或寓理、或诙谐、或感喟、或针砭，无一不可；只要语意精洽浑成即佳。

律法

自由体汉俳通常指用现代语体创作的通俗口语诗，语言明快，在字声平仄排列上只求抑扬顿挫，朗朗上口，并无严格要求。例如：

> 历史的良心，
> 容不得半点迷信。
> 权威等于零。
>
> 　　　　公木

> 青涩的果子，
> 一夜之间变红了，
> 只是为了你。
>
> 　　　　陈明远

这类汉俳，言随意遣，以风调情理取胜。在节奏上大部分与格律体并无二致，三行皆有一单音节，虽是用白话写出，也别有情趣。还有一部分自由体汉俳，纯用散文句法，也有偶然兴到之妙。例如：

> 绿发油油的——
> 真是我想象中的

老翻译家么？

钟敬文

你终于走了，
总有一天会回来。
花不会不开。

晓帆

　　这类汉俳如同对面谈话，有一种亲切之感，学者、诗人李芒称作散俳。

　　格律体汉俳虽跟自由体不同，有一定的律法要求，但与传统的格律诗（如绝句、律诗）相比，又宽松许多。

　　众所周知，传统格律诗除平仄间出以获得字声迭代、抑扬顿挫的效果外，还有粘对等声律方面的要求，汉俳则无须粘对，三行律句，独立成式即可。先看传统格律诗的四种基本律句。以唐代白居易《问刘十九》和宋代赵师秀《约客》为例：

绿蚁新醅酒，（仄仄平平仄）　　　　A
红泥小火炉△。（平平仄仄平）　　　　B
晚来天欲雪，（仄平平仄仄）　　　　C
能饮一杯无△？（平仄仄平平）　　　　D

黄梅时节家家雨，（平平仄仄平平仄）　A
青草池塘处处蛙。（仄仄平平仄仄平）　B
有约不来过夜半，（仄仄仄平平仄仄）　C
闲敲棋子落灯花。（平平平仄仄平平）　D

（注：标示△的是韵脚。下文同。）

将上述七言与五言的基本律式做一比较，显而易见，除首二字不同外，其余皆同。另外，由于传统格律诗在律句（例如 A 与 B，B 与 C）间有"粘对"要求，故排列组合均呈规律性变化（可变化为绝句四型和律诗四型，此不赘述）。汉俳则简单得多，只需要从 ABCD 四式中任选出三种（不避重复），按单句平声或仄声律式的要求就可以进行创作。例如：

席地试清斋，　　　　D
（仄仄仄平平△）

松有茸兮海有苔。　B
（平仄平平仄仄平△）

宾主尽无猜。　　　D
（平仄仄平平△）

　　　　　　　　　　　赵朴初

篱畔舞姿昂。　　　　D
（平仄仄平平）

歌词出自名家手，　A
（平平仄仄平平仄）

和音久绕梁。　　　B
（平平仄仄平）

　　　　　　　　　　　林林

藕塘风雨歇。　　　　C
（仄平平仄仄△）

水波溶漾朦胧月，　A
（仄平平仄平平仄△）

小荷轻绽叶。　　　　C

（仄平平仄仄△）

　　　　　　丘仕俊

客里人衰歇。　　　Ａ

（仄仄平平仄△）

黄昏独对梨花雪，　Ａ

（平平仄仄平平仄△）

不负平生约。　　　Ａ

（仄仄平平仄△）

　　　　　　郑民钦

　　组合随意，形式也比较活泼。换言之，汉俳只要单句平仄调谐能获得音乐美感则可。

　　必须注意的是，有时为了表情达意的需要和方便，也可以局部改变字声平仄的位置，这就是调声（或称"拗救"）。传统格律诗的调声方法分本句自救和对句相救两种。因汉俳没有"粘对"，故只有本句自救一种。

　　传统格律诗的本句自救通常有两种形式。

　　其一，在 B 型句（平平仄仄平）中，如果首字必须用仄声字时，第二字便成了"孤平"，可将第三字（原应用仄声）改用平声，成为"仄平平仄平"（五言）或"仄仄仄平平仄平"（七言）。例如唐诗中"恐惊天上人"（李白）、"笑问客从何处来"（贺知章）等。此种自救只限 B 型句，移借到汉俳创作中，最为常见。例如：

　　　　满城风送香（刘德有）

　　　　断桥难断情（李芒）

　　　　十年清梦长（陈大远）

　　　　五月老牛初试犁（丘仕俊）

　　竹翠柳青湖上游（李佩云）

　　数点白帆飞入怀（旭宇）

（其中"十""白"为入声字，归仄声）

　　其二，在传统格律诗的 C 型句（平平平仄仄）中，第三字必须用仄声时，可以跟第四字交换字声平仄位置，即成为"平平仄平仄"（五言）或"仄仄平平仄平仄"（七言）。这里需要注意的是，五言首字或七言第三字必须保留用平声。例如唐诗中"君家往（仄）何（平）处"（崔颢）、"正是江南好（仄）风（平）景"（杜甫）等。此种自救只限 C 型句，在汉俳中也很常见。例如：

　　　　　奇观甲天下（纪鹏）

　　　　　深情向谁说（赵乐甡）

　　　　　霏霏降初雪（刘德有）

　　　　　皎皎清辉满寰宇（罗洛）

　　　　　淮左名都景如绣（吴瑞钧）

　　　　　香港风情染华夏（晓帆）

　　这种调声，也可以理解为故意造成字声平仄错位以便获得特殊语音效果的方法，在传统诗词和今人创作的诗词中随处可见。

　　字声迭代所呈现的格律是一种"约定俗成"现象，即用汉语言创作诗歌的一种必然。历代语言学家或音韵学家都从汉语言的特质方面做过各种深入的理论研究和广泛的作品印证。这种"约定俗成"是在长期的创作实践和欣赏实践中逐渐形成的，至今历时已一千五百余年。不仅中国诗人尊重格律，受汉语言文学影响的亚洲其他国家的诗人也尊重格律。清代袁枚的《随园诗话》说"须知有性情便有格律，格律不在性情外"，是很有道理的。写诗乃抒发情感，并非"填字凑格律"。有了好的诗料，诗人又具有丰富的汉语言文学创作能力，立意造句，声入心通，水到渠成，自不难收抑扬顿挫之妙。

当然，现代诗歌创作（譬如表意、造语等）毕竟跟古代不同。说尊重格律，但不拘泥于格律，应该成为当今汉俳诗人的"约定俗成"。如果既能继承传统诗词精湛的表现技巧及含蓄凝练的创作特点，又能在新题材、新意境上做出成功的开拓，格律体汉俳必会在与自由体汉俳各擅胜场中更加独具风采。

韵法

日本俳句无韵。汉俳，除自由体中的散俳不用韵（也有诗人认为不用韵者非诗）外，余下各体都用韵。汉俳押韵之法，从当前创作来看，常见的韵式有以下三种：

句句韵式　俗称"独木桥体"。这是中国带有民歌风特色的诗歌最常用的韵式。汉俳用句句韵式，音韵和谐流转，全诗元气凝结，自有流波回环之美。例如：

> 日影透窗纱△。
> 春光先到野人家△，
> 迎春一树花△。
> 　　　　　杜宣

> 托钵寻诗行△，
> 流水落花皆文章△，
> 自有春芬芳△。
> 　　　　　邹荻帆

前首是格律体，后首是自由体，在用句句韵式上并无区别。不独平声韵如此，仄声韵也常见"独木桥体"。例如：

人满真为患△。
巴士成球撑可变△，
登车如作战△。
　　　　　　　　　　　林岫

满目春光好△，
眉间风雨知多少△？
有话如相告△。
　　　　　　　　　　　顾子欣

隔句韵式　即隔句用韵，传统诗词常见。句句韵式的诗中只有一句不入韵（又称"雁单飞体"），也可以看作是隔句韵式的特殊型。汉俳是三行诗，如用隔句韵式，当然只能是"雁单飞体"。例如：

白云浮广宇△，
浩浩无垠任卷舒，
极目青冥里△。
　　　　　　　　　　　罗洛

街市静而幽。
夜宿异乡难入梦△，
枕上听心动△。
　　　　　　　　　　　叶宗敏

此为汉俳创作比较常见的韵式。汉俳押韵位置随意，但无论押平声韵或仄声韵，至少须有两句押韵，所以"雁单飞"句也很随意，一般多在首句和中句。

　　侧声韵式　这是一种同韵部的平声韵与仄声韵混押的传统韵式，俗称"绿叶扶花体"。近几年在汉俳创作中的使用也日渐增多。例如：

　　　　莫道西湖瘦△。

　　　　淮左名都景如绣△，

　　　　千古可消愁△。

　　　　　　　　　吴瑞钧

　　　　玉树灿琼花△，

　　　　雾里朝阳景绝佳△。

　　　　奇观甲天下△。

　　　　　　　　　纪鹏

　　此体是利用汉语同韵部的四声（阴平、阳平、上声、去声）混押的一种特殊韵式。例如上举吴瑞钧诗中，"愁"是"瘦"与"绣"的相应平声韵字，纪鹏诗中"下"是"花"与"佳"的相应仄声韵字，故可混押。换言之，上诗中"瘦、绣"属"二十六宥"的仄声韵字，"愁"是相应"十一尤"的平声韵字。按清《词林正韵》，"二十六宥"与"十一尤"同属第十二部韵；又纪鹏诗的"花"属"六麻"平声韵，"佳"属"九佳"平声韵，结句尾字"下"属"二十二马"仄声韵，而"六麻""九佳"与"二十二马"同属"第十部"韵，故二诗可侧声相押。

　　汉俳用韵的宽严问题，目前尚无统一的说法，皆由诗人各自定裁。从笔者对六百首汉俳用韵情况的调查看，百分之六十五用宽韵，百分之三十三点五用韵，百分之一点五不用韵（均为散俳）。这种"自然流"倾向可以反映出当前汉俳诗人用韵的意向。宽韵，是指类同古风体诗的"通用韵"（譬如"冬、东"韵通用，"庚、青、蒸"韵通用等），也就是明清后诗人所谓的"诗用词韵"（词韵较宽）。严韵，通常指传统诗歌创作中使用的"平水韵"或"佩文诗韵"。上述调查中，用宽韵的作品有五分之四是用词韵，另有五分之一是用现代汉语普通话为标准的新韵。

季语

即表述岁时季节特征的词语。传统汉诗素有"季（节）语""岁（时）语"之说。《诗经》可以看作是最早使用季语的诗歌汇集。《吕氏春秋》中，卷一《孟春纪》至卷十二《季冬纪》，是记录岁时最早的比较系统的著作。之后，辑录时令节序、四时花草等季语比较著名的著作约有三十余种，例如汉代《礼记·月令》、晋代《风土记》、隋代《玉烛宝典》、唐代《艺文类聚》和《岁华纪丽》、宋代《岁时广记》（四十卷本）以及清代《燕京岁时记》等。这些著作不仅对我国各代诗人的创作产生过重要影响，而且还影响到东亚一些国家，甚至欧美诗坛。

在季语的使用上，目前汉俳基本上依照传统。

传统诗歌用季语素有明暗、虚实诸法，汉俳亦如此。例如前人传统汉诗中，"春雨断桥人不渡"（宋徐俯句），明法；"兰溪三日桃花雨"（唐戴叔伦句），"桃花雨"暗指"春雨"，较前例要含蓄一些，归属暗法。暗法的手段很多，可以用带有明显季节性特征的词语来暗示，例如"桃花雨（春雨）""豆花雨（八月雨）""杏花雨（清明雨）"等。也可以用异名代之，例如用"润露"代春雨，用"琥珀"代葡萄，用"金丸"代枇杷等。

我国季语的语词量极为丰富浩繁，例如以"春"字冠头的名词有七百余，以"梅"字冠头的有三百余。"梅"的异称（例如"香雪""清友"之类）在诗歌创作中常见的也有五十余种之多。这无疑为诗人构筑了可供选择的广阔天地。下面是汉俳作品中使用明暗法的例句：

明法

春在绿杨城（罗洛）

冬雪映窗明（林岫）

翠销三伏暑（旭宇）

星贴山尖夏月斜（冰夫）

正是初秋凉爽时（黄树则）

忽听秋蝉亦哑鸣（王大均）

暗法

夭桃绽小红（暗示孟春）（郑民钦）

阔叶布清凉（暗示夏季）（李芒）

家家角黍香（暗示端午）（林岫）

万树樱花带笑开（暗示仲春）（公木）

柳线轻飏拂画船（暗示初夏）（杜宣）

一枚枫叶任风飏（暗示秋暮）（叶宗敏）

　　虚实法在传统诗歌作品中也比较常见。例如"梨花春雨掩重门"（唐戴叔伦句），"隔帘微雨湿梨花"（唐吕温句）中的"梨花"是实写；"一枝梨花春带雨"（唐白居易句）和"千树万树梨花开"（唐岑参句）中的"梨花"，分别指"杨玉环"和"白雪"，这就是虚写。诗人创作中采用虚实相生或避实就虚的方法，可以使表情达意更加生动形象，隽永含蓄。下面是汉俳作品中使用虚实法的例句：

实写

霏霏降初雪（刘德友）

倚枕听秋声（郑民钦）

湘江两岸夕阳红（林岫）

琼花树下歌声起（海稜）

雪域珠峰鹰展翅（林林）

虚写

一朝雪满枝（写花）（丘仕俊）

尺八作秋声（写箫声）（林东海）

夕阳无限好（写晚年）（李佩云）

玉树灿琼花（写雾凇）（纪鹏）

大矗珠峰树（写国家队夺冠）（赵乐甡）

季语的使用应视表情达意的需要，不必强行一致。一般在山川纪游、咏物抒情之类的汉俳中使用季语比较多，而言志类、理趣类、调侃类、讽刺类的汉俳却很少使用季语。笔者对六百首汉俳作品使用季语的情况所作的调查表明，大部分汉俳诗人比较随意，而且近几年随着汉俳题材的横向拓展（由纪游咏物类向言志理趣类拓展），不使用季语（或者不专意使用季语），已逐渐蔚成风气。

汉俳创作除以上三方面外，还有辞章结构方面的课题，限于篇幅，本文恕不详及。

国际俳坛概况

俳体诗的创作出现以日本俳句为核心的国际化发展趋势，最早可追溯至 20 世纪初期。

1905 年法国哲学博士、医生库舒（Paul Louis Couchoud）仿造日本俳句用法写了"三行诗"，自称为"法俳"，并以《流水》为名出版了诗集。继之，诗人福尔（Paul Fort）、沃冈斯（Vocance）、莫勃拉纳（Rene Maublane）等都有俳集问世。在 20 年代俳体诗歌运动中，《新法兰西评论》杂志举办了"法俳竞赛"，参赛者多达千人。英美诗人创作俳诗，起步较法国稍晚。1910 年前后，开始出现用英语翻译的日本俳句，引起了一些诗人的兴趣。1925 年在美国女诗人的诗集中出现了用英语创作的俳诗。1960 年美国小学生课本中列入了英译的松尾芭蕉、小林一茶、夏目漱石等日本诗人的俳句。嗣后，1963 年《美国俳句》杂志问世。1965 年出版的《英语写作俳句》一书，又为诗人俳诗提供了一些指导性的经验。三年之后，美国成立了"美国俳句协会"。这时，除英、美、法外，西语的其他语种，例如德语、西班牙语、意大利语等，都有数量不等的俳诗发表。

至 80 年代，美国俳句杂志已发展到十余种，出版有关俳句的书籍有三百余种。汉俳的萌生和发展，无疑是国际俳坛 80 年代的大事。这意味着，俳体已经在世界上历史最悠久的文化土壤中生根开花。

现在，日本仍旧是国际俳体诗交流活动的中心，发行的俳句杂志有八百余种，日本"俳句人口"有一千万之众，平均每十个日本人中就有一个会写俳句。除"俳人协会""现代俳句协会""日本传统俳句协会"三大团体外，还有各种俳句组织，影响大小不等。"日本学生俳句协会"为培养新一代的俳人，经常举办全国性的学生俳句大会。1990年的大会应征者多达十一万三千人，受奖者三百余人，影响面覆盖全日本。另外，日本俳人频繁出访外国诗坛并主办"国际俳句大赛"，对各国俳体诗（包括汉俳）的发展起到重要的促进作用。

中国汉俳虽是后起之秀，但近五年的发展却比较迅速。1991 年 4月 28 日，在杭州成立了中国俳句研究团体"中国和歌俳句研究会"（林林任顾问，李芒任会长）。随后，上海成立了"上海俳句（汉俳）研究交流协会"（杜宣任名誉会长、瞿麦任会长）。目前，除从事传统汉诗和新诗创作的老诗人参加汉俳创作外，青少年（特别是大中学生）汉俳作者也在逐年增加。1990 年日本航空公司在全世界日航班机飞抵频繁的国家举办"俳句创作活动"，中国仅北京和上海两地应征的汉俳就近万首。一些小学生创作的汉俳作品表情达意简洁准确，天真可喜，也颇得专家好评。

和风起汉俳，绝非偶然。这是中日两国一衣带水的文化历史情缘的必然结果。它不是日本俳句的简单移植，而是受俳句催生而成的汉诗新诗体。也就是说，无论格律体还是自由体，皆须是地道的汉诗，而非

"洋泾浜"之类。从发展趋势看，90 年代汉俳已较 80 年代更加开拓和成熟。如果说初生的汉俳多写山川花草、嘤鸣友声的话，而今人生百态、湖山胜概、咏物寄怀、纪时采风等，无一不可入俳。在语言风格上，诙谐调侃、讽刺抒怀、豪放婉约，皆有佳构。一些花絮式汉俳组诗，也为丰富汉俳的表现力和艺术感染力，在形式上增添了新的品种。笔者从 1990 年至 1993 年在北京和重庆举办过四次"汉俳创作讲座"。许多青少年诗作者都表现出对汉俳的极大兴趣。调查结果表明，他们最喜欢的汉俳不是纯写自然景物的汉俳，而是蕴含生活哲理、述说人生甘苦和表现爱情忧乐之类。这种追求在一定程度上也昭示了未来汉俳在题材上的发展动向。

汉俳是应时代而生的短诗体。它借助汉语丰富精美的辞藻、气象万千的构意和变化无穷的精湛技巧，正在展现其动人的风采。日本俳句与汉俳构筑的友谊之桥情通两岸，必定会为中日文化交流做出重要的贡献。

行文至此，笔者不由得想起日本著名书法家水野栗原先生 1990 年为参加国际俳句竞赛活动的小学生题书的"俳如海"。我深信，不久的将来，中国也一定会出现"汉俳如海"的博大景观。让我们一起迎接这个时代的到来。

约稿时冰雪消融，万物回春，如今纷红流绿，已是芳菲时节。

　　　　　　　　　　　　　　　　1994 年 6 月 30 日于北京紫竹斋

（注：本文同为林岫主编的《汉俳首选集》和《林岫汉俳诗选》的编后记。）

蓬勃发展的中国现代新短诗

　　中国诗歌历史悠久，如果从第一部诗歌总集《诗经》（大约结集于公元前 11 世纪至公元前 6 世纪的五六百年之间，共计三百零五首）算起，迄今已有三千多年的历史。其间，有过随社会政治变动和经济改革浪潮而出现的盛衰起落，也有过因诗歌文学本身的发展和外来文化（例如佛教文化、西欧文学等）的影响而出现的嬗变错综。发展到现代，中国诗歌百花园内已经品种纷呈且各擅其美，高手如林且佳构似云，蔚然成为一幅欣欣向荣、博大可观的图画。中国诗歌对世界文学，特别是对东方文学的发展有过重大的影响。研究中国现代诗歌，将有利于了解现代亚洲诗歌文学的主要风貌和未来发展的大致趋势。

现代新短诗的崛起

　　中国古老的诗歌，几乎都是民歌体，内容大部与生产劳动和日常生活有关，其结构简单，语言精约，吐述心声如对面话语，都有一种浓郁而朴实的平民味和乡土气。后来随着社会历史和文学本身的发展，诗歌的创作也同其他文学一样，在魏晋时代（3 世纪初至 5 世纪初）逐渐由"民歌化"转向"文人文学化"，开始出现了大批文人创作的诗歌。这些诗歌虽然在一定程度上淡薄了古老诗歌那种浓郁而朴实的平民味和乡土气息，但扩大了诗歌的题材范围（例如写政治思想，抨击时弊等），表现手法也愈见成熟和趋于技巧化，从而更富有文人文学的情趣。7 世纪初至 13 世纪末叶的唐宋时期，是中国古典诗歌发展的高峰阶段，即

在中国诗歌史上被称作"黄金时代"的那个七百年，诗家辈出，体裁
完备，技巧成熟，各体诗歌都得到了很大的发展。此后六百余年，诗歌
几乎都沿袭唐宋，从整体上看未见有明显的新变和超越。

直至20世纪初，在反对旧文学、力倡新文学的革命中，中国诗坛
才出现了与古典诗歌不同的新诗。这些新诗，竭力表现新思想，借鉴
英、德、法、苏等国诗歌的形式，离弃历代文人诗家所遵行的"传统
体"（如"格律体""古风体"等）作法，创作了大量句式句数随意的
"新语体"诗歌（即口语体自由诗）等。从此，中国的诗歌便如同江河
分流一样，形成了"传统体"和"新语体"两大支流。

后来至20世纪80年代，在中日文化交流活动中，受日本俳句和短
歌的影响，中国诗坛萌生了汉俳和汉歌（又称短歌）。从体制上看，汉
俳和汉歌（短歌）不仅是中国的短诗，而且还带有日本俳句和短歌的
部分特点，但她们已经登堂入室，成了中国现代短诗家族中的新成员。
从创作上看，汉俳和汉歌（短歌）也可以分为传统体和新语体两类。

进入90年代，中国诗歌开始出现日趋简短的发展趋势。这也是在
当今小世界、快节奏中诗歌文学发展的一种带有国际化现象的普遍趋
势。现在中国新短诗包括传统体短诗、新语体短诗、汉俳和汉歌（短
歌）四类。

传统体诗，即日本人所谓的传统汉诗。传统汉诗在60年代后半期
开始的"文化大革命"中，曾被扫荡出中国诗坛，但仍有不少诗人坚
持创作，留下了很多铭记那段非常时期的动人诗篇。到80年代，随着
改革开放浪潮的到来，中国处处勃发着无限生机，诗人们讴歌时代新貌
和河山胜概，又掀起了传统体诗的热潮，各地诗社如雨后春笋般破土而
出，终于在1987年5月于北京成立了中华诗词学会。这个学会的宗旨
是弘扬中国传统的诗歌文学，发时代之先声，歌人民之心曲。现在已有
一百五十八个诗社聚在这个学会的旗帜之下。从1992年起，每年举办
一次诗词大赛，每次大赛都牵动和振奋着海内外亿万炎黄子孙及热爱汉
诗的外国诗人的心。首次大赛曾收到十六个国家的十万多篇汉诗作品，

一等奖作品就是一首怀念故世的彭德怀元帅的短诗。有两千多年历史的中国传统体诗的现代新生，并呈现振兴之势，被文学理论家们誉为诗歌"文化的回归现象"，十分令人鼓舞。

　　四种短诗的字数和句式要求及其主要创作方法如下：

　　传统体短诗常见九种：

1. 三言四句体（十二字）

2. 五言三句体（十五字）

3. 四言四句琴歌体（十六字）

4. 五言四句体（二十字）

5. 六言四句体（二十四字）

6. 七言四句体（二十八字）

7. 五言律体八句体（四十字）

8. 七言律体八句体（五十六字）

9. 古风杂言体（句数字数无限定）

　　创作方法大致可分为两大类，即格律体和古风体。

新语体短诗	自由体式，字数、句式无限制	口语体
汉　　俳	五七五式（十七字）	在创作上分传统体作法和新语体作法两类
汉歌（短歌）	五七五七七式（三十一字）	亦分为传统体作法和语体作法两类
单句诗	自由体（一般十七字内）	亦分为传统体作法和新语体作法两类

新语体诗在"文化大革命"的十年中也曾一度消沉，到80年代才涌现出一批杰出的中青年诗人。这批中青年诗人以深沉的理性思考、新颖的句式结构和大胆的象征意蕴，创作了很多有真情实感的动人佳构。这些诗大部分都是言短意长的小诗。在摒弃昔日直白浅露和缺乏真情实感的长篇说教诗风之后，这些寻求心灵和谐与安谧，渴望人与人之间的理解与友爱的短诗，成了读者的甘露。新语体诗诗人在学习古典传统诗词和借鉴外国诗歌形式和技巧的基础上，以明快简洁的短诗含蓄表达意蕴，所谓"用字中意句中趣，抒发心声"（李芒语），启发人们对过去做出清醒的认识和对未来美好生活的憧憬，都重在以真情感人。这既是新语体诗从萌生走向成熟的一大进步，也是新语体诗走向成熟的一大标志。

汉俳，是近十六年来萌生于中国诗歌百花园中的一株新花。汉俳问世之前，中国诗人知有日本俳句，也见过留学日本的诗人用日语创作的俳句，却没有人想到创辟汉俳。直到中日邦交正常化后，半拥抱我们的那片太平洋不再成为两国往来的屏障，诗人们开始频繁交往，汉俳的诞生才势成必然。1980年5月30日中日友好协会接待了以大野林火先生为团长的"日本俳人协会访华团"。当时，日本朋友送来了松尾芭蕉、与谢芜村、正冈子规等日本古代俳人的诗集。赵朴初先生诗兴盎然，参考日本俳句十七音（五七五式）的形式，依照传统汉诗律句的创作方式，即席赋诗三首。这就是现代中国诗歌史上的第一组汉俳。自此，汉俳便由北京开始漫及大江南北。

汉歌（短歌）的萌生也是源自中日文化的友好往来。1980年春天，日本西园寺公一先生邀请巴金、冰心、林林等中国作家访日，林林先生去凭吊故世的日中文化交流协会会长中岛健藏先生，在墓地献上一首以日本短歌形式（五七五七七），以中国传统诗歌创作方法创作的汉歌，表达了对中岛先生的深切怀念。后来发表在他的《剪云集》里。汉歌的创作大约在1988年前后才广为中国诗人所接受，而且因其长短参差的句式结构，类似古风长短句，尤为当今传统派诗人所喜爱。

　　汉俳和汉歌（短歌）的创作，在 20 世纪 80 年代初期还仅仅是少数从事中日文化交流的文化人的事，但是一旦为中国诗人所接受，便立刻显示出一种不可抑制的青春活力。这一点，很容易让人联想起唐代张志和的《渔歌子》传到日本时，令嵯峨天皇（786—843）欣羡不已，也曾率朝臣群起而效之的事来。汉诗在日本历时千余年至今盛传不衰，和现代汉俳、汉歌的萌生与发展，都是历史之必然，中日两国人民一衣带水的情缘之必然。现在，每年春秋季节都有日本俳人、歌人代表团来华做访问交流，由俳、歌短诗文学架起的友谊之桥已经成了中日两国诗人相互了解和传递友情的重要通道。

现代新短诗的发展

　　汉俳和汉歌（短歌）的发展在 1995 年 2 月于北京成立中日歌俳研究中心之后形成了一个高潮。大批创作传统体和新语体短诗的诗人参与俳歌的创作，拓宽了俳歌的题材范围。大量传统体和新语体短诗的表现技巧的移植，也丰富和完善了俳歌短诗的创作。从另一个角度观之，俳歌的创作也给这些惯于创作传统体和新语体短诗的诗人以重要的启迪。在此之前，以笔者 1984 年 4 月在日本浜名湖赏樱时创作的第一首汉俳为例，可以清楚地说明汉俳对传统体汉诗创作在结构上的革新性冲击。笔者当时先创作了一首汉诗（五绝），因为想强调"初试樱花雨"后产生的那种忘却尘世的超然感觉，便将诗句前后颠倒了一下，四句短诗压缩成了三句。这时，眼前突然一亮，因为笔者多年来一直在寻找精练短小又便于快捷表达现代人生活情趣的诗体。这个轶然而至的诗体，就是四年前赵朴初先生参考日本俳句十七音（五七五式）的形式，依照传统汉诗律句的创作方式即席赋得的新诗体——汉俳。笔者《浜名湖赏樱》二诗比较如下：

汉诗（五绝）　　　　　　　汉俳

初试樱花雨，（起）　　　　翠浪摇春屿。（起）

疑忘烟火语。（承）　　　　浅立疑忘烟火语，（承）

风来一快襟，（转）　　　　初试樱花雨。（合）

翠浪摇春屿。（合）

　　熟悉中国传统体汉诗的人都知道，汉诗在结构上讲究"起、承、转、合"，并以此为"诗之命脉"。汉俳的产生，不仅使中国的短诗家族增加了新成员，重要的意义还在于使中国现代短诗在结构上发生了变化。或者"起、承、合"，或者"起、转、合"，间歇所呈现出的跳跃性变化，使短诗的结构获得了类似书法的"以白计黑"的效果。

　　和风起汉俳，发而为汉歌。二者都不是简单的移植，而是受日本俳句和短歌催生而成的中国新短诗。从形式上看，虽然保留了日本俳句和短歌的十七音（五七五式）或三十一音（五七五七七式），但汉俳和汉歌要求押韵，而且在声律上依照汉诗的传统，力求因字声平仄交互而出现的一种抑扬顿挫的音乐美。在内容上，90 年代的汉俳和汉歌比 80 年代更为开拓和成熟。今后的发展动向主要表现在题材多样化和不限季语两个方面。

　　下面是两首汉歌（短歌）。

光大古诗缘　　　　　　　**富阳晨闻鸟声**

　　（林林）　　　　　　　　　（林岫）

往事越千年，　　　　　　　山雨细如丝。

人文往还天下先，　　　　　陇上一犁春意满，

光大古诗缘。　　　　　　　桃红三两枝。

李白晁衡佳话在。　　　　　清晓檐前闻鸟语，

和风汉月庆同天。　　　　　分明昨夜梦中诗。

从字数上看，汉歌比汉俳多了十四个字（音）。在传统的汉诗创作中，这十四个字（音）可以变为两个整齐的七言句，这一点恰与前三句的五七五（非整齐的长短句）形成对比。有些诗人更偏爱汉歌，认为其包孕量（文学内涵）较汉俳丰富，在齐与不齐的句式变化中有可能获得一种特殊的声情效果。

题材多样化，可以看作是近年来汉俳和汉歌的创作趋势。在这之前，因为诗作者多是从事中日文化交流的文化人，所以作品主要是咏四季、歌友情之类。后来参加俳歌创作的诗人增多，写湖山胜概、人生感触、理性思考等内容也逐渐增多。目前，青少年（特别是大中学生）中的汉俳作者正在逐年增加。1990 年日本航空公司举办俳句创作活动，中国仅北京和上海两地应征的汉俳作品就有近万首。笔者从 1990 年至 1995 年在北京和重庆等地举办过六次"短诗创作讲座"，发现许多青少年诗作者对汉俳和汉歌都有极大的兴趣。调查结果表明，他们最喜欢的不是单纯写自然景物的短诗，而是蕴含哲理意趣，述说人生甘苦和表现爱情忧乐的短诗。这种选择在一定程度上也预示了未来俳歌在题材上的发展走向。

季语的限制从汉俳和汉歌流行开始起，就远比俳句和短歌宽松。中国大陆，南北东西的季节变化差异很大，例如"花开杨柳岸"，看似写春，却是海南的冬景。即使同一种花，例如梅花，也有"冬梅""春梅"之分。不但日本的《俳句岁时记》在中国不能完全套用，就是中国的季语也必须因地因时而变。加之，短诗本来精练之至，如果一定限制每首诗都必须要用季语或者代季语（例如以"桃杏"代"春"，以"桔黄"代"秋"），料会影响到短诗内涵的包孕量。日本鹰羽狩行生先生的《胡桃的房子》随笔集有一篇也谈及这个问题。现在汉俳和汉歌正在向题材多样化发展，写社会百态、人生感慨、理性思考等内容的短诗不受季语的限制已经成了必然之势。这也可以算是中国短诗的一个特色。

汉俳和汉歌（短歌）是时代之诗。它们正在借助汉语丰富优美的辞藻、气象万千的构意和富赡精湛的技巧展现着动人的风采。由此构筑的短诗友谊之桥也正在缩短中日两国人民友好往来的距离。

世界越来越小。进入新世纪之后，带有两国甚或多国文学特征的跨国文学将会愈来愈多。短诗无疑是这类文学的先驱。有人称跨国文学是"模糊文学"，担心它会融合和模糊各国本土文学的特征。诚然，这里存在着一种模糊性，也存在着对各国本土文学特征的融合，但融合的结果是在本土文学之外萌生了新的诗的花果，就像"边缘热敏反应"会产生高能粒子一样，是一种进步。没有必要担心这种融合和模糊会使本土文学丧失其特征，反而有可能在吸收和借鉴外国文学的精华之后更加丰富了本土文学。庞德（Ezra Pound）在 20 世纪初曾学习中国唐诗的格律，并以唐诗的某些句型来更新英文诗；日本著名的小说家紫式部在《源氏物语》中移借了很多中国《长恨歌》和其他唐诗的意境；现代中国诗人学习俳句和短歌，创辟了汉俳和汉歌，从而丰富了中国的现代诗歌。这些，都是极有说服力的例证。我想，历史将会永远记住那些在日本传播和创作汉诗，以及在中国宣传和创作汉俳、汉歌的诗人，他们是国际诗坛上的"传火者"——普罗米修斯。由此，也会很自然地想到那些将中国汉诗、日本俳句和短歌传播至世界各地的"传火者"，他们为世界文化的交流和进步，也为各国人民沟通思想、传递友情做出了贡献。

中国的汉俳是国际俳坛的新成员。在世界人口最多、诗歌历史最久的中国沃土上成长起来的汉俳和汉歌有着广阔的发展天地。笔者深信，在新世纪到来之后，随着中国经济的高速发展，将会有更多的诗人投入到新短诗的创作热潮之中，中国一定会出现"汉俳如潮""汉歌如海"的宏伟景观。

1995 年 8 月于北京紫竹斋

注一：此论文的日文译稿，应日本国际研修交流协会（ACT）邀请

在东京召开的"1996 年短诗文学国际研讨会"上发表。（1997 年 2 月作者添注）

　　注二：此论文的日文译稿，后又入选日本文化学者东圣子、藤原 Mariko 主编的《国际岁时记文学的比较研究》论文集（2012 年 2 月日本笠间书院有限会社出版）。（2012 年 2 月作者添注）

真情新意趣　平淡本天然

——《寓真诗词选评》序

　　去年年初，从《九州诗文》上读到过寓真先生的一篇散文《昌江的小茅屋》。此文写他三十二年前由北京政法学院毕业后分配至海南岛黎族苗族自治州昌江县的最初生活。当时生活艰苦，他却非常乐观。文章的结尾写得诗意盎然。身居僻地，他偏以在茅屋前眺望白云缭绕青山为眼福，认为那种"相看两不厌"的感觉使他"真正感悟了李太白《独坐敬亭山》的诗意"；漫步门前杂草丛生，时有毒蛇出没的小路，他偏以能聆听溪流、蛙鼓、虫鸣的自然协奏为耳福，认定那些美妙而和谐的声音"正是古典音乐之滥觞"。

　　因为也经历过那十年特殊时期的苦涩生活，我读完此文，感触颇深。我一向认为，人可以受困苦，不可以没有希望和欢乐；困苦可以磨灭一切，但不可能磨灭强者的意志和生活的诗意。我忽然有了个猜想：能在困苦之中看到希望并能自得其乐的作者，莫非是个诗人？或许，至少也应该是高尔基所言，"像那些在泥塘中嬉笑欢快而忘记饥饿的穷孩子一样具有天生的诗人气质"。

　　事竟有巧者。年底访日归来，从案头上一大堆信件中我看到了山西友人董耀章先生寄来的《寓真诗词选评》书稿。因当时很忙，灯下就读时，原打算先翻翻而已。没想到，一气读完已近更深，兴奋得毫无倦意。一则我猜得不错，他果然是位诗人；二则集中好句好诗频出，已是诗界多年少见。于是，我又想起那篇散文。高尔基说得太对了，"天生的诗人气质"只属于永远热爱生活，即使在困苦之中也对生活充满希望并能自得其乐的人。

　　读寓真诗，比读他的散文更觉轻松。总的印象，雅健可诵者多，委婉细致者少，激昂处似放翁，议论似稼轩，写生如画和自然脱口处又似万里。其诗，七言多胜五言，诸体中以七律偏擅，亦见功夫。五绝《蒲松龄故居记》、七绝《夏游杂吟》（其三）、五律《送友》、七律《圆明园新游》，堪称压卷。清代袁枚说，诗须"味欲其鲜，趣欲其真。人必知此，而后可以论诗"（见《随园诗话》）。若分缕具体论之，我认为，寓真诗恰好可得"趣真""味鲜"四字。

　　先说"趣真"。意趣真挚，即言诗之真情难得。寓真诗不做作，不晦涩，不无病呻吟，不掉书袋，读者就是朋友。他用诗吐述心声，本色来去，让人感到实在和亲切。例如《开封包公祠》的"一泓碧水挹清芬，或是包湖旧绿痕"，《夏游杂吟》的"会复文繁无尽日，何如远走访山乡""欲剪一方苍翠去，携回城市避乌烟"，《仲夏思乡》的"一觉醒来忽晴夜，满天星斗好清凉"等，一种推测，一句独白，一个念头，一点惬意的感受，皆思到语出，如对面话语，自然动人。纵然是那些慷慨激越的激俗痛恶之作，读之，也分明可见其人。从"酒中剧毒谁曾信？地上横尸不忍埋""官方事过便无事，几处民家永世哀""但有尚方金剑在，辟邪扶正斩蛇虬""矜怜莫予害群马，刑法不加无罪人"（见《朔州有感毒酒案》等诗）中，读者不仅读出了他的心声，也同时看到了一个在扼腕、在感叹、在呐喊的实实在在的人。

　　说真性情，易；写真性情，难。或难在功夫不及，想说，写不出；或难在心有滞碍，瞻前顾后，结果矫情成虚。譬如书法，识者以老辣、天稚、自在为上，但须是真的老辣、天稚、自在，观者见诸纸上笔下，实则见诸书者的真学养、真功夫、真情性。倘若装模作样，佯势弄姿，故作老儿气、孩儿气、猴儿气，定入野径俗道，反遭人厌。作诗也是同理。不管作者如何自诩，总须开卷一见。凡装点门面诗、无奈应酬诗、虚假包装（无论装扮他人或者自己）诗等，都算不得真性情诗。真性情诗，必须是有真情实感的诗。诗欲动人，自然贵真。"身之所历，目之所见，是铁门限。"（清王夫之《姜斋诗话》卷下）寓真集中，"幼柏新槐真可爱，他年林海好徜徉""何尝镜里悲华发，且把中年当妙春""故乡热土已非家，仍挂云帆归海涯""忘怀琐事舒胸臆，始信人生贵自由"等，皆如何想便如何说，发自肺腑，所以真挚。又《圆明园新游》的"残楹残石存凝重，新彩新亭总淡然"、《怀乡》的"驼背如弓吾父辈，皱纹似壑有同年"、《旅思》的"攥拳自视如山岳，舒掌其中有大川"、《故园》的"疏叶难遮枣嫩红，枣红露白最玲珑"等，皆如何见如何想便如何说，"身之所历，目之所见"，景真方得情真。

　　真性情诗，因是诗人真情实感的自然流露，所以必然要表达出诗人对客观事物（社会生活）的真实认识和评价。唯真，而后可言善、美，诗歌才会具有真正感人的魅力。寓真先生身为"行有三先思有慎"的法官，写诗不戴面具，不矫情作势，实属难得。如《春节省亲途中》的"峰岭皑皑如鬓白，忧思尽在不言中"、《谒海瑞墓》的"大法奉行有艰阻，秉公还赖脊梁坚"、《病吟》的"若不四方留壮迹，何如归去务桑麻"、《议改革》的"大势不容因旧制，宏心应敢探新程。为求法律悬明镜，莫使民间有怨情"、《新院落成》的"双悬天镜清于水，两臂民情重似山"、《仲夏思乡》中写山区缺医少药和盲目生育的"老病乏医多克寿，育生不节尽成行"等，无论是对历史的深思还是对现实的关注，无论是对自己重任在肩的鞭策，还是对祖国忧时爱民的深情，读者都不难从中见其襟怀和志气。千古诗文，"传真不传伪"。诗吐真性情，才能与读者沟通并引发共鸣。看来，古人说"为官难作性情诗"，比诸寓真，也算个例外。

　　再说"味鲜"。诗味鲜美，即言诗之新意难得。寓真集中有不少意新语工的佳作，颇耐细品。

　　诗论新意，指"创意立言，皆不相师"（见唐李翱《答朱载言书》）。意新语工，都自惨淡经营，真积力久而来。诗有新意，才有价值。譬如写圆明园，惯见的多写民族恨、强国志，或者激励奋发湔耻、箴警居安思危，近几年又有主张重建圆明园以张扬强大辉煌的，而寓真先生偏写"残楹残石存凝重，新彩新亭总淡然。但得圆成强国梦，何求旖旎复当年"，点出圆明园的"残楹残石"有铭耻警世的重要美育作用，对重建圆明园表明了否定的态度。不蹈陈意，选择一个新角度，表达一种新思考，就是新意。又譬如写人生志向，一般总以党的教导或对祖国母亲的爱为力量的源泉，寓真作为农家子弟出身的干部，却写"艰难岁月谁能忘，奋进源泉是故园"，拈出贫穷落后的故园来说，情真言信。以此表白诗人立志改变故园旧态的决心，也能使人耳目一新。

诗文以意为主。有新意，才有新语新句。"只有想得妙，才能写得好。"（茅盾语）集中"洗衣村女手纤纤，指路山中带雨鲜""史碑漫漶生苔绿，落日依然小卵黄""犁敲黄土如弹键，奏响人间浑厚声"等，都是构意新妙又富于生活气息的新语新句。新，就是诗人的独创性。唯新，诗才具有鲜活的生命力。诗贵新意，但新意并非闭门苦思冥想而来，必须在丰富多彩的生活中去寻觅和独创，去捕捉更多反映生活、表现时代的灵感。寓真的诗，生活气息很浓。生活酝酿丰厚是他的诗能够"味欲其鲜"的优势和基础。从"石屋朝阳待燕临，坡田呎雨好开耕""两窗青翠傍腮过，一片桃红照远行""斜阳晕淡抹寒山，疏树萧村鸡犬闲""苍山拽住夕阳须，感叹一声豪气弥"等写生如画的诗句中，我们都会强烈地感受到"江山相助"孕育出的一片自然生机。

"作诗无古今，惟造平淡难。"（见宋梅尧臣《读邵不疑学士诗卷》）

诗论平淡，当然是指那些"天然去雕饰"的淡中有鲜味、平中出新奇的诗。这类诗，难在本色天然，总似脱口而来；又难在新颖生动，都有无意为佳之妙。《下山》的"隧深壁峭不暇看，左右争将画幅掀。蓦见春田翻碧浪，太行已下到平原"，又《拂晓》的"村岭昏昏犹半醒，农家袅袅已炊升。一宵枕上听春雨，早起田间看水清"等，看似直率道白，实则工夫深处，意境融彻，奇崛反现平夷。平淡，是寓真诗的一种风格，也是一种境界。它取诸生活，也关乎诗人的情怀、意趣。所以，王国维《人间词话》说"能写真景物、真感情者，谓之有境界，否则谓之无境界"。

读寓真诗时，我曾想起近代诗词界中颇具声名的诗人王用宾（太蕤）先生。王先生和寓真有许多相同之处。王先生是山西（临猗）人，30年代做过司法行政部长，主办《法医月刊》时影响远出司法界之外，任期内组建过三十九个高等法院分院和近一百二十个地方法院。擅诗词，工余乐以唱和倚声为好，与高二适、沈尹默、林庚白等文化人诗交鸥盟。1984年秋，在楚图南先生家笔者偶然读到过他的几首七绝，其中一首曰："青山万迭失高低，天半云横一抹齐。不见梯田田上下，冲烟各自叱黄犁。"恬淡闲致，风情自然，与寓真此类诗意趣仿佛，疑读宋代万里诗。北宋《续金针诗格》称诗有自然句、容易句、苦求句三种，认为容易句失之熟，苦求句失之琢，自然句最难最妙，真鞭辟识见。移来评价二人此类诗，再恰当不过。

评寓真诗，前已有姚莹、汤梓顺、马斗全等先生做过点评赏析。诸家皆内养精熟、吐口成丝之诗界中人，不难独得其细腻风光，故评析之言皆允当中肯。今日驰笔，灯下复读诸家之评，信无虚出，真跃欲拊掌之。

山西，居古三晋之要，地处太行山脉和黄河古道相偎相拥的兜腹之中，幸得山水之灵气，自古以来人杰地灵。就诗歌而言，诞生过王勃、王之涣、王维、柳宗元、元好问等名卓诗史的大家。今值明时盛世，三才开瑞，扬风挖雅，理应诗人辈出。读寓真诗，愈加信乎于此。

　　　　　　　　　　　　　　　庚辰除夕紫竹斋灯下

奇句成云气　离情列雁行

——《姚江游子吟》序

　　游子在外，思归故里，是人生一大情结。

　　诗人流沙河先生说："在他乡思念故土，到了月球想念地球。"我想这就是落叶归根、故土难离的情结。以游子情入诗，已成为中国诗歌文学中古今永恒的重要题材。三千年前的《诗经·魏风》就有"陟彼岵兮，瞻望父兮""陟彼屺兮，瞻望母兮"，那份行役思念父母的哀思，古往今来引发了多少游子的共鸣。古今数以万千计思念故乡草木风土人情的游子之诗，应是中国诗歌文学宝库中不可或缺的精华。

　　游子诗题材广泛，非拘于思乡一题，寄兴怀旧、行旅见闻、咏物抒怀、抨击时弊等皆不少见，所以笔者一向认为，无论读者是否有过游子的经历，读读古今那些饱含深情的游子诗，领略一番绿叶对根的情意，加之理性的思考，肯定会大开眼界，大大丰富自己的人生体验。

　　《姚江游子吟》就是这样一本诗集。它辑录了当代海内外七十八位余姚游子诗人的代表之作，情深绵邈，很值得一读。

　　明末清初思想家、诗人黄宗羲曾编有《姚江逸诗》十五卷，后来康熙年间诗人倪继宗鉴于《姚江逸诗》"流传未久，其原本即散失脱落"遗憾，又编《续姚江逸诗》十二卷，所录依然"自齐迄明"。因倪氏贫困故，"数年乃得补刻其全所传不朽"。二书俱搜古辑佚，功德无量。今又有《姚江游子吟》辑录当代余姚游子诗人的代表之作，也应有补全之功。

　　余姚，因舜支庶封于此，遂以舜姓姚而得名，秦时置县，汉属会稽郡，历代因之。其地处浙东，山清水秀，故兼得物华天宝、人杰地灵之美，天生一个出诗人的地方。

诗歌感诸造化，仰瞻气象，俯拾山川，总须实境孕育和文化熏陶在先，而后方得有诗人天机发之。自古以来余姚游子旅迹遍及九野，或官宦行商，或出游向学，流寓在外，多有行吟佳构。古代余姚游子诗，见诸《姚江逸诗》及《续姚江逸诗》者自不必说。二书之后，康熙时的郑世元，雍正时的陈梓，乾隆时的黄璋，嘉庆时的吕承恩等名重江南的诗坛高手，就分别留下过《卖妇行》《洗筋行》《贫家女》《谢贞女》等颇有社会影响的力作。

那么，当代余姚游子诗又如何呢？《姚江游子吟》可以做出回答。

诗人叶恭绰，是位诗词兼擅的大家。以前曾经拜读过叶先生的《遐庵诗稿》，颇为其古淡劲健中透着几许萧森之气的风格所折服。其倚声之作，如今选之《谒金门·秀成剑》《好事近·芦沟桥》等，劲健沉雄，如闻悲壮慷慨之声；《法曲献仙音·探梅超山吊吴昌硕墓》等，工致清新，又得雅和沉静之境。《谒金门·秀成剑》的"光如拭，多少兴亡泪渍……事往令人叹息，欲斡乾坤无力。今日威灵犹咫尺，一挥头尽白"；又《法曲献仙音·探梅超山吊吴昌硕墓》的"芳讯断江南，怕一枝、紫恨终古。岭雪凄清，尽参横、宵漏未曙。甚红英数点，恨锁江城归路"，炼意炼句，皆远非寻常诗语可拟。

老一代诗人中张翥的"一官不负千秋志，但钦廉泉弃浊醪""世路风波恶，乡关道路平"；谢翘的"榆社何妨重建设，桑田且喜未沉沦""题凤并思桥上字，梦花还忆笔端毛"；黄云眉的"无补艰难空涕泪，纵全性命亦毫毛"；施叔范的"忍死何尝毫末补，余生敬望发肤全"；楼适夷的"老留余热燃无尽，梦系生民心未寒"；张啸的"小市霜螯村店酒，孤帆细雨剑江潮"；孙菊生的"上寿期颐何所据，但求无病即神仙""无偿索画诚无赖，等价收钱不算贫"等，皆高迈古健，情深雅致，不难见其人格精神。

集中写乡情，多有细腻风光，最耐沉咏。例如周伯棣的"三年阔别喜还乡，一夜纵横兴味长。千里驰驱能缩地，峦山小鸟悦晨光"，以游子归心竟能感到千里忽成咫尺，写出近乡的极度喜悦。又阮毅成的"碧树青山一水涵，依稀风物似江南。扁舟载得愁多少？卅载乡情未忍谈"，转柁以扁舟难载乡愁，先道卅载乡愁难耐，结以"未忍谈"，言欲述不忍、欲说还休，反写出乡情之深切。又叶庆炳的"名山胜水总关情，几度扁舟梦里行。吟罢当年山角句，再从图画数归程"；章道均的"鲑鱼回溯出生源，白首归来觅故园。四十三年游子恨，乡音入耳便心宽"，皆以细节写情，真实感人，结句回矫，振响全篇。

　　唐代韩愈《上李尚书书》有"忧国如家"语。古代家训也将"爱家当爱国，安国始安家"作为"永久铭记"，可见故土故国之思之爱，应一如根叶之深情相连。《姚江游子吟》集中的余姚游子虽然身居海内外，但在祖国民族危机、经济困难、和平建设、改革开放的任何一个时期，其绵绵的思乡之情始终是与真挚的爱国之忧紧紧相连的。施叔范《沦陷二周年客沙山塘》"今朝剥豆连心痛，记住无家第二年"；翁泽永《抗日战争胜利四十周年忆旧》"文士从戎笔代剑，书生报国檄当诗。一杯重酹青春梦，翰墨留香尚满衣"；方致远《老战士艺术团创建十五年志庆》"邦国康强欣稳步，人民英发益峥嵘。离休未敢忘忧思，奉献何须别重轻"；谢之勃《却寄儒堂弟兼怀枝先兄》"廿年事去淡如尘，片语何端留凤因。为报西阶旧桃李，未甘病老作闲人"；陆冰杨《浪淘沙·辛未春节》"壮岁具雄心，报国豪情。崎岖道路坎坷程。乐为人梯肩未卸，愿献余生"等诗词，皆挚诚栩栩，深情远出句外。

　　寓居海外的余姚著名诗人陈汉山先生，50年代即为香港岭梅诗社社长，其诗严整有法，立意不落蹊径，诵读其诗常有云行峰秀、风过水涌之感，总能令人爽气怡然。诗集中写初次返乡又匆匆作别之"握手真难归去也，碰头又说走喃哉。殷勤至约杨梅节，来岁天中好再来"，又《有怀》之"沪上惟君频入梦，天下剩我未归人"，《长昼遣兴》之"万里投荒犹作客，百年多难已成翁"，《处仁移家来温哥华喜赋》之"论交须得三分侠，翻手已成两老翁"，《秋兴》之"寸草春晖椎骨痛，蓬壶弱水寄身难"等佳句，皆似对面话语，虽然乡音脱口而出，却豪气沉雄，自有天然之妙。

《随园诗话》评诗，认为"诗宜朴不宜巧，然必须大巧之朴；诗宜淡不宜浓，然必须浓后之淡"，而且以"朴淡"为诗中的"名士风流"。诗，言志述情，必情志何处，句自何处。所以，纵诗有从天籁来者，有从人巧来者，不可执一以求，也须情志由衷，陶养日久，方得笔与神合。

余姚游子诗朴淡自然，正是一种风流。灯下读毕《姚江游子吟》稿，总觉得选诗虽有一斑见豹、口吸西江之功，然而积美不能概全，辑珍难免遗珠，亦选诗一憾也。

昔读余姚诗人杨颖先生《九层泥》诗稿有《赋赠陈汉山先生》七律一首，深情雅致，颇堪诵读。又陈汉山先生和诗亦逸思风骞，尤以颔联"多君奇句成云气，感我离情列雁行"最为精彩，至今令人难忘。近日欣闻《姚江游子吟》即将付梓，命笔者作序。草成短文时，汉山先生颔联句又至眼前，遂截句为题，愿得称题之美。

（《姚江游子吟》由余姚政协姚江诗社选编出版，主编魏振纲。本序文又载于 2003 年 3 月 23 日《宁波晚报》。）

"沽诗"之议

文艺是一家，艺术家学习作诗填词，搞点文学创作，是好事。文人崇尚风雅，特别是书画家，如果腔调高大，结果连最起码的小诗和联语都"半吊子葫芦"，只会钞书染纸，肯定说不过去。所以，近几年开设国学讲座、举办自作诗书展览见多，各地书画报刊陆续开辟"书苑诗窗""诗林画语"之类，都在鼓励书画家自作诗词。对此，笔者一向积极鼓与吹，但凡开设讲座，都会宣传读书颐养的重要和学作诗词的雅趣。因为经常收阅书画同道寄来的时有进步的诗词习作，遂充满信心，以为大家如此坚持，十数年后，别的不说，仅以当代书画家的纪游诗、题画诗两项跻比近代民国书画诸家，应该大有希望。没承想，甲午（2014）国庆后听到北京诗社一位老教授的一番慷慨陈词，却让笔者着实感到意外。

老教授慷慨陈词，缘于气愤。原因是由楼居近邻的某书法家多次"请教学诗"引起的。始曰慕名投师，呈二三诗求教，教授斧正后，备赠书画小件礼品致谢。随后，登门愈频繁，诗作愈不成样，而"红包礼品"愈重，拒之无效，教授很是为难。教授诚心帮教，每次评点其诗作还顺带讲授诗法，彼似不入耳，或推托有事，扔下草稿，溜之甚急，只求速获修正稿速去挥洒。一次拿来合影照片，指前排诗界某某名人说："不少书画家演员主持人现在都拜此某门下。此某改诗甚快，一日可改二十余首。若只作一言半语送去，他也能帮忙补全，一概收受礼金润笔而已。我恐人多口杂，又恐所赐雷同，故来投师改稿。"教授闻此，怒道："既然某某开店，你要沽诗且去找他！我只教诗不卖诗！"

遂将其人其稿其物统统摒之门外。

乙未（2015）元旦后，诗坛老诗人聚会，笔者言及以前俞平伯先生批评"沽诗"事，想试探性地了解一下现状。没承想，果有反响，原来几位老诗人对当今沽诗事早有耳闻。听议论，他们对某些演艺界腕儿们的沽诗沽文，好像比较宽容，一叹而过，毕竟墙东管不着墙西，但对作诗题画本属专业当行的书画人居然也有"供诗渠道"事却大为愤慨。言及北京师范大学"学为人师，行为世范"的嵌字校训，认为将人师的学与行提到"世范"的高度，说明文化教育关系人品德行，无疑也关系文风世味。奈何如今名利诱惑太多，文化人须更加谨慎律己。文学是民族文化的人文乳液和文艺根基，如果连文学这道底线都上市沽卖了，大堤告急，结果会很惨。

沽，一词两用，指街肆买与卖也。《论语》有"求善贾而沽"和"沽酒市脯不食"，分说卖与买。沽诗，圈内话，亦非新闻，古今皆有。说闻言意外，因为沽卖已非个案，近又发展提速且范围渐大。不过，冷静一想，既然身处商品社会，什么都能商沽（已经包括剧本、文章、小说、音乐等），那么有书画家需要诗词对联装点形象，为啥不能买卖？百度一下，有法律禁止交易诗词联语的吗？表面师徒相称，袖间"红包"买单，按买卖双方的意愿交易，署名权就算是搭配赠品，有谁来管？如今欺世盗名能做到舆论不知，多半平安无事，所以传统道德观念比较严重之我等，闻之，一震可以，恐以后发展到司空见惯，惊怪则大可不必了。

吾国文化历史悠久，林子太大，啥鸟都有，买卖诗词联语的事自古有之。汉风远及，连日韩古今诗人改诗赠诗都有明码标价，是否算个"传统"，话不好说，但估计立马拿"沽诗"去抢注"申遗"的，现今尚未之闻也。

再者，吾国文人多自命清高，厌恶丑俗，连念叨都唯恐污口时，为了避之隐晦和方便说道，通常会让丑俗事的称名多少沾点雅气，所以沽诗事丑，其名却不甚难听。例如今人称"母老虎""牛鬼蛇神"，蒲松龄等古代文人称"胭脂虎""长爪郎君",一含蓄,纵心生厌恶,至少让耳朵听着舒服。因为买卖诗词这事上不了台面,正直文人学子又不屑不齿,故取名也难。说得中听,称诗资、诗谢;商化一点,称"沽诗",与"沽酒"勉强为伍,凑合着用,料也无人反对。

既是古今买卖,当有规矩,犹如乞赐书画不能白拿,买诗也须付酬金或者以物抵酬。清代《冷庐杂识》记有诗人黄安涛善作题画诗,书画家会写会画却不会题诗的,前去黄家叩门求诗者甚多,黄安涛不想白尽义务,让画家得意而自家苦累,便告白如下:"凡索诗,须以酒将意,名'诗酒券'。"还附上两句诗申明理由:"彼以酒来我诗去,一纸公然作凭据。"那意思很清楚,买诗者要先去指定酒店买些酒券,待酒券(礼金卡)送来,视情况代笔。以酒换诗,券来诗去,彼此放心。古代的风雅都可以量化分析,待价而沽,现代人穿越回去,大约也不会陌生。

前人的代笔买笔行为若非重要原因约束,或炫得意,或可公开,例如《书史会要》记赵登春诗资换粟,《淳熙稿》记赵蕃的"不胜酒敌先齐败,粗有诗资皆楚余",又近人齐白石委托友人张次溪著《齐白石的一生》,曾经公开过为喜好写画的钦廉兵备道道台郭葆生捉刀应酬官场社交事,"郭送了他相当丰厚的一笔润资"。看来,卖家齐白石不忌讳,并不以囊中羞涩为耻。买家呢,即使因为应试应酬或者装饰风雅等急需,花点银子去换点面子的,总觉不太光彩,故大都不想买卖公开。

今昔毕竟不同。买家"犹抱琵琶半遮面"的羞涩固然有难言之隐,故犹知荣耻的某些艺家身陷"沽诗门"都会悄然回避,甚至矢口否认。仅此,今人就不如前人坦然。其实,平心而论,即使是半卖半送的诗词交易,一般的艺家实惠兑现,都有付出,顶多算个"小巫"。想想那些诗词对联任由各执其责的秘书打理,连编辑出版校稿都不用操心的某些艺界高管巨腕们,不但实力雄厚撑足了颜面声望,而且无须掩盖都肯定后顾无忧,这才让人见识到"大巫"的厉害。

谁是沽家?凡平素未闻有学养底蕴和文学经历,近年倏然诗词歌赋通擅，皆可质疑。诗词圈内通常用来测试真正诗作者的诀窍很多，例如启功、萧劳先生的办法，事先检出"其诗"之可疑句，当众朗诵其句并虚称"明人佳诗"，或者当面请教其诗中某个用典等，沽者茫然不知或顾左右而言他，察其神色反应，多能破疑。又某书画家近年四处巡展作品，其中十数幅画的题画诗皆道自作，神气俨然唐伯虎再世，至山东某市现场笔会友人求题一幅小品，他横看竖看，目瞪口呆只字不来，也难免让人生疑。过去诗社验证诗家身份最直接的办法就是邀其白战，即要求现场拈题即赋，几乎等于当众玩刀枪剑戟，沽诗钓誉者半场难任，便露原形。

　　沽诗交易结束后如果遭遇两个问题，双方也比较棘手。一是有的沽诗者非但不承认买，还要炫耀自己如何大有诗才，往往会惹怒旁观明眼者起来揭发翻盘；二是有的卖家暗里预伏杀手锏，倘若买家不够意思或者狂妄过头，卖家还可以反杀回来，引爆地雷。就像现在出售"保证入选"的书画作品一样，入展或者获奖后不按约定补钱，卖家自有办法收拾"违约者"。生死自理和预留一手，皆丛林法则，买卖人岂能不知。

　　古今中外的买卖都有风险，文化买卖也不例外。反正人在做，天在看，沽就沽吧。声名纵可不计，人格终须自重，小心地雷。

　　沽诗，即买卖诗文装点风雅或聊作钓誉，貌似私下事，但有害人品和世风，也归伤风败俗之类。如果名为改诗，实为代作，奉上"红包"买单，就是入市交易。因为没有众目睽睽，沽者都心存侥幸，信奉"老赝成真"（潘家园摊卖名言）以为如此这般，日久便能炒假成真，成为"著名诗书画家"，遂可昭昭书画史册。其实，诗词如同书画，行笔风格、文字习惯、构意诗法等都留有心灵痕迹，真伪终究难逃法眼。

　　宋赵明诚填词五十首，夹入李清照小令，一并请教友人陆德夫，被陆一眼窥出，指着"莫道不消魂，帘卷西风，人比黄花瘦"，道"只三句绝佳"。又清《松塵燕谈》记康熙年间宝应人乔石林待官在京，闲散无事，偶见诗书画家毛奇龄（1633—1708）新作，便抄录备用。次日，去会友人曹禾（1638—1700），以抄写毛公诗本炫耀一番，却反遭曹禾揭露。曹禾明眼阅毕，沉吟后断定"此非子作"（这不是你作的），乔石林反问："非某作，定何人作耶？"（不是我作的，那是谁作的呢？）曹断定，"此非江东毛生不能也！"江东毛生，即江东萧山人毛奇龄。

　　曹禾咬定非乔自作，一则学问养眼，曹虽然比大名鼎鼎的毛公年幼五岁，但康熙三年即中进士，康熙十八年与毛公同举博学鸿儒科，其淹博强记，早有声名；再则，曹禾性耽辞赋，诗文学韩杜，与崇唐抑宋的毛公"同途殊归"，被誉为清初"诗坛十子"之一，毕竟锤炼字句年久，修习功成，故而一篇在手，洞彻如炬。

　　再说卖家，此类当是利欲难耐，无非图点儿银子，兼得众星捧月的面子。说穿了，买卖双方皆互相利用，鼓捣点儿"文化生意"。卖家即使荣冠"诗学恩师"，假意网罗弟子，却搞得非文非商，车水马龙，店堂红火，背后被人嗤作不良，统属斯文小人。

　　钱乃用物，流动则有用，善用则清醇，故别称为"泉"。取用有道，自然清流不腐，否则，就是惹祸的"白水"，损人害己。还是诗书画家唐伯虎潇洒，"闲来写幅青山卖，不使人间造孽钱"，显露的正是文人的清骨清气。

　　沽卖诗词，冠冕堂皇的借口颇多。或谓帮忙，或谓改草定稿，皆欲盖弥彰，混淆视听。纵友情出演，应该丁是丁卯是卯，不会丁某演戏，戏单上吆喝卯某的名吧？果真为师授徒，别说卖诗不可为，改诗也得有个限度，终须持正为师之道。

　　以前北京诗社雅集，几位老诗书画家谈起过"帮人改诗"的话题。柳倩先发表意见："年轻人愿意学写格律诗，好事。帮他们改改，可以，但必须适可而止。改得面目全非，算他作的还是你作的？改多少合适，大家可以讨论个规则。"萧劳先生说："帮人改诗，律诗不得过四字，绝句不得过两三字。立意或诗法上有问题，可以细讲，然后让他们自己去琢磨，去嚼味。小孩学走路，扶一把可以，老搀扶着，啥时候会走？"书法家王遐举闻之，开玩笑道："古人称'一字之师'就感激不尽了，您一首绝句改两三个字，多不多啊？"萧老回答："不多，可也不少。今人作旧体诗较难，我们就相情而异吧。"

好一个"相情而异"，有限度、有宽容、有仁者之心，唯独没有交易。

听启功先生多次说起书画家溥心畬对门生作诗要求严格事，颇获教益。有段时间启功说："溥心畬住颐和园，弟子每次去颐和园请教，看书画习作前，他都先问诗词作业。要诗词作得不好，奉上一摞书画也没用，溥先生看都不爱看，一声不吭，你咋递给他，他立马咋还给你。他要开口说话，你也甭想听到表扬，他尽拣缺点错误说。看顺眼了，高兴，改一个字都说'不妨先送你一个字，余下回府自己去想'，既严格又风雅。"每言及此，启功先生就乐，说："那时候，我寄居亲戚家，哪有什么府啊？可他讲话总那样带着点儿讲究"，"我们都爱听溥二爷训斥，等回家一琢磨，嗨，他训得都有理。几年学下来，还就他教训的最管用"。所以，无论溥先生寓居海内外何处，真思上进的学子，都无不以尊其师入其门为自豪。

如此开悟，真应对了东北民间那句老话，"半碗活命是恩人，管吃管住似害人"，算得上醒世恒言。

看来，作伪难以瞒天，说天不可欺，实则是真伪难易，人不可欺。沽诗，借口装饰风雅或应急需要，目的不外乎沽名钓誉，作伪欺世。俗世飞尘，艺界即使难以免俗，仍须坚信，真伪终有大白之日。这是天昭公理，千秋不易。况且君子尚德慎独，知天下有不可为事，即知底线应当恪守，越线必定自取其辱。今日沽诗泼墨，明日买文研讨，雇人鼓吹，纵钓得顶级艺爵虚名，又能如何？愧对子孙的事，万万不可为。退一步想，与其惶恐作伪，不如伏案自下功夫。清乾隆时杭州义塾学堂大门有副文人费新桥（丙章）的题联，联曰：

> 莫谓孤寒，多是读书真种子；
> 欲求富贵，须从伏案下工夫。

上联鼓励，予人以信心；下联教导，予人以训诫。此联撰语精彩；笔者
有感于当前艺界沽诗事，不揣谫陋，借联增易，也勉成一副曰：

　　　　　既有艺才，无妨作个读书真种子；
　　　　　欲添诗卷，自此须从伏案下工夫。

愿得识者共勉。

　　　（此文发表于 2017 年第 1 期《中国文艺评论》）

忍见题画诗的退场

如果今人放弃题画，忍见题画诗由缺憾到衰落，还会有宋元明清时期绘画艺术和题画文学的蔚然雅聚吗？

"画之不足，题以发之"

文家在中国传统绘画上题画（包括画题、题记、题诗、题跋等），当有千秋之久，此不赘言。清方薰在《山静居画论》中说"款题图画，始自苏米"（指北宋书画家苏轼、米芾），断言稍许武断；但说"至元明而遂多以题语位置画境者，画亦由题益妙。高情逸思，画之不足，题以发之，后世乃为滥觞"，评骘则比较到位。

简而言之，中国绘画由只画无题到画外有题，到画后必题或多家复题，复题后又有缀题、补题，以致近百年来题画忽现式微，到今日的穷款罕题和无款（只钤名章）无题，犹如巅峰之后的下行，遗憾纵然无有期待，竟也不约而至，确实让识者感到意外。

文化史的著录非常清楚，是唐朝前后的诗文墨家放纵雅兴的题诗、题跋，一开画史风气，于是代代诗书画家的比相并续，丰厚了史称"后六代"（宋辽金元明清）中国书画的文化内涵，助推了儒雅的社会审美需求，也顺便随同笔墨技法的进步，一并成就了中国文人书画高峰的辉煌。

现实，当然也同样清楚。因为当代书画家传统文化的缺失，加之雅难俗易的名利驱使，妄想绕过"画者必修文史"（潘天寿语）的急于求成者渐多，而诗书兼修者见少，于是"文史不通，下笔空空"（启功语），题画文学的退场和诗意的淡薄，抽掉底蕴后的"文化骨质疏松症"也越来越难打理。

今有人谓"书画应该远离文学题写而特立独行"，特别是一些以为绝弃文字和文学后的任性涂抹即可自命为"创新书法"者，不知了解几多中国书画与文学的渊源关系，也不知通解几多介入书画的文学对书画本身的重要性。

吾国绘画与文学创作的结合，最简单的莫过于画题。画题，三言四言不等，极似诗文的标题，属于文学创作，本有总括、醒豁、补意等作用。所谓"展卷先看眉眼题"，已点明其重要，故前贤大家在撰构画题时，对声法修辞多有讲究。

例如见于《宣和画谱》等著录的《桃花雏雀图》（平平平仄平）、《花石锦鸡图》（平仄仄平平）、《蓼岸游禽图》（仄仄平平平）、《寒林雪雁图》（平平仄仄平）、《初夏晴江图》（平仄平平平）、《自在观音图》（仄仄平平平）、《寿松双鹤图》（仄平平仄平）等，皆平仄依律，交互而出，加之修辞的并举、偏正、设色诸法，方得音恰意美。

今之画题，画梅花则《红梅怒放》，画玉兰、牡丹则《大富大贵》，画翠竹则《欣欣向荣》，画山窗课读则《书声琅琅》，画青山绿水则《江山多娇》等，即使是名家佳画，"眉眼"不济，窘于一律，也是遗憾。

画题的讲究非吾国书画家专擅，受汉语言文学辐射影响的日韩等国，至今仍然沿习不易。

题画诗最堪玩赏

在题画文学的创作中，最堪玩赏的重头戏当然是题画诗。

清钱杜《松壶画忆》说："画上题咏与跋，书佳而行款得地，则画亦增色。"这是依据千秋绘画题诗、题跋的著名美学论断，常为画论家援引。为表述方便，不妨先举明唐寅画题《秋风纨扇图》为例，予以说明。

唐寅此题为七绝四句，曰"秋来纨扇合收藏，何事佳人重感伤？请把世情详细看，大都谁不逐炎凉"，借秋风纨扇事鞭挞趋炎附势的不良世风，点醒着力。若无题诗，不过画面美女手执纨扇姗姗款步而来，读者连美人感秋还是惜春的几许伤情都未必读解得出，更况其他。然而，两行诗出，一声棒喝，画因题诗而妙，直令观者警醒。

一方纨扇，本系夏炎秋凉，或借作季语，伤怀时过境迁；或借典讽今，感慨个人命运变异，恩爱见弃。这种以不离纨扇诗本典题画纨扇的写法，古称"即题"，皆以汉班固《竹扇诗》和汉班婕妤《秋扇诗·怨歌行》为主意，写些遭遇恩怨亲疏的个人情调，虽然历代也不乏优秀诗作，但拘谨本典，辗转来去，跳脱甚难。

唐寅此诗则不然。诗中的"佳人"，不当以俗义释之。自楚骚始，文家以美人芳草隐喻君子，自古已然。秋凉本应收藏纨扇，"何事佳人重感伤"呢？一问叫醒，离题生发，引出君子忧乐的家国情怀，愈加促人深思。

于是，一幅普通的感秋小画因为诗歌文学的声韵气色，不但寄深写远，联璧其章，将"美人纨扇"的君子忧乐和"大都谁不逐炎凉"的不良世风联系起来，熟路生新，提升了主题，也倍增画作的思想和艺术价值。

北宋晁补之（字无咎）《和苏翰林题李甲画雁》诗有"画写物外形，要物形不改。诗传画外意，贵有画中态。我今岂见画，观诗雁真在"（见《鸡肋集》卷八），说的正是这种化识见为题诗、"画亦增色"的美学观。观画的情动于衷，由诗笔传出画外之意后任可言志言趣，结果让观者会意、感化愈多深刻，岂是闲笔？

明代画家周臣的画艺可媲美大画家戴进，其技法是院体高手，但病在文功亏损。弟子"仇十洲工北宗人物，山水楼阁，而不能诗"；弟子唐寅是诗文大家，"青出于蓝而胜于蓝"，成就远过周臣、仇英。

　　据《无声诗史》言，求唐寅书画繁多时，唐应酬不及，转而求周臣代笔，周竟然恭敬从之。周臣画的《苹蓼野塘图》等，也求唐寅题诗装点。《式古堂书画汇考》引《珊瑚网》言："或问周臣画何以俗，（周臣答）曰只少得唐生数卷书耳（我只是比不上唐寅读的书多）"，知道自家文气酝酿不足，为师不摆谱，的是清醒。难怪《吴郡丹青志》评说："周臣如珹珉，望之如玉，就之，石也。原无宝石故耳。"（周臣像珹珉，望之如玉，就之细察，不过是块石头。何以如此？因为原非宝石的缘故。）

　　题画诗，对绘画作品有书意、点醒、补意、救场、代言、隐射、介入等诸多作用，此已为无数经典题画作品和著录所证实，毋庸置疑。前代书画家写字作画，时时借助文学创作，并视文学创作为案牍必修，列为立身、立业之惨淡经营，何曾掉以轻心？今人久违，只顾钞书染纸，题画早已失联甚或失忆，还自我感觉大好，竟有放言"书画谈文化是伪命题"者，也未引起舆论反击的波澜。

　　现今"踢开古人"的无知狂言甚多，题画诗的式微固然要追责到当今书画家文史功的普遍欠缺，但跟鼓吹"巧径速成"等不良画风的误导也不无关系。晚清与王国维同为溥仪南书房行走，学出于翁同龢、潘祖荫门下的学者杨钟羲，论及画家必须具备诗功时说过"诗画为士夫游艺之一，不读书者必不能诗。能画而不能诗，画虽工而必无士气"（见《清画家诗史·序》），纵对当今书画家，亦是棒喝。

　　欲多方面了解题画文学的介入功能，不妨仍以明代题画诗为例。例如同画远山僻野又就近村居街肆的，如果画中人物繁杂者，朱同（朱陈村民）题画诗曰"紫陌红尘没马头，人来人去几时休？谁家有酒身无事，长对青山不下楼"，点面虚实，以闹中写静，分写画中人物之众多忙碌者和二三闲适者，顿时以对比激活画幅。

　　如果着眼远山重碧掩寺，写画中人物稀少者，张适（滇池老渔）题曰"青山历历树重重，寺在云山第几峰？比屋人家西崦下，夕阳长听讲时钟"，说黄昏时村民可以听到远寺讲经的钟声，远近相携，以声破静，愈显静寂，另作一番开拓，也很精彩。

面对类同的山村景色题画，奇句在后的，可举唐寅《舟泊远汀图》。其题诗曰"山中老木秋还青，山下渔舟泊远汀。一笛月明人不识，自家吹与自家听"，前半首分写秋山上下，渔舟泊远，空江月明，营足氛围，后半首忽然吹笛声起，虽然孤寂自赏，却颇多自在。

如果题诗者意欲进入画境的，可举瞿庄题《秀野轩图》，诗曰："高士闲门日日开，远山如发水如苔。几时脱却尘中鞅（古音漾，马颈负轭的皮带，意指束缚），布袜青鞋屡往来。"题诗者为自然美景所动，恨不弃官往来，以慰向往。若无题诗补意，不过山水闲门之画，料也意趣索然。

题诗救画，险处圆场

甲戌（1994）仲夏，笔者应邀在新加坡文物馆举办书法个展时，曾去"海外庐"拜访过诗书大家潘受先生。闲聊时，潘老讲起他丙午（1966）初秋为友人题过一幅白石老人《双凫图》一事。

按传统的解读，逢着喜贺父子或兄弟同时升迁，或高堂双寿同庆等，题画"双凫"寓意"双福"。潘老说："白石此画，画题选得好，寓意'双福'，应酬题材，但好像是件急活儿，下笔比较粗率。双凫细瘦，看不出活泼富态。最麻烦的是，有一方印章倒钤了。因为友人再三恳请，欲借诗笔救画，我只好从命……"

潘老说，次日斟酌后援笔题曰："寻常命笔皆千古，岁恶双凫画不肥。此老本无拘检态，印章颠倒杜陵衣。"如此四句，救得一画，宾主皆大欢喜。

潘老此题画诗，颇耐细品。首句作评，肯定白石老人画艺高卓。按书画圈的传统说法，叫"恭敬在先"。次句承接，说"双凫画不肥"是因为"岁恶"（当时天灾战乱）；解释合理，一救。后半转柁，倒句作结，说印章颠倒就像唐代杜甫（杜陵叟，杜陵布衣）的"无路从容陪语笑，有时颠倒著衣裳"，是因为白石老人素无拘检，匆忙急就之间画得此幅；如此善解，又一救。

老杜"颠倒衣裳"显然借自《诗经·东方未明》的"东方未明，颠倒衣裳"言"疾趋而赴"的慌忙急迫之态，白居易也有"枕上忽惊起，颠倒著衣裳"，以此细节代言人物情态，亦是常见修辞手法。

这种题诗救画，险处圆场，还能添出精彩，极似诗人灵机一动的飞来奇笔，在传统诗歌创作中称作"善解""善救"。如果释解得合乎情理，补救又不见弥缝痕迹的，概属难得。

作诗之善解法，归属"意法"（构意之法）。意为帅，立意终须高妙。对歌咏描写的事物或人情，有一番独特的审美感受，又方便借助诗歌创作的美法表现出美意，即成佳诗。

以诗救画，若有好的立意，自有多多技法可供选用。不能孤立狭隘地理解"救"字，其实画意不足或画物有碍，皆可以题诗补意。有些补意，即是救画。

齐白石画过《桃源图》，有山有水，独无人物，观者奇怪，问他："渔郎何处？南阳刘高士何处？"白石老人遂题诗救之，观者"读完题诗，没得话说"。诗曰"平生未到桃源地，意想清溪流水长。窃恐居人破心胆，挥毫不画打鱼郎"，说没画渔郎也没画刘高士，是因为担忧桃源村民害怕外界打扰。题诗给出合乎情理的解释，补意救得遗漏，等于救得此画。

北京故宫博物院藏原济（石涛）赠友人《竹石菊图》，题诗曰："兴来写（菊）似涂鸦，误作枯藤缠数花。笔落一时收不住，石稜留得一拳斜。"（河南美术出版社《张大千谈艺录》误辑此诗为"张大千论画诗文"）首句漏写"菊"字，原济已于诗尾小字补出。此诗乃原济自述救画过程。因为先画菊花，下笔太过潇洒，"误作枯藤缠数花"，又因"笔落一时收不住"，故索性改成石稜一拳陪衬周边的菊花。

换个角度思考，也可以解读成原济以题诗圆场，巧妙一救，情趣盎然在焉。无有题画诗，不过乱笔拳石、几枝歪斜菊花而已。题诗有否，

"题与画互为注脚"（明沈颢《画麈》），如此栽培，绝处逢生，反而大有看头。

现在杂事干扰太多，读书、读书画都觉着解悟不及前贤，实则是当今艺家多趋附浮躁，不耐静养清修所致。

清邹一桂（1686—1772）《小山画谱》言及"诗书相表里"为艺功之不可或缺时，有"善诗者诗中有画，善画者画中有诗，然则绘事之寄兴，与诗人相表里焉……此中得失，可为智者道耳"，应是菜根艺谭。

白石老人深悟邹公此理，"宁可少画几张画，也要灯下学写诗"，故而执着炉锤诗功，成了近百年少有的诗书画印兼擅的大家。

为"救画"创作的题画诗，与一般的题画诗、论画诗相比，同株异花，别具风味。文学的介入，竟然可以如此巧妙"救场"，能在题画、题跋之中独树一格，也是一份文化功德。一旦激活了文家墨客的文慧诗兴，缺憾生出美意，"以诗善化"，补意也好，救场也好，画因题诗得活，不亦笔前类造浮屠？

拙文仅援以题诗的"点醒、补意、救画"三法，略陈己见，其实识者都很清楚，题诗非止三法一途，例诗举不胜举，个中学问皆有洞窥法天之妙。

"闲章不闲"，题画"闲"乎？如果今人放弃题画，忍见题画诗缺憾到衰落，还会有宋元明清时期绘画艺术和题画文学的蔚然雅聚吗？

"画之道，所谓宇宙在乎手者，眼前无非生机。"（明董其昌语）但凡吾国传统书画文化的讲究，都是历经千秋陶冶化育而成的，今人以传统为累赘，以西洋画无有题画文学为简易可范，殊不知随手轻弃的"减负"，犹如卸载国色生机。留住点儿文化的香火，不啻一份文化功德，千万勿谓书画家的文功修炼"纯属多余"。

历史仍在延续。一路走来的中国书画发展至今，我们已经丢失了画赞、题画杂记和题跋，如果题画诗也千万遍《阳关》难留，书画界日近功利操作的畸变心态必然会逐渐剥蚀并取代中国文人的诗意情怀。待今人去也，真不知"后之视今"，将如何评价？

　　文学介入绘画，绝非一加一等于二那般简单。边缘热敏效应产生高能粒子，是科学，也是艺术。

　　　　　　　　　　（刊载于 2020 年 1 月号《艺术市场》）

图书在版编目(CIP)数据

紫竹斋诗话 / 北京市文史研究馆编;林岫著. --

北京:中国文史出版社,2022.1

(北京市文史研究馆馆员文库)

ISBN 978 - 7 - 5205 - 3424 - 6

Ⅰ. ①紫… Ⅱ. ①北… ②林… Ⅲ. ①随笔 - 作品集

- 中国 - 当代 Ⅳ. ①I267.1

中国版本图书馆 CIP 数据核字(2021)第 246784 号

封面题签:林　岫

责任编辑:卢祥秋

特约编审:曾小丹

出版发行:**中国文史出版社**

社　　址:北京市海淀区西八里庄路 69 号院　邮编:100142

电　　话:010 - 81136606　81136602　81136603(发行部)

传　　真:010 - 81136655

印　　装:北京新华印刷有限公司

经　　销:全国新华书店

开　　本:720 × 1020　1/16

印　　张:33　　　　插页:4

字　　数:447 千字

版　　次:2022 年 1 月第 1 版

印　　次:2022 年 1 月第 1 次印刷

定　　价:88.00 元